一书一世界。
愿你在这里舒展心怀，
畅快遨游古今未来！

辰东

《网络文学名作典藏》丛书

**总策划**

何　弘　张亚丽

**主编**

肖惊鸿

**统筹**

袁艺方

# 主编的话

　　《网络文学名作典藏》丛书聚焦网络文学，遴选名家名作，工于精修校订，集于精品丛书，力图成为记载中国网络文学成长的历史见证，和致敬中国网络文学发展的一座里程碑。

　　网络文学名作的实体出版极为重要。这是扩大网络文学影响力、推动网络文学经典化的重要途径，也是展现网络文学成果、引领大众阅读和传播以及拉动文化产业发展的有力手段。

　　在中国作协的支持下，网络文学中心领导和作家出版社领导担纲总策划，落实主编责任制，确定经过时间验证和社会公认的名家名作，组织精修团队，在作家本人参与下，与责编共同负责精修工作。

　　回顾网络文学发展历程，这样的一套丛书是前所未有的。精修，意味着与作家的高度共识，意味着对作品的深度把握，完成去粗取精、去伪存真的过程，以实体出版的"固化"形式，朝着网络文学经典化、精品化的目标迈进。精修团队本着为作家负责、为读者负责的态度，重视作品的文学性、思想性，尊重读者的阅读体验，为新时代网络文学高质量发展贡献出集体智慧。

　　愿更多的读者阅读它、检验它。愿中国网络文学真正成为新时代文学的一座高峰。

肖惊鸿

2021 年 5 月 18 日

# 《神墓》精修成员

**总负责人**

肖惊鸿　袁艺方

**修订**

安迪斯·晨风　安　易　李　夏　王　烨

**校订**

程天翔　田偲堂　李伟元　李伶思　于　杨

# 目录

# 第一章
## 走出神墓

穿越宇宙洪荒，凝练天地玄黄……纵使摆脱六道轮回，也难逃那天地动荡……

神魔陵园位于天元大陆中部地带，整片陵园除了安葬着人类历代的最强者、异类中的顶级修炼者，其余每一座坟墓都埋葬着一位远古的神或魔，这是一片属于神魔的安息之地。陵园内绿草如茵，鲜花芬芳，如果没有那成片的碑林，称之为花园也不为过。陵园外围是高大的雪枫树，唯神魔陵园特有，相传为已逝神魔灵气所化。

墓园的白天和黑夜有着截然相反的景象。

白天，这里是神的乐园，仙气氤氲，圣洁的光辉洒遍了陵园的每一寸土地，可以看到由远古神魔那不灭的强大神念幻化成的各种神祇，甚至能看到西方天使起舞，能听到东方仙子歌唱，整片陵园处在一种神圣的氛围之内。

夜晚，这里是魔的净土。夜幕降临之际，暗黑魔气便开始自墓地中汹涌澎湃而出，星月失色，天地惨淡。传说中的凶神幻象、恶魔虚影在陵园内肆虐，远古恶灵令人头皮发麻地凄厉长嚎。

神圣而又恐怖的神魔陵园是天元大陆东、西方修炼者共同祭拜的圣园，白天经常可以看到人们前来祭奠，即使到了夜里也能够看到一些特殊的修炼者前来悼念，如：东方的赶尸人、西方的亡灵魔法师……

唯有日落时，陵园最为安宁，整片墓地静悄悄，没有一丝声响。

又是一个日落时分，又到了神魔异象交替的时间，落日的余晖将神魔陵园渲染得肃穆而又有些诡异。每一座神魔墓都被人精心打理过，每座墓前都摆满了鲜花。在高大的神魔墓群旁有一座低矮的小坟，小坟毫不引人注目，没有墓碑，没有鲜花，一个简简单单的小土包几乎与地齐平。随着岁月的流逝，风雨的侵蚀，这座无名坟墓已被人遗忘在角落里。

在晚霞中，神魔墓群显得更加高大，而无名坟墓则显得更加不起眼。然而就在这一刻，这座低矮的小墓发生了异变，小墓慢慢龟裂，坟顶的土块开始向下滚落。一只苍白的手掌从坟中伸了出来，紧接着是另一只，两只手掌用力扒住坟沿，一个一脸茫然的青年男子自坟中慢慢爬了上来，蓬乱的长发沾满了泥土，破碎的衣衫紧紧粘在身上。青年除了脸色异常苍白外，整个人看起来非常普通，是那种放在人群中绝对无法让人注意到的角色。

"这是什么地方？我怎么会在这里？"青年男子喃喃自语，看着眼前成片的坟墓，他神色更加迷茫。突然，他被旁边一座坟墓的碑文深深吸引住了，此时如果有人看到青年正在聚精会神地看那块墓碑上的古老文字，一定会大吃一惊，因为古文化研究联盟的老学者对这种远古的文字都只能摇头苦叹。

在看完碑文的一刹那，青年神色剧变，惊呼道："东方武神战无极之墓，这……这是真的吗？这真的是当年那位纵横三界六道，叱咤风云的传奇人物战无极？难道……神也难逃一死？"旁边另一座高大的神墓再次让他感到了震撼，"西方战神恺撒之墓，恺撒？难道是那位身披黄金战甲，手持黄金圣剑的西方主神？"

他似乎想到了什么，转头向四外望去，一座座高大的神魔墓矗立在夕阳之中显得格外醒目。"东方修仙者牡丹仙子之墓、西方智慧女神娜丝之墓、东方武仙李长风之墓、东方修魔者傲苍天之墓、西方大魔王路西法之墓……天啊！这个世界怎么了？昔日的神灵都已死去，都、都埋葬在了这里。但是东方仙幻大陆和西方魔幻大陆的神灵怎么葬在了一起呢？"青年一脸不可思议的神色。

蓦然，青年注意到了脚下的小坟，一下子呆住了，冷汗浸透了破碎的衣衫，他如坠冰窖。"我是从坟中爬出来的……"他两眼无神，呆呆发愣，灵魂仿佛被抽离了躯体，他无力地软倒在地，"我是辰南，我已死去，可是我又复活了……"

过了好久，辰南空洞的双眼才渐渐有了一丝生气，最后露出震惊的神色："天啊！到底怎么了！既然我已死去，为何又让我从坟墓中爬出，难道上苍让我这个无用之人继续庸碌一生?！"震惊过后，辰南脸上除了茫然，更多的是痛苦之色，他闭上双眼，双手用力抱住了头。他清楚地记得他在一次决斗中落败身亡，然而此刻却……

往事一幕幕浮上心头，曾经的、消逝的、永恒的……在他心中留下了太多的遗憾！

天地依然广阔，花草依然芬芳，然而他心中却空荡荡的，没有一丝着落。过了好久，辰南才慢慢从地上爬起，他的目光开始在陵园内游离，最后他终于确定这是一片属于神魔的墓群，震撼过后，他渐渐平静下来。

"最为坚硬的金刚岩墓碑都已明显雕刻上了岁月，沧海桑田，万载悠悠而过，嘿嘿……千古一梦啊！"辰南感叹道。

看着如林的墓碑，辰南心中充满了疑惑：啸天神虎萧震之墓、三头魔龙该瑞之墓、武圣梁风之墓、神骑士奥托力之墓……看来除了神魔之外，这里还葬有一些人类中的强者和为数不多的异类修炼者。一万年前到底发生了什么？号称永生不灭的神魔为何死去？仙幻大陆和魔幻大陆的神灵为何葬在了一起？我为什么会被安葬在这里？

微风轻轻拂过他脏兮兮的长发，吹乱了他孤寂的心。辰南仰天大喊："谁能告诉我，到底发生了什么？"没有人回答他。远处高大的雪枫树飘落下漫天的花瓣，纷纷扬扬在空中飘洒，落花如泪雨，已逝的神灵在哭泣！

"神死了，魔灭了，我还活着……老天你为何让我从坟墓中爬出，我将何去何从？"

日薄西山，晚霞将天边的红云镶上了道道金边。辰南收拾起失落的心情，他知道有些事情根本无从选择，只能一步一步向前走。他小心翼翼地将脚下的小坟用土填好，而后向陵园外走去。穿过充满灵气的雪枫林时，他不由得一愣，他从未见过蕴含着如此浓厚灵气的树木。他暗暗猜疑，难道这是在他"沉睡"的悠久岁月中出现的新树种？

当洁白无瑕的花瓣飘落在辰南面前时，他眼前一阵模糊，尘封的记忆被慢慢打开，那也是一个落花时节，他想起了心中的那个"她"。"沧海桑田，人世浮沉……唉！"辰南摇了摇头，大步向林外走去。

辰南走出雪枫林时也是夜幕降临之际，原本安宁的神魔陵园不再平静，暗黑魔气自墓地升腾而起，无尽的黑暗开始笼罩整片墓园。辰南隐约听见后方传来一阵阵低吼，不过他没有在意，他以为日落之后野兽开始出没了。伸展了一下筋骨，辰南自言自语道："一万年了，身体还没生锈吧。"他知道自己的功夫不算太好，但对付一般的猛兽应该没有问题。

雪枫林前方不远处出现三间茅屋，一位瘦骨嶙峋的老人立于门前，老人须发皆白，满脸镌刻着饱经风霜的皱纹。辰南心中涌起一股莫名的情绪，这是他再世为人后见到的第一个人，有一丝亲切，有一丝失落，有一丝迷茫。

老人拄着一条拐杖，颤颤巍巍地向他走来，仿佛一阵风就能将他吹倒。辰南急忙上前扶住老人，老人挥了挥手，示意他松开，带着责备的语气对他说了几句，但是辰南一句话也没有听懂，晦涩难明的语音令他心中一阵发凉。辰南明白，已经过去一万年了，他那个时代的大陆语言已经被历史撤弃了，原本希望通过老人了解一下现今的世界，但言语不通，希望破灭。

老人见他目光呆滞，面色不由得缓和下来，语气也变得平和，但看到他还是一脸茫然之色，老人不由皱了皱眉头，随后拉起他的手向茅屋走去。辰南跟在老人身后，直觉告诉他，老人对他没有恶意。

老人将他带到茅屋前，用手指了指地上的木桶，又指了指不远处的水井，随后走进了屋中。"让我去打水？难道他要我在这里当苦力？"辰南暗暗猜想。当老人再次出现在他的面前时，他知道错怪了老人，那双枯瘦的手掌递过来一套半新的衣衫，显然是想要他换洗一下。看着老人脸上那淡淡的笑意，他脸色不由一红，毕竟此时的他衣衫褴褛，蓬头垢面，浑身脏兮兮的。

辰南心中一阵黯然，万年前他何曾如此窘迫过？他默默地提起木桶向水井走去，运转体内真气，稍稍一用力，身上破碎的衣衫便彻底碎裂落在了地上。这是当年的神蚕宝衣啊！时间最是无情，当年水火不侵、刀枪不入的宝衣也禁不起万载岁月的侵蚀！冰凉的井水冲刷掉了他身上的污垢，却冲刷不掉他心中的烦恼，他想：我该怎么办？不懂现今大陆的语言就不能和人沟通，那我还怎么在这个世界生存？

辰南穿好老人为他准备的衣服，走到茅屋前向老人微笑表示谢意。一阵饭香传来，老人慢慢走向旁边的灶台，示意他过去。辰南端起老人递给他的一碗稀饭，心中感慨：一万年了，没想到我还能够坐在饭桌前，世事难料啊！他腹中空空，不宜吃油腻的东西，一碗稀饭正合宜。吃过晚饭后，天色暗淡，辰南随老人走进屋里，老人点燃了蜡烛，点点烛光使小屋充满了温和的暖色。

屋中摆设很简单，一张木床，一把靠椅，一张书桌。书桌纤尘不染，上面整齐地摆放着十几本书，但封面上的文字辰南一个也不认识。万载岁月后，大陆上的文字早已面目全非，他心中一阵失落。当老人走向另一个房间后，辰南躺在靠椅上心中思绪万千，但没有一丝喜悦之情。

万年前，他虽然有着显赫的家世，但本身却平平庸庸，生活在那样一个圈子，他背负了太多的压力。他早已厌倦了那种生活，要不是割舍不下心中的那份牵挂，死对于他来说未必不是一种解脱。造化弄人，万年之后他居然又活了过来，一切都变了……

辰南感觉苦涩无比，亲朋早已魂归幽冥，红颜知己也早归黄土垄中，如今只剩下他一个人孤单地活在这个世上，他了无生趣地自嘲："究竟是我摆脱了时间，还是被时间遗弃了呢？"

烛泪干涸，火花最后一闪，屋中陷入一片黑暗。窗外星光点点，夜格外宁静，但辰南在床上翻来覆去，怎么也睡不着。他强迫自己静下心来，运转家传玄功，他想看看万载过去之后他的功力是否还在。真气如涓涓细流在他体内游动，万载过去之后，他体内的功力无丝毫变化。由于刻意运转玄功，他的感官立刻变得敏锐起来，他听到阵阵沉闷的悲吼若有若无地从陵园方向传来，令人毛骨悚然。他不禁感叹："有这么多的猛兽？这位老人偌大年纪，一个人在这里守墓，真是危险啊！"

辰南不知道，此时此刻那位老人已经走进了神魔陵园，他手中提着一个花篮，里面放满了馨香的雪枫花。老人对那些凶神幻象、恶魔虚影视而不见，他在每座墓前都放了几朵洁白如玉的花瓣，神态虔诚无比。

辰南的"故居"，那座低矮的小坟由于中空后浮土下沉，几乎已经消失了，只比地面微微凸起一些。老人颤颤巍巍走了过去，长叹道："唉！谁叫你没有墓碑呢，恐怕今后你要从世人的记忆中消失了。这样也好，少一分荣耀，多一分平淡，清清净净，免受人打扰。从哪里来，回哪里去吧。"说罢，老人慢慢蹲下，伸出双手，将凸起的浮土小心翼翼地撒到了别处，小坟彻底消失了。十几朵花瓣自空中飘下，留下阵阵馨香。

清晨，一缕阳光自窗外照进屋中，辰南睁开了迷离的双眼，自言自语道："奇怪，今天父亲怎么没有派人来催我练功呢？是了，他已快步入仙武之境，哪还有工夫管我。"突然，他注意到了屋中简单的陈设，猛地坐了起来，过了好久才喃喃道："原来这一切都是真的，万载岁月已匆匆而过！"他轻轻推开茅屋的小门来到院中。

"你醒了？"老人的声音从他背后传来。

辰南听不懂老人的话语，只好报以一个微笑。

吃过早饭后，辰南站起身指了指通向远方的小路，挥手向老人告别。临走之前，他向老人深深鞠了一躬。一个时辰后，他来到了一个小镇，长相衣着普通的他并不引人注意。辰南又是欢喜又是忧，喜的是他的全新生活就要开始了，忧的是他不懂大陆上现在的语言。

辰南惊奇地发现，小镇上除了有像他这样黑发黑眼的百姓之外，还有金发碧眼、红发蓝眼、蓝发黑眼的居民。辰南忽然感觉脊背发凉，心中一阵发寒，凭着直觉，他知道有高手在盯着他。一个年过半百的老道士在他身后不远处摇头叹道："奇怪，刚刚我明明感觉到这个年轻人身上有一股古怪的气息，仔细探寻之下怎么会没有了呢？"

直到老道士走远，辰南才敢回头观看，他只看到一个背影，淡然出尘，飘逸若仙。辰南想起了他父亲对他说的话："辰南你要记住，能够看透我们家传玄功内息流转的人都不简单，不是真正的武学高手，就是出世的修道者，你要格外小心！"

辰南深知这类人的可怕，非修为高深的武学高手不敢与之为敌。父亲的话犹在耳旁："……重塑肉身，凝固元神，达到与天地齐寿，与日月同辉的地步，这就是修道的最终目标，也就是仙道之境。而我们武人所要走的道路则是逆天修身，从而达到那传说中的仙武之境，在大多数人眼里，武人所走的道路不如修道者，但是……"

父亲没有继续说下去，但辰南已然明白，武者并非不能和修道者相抗，因为父亲本身就是一个最好的例子。想到这里，辰南心中一动："不知道父亲最终是否踏入了仙武之境，如果是的话……也许还有父子相见之日。"但一想到那片陵园内如林的神魔墓碑，他心中便一阵恐慌。

"如果父亲踏入了仙武境界，恐怕也难逃……"他一阵黯然。街上行人来来往往，叫买叫卖声此起彼伏，热闹非凡，但辰南却感觉孤单无比，他觉得自己是这个世界的弃儿，被历史无情地抛弃了。"我本平庸，既然已死去，为何历经悠久的岁月后，又让我从神墓中爬出？"

天空中飘过一大片乌云，天色立刻暗了下来。

"轰！"一声雷鸣过后，街道两旁的店铺纷纷关门，街上行人匆匆，不一会儿工夫，大街上便冷冷清清，只剩下他一个人孤零零地站在道中央。电闪雷鸣过后，大雨滂沱而下，冰凉的雨水淋透了辰南的衣衫，他感觉身上一阵发冷，然而，更冷的是他的心。"天地虽大，何处是我家？"

辰南脸上充满了痛苦之色："是啊，我是一个平庸之辈，家传玄功不进反退，竟然从第二重天的大乘之境跌落到了第一重天的中阶。难道我的资质差？人说龙生龙，凤生凤，可是我……

"父亲十九岁时步入家传玄功第三重天的大乘之境，名动天下，四十岁时就已经屹立在武道巅峰。我是他的亲生儿子啊，二十岁了，却还停留在第一重天！

"也许只有她认为我终将有一日会大放异彩。"

想到心中的那个"她"，辰南一阵黯然神伤，心中涌起难言的痛："雨馨，你知道吗，我最后悔的事就是当时没有对你说'我爱你'。"韶华易逝，红颜易老。雨馨是辰南心中永远的痛，是他一生的遗憾。

辰南不辨方向，跌跌撞撞跑进了一条小巷中，他感觉胸腔难受无比，一股血腥味自腹中涌了上来。"哇——"他张嘴吐了一口鲜血，倒在了泥水中。"雨馨，我爱你！"他眼前一黑，失去了知觉。

当辰南再次睁开眼时，他已经躺在了一张木床上，松软的被褥让他感觉温暖而又舒适。天色早已暗淡，但雨还在下着。屋中点着一盏油灯，光线柔和。淅淅沥沥的雨声，温软的被褥，柔和的光线，辰南有种回到了家中的感觉。房门被轻轻推开了，走进来一个年过半百的老妇人，老人一脸和蔼之色，道："你醒了，年轻人真不知道轻重，下雨天还在外面跑。"

辰南听不懂现在大陆的语言，但明白老妇人是一片好意，他忙下床向老人施礼。直到这时，他才发现自己的身上已经换上了一套干净的衣服。他感谢道："大娘，谢谢您！"老妇人一愣，她显然听不懂辰南的话语，不过老人也没有多想，因为大陆种族繁多，肯定有些人不会大陆的通用语言。

辰南随老人来到了外屋，这时正好进来一个青年，青年约十八九岁的样子，身子很壮实。他将手中托盘上的饭菜放到桌上后，冲辰南友好地笑了笑。辰南也报以一个微笑。吃过晚饭后，他向老妇人表达了谢意，而后回到了房中沉沉睡去。

在梦中，一道美丽的倩影从花海中走来，又在花雨中逝去，只留下一句飘渺的话语："我等你再相见……"随后，在梦中，辰南又见到了他的父亲辰战，辰战的眼神睿智而深邃，仿佛能够看透世间一切虚幻，他淡淡道："登高者必自卑，行远者必自迩，在这个世界上，重要的不是你正站在哪里，而是你正朝什么方向移动！"辰战的身影渐渐淡去，辰南母亲的音容又浮现而出："浮华落尽，平淡归真……"一个又一个熟悉的身影向辰南走来，最后又慢慢淡去。

清晨，辰南早早起来，推门而出，此时雨早已停了，一道彩虹高挂天边，为天地间增加了一道亮丽的风景。"一万年了，我还有什么放不下呢？我要重新开始！"辰南大声喊道，他决定面对现实，开始新的人生。

光阴似箭，日月如梭，转眼间已过去了半年。辰南倚仗武技成了小镇最为出色的猎人，每天打回来的猎物都要比别人多几倍，靠打猎所得，他买下了一座小院。打猎后，他除了修炼自身的武技之外，主要和镇上的居民学习现今大陆的语言。他虽然还不能和人流利地交流，但已经能够听懂周围人的话语了。此外，辰南不断调整心态，接受了现实。他不再彷徨，不再迷茫，已逐渐融入了这个社会。自从能够听懂现今大陆的语言后，辰南终于明白这个世界在万年间发生的翻天覆地的变化。

原本仅有一海峡之隔的仙幻大陆和魔幻大陆在一次剧烈的大地震中相连。东方的仙幻大陆和西方的魔幻大陆均有其独特的灿烂文明，两块大陆相连后，由于文化、信仰不同，两块大陆种族之间经常发生摩擦，随着摩擦的升级，产生了种族矛盾，最后两大种族之间终于爆发了战争。

这是一场灾难性的战争，战场上尸横遍野，血流成河。无数壮丁被强征入伍，一去不还。数百万平民死于非命，数千万人流离失所，大陆上一片愁云惨雾。战争越来越惨烈，最后，西方教廷出动了魔法师和圣殿骑士，就在战争的天平刚要倾斜之际，东方的武学高手和原本避世的修道者有组织地投入了战争。一场东西方修炼者之间的大对抗开始了，战场上剑气、斗气纵横激荡，法宝、魔法绚烂威扬。

战争的结果是两败俱伤。大战过后，沙场尸骨堆积万千，大陆上哀鸿遍野。双方的有识之士都意识到了战争的巨大危害，最后签署了全面停战协议。时间可以淡化一切，经过数千年的缓和，种族矛盾终于消失了，初步实现了种族融合，再没有仙幻大陆和魔幻大陆之说，合并后的大陆被命名为"天元"。

"原来如此，怪不得镇上有那么多的种族，原来这里是仙幻大陆和魔幻大陆的交界处。我打猎时碰到了会吐火的狼，原来是西方的魔兽。"

又过去了半年，辰南终于掌握了大陆现在通用的语言，他对天元大陆了解得更深刻了，完全融入了社会。当然，有些事情对于他来说还如迷雾一般，他始终不明白众神之间到底发生了什么，为何众多强大的神灵都已死去。

他请教了镇上所有人，但没有一个人能够回答他。最后镇上一位老人对他道："孩子，这个问题不光你一个人想知道，大陆上很多人都想知道它的答案，但它始终是一个未解之谜。"

辰南道："是不是当初两个大陆爆发的全面战争，直接导致了众神参战？"说到这里，他心头一紧，这是多么惊人的可能啊！

老人摇了摇头，微笑道："孩子，你很富有想象力，但事实上，远在两个大陆大战爆发千年之前，神魔陵园就存在了。没有人知道它确切修建于何时，更没有人知道它被什么人修建。众多的神魔之墓被发现时举世皆惊，无数的修炼者向那里涌去，就连魔幻大陆的修炼者都险渡海峡前去凭吊，自此之后神魔陵园被尊为圣园，人们将史上的一些强者葬在那里，以示尊敬。"

"可是……神魔陵园位于两个大陆交界地带，当初两个大陆连在一起时产生的大地震为何没有将它摧毁呢？"

老人叹道："神魔陵园始终是个谜一样的所在。"

在这一年间，辰南几次想去拜访那位守墓老人，但都没有付诸行动。他想："既然我已开始了新的生活，就应该抛却过去的一切，神魔陵园以及守墓老人，就让他们留在我的记忆中吧。"

一年的光阴说长不长，说短不短，但这一年对于辰南来说意义重大，他决定告别小镇，从此游历天下。


仙幻大陆和魔幻大陆连在一起时，其交界处隆起了连绵不绝的高大山脉。小镇位于仙幻大陆边缘，处在两块大陆的交界处，向西行不足二十里便是无尽的群山。没有人敢走进山脉的深处，因为那里不仅有凶禽猛兽，还有传说中的远古巨人，对于普通人来说，那里绝对是一个大凶大恶之地。小镇上最老练的猎手也只敢在山脉的外围打猎，绝不敢踏足山脉深处一步。

会飞的巨龙、高大的远古巨人……这些传闻使辰南对其产生了深深的向往之情。当他决定离开小镇去大陆游历时，第一站地他就想到了近在眼前的"大凶大恶之地"。临别之际，辰南将自己的房屋送给了当初收留他的母子二人，而后大步离开了小镇。历史之轮开始转动，传说从这里开始。

辰南一个人走进了大山深处，他在连绵的群山中已经走了三天，看到了无数凶禽猛兽，他能避则避之，不能避便击杀。他想：并没有多么出奇的恶兽啊。

突然，一片巨大的阴影飞快而过，荡起一阵猛烈的罡风。辰南不禁大惊失色，他仰头观望，只见一个长达三十丈的巨大"怪鸟"从他上空飞翔而过。怪鸟浑身碧绿，发出点点光亮，身后拖着一条长达十丈的尾巴。他震惊道："天啊！没毛怪鸟，不，全身覆盖鳞片的怪鸟，啊，尾巴也太丑陋了吧。"

看着绿龙渐渐远去，辰南从惊愕中醒了过来，后知后觉道："那个大家伙不会就是传说中的龙吧，这……这也太离谱了吧，整个就是一个长翅膀的大肚子蜥蜴！一定是魔幻大陆的怪龙，和仙幻大陆那些神龙比起来，简直……唉！"

辰南当然没有见过仙幻大陆传说中的神兽——龙，但关于神龙的传说数不胜数，从这些传说中可以窥见龙的一二，另外从那些精致的浮雕也可以看出龙这种至强生物的完美。刚才从他眼前飞过的西方巨龙让他失望无比，也许那条绿龙同样强横无比，但他有一种感觉，西方的巨龙根本比不上东方的神龙。辰南自言自语道："要是有一天我能够亲眼见到东方的神龙就好了，唉，刚才的那条龙真的是太——丑了。"

群山中奇景无数，有云雾缭绕的高峰，有怪石嶙峋的石林，还有流泉飞瀑的水泽。辰南站在一座高峰之上，他头顶上方碧空如洗，脚下白云滚滚如仙气，心中澎湃不已。他感慨道："一万年，哈哈……谁能够慨叹岁月万载？我辰南能够！哈哈……"辰南激动的心情慢慢平静了下来，他望着碧蓝的天空，感觉心中空灵无比。

一条碧清的小河在群山中蜿蜒而流，辰南从高峰下来之后，感觉身上奇热无比，他一个猛子扎进了河水中，利用家传玄功闭住呼吸后，随着河水漂流而下。不知过了多久，他感觉水流速度渐缓，甚至停了下来。他睁开眼睛一看，小河在山中继续蜿蜒流向远方，而他却被河水冲到了河边一个清澈的水潭中。

突然潭中冒起一股水花，一幅绝美的画面出现在辰南的眼前：一个女子自水潭中站了起来，乌黑的长发湿漉漉地披在肩上，如玉般的脸颊带着点点水滴，宛若出水芙蓉一般清丽脱俗。也许不应该称之为女子，应该称作女孩，女孩只有十六七岁的样子，无双容颜使她看起来美得像精灵，纯洁得像天使。再向下看，辰南差一点流鼻血。

与此同时，这个女孩也看到了辰南，那双灵动的大眼立刻流露出惊恐的神色。一声尖叫自她口中发出："啊……来人……流氓……"辰南大惊，没想到这么老套的情节会发生在他的身上，毫无疑问，他这个"淫徒、浪荡子"的罪名难以洗刷了。情急之下他忙从水中跃起，将女孩拽进怀里捂住了她的嘴巴，怀中那柔嫩、滑润的胴体使他感觉血脉偾张。

突然，女孩身上涌出一股大力，一下子将辰南撞飞了，同时她曼妙的身躯如同灵燕一般自水潭中飞舞而起，落在了岸上，紧接着，飞快地将岸上的衣衫套在了身上。

当那股大力向辰南涌来之时，他知道大事不妙，这个看起来美丽而又清纯的女孩是一个功力高深的武学高手。他感觉这个女孩的修为比他要高明许多，要不是他在水中无声无息地飘到了她的身旁，绝不可能碰到她。十几条身影从不远处树林如飞而来，同时空中一阵波动，自那片树林处传来一片光华，形成一个淡蓝色的屏蔽将女孩护在了里面。而这时飞奔而来的十几人也已来到了女孩身旁，将她护在中央。

如今辰南已经算是一名合格的天元大陆居民，他一眼便看出刚才那片光华是一位魔法师施展的魔法，同时注意到眼前这十几人是修为不弱的武学高手。他一下子头痛起来，如此阵势表明这个女孩绝非普通女子，不是侯门贵女，就是名门千金，他招惹了不该招惹的人。三个魔法师从不远处走来，三人都很年轻，其中一人嘴里嘟囔了一句，然后一挥手，护在女孩身外的光罩便消失了。

魔法屏蔽刚一消失，女孩便愤怒地叫道："快把那个人给我杀死，快！"辰南连忙叫道："这位美丽的小姐请听我说……""你给我闭嘴！你们还愣着干什么，还不快给我上！"此刻，这个美艳绝伦的女孩，脸上布满了杀机，恨不得将辰南立刻大卸八块。

还是那三个魔法师最先行动起来，其中一人道："游离在天地间的水精灵啊，请听从我的召唤，水龙波。"空中一阵波动，水面哗啦一响，一条水龙自水面升腾而起，向辰南袭去。

辰南起初还没有在意，可是当水龙要撞上他时，他才发现上面隐藏的巨大力道，他急忙向旁闪去。"嗵！"水龙击在水面，激起的巨大水浪将辰南推向女孩这个方向的岸边。他想：昏迷！上去之后还不被那个女孩撕了？赶忙向反方向游去。

就在这时，那个施展出水龙波的魔法师再次念起咒语，刚刚平静下来的水面再次波动起来，一层层波浪向辰南涌去，将他硬是推上了岸边。守在女孩旁边的那些人立刻上前，将他围了起来。辰南从水中站起，露出一个难看的笑容，道："这真的是一场误会……"

"闭嘴，你们快上，把他给我打趴下拖过来。"那个女孩叫道。这十几人有男有女，虽然都很年轻，但没有一个是弱者，此时每个人看向辰南的眼神都充满了怜悯，仿佛他已经是砧板上的肉。

辰南知道这场战斗在所难免，抢先发动攻击，双掌向外打出层层掌影，又身子腾空而起，准备跃过众人的头顶突围而去。显然众人不给他丝毫机会，他的掌影被其中两个人轻松化解，而后两人腾空而起，将他生生逼落了下来。

他的身子刚刚坠向地面，数道掌风便向他后背袭来，仓促间，他头也不回，向后打出了一掌。辰南摇摇晃晃向前冲去，差一点栽倒在地，他脸色一阵潮红，一口鲜血涌向了喉间，但被他强忍着吞了下去。

这十几人好像已经摸清了他的底细，形成一个包围圈将他困在了当中，那个似乎是侍卫头领的女子向他走来。这名女子长得很秀丽，一副弱不禁风的样子。辰南却不敢有丝毫大意，他知道此女绝非外表那样柔弱。一道犀利的剑光向辰南劈来，仿若闪电一般，眨眼间就来到了他的眼前。辰南急忙向旁边闪去，一缕长发被这个女子削了下来，自空中飘落在地。

他倒吸了一口凉气，这个女子出剑如电，不是他所能够抵抗的，除非他迈入家传玄功第一重天的大乘之境。在他一愣神的工夫，这个秀丽的女子再次向他攻来，手中长剑快似闪电一般，剑剑刺向他的要害。两人交手三十几招后，辰南终于不敌，被这个女子一掌打在后背，摔倒在地，他一连吐了三大口鲜血。这些人架着辰南，将他带到了那个女孩面前。

"哼！你这个臭无赖原来就这两下子，我还以为有多了不起呢！"女孩冷笑道。辰南心中泛起一股凉气，眼前这个女孩的神情和刚开始在水中见到时判若两人，那时她看起来就像小天使，而此刻他感觉小恶魔站到了自己的面前，他道："这个……嗯，小妹妹，我刚才真的不是有意冒犯你。我怕你大声呼喊，引起不必要的麻烦，所以扑过去抱住了你……"

"闭嘴！"女孩眼中简直要喷出火来了，她抬起小脚在辰南身上狠狠地踢了一下。辰南感觉他一下子便不能动弹了，更不能开口说话了。那些保护女孩的护卫一直以来都表现出一副沉着冷静的姿态，但听到辰南的话后，脸上立刻变色，纷纷叱道："什么，这个该死的混蛋竟敢如此侮辱小公主殿下，真是该千刀万剐。"而后这些人慌忙下跪，颤声道："属下该死，未能保护好公主殿下。"众人脸上都冒出了冷汗。

此时小公主简直后悔死了，她后悔给辰南说话的机会，辰南如此"胡说八道"，令她羞愤无比，更让她不知道该如何面对这些手下。她气急败坏道："你们都给我起来，这个混蛋信口雌黄，你们怎么能够相信呢？他离这里很远的时候我就已经发现了他，要不是我想给你们一个表现的机会，我自己早就将他处理掉了。"接着她恶狠狠地盯了一眼躺在地上的辰南，道："哼，竟然敢如此诽谤、侮辱本公主，将他向死里给我狠狠地打！"

辰南身不能动，口不能言，但却听得清清楚楚，他没想到这个女孩竟然是一个公主。这十几人显然不相信小公主的话，心中暗恨辰南的下流无耻，对他进行殴打时十分讲究技巧，令他全身如针扎，似蚁咬，折磨得他死去活来。不一会儿工夫，辰南身上便已伤痕累累。

"好了，再打下去他就死了。"看着遍体鳞伤的辰南，小公主开心地笑了起来，似乎对这个结果很满意。年轻的侍卫们停止了对辰南的蹂躏，闪在一旁，小公主冲着辰南妖媚地笑了笑，走了过来。

辰南无意间亵渎一国公主，并没有受到假想中的酷刑，他心中一松，以为惩罚到此结束。小公主甜美的话语在他耳旁响起："你这个家伙简直色胆包天，居然想打本公主的主意，幸亏本公主英明神武，先一步发现了你的企图，要是被你偷窥到，本公主还有什么颜面，岂不要被人笑话死。"

辰南一愣：等等，这是什么意思？她刚才不是在冲我笑吗，但现在的语气怎么有点不妙啊？他再次注视小公主时，感到一阵不安，小公主的笑容虽然很甜，但甜中却透着一点点邪恶，他感到身体一阵发寒，不禁打了一个冷颤。小公主甜甜地笑道："来人，宫刑伺候。"

"嗡！"辰南感觉脑中一阵轰响，他差一点吓晕过去，在他眼里，此时小公主的笑容无疑充满了邪恶，他彻底明白了，这是一个有着天使外表的小恶魔。看着小恶魔那甜甜的微笑，他感觉身体一阵战栗，他想挣扎，却动弹不得，想大声呼喊，却发不出声音，眨眼间，冷汗浸透了他的衣衫。他想：人为刀俎，我为鱼肉。刚刚出来游历，便要遭受这番悲惨遭遇，老天你不会在和我开玩笑吧？他心中真的恐惧到了极点，如果受以宫刑，他今后当真生不如死。

下完命令之后，小恶魔公主转过身走向了一旁，那些女护卫脸色发红，也跟了过去。其中一个男侍卫抽出一把长剑，故意在辰南面前晃了晃，吓得他赶紧闭上双眼。冷森森的剑锋贴上了他的皮肤，他身上立刻起了一层小疙瘩。那个护卫冲着辰南不怀好意地笑了笑，将长剑一点点向他下体移去，如此"等待"令辰南痛苦无比，仅仅片刻工夫，他就虚脱了，身体一阵阵痉挛。

小恶魔公主等了好长时间也没有听见辰南惨叫，不禁有些奇怪，她大胆地转过身来，看到自己的手下正在对辰南进行精神上的折磨，她感觉有趣无比。她快步走了回来，满意地冲着那个手下点了点头，在众人目瞪口呆中夺过了那把长剑。她拿长剑在辰南脸上拍了拍道："有趣，想不到你这个淫贼这么怕死。"

辰南看到这个小恶魔又走了回来，而且拿着长剑在他鼻子和眼睛之间晃动个不停，脸都吓绿了，这要是不小心刺下去，比宫刑也差不到哪里去。看到辰南满脸恐惧的样子，小公主快乐无比，她拿剑锋在辰南耳旁轻轻划过，削落一截长发，当长发落在辰南脖子上时，辰南脸色一变。

众侍卫你看看我，我看看你，脸上都露出一丝笑意，他们太了解这个小公主了。小公主虽然已经十六了，但却让人头痛无比，她既聪慧又顽皮，有时像个淘气的孩子，花样百出，令人无从招架。小恶魔公主似乎玩腻了，拿着长剑直接向辰南下体斩去，众侍卫大吃一惊，连忙高呼："公主殿下使不得。"这帮人可吓坏了，其受惊吓的程度不次于辰南，要是让皇帝知道他的小女儿曾经做出过有辱皇家威仪的事情，还不气坏了，到那时他们这帮侍卫难逃一死。

小公主满脸不高兴之色，道："你们干吗，还想管我的事不成？"一个女侍卫排众而出，道："公主乃万金之躯，不能……不能做出……""哼！"小公主将剑扔在了地上，脸上恢复了冷漠的神色，转过身躯道，"将他带上，我要慢慢地收拾他。"辰南仿佛在地狱听到了仙音一般，在绝望恐惧中看到了一丝光明，他长长地出了一口气，暗叹这当真是一个小恶魔啊！

小公主身旁总共有十二个侍卫、三个魔法师：十二个侍卫中六男六女，三个魔法师则都是男子。这些人都很年轻，但一身本领均不弱，魔法师轻松地将辰南从水中逼了上来，女武者则三十几招就将辰南打倒在地，从中可以看出这些人实力之一斑。

辰南身体恢复了自由，但是哑穴却未被小恶魔公主解开，真是防民之口，甚于防川。他心中暗暗嘀咕：这些人都是黑发黑眼，看来都是东方人，但他们之中居然有人会魔法，想必两块大陆合并成天元大陆后，各种修炼法门开始在大陆上流通，致使东方人掌握了一些西方的魔法，想必西方人也掌握了一些东方的武技。

辰南看着小恶魔在山林间又蹦又跳，心中暗暗诅咒：扭腰、崴脚、摔倒……但是他一次次失望，小恶魔公主就像一只刚出笼的小鸟一般，欢快无比，偶尔还会跑到他面前狠狠地敲一下他的头，或者用力扯一下他的耳朵。辰南真是有苦难言，虽然他早已用家传玄功偷偷地解开了小恶魔所说的独门点穴手法，但他不得不"乖巧"地闭口不语。

夜晚休息的时候，辰南曾想偷偷地溜走，但刚刚动了一下身子，守夜的侍卫就朝他这里投过来冷冷一瞥，令他不得不放弃了逃跑的打算。他感慨道："想不到我辰南竟然沦落到如此地步，小恶魔你不要落在我的手里……"

他们这一行人已经在大山中穿行了三天，曾经看到过自空中飞翔而过的巨龙，也曾看到过远古巨人那硕大无比的脚印，这些令小恶魔公主兴奋不已。每到这时她总要找辰南"表达"内心的喜悦之情，结果令辰南"兴奋"得口吐白沫，倒地不起。对于辰南来说，这真是无比痛苦的旅程，他对小公主又恨又气，却无可奈何。

两天过后，辰南终于明白这一群人的身份，也明白了他们此行的目的。小恶魔公主为楚国皇帝最小的女儿楚钰，集万千恩宠于一身，深受楚国皇帝和皇后宠爱。她身旁的那些侍卫是皇帝派专人为他训练出来的死士，对她忠心耿耿，至于那三个魔法师却还不是真正的魔法师，目前还只是见习身份。

再过几个月，将是楚国皇帝六十岁寿辰，小公主为了表示孝心，从宫中偷偷跑了出来，准备采摘楚国西境传说中的烈火仙莲作为寿礼献给皇帝，而她这批手下则是被她威胁兼恐吓拐带出来的。

"你们说，当我把烈火仙莲献给我父皇之后，他会是什么表情？我猜他一定会笑得合不拢嘴，允许我以后自由出入皇城。真是太好了，以后我想到哪里玩，就到哪里玩，再也没有人会阻止我了。"这些侍卫一个个都苦着脸，虽然他们是被小公主胁迫出来的，但皇帝肯定不会管这一套，到时肯定会降罪于他们。

"哼，你们都吃苦瓜了？我都向你们说过多少次了，到时肯定不让父皇治你们的罪。"小公主有些不高兴，看了看站在旁边的辰南，道："哼，你这个败类竟敢偷笑，过来陪我练功。"前两天小公主一直称呼辰南为淫贼，后来一个女侍卫悄悄地对她说了几句，小公主立刻意识到了什么，先是羞愤地将辰南暴扁了一顿，而后再也不叫他淫贼了，改称他败类、臭贼。

辰南硬着头皮，不情愿地走了过去。他在心中祷告道：神啊，佛啊，天使妹妹啊，虽然我知道你们都已经进入神魔陵园"享福"，但是你们连一个远方的亲戚都没有吗？让他们降魔来吧。魔鬼啊，地狱之主啊，赶快把你们这个近亲姐妹接走。这两天辰南陪他眼中的小恶魔公主已经练武 N 次了，小公主的武功出奇地高，将他蹂躏得鼻青脸肿，惨不忍睹。

小公主不怀好意地冲辰南笑了笑，道："你怎么也一副愁眉苦脸的样子啊，难道要你陪本公主练武就那样难受吗？有长进啊，不错，再试试我这招。呵呵，知道厉害了吧，真好笑。"林中传来小公主高兴而又得意的笑声，辰南的第 N＋1 次噩梦又开始了。

第六天，小公主一行人终于来到了他们的目的地，一座火山出现在他们的面前，火山口缭绕着层层烟云，烈焰仿佛会随时喷发而出。辰南暗暗心惊：这个恐怖的小恶魔真是疯了，居然要到火山口去采摘烈火仙莲。

小公主道："当初师傅他老人家无意中发现仙莲时，它还没有成熟，算算日期，这两天正是最佳采摘时期。我师傅说那里有条小蛇，你们不会连一条小蛇都对付不了吧？到时只要稍微注意一下就行。"小公主满不在乎地道。

辰南心中暗暗嘀咕：稍微注意一下？！守护天材地宝的灵兽随随便便就能打发吗？这个小恶魔的神经还真不是一般的大条。不行，我可不能走在前面，还是远远地躲到后面去吧。一行人向山上进发，辰南慢慢移动脚步，终于落到了靠后的位置。"败类你走到最前面去。"小公主那清脆的声音使辰南计划落空。他在心中暗暗诅咒：小恶魔……他极不情愿地走到了队伍的最前列。

越接近火山口，空气温度越高，让人感到阵阵闷热，而他们脚下的岩石也越来越烫。辰南心中有些紧张，时刻防备着那条躲在暗处的小蛇。众人终于来到了火山口，阵阵烟雾从火山口飘出，空气灼热无比，火山口犹如烤炉一般，汗水滴落在深褐色的火山岩上后立刻蒸腾消失。

一股馥郁芬芳的香气自烟雾中飘出，让烦闷疲惫的众人顿时感觉神清气爽。在火山口的内侧峭壁上，一团火红的光亮透过烟雾映入众人眼中，香气正是从那里飘来。小公主笑道："真的有烈火仙莲，师傅果然没有骗我。呵呵，真是太好了。"

众人取出防毒纱巾罩在了口鼻上，小公主看了看辰南，也扔给他一条，道："快点戴上吧，那些烟雾有很强的毒性。"辰南心中生出少许感激之情，不过马上烟消云散了。只听小公主接着道："快点戴好，赶紧把那条小蛇引出来。"他暗道：恶魔永远是恶魔！

火山口烟雾缭绕，能见度很低，向下望去只能看到淡淡的光亮，毫无疑问那是翻滚的岩浆。辰南战战兢兢沿着环形火山口向前走去，心中暗暗祈祷那条小蛇正在打盹。

烈火仙莲的香气越来越浓郁，微风轻轻拂过，吹散了缭绕在火山口的烟雾，辰南眼前的景象立刻变得清晰起来。烈火仙莲扎根于火山口下方三丈处的峭壁上，整株高半米左右，通体火红发亮，茎上生有九片晶莹剔透的红叶，顶端花朵状若莲花，但比莲花要明艳百倍，火红的花瓣鲜艳欲滴，如玉雕一般璀璨夺目。烟雾涌动，烈火仙莲渐渐被遮住了，只能看到一片火红的光亮。突然，辰南心中涌起一股巨大的危机感，他感觉自己如猎物一般被"人"盯上了。

一个漆黑的洞口出现在烈火仙莲不远处的峭壁上，洞中两点血红熠熠生辉，在轰隆隆的大响声中，无数巨大的石块自洞中掉进火山深处，一个庞然大物从洞中探了出来。辰南惊骇无比，简直要魂飞魄散，那竟然是巨大的蛇头，足有一间房屋那般大小，熠熠生辉的两点血红光亮竟然是巨蛇的一对赤眼，如脸盆一般大小。"轰隆隆！"又有无数碎石掉落火山深处，巨蛇自洞中慢慢向外移动，露出一截色彩斑斓的蛇身，蛇身上覆盖满了蒲扇般大小的鳞片，闪闪发光，妖异而又恐怖。

"该、该死的，这、这就是那个小恶魔所说的小蛇？这也太夸张了吧。"辰南声音颤抖地咒骂着。巨蛇停止了移动，血红的双眼盯上了辰南，与此同时它张开了巨口，露出白森森的毒牙，毒牙锋利如剑，高达半米，狰狞而又恐怖。辰南感觉一股寒流迅速从头蔓延到脚跟，身上起了一层小疙瘩。突然，一条长达两丈的血红色蛇信自巨蛇口中快速向他卷来，浓重的腥臭令人欲呕。

"啊……"辰南大叫一声，转身就逃，速度达到了他有史以来的最高峰，他边跑边大叫道："恶魔臭屁公主，你想害死老子啊……"小公主一直认为辰南的哑穴被她封住了，此时听他大声叫骂，先是大吃一惊，而后恼恨、愤怒不已。但当她看到辰南身后那条色彩斑斓的巨蛇后脸色惨变，不过很快又镇静了下来，最后说了一句差点令辰南晕倒的话："这条蛇好漂亮啊！"辰南如风一般向火山下跑去，路过小公主身旁时，他骂道："变态、疯子、恶魔……"

小公主的护卫不愧为久经考验的死士，惊骇过后，迅速冷静下来，紧紧握住自己的兵器，严阵以待，三个见习魔法师念动咒语，空中传来阵阵魔法元素的波动。但出人意料的是那条巨蛇在火山口露出一大截身躯后，便不动了，只是冷冷地盯着众人。

小公主异常沉着冷静："大家不要害怕，烈火仙莲马上就要成熟了，那条臭蛇已经在这里守护上千年了，在这关键时刻它绝不会离开仙莲半步，我们在远处攻击它。"接下来她命令道："快把那些雄黄撒到那条臭蛇身上。"

十几个布袋被一齐抛向巨蛇，与此同时见习魔法师的咒语已经念完，大片寒光闪闪的风刃向前袭去。风刃划破了布袋，雄黄自空中飘洒而下，落在了巨蛇身上，巨蛇身躯一阵颤抖，向后退去。众人精神大振，装满雄黄的布袋和大片的风刃再次向前袭去，巨蛇寒光闪烁的彩鳞上沾满了雄黄，刺鼻的雄黄味充斥在火山口，不久之后巨蛇萎缩在地，一动不动了。众人立刻欢呼起来。

辰南一口气跑到了半山腰，听到身后的欢呼时不禁停下来扭脸观看。他感慨道："没想到这个小恶魔还真有两下子，居然将那样一个庞然大物搞趴下了，真不愧是魔鬼的姐妹。"他想起巨蛇那锋利的毒牙和狰狞的红信还有些后怕，但同时也感觉很刺激。

辰南向火山口望了望，他很想就此摆脱那个小恶魔，从此游历天下，但又想留下来观看那难得一见的人蛇大战，他心中犹豫不决。最后他忍不住诱惑，又悄悄向火山口爬去，他躲在离火山口十几丈距离的一块巨大的山石背后。

小公主仔细打量了一遍萎缩在火山口的巨蛇后，笑道："想不到这条臭蛇这么狡猾，故意示弱引我们上当，所有人都不要过去，在这里攻击它。"侍卫从身上取下强弓硬弩，向巨蛇发箭，三个见习魔法师也开始念起咒语，准备魔法攻击。一排排雕翎箭向巨蛇射去，但令人吃惊的是精钢打造的箭头触到巨蛇的鳞片后，仅仅擦出一串火星，便滑落在地。见习魔法师所放出的巨大风刃砍在巨蛇身上后也仅仅让它颤动了一下而已，没有留下丝毫痕迹。

小公主果断地命令道："停止其他部位的攻击，将所有攻击都集中在它的双眼。"飞箭如雨，一齐向巨蛇那血红色的双眼袭去，巨蛇像是嘲笑众人似的闭上双眼，将箭雨阻挡在外。这时三个见习魔法师聚集了大量魔法元素，凝结成了三把冷气森森的冰枪，三把冰枪经日光照射后发出璀璨的光芒，如经天长虹般向巨蛇的双眼飞去。

"乓！""乓！""乓！"——冰枪在巨蛇眼前碎裂成无数块，光芒尽敛。这三记强大的魔法攻击并不是没有效果，巨蛇的眼皮露出丝丝血迹。与此同时，巨大的蛇头昂了起来，一改委顿之色，巨蛇吓人的蛇信吞吐不定，锋利的毒牙发着摄人心魄的寒光，一双血红的眼睛死死地盯着众人。辰南躲在山石背后，随时准备开溜。

"噗——"巨蛇张开巨口，喷出一大片火焰，腾腾烈焰向众人席卷而去。三个见习魔法师慌忙念起咒语，淡蓝色的魔法屏蔽将众人护在了里面。辰南看得目瞪口呆，叹道："不会吧，这个超级恐怖的家伙已经修炼成妖怪了，我的天，蛇妖！"看到这里，他又远离战场十几丈。

这时三个见习魔法师又集结了足够的魔法元素，他们将魔法屏蔽打开一角，而后将一大片光幕向巨蛇洒去。淡蓝色的光幕化作层层水浪，眨眼间熄灭了众人身旁的烈焰，同时将巨蛇浇得水淋淋，火山口冒起腾腾白雾，众人趁这个机会向后退了七八丈的距离。

巨蛇似乎被激怒了，在轰隆隆的声音中，它从山洞中又移出四五丈长，无数碎石块掉落进火山深处，此时立在空中的蛇身足有七八丈长，巨大的蛇头显得格外狰狞恐怖。巨蛇俯视着众人，双眼中凶光闪烁，似乎想俯冲而下，但最后又不甘地退守到烈火仙莲旁边，蛇身贴在了火山岩上。

看众人有些退却，小公主道："我不是给了你们三十六支威力巨大的魔法箭吗？这个时候不用，更待何时，给我射！"这些侍从身后取出魔法箭搭在弓弦上，一齐瞄准巨蛇赤红的双目。

"嗖！""嗖！"……魔法箭如电光一般飞射而出，在空中留下一阵阵波动，空中的魔法元素不规则振荡起来。巨蛇似乎嗅到了危险的气息，将狰狞的蛇头向旁闪去。魔法箭在巨蛇的嘴上擦出一溜火星，而后箭头突然爆裂开来，将巨蛇嘴巴左侧的鳞甲炸飞了一大片，剩下的几支魔法箭射中这个部位后，顿时将巨蛇的嘴巴炸得一片血肉模糊，露出森森白齿。

巨蛇被激怒了，庞大的蛇身一下子立了起来，森森白齿外血红的蛇信吞吐不定。同时隐藏在山洞中的蛇躯不断向外游移，火山口地动山摇地晃动起来。所有人都惊呆了，小公主沉声道："看来只能用最后一招了。"她从背后的包裹中取出一个古朴的长盒，打开盒子后拿出一把泛着黝黑光泽的长弓。辰南的瞳孔收缩，一眨不眨地凝视着那把长弓。

"后羿弓！"他没想到万载之后还会看到当年仙幻大陆的那把神弓。后羿弓曾经易主无数，万年前它的最后一个主人便是辰南的父亲辰战。当年辰战依靠此弓一日之内连续射杀三个围攻他的绝世强者，从而一战成名，威震整个仙幻大陆。辰南嘴唇颤动，轻声道："后羿弓啊，没想到万年过后我还能和你重逢……"

正在这时传来一阵惊天动地的大响，无数巨大的山石从火山口滚落而下，巨蛇冲天而起，百丈蛇躯全部暴露在空中。巨蛇尾端着地，百丈蛇身直立在空中，威势吓人，仿若要化龙而去。

小公主随手取过一支雕翎箭搭在了弓弦上，而后用尽全身力气将后羿弓拉开了一点点。黝黑的后羿弓开始泛出淡淡的金光，金光如薄雾一般向弓弦上的雕翎箭涌去。凡铁化金精，一支普通的雕翎箭通体变成金黄色，最后化作一道金光离弦而去。风雷阵阵，天地失色，金光似撕破了虚空，眨眼间到了巨蛇眼前。巨蛇惊恐无比，似乎发现了金光箭上蕴藏的巨大能量，它快速向地面落去，庞大的蛇躯堪堪躲过那道令天地失色的金芒，盘在火山口不住颤抖。

金光箭与巨蛇擦身而过，令众人无比失落，然而眨眼间风雷再响，本已消失的金光箭从远处呼啸而回，耀眼的金芒令天上的太阳都黯然失色，金光箭瞬间刺进了巨蛇体内。"噗！"血浪自巨蛇伤口处喷发而出，火山口冲起漫天血光，庞大的蛇躯在火山口不断翻滚，无数巨的石块被蛇身撞击得到处飞射，小公主众人慌忙躲避。十几分钟后巨蛇不再翻腾，它再次直立而起，狰狞的蛇头离地十几丈距离，它恶狠狠地盯着小公主，不过看到后羿弓后，本能地露出畏惧之色。巨蛇的蛇身被刚才的光箭剖开了一个巨大的血洞，血洞前后透光，鲜血汩汩地向外流着。

一个见习魔法师道："公主殿下再开一次神弓吧，如果这次射到刚才那个伤口，一定能够将妖蛇一举击杀。"小公主道："不行，我已经没有力气拉开神弓了，你们来！"十几个护卫每人都上前试了一遍，但没有一个人能够拉开神弓。

辰南躲在岩石后面，将刚才的一切看得清清楚楚，在场之人没有人比他更了解后羿弓，没有高绝的功力万难拉动神弓分毫。如果小公主有足够的功力的话，刚才将后羿弓再稍微拉开一些，不要说是一条巨蛇，就是一条巨龙也难逃杀身之祸。在古老的传说中，后羿弓曾射下过天上的神，是仙幻大陆最强大的仙宝之一。

巨蛇似乎看出众人无法再继续使用那个令它感到恐惧的"黝黑工具"了，它眼中凶光大盛，回头看了一眼烈火仙莲，向不远处的众人直冲而去。辰南早已觉察到不妙，在第一时间向山下跑去。直到这时小公主才真正露出惊慌之色："我太高估自己的实力了！"

众侍卫大声叫道："公主殿下快逃。"小公主背好后羿弓，深深看了一眼眼前众人，转身向山下跑去。

此时巨蛇已俯冲而下，荡起一阵狂风，转眼间来到了众人眼前。血红的蛇信，白森森的毒牙，只差分毫就触到了众人的身体，三个见习魔法师迅速撑起一片淡蓝色的光幕。巨蛇的头颅狠狠地撞在了魔法屏蔽上，淡蓝色光幕瞬间破裂，三个见习魔法师大口吐血，众侍卫被这股巨大的冲劲抛飞出老远，向山下滚去。

巨蛇游动快似闪电，眨眼之间又追上了向下滚落的众人，当场有两人被巨蛇那庞大的身躯自身上碾过，连惨叫都没来得及发出一声，便化成了肉泥，众侍卫看得肝胆俱裂。巨蛇并没有继续攻击其他侍卫，双眼泛着恶狠狠的凶光，朝前方的小公主追袭而去。

此时此刻辰南亡魂皆冒，小恶魔跟随在他的身后，而巨蛇则对她穷追不舍。小公主连连惊叫。辰南大声冲后喊道："小恶魔你鬼叫什么，不要像个跟屁虫似的跟着我。"

"败类，臭贼！你敢如此和我说话，我早晚要将你抓进宫中做太监，啊……臭蛇来了……"此时小公主早无先前的沉着冷静之色，此刻她惊慌无比。众侍卫听到小公主惊叫后，强忍着身上的剧痛，从地上爬起，抽出长剑向巨蛇身上刺去。但普通铁剑根本不能奈何巨蛇分毫，巨蛇身子左右扭动，庞大的身躯凶狠地撞在侍卫的身上，这些人如稻草人一般被撞飞。

巨蛇已经追到了小公主背后，张开血红巨口喷吐出一大片火焰，腾腾烈焰向小公主席卷而去。小公主神色恐慌无比，发出了刺耳的尖叫："啊……"眼看火焰已经烧到了小公主的背后，这时后羿弓突然发出淡淡的金光，将烈焰阻挡在外，吓得巨蛇停了下来。与此同时，一声长啸自远处传来，声音如隆隆雷鸣一般，在空中久久激荡。

"钰儿不要惊慌，为师来了。"来人声音之大，令火山口的碎石都不断向山下滚落，一个衣衫宽大的中年人出现在百丈之外。"呜……老头子你怎么才来啊，你再晚来一步，我就被臭蛇吃了。"小公主叫道。

辰南被震得两耳嗡嗡作响，气血翻涌，加之刚才紧张过度，一屁股坐在了地上。他感慨道："音功这么厉害，难道是音杀绝技苍龙啸？小恶魔叫他为老头子，难道是一个返老还童的老家伙？"他紧紧地盯着那个中年人，眨眼工夫，来人又近了五十丈。缩地成寸，技近乎道！这个老家伙果真了得，看来他的一身功夫最起码到了宗师级水准。辰南暗暗心惊。瞬间，中年人已经到了小公主眼前，巨蛇在不远处"蛇视眈眈"地看着不速之客。

中年人似乎丝毫没将巨蛇放在心上，溺爱地拍了拍小公主的头，笑道："哈哈，小丫头吃足苦头了吧？""讨厌，别打我的头。"小恶魔公主将中年人的手推向一旁。这时，那些幸免于难的侍卫绕开巨蛇跌跌撞撞跑了过来。中年人沉声道："你们远离这座火山，能退多远，就退多远。"

小公主也不再多言，领着这帮重伤的侍卫向山下跑去。当然，辰南早已先一步逃之夭夭，他可不想面对那个恐怖的小恶魔。三五个起落，辰南已来到了山下，一头扎进了不远处的树林深处。他没有就此离去，想看一下刚刚赶来的中年人和巨蛇的搏斗，他在密林的一个角落里隐藏了下来。

令巨蛇感到恐惧的后羿弓已经被小公主带走了，但它迟迟没有向小公主的师傅发动攻击。巨蛇早已通灵，它觉察面前那个弱小的躯体内蕴含着巨大的力量，它不安地扭动着巨大的蛇躯。此刻单独面对巨蛇，小公主师傅的气势在刹那间变了，此时他仿佛是傲立于天地间的巨人，脸上毫无惧色，充满了强大的自信。

巨蛇乃是附近百兽之王，方圆几里都没有动物敢踏足一步，然而短短半天工夫，它的权威连受挑战。此刻再经中年人那股强大气势的压迫，它彻底被激怒了，炽热的火浪喷发而出，铺天盖地般向中年人汹涌而去。中年人身形如电，瞬间向旁移动了五丈距离，而后高高跃起，一掌打在了巨蛇早先受创的伤口上，血浪再次喷出。

巨蛇忍受不住巨大的疼痛，翻倒在地，血红的双眼泛着令人生寒的凶光。一道狂风平地而起，巨大的蛇尾横空劈向中年人，这一记尾抽如果放在沙场是名副其实的横扫千军，在轰隆隆大响声中，乱石激射，沙尘蔽天，山上留下一条巨大的沟痕。

待到烟尘散尽，巨蛇再次直立而起，狰狞的巨口向中年人吞咬而去。中年人不避不闪，一往无前，两个拳头向前挥出，一大片白色光芒出现在拳头前方，白色光芒似有形之物撞上了巨蛇的血口。"轰！"一声震天大响，巨蛇从空中翻落在地，撞得山石四处激射。中年人也被反震之力从火山口的一侧撞飞到了另一侧，狼狈地跌倒在地。

辰南心中暗暗赞叹：这个中年人竟然能够以一己之力独斗百丈巨蛇，修为果真超凡入圣。而躲在丛林中的小公主等人看到中年人能够力斗巨蛇，欣喜不已。中年人和巨蛇又缠斗在了一起，中年人依仗快如闪电般的速度和超绝的功力专攻巨蛇眼睛等弱处，巨蛇则凭借身体的优势对中年人横扫蛮撞，一人一蛇在火山上跳跃翻腾，巨大的石块不断地从山上向下滚落。

他们离火山口越来越远，逐渐向山下打来，辰南感觉不妙，迅速开溜。小公主一行也赶紧后撤。众人刚刚撤走，他们原来的藏身之地便沦为了新的战场。中年人和巨蛇从山上打到了山下，他挥动一拳都会发出一大片炽烈的白色光芒，山石、林木触之便会化为齑粉。巨蛇的破坏力比中年人更大，它每喷吐一次烈焰，大片森林就会被焚毁，化作焦土，每一记"横扫千军"都会有成排的林木倒下。不到盏茶时间，整片森林便被夷为平地。

辰南看得心惊胆战，他不是没有见过绝世高手，他的父亲就是绝世高手中的绝世高手，但如此激烈的搏斗，他却没见过几次。小公主暗暗庆幸，如果巨蛇早先对他们如此发威，恐怕此刻她早就去天堂报到了。当然这是她一相情愿的想法，辰南更相信她会去地狱找恶魔认亲。

这时中年人似乎占了上风，闪电般的身影频频出现在巨蛇早先受创的伤口附近，拳头不断轰击在同一个地方，巨蛇被打得狼狈不堪，庞大的身躯不断翻滚。

中年人占据上风时，小公主在一旁欢呼加油；稍落下风时，小公主又毫不留情地奚落嘲笑。中年人喘了一口气，传声道："小丫头不要乱说话，再捣乱回去之后罚你面壁百日。"中年人被"刺激"后大发神威，将巨蛇打得萎靡不振，就在众人以为中年人胜券在握之际，巨蛇的尾巴突然快如闪电一般缠上了中年人的腰，一下子将他卷到了高空，即使是巨蛇最细的尾部也只绕了一匝就将中年人胸腹以下全部缠住了。小公主惊叫不已，冲过侍卫的阻挡，向前跑去。

中年人拼力挣扎，全身泛起淡淡的白光，光芒越来越强盛，缠绕在他身上的蛇尾渐渐松动，眼看就要挣开了巨蛇的纠缠，可是就在这时，狰狞的蛇头突然张开血红巨口向他咬来。他赶忙挥动双拳向外击去，一片炽烈的白芒将狰狞的蛇头阻挡在外，但松动的蛇尾再次将他紧紧缠绕住了。

小公主飞快地跑到了离巨蛇不足十丈之处，语音哽咽："师傅……呜……"中年人道："钰儿别哭，师傅没事，这条小蛇还要不了我的命。""师傅接后羿弓。"说着小公主将后羿弓和一支雕翎箭抛向空中。"呜……师傅，我对不起你，我想看看你的真正实力，所以早先没将后羿弓给你，呜呜……"小公主又哭了起来。

"钰儿不要害怕，这条小蛇真的奈何不了师傅。"中年人边说，边用力向巨蛇头颅连轰两拳，炽烈的白芒一下子将蛇头击退了三丈距离，他伸出双手，发出一道柔和的白光将后羿弓和雕翎箭接引到了手里。巨蛇看到后羿弓之后确实露出了畏惧之色，巨大的蛇头向后移开了七八丈距离。

中年人身上光芒大盛，将雕翎箭搭好后，拼尽全力去拉弓弦，他大喊道："开！"但令他吃惊的是弓弦纹丝未动。"钰儿，是不是有人曾经用过后羿弓？"中年人大声喊道。小公主得意道："是啊，老头子。臭蛇身上的那个血洞就是我射的，这下你高兴了吧，我终于拉开神弓了。"中年人苦笑道："什么？你这个小迷糊，后羿弓一年之内只能使用一次，真是让你害死了。"

巨蛇似乎已看出中年人无法使用神弓，它恶狠狠地向中年人咬去，中年人抡起后羿弓迎了上去，黝黑的弓背撞上了巨蛇的森森白齿，四五颗长达半米的毒牙被击断，随着一片血雾飞了出去。巨蛇吃痛，尾部用力一摔，将中年人抛飞了。中年人狼狈不堪地从空中翻落在地，他长长地吸了一口气后，手握神弓向巨蛇冲去。辰南看得目瞪口呆，小公主的师傅居然拿后羿弓当棍棒使用，他心中疼痛不已："这个变态男居然……真是暴殄天物啊！"小公主看得眉开眼笑："哈哈，老头子真是有趣！"

中年人高高跃起，一道乌光闪过，巨蛇那坚如精钢的鳞甲被后羿弓击得四处纷飞，天空中血雨飘洒。巨蛇狂怒，整个身躯疯狂扭动，巨大的尾巴横抽竖劈，大地都为之震动起来。奈何，小公主的师傅身形如电，躲过了一轮又一轮的致命攻击。随后他手握后羿弓频频出击，将巨蛇打得鲜血淋漓。

忽然，巨蛇停了下来，直立在空中的蛇身开始发出淡淡的金光，巨蛇发生了惊人的变化，身上的五彩鳞甲化成了金鳞，腹部出现四个突起，头部长出了一对金光闪闪的鹿角，一声龙吟自巨蛇口中发出，声震九天。一股强大的龙气自巨蛇身上发出，方圆百里的动物全都匍匐在地。所有人都惊呆了。

"龙，我看到了传说中的龙！"辰南激动地大叫道。小公主惊叫道："天啊！我们在和一条龙战斗！"在所有人都万分激动之际，小公主的师傅却露出了黯然之色。只有他明白巨蛇化龙并未成功，它腹上的龙爪没有伸出，化龙失败只有一个下场——死亡。他轻声道："蛇兄对不住，我以为你是一只修炼无成的蛇妖，从未想到你这样高傲，历万载岁月来修炼真龙之身，如果不是你已到了化龙的关键地步，我想我们早已死无葬身之地。"

这时巨蛇身上的金鳞开始脱落，无鳞之处血肉模糊，巨蛇发出悲壮的龙啸，从口中吐出一颗金光闪烁的内丹，内丹在空中突然爆碎，化作点点金雨消失在空中，化龙失败的巨蛇化作一道金光向火山冲去，眨眼之间没入了火山口内。

小公主的师傅怅然若失，如果杀死的是一条妖蛇，他绝不会感觉无比失落，但杀死一条有望化龙的圣蛇，他觉得心中沉重无比。"是对，是错？也许这个世界本来就没有对错之分吧。"他长叹了一声。

中年人怀着沉重的心情来到了火山口，他飞纵到烈火仙莲处，只采摘了一瓣仙莲，而后将整株拔下，扔进了火山内。他道："蛇兄，这可能是天意吧，如果烈火仙莲再早熟半个时辰，也许你已化龙而去。那株仙莲定会保你灵识不灭，愿你来生修成真龙。"

这时小公主众人已经跑了上来，"师傅刚才是怎么回事，那条臭蛇怎么变成龙了？"中年人道："你看错了，它怎么会变成龙呢？""就是龙，人家明明看到了一条龙嘛，你们说刚才看到是不是龙？"小公主对那些侍卫道。众侍卫表示认同。中年人淡淡地道："人在紧张过度的时候会出现幻觉，刚才你们太紧张了。"

小公主道："哼，老头子你今天怎么怪怪的，一定有什么事情瞒着我。"中年人笑道："你这个小丫头，总爱胡思乱想。这就是你要采摘的烈火仙莲。"小公主叫道："啊，怎么只有一瓣啊？"中年人道："你呀，真是贪心，这等仙草能得到一瓣就已经不错了，其余的莲瓣熟透后已经掉落在了火山内。""唉，真是可惜。"小公主叹息道，转而又道："哎，师傅，那条蛇呢，被你杀死了吗？"中年人道："它已死在了后羿弓之下。"

"哦，老头子你今天真是太怪了，明明屠了一条龙，不，是一条巨蛇，怎么还会这样无精打采呢？"小公主眨着一双大眼，别有深意地望着中年人。中年人捏了捏她的鼻子，转开话题笑道："你这个小丫头竟然从皇宫里偷跑了出来，你不知道快要把你父皇急死了。""讨厌。"小公主拍掉中年人的手，道："我出来找烈火仙莲还不是为了父皇，他六十岁寿辰时，我送仙莲给他，他一定会高兴得不得了。"

中年人道："你这个小丫头真是太疯了，你不知道你这样做会很危险吗？你怎么能不顾……""好了，好了，我知道了，你怎么比我奶奶还要唠叨。师傅，我听人说你年轻的时候暗恋过我奶奶，是真的吗？"小公主坏笑道。中年人道："你……你不要转移话题。"小公主嬉笑道："是，遵命，徒儿立刻返回皇宫。"

中年人一脸无奈之色，道："你太顽皮了，我真不放心你会安安稳稳地回去。"小公主奇道："老头子你不和我一块回去吗？"中年人道："我为寻你而来，原本应将你'押'回去，但在路上我听人说落风山脉中出现了一只麒麟神兽，这可是一件非同寻常的事情啊，我要过去看一看，只是不放心你啊！"

"那不是传说中的神兽吗，这个世上真的有麒麟？"小公主两眼发亮，一脸兴奋之色，道："我也要去。"中年人道："不行，你离开皇宫已经半个多月了，你母后为你担惊受怕，为此都已经病倒了，你赶快回去吧。""啊，我母后病了？那好吧，我马上回去。"小公主满脸失望之色。中年人将后羿弓还给了小公主，道："钰儿，你怎么将后羿弓偷出来了，要知道这可是楚国的传国之宝，它主要用于威慑他国的绝世高手。"

"怎么了，不就是借用了一下吗，我又不是不还回去。"小公主满不在乎道。中年人道："你真不知道轻重，神弓曾被人封印过，一年之内只能用一次，怎么能够随随便便拿去用呢，好在楚国现在没有什么恶敌，基本上用不到它。""知道——了。"小公主拖着长长的尾音。

巨蛇化龙功败垂成，当它的内丹爆碎的一刹那，万点金雨四处激射，谁也没有发现其中一道金光飞向了远方。金光穿透无数林木落向了地面，一颗璀璨夺目的金色珠子滚落到辰南的脚下，他激动地蹲下身子将金珠捡了起来。金珠光彩流动，发出的祥和光芒，令他心神舒畅。关于龙的传说，辰南可谓知之甚深，眼前的金珠对他来说没有什么秘密可言。

巨蛇虽然化龙失败，但毕竟达到了半龙之境，它体内蕴藏的力量一半是蛇的属性，一半是龙的属性。那颗爆碎的内丹是精元所化，集中了它全身的精华，一半蛇元，一半龙元。内丹爆碎时蛇元全部消散在了空中，但龙元并没有消散，精纯的龙元集中到了一起，形成了龙珠。

"龙珠，这真的是龙珠！"辰南惊叹道。龙珠体积虽小，但却蕴藏着精纯而又强大的龙力，这是一颗无价之宝。辰南非常清楚这个珠子的功用，在一个时辰之内，龙珠是活化的，如果这时将它吞服下去，而且承受住龙力的强大冲击，那么吞服龙珠之人便能吸收掉龙珠十之三四的精华，成就一身无上功力。如果在一个时辰之内，龙珠没有被任何人或动物吞服，它就会迅速失去光泽，强大的龙力全部内敛到核心，外层会变得坚硬无比，非仙宝级兵器不能破之，意味着龙珠内的强大龙力不能够被随意汲取了。

万年前，辰南的家世决定着他必须成为一名强者，奈何他的修为始终提不上去，功力低微是他痛苦的根源。他一直渴望获得强大的力量，如今机会就在眼前，但他却犹豫了，他不是怕抵挡不住强大的龙力冲击而爆体身亡，而是想起了和父亲的一番对话。

辰战道："天材地宝也许转瞬间就能够让一个人得到强大的力量，成为一名绝世高手，但有得必有失，他得到一身梦寐以求的功力，也意味着他永远失去了问鼎最强者的资格。自外界得来的力量桎梏着他自身力量的发展，是他永远无法冲破的枷锁。"

辰南道："即使不能成为最强者，但有机会做一名绝世高手也不错了。"

辰战道："能够承受住天材地宝强大的灵力冲击的人必非凡庸之辈，除了要拥有超绝的体质之外，还要有一颗永不屈服的心。这样的人如何能够忍受永远没有希望的煎熬，最终必会自毁。强者不怕寂寞，就怕在追寻力量的道路上永远停滞不前。"

辰南虽然没有完全认同他父亲辰战的观点，但也觉得有一定的道理。他想：吞下去，也许瞬间我就会成为一名强者，也许会立刻爆体而亡，但不管哪一种情况我都失去了成为最强者的资格。辰南自嘲道："像我这样武功停滞不前的人，也许吞下龙珠是最好的选择，毕竟这是一次鲤鱼跃龙门的机会。难道这是上天对我的恩赐？"辰南低头看着手中光彩流动的龙珠，犹豫了很长时间，最后叹声道："可是我真的不甘心啊！我辰南不需要'恩赐'！"

回首往事，辰南有些失落。十六岁以前他曾被人称赞为武学天才，武功修为一日千里，在同龄人中称得上"第一人"。然而，此后是他噩梦的开始，无论他怎样用功，他的修为再也提升不上去，甚至家传玄功由第二重天的大乘之境跌落到了第一重天的中阶之境。看着同辈中人一个个超越了他，他心中无比失落，苦涩到了极点。他虽然隐隐猜测到武功修为大跌和某些"外因"有关，但苦于无法查知真相。

天才的光环褪去之后，无数嘲讽之声自背后铺天盖地而来，但他却什么也说不出。外界的舆论、家族的使命……巨大的压力如同一座沉重的大山压在了他的心上，无能的表现令他自己都觉得他是一个平庸之辈，不配出生在那样一个家族。十六岁到二十岁这段时间，他觉得活着很累，甚至有过轻生的想法，在这期间他心中充满了迷茫。但他内心深处始终存在着一种信念，坚信早晚有一天能够冲破桎梏，打破现在的修炼壁垒，这是他修炼家传玄功不辍的动力。

万载后重生，辰南的武学修为依然无丝毫进境，但来自家族的沉重压力却彻底消失了。经过一年的调整，他已经融入了现在这个社会。他已经从过去的痛苦中解脱出来，恢复了原来的本性。他想：也许今天我错过了一次千载难逢的机会，但我决不后悔！原本光彩流动的龙珠渐渐暗淡，最后，光芒彻底内敛，颜色也由金黄变成了碧绿，成了一颗普通的明珠。

辰南将龙珠收好，沿原路回返，一刻也不想停留，生怕被身后的小恶魔公主缠上。他爬上一座高山，远远望去，小公主等人还在火山口处，他长出了一口气道："呼……终于摆脱掉小恶魔这个噩梦了。"

辰南已经在大山中转了三天，他尴尬地发现，他迷路了。山脉无边无际，如果再找不到回路，他只能在大山中当野人了。一缕轻烟从远处的山林袅袅升起，辰南大喜，向前寻去。在距轻烟百丈处，他停了下来，不敢莽撞上前，万一是小公主一伙，他将死无葬身之地。经过仔细勘察，他终于确定这是一群陌生人，且这些人似乎在找出山的路。接下来的两日，他一直悄悄地跟在这群人的身后。

但好运似乎总是在躲着辰南。第三天的下午，他正不紧不慢地跟在那群人的身后，突然，四周窜出七八条人影，将他团团包围。从他们犀利的眼神，可以看出每个人都是高手，从他们身上散发出的冷森森的杀气，可以想象出每个人都经历过生死之战。前方的人全部折了回来，总共有二十几人，为首之人是一个青年人，看起来颇为英俊，身上隐隐散发出一股霸气。他上下打量了一番辰南，皱眉道："你是什么人？为何鬼鬼祟祟地跟在我们后面？"

辰南解释道："我是一个迷路的猎户，想跟在你们的后面，走出这片大山。"青年反问道："一个猎户敢走进这片山脉深处？"辰南扯谎道："我在猎捕一头白鹿时不知不觉闯到了这里，结果找不到了回路。"青年公子朝旁边一个魁梧的大汉指点道："你，上！"从他命令手下的语气可以看出，他是一个惯于发号施令的人，辰南猜测，这个青年公子必定是一个大有来头的人物。

大汉手中握着一把大剑，又宽又长，走过来冲着辰南劈了下来。辰南急忙闪向一旁，大汉一剑劈空，第二剑又至，剑身发出一道淡青色的光芒，斜斩辰南腰腹。辰南心中叫道：不会吧，实质化的剑气！这岂不是一个宗师级的高手！这种人怎么会甘心做别人的手下呢？震惊归震惊，他还是在第一时间躲开了。

淡青色锋芒在地上劈出一条浅沟。辰南感觉非常奇怪，实质化剑气的威力不可能这么小，即使是普通的剑气也要比这一剑强上许多。难道是西方的斗气？他仔细看了看大汉的出剑姿势，确定了心中的想法。大汉凶狠的劈斩又至，辰南被逼和大汉战在了一起，斗气一重接着一重，淡青色的锋芒令辰南陷入险境。

站在旁边的青年公子冷笑道："普通猎户有这么好的武功吗？你若再不说实话，十招之后你将死无葬身之地。"辰南忙喊道："停，我说。"青年公子拍了拍手，道："停。"大汉收剑而立，冲着辰南道："行啊，小子！居然接了我二十多招。"

辰南用万年前的大陆语小声叹道:"无论哪一个时代都是强者为尊啊!我的武学修为倒退之后,注定要经历种种不快之事,虎落平阳被犬欺啊!"他快速思量了一番,道:"这位公子,我如果说我是一个学过武功的普通猎户你肯定不相信,不过我可以证明给你看。"青年公子道:"你如何证明?"

"我是一个猎户,当然以猎手拥有的能力来证明。"辰南弯下身,从地上抓起一把沙土,放到鼻端闻了闻,道:"我敢肯定这方圆三里之内,除了有一只雌虎外,没有其他大型野兽。"青年道:"好,杨冲你带几个人到附近去看一看。"一个青年人应声道:"是。"他领了几个人,向树林深处搜索而去。仅盏茶时间,远处便传来一声虎啸,不一会儿工夫,几个人拖回来一只死虎。

青年人看了一眼死虎,淡淡地笑了笑,道:"照这样看来,你真是一个猎户,不过我还有些疑问,从这里走出大山最快也要三天,难道你追了那头白鹿三天三夜吗?"说完之后,青年人语气变冷,喝声道:"把他给我绑起来。"几个高手冲了上去,将利刃抵在了辰南的各个要害。他若想对抗这么多高手,无疑如蚍蜉撼树,所以他没有反抗。他心中苦笑:刚刚逃出小公主的魔爪,又成了别人的俘虏。

青年公子的一个手下道:"三……三少爷,为何将他捆起来,直接将他杀了算了。"辰南从这句"三少爷"已经听出了"味道",更加肯定这人绝不是普通人。青年公子道:"先把他押起来吧,我感觉这个人不一般,他没有动手之前,我竟然没有发现他是一个武者。"

辰南开始了第二次俘虏生活,但这次的"待遇"明显要比第一次好了许多,最起码没有人将他当成私有财产,时不时地向他表达"兴奋之情"。这群人纪律性很强,没有多余的话语,只有那位公子偶尔和身旁的人低声说几句。两天后,辰南不得不感叹命运的神奇,他居然再次见到了小公主。如今小公主一行人只剩下了十人,在对抗巨蛇的过程中,总共死了四个侍卫,两个见习魔法师,幸存的这些人也都身受重伤,至今未愈。

当小公主看到青年公子一行人后,吃了一惊,眉头微微皱了一下,但瞬间便露出了灿烂的笑容:"天元大陆真是太小了,想不到在这里遇上了三皇子殿下。"青年公子也是满脸笑意："是啊，我也没想到会在这里见到钰公主殿下。"小公主笑道："三皇子不在拜月国皇城享福，怎么跑到我们楚国边境来了，难道要出使我国吗？出使我国好像也不用跑到深山里来吧？"不远处的辰南听得清清楚楚，不禁有些感慨，前后几天工夫，在茫茫大山中，居然遇到了公主和皇子。

三皇子道："钰公主的言辞还是那样犀利，'随意闯入他国边境'这顶大帽子我可承受不起。如果我没有记错的话，天元大陆中部地带的这片山脉应该不属于任何国家吧。"小公主道："三皇子殿下日理万机，怎么会无缘无故跑到这里来呢，毕竟这里已接近我们楚国边境，不得不让人心生疑虑啊。"

三皇子笑了起来，"呵呵，钰公主过虑了，其实我这次之所以来这里，主要是听闻落风山脉中出现了麒麟神兽，我想碰碰运气去看那传说中的神兽。"小公主道："哦，原来如此，没想到消息传得这么快，连远在拜月国的三皇子都知道了。"三皇子道："传说麒麟出，圣人现，神兽现世已震惊天下，这件事已在大陆上传得沸沸扬扬了。"小公主叹气道："唉！真的想去看看那只麒麟到底是什么样子，可惜我没有机会了。我们在去往落风山脉的路上碰到了我师傅，他说那里太危险，硬是把我赶了回来，真是扫兴啊！"小公主一脸愤愤之色。

三皇子眼中闪过一道精光，道："难道是诸葛乘风前辈？诸葛前辈名动天下，一身武学修为超凡入圣，是我最敬仰的前辈高手之一。"小公主道："是吗，要是被那个老头子听见，一定会乐坏，说不定还会收你为徒呢。"三皇子道："果真那样的话，我求之不得。"

小公主笑道："说不定这个老头子已经听见了，现在正犹豫是否真的收你为徒呢。"三皇子脸上惊疑之色一闪而过，笑道："呵呵，怎么会呢，诸葛前辈不是已经赶往落风山脉了吗？即使前辈他武功通神，也不可能听到几百公里以外的话语吧？"小公主气呼呼道："这个老头子不放心，怕我再偷偷跑回去，他一直在路上跟着我。""哦，看来老人家真的很疼你，怕你出现什么意外。"三皇子笑道。小公主道："分明是不信任我。"

三皇子看了看小公主的侍卫，道："钰公主，你的这些手下受伤了吗，怎么一个个脸色惨白啊？""是啊，我们在去落凤山脉的路上碰到了一个远古巨人，幸亏老头子即时赶到，要不然真的危险了。"小公主一脸后怕的样子。"真是万幸啊！嗯，这片山脉经常有怪兽出没，没有一些高手保护你们可不行，要不这样吧，我护送你们出山。"三皇子一脸诚挚之色。

小公主眼中寒光一闪而过，笑道："多谢三皇子殿下，不用麻烦你们了，我那个老鬼师傅会照顾好我们的。"三皇子道："钰公主殿下不用和我客气，碰到这种事，于情于理都要将殿下护送出去，况且诸葛前辈也不一定真的跟了下来。"小公主道："三皇子的好意我心领了，我们真的不用你护送了，这里已是山脉的边缘地带，几乎没有怪兽出没。"三皇子坚持道："不行，我一定要护送你们出去，要不然我心里会不安的。"

小公主见无法再推辞，脸上露出感激之色，道："那就有劳三皇子了。"三皇子笑道："钰公主你太客气了。"辰南将这一切看得清清楚楚，暗叹两人不愧出生在钩心斗角的帝王之家，短短片刻工夫就已完成了一次"心战"。

小公主遇到拜月国的三皇子后心中颇为不安，她不相信这是巧遇，最大的可能就是对方早已守候在这里。为了自保，她先是咄咄逼人地主动出击，令三皇子摸不清她的虚实，而后又无意间抬出诸葛乘风，令三皇子心中颇为忌惮。然而三皇子也绝非泛泛之辈，他心中虽然惊疑不定，但并没有就此退缩，而是想一路跟下去，进一步探听虚实。

三皇子和小公主两拨人马一起向大山外走去，辰南走在队伍的后面暗暗庆幸，幸亏三皇子缠住了小公主，使小公主没有注意到他躲在队伍的后面。但好景不长，小恶魔的侍卫很快发现了他这个被捆绑的俘虏，一个侍卫跑上前去对小恶魔耳语了几句。在那一刻，辰南觉得黑暗笼罩了大地，天空失去了色彩。

小公主满脸兴奋之色，笑嘻嘻地向辰南走来，毫无疑问，这是她遇到三皇子以来最真实的表情，但是辰南宁愿看她那虚假的笑容，也不愿见到她此时发自内心的微笑。他在心中高呼：地狱的恶魔快把你们的子孙领走！

开始时，三皇子怎么也不明白这个楚国的小公主为何突然兴奋起来，他不禁暗暗猜想是不是诸葛乘风已到了不远处。他随着小公主的目光望去，发现了令小公主兴奋的"根源"，竟然是前日抓到的那个俘虏。三皇子大吃一惊，对辰南的身份开始胡乱猜疑起来，他咳嗽了一声，道："这个人在路上一直鬼鬼祟祟地跟在我们后面，后来被我的手下抓住了，公主殿下认识这个人吗？"

"认识，当然认识。"小公主咬牙切齿道，"他是我从宫内带出来的小太监，本来是出来伺候我的，没想到遇上远古巨人时，他第一个就跑了。小李子，你没想到会这么快见到我吧？"辰南简直要晕了，居然被人称作太监。小公主恶狠狠地盯着他，其中的意思再明显不过，威胁兼恐吓让他配合。人在屋檐下，不得不低头。辰南犹豫了一下，最后无奈地道："请公主殿下责罚。"

三皇子笑道："既然是钰公主的奴才，就请殿下自行发落吧。"说罢，转身离去。"嘿嘿嘿……"小公主看着辰南，脸上充满了笑意。辰南身体一阵发寒，他压低声音道："公主殿下，我们做个交易吧。"小公主想起先前辰南的那些污言秽语，气得身躯一阵颤抖，尖声道："和我做交易？你凭什么，你做梦吧。"

"诸葛乘风其实不在，三皇子想对付你。"辰南飞快地说出了这句话。小公主仔仔细细将他打量了一遍，道："看来我真的小看你了，没想到你这个臭贼还有几分头脑。不过——我现在心中非常不爽，交易延迟，现在我要发泄！""啊……"林中响起了辰南悲惨的叫声，期间夹杂着小恶魔公主得意的笑声。远处的三皇子等人面面相觑，对这位传闻中的小魔女有了进一步的认识。

一轮明月高挂天边，皎洁的月光如洁白的羽毛般大片大片地洒在林间，夜风习习，吹来阵阵花草的幽香，整片山林笼罩在如水的月光之下，远远望去，素淡、朦胧、和谐、宁静。鼻青脸肿的辰南正和小恶魔公主在一间帐篷内低声交换意见，两人已经确定林间巧遇三皇子绝非偶然，这一切都是有预谋的，这些人早已守候在出山的路上。

小公主从两国关系及各方面考虑拜月三皇子的行事动机，然而近年来，两国并未有矛盾产生，她没想出个所以然。辰南打趣道："怕不是他想要劫色，或者把你当做礼物送给别人？"小恶魔公主气得怒目圆睁，冷声道："你这个败类，说话真是太难听了，你不知道在和谁说话吗？"但随后她又迅速冷静了下来，沉吟了一下，道："可能性几乎为零。""后羿弓！"思忖片刻，两人同时醒悟过来。

辰南道："当日公主殿下用后羿弓射杀巨蛇，金光箭划破长空，必是被三皇子看到了。""怪不得这个家伙总是瞟向我背后的盒子，居然在打我们传国之宝后羿弓的主意，真是该死！"小公主攥紧了小拳头，道："你这个败类到现在还没有想出应对之策吗？"

"这也不能怪我啊，巧妇难为无米之炊，公主殿下的侍卫都已身受重伤，现在无可用之兵，我能怎么办？我看还是将后羿弓直接送给三皇子算了，所谓识时务者为……嘿嘿。"看到小恶魔公主嘴角露出一丝冷笑，辰南赶忙打住话语，干笑起来。

小公主道："你这个败类，白天还大言不惭说要和我做交易，到头来却什么也帮不上。嘿嘿，这样也好，我可以毫无顾虑地收拾你了，你不知道这两天我找你有多么辛苦，恨不得立刻扒了你的皮。"看着小公主那邪恶的笑容，辰南不禁打了个冷颤："公主殿下，当初我不是有意偷看你出浴。"听到这句话后，小公主的双眼几乎喷出火来了："啊，你这个该死的败类，还敢提……我杀了你！"

"等等！"辰南赶紧向后退去，道，"公主殿下你太无情了吧，我明明知道你们处于弱势地位，还是义无反顾地投了过来，你怎么能够这样对我呢？"小公主道："嘿嘿，你这个臭贼还真是滑溜，你早已看清，三皇子动手之后肯定会将你灭口，要不然你那时肯冒死和我做交易？"辰南道："咳，这样你就更不能杀我了，你的侍卫都已经身受重伤，我好歹还有一战之力。"

小公主沉吟了一下，看着他笑了起来，道："好，既然如此，我暂时先放过你，喏，把这个背上。"看着小公主递过来装有后羿弓的盒子，辰南叫了起来："不要啊，你杀了我吧。"他明白小公主已经果断做出了决定，她打算忍痛扔下后羿弓转移众人的目标，而后找机会逃走。"好，我杀了你。"小公主将剑拔了出来。辰南苦着脸道："不，别，我背。"

在这个宁静的夜晚，林间却暗藏杀机。三皇子帐篷处刀光剑影，他正在和手下悄声谋议。侍卫统领杨冲向仁剑禀报相关情报，包括诸葛乘风并未守护小公主左右等。仁剑沉吟道："黎明时分再动手，紧张会瓦解他们的斗志。"他接着道，"得手后你立即带后羿弓回拜月，我前往落风山脉探查麒麟之事，那样一来，谁都可以摆脱我的嫌疑。"杨冲称赞道："殿下高明。"

小公主楚钰将所有手下都召集到了一起，她一改往日嬉笑欢颜的形象，神情肃穆无比，似一个沉稳的将军："辰南已经把将要发生的事情都告诉给你们了，'匹夫无罪，怀璧其罪'，拜月国三皇子狼子野心，欲打我楚国传国之宝后羿弓的主意。双方实力相差悬殊，即使我把后羿弓送给他们，他们也绝不会心慈手软，依旧会杀人灭口。死分为两种死法，一种是不战而降，屈辱地死去，另一种是英雄式的战死，你们打算选择哪一种？"帐内传来众侍卫压低声音发出的怒吼："英雄式的战死！"

"对！虽然我们已被逼入了绝境，但决不能屈服，我们要死战到底，让他们付出最惨痛的代价，你们愿意用鲜血捍卫楚国的尊严吗？"众侍卫高呼："愿意！""我们愿意为公主而战！""我们愿意为楚国流尽最后一滴血！"辰南叹服小公主手段了得，明明自己想借助众人的力量逃走，还要说得这样慷慨激昂。

"好，现在我们开始着手布置……"小公主为每个侍卫都指定地方，交代他们一会儿趁着夜色悄悄埋伏。而后又对辰南道："败类，念在你武功低微的分上，我就不要求你去杀敌了，你只要看管好后羿弓就行了。"辰南："……"小公主道："你们还有什么要补充的吗？"一个女侍卫站起身来，道："公主，我们为何不趁着夜色突围呢？"小公主摇了摇头，叹气道："你们都过来。"她将大帐撩起一角，从地上捡起一颗小石子弹了出去，不远处传来小石子落在草丛的轻响。与此同时，空中传来一阵弓弦的轻鸣，数十支飞羽箭射向了那处草丛。

小公主道："你们都看到了吧，他们早有布置，已做好伏击我们的准备。嘿嘿，既然如此，我们就在这里等，等他们反落入我们的埋伏圈。"众侍卫不禁对小公主露出钦佩之色。小公主又道："我猜想，如果他们在一个时辰之内不发动攻击，那么就有可能推迟到黎明之时，你们千万要小心，切记不可松懈。好了，你们去准备吧。"辰南暗叹：没想到小恶魔心思如此缜密，可惜她手中无可用之兵，如果她手中的力量和三皇子不相上下，鹿死谁手还真不一定，小丫头还真是可怕啊！

众人临去之时，一个侍卫突然跪倒在地，发誓道："属下一定竭尽全力护卫公主逃离此地！"其他侍卫见状，也纷纷跪倒低声发誓，要用自己的生命去保护小公主。当然也有一个例外，就是小公主眼中的"败类""臭贼"辰南。他暗道：开玩笑，护卫这个小恶魔？她自己早就做好了逃跑的准备。可恶的家伙，竟然要我背着后羿弓去送死。唉，如果后羿弓没有被封印，现在谁能阻我？

侍卫退出帐篷后，立刻在附近埋伏起来。辰南刚想向旁边的帐篷走去，一个女剑手突然拔出长剑架在了他的脖子上，道："你留下来保护公主，老老实实地待在这里。"辰南觉得自己比窦娥还要冤，莫名其妙卷进这个旋涡，身处险境之中。

死亡并不痛苦，只是瞬间而已，最痛苦莫过于等待死亡。每一分钟都是煎熬，心弦随着时间一点点被拉紧，直到承受不住那巨大的力量而折断、崩溃。小公主手下的侍卫尽管功夫了得，但在这漫长的等待过程中也不禁冒出了冷汗。

反观他们眼中那个"不明不白"的人物辰南却比较放松。辰南一直在勘察着逃跑的路线，同时不停地修正逃跑的策略。"嗯，第一步先将后羿弓抛向那个倒霉蛋，第二步应该跑到那个地方，然后再……嗯，第 N 步是否在那棵树下装死呢？我再想一想……嗯，最后趁他们混乱之时逃走。"要是让这帮人知道辰南心中的想法，一定会立刻将他杀掉。

东方天际只剩下了一颗耀眼的启明星，辰南知道生死时刻就要来临了，他将黝黑的后羿弓从盒子中拿了出来，用手轻轻地摩挲。他用万年前的大陆语低声道："老朋友你还记得我吗？我是辰南啊！想不到万年后仍然能够与你重逢。"旁边的一个侍卫推了推他道："你嘀咕什么呢？"辰南含糊道："哦，没什么。"

正在这时，二十几条人影呈环形向这里包围而来。小公主手下的侍卫们长长出了一口气，痛苦等待的尽头是解脱，无论能否生还，他们都不愿再忍受这种煎熬。

漫漫长夜结束之际，林中杀气冲天，那二十几人如虎狼一般冲了上来。与此同时，侍卫已经将弓箭对准了入侵者。"嗖！""嗖！"……飞羽箭齐发，响起一片惨叫声，当场有六人中箭毙命，倒地不起。

三皇子手下的侍卫统领杨冲低声骂道："这个魔鬼公主！都已经天亮了，还在防备。"当第九人被飞羽箭射倒在地时，三皇子手下的侍卫已经冲到了辰南等人的眼前，弓箭已失去了作用。小公主的侍卫纷纷握住自己的兵器迎了上去，只有两个人原地没动，一个人是辰南，另一个人是经历过巨蛇大战之后幸存下来的见习魔法师。辰南正在寻找机会逃命，见习魔法师则在念动咒语，准备施展魔法。

空中传来一阵魔法元素的波动，一根巨大的冰锥飞快形成，冰锥化作一道白光冲进了敌群，眨眼之间刺穿了两个人的胸腹，最后刺死第三个人后碎裂开来。见习魔法师偷袭得手后一阵惊喜，当他想再次施展魔法时，却发现体内早已没有了魔力，他原本就是重伤之躯，能够施展一次魔法就已经非常难得了。但此时不能再次施展魔法就意味着死亡，一把钢剑被人抛了过来，准确无误地刺进了他的心脏，见习魔法师带着不甘的神色慢慢闭上了双眼。辰南依然没有动，他趴在草丛中等待最佳逃跑时机。

正在拼杀的双方互有死伤，小公主的侍卫尽管都已经伤上加伤，但还在苦苦支撑，完全是一派以命搏命的打法。突然，小公主快如闪电一般从帐篷内冲出，闯进了敌群之中，她手中握着一柄细剑，所过之处必有人倒毙，在空中留下一串串血花。

辰南一愣，他原以为小公主会趁乱逃跑，没想到她居然杀进了敌群，不过想来她也是经过一番痛苦挣扎后临时改变了决定，否则之前她也不会将后羿弓强制性交给自己。"想不到小恶魔还没有进化到真正的恶魔之境，唉，毕竟是个小姑娘啊，心肠还不算太硬，不忍弃属下独自逃命而去，要是再过几年就不一定了。"

敌群一阵大乱之际，辰南双手举着黝黑的后羿弓站了起来，瞬间他成了众人注目的焦点，十几股杀气一齐向他涌来。小公主见辰南成功地吸引了敌人的目光，眼中闪过一丝不忍之色，可是接下来却又变得愤怒无比。

辰南冲着三皇子手下的侍卫们高声叫道："兄弟们，我无意与你们为敌，你们不是想要这把后羿弓吗？接着！"他将后羿弓抛了出去，可是却故意使方向出现了偏差，后羿弓落在了小公主的身旁。"杀啊！"三皇子手下的侍卫向前蜂拥而去，小公主手下的侍卫护主心切，也向前冲去。包围圈立刻瓦解，所有人都向小公主或者说后羿弓冲去，双方人马混战在一起。

小公主恶狠狠地盯着辰南，双眼都快喷出火来了，如果目光能够杀人的话，辰南已经被燃成灰烬了。她极其不甘地将目光转移到冲向她的敌人身上，持剑迎了上去。辰南冷笑道："不要怪我，人不犯我，我不犯人。是你先逼我背着后羿弓去送死的，我只是为了自保而已。"

他弯下腰，从地上捡起一把长剑别在了身上，转身刚要朝树林深处跑去，突然吧嗒一声，后羿弓从天而降，落在了他的脚下。"不会吧，这么快又回来了！"辰南回头一看，小公主正在敌群中冲着他冷笑，与此同时，三皇子手下的几个侍卫已经向他冲来。"小丫头你够狠。"他已经没有时间再把后羿弓扔回去了，转头就跑，可是刚刚跑出十几步，他又猛地停了下来，身体一片冰凉。

三皇子领着四个侍卫从树林深处走了出来，他脸上挂着一丝淡淡的笑意，道："有趣，有趣！精彩，精彩！没想到钰公主也有失算的时候，竟然被你钻了空子，我还真是小看你了，想不到你还有如此急智。我本来是在这里等候钰公主殿下的，没想到你第一个逃了出来。"

"这个……三皇子殿下，我从来没想过和殿下为敌。我不是和他们从皇宫里出来的，更不是什么太监。那个小恶魔，哦，就是那个钰公主，她之所以纠缠我，是因为我知道一件天大的秘密，她一直想从我口中套出，不过……她一直未能如愿。"

"你叫她小恶魔？哈哈……你这个家伙果然有趣。"三皇子大笑，不过接下来脸色一沉，道，"你在我面前充其量是个滑头而已，不要跟我要什么花样，更不要妄想用什么'天大的秘密'求我放过你。"

辰南心中一沉，身上已出了一层冷汗，道："是真的，我在一个古洞无意中发现了一张地图，我虽然对古文化不怎么精通，但也还认识那几个字，上面有'玄武甲'三个古体字。""什么？"三皇子惊叫道，但瞬间，他脸上又布满了寒霜，寒声道："你好大的胆子，竟敢在我面前胡言乱语！"辰南道："殿下，我句句属实，千真万确，不然也不会被那个小恶魔千里追杀啊！"

三皇子双眼放出两道寒光，冷冷地逼视着辰南，过了好一会儿才道："地图在哪里？"辰南道："这个……已经被我藏在了一个秘密所在。""哼！"三皇子冷冷地哼了一声，"你去把后羿弓捡回来。"

原本那几个为了后羿弓而追杀辰南的侍卫，在看到三皇子后又退了回去，此时后羿弓就在不远处的草丛中。从未被人得到过的仙宝玄武甲果然具有莫大的吸引力，三皇子虽然并不相信辰南的话，但还是留下了他的性命，准备稍后再查证一番。

辰南长出了一口气，双手捧着后羿弓递给三皇子，三皇子脸上现出激动之色，用手不断地摩挲黝黑的弓背，"大陆仙宝后羿弓终于到了我的手里，哈哈……"他的双眼散发着炙热的光芒。

此时天光已经大亮，林间飘着一层淡淡的薄雾，一股刺鼻的血腥味在林内弥漫，树林深处横七竖八地倒了一地尸体。小公主白色的衣衫已经绽放出十几朵血花，她双眼含煞，剑剑见血，三皇子手下的侍卫被她杀了大半。但她自己手下的侍卫也几乎全部折损，只有一两人躺在地上，时断时续地发出几声微弱的呻吟。

"停！"三皇子大声道，"钰公主殿下果然了得，我手下的侍卫都是以一挡十的好手，想不到还是死伤了这么多。"侍卫统领杨冲和另外三名围攻小公主的侍卫一齐向后退去。小公主将剑拄在地上，大口大口地喘气，乌黑的长发已被汗水浸透，一绺一绺地粘在一起。她早已精疲力竭，但手下侍卫的惨死深深刺痛了她的心，她凭着心中的那股怒火一直支撑到现在。

小公主怒视三皇子，直斥其名，道："仁剑！你这样做，不怕挑起楚国和拜月国之间的战争吗？"三皇子道："嘿嘿，钰公主你心里应该清清楚楚，今日之事将永远是一个奇案，没有人会知道楚国的小公主在这里发生了不测。"

小公主道:"没有不透风的墙,这件事早晚会传遍大陆。"三皇子道:"这里没有墙,也没有听风的人。"小公主指着辰南,道:"他不是吗?"三皇子道:"哈哈,想起来我就觉得好笑,堂堂楚国小公主,赫赫有名的小魔女,居然被这样一个小角色摆了一道。"

小公主恶狠狠地盯着辰南,如果她还能动的话,早已提剑冲了过去。辰南暗气,小恶魔在这个时候还要陷害他。三皇子冷冷地瞥了一眼辰南,而后又望向小公主,道:"钰公主,你说我该怎样处置你呢?像你这样的绝色佳人,我实在不忍心杀,可是将你留在身边,又要时刻防备你刺杀我。唉,真是头痛啊,想来想去,也只有将你悄悄送人,我想,别国的皇子一定会非常愿意接受你这件礼物。"

小公主像是做出了某种艰难的决定,脸上出现一丝痛苦之色。三皇子冷冷地道:"你不要妄想利用那些皇子的力量报仇,或者令他们心软将你放走,你会被我以私宠的身份送人,你只是我和别人结成联盟的一件礼物而已。嘿嘿,我知道你不会自杀,你不会放过任何一丝生存的机会,只有活下来你才有机会报仇。"

小公主无力地坐在了地上。不远处的辰南心里一阵发寒,三皇子这个人实在太可怕了,这绝对是一个枭雄。忽然,小公主抬起了头,狠狠地看了一眼辰南,然后扭头对三皇子道:"仁剑,你为什么没有将他杀了?"三皇子笑道:"哦,忘记告诉你了,这个家伙决定将关于玄武甲的藏宝图送给我。"虽然他不怎么相信辰南知道玄武甲的秘密,但却以为辰南和小公主的恩怨因藏宝图而起,他想借助这个机会打击一下小公主。

"哈哈!"小公主突然非常不雅地大笑起来,眼泪都流了出来,边笑边说,"仁剑你个大白痴,哈哈,真是笑死我了。你居然相信那个家伙有玄武甲,真是好笑啊!哈哈……"

三皇子仁剑脸色铁青,冷冷地向辰南望去。辰南的心立时沉了下去,突然发难,一掌印在了他身旁侍卫的胸口上,顺手将侍卫手中的后羿弓夺了过来。辰南学小公主的师傅诸葛乘风,将后羿弓当棍棒使用,用力抢向旁边另一个侍卫。事情发生得太过突然,那个侍卫还没有明白怎么回事，胸部就已被击得塌陷了下去，瞬间死于非命。

"哈哈，有趣，败类好样的！"小公主幸灾乐祸地叫道。"给我杀了他！"仁剑怒吼道。另两个侍卫手持钢刀向辰南劈去，他迫不得已只好举起后羿弓迎敌，虽然开始时他依仗后羿弓砸断了一个侍卫手中的钢刀，但还是没有支撑过二十几招，就被一个侍卫一掌拍在了后背上，一下子吐血倒地。

当辰南的鲜血洒在后羿弓上时，一股暖流自弓背向他双手涌去，黝黑的后羿弓开始发出淡淡的金光，弓弦一阵轻颤。辰南暗道："后羿弓万年前不就是这样吗，每当我握住它，它就会欢快地轻鸣，发出阵阵金光，难道它的封印被解开了？"

这一切都发生在瞬间，这时一个侍卫已举刀向倒在地上的辰南砍去。辰南飞快地从地上抓起一截枯枝搭在了弓弦上，弓弦被他用力拉开了一点点，金色的光芒如薄雾一般向枯枝涌去，一道淡淡的金光似闪电一般离弦而去，林间狂风大作，风雷响动。金光撞上了钢刀，在空中爆起一片光雨，钢刀瞬间化为粉末，自空中撒落而下。在光雨之中，一截枯枝如死神的长矛一般，破开了那个侍卫的胸膛，鲜血如激泉一般自血洞中狂喷而出，侍卫死不瞑目。

惊人的变化令在场众人大惊失色，小公主双眼睁得大大的，喃喃道："这怎么可能，老头子不是说后羿弓一年之内只能用一次吗，我已经用过一次了，连老头子都不能再将它拉开，这个败类竟然……"三皇子仁剑心中涌起一股强烈不安的感觉，他万万没想到阶下囚竟然拉开了封印的后羿弓。

这时，辰南第二箭已发出，风雷再响，金光闪耀，追杀辰南的另一个侍卫带着满脸不相信的惊恐神情倒在了血泊中，光箭在他的胸口上炸开碗口大小的血洞，血水汩汩向外流着，血雾在他的尸体上方弥漫。辰南再次将一截枯枝搭在了弓弦上，场上众人无不变色，没有人知道这一箭将会夺去谁的性命。原本一个毫不起眼的小角色成了众人命运的主宰者。

连发两箭，几乎已令辰南虚脱了，这两箭虽已解除了他的杀身之祸，但还没有解决他眼前的危机。以他的功力来说，还能勉强发出一箭，但场上除他之外还有六个人，究竟射向哪一个？枯枝每变换一次方向都令在场众人心惊不已，小小一截枯枝在众人眼中重如泰山。辰南最后将枯枝瞄向了三皇子仁剑，仁剑脸色微变，但马上镇静了下来。

"辰南你可要想清楚了，你要杀的可是一国皇子，杀了我，你等于得罪了整个拜月国。你一个人斗得过一个国家吗？天下虽大，但此后恐怕再也没有你容身之地。"三皇子语气一缓，又道，"如果你肯归顺我，我不但不计较你今日的不敬之举，还保你平步青云，从此高官厚禄。"辰南道："你当我三岁孩童啊，如果放过你，不要说高官厚禄，恐怕全尸都剩不下。我最讨厌别人威胁我，我就要射杀你这个贱人皇子。"小公主笑道："哈哈！仁剑'贱人'。"

辰南深吸了一口气，拼尽全身功力发出了第三箭，淡淡金光似来自天界的神罚，发出隆隆雷鸣朝仁剑疾射而去。三皇子仁剑脸色骤变，一把将身旁的侍卫拉到了身前。鲜血飞溅，侍卫满脸不甘地倒在了血泊中。金光穿过侍卫的胸膛后虽然暗淡了不少，但速度不减，向三皇子追袭而去。一道璀璨的光芒自三皇子腰间一闪而出，一柄一尺长的短剑发着耀眼的光芒向金光冲去。"飞剑！难道他是一个修道者？！"辰南惊叫道。

每个修道有成之人都有几件与自己性命交修的法宝，多以飞剑为主，修道者不仅可以遥控飞剑于百步之外杀敌，练到极致后还可以御剑而行，飞天遁地。但修道有成之人并不多见，达到至境者更是凤毛麟角。辰南年幼之时，异常向往修道。不过他父亲辰战一句意味深长的话打消了他的念头，辰战道："修武未必不如修道，如果你踏入真武之境，理解到武的真谛，你会发现修炼一道殊途同归。武之极尽境界与道之极尽境界是重合的一点……"

辰战虽然言未尽，但意已明。自此之后辰南勤修苦练，在十六岁之时终于成为同龄人中第一人。奈何，十六岁过后，修为不进反退，他跌入了人生的一个低谷。瞬间回思，辰南已然明白三皇子确实是一个修道者，但只是刚刚入门而已，据说修道有成之人的飞剑只有巴掌大小，是藏在体内的。

光华璀璨的飞剑撞上了金光，空中传来一阵金属交击的声音，短剑光华尽敛，折为数段，掉落在地。三皇子身体一震，张嘴一连吐了好几口鲜血，脸色惨白无比。辰南明白，飞剑与修道者息息相关，如果飞剑折损，修道者不死也要重伤。尽管金光箭又暗淡了不少，但依旧向三皇子追袭而去。这时，两条人影挡在了三皇子的身前，两人都是被侍卫统领杨冲点住穴道后扔过去的。

杨冲大叫道："殿下，我听我师傅说过，神弓射出之箭不沾到目标的鲜血决不停落，得罪了。"杨冲在光箭洞穿两个侍卫的刹那，来到了三皇子的身边，他将重伤的三皇子一把抱了起来，与此同时，几乎已经没有了金色光晕的枯枝瞬间没入了仁剑的股内，碎裂开来。

"啊……"三皇子仁剑发出一声惨叫，而后无比愤怒地骂道："杨冲你个蠢货，我吐了那么多的鲜血，衣服到现在还血淋淋，你撕下来一块不就行了，你……"三皇子气得又吐了一大口鲜血，杨冲吓得直冒冷汗。小公主哈哈大笑道："哈哈……笑死我了，贱人皇子屁股开花了，哈哈……"

辰南已经耗尽了全身的功力，再也没有力气发第四箭了，他一阵心虚。他猛吸了一口气，勉强集中起一点力气，站起身来装作去几步之外捡枯枝的样子。三皇子、杨冲、小公主三人看得一阵心惊，杨冲背起三皇子仁剑转身就逃，在这一刻他的轻功水平足以列入宗师境界，眨眼之间消失在了树林深处。小公主在刚才的激斗中已经耗尽了体能，此时腰酸腿软，刚刚站起来跑了几步便跌倒在地，看到三皇子和杨冲二人逃离后，急得都快哭了。

辰南没有想到自己的做作之举竟然会达到这种效果，拜月国三皇子如丧家之犬一般惶惶而逃，楚国小恶魔公主被吓得梨花带雨、楚楚可怜。他没敢得意忘形，将枯枝搭在弓弦上，端着后羿弓吃力地向小公主走去，他要在小公主看出虚实之前点住她的穴道。

看着辰南一步步向她走来，小公主吓得花容失色，泪眼婆娑，她可没有忘记之前是怎样对待辰南的，她道："败类……臭贼……你……你别过来。"辰南几乎要笑出声来了，他没想到小恶魔也有如此软弱的一面。但随后他心里又一阵嘀咕：早先面对三皇子仁剑也没见她露出一丝害怕之色，难道我比仁剑还恐怖？嗯，不对！辰南喝道："小恶魔，把你袖子里的东西拿出来，不然我放箭了。""当"，小公主无奈地将藏在袖子里的一把短剑扔在了地上，她道："哼，眼睛这么毒。"

辰南终于费力地走到了小公主的身前，拿枯枝快速在她身上点了几下，封住了小公主七八处大穴。"哈哈，大功告成。"辰南得意地大笑道，而后双腿一软倒了下去。"啊……败类，臭贼滚开……快滚开……"小公主惊叫连连。辰南躺在小公主的大腿上长出了一口气，道："简直快累死我了，唉！小恶魔，你现在还有资格命令我吗？"他现在疲累不堪，枕在小公主的大腿上，一边休息一边说着气人的话："舒服啊，皇族公主的腿难道真的不一般？静心、养性，不会还能够治疗高血压吧？喔，我好像都说反了。"

小公主又羞又气，泪眼汪汪，她道："败类……你放了我吧，你如果放了我，我让父皇封你做大官。""我这人比较懒散，不喜欢做官，况且我也不相信你的话。刚才三皇子想对我施展阴谋诡计，被我一箭射在了屁股上，你不想同样挨上一箭吧？"辰南伸出手"啪"的一声拍在了小公主的丰臀上，之前惨被蹂躏，现在气一下小公主，感觉很出气。

"啊……你……"小公主羞愤无比，眼泪簌簌滚落而下，"臭贼，你……如果……放过我，我说到做到，我一定会给你好多赏赐。"小公主哽咽道。辰南道："哎，到现在你还左一句败类，右一句臭贼地叫我，真不知道你是在求我，还是在气我。""辰南……辰公子，你放过我吧……呜呜……"小公主委屈地放声大哭起来，她是楚国皇帝最宠爱的小女儿，平日何曾如此低声下气过，她越哭越伤心，越哭越觉得委屈，眼泪如断了线的珍珠一般，一发不可收。

"再哭，我立刻扒光你的衣服。"辰南扯住小公主的袖子道。小公主吓得立刻止住了哭声，长长的睫毛上挂着一颗晶莹的泪珠，脸上满是泪痕，样子楚楚可怜至极，如同柔弱的小天使一般。辰南暗叹：到底还是个小女孩啊！他轻声道："唉，别哭了。"但不经意间，他忽然发现小公主眼中闪过一丝喜色，他恍悟过来，用力拍了一下小公主的大腿，道："差一点让你给骗了。"

"啊……你……"大腿受袭，小公主惊叫出声，她显然没有想到辰南前后转变如此之快。辰南道:"小恶魔,不要再演戏了,恶魔怎么会变成天使呢。这一路上你早就把你的恶魔本质暴露无遗了,想起你的所作所为,我简直如做噩梦一般,你不会忘记你都做过什么吧,现在装可怜已经晚了,我早就看透了你的本质。"

"辰公子你误会我了,其实我很善良,一点也不凶。上次谁叫你偷看我洗澡啊,我是公主,当然要有公主的尊严,那样对你也是迫不得已啊。"辰南道:"你不凶,你很善良?善良得差一点对我实施宫刑。而且每天兴奋过度时,都要找我'表达'一下内心的'喜悦'之情,常常令我倒地不起。这些都是迫不得已吗?"小公主可怜巴巴地道:"辰公子、辰大哥,我错了,你原谅我吧,放过我吧,呜呜……"辰南道:"你死心吧,我决不会放过你的。"

小公主低声下气,好话说尽,见辰南还是一脸坚决之色,脸色一寒,语气陡然一变,厉声道:"大胆,你知道你在跟谁说话吗?我是楚国的小公主,你只是我楚国的一个平民而已,你这样做不怕惹来杀身之祸吗?你不怕我父皇诛你九族吗?"小公满脸怒意,一改刚才的柔弱之色。辰南道:"怕我就不做了,小恶魔终于露出本来面目了吧?"

小公主脸上一片冰冷之色,冷冷地道:"辰南你可要想好了,普天之下,莫非王土,率土之滨,莫非王臣。今日你已经得罪了拜月国的三皇子,如果你再对我不敬,你就等于得罪了两个国家,天下将再无你容身之地。"她看了一眼辰南,接着道,"你不要以为可以做得神不知鬼不觉,三皇子仁剑已经跑了,如果我不能够安然返回皇宫,仁剑一定会将你揭发出去,到时他所做的一切也一定会赖在你的头上,到那时你……嘿嘿。"

"把你放回去,我也肯定难逃一死。唉,看来只好找个山清水秀的地方去隐居了。不过有一国公主陪在身边,勉强还算可以接受。到时我们再生一大堆孩子,嗯,细想一下,这样的生活还算不错。"辰南故意露出一脸憧憬之色。小公主听完之后,脸色苍白无比,她颤声道:"你无耻、下流、卑鄙……"

辰南静静地等她骂完,接着道:"等过个十年八年之后,我们领着一大群孩子去见你父亲,我想那时他不会杀我了吧。"小公主气得都快疯了，咒骂道："你这个魔鬼。""哈哈，我是魔鬼，你是小恶魔，我们岂不是天生的一对，真是千里有缘来相会啊！"说罢，他从地上坐起，将小公主抱在了怀里，一起躺在了地上。

"啊，放手，将你的脏手拿开，啊，你这个流氓、无赖……"小公主羞怒无比，恶狠狠地盯着辰南，她咬牙切齿，恨不得立刻咬上辰南一口。辰南抱着小公主温软的身子，看着她那如玉般的绝色容颜，他感觉心跳有些加速，不可否认，小公主真的具有倾城倾国之色。他连续三次拉开后羿，耗尽了全身的功力，加之一夜未合眼，一阵阵倦意向他涌来，闻着小公主那醉人的幽香，他感觉身体轻飘飘的，慢慢进入了梦中。

小公主开始时还不断地咒骂辰南，后来见辰南居然抱着她睡着了，她赶紧止住了骂声，毕竟沉睡中的敌人比清醒的敌人要安全多了。小公主不知道自己心里是什么滋味，她从来没有想到过会躺在一个陌生男子的怀里，平日都是她整人，不想今天却被一个外表平平的败类如此轻薄。她不断地思忖对策，从利诱到威胁，再到色诱，但一个个方案都被她推翻了，面前这个家伙似乎软硬不吃。她边思考对策，边不断地集结体内残余的真气去冲击被封住的穴道，然而一次次的冲击未能使被封的穴道松动分毫，最后她气馁了。

看着熟睡中的辰南，小公主恨得要命，辰南双手搂着她柔软的细腰，将她的丰胸紧紧地贴在了他的胸膛上，如此亲密的接触令小公主直欲发狂。感受着辰南的体温，小公主一遍又一遍地诅咒着："风起吧，云涌吧，吹倒大树砸死他；下雨吧，打雷吧，降下乌雷劈死他；天黑吧，星出吧，出现流星撞死他……"

风未起，雨未下，天未黑，辰南好梦连连，嘴角挂着一丝笑意。"这个该死的家伙，睡觉都笑得这么淫贱，败类、臭贼、无耻之徒……"小公主又暗暗骂了一遍。渐渐地，她也支持不住了，连番厮杀，再加上一夜未合眼，她比辰南还要困乏。慢慢地，她也闭上了眼睛，趴在辰南的胸口睡着了。

时至中午，辰南从沉睡中醒了过来，一缕阳光从树林的缝隙透过，照在身上，令他感觉暖洋洋的，舒泰无比。辰南将小公主叫醒，把她扛在肩头上，拿起后羿弓大步向林外走去。午时的阳光火辣辣的，天气异常炎热，小公主被辰南扛在肩头，觉得难受无比，怒道："你这个疯子要带我去哪里？还不快将我放下！""找个山清水秀的地方去隐居，然后我们拜堂成亲。"辰南笑道。小公主叫道："你无耻，快放我下去，我难受死了！"

正在这时，山林中的野兽忽然恐慌起来，隐匿在林间的各种小动物蜂拥而出，向远方跑去，接着是各种大型的食肉动物，奔跑的野兽带起阵阵腥风。辰南急忙将小公主从肩头放下，而后将她抱起飞上了一棵大树。小公主没有露出丝毫恐惧之色，一双大眼好奇地望着各种野兽逃跑的反方向。这时大地忽然颤动起来，山林也开始跟着摇晃，远远的，一个高大的身影向这里走来。

"我的天啊！中大奖了，居然遇到了一个远古巨人。在这片山脉中见到这样的大家伙，不是只有万分之一的机会吗？"辰南头痛无比。小公主则兴奋不已，似乎忘记了自己已失去了自由身，她惊喜道："哇，远古巨人耶，我不光见到了会飞的龙，还见到了远古巨人，真是不虚此行。"

辰南道："不要说话了，我们藏在这里，等他过去再动身。"他看着小公主狡黠的双眼，淡淡地道："你如果想惊动那个大家伙的的话，待会儿尽管叫吧，不过我会在第一时间将你扔到他的脚下。"远古巨人一步步靠近，整片山林跟着一下一下晃动起来，剧烈的震动，令林间落叶纷飞。

辰南伸手从旁边树桠上将小公主抱了过来，一只手紧紧地揽在她的腰上，低声道："他马上就要过来了，你如果想叫的话，做好准备吧，我已经准备好将你抛出去了。"小公主恨声道："把你的脏手拿开，要不然我真的叫了，别以为我不敢。"辰南调笑道："我不抱紧你，你不掉下去才怪，到时摔破了屁股去和三皇子争锋啊？"

高大的远古巨人从远处来到了他们近前十几米处，巨人身高足有三十米，身上的体毛有如兽毛一般密而长。除了异常高大和体毛浓密外，巨人外表和常人无异。一股浓烈的腥臊从巨人处传来，令辰南和小公主差点呕吐起来。辰南赶忙用袖子捂住了口鼻，看到小公主那痛苦而又希冀的眼神，他腾出搂着她腰肢的手，环着她的脖子捂在了她的口鼻上。巨人本来一直在空旷处行走，但路过他们这里时鼻子突然翕动了一下，径直朝他们这片山林而来。

"果然被他发现了。"辰南抱起小魔女从树上跳下，飞快地在树林内穿行。巨人咆哮之声如惊雷一般在空中激荡，他迈开双腿，仅三步就追上了他们。"轰隆隆！"六七米高的树木像稻草一般，被巨人踩倒在地。一棵大树朝前方二人倒去，惹来小公主一阵惊叫："你个大笨蛋，快跑，他追上来了，快点笨蛋……"

辰南险险地躲过那棵倒下的大树，而后身子急转，向旁闪去。巨人没收住脚步，向前迈去，等他再回身时，辰南已经抱着小公主跑出去了二十几米。小公主叫道："笨死了，赶快跑到前方藏起来。哎，笨蛋你怎么停下来了，快跑啊！"辰南突然停身站住，将小公主一下子扔在了地上。小公主的丰臀在第一时间和地面亲密接触，"败类……嗷，疼死我了，你这个大混蛋，嗷……"

辰南没有理她，伸手将后羿弓从肩上摘了下来，他左脚弓步上前，右手将一根枯枝搭在了弓弦上，神情专注无比，眼中只剩下了前方的巨人。他右手用力拉紧弓弦，黝黑的后羿弓泛起淡淡的金芒，天地元气疯狂向后羿弓涌去。辰南和后羿弓仿佛血肉相连一般结合在了一起，一片金光自他和后羿弓散发而出，一股强大的力量波动以他为中心向四处扩散而去。巨人感觉到了空中强大的力量波动，他露出一丝惧意，止住了脚步。

此时浩瀚无匹的天地元气如波涛一般向辰南和后羿弓汹涌而去，辰南浑身上下散发出耀眼的金芒，璀璨的光芒令天上的太阳都黯然失色。巨人不由自主向后退后了一步，脸上的惧意更深。小公主心中震撼无比，她怎么也无法将眼前的男子和那个败类辰南联系到一起，二者之间有天壤之别。眼前的男子如山似岳，强大的气势如神魔临世一般，让人有一股顶礼膜拜的冲动。在如此迫人的气势下，远古巨人仿佛都已不再高大，眼前的男子倒像是一个俯仰天地的巨人。她疑惑道："这真的是那个败类辰南吗？这真的是那个臭贼？"

天地间忽然风起云涌，乌雷阵阵，后羿弓上光雾氤氲，金光如流水一般向弓弦上的枯木涌去。仅仅片刻间，枯木就已变得金光璀璨，散发出令人惊悸的强大气息。金光所向，巨人忍不住一阵战栗。辰南轻轻地松开了弓弦，在最后关头将后羿弓调转了方向，狂风大作，乌雷滚滚，一道金光如闪电一般自巨人身旁划空而过，眨眼之间没入了这片森林最高大的树王根部。高达三十几米的树王瞬间化为粉碎，木屑漫天飞扬，远古巨人怪叫了一声，转身就逃，成片的林木被他踩倒在地，山林一阵阵颤动。

远古巨人高大的身影终于消失了，疯狂涌动的天地元气也慢慢归于平静，山林一下子安静了下来。辰南身上耀眼的金光渐渐暗淡，最后消失，但强大气势依然存在，他的身影仍给人一种山岳般的感觉。小公主颤声道："败类……辰南……你的箭术怎么那么差啊！那么大一个目标都没有射到。"

辰南身上那股强大的气势渐渐敛去，整个人看起来又变得普普通通，小公主长出了一口气，她实在有些害怕刚才如神魔一般高大的辰南。辰南叹了一口气，道："不知道今生还有没有机会再次领略到真武境界的感觉。""你少臭美了，连我师傅都只能在传说中的真武境界边缘徘徊，就凭你？哼，真是痴心妄想！"小公主不放过任何打击辰南的机会。

辰南望着树王在空中漫漫飘散的粉屑，像是自言自语，又像是在对小公主说话："用心射出的一箭啊！在那一刻我的心已经攀升到了真武之境，如果那时我有足够的功力，我可以射下天上的神！"

"呸，真是无耻，连巨人那么大的目标都没有射到，还想射下天上的神，你以为你是谁啊！"此时辰南彻底恢复了原来的样子，笑道："我是你丈夫啊。"小公主气道："哼，无耻！"辰南不理她，接着道："神箭出弓后不饮目标鲜血不停，你还真以为我刚才那一箭失去了准头？我只是没有把握一举将他射杀而已，万一再如你对付巨蛇时那样狼狈，岂不惹来杀身之祸？所以我只能用神箭之力来威慑他。如果我有足够的功力，哪怕能将弓弦再拉开一点点，我也会毫不犹豫地将那一箭射向他。"

"我发现了，你这个败类不仅超级无耻，而且还是个超级恶心的自恋狂！"小公主嘴上虽然无情地打击辰南，但一想到刚才的情景，她就忍不住一阵失神，刚才那一箭之威给她的印象太深刻了，她心中不得不承认，在那一刻辰南的心绝对和神弓契合了。小公主心中愤愤不平，暗道：这样一个普通的家伙居然得到了神弓的认可，可恶！

"走喽，老婆，我们回家去拜堂！"辰南将小公主抱了起来。"该死的败类，放下我，快放下我……"小公主不停地咒骂着。辰南刚要将她扛上肩头，小公主逮到了机会，张开嘴狠狠地向他肩头咬了下去。

辰南痛得大叫："啊，你这个小恶魔，别咬了！"他伸开一只手，捏住了小公主的下巴，费了很大力气才将她的嘴掰开。"扑通！"辰南再次将小公主扔在了地上，小公主的屁股第二次与地面亲密接触，痛得她脸色惨白，她骂道："你个混蛋，痛死我了，该死的败类，嗷……"

辰南解开上衣一看，肩头印着一排整齐的牙印，颜色青紫，他抽着气道："小恶魔你还真狠啊！"此刻小公主痛得泪眼汪汪，她生气地道："活该，痛死你，嗷……""哈哈！"辰南忍不住大笑起来，道，"怎么样，滋味好受吧，再摔一次，你的美臀就可以去和三皇子'一争高下'了。"小公主瞪着辰南，恶狠狠地道："你这个该死的家伙，竟敢这样对我，我早晚要杀了你，嗷……痛死了……"

"老婆，其实我知道这也不能怪你，我知道你饿了，不过下次要记住，丈夫的肩膀是不能吃的。好吧，我们去找个舒服的地方，然后吃些东西。"辰南一脸笑意。这次他"小心翼翼"地将小公主抱了起来，而后在小公主的咒骂声中将她放在了肩头上。

翻过两座山峰后，一条淡蓝色的玉带出现在山脚下，由山中清泉汇合而成的一条小河在山脉中蜿蜒而流，隔很远就能够听见哗啦啦的流水声，在炎炎烈日之下，这种声音无疑是最美妙的音符。小公主双眼放光，面露喜色地对辰南道："败类，前面有条河，赶快过去，我快渴死了。"辰南道："好吧，我们到那里去休息一下，吃些东西。"

小河清澈无比，河底是五颜六色的鹅卵石，鱼儿遇人不惊，在水中欢快地游来游去。辰南洗完脸后脱去鞋袜，将双脚泡在了清凉的河水中，酷热的感觉一扫而去。小公主被放在了岸边，她看着辰南脸上露出了舒爽的神色后，不满地叫道："臭贼你怎么能够把我放在烈日下，一个人去躲清凉呢？你太自私了！"

"舒服啊！"辰南夸张地伸展了一下双臂，道，"恶魔老婆不要急，你先在这里等一会儿，等我打猎回来就会给你片刻的自由。"辰南穿好鞋袜后，起身向不远处的树林走去。小公主不停地咒骂："喂，败类、臭贼你给我回来，你怎么能够将我一个人丢在这里呢，万一来了一只野兽怎么办？你这个该死的混蛋……"

一会儿工夫，辰南从树林中转了出来，手中拎着两只肥硕的雪鸡，冲着小公主叫道："恶魔老婆，这下你有口福了，看，这可是美味中的极品啊！"小公主看了看通体雪白、羽翼光亮的两只雪鸡后，冲着辰南斥道："你怎么这么残忍啊，多么可爱的两只大鸟啊，就这样被你残害了，你这个屠夫……"

辰南道："拜托，这只不过是两只充饥的雪鸡而已，你不要把它们的生命上升到人类的高度好不好？你如果真有爱心的话，早先也不会那样对待我了，我看你自己才是和魔鬼亲如一家的人。"辰南伸手在小公主身上拍了几下，道，"给你片刻自由时间，你不要妄想逃跑，在全身功力被封住的情况下，你和普通人没有什么区别，如果到处乱走的话，一不小心就可能成为某只野兽的点心。"

小公主恨得牙根都痒痒，气得又咒骂了几句。辰南不理她，开始清理雪鸡的羽毛。小公主看了看远处的山林，又看了看辰南后，脸上露出无奈之色，转身向河边走去。可是在她转过身的瞬间，嘴角便露出了一丝得意的笑容，如果辰南看到后一定会不寒而栗，这是小公主的招牌——恶魔的微笑。

小公主踩着鹅卵石向小河中走去，清凉的河水浸透了衣衫。她双手捧起一些水露润了润双唇，而后将发夹取了下来，黑亮的长发如瀑布一般披散开来。河水打湿了她的长发，她像一条欢快的鱼儿一般在水中忘情地游来游去。

辰南将洗净的雪鸡插在两根削尖的木棍上开始烧烤，不一会儿工夫便传来阵阵香气，雪鸡逐渐由红艳变得色泽金黄油亮，油滴落在火堆上发出哧哧的响声，河边芳香四溢，辰南忍不住吞了一口口水。

这时，小公主整个人忽然沉进了水中，过了约有半分钟时间才浮出水面，湿漉漉的长发沾满了水滴，绝色的容颜清丽脱俗，灼若芙蕖出渌波。辰南回头恰好看到这幅芙蓉出水的画面，他一阵失神，喃喃道："洛神……延颈秀项，皓质呈露。芳泽无加，铅华弗御。云髻峨峨，修眉联娟。丹唇外朗，皓齿内鲜，明眸善睐，靥辅承权。瑰姿艳逸，仪静体闲。柔情绰态，媚于语言……"

他看着水中的小公主久久出神，不禁想起了前几天第一次见到小公主时的情景，那时小公主身无寸缕，纯得像天使，美得像精灵，宛若小仙子一般。辰南将烧烤雪鸡的两根木棍插在地上，慢慢向小河走去，坐在岸边失神地望着小公主。慢慢地，这个如精灵似仙子般的女孩勾起了他记忆深处最温馨的回忆，一道美丽的倩影渐渐浮上他的心间，此情此景让他想起了心中的那个她——雨馨。辰南的双眼渐渐模糊，遥远的记忆被慢慢打开，仿佛回到了万年前，雨馨似乎正在轻轻地向他走来，巧笑情兮，美目盼兮，耳畔好像又听到了佳人的欢声笑语……

梦醒了，心碎了，他明白雨馨不可能再出现了。万年前，初登仙武境界的邪道绝代高手东方啸天和他父亲辰战大战惨败后夜袭辰府，雨馨为了救他，承受邪道无上绝学裂天十击，百脉寸断，最后自封百花谷闭死关。"到最后一刻你还在安慰我，要我好好地活下去……"辰南闭上眼睛，温热的泪水已经无法抑制，顺着脸侧流淌了下来。"你真的能够悟通生死，破关而出吗？你真的还能够和我再相见吗？我知道这是不可能的，那一别是我们的永别！雨馨啊……"雨馨是辰南心中永远的痛，是他一生的遗憾！

过了好久，辰南的心情才渐渐平静下来，用河水洗去了脸上的泪水，他轻轻地道："我以为已经把万年前的事全放下了……唉！有些事情永远也无法让人忘怀，刻骨铭心的真情永远也不可能磨灭。雨馨，万年前我负你所愿，在你走后不久我自暴自弃，瞒着父亲赴了一场必死的决斗……想不到万年后我又重生了，人生如梦啊，今世我一定会好好地活下去。我知道我永远忘不了你，但我还是要说，让往事飞！"

突然，小河中蒸腾起阵阵白雾，小公主周围的河水似乎沸腾了一般，不断有气泡上涌破裂，水花翻滚，热浪阵阵，水雾缭绕在河面之上。水中的鱼儿四处游动，惊慌逃窜。小公主站在水中一动不动，身上的肌肤鲜红欲滴，隐隐有光彩流动，白色的雾气将她衬托得更加清丽脱俗。

辰南大吃一惊，他知道此刻小公主的血液在沸腾，全身的真气正在按平常百倍的速度流转。他咒骂了一句："糊涂，我怎么把烈火仙莲忘了。"他快速地向河中跑去，来到小公主身前，不断地拍打她全身的大穴。渐渐地，辰南的脸上出现了汗水，不是沸腾的河水所致，而是急的。他已经拍出了几十掌，但掌力在距小公主身体半寸之处便被一股气劲阻挡在外，根本不能够封住小公主半个穴道。

小公主原先被封住的穴道不仅全部被冲开，而且体内真气正生生不息在百脉内循环，在体表形成了一层护体真气，将辰南所有掌力全部消卸于无形。蓦地，一股大力自小公主身上涌出，辰南被震得跌了出去，仰躺在了水中。以小公主为中心激起一片巨大的水浪，烈火仙莲的药力终于全部发挥完毕。辰南从水中站起，急忙向岸边跑去。

小公主喝道："想跑，没那么容易！"一股巨大的水浪从河心激发而出，打了辰南的背上，他一个踉跄险些栽倒。小公主如凌波仙子一般跃出水面，瞬间来到了辰南的身后，咬牙切齿地冷笑道："嘿嘿，败类、臭贼，我忍你这么久了，终于可以报仇了。"说完一掌向他打去。

辰南急忙转身相迎，和小公主激战在了一起，两人在水中翻转腾挪，拳踪脚影，劲风激荡。小河中水浪翻滚，汹涌澎湃的真气激得浪花四处飞溅，不时有鱼虾被浪花卷到岸边，在岸上活蹦乱跳。辰南虽然拼尽了全力，但他和小公主的修为根本不是一个级别的，交手十几招后，他被小公主一脚蹬在了左肋上，扑通一声栽倒在了水中。

小公主飞身过去，快速点住了他的穴道，而后揪住他的衣领将他提到了岸上。上岸后，她先运功将自己湿漉漉的衣服弄干，而后冲着辰南冷笑道："你这个混蛋，想不到这一刻会这么快降临到你头上吧？"想起之前辰南对她所做的种种，小公主直欲发狂，再也忍不住，一边尖叫，一边对他拳打脚踢，"臭贼、败类，竟敢那样对我，我打，我踢，我抓……"此刻小公主早已没有了公主形象，这时她只是一个正在生气的小女孩。

辰南惨叫连连，不一会儿工夫他的头就肿得像个猪头了，他叫道："小恶魔你……之前我对你可谓仁至义尽，你……哎呦……"不听辰南说话还好，一听他提起之前的事，小公主两道弯眉一下子立了起来，绝美的容颜上布满了寒霜。

"你还敢提以前的事？！你……你这个该死的混蛋竟然对我那样无理，我要杀了你！"想起眼前这个可恶的家伙先前竟然亵渎过她这个高高在上的一国公主，她羞愤不已，捡起不远处的长剑，杀气腾腾地向辰南走来。辰南脸色惨变，刚刚还在心里对着雨馨发誓要好好地活下去，转瞬间便要面对死亡，形势逆转之快令人惊叹。

小公主忽然笑了，一笑倾城百媚生，不过在辰南眼里，那无疑是恶魔的微笑，在他的眼中，她的笑容充满了邪恶。小公主本来想一剑将他结果了事，但忽然间发现了辰南身上的后羿弓，想起了在树林厮杀之际，这个最没用的家伙三箭扭转了乾坤，成了最后的大赢家。很明显，这个看起来平凡而又普通的家伙不像外表那样简单，要不然不可能拉开封印的神弓。再一想到面对远古巨人时，他发出的那令天地失色的一箭，以及他和神弓连为一体时散发出的万丈光芒，小公主到现在还忍不住神驰意动。

她心中不断盘算，如果将这个家伙杀死泄愤的话，再也没有人会知道楚国的小公主曾经遭受过一个坏蛋的亵渎。但如果将他带回皇宫，令他掌管后羿弓，那么楚国无疑多了一名绝世高手。

权衡利弊，理智战胜了冲动，小公主决定留下辰南的性命，让他为楚国效力。不过她内心十分不甘，暗暗恼恨这个家伙之前对她所做出的种种无礼举动。她恶狠狠地盯着辰南，咬牙切齿地道："败类，你想不想活命？"辰南急切道："想，当然想。"小公主道："好，我给你一个机会，你发誓不将你和我之间的事情对任何人提起，永远留在心中，你能做得到吗？"

转瞬间，辰南已然明白了小公主的想法，她一定是看上了他能够拉开后羿弓的能力，想留为己用，但同时又担心之前他对她的种种无礼举动被传扬开去，令她颜面尽失。想通了其中的关键所在，辰南痛痛快快答应了。

辰南道："好，我保证不对任何人提起之前发生过的事。哦，我们之间根本就没有发生过任何事情，我从何说起呢？"显然，小公主非常满意辰南的说法，冷笑道："算你聪明，希望你一直聪明下去。希望你能够言行一致。"小公主用长剑挑起了辰南的衣襟，抖手削落一块一尺多长的衣襟，而后长剑向他的手指落去。

　　辰南惊道："啊，你要干什么？你难道要反悔了吗？"小公主讥讽道："哼，胆小如鼠。"辰南此刻真是百感交集，他万万也没有想到仅仅半天工夫，他再次落在小恶魔手里，这次如果想逃出"魔掌"真是比登天还难。小公主看到辰南脸上露出惧色，开心地笑了起来，用长剑划破辰南的右手中指："臭贼赶紧写卖身字据。"

　　辰南惊道："啊，卖身字据？"小公主道："对，今天你要卖身为奴来换取你的性命，从今以后你将是我的私有财产。"辰南道："什么？这……我不是已经发过誓了吗，绝不会乱说什么，你还有什么不放心的呢，不用做得这么绝吧？"小公主道："哼，你这个无耻败类有什么信用可言，只有傻瓜才会相信你的誓言，快写吧。"

　　辰南真是郁闷得要死，刚才小公主还是他的阶下囚，眨眼间他却成为对方的奴隶，如果他有能力的话，真想一把将这个小恶魔掐死。他暗暗后悔先前为何没有对她实施一些卑鄙龌龊的行动，真是悔不当初啊！小恶魔公主嘿嘿冷笑道："对敌人仁慈，就是对自己残忍，你这个无耻的笨蛋——活该！"辰南简直要吐血了，真想抽自己两个嘴巴。

　　"臭贼你快写啊。"小公主的话语将辰南拉回了现实，他皱着眉头道："我……不会……写。""什么，你敢不写？！"小公主气愤不已。"不是，我不识字。"辰南在悔恨与懊恼的同时也有一丝尴尬，再世为人后的这一年，他只学会了天元大陆的通用语言，至于大陆的文字他还没有来得及去学习。"你不识字？哈哈……"小公主放肆地大笑起来，"一看你就不像一个好人，居然连字都懒得学习，果真是败类。"辰南现在是有苦难言。

　　小公主提起长剑在地上划刻起来，不一会儿工夫，一行娟秀的字体出现了地面，她道："照着地上的字去写。"人在屋檐下，不得不低头，辰南被逼着立卖身契，而后又按指印，他心中叹气：从天堂跌入了地狱！小公主手里拿着辰南的卖身契，皱着眉头道："难看死了，什么破字啊，还不如蛛蛛爬得好看。你这个不学好的家伙，竟然连写字都没有学会，真是……唉，我们楚国怎么会有你这样的人呢，真是国家的耻辱，民族的败类。"晕！辰南敢怒不敢言，面无表情地坐在地上。

"你这个臭贼不是很厉害吗，当初竟敢打我的……"说到这里小公主羞愤得脸色潮红无比。她转身跑进树林，不一会儿抱着一截碗口粗细的枯木跑了回来，对辰南喝道："趴下！"望着与小公主那娇美身躯不成比例的粗长枯木，辰南都快吓昏了，他颤声道："公主殿下……你……"小公主蛮横地将辰南按倒在地，抱着那截粗长的枯木对着他的屁股就是三下。"啊！"辰南忍不住一声惨叫，"公主殿下，你把我打坏了，怎么将我带出大山啊？"

小公主一听也觉得有理，她不可能把这个家伙扛在肩头背出去，她又用力打了两下，刚想将枯木扔下，辰南由于吃痛再次惨叫："小恶魔，我只轻轻拍了你两下，你不至于……"听到辰南此话，小公主快抓狂了，恨声道："你个该死的家伙还敢提，我打打打打打打！"辰南一阵惨叫过后，小公主将粗大的枯木扔在了一旁，"哼，暂时就算扯平了，等有机会我再好好地收拾你这个臭贼。"

忽然，小公主闻到了烤雪鸡的香气，忍不住叹道："好香啊。"说着向火堆走去，从地上拔起插着烧烤雪鸡的木棍，看着色泽金黄的雪鸡，轻轻地咬了一口。滑润芳香的雪鸡肉入口之后，她忍不住赞叹道："肉质纤细，味道醇厚，肥而不腻，果然是美味。"可能是饿了许久，小公主再也不顾公主形象，将木棍又插在地上，一手扯下一根鸡腿，另一只手扯下一根鸡翅，毫不淑女地大嚼特嚼起来。辰南龇牙咧嘴地从地上爬了起来，看着小公主的吃相，他吞了一口口水，向前挪了过去。

"你干吗？离我远一点，看见你这个臭贼，我就生气。"小公主不满地冲着辰南叫道。"我只是拿我的那只雪鸡而已。"他的手向另一只雪鸡伸去。小公主道："不许动那只雪鸡。你这坏家伙先前那样对我，做了那么多坏事，哼，罚你禁食三天。"

辰南道："如果那样的话，我没有气力走路，在这茫茫大山中，岂不成了公主殿下的拖累？"小公主眼睛转了转，露出一丝戏谑的笑容："喏，这个给你，还有这个。"鸡头和鸡屁股被一双沾满了油迹的雪白小手递到了辰南的眼前，看着小公主那可恶的笑容，辰南真想不顾一切地冲上去掐住她的小脸蛋，狠狠地捏一顿。

"吃还是不吃？如果不吃的话，我立刻扔了它，不过你这顿饭也就免了。"小公主坏坏地笑道。"我吃！"辰南用力嚼着鸡头、鸡屁股，似乎在狠狠地撕咬着小公主一般。"臭贼慢点吃，没人跟你抢，喏，这里还有。"小公主笑嘻嘻地将另一只雪鸡的鸡头鸡屁股也撕下来递了过去。

"喔，好香啊，味道真是太棒了，败类你真不斯文，就是好吃，也不用那么用力嚼吧。"小公主一边吃，一边说着气人的话。辰南小声道："恶魔，还是一国的公主呢，瞧你那副样子，左手鸡腿，右手鸡翅，小脸通红，嘴巴流油，真是……"

最终小公主还是将剩余的雪鸡递给了辰南，道："本公主就大发慈悲，记住要好好报答我，认真执行我的每一个命令。"辰南郁闷，但也只能在心中发泄不满：可恶！明明是我打的雪鸡，老天你难道在和我开玩笑吗？为什么又让我落在了这个小恶魔的手上？"

小公主跑到河边洗了洗手，而后又跑回来在辰南的身上擦了擦。"哇，臭贼你可真邋遢，衣服怎么这么脏呢，恶心死了。"说完她又跑到河边去洗手了。辰南哭笑不得。"臭贼转过身去。"小公主蛮横地命令道，而后脱下鞋袜露出两只光洁如玉的小脚丫开始在河边蹚水，打水漂。最后玩得累了，她坐在了岸边，但刚刚坐下，又惊叫了起来："嗷，痛死了。"

她快速从岸边站了起来，两只小手不断的揉着臀部。她曾经两次被辰南扔在地上，当时她全身的功力都被封住了，所以臀部两次和地面亲密接触时都被摔得结结实实，到现在还异常疼痛。小公主既是尴尬，又是恼怒，恶狠狠地望着辰南，眼睛都快喷出火来了："你这个该死的家伙还在吃，真是好胃口啊！"小公主凶巴巴地向他走来时，辰南正快速地将最后一口鸡肉放进口中。小公主为了发泄心中的怒火，上去不容分说将辰南按倒在地。辰南刚刚被大木蹂躏过的屁股立刻与地面零距离接触，树林内顿时响起一阵令人不寒而栗的惨叫。

"你这个败类先前竟敢那样对我，活该！"天使与恶魔共体，美丽与邪恶并存，小公主有着天使的外表，却有着恶魔的本质。任谁看到这样一个如花似玉的女孩，都不会想到她会是一个令人头痛的小魔女。辰南再次落在小恶魔手里后，一路上苦难连连，小公主对他之前的所作所为进行了疯狂的报复。

　　两日后，小公主和辰南终于走出了大山。进山之时小公主一行还带着一些衣物，但经过巨蛇之战和林间打斗之后，几乎所有的物品都丢失了。出来之时，两人衣衫褴褛，衣服都已被山中的荆棘划破了，此时没有任何衣服可换。

　　"臭贼看什么看？转过头去。"小公主衣不蔽体，身上露出大片雪白的肌肤，走在前面的辰南如果不小心歪下头或侧下身子都会招来一顿斥责。望着远处不知名的小镇，二人恍若隔世一般，终于离开了不见人烟的群山，进入了人类的聚居地。走进小镇望着来来往往的行人，两人不由自主涌起一股亲切感，觉得每个人都是那么可亲，当然他们两人之间是绝对不会觉得对方可亲的。

　　街上的行人奇怪地看着这对衣衫褴褛的年轻人，辰南外貌平平，只吸引了少数人的目光，但小公主天生丽质，即使衣服破损不堪，也难掩其绝色容颜，吸引了绝大多数人的目光。被众人这样观看，两人极不习惯，匆匆忙忙逃进了一家客栈。小公主从头上取下一朵珠花，交给客栈的老板让他去当铺换钱，而后又吩咐他买回一些合适的衣物。

　　皇家小公主的珠花当然非一般的宝物，无论珍珠的色泽还是大小都是极品中的极品。看着客栈老板眼中那贪婪的目光，辰南知道这个奸商肯定要从中牟取暴利，不过东西既然是小恶魔的，也没有必要提醒。正如辰南预料那样，价值不菲的珠花被客栈老板以超低的价格当了出去，不过买回来的衣物却昂贵得吓人，但衣物总体来说还算光艳得体，让这两个衣衫褴褛的年轻人面貌焕然一新。

　　小公主天生高贵的气质自然流露而出，举手投足间尽显皇家威仪，只不过面对辰南时，皇家天女的气质就会荡然无存。在外人看来，她是一个调皮的小仙子，而在辰南眼里，她则是一个张牙舞爪的小恶魔。

丰盛的晚宴摆上来后，两人狼吞虎咽，似乎忘了彼此的身份，只是一心消灭眼前的美食。山中虽然有无数野味，但毕竟没有调料辅用，野味再怎么新鲜也及不上眼前的精致烹饪。

享用完美味之后，小公主狠狠地瞪了辰南一眼，想要发作惩治他一顿，但无尽的倦意向她涌来，山中的惊险经历令她疲惫不堪，只得作罢。最后她一连点了辰南身上二十几处大穴，才放心地把他丢进了另一个房间。小公主身困体乏，躺在床上之后便甜甜地睡着了，红扑扑的小脸挂着满足的笑容。柔和的月光洒在房中，令她身上散发出圣洁的气息，如谪落凡尘的小天使一般恬静异常，可爱无比。

辰南直挺挺地躺在床上，身子僵硬无比，他不停地用家传玄功冲击二十几处被封闭的大穴，但穴道仅仅松动了分毫。照这个速度，即使到了第二天天明他也难以自行解穴，他的家传玄功并非不玄妙，只是被封的穴道实在太多了，最后他不得不放弃。

如水的月光照进屋中，辰南想了很多很多，万年前他家世显赫，身份荣耀，万年后他却莫名其妙地成了别人的阶下囚。他嘴角泛起一丝苦笑，从前他身世显赫，但生活却苍白，他暗想：如今也许会大不相同了吧？但那个小公主也实在太恐怖了点。想到小公主的同时，他感觉头部冰冷异常，难受无比，直到这时才发现睡姿的异常。辰南在心中大叫："这个该死的小恶魔，居然让我的头枕在了床头的铁栏杆上，我……"他真有一股骂街的冲动。


清晨的小镇喧嚣无比，大批的军队向这里涌来，镇上的居民惶惶不安，怀疑战争将起。毕竟大陆已平静多年，如果没有战事发生，这样一个边陲小镇决不会有军队前来。

尘烟滚滚，三百铁骑率先冲进了镇里，随后是两千步兵，人喊马嘶，镇上居民纷纷躲避。军队封锁了小镇上所有的道口，一名军官向镇上的居民问明小镇的当铺后，三百骑兵如虎狼一般冲了过去，将当铺团团包围。当铺的掌柜和两个伙计慌忙跑了出来，看到四处数百铁骑那冰冷的铁甲和冷气森森的刀剑后，体若筛糠，跪倒在地。

一名将军和十几名骑兵飞身下马，向跪在地上的三人走去。将军令他们免礼并询问近日是否有人当极品珠花，客栈老板颤声称是。将军继续询问，得知珠花是隆兴客栈老板所当，并且隆兴老板还让当铺开低价的假收据。将军等人又往隆兴客栈方向前去。

三百铁骑浩浩荡荡奔赴隆兴客栈，步兵也一起向那里涌去，隆兴客栈里里外外被围了个水泄不通。客栈的老板被吓坏了，连滚带爬跑了出来，慌忙上前道："军、军爷，有何差、差遣？"

坐在马上的那名将军面沉似水，冷冷地道："昨天你可当了一朵极品珠花？"老板颤声答道："是，是，小人昨天确实替人当了一朵极品珠花。"

"替何人所当？"

"是、是一对年轻人。"

"他们什么样子？"

"是一对青年男女，男子约二十岁左右，相貌普通，那个小女孩约十六七岁，艳丽无双。"

将军双眼猛地一亮，从手下的手里取过一幅画卷，展开后，道："那个女孩是不是这个样子？"老板道："对，就是这个女孩。"将军急声道："他们在哪里，可否离去？"看到这名将军如此急切的样子，客栈的老板吓了一大跳，颤声道："并、并没有离去，在后院歇息，可、可能还没有起床。"一听此言，那名将军立刻飞身下马，大步向客栈里走去，身后紧紧地跟着几十名士兵，客栈老板战战兢兢跟在后面。开始时客栈内不时有房客探头观看，但一看到身披重甲的兵将，立刻吓得闭紧了门窗，再不敢观看。

客栈老板用手一指，道："男子住在那个房间，女孩住在他旁边的那个房间。"那名将军听后，径直向女孩的房间走去，在门前三米开外停身站住，而后双膝跪倒，大声道："风宁城城主赵胜恭迎钰公主殿下归朝。"士兵也全部跪倒在地。隆兴客栈的老板当时就傻了眼，吓得立刻坐在了地上，他万万也没有想到那个美丽的女孩竟然是当朝公主，他慌忙跪了下去。

连日来风餐露宿，令小公主疲惫不堪，好不容易睡到了柔软的床上，她到现在还没有起，正睡得香甜。直到赵胜在门外喊了三遍，她才迷迷糊糊睁开了双眼，到此时才听见街上的人喊马嘶，待到她听清赵胜的声音时，赵胜已经第四遍叩头喊话了。小公主穿好衣服，气呼呼地打开了房门大声道："知——道——了，哼，真是吵死了。"

看着睡眼惺忪的小公主满脸不高兴之色，赵胜不用想也知道扰醒了这位天之骄女的美梦，当时吓得冷汗就流了下来："臣赵胜奉月公主殿下之命前来恭迎殿下归朝。"小公主道："姐姐？我姐姐也来了吗？"赵胜不敢抬头，依旧跪着道："是的，月公主殿下在镇外。""啊，真的?!"小公主像做错了事的小孩子一般快速关上了房门，自言自语道："坏了，坏了，父皇和母后一定急死了，要不然不会派姐姐亲自来找我。"

赵胜等人不敢再言声，静静地在门外等待。过了好一会儿，小公主才慢慢地打开房门，此时她已恢复了皇家公主的威仪，她语气平淡道："众位请起。"众人谢恩站起身之后，小公主又道，"你们先出去吧，集合所有人马，准备出发，我回屋准备一下。"看着众人离开了院子，小公主又变得活泼起来，一溜烟跑进了辰南的房间，在他身上一通乱拍解开了他的穴道，而后揪住他的耳朵道："败类、懒猪起床了。"

"啊！"辰南一阵惨叫，一下子从床上蹦了起来，不停地用手揉着通红的左耳。看着小公主那可恶的笑容，辰南郁闷无比，枕了一晚上的铁栏杆，刚刚进入梦乡，又被小公主扰醒。洗漱完毕后，在客栈老板殷勤而又惶恐的招待下，二人多少吃了一点东西。

来到客栈之外，辰南吓了一大跳，虽然他已听见了外边的声音，知道来了一支军队接小公主回宫，但怎么也没有想到有这样大的阵势。街道的两旁站满了士兵，明亮的甲胄一直延伸到道路的尽头，而道中央空无一人，整条大路都已经被戒严，静等小公主起驾。赵胜本来为小公主准备了一顶小轿，但小公主挥了挥玉手道："不要，我要骑马。"辰南暗道：像这样一个"恐怖"的小恶魔怎么会安安稳稳地坐在轿子中呢。

赵胜亲手为小公主牵过来一匹战马，而后一名士兵也为辰南牵过来一匹。小公主飞身上马，率先扬尘而去，辰南和风宁城城主赵胜紧紧相随，再后是三百铁骑，最后是步兵，这队人马浩浩荡荡离开了小镇。小镇的居民终于长出了一口气，但隆兴客栈的老板却叫苦不已，赵胜在临去之时狠狠地罚了他一大笔钱，要他三日之内交到城主府，惩戒他的贪婪。

小镇之外是一片原野，那里有二百铁骑在保卫公主楚月的安全，小公主等人来到近前后，二百骑兵纷纷抱手向小公主致礼。远处一条修长的身影独自静静立在朝霞之中，一身白衣胜雪，在旭日的照射之下，如同染上了一层淡淡的金色光彩，仿佛九天降下红尘的仙子，衣袂飘动中，仿若随时会乘风而去。

小公主大叫了一声："姐姐！"而后她便甩下众人飞快向前跑去，来到楚月的身前一下子扑进了她的怀里。小公主搂住楚月的腰，娇声道："姐姐，我想死你了。"楚月溺爱地拍了拍她的头，道："你呀，真是调皮，竟然偷偷溜出皇宫这么久，父皇和母后都快担心死了。"

小公主紧张地道："母后的身体好些了吗？"楚月道："为什么会这样问？母后的身体一直很好啊。""哼，这个臭老头竟敢骗我。"小公主不满地叫了起来。"呵呵，谁啊？竟然把我们的小调皮给骗了。"楚月笑着问道。小公主气呼呼地道："除了我师傅那个臭老头，还有谁敢骗我啊。哼，臭老头把我骗了回来，自己一个人跑去看麒麟，真是气死我了，回来以后我一定要拔光他的胡须。"楚月笑道："不得对诸葛前辈无礼，他是我们父皇和母后都尊敬的人。"小公主道："嗯，那就少拔他几根胡须吧，哎，对了，姐姐你是怎么找到我的？"

"你忘了，昨日你当的珠花，被那个当铺的掌柜当成了宝贝，连夜派人送到了风宁城的总铺。总铺的老板看出了珠花上的皇家标记，当时就吓坏了，他赶忙禀报了风宁城城主赵胜。赵胜这几日正听我调遣，我很快就知道了这件事，顺藤摸瓜就找到了你这个小调皮。"楚月捧起小公主的小脸柔声道，"在外面吃了不少苦头吧，让姐姐仔细看看。嗯，皮肤晒黑了一点点，也比以前瘦了。下次千万不要到处乱跑了，听见没有。"

"嗯，姐姐，下次我再也不到处乱跑了，我的、我的那些侍卫都……"说到这里，小公主有些哽咽。楚月道："乖，不要伤心……""讨厌，人家都已经十六了，还把人家当成小孩子。"小公主转瞬又笑了起来，"姐姐，我给你看一样好东西。"说着，小公主从怀里取出一个玉盒，小心翼翼地打开，顿时一阵馨香飘散开来，一片晶莹剔透的火红莲瓣出现在玉盒之中。"啊，这是……"楚月吃了一惊。

小公主得意地道："这就是传说中的烈火仙莲，是我为父皇的六十岁寿辰特意准备的。"楚月激动地捧着玉盒道："不愧被称为仙莲，光闻着它的气味，就已经让人神清气爽，身轻体舒。"晶莹的莲瓣经旭日的照射显得更加璀璨夺目，沁人心脾的芳香远远地传到了辰南等人那里，那些士兵、军官纷纷称奇。

"啊，莲瓣上怎么好像被人咬了一小口啊？"楚月笑了起来，捏住小公主的琼鼻，道，"一定是你这个小馋猫忍不住，自己先咬了一口，对吧？呵呵。""姐姐……"小公主一边扭动着身躯，一边撒娇道，"不要捏我的鼻子，要不然就不和姐姐一样漂亮了。"楚月道："你这张小嘴啊，就像抹了蜜一样甜。"

小公主看着烈火仙莲气呼呼地道："本来是完整的一瓣仙莲的，都怪那个败类辰南，那个卑鄙、无耻、下流、龌龊的臭贼用诡计抓住了我，点住了我的穴道，我为了冲开穴道逃跑，才不得已吃下一小口仙莲。""什么？"楚月惊叫了起来。

"就是那个臭贼，我已经把他抓住了。"小公主用手指了指远处的辰南，又冲辰南大喊道："败类辰南过来！"听到小公主喊他，辰南一阵头大，不情愿地走了过去。待走到楚月和小公主身前，辰南一阵失神，楚月那美丽无双的容颜让他感到一阵阵窒息。

楚月一身白衣飘飘，身材修长，曲线曼妙，婀娜的娇躯让人挑不出一丝瑕疵。玉容不施任何脂粉，凤眼、琼鼻、樱唇完美地组合在一起，勾勒出佳人的绝世容颜。秋水为神玉为骨，楚月的风姿当得上"完美"二字。小公主不可谓不美丽，但毕竟年龄尚幼，和楚月比起来还是略显青涩。小公主像是一只活泼的小精灵，身上充满了灵气，她紧紧地贴在楚月的身边，亲昵的神态中流露出对楚月的依赖。如此绝色双姝，着实艳惊天下。小公主道："哼，你这个无耻败类的胆子可真不小啊，居然敢这样盯着我姐姐。"

辰南赶忙行礼，道："见过公主殿下。"楚月淡淡地道："免礼。"小公主道："姐姐你看到了吧，就是这个家伙，别看他外表傻乎乎的，但是内心却坏到了极点，是最无耻的败类、臭贼。这个家伙从头到脚已经坏透了，他……"小公主突然有些不好意思起来，扭捏道，"要不是这个家伙还有点用处，我早就杀了他了。"楚月对着她笑道："他怎么了？""姐姐……"小公主的脸一下子红了起来，不停地摇晃着楚月的手臂。

辰南从开始到现在一直观察着姐妹二人，他从来没有想到小公主会有这样纯真乖巧的一面，居然在拉着楚月的胳膊撒娇。他简直不敢相信自己的眼睛，这还是那个和三皇子仁剑斗智斗勇，深沉老练、足智多谋的小公主吗？这还是那个将他折磨得死去活来，万恶无比的小恶魔吗？

"姐姐你看，他在色眯眯地偷看你。"小公主举起小拳头对着辰南就是一顿乱捶。楚月将小公主拉了过去，满脸笑意，溺爱地摸了摸她的头，道："好了，告诉姐姐，这些天都发生了些什么，你是怎么过的？"

小公主顿时眉飞色舞，像一只欢快的小麻雀一般，唧唧喳喳地说起山中的惊险奇遇。山中的奇花异草、珍禽异兽到会飞的巨龙，被她描述得活灵活现，说到在水潭沐浴碰见辰南时，她立刻打住了话语。楚月已猜到了大概，双眼不禁射出两道寒光，令辰南冷汗直流。

辰南心中惊叹：高手，气息内敛，高深莫测，且有一股出尘的气质，难道是修道者？楚月身上流露出一股飘渺的道家气息，让辰南更加认定她是一个修道者。看着那两道宛若实质般的寒光，他内心一惊，不知楚月是否会为了妹妹的清誉而杀人灭口。

楚月将小公主拉到远处，低声道："告诉姐姐，到底是怎么回事？"小公主忸怩道："没……没什么啦。"楚月柔声道："跟姐姐还有什么不好意思呢，姐姐又不会害你，快说出来，让姐姐想想到底该怎样处置那个败类辰南。"

"是这样的……"小公主红着脸扭扭捏捏将水潭边的事情说了一遍。楚月气得脸色铁青，差一点拔出剑斩了站在不远处的辰南。她颤声问道："你……你怎么没有杀了他啊？"

小公主恶狠狠地瞪了辰南一眼，回过头来道："本来我想先折磨折磨他的，可是后来……"当听到小公主、诸葛乘风等人力斗巨蛇之时，楚月仿佛身临其境一般，暗暗捏了一把冷汗，直到最后听到巨蛇化金龙失败时更是吃惊地睁大了双眼，不住地称奇。小公主娓娓道来："后来就只得到了一瓣烈火仙莲，那个臭贼辰南也跑了……我们遇到了拜月国的三皇子仁剑，那个该死的败类居然倒霉地被他们抓住了……后来……"

楚月越听越心惊，脸色冰冷无比，冷声道："这个仁剑真是嚣张啊，竟然敢打我们楚国传国之宝后羿弓的主意，欺负我妹妹，真是该杀！"小公主很不服气地道："要不是我的手下都已经身负重伤，鹿死谁手还不一定呢，即使那样，他还是中了我的埋伏，手下几乎伤亡殆尽。"楚月笑道："呵呵，就知道我们的小调皮最厉害，后来呢？"

"后来……"说到这里，小公主一下子愤愤不平起来，"姐姐你知道吗？那个没用的败类辰南居然……居然拉开了封印的后羿弓……"楚月越听神色越凝重，最后道："你说的是真的吗？他真的连续三次拉开了后羿弓？"

"当然是真的，我亲眼所见，最可气的是这个家伙第四次已经没有力气了，居然耍诡计把我们都给骗了。三皇子主仆二人如丧家之犬一般逃跑了，我……我被他捉住了。"说到后来小公主无比泄气，气愤地叫道，"这个家伙真是太坏了，我……我竟然被他骗了，这个没用的家伙反倒成了最后的大赢家。"

楚月笑了起来："呵呵，能让我们的小调皮上当也算有两下子。"接着，她面色一凝，道："后来呢？""后来、后来……"小公主又忸怩了起来。楚月道："说吧，姐姐不会笑话你的。"

小公主稳定了一下心神，一口气将后来所有事情都说了出来。楚月秀眉微皱，沉声道："钰儿你没有在那样羞恼的情况下杀死他，可见你已经成熟了。这件事你做得很对，如果将他收服，我们楚国无疑凭空多了一名绝世高手。不过你不应该再折辱他，既然你留下了他的性命，应该让他感恩戴德才对，不应让他心生怨愤。"

"难道让我对那个臭贼欢声笑语不成？看到他我就恨得牙根都痒痒，他竟然那样对我……哼，没有杀死他就是最大的仁慈了。"小公主满脸不高兴。楚月道："你平时不是挺机灵的吗？要他感恩戴德，不一定要对他笑脸相迎，恩威并施即可，只有这样他才会忠心不二。"小公主苦着脸道："真后悔没有将他杀了，一想到今后要经常看到这个坏家伙，我就有一股抓狂的感觉，真是让人气愤！"

楚月笑了起来，道："呵呵，你大可避开他。"小公主道："唉，这样一个没用的家伙居然要威风起来了，想想就气人。"楚月道："到现在你还说他没用吗？一个平凡的人能够拉开封印的后羿弓吗？强如诸葛前辈，武学修为超凡入圣，也难撼动神弓分毫，而他武功平平，却能够拉开神弓，这是平凡之举吗？这件事如果被传扬出去，必然会惊动众多人。"

小公主若有所思，想到辰南面对远古巨人时身上外放的璀璨金芒，便认可了楚月的话。她不情愿地道："好吧，下次我不再敲他的头，不再掐他的胳膊，也不再拧他的耳朵了。"楚月哭笑不得，没想到精灵古怪的妹妹居然会这样报复辰南。

辰南心虚不已，不知道楚月会怎样对付他这个亵渎了公主清誉的"恶徒"。不一会儿，楚月拉着小公主的手向他走来，莲步款款，袅袅娜娜，端的是仪态万千，风华绝世。

"辰公子。"

"草民在。"

楚月笑道："辰公子不必多礼，凡我楚国有杰出才能者，即使面对君王也不必行大礼，皆以国士相待。辰公子能够拉开我楚国传国之宝后羿弓，可列国士之流，无论人前背后都会受人尊敬。"辰南长长地出了一口气，想象中的厄运并没有到来，似乎还有时来运转之象。楚月又道："不过辰公子能够拉开后羿弓的事情不能够公开，毕竟这件事太惊人了，为了避免那些不必要的麻烦，只好委屈辰公子做一名无名的国士。"辰南忙装作感恩的样子，道："一切听从公主安排。"

骑兵上马，步兵归队，大队人马浩浩荡荡向风宁城进发。楚月和小公主的马匹齐头缓行，走在最前，辰南和风宁城城主赵胜紧随其后。

小公主的眼睛转了转，道："姐姐，是父皇和母后要你来找我的吗？"

楚月伸出玉手点了点她的额头，笑道："害怕了吧？这次我们楚国西境惊现麒麟，惹来天元大陆众多修炼者前来探询。父皇不放心，要我带五百精锐铁甲骑士前来巡视，如果发现你的话，一定要把你捉回去，呵呵。"小公主长出了一口气，道："吓死我了，我还以为专为我而来呢。"

楚月道："知道害怕了？自己一个人一声不响就溜了出去，你不知道我们有多担心，幸好诸葛前辈已算准你要到哪里去，一路跟了下去。"小公主道："好了，我知道错了。"楚月注视着小公主，道："钰儿，这两天你有没有觉得身体有何不适之处？"小公主道："没有啊，就是觉得有点热而已。"

楚月道："我在一本古籍上看过，天地灵气孕育而成的药草对于普通人是可遇不可求的宝物，服之可令自身修为倍增，却也是追求力量极致之人的大忌。服食过仙芝灵草的人很难真正化解它的药力，虽然一部分药力发挥作用后，自身修为会上一个台阶，但以后的修炼将会举步维艰，尤其是修为到了极致境界以后，受其影响程度更甚。仙草的灵力会与自身的力量相冲，桎梏着力量的发展，是你永远无法冲破的枷锁。"

小公主道："啊，怎么会这样，怪不得这两天我觉得浑身发热，原来还没有完全化开药力呀，那怎么办？"楚月道："好在你仅仅服用了少量的烈火仙莲，加之烈火仙莲并不能使修为突飞猛进，它的主要功用是帮人延年益寿。现在你体内还是自身的功力为主导，回去之后我帮你将那股药力炼化成你自身的功力就可以了。"

小公主立刻欢呼了起来："太好了，这样一来，我的功力又可以上一个台阶了。"接着她又道："姐姐，要不你也咬一小口仙莲吧，等我师傅回来之后，让他帮你炼化。"楚月笑道："你这个小懒猫，就知道投机取巧，要记住，只有亲身去修炼，才会得到最精纯的力量。"

辰南听得暗暗点头，楚月所言和他父亲的观点不谋而合。他心中不由得感叹："看来这万年来，也有像父亲那样功力通天的人物存在，不知道他们是否已步入仙境，永生于这天地之间？"

两个时辰之后，众人来到了风宁这座地处边陲的小城。楚月对小公主道："钰儿，你先在风宁城待上两天，我还要在附近巡视一下，两日之后我和你一起回返都城，你在这里耐心等我。"楚月将小公主安顿在城主府后，便匆匆离去。

　　辰南虽然能够行动自如，但一身功力被封住了，外加城主府内守卫森严，想逃出去难比登天。小公主感觉无聊至极，在城主府内到处乱闯，闹得鸡犬不宁。她想起了楚月的话，如果不将体内烈火仙莲的灵力完全炼化成自身的功力，她以后的修炼将举步维艰。无聊之际，她开始试着自行炼化。

　　小公主在床上盘膝而坐，柔和的白光充盈在体表，房中飘着一股淡淡的馨香，她看起来庄严而又圣洁，再没有一丝顽劣之色。不久，一滴滴的汗水自她脸上滑落，她的肌肤鲜红欲滴，烈火仙莲的灵力正在被她强行化解，但火属性的灵力令她身体如焚，汗水不断涌出。又过了一会儿，她身上的淡淡白光慢慢扩散开来，在周围形成了一层薄薄的光雾，娇躯变得朦胧起来。屋中的温度越来越高，她的周围隐隐有一股烈焰在闪跳，终于，小公主再也忍受不住，大叫一声，冲出了屋子。

　　院中的侍卫只看见一条人影向花园跑去。小公主进入花园后，扑通一声跳进了园内的小湖中。在花园漫步的城主女儿率先发现了落水的小公主，大叫起来："不好了，公主落水了，来人啊……公主溺水了……"大批侍卫向那里涌去，辰南也听到了喊声，迅速赶到现场，看到小公主狼狈地从湖中爬上来。小公主浑身湿漉漉的，尴尬异常，怒道："看什么看，本公主热了，洗个澡还不行吗？还不快快散去。"

　　看着小公主那尴尬的表情，辰南简直想大笑，脸上尽是戏谑之色。"败类辰南你给我回来！"小公主气坏了，一边运功将衣服上的水迹蒸发掉，一边怒斥道："臭贼你好大的胆子，竟敢嘲笑我，看我怎么收拾你！"

　　辰南大叹倒霉，心中懊悔不已，慢吞吞地走了过去。小公主气得真想狠狠扁他一顿，但最后她双眼转了转，忽然改变了主意。她道："你跟我来。"辰南摆出一副"风萧萧兮易水寒，壮士一去兮不复还"的架势，随小公主走进了她的房间。"嘿嘿……"小公主不怀好意地笑了起来，辰南一阵发寒。小公主在他身上一阵拍打，封住了他十几处大穴，最后将他拉到了床前，他心中暗想：不会吧，难道要……

"你这个臭贼，满脑子龌龊的思想，目光那样恶心，真是太可恶了！"小公主将辰南按坐在床上，盘膝坐在了他背后，而后伸出双掌抵在他的后背上。她的一双小手渐渐变得如白玉一般晶莹起来，泛出淡淡的光华。辰南一阵惊恐，他感觉体内的力量正在快速地流失，百脉内的真气如流水一般涌向了小公主的恶魔之手。小公主越来越兴奋，这是她头一次施展化天融地功法，借助辰南的力量不断地炼化着烈火仙莲的灵力。

化天融地功练至最高境界，可以消融万物，端的是威力无匹，奇诡莫测。这一功法的另一玄妙之处，便是能够化解他人的功力借为己用，当然只是短暂的瞬间而已，片刻过后，那些化来的功力便会永远消失。小公主金枝玉叶，自小不曾受过一丝委屈，之前辰南捉住她对她百般调笑，被她视为奇耻大辱，所以一路上不停地折磨辰南。这次，看到辰南的嘲弄之色，一下子让她想起了前几天的事，更加羞恼不已。

一个令她感到兴奋的报复计划在脑中形成，她决定用从未尝试过的化天融地功法化解辰南一部分功力，助她炼化烈火仙莲的灵力。想象着辰南失去一部分功力后的苦瓜脸，她就忍不住笑。开始时，小公主兴奋不已，源源不断的功力自辰南身上涌来，令她体内真气汹涌澎湃，烈火仙莲灵力带来的燥热逐渐消失，随之而起的是一股酣畅淋漓的感觉。但后来，化天融地功法似乎失去控制一般，无法停息下来，一遍又一遍地运转着。

化天融地功法是她无意中在皇家典籍收藏中发现的，只是一本残谱，加之她修炼时间尚短，还不能够熟练地控制这套功法的运转。她暗暗焦急，照这样下去，辰南的一身功力非被化尽不可，虽然她非常恼恨这个"臭贼"，但却没有想过废去他的一身功力。

此刻，辰南如万蚁噬身一般难受，全身的功力正被生生地抽离体外，多年的苦修毁于一旦。他心如槁木，万念俱灰，灵魂仿佛也随着如水的真气飘出了体外。就在他心如死灰、百念俱灭之际，一股久违的感觉慢慢浮上心头。他的六识越来越敏锐，十六岁之后失去的灵觉仿佛复归本位一般，再次回到了身上，他激动得想大叫。曾经被人誉为武学天才，也曾经被人在背后指指点点，后者源于十六岁那年他失去了与生俱来的灵觉。十六岁到二十岁这四年，是他永生难忘的噩梦，无论他如何努力，武学修为再难寸进，冷嘲热讽铺天盖地而来，天之骄子被人从鲜花芬芳的天堂打进了无尽黑暗的地狱。

辰南的双眼渐渐模糊，泪水滑落而下，微笑着流着泪，心中的不甘，曾经的梦想，从这一刻起都将改变！随着灵觉复归，辰南内视到了自己经脉内真气的流转，看着那如水的真气不断涌向体外，没有一丝懊恼。他隐隐觉得小公主恶意之举，于巧合之中成就了灵觉的复苏。他心中暗道："些许功力算什么，只要我六识复锐，灵觉复还，就可以在最短的时间内令修为超越原来数倍。迈入真武之境，和东方的修道者、西方的魔法师一争高下不再是空谈，踏入仙武之境不再是遥不可及的镜中花、水中月。"

随着时间的推移，辰南体内向外流失的金黄色真气越来越稀薄，越来越暗淡。就在这时，辰南发现了自身真气的一丝异常现象，在金光璀璨的精纯真气中竟然夹杂着一丝无华的浅黄。"这……这是怎么回事？怎么会有浅黄色真气？"他心中充满了疑惑，家传的无名功法决不会产生如此莫名的真气。仔细观察，他发现浅黄色真气虽然微少，但却分布于百脉之内。如果不是此刻他体内真气越来越稀薄，绝对难以发现这种浅黄无华的特异真气。

"难道是她……"辰南心中一阵发寒，出了一身冷汗。浅黄无华的特异真气勾起了他遥远的回忆，那曾经的、消逝的、永恒的……万年前的点点滴滴在他脑中一一闪现。

曾经有一个谜一样的女子，如划破长空的彗星一般，照亮了整个仙幻大陆。那是一个集美与智慧于一身的神秘女子，没有人知道她的师承，没有人知道她的过去，她游走于各大势力之间，当时大陆上许多重大的事件都曾闪现过她的身影。神秘、美貌、智慧，令无数青年为之疯狂，她就是澹台璇。

那一年辰南十六岁，家传玄功刚刚达到第二重天的大乘之境，在同龄人中当得上第一，何等意气风发。十八岁的澹台璇找上辰南（辰南早已闻其名，一见立时惊为天人），两人谈武论道，澹台璇所学博而精深，令辰南惊佩不已，后来二人大战了一场，结果未分输赢。自此之后，辰南无可救药地深陷到了感情的旋涡中，他对澹台璇迷恋不已，但从未表达过。

澹台璇客居在辰南家那些天，辰南发现她每日都要修炼一种古怪的功法，修炼的出来的真气无华无光，颜色浅黄，而且威力甚小。辰南好奇之下，曾经问过她此种功法究竟有何用处。当时澹台璇笑而不语，被他再三追问，才意味深长地道："此乃上古奇功，任你功力通天，不亲身体验，也难以明其妙处。"不久，澹台璇飘然而去，随后听人传言，她再次拜一位即将破空仙去的修道者为师，以习武之身开始修道。

三个月之后，辰南的噩梦开始了，功力大退，从云端跌落到了深渊。他感觉自己离澹台璇越来越远，自惭形秽之下，再也没有一丝幻想。澹台璇在他心中成了高不可攀的女神，只能在心中默默为她祝福。在寂寞中咀嚼煎熬，在绝望中品味苦涩。直到两年后他在山中遇见了那个如精灵、仙子般的快乐女孩雨馨，他阴霾的天空才有了一丝光彩。回首往事，辰南的心冰凉无比，澹台璇的绝世丰姿顷刻间烟消云散，他心中的完美女神形象轰然倒塌……

当小公主将辰南最后一丝真气抽离时，他神智逐渐模糊，彻底失去了知觉。两日后，辰南悠悠醒来，看见小公主托着下颏无聊地望着窗外。辰南动了一下身子，被小公主发觉了。

"啊，臭贼你醒了！"小公主惊喜地跑到床边，随即又板起脸，道，"败类，一会儿我姐姐问起时，你要和她说，是你先惹我的，听见没有？"

辰南一下子气乐了，这个小恶魔真是让人哭笑不得，她把别人功力废了，还要别人替她说好话。不过辰南确实不怎么嫉恨小公主，毕竟是这个小恶魔让他消失的灵觉再次复苏。这时，楚月轻轻地推开房门进来，对辰南道："辰公子你醒了。"辰南客气道："有劳公主挂心了。"

楚月又道："小妹不懂事，出手不知轻重，望你见谅。回到帝都之后，我定会找人为你恢复功力。"小公主见楚月没有责怪她，又活泼了起来，大度地道："放心吧败类，回到都城后，我一定找人帮你恢复功力。"楚月白了她一眼，道："就知道惹祸。"小公主俏皮地皱了皱鼻子。

次日，众人离开了风宁这座边陲小城，在五百铁甲骑士的护卫下返回楚国都城。辰南由常人眼中的"高手"，又变回了普通人，但心中没有一丝失落，他相信不久的将来，他的名字必定会震撼整个天元大陆。一路上，楚月对他关怀备至，将队伍中唯一的一名魔法师留在了他的身旁，每隔一段时间对他施展一次恢复术，避免他旅途劳累。小公主对此皱了好几次琼鼻，想说些什么，但看到楚月那犀利的眼神，最后又将话咽了回去。

几日后，众人来到一座古城，当辰南听到这座古城名为"澹台"之时，他心中一阵悸动。古老的城墙雕刻着岁月的沧桑，刀痕、箭孔记述了它饱经战火的风霜。澹台城规模不是很大，人口不足十万，城内的居民如同古城一般质朴，在街道上欢迎两位公主的到来。

路经澹台城广场时，辰南一下子窒息了，一座白玉雕像矗立在广场的高台之上，无双的容颜，绝代的风华，赫然是澹台璇。"怎么可能！怎么会是……她！"几日前那个曾经让他魂牵梦绕的女神，几日后居然见到了她的雕像。世事难料，冥冥之中似乎有一双手在牵引着他向着既定的方向前进。

小公主的欢声笑语惊醒了他，听她活泼地道："哇，澹台仙子好美啊，不过我们和澹台仙子一样漂亮，嘻嘻。"

楚月玉容上挂着一丝淡淡的微笑，明眸波光流转，玉颊旁的笑涡儿令人心醉，她道："真不知羞，竟然把自己和仙子做比较。"小公主娇声道："我把姐姐也和她做比较了，再说，我们本来就和她一样漂亮嘛。"

辰南突然拉住身旁魔法师的手，激动地道："她是澹台璇吗？"

小公主闻声嘲笑道："臭贼你怎么这么孤陋寡闻啊，连澹台仙子叫澹台璇都不知道吗？哦，我想起来了，你连字都不会写，唉，你这个不学无术的家伙……"说着，她做出一副痛心疾首的样子。辰南语音颤抖，道："她……她不是万年前的人物吗？人们怎么还记得她？"

小公主刚想耻笑他，但被楚月制止了，楚月看出辰南真的对澹台仙子"不是很了解"，耐心为他解释道："万载岁月过去之后，澹台仙子的确早已被人们遗忘了，但千年前她曾经降临过本城，这是我们楚国为数不多的仙迹之一，人们从那时开始重新记住了澹台仙子，澹台城也由此得名。"

"她……成仙了……"辰南喃喃自语，心绪复杂无比。这时众人都已向前走去，但他还站在原地。他想：我以为我已摆脱了过去，但为何那曾经的点点滴滴总在我眼前浮现？澹台璇、雨馨……往事如烟，为何总是萦绕于我心间？！往事成风，为何风向不定，总在我心中飘动？！

# 第二章
## 龙腾帝都

澹台璇这个集美与智慧于一身的神秘女子已飞仙而去，在澹台城留下了无尽的传说，辰南站在广场上怅然若失。"为什么……你为什么要那样对我？"仙凡两隔，他望天而叹。辰南跟在楚月和小公主的后面，浑浑噩噩地走进了澹台城的城主府。看着他那副失魂落魄的样子，小公主不满地叫了起来："败类你还是不是男人，我都说了回到帝都之后找人帮你恢复功力，你怎么还一副死气沉沉的样子，哼，臭贼、小气鬼！"

"钰儿，不得对辰公子无礼。"楚月关心道，"辰公子是不是旅途太劳累了？要不然我们在这里停歇两天吧。"辰南茫然地摇了摇头，道："我们还是赶快上路吧。"楚月道："也好，早一点回到帝都，早一点为辰公子恢复功力。"

辰南迷茫地离开了澹台这座千年古城，在接下来的两天里他仿佛失去了灵魂一般，两眼空洞，没有一丝活力。

直到三日后，一声惊雷在他耳边响起，他才如醍醐灌顶一般回过神来，天空乌云滚滚，墨浪翻涌，数十道上百道金蛇在云间乱窜，隆隆的雷鸣暮鼓晨钟般在他的心间回响。刹那间，辰南有一丝明悟，光阴飞纵，岁月流逝，消逝的永远消逝了，再不可能回头，存在的依然存在，只有存在的才是真实的。人只有把握好现在，才能够不遗憾过去……

这时，他体内本早已干涸的真气突然如枯木逢春一般再现生机，微弱的真气如蚕蛹一般在他体内游动。慢慢地，细微的真气逐渐壮大起来，在他体内生生不息，流转不停，如涓涓细流，似淡淡清风。被小公主化去的功力顷刻间复归如初，而且通过内视可以看到，此时他体内的真气比以前更加精纯，那暗淡无华的特异真气彻底从他体内消失了。好久之后，辰南激动的心情才慢慢平静下来，他不仅功力恢复如初，而且心境也一片光明，一扫之前的阴霾。

大雨滂沱而下，天地间一片水幕，楚月一行人暂时被困在了一座小镇上，五百骑兵将镇上所有的客栈都包了下来。小公主快乐得像个小天使，又蹦又跳，一点也不像先前那个心机深沉的小恶魔。"呵呵，太好了，下雨了，好凉爽啊。"她一边欢呼着，一边招呼楚月道，"姐姐不要躲在屋中，快快出来，你看这样多凉爽啊。"

楚月走进雨中，密集的雨点在她体表三寸之外便滑向了一旁，无形的护体真气将雨水阻挡在外。辰南心中一震，暗暗惊疑，之前在楚月的身上曾经感应到修道者的气息，但此时她却流露出了高深武者的真气，心道："难道她以习武之身修道？"

楚月在雨中捉住小公主的手臂拉着她回屋："看看你自己现在成什么样子了，还有一点公主的风仪吗？就像一个没人管的小野孩，被父皇母后知道了还不骂死你……"辰南站在窗前忍不住笑了起来。恰好此时小公主回过头来，看到了他的笑容，她怒道："臭贼、败类，你竟敢笑我，看我怎么收拾你……"刁蛮的小公主不情愿地被楚月拉进了房中。

午夜过后，云收雨散，万籁俱寂，如水的夜空星光璀璨。辰南静静地站在窗前，感受着夜的宁静。他在心中暗暗道："风雨过后未必有彩虹，但肯定会有希望和光芒。澹台璇，你竟然步入了仙道之境，总有一天我会武破虚空，你等我……"

天元大陆东方，也就是原来的仙幻大陆地带，历经无数的烽烟战火后，群雄并立、百国割据。但其中三个大国占了整个东方版图的四分之三，分别为西部的楚国、北部的拜月国、东南部的安平国。三国并不接壤，被无数个小国隔开了。绝大多数的小国皆为三个超级大国的附属国。三国鼎立，实力相当，近十几年来倒也相安无事，没有爆发过大规模战争。

楚国由于地处西部，和西方接壤，其都城成了连接东西方要道的枢纽城市之一，东西方客商往来于此，川流不息，平阳城繁华无比。城内人口不下百万，平日车水马龙，物资源源不断地自一条大运河运集于此。

楚月、辰南一行人十日之后来到了楚国都城之外，远眺平阳城墙，犹如一条连绵不绝的长城，气势磅礴，雄伟壮观。点缀其上的一座座城楼规模宏大，形象壮丽。离平阳城越来越近，辰南也越来越震撼。平阳城墙高足有十六米，顶宽十二米。墙面用青砖包砌，厚重坚实、雄壮深厚。城门上建有城楼、箭楼、闸楼，巍峨凌空，气势雄浑。城墙外围有宽四十米、深十米的护城河。辰南被楚国都城那种宏伟的气势深深地震撼了。

"喂，败类回魂了，没见过平阳城，还没从书上读到过吗？哦，我忘记了，你这个家伙不学无术，根本就不曾读过书。唉，你这个臭贼真是……"小公主故意做出一副恨铁不成钢的样子。一路上辰南饱受小公主奚落，他只能用精神胜利法安慰自己：小丫头，我现在不和你一般见识，等有一天你再落在我的手里……

楚月好笑地看着人小鬼大的妹妹，牵住她的小手道："钰儿……"

"知——道——了，姐——姐！"小公主拉着长长的尾音，用微不可闻的声音咕哝道，"总是护着他，这个家伙不就是能够拉开后羿弓嘛，但还不是被我捉住了。哼，早晚我要他好看。"楚月白了她一眼，用手点了一下她的额头，道："你呀！"

平阳城内车水马龙，行人川流不息，道路两旁店铺林立，一派繁荣的景象。楚国皇帝早已得到禀报，大女儿西巡回朝，还把偷偷离家出走的小公主找了回来，他异常高兴，派人出城迎接。楚都皇城巍峨、庄严，气势磅礴，散发着帝王之气。进入皇城后，楚月对辰南道："辰公子，一会儿我父皇可能要接见你，你在这里耐心等待，千万不要乱闯，知道吗？"

"是，草民知道了。"辰南对于楚国的君臣礼节不算太懂，一直以来都对楚月以平常人的口吻说话，此时进入皇城后多少有些忐忑。楚月笑道:"你不用紧张,我楚国对于有杰出才能者皆以国士相待,即使面对君王也不必行大礼,以前如何现在也如何,不必拘谨。"辰南长出了一口气,如果要他像别人那样见到稍微大一点的官就叩头施礼,烦都要烦死了。

此时,小公主早已一溜烟消失在了皇宫内,楚月笑了笑也转身离去。当楚月来到后宫之时,见小公主正斜靠在皇后的怀中唧唧喳喳地讲着什么,楚国皇帝楚瀚脸上泛着淡淡的笑意坐在对面。楚月上前见礼后坐在一旁,在所有儿女中,楚瀚最喜欢的是小公主楚钰,最倚重的是大公主楚月和二皇子楚文风。

小公主滔滔不绝,将一路上的惊险奇遇绘声绘色地说了一遍,听得楚国皇后紧张不已。待她讲完之后,楚瀚沉声道:"没想到这个仁剑这样大胆,竟然敢在我楚国边境心起歹意,要不是我不想破坏大陆多年来的平静,陷黎民于水深火热之中,一定要派人征讨拜月国。"

楚月道:"父皇所虑甚是,不应一时气愤而大动干戈,况且仁剑也没有讨到半点便宜,手下损失惨重,自己也负重伤狼狈遁去。"楚瀚点头道:"先给拜月国记下这笔账。"而后他又道:"对了,整个过程中怎么都有个叫辰南的人参与啊,钰儿你说得含糊其辞,到底怎么回事啊?"楚钰岔开话题道:"父皇您真好,竟然为了我,想征讨拜月国。"

楚瀚板着脸,道:"哼,你这次一声不响地离宫出走,你不知道我们有多担心,你说我该怎么罚你啊?""啊?我刚回来的时候已经求您不罚我了,您不是答应了吗?不行,父皇是一国之君,君无戏言,您不能反悔。"说着,小公主又缠住了皇后的脖子,娇声道:"母后……"

皇后道:"好了,都这么大了还腻人,父皇是和你说着玩呢,但你保证下次决不能再发生类似的事情,要不然别说你父皇,就是我也决不原谅你。""呵呵,就知道母后最好了。"说着,她在皇后的脸上亲了一下。皇后笑道:"你这个孩子……"

小公主转身面对楚瀚笑道:"父皇您看,这就是我历经千难万险为您采摘的烈火仙莲。"说着,她打开了那个盛放烈火仙莲的玉盒,屋中顿时清香扑鼻。楚国皇帝原本就没有打算处罚她,见她能够平安回来,高兴还来不及呢,刚才不过是故意吓她,此时见她精灵古怪地先将皇后哄完，又来讨他开心，脸上就露出了笑意，溺爱之情溢于言表。

"你这个小调皮……"楚瀚捏了捏她粉滑的小脸，转过头对楚月道，"月儿，西部有什么异常吗？"楚月道："没有，那些来自各国的修炼之人全都进入了落风山脉，并没有在我们楚境停留，看来都是为传说中的麒麟而去，没有人对我国边境心怀不轨。"

楚瀚道："哦，这样就好。不过落风山脉惊现神兽麒麟，确实是一件非同寻常的事情啊，难道真的有圣人将要现世？"楚月笑道："最英明的圣人还不是父皇您嘛，您不要为此担心。"楚瀚笑道："你这个丫头，怎么和你妹妹一样油嘴滑舌起来了，其实我也不是很担心，我们楚国近年来国泰民安，料想不会有什么事发生。"

楚月道："对了，父皇，这次西境之行我发现了一个奇才。嗯，严格来说是妹妹发现并将这个人抓住的。"楚瀚挑眉道："哦，何许人也？"小公主抢着道："是一个败类，是一个臭贼，不学无术，连字都不会写。"看着楚钰那副着急的样子，楚月不禁笑了起来。小公主又羞又气，道："姐姐，你不许说……"

"哈哈……"皇帝和皇后同时笑了起来，难得看见精灵的小公主如此羞恼的模样。"月儿到底怎么回事啊？"皇后问道。楚月道："钰儿可以说吗？"小公主看到皇帝和皇后一脸希冀和好奇的样子，顿时泄了气，道："说吧。"

楚月将辰南的事情原原本本地说了一遍，开始时皇帝和皇后脸泛怒气，而后忍不住露出了震惊的神色。听完之后，楚瀚对楚钰道："怪不得你这个小调皮言辞闪烁，原来还有这些事情啊。按照他的所作所为，他真的该死一万次，只是可惜了这个人才……"

皇后也道："这人真算得上一个奇才，只要后羿弓在手，就相当于一个绝世高手。不过，他的言行确实该死一万次。"楚瀚道："钰儿你真的长大了，在那样的情况下，你还能够想着他是一个人才，留下他的性命。你已经成熟了，以后我真的不用为你担心了。"

楚钰嘟着小嘴道："人家本来就长大了嘛，不过我现在真的非常后悔当初没有杀了他。"楚瀚沉吟了一下，道："留下他吧。"楚月也道："我想也应该留下他，毕竟人才难得。"皇后道："那一定要封住他的口，不能让他乱说什么。"楚月道："通过这几天的观察，我发现他不是那种口无遮拦的人，他应该明白自己的处境。"皇后道："这样就好。"

辰南在外等了半天，心中多少有些忐忑，殊不知自己已经在鬼门关转了一圈。正在他焦急不已时，一名宫女来到他的身边，小声道："你是辰公子吗？"辰南道："是的。"宫女道："大公主命令我将你带进宫去，要我告诉你不必紧张，待会儿见到皇帝陛下，言语只要恭敬一些就可以。""好的，我记住了。"辰南之所以紧张，是因为曾经亵渎过小公主，深恐皇帝怪责，听了宫女的话，他长出了一口气。

楚国皇帝是在书房召见的他，望着眼前那个高大魁伟的老人，辰南双膝跪倒，叩头行礼道："草民见过皇帝陛下。"楚瀚淡然道："平身。""谢陛下。"辰南垂首站立一旁。

楚瀚面沉似水，冷冷地道："你曾经对朕的小女儿言行无礼，可有此事？"辰南脸上一下子就见了汗，道："有，草民一时糊涂。"楚瀚森然道："你可否知道，你的言行早已该死一万次了。"这下辰南身上的冷汗将内衣都浸湿了。

楚瀚道："不过，大公主苦苦为你求情，说你家住山野，不懂礼法，让朕饶恕你。朕本不想放过你，但钰儿也为你求情，说你是个人才，以后可以将功补过。因为这些，朕才没有杀你。"辰南道："谢陛下宽恕。"楚瀚声音不再冰冷，他放缓了语调，道："你不用害怕，朕说过饶恕你了，就一定不会再杀你。况且我已听说你是一个人才，只要你以后好好为我大楚效力，朕绝不会亏待你。"辰南庆幸道："谢陛下。"

"嗯，以后你不用这样拘谨，即使见到我也不用行大礼，从现在开始你已是我楚国国士中的一员，不过是隐国士，不能对他人提起你能够拉开后羿弓的事。"楚瀚脸上露出了笑意，道，"呵呵，楚国有你这样的人才，朕真的很欣慰啊，你不用挂怀以前的事，好好努力，以后一定为你加官进爵。"

辰南从皇宫出来后擦了一把冷汗，感叹道："好险啊，差一点就和这个世界说再见。"他长出了一口气。可是走着走着，他越琢磨越觉得有些不对劲。"差一点让这个老家伙给镇住，打一巴掌揉三揉，这个老狐狸先是一顿乱拍，而后又给了我一颗'蜜枣'吃。恩威并施之下，想让我服服帖帖地为他卖命，这个老狐狸还真是深谙御人之术啊，不愧是在皇帝宝座上坐了几十年的老家伙。"

"辰公子你在嘟囔什么？"楚月一身白衣飘飘，秀丽绝伦，典雅大方。辰南道："哦，没什么，我在感叹皇宫怎么这么大啊，我都快晕头转向了。"楚月笑道："呵呵，跟我来，我领你出去，顺便安排你的住处。"对于这个风华绝代的大公主，辰南心存好感，一路上楚月对他照顾有加，让他逃离了小公主的"魔爪"。望着那无双的容颜、可亲的笑容，他恭声道："多谢公主殿下。"

楚月笑了笑，领他走出了皇宫，皇城之外是朝中大臣的居住地，他们两人来到了一处占地极为广阔的豪宅前。高大的门楼气派非凡，两旁是汉白玉雕刻的威武石狮，朱红的大门上挂着红底金字的牌匾，上书：奇士府。

楚月道："能够住进这里的人，都是一些奇人异士，每一个人都有一些特殊的本领。以后你就要住在这里了，开始时你对这里不熟悉，可能有些不习惯，但时间长了就好了。"

奇士府里面被分割成无数个独立的小院，并不像府宅门前那样气派、豪华，反倒有些返璞归真的味道，每一座小院都有自己独特的园景。里面那些所谓的奇人异士见到楚月后仅是微笑点头，并不上前施礼，可见这些奇士身份的尊贵之处。

辰南的小院很幽静，园中西侧植了一小片翠竹，竹影掩映间，显出一张石桌和两把石椅。东侧是一片花圃，其间有几块奇石。辰南问道："以后我就住在这里了吗？不用我做些什么吗？"楚月笑道："你暂时先住在这里吧，过几天我会找人帮你恢复功力，再找人教你一些高深的武学，以便你能够更好地掌握后羿弓。不过你不要乱跑，在和别人不熟悉前，千万不要随意闯进他们的院子。"

辰南奇道："怎么了？"楚月道："这些人当中，有的人精研毒术，以至于院中到处是蛇虫、毒草，误入其中就可能身中剧毒；有的人则钻研魔法，强大的魔法能量可能会随时毁掉整套院落；还有的人……"辰南越听越心惊，这里住的都是些什么乱七八糟的怪人啊，简直是一个恐怖组织的聚居地。最后，楚月又道："这里卫兵很少，但每天都会有几个身怀绝技的奇士轮流巡守，所以绝对安全。"

辰南叫苦不迭：完了，逃跑大计泡汤了。送走楚月后，辰南心中忐忑不安：那个玩毒的家伙，他的那些蛇虫不会跑到我的院子里来吧？还有那个鼓捣魔法的破坏狂，不会住在我隔壁吧？

辰南住进奇士府后，开始精研自己的家传玄功，如今他六识敏锐，灵觉尽复，又恢复了十六岁以前的自信，他有信心在最短的时间内成为一名绝世强者。澹台璇在他体内布下的浅黄色无华真气被破除后，他的修为一日千里。辰南通过内视发现体内的真气发生了质的变化，颜色更加光亮，流转更加顺畅，同时散发于体外的气息也越来越微弱，几乎不能为人所察。这令他欣喜异常，即使绝世高手不留意，也难以发现他深怀绝技。

辰南运功于手指，点点毫芒在他指间乍现，他一阵激动，他已能够将真气化作剑气密布于体表，他的家传玄功终于再次步入了第二重天的大乘之境。金色的毫光将他的手指衬托得晶莹如玉，他伸开两根手指，向一柄长剑轻轻夹去，"嘣"的一声，精钢打造的长剑竟然断为两截，掉落在地。辰南欣喜若狂，一身功力终于恢复到了未被澹台璇暗算时的巅峰状态，而且随时有可能再做突破，迈入其家传玄功的第三重天。

自信的恢复，令他体内的血液在沸腾，假以时日，他若能够催发出数丈长的璀璨锋芒，他便可以纵横天下了。"修道者、魔法师……我要让你们见识一下武者修炼到高深境界时的修为……"

一阵巨大的爆炸声在奇士府响起，整个府宅都跟着一阵晃动，辰南在第一时间跑到了院中。他的隔壁被一片水蓝色的光幕包围着，爆炸声正是从那里发出，如果没有那片水蓝色的魔法屏蔽，他的院落也难以幸免。他头疼道："不会吧，我居然真的和那个爱鼓捣魔法的破坏狂是邻居，天啊！"这时魔法屏蔽渐渐淡去，那个院落已经变成了一片废墟，一个浑身焦黑、瘦小干瘪的老妪飘浮在空中，发着难听的笑声："嘎嘎……虽然又失败了，但离成功只有一步之遥了，嘎嘎……"辰南暗叹："晕，这简直是一个老巫婆啊！"

"嘎嘎，小子以前怎么没见过你啊，小样，新来的吧？"老巫婆利用风系魔法中的飘浮术来到了辰南的院中。"嗯。"辰南硬着头皮回应道。正在这时，辰南另一边的院落中发出了一声大叫："小花别跑……"一条水桶粗细的锦鳞大蟒出现在辰南的院墙上，随后一个须发皆白的老人跃上了墙头，拍着大蟒的头道："小花不要害怕，不要乱跑，快回院中去。"大蟒似乎听懂了老人的话语，慢慢向回爬去。辰南看得目瞪口呆，心中哀呼："不会吧，我跟他也是邻居？天啊！"

老人看着空中的老巫婆，怒声道："死老太婆，你又在搞破坏，吓得我家小花到处乱跑，你一天到晚怎么没有一刻能够保持清静啊！"老巫婆道："嘎嘎……老毒怪，我又没跑到你的院中去，我在自己的院中进行魔法研究，关你屁事！"老毒怪怒道："你惊扰了我的小花、小绿、小金……你这个疯婆娘整日无所事事，就知道搞破坏。"

"老毒怪你侮辱了我的人格，玷污了我伟大的魔法研究事业，我要惩罚你。啊，你竟敢对我下毒……闪电波！"老巫婆从空中摔了下来，辰南一阵心疼，倒不是心疼老巫婆，而是心疼她身下的那片花草。与此同时，老人被一道闪电击中了，他须发皆张，根根倒竖，一头栽落到了辰南的院中。他浑身上下一片焦黑，冒出缕缕青烟，隐隐有肉香传出。

老巫婆道："老毒怪快给我解药，不然我彻底将你电熟，今晚吃烤排骨。"老毒怪道："死老太婆，解药都被你电成灰了，我怎么给你，你快把我恢复过来，我赶紧给你配解药。"辰南站在院中，一时不知如何是好。老巫婆口吐白沫，直翻白眼，老毒怪更是痛苦不堪，龇牙咧嘴，哼哼唧唧。辰南道："两位前辈各让一步吧，再这样下去，你们都会没命的。"

老巫婆大口地喘着气，道："好吧，老毒怪，我先将你一半烤熟的排骨变成生骨，余下的一半，等你为我配制好解药再说。"一阵柔和的白光将老毒怪的身体包围了，仅片刻工夫，伤势就好了一半，晃晃悠悠地站了起来。辰南道："老人家，我为您开门，您慢点。"老毒怪道："不，不能走门，那样太慢了，再延迟半刻，那个死老太婆就要咽气了。快扶我上墙，从墙上回去。"

辰南快速走了过去，扶着老人爬上了墙头，而后他装作不会武功的样子，也爬了上去。来到墙上后，辰南向下一望，差一点晕过去。老人的院中挖了大大小小十几个坑，蜈蚣坑、蝎子坑、蟾蜍坑、毒蛇坑……每个坑中都有密密麻麻的毒物蠕蠕而动。此外，院中没有坑的地方种了一些杂七杂八的药草，有特异的蛇虫在其间爬来爬去，比如一尺多长的金色蜈蚣、水桶粗细的锦鳞巨蟒……

老人道："小兄弟你先下去，到下面接着我。""不不不……"辰南的脑袋摇得跟个拨浪鼓似的，开玩笑，打死也不下去。最后，辰南双手握住老人的手腕，将他向院落中放去。一只通体碧绿、巴掌大小的蜘蛛突然出现在墙头，一看就是剧毒之物。辰南一紧张，双手一松，老人扑通一声掉了下去。

"啊，天啊……"老人惊呼连连。辰南紧张地问道："老人家你没事吧？怎么了，您摔着哪了？"老人的身下是一片旺盛的药草，他将药草掀起后，露出一个磨盘大小的蟾蜍。他苦着脸道："天啊，我的小绿被砸晕了。""晕倒！居然在心疼那只蛤蟆！"辰南从墙上跳回了自己的院中，暗叹道："太可怕了，蟾蜍居然可以长到肥猪那么大！"

过了约有半盏茶时间，老毒怪隔墙扔过来一个巴掌大小的瓷瓶，道："把里面的东西灌到那个死太婆的嘴里。"辰南拔开瓶塞后，差一点昏迷，其味臭不可闻。他真怀疑解药被老头掺了点"作料"。

又腥又臭的药水灌进老巫婆嘴里，她翻了翻白眼，坐了起来，但紧接着又开始呕吐，边呕边骂道："呕……天杀的，这个该死的老家伙到底给我喝了些什么？"正在这时，老毒怪推开了辰南的院门，一瘸一拐地走了进来。老巫婆立刻飘浮到了空中，而且用魔法屏蔽将自己保护了起来。"老毒怪你竟然拿那么臭的药水让我喝下去，如今还敢送上门来，嘎嘎……"老巫婆手指之间噼里啪啦地闪现电火花。老毒怪吓得一哆嗦，如今老巫婆隐藏在魔法屏蔽中，他的毒术毫无用武之地。

老毒怪气道："喂，死老太婆你讲不讲理，不知道良药苦口利于病吗？那是货真价实的解药啊。""放屁，解药有那么腥臭吗？呕……"说到这里，老巫婆又呕吐起来，同时一道细微的闪电劈中了老毒怪。老头的满头白发再次根根直立，和狮子的鬃毛一般，他虽然还能勉强站立，但四肢一阵抽搐。他怒道："死老太婆你蛮不讲理，言而无信，我救了你，你却恩将仇报。"

两人大有再打一场的架势，不过老毒怪明显心虚，他知道正常情况下，自己绝对无法和老巫婆较量。辰南在边上实在看不下去了，开口道："这个……两位前辈，和为贵，不要伤了和气。"老毒怪道："我没意见，只要把我身上的灼伤治好就行。"

辰南也道："前辈，您还是赶快为这位老伯将伤势治好吧，要不然别人还以为咱们在院中吃烧烤呢。"老巫婆大笑了起来，道："好吧，看在你的面子上，我就饶过他这一次。对了，小子你叫什么名字啊？"辰南道："晚辈叫辰南。"

"嘎嘎，我记住了。"随后，老巫婆念动了一串长长的咒语，一片圣洁的光辉凝聚在老毒怪的身上，原本受到严重灼伤的肌肤渐渐恢复了生机。待到光华敛去，老头又恢复了生龙活虎的样子，再也没有一丝萎靡的神色。辰南暗暗称奇，魔法果然有独到之处。

施展完这个高级恢复术后，老巫婆脸上现出了疲惫之色，她对辰南道："你这个小子还不错，如果有什么人敢欺负你的话，你尽可以来找我，我帮你出气。"说着，她狠狠瞪了一眼老毒怪。老毒怪也道："小伙子，我也觉得你不错，你放心，有我在，没人敢欺负你。就是那个混蛋他再强，他也要吃，他也要喝吧？嘿嘿，我就不信，他每次都能躲过我的毒。"说着，他也示威地瞪了一眼老巫婆。"哼！"老巫婆冷哼了一声，向远处飞去。

辰南住进奇士府后的第五日，一位年轻的女子前来拜访，这个女子虽然没有楚月那样倾城倾国之色，但也异常清丽，散发着淡淡出尘的气质，给人一种宁静的感觉，她道："辰公子你好。我叫纳兰若水，也是奇士府中的一员。"

来到辰南屋中，纳兰若水道："我听大公主说，你功力尽失，我对医术多少有些研究，想从这方面着手，看能否为你恢复功力。"辰南吃惊不已，没想到眼前这个漂亮的女子竟然是一名医术国手，在他的印象中，名医都是须发皆白的老人，而眼前的这名女子却这样年轻。他惊讶地问："你要为我恢复功力？"纳兰若水非常平静，道："是的。"

辰南道："可是我的功力已经被人废了，并非医术能够解决的。"纳兰若水道："我可以试一试，用针灸的方法刺激你全身的穴道，激发你身体的潜能，理论上来说，可以帮你恢复功力。"辰南决定将功力已经恢复的事实掩藏到底，他笑道："那有劳纳兰小姐了。"

纳兰若水淡淡地道："不客气。"她从袖中取出一个玉盒，里面满是金针，玉盒金针相映成辉。接着道："辰公子请你将腰腹以上的衣服全部脱去。"

虽然有些尴尬，但辰南他还是依言做了。纳兰若水手捧玉盒轻轻地走了过来，一股淡淡的幽香令他一阵荡漾。她问道："这些日子以来，辰公子感觉身体有什么不适吗？"辰南道："除了失去了功力，没有什么不适之处。"

感受着近在咫尺的醉人幽香，辰南一阵陶醉。纳兰若水似乎看出了他的异样神情，纤纤玉指拈起一根金针，迅速插进他了他胸前的一处大穴。"啊……"辰南一声惨叫。纳兰若水脸色平静，像什么也没发生一样取出第二根金针，快速准确地插入了他另一处大穴。辰南又一声惨叫，心中一阵嘀咕："针灸应该不是很疼啊，她不会是故意加重了力道吧？"第三针以后不像前两针那样疼痛了，辰南心中暗道："美女名医的脾气好大啊！"

不消片刻工夫，辰南的上身便插满了金针，他体内的真气蠢蠢欲动，但被强行逼散在了各条经脉之中。纳兰若水张开纤纤玉指，开始在插针部位附近按摩，一股股热力自她的指间传入辰南体内。辰南发觉纳兰若水竟然有一身不俗的功力，指间透发而出的真气不断刺激着他的穴道，体内那股蛰伏的真气再次活跃起来。"静心！静心！"他不断提醒着自己，真气再次归于平静。

如此治疗了半个时辰，辰南已经满身大汗，纳兰若水也脸色绯红，呼吸有些急促。看着眼前那山峦起伏的曼妙身躯，辰南心中升腾起异样的感觉。纳兰若水似乎感觉到了，眼中闪过一丝怒色，淡淡地道："辰公子若想恢复功力，现在请马上静心凝神，运转你以前的功法。"

辰南闭上双眼，慢慢调节自己的真气，使之缓慢地运行着。他已经感觉出，经过针灸，全身的经脉穴道舒畅无比，他当然不会放过这个凝练家传玄功的机遇。但他只能缓缓地运行真气，不敢有较大的动作，怕被纳兰若水发觉。经过半个时辰的缓慢调息，他感觉体内的真气有所壮大，功力有些许精进。当他睁开眼时，纳兰若水正一脸平静地注视着他，她问道："怎么样，你感觉经脉中有真气流转吗？"辰南摇了摇头，道："一点也没有。"

纳兰若水若有所思，道："这样……嗯，可能耽误的时间太长了一些，没关系，我们明天继续，我相信治疗一段时间，你的功力会恢复的。"辰南道："那多谢纳兰小姐了。"

纳兰若水将他身上的金针一根一根拔了下来，放回了玉盒中。看着那美丽的背影离去，辰南回到自己的院中。纳兰若水虽非绝色佳人，却有一股淡然出尘的气质，那种气质有一种别样的诱惑。辰南自语道："美女名医，宛若空谷幽兰，如此年轻就已是一名医学领域的奇士，当真天才啊！"

"小子你在淫笑什么呢？"老毒怪自院墙探出了白花花的头颅，肩上爬着一只碧绿的大蜘蛛。辰南道："没有啊。"老毒怪打趣道："还说没有，口水都快流出来了。对了，小子，你怎么会失去一身功力？你又会些什么，怎么住进了奇士府？"

辰南有些迟疑："这个……"老毒怪道："不用担心，奇士之间没有秘密，要不然大公主也不放心将你留在这里，奇士皆效忠于楚国，没有人会将机密泄露出去的。辰南想想确实如此，便如实答道："我能够拉开后羿弓。"

"什么？！哎哟！"老毒怪惊得从墙上掉了下去，但下一秒他又出现在了辰南的院中，"我没听错吧，你能拉开封印的后羿弓，怪不得住进了这里，还真是国宝啊！"老人大呼小叫，一阵惊叹。看着老毒怪又蹦又跳的样子，辰南啼笑皆非。正在这时，辰南的后院传来一阵大爆炸声，老毒怪惨叫道："他妈的，这个破坏狂……我的宝贝一定又被吓坏了。"说着，他急忙跳回了自己院中。

辰南长出了一口气，回屋中打坐，全身的真气开始疯狂涌动，耀眼的金光自他体内充盈而出，令他全身都笼罩在一片金色的光芒之中。大约过了半个时辰，辰南身上的金光慢慢敛去，消失在体表。他一跃而起，体内真气汹涌澎湃。纳兰若水果然医术高超，经她针灸疗法后，再催动真气疯狂运行，此刻辰南神清气爽，功力又精进了一大截。

辰南抑制住仰天长啸的冲动，跑到院中，一拳击在了地上。"轰隆隆！"整个院落都跟着晃动了起来。以他为中心，地面出现一道道巨大的裂痕。隔壁的老毒怪一阵惨叫："天杀的……死老太婆还没完没了，下次我一定要将她毒得三个月下不了床，小白不要跑……"辰南双手激发出一道道璀璨的剑气，金色的锋芒将地面击得尘沙飞扬。辰南激动异常，家传玄功终于突破了第二重天的限制，迈进了第三重天，心中涌起万丈豪情。

次日，纳兰若水见到辰南时大吃一惊，她发觉站在面前的人似乎变了，相貌还是那样普通，但那淡淡的微笑，深邃的眼神……仿佛多了一股难言的气质。纳兰若水道："我感觉你身上好像多了一股别样的气质，难不成是你的功力恢复了？"

辰南一惊，快速内敛了功力，笑道："怎么可能呢。"纳兰若水恢复了平静之色，道："可能是我的错觉，好了，开始针灸吧。"这一次针灸持续了一个时辰，待到纳兰若水离去之后，辰南赶紧催动全身的真气在百脉内流转，但效果已远远不如第一次。他睁开双眼，长出了一口气，道："看来武学真的没有捷径可走啊！"

从此以后，纳兰若水几乎每天都要来一次，但并不是每次都针灸，有时会击打辰南全身的穴道，以期激活他体内的真气。慢慢地，两人逐渐熟了起来，纳兰若水已不像先前那样冷漠了，偶尔会和他聊上几句。

辰南从谈话中得知，纳兰若水虽然是奇士府中的一员，但平时多住在家中。父亲是朝中的一名官员，而且职位不低，她和楚月是从小玩到大的朋友，所以能够出入皇家典籍室，一身医术有大半是从那里学来的。听到皇家典籍时，辰南两眼放光，知道那里肯定有很多珍贵的古籍，说不定有万年前的记载。想到这里，他兴奋不已，微笑着道："纳兰小姐真可谓奇才，一身高明的医术竟然有大半都是自学所得，真是让人钦佩。"

纳兰若水淡淡地道："其实也没什么，只要肯努力，谁都可以做到。"辰南叹道："我就做不到，我是一个山野之人，连字都不认识，怎么会学到书上那些东西呢？"纳兰若水吃惊地道："你……你不识字吗？"

"是的，我一个字也不认识，连自己的名字都不会写。"说到这里，辰南神情有些落寞，虽然是假话，但却有部分真情实感。他满脸悲戚地道："我是一个孤儿，被人遗弃在深山，一位好心的老猎人捡到并收养了我。由于生活的拮据，我没有去学堂读书识字……"辰南戏精附体，谎话连篇，一转眼就给自己加了个童年不幸却自立自强的设定。辰南擦了一把脸上的泪水，道："对不起纳兰小姐，让你见笑，我太激动，一时难以自拔……"

纳兰若水眼中现出一片水雾，柔声道："说对不起的应该是我，是我让你想起了伤心往事。对不起，我不知道你有过这样坎坷的过去。辰公子，你想学习识字吗？我可以教你。""真的？"辰南大喜过望，这是他期待的，但心中多少有些惭愧，他用谎言博得了同情。

"当然是真的，以后我上午帮你针灸，下午教你识字。"此刻，纳兰若水脸上不再是一惯的平淡、冷漠，取而代之的是如花笑颜。辰南没想到这个外表冷漠的美丽女子笑起来竟这样迷人。天生善良又富有同情心的纳兰若水被辰南的"不幸童年"感动了，之后一改往日的冷淡，细心地为他医治身体，想尽一切办法为他恢复功力，同时悉心地教他读书识字。辰南心生惭愧，对她多了一分敬重之心。

半个多月过去了，辰南的"病情"还没有起色，这令纳兰若水诧异不已，她翻遍了所有医学典籍还是束手无策。期间楚月曾经来过几次，每次都安慰辰南不要着急。小公主也曾经偷偷来过几次，每次都不会放过刁难辰南的机会，但可能觉得心中有愧，她并没有做得太过分。饶是如此，小公主也令辰南头痛不已。不过，看到她每次都偷偷摸摸的样子，辰南奇怪不已，听纳兰若水讲述才知道，原来小公主在躲避那个研究魔法的老巫婆。

　　老巫婆曾经想收小公主为徒，但小公主死活不乐意，硬是拜武学大师诸葛乘风为师。为此老巫婆恼怒不已，差一点找诸葛乘风决斗。不过老巫婆并没有放弃收小公主为徒的念头，每次看到她总要"晓之以理，动之以情"。小公主被搞怕了，来奇士府都偷偷摸摸。听完纳兰若水的话，辰南狂笑不已，没想到这个万恶的小魔女也有害怕、吃瘪的时候，简直是一件奇闻。纳兰若水嘴角也露出一丝淡淡的笑意，能令她这样一个淡漠的女子露出微笑，可想而知小公主在帝都一定"恶名远扬"。

　　一日，小公主的师傅诸葛乘风突然重伤而归，帝都修炼界一片哗然。辰南也吃惊不已，他见识过这位宗师级武学高手技近乎道的绝世修为。诸葛乘风和巨蛇的那场惊天大战，令他记忆犹新。

　　诸葛乘风在落风山脉中确实看到了传说中的麒麟，无数的修炼者疯狂涌去，都想驯服神兽，即使自知无望者也纷纷上前，想推波助澜杀死神兽而得到一鳞半爪。诸葛乘风冷眼旁观，他深知神兽的强大，决非普通人能够对付，一条化龙失败的圣蛇已经令他捉襟见肘，更不要说神兽了。如他所料，麒麟神兽面对数百人的围攻毫不惊慌，张嘴喷吐出一大片火焰。火焰的温度高得吓人，第一批人刚刚冲上去，就被烧了个灰飞烟灭。

　　诸葛乘风本想就此离去，但麒麟偏偏盯上了他。神兽能够感应出人群中的强者，它对闯进古洞惊醒它的入侵者怀着深深的敌意，脚踏烈火，向诸葛乘风冲去。诸葛乘风和神兽的大战惨烈无比，无数为麒麟而来的人惨遭池鱼之祸，或被冲天的剑气洞穿身体，或被汹涌的烈焰燃成灰烬。最后，诸葛乘风不敌，重伤而遁。

　　成功逃离险地的人不过十之一二，这件事在大陆上引起轩然大波，更多修为高深的修炼者闯进落风山脉，想将麒麟驯为坐骑，尤其是西大陆的那些龙骑士，听闻此事后，对麒麟的兴趣远远胜过了巨龙，纷纷自各国动身向落风山脉赶去。诸葛乘风只是简要地将这件事说了一遍，但此战肯定要比和巨蛇的那场大战激烈得多。小公主极为不满，鼓着嘴巴嘟囔道："这样一场好戏，我都没有看见，真是太遗憾了，我居然没有亲眼看到老头子难得出丑的模样。唉！"

诸葛乘风回来交代一番便匆匆离去，匿地疗伤。此后，麒麟事件在大陆沸腾了一个多月，无数的修炼者铩羽而归。直到麒麟自落风山脉中消失，这件事才告一段落。


辰南家传玄功步入第三重天后，他随时可以从容离去，却不着急，每天除了接受"治疗"之外，一心一意地学习大陆通用的文字。时间飞逝，转眼两个月过去了，他的功力还是未有丝毫"恢复"的迹象，但对于现今大陆通用的文字，他已经掌握得很好了。这令纳兰若水惊异不已，没想到他在文字方面颇有天赋。辰南疯狂地阅读各种史书，正史、野史……都被他翻了个遍。每当辰南想起神魔陵园，心中就一阵悸动，他是从那片古老的墓地复生的，故而非常在意它的过去，迫切想知道它的秘密。辰南有股异常强烈的感觉，万年前不为人知的惊天大秘密早晚有一天会水落石出。

他妄图在史书中找到万年前史实的蛛丝马迹，但历史资料都仅限于近五千年，根本无法追溯到万年前。纳兰若水惊诧于他对历史的兴趣，忍不住开口询问道："辰公子为何对历史情有独钟，怎么从来没见你看过诗词歌赋？"

辰南尴尬地笑了笑，道："这个……诗词歌赋虽然意境悠远，陶冶人的情操，但我还是觉得历史更有带入感，让人感觉到心灵的震颤。以前我不识字，没有读过什么书，从来不知道大陆有过那样波澜壮阔的过去，一个强大帝国的崛起到灭亡、一个优秀民族的繁荣到衰落……五千年来的风风雨雨，五千年来的绚烂辉煌……让人感慨，让人震撼！"

纳兰若水眼中闪过一丝异样，微笑道："辰公子感慨颇多，看来收获不小啊！你识字仅仅两个月，就已经能够通读大陆史了，真的让人佩服啊！"辰南见纳兰若水此时心情还不错，将心中的盘算说了出来："纳兰小姐，我把奇士府中的史书都读遍了，可不可以让我和你一起去皇宫的典籍室看一看？"纳兰若水诧异地看了他一眼，道："你对历史真的那么感兴趣吗？皇宫的典籍室看管得很严，我仗着和月公主是好朋友才得以进去，如果再带一个人恐怕很难。不过可以试一试，要是能够让月公主陪同，事情可能好办一些。"

晚上，辰南躺在床上回忆着这两个月以来的经历，一切如同戏剧一般，他居然成了楚国的一名隐奇士。这两个月他最大的收获是在这里学会了大陆通用的文字，彻底和这个社会融合了。

翌日，纳兰若水脸上挂着一丝笑意，对辰南道："月公主已经和典籍室的管理人员打过招呼了，待会儿我为你针灸过后，你可以和我一起去。"辰南大喜过望，针灸完毕后，跟随纳兰若水走出了奇士府。十几个武士护在一辆豪华的马车左右，纳兰若水招呼他一起上车，辰南谢过，一路上闻着醉人的幽香，很快便来到了皇城。

皇宫禁地，文官下轿，武官下马，除了皇族，没有人能够享受特殊待遇。皇宫内，殿宇楼台，高低错落，壮观雄伟。辰南随着纳兰若水在皇宫内左拐、右转，来到了一座宏伟的大殿之外。这里的负责人是一名四十岁左右的翰林学士，由于楚月事先知会过，所以他们未受阻拦。

殿中典籍如山，但却错落有致，一排排、一列列，码放得整整齐齐。辰南在如海洋般的书库中略过诗歌、星卜、医学……径直来到了标有史学的书库门前。望着里面近万册的藏书，他一阵头晕，这么多的书何年何月才能够看完，这也太多了吧？他耐心地在书海中寻找，每本书他只看第一页，如果内容是近五千年来的历史，一律被"打道回府"。接下来的日子，辰南和纳兰若水每天都往返于奇士府和皇家典籍室，他每天都在枯燥地翻看史书。

一天，辰南随手从书架上抽出了一本内容是现代字体的书，想也不想就向原处放去。但封面上"修炼等阶"四字引起了他的注意，临到中途又把手收了回来。他翻开书，想粗略浏览一下，但很快就被深深地吸引。这是一本关于修炼者实力等阶划分的书籍，修道者、魔法师、东方武者和西方武者虽然各有各的划分标准，但为了对比实力，将他们从低到高，划分为五个等阶。但其上所说的最低等阶者也是高手中的高手，能够上阶位的人都是实力强横之辈，一般的高手根本不在此书的划分范围之内。

通过书上的介绍，他对现今大陆高深修炼者的实力有了一定的了解。修道者最为神秘，由于他们很少出手，外界对于他们实力的划分颇具争议，只简单将其修炼境界划分为：筑基、养气、凝华、结丹、元婴。不过书中注释，在此之上可能还有更高的境界，传说为直通仙道之境，只不过没有人见到过。

魔法师按实力可以划分为：准魔法师、中阶魔法师、高阶魔法师、大魔法师、魔导师。东方武者的修炼境界可以划分为：炼精化气、先天之境、剑气出体、炼气化神、神凝气固。另外书中提到，曾有人超越过这五个境界，一身盖世功力令人难以想象，几可谓通神。

西方武者按实力可划分为：剑匠、剑师、剑魁、剑圣、剑神。此外西方武者中还有一种特殊的修炼者——龙骑士，强横的武者和强大的龙结合在一起，拥有超强恐怖的破坏力，按实力可划分为：地龙骑士、飞龙骑士、亚龙骑士、巨龙骑士、圣龙骑士。

不同种类的修炼者皆划分为五个等阶，这样他们的实力就有了可比性，一般说来，同阶的实力相差不多。但修道者和魔法师明显要比武者占优势，当对手比他们弱小，低于他们的等阶时，他们就可以发挥自己的特长，直接操控天地间的元气，进行大范围的打击，对多名对手实施无差别攻击。

如果按照书上所述，进行实力等阶划分的话，武者当中的大部分人，都被挡在了阶位高手的门外。武技虽然人人可以修炼，但绝大多数人都不能修炼到高深境界，只有少部分人能够位列阶位高手。虽然修道者和魔法师对于体质的要求较高，致使这些人数量很少，但其中大多数都是阶位高手，显然，修炼者的体质和其未来的成就有很大的关联。总体来看，四种修炼者的阶位高手数量相差不多。

辰南合上书，长出了一口气，总算将现在这个世界修炼者的实力等阶弄明白了。不过，他相信修炼者的最高境界决不止于五阶，据他所知，当年他父亲辰战的修为，就已远远超越了东方武者的第五阶修炼境界"神凝气固"。他客观估计自己的实力等阶，家传玄功已经步入了第三重天，刚刚能够将剑气催发于体外，勉强算得上一个三阶修炼者，在大陆上已经是一名真正的高手了。无意中发现的这本书，令辰南获益匪浅。

接下来的几天，他在书库中认识了一名奇怪的老人。老人异常苍老，两眼浑浊无神，牙齿早已落光，褶皱的皮肤如同皱皱巴巴的纸团一般，头顶上稀稀疏疏有几十根头发。初见老人时，辰南吓了一大跳，还以为某位死后冤魂不散，从棺中诈尸了呢。出于礼貌，他每次见到老人都微笑致意，但从未说过话。

这一日，辰南正在枯燥地翻看着史书，一个苍老的声音突然在他背后响起："年轻人，这么喜欢历史啊。"辰南吓得差一点跳起来，那个奇怪的老人像幽灵一样，无声无息地来到他身后不足一尺处。他暗怪自己看书太过投入，镇定下来答道："是啊，比较喜欢，但这里好像没有什么特别的古籍，最早也就追溯到五千年前而已。"

老人问道："哦，你喜欢看古籍？你能够看得懂上面的文字吗？""嗯，我对古文字还有些造诣，差不多的古籍都能够看懂。"辰南扬了扬手中的书，道："您看，这是四千年前的文字，虽然比现在的文字繁复，但还是可以辨别的。"辰南并没有说谎，他对文字确实比较敏感，另外现在大陆的通用文字是从原仙幻大陆的古老文字演化而来的，他两厢对照，就不难辨别这些处于中间过渡期的文字了。这时，辰南仿佛看见一股绿光自老人浑浊的双眼一闪而逝。老人问道："你为什么喜欢看古籍呢？"辰南道："我对上古的神话传说比较感兴趣，想从古籍中了解一二。"

老人嘿嘿笑了起来，辰南听来，感觉森然无比。老人邀请道："年轻人，如果你真能够看懂古籍的话，我领你进另一个书库吧，那里才是真正的古代文献，历史远比这里的书籍久远。"辰南大喜，同时开始猜测老人的身份，他已经看出老人不是普通人，要不然决不可能随意将他领进另一座书库。穿过前殿，二人向后殿走去，后殿格外安静，推开厚重的大门，一排排书架上放满了古迹斑驳的书籍。自从踏进古书库，辰南便感觉到一丝微妙的异样波动，如涓涓细流，似淡淡清风，若有若无，让人难以捉摸。

"晕死！难道这里的古书都成精了不成，怎么会有这样的波动呢？"如今辰南体内禁制全消，灵觉尽复，对外界的感应，远比常人敏锐。

老人似乎毫无所觉的样子，道："你看，这里全是古籍，大多都是价值连城的孤本，你若能看懂，这里无疑是一座宝藏。""宝藏？"辰南有些不解。

老人道："这些书籍当中有许多关于武功、魔法、医药、毒术等的著作，有许多都是失传的绝学。皇家派专人来整理、编译这些古籍，也只能译出其中的少部分。就不知道你对古文字的造诣有多深了，若是胜过那些翰林院的学士……"辰南没等他说完，便扎进了书堆中。

一连数日，他都徜徉于古老的历史当中，这令纳兰若水诧异不已。当辰南将一份自古籍中整理出来的医学典籍送给她时，纳兰若水激动地尖叫起来："天啊，《医圣手札》！我不是做梦吧？"她高兴得一下子抱住了辰南。感受着那柔软的身躯，辰南一阵陶醉，反手向纳兰若水抱去，但她却快速地离开了，报以一阵轻笑。自此之后，辰南看到纳兰若水的微笑都忍不住一阵心跳加速。

辰南暗暗道："今天是不是再找一本医书整理出来送给她呢？""小子，发什么花痴啊，瞧你那副没出息的样子，真让我老人家羞于与你同为男人。"老毒怪手臂扒在院墙上，露出头来，适时地打击道。

"死老头子你又偷窥我，真是太变态、太恶心了。当心我买一挂鞭炮，点燃后扔进你的院子里去。"随着越来越熟悉，辰南和老毒怪逐渐开起玩笑来，到后来见面就互相挖苦。不过一直以来，他都不敢和老巫婆嬉闹，老巫婆在他的东院和后院换来换去，令他胆战心惊。老毒怪气道："你敢！你若点鞭炮，我让你七步断肠，十步断魂，十三步形销肉烂，十五步化骨无形。""靠，你个变态死老头子。"辰南一阵发寒，快速向奇士府外走去。

今天纳兰若水没有为辰南针灸，说是要仔细研究完《医圣手札》后，再为他治疗。辰南来到古书库，那名老人早已到了。老人道："年轻人，不错啊，看来你真的对古文字有些造诣，能够看懂那些古籍，今天我老人家要麻烦你一下。"

辰南道："哦，老人家请说，如果能够帮上忙，我一定帮。"老人从怀中掏出一本颜色发黄的古书，放在桌子上，取过纸笔刷刷点点开始抄写，不一会儿工夫，整张纸便被抄得满满的。"喏，你能帮我把这张纸上的内容给翻译过来吗？"辰南接过来一看，那些字句根本不通顺，道："老人家，这些句子不通啊，您没抄错吧？"

老人道："你尽管翻译就是，不必管它通不通，每天你为我翻译三篇可以吧？""可以，没问题。"辰南心中暗道："这个老家伙疑心还真是重啊，居然将句子拆散开来，要这样保密的是什么书呢？"他先前对老人的一点好感荡然无存，知道古怪的老人一开始就在打他的主意，其根本目的就是要他翻译这本书。纸张上的文字，按照辰南的估计应该是六七千年前的字体。寥寥几十字，但其中却包含了"神""尸体"等敏感词汇，这让他对那本书更加好奇了。

一晃又过去了一个月，期间纳兰若水为辰南再次医治，但还是毫无"起色"。楚月也曾经来过，送给辰南一本薄册，上面有几篇内功心法，要他选择其一，尝试重新修炼。然而，楚月失望无比，辰南修炼任何心法都毫无结果，连一丝真气都凝聚不起来。她有些焦急，最后将后羿弓从皇宫带到了奇士府，要辰南试一试在没有内力的情况下能否拉开，结果可以预想，辰南装模作样地拉了一通，最后泄气道："不行，我拉不开。"

楚月娥眉微皱，道："怎么会这样子呢，毫无道理啊，若水从不说谎，她说你的功力理论上可以恢复，而且……重新修炼武功也不应有什么影响。"辰南道："我觉得身体有些古怪，不过刚才手握着后羿弓的感觉很特别，体内的真气似乎有复苏过来的迹象。"

楚月考虑了一会儿，道："那好吧，我将后羿弓放在你这里，你用心去感应，说不定能够恢复功力。不过我要派一些人手来，毕竟神弓乃我楚国传国之宝，万一被贼人盗窃就不妙了。"辰南做出一副感激涕零的样子，道："公主殿下为了我能够恢复功力，竟然将国宝相借，如此恩德，我若恢复功力，定当誓死报效楚国。"楚月淡淡一笑，飘然离去。从那天开始，辰南的院外多了一些侍卫，日夜守护着他的院落。"是防止盗贼偷窃，还是怕我带着后羿弓潜逃呢？"关于这个问题，他没有深想，毕竟楚月给他的印象还不错。

最近几日，辰南有些迷惑，他承认一直以来对纳兰若水都有一丝好感，但他认为那绝不是爱，不过若是哪天见不到美女名医又会觉得心中空荡荡。起初，他还不太相信自己的感觉，直到纳兰若水有事离开几日，他才隐隐觉得心中有了一点点纳兰若水的影子，不过细细思量了一番，他认为自己对她仅限于好感。

有些事情永远也无法让人忘怀，刻骨铭心的真情永远也不可能磨灭，辰南现在也无法忘怀万年前的红颜知己。雨馨代他受死的画面时常在他脑中浮现，每当想起过去的点点滴滴，都会心痛不已，他不知道还需要多长时间才能够开始一段新的感情。

这一天，辰南走进古书库后，将老人那本古书的最后几页翻译完毕。老人握着整理出来的书卷，道："我已经得到了我需要的，你呢，找到了你想要的东西了吗？"辰南一惊，道："啊，您说什么？""嘿嘿……"老人笑了起来，脸上的沟壑一阵颤抖，"你很不简单啊，小小年纪，修为就已如此惊人，而且还懂得古文，真是奇才啊！"辰南惊道："啊，老人家您在说什么，我怎么听不懂啊？"

老人道："年轻人不要再演戏了，我对你并没有恶意。其实自你第一天踏进书库起，我就已发现你是一个高深的修炼者，修为应该刚刚达到第三阶。"辰南心中震惊无比，他散发于体外的修炼者气息极其微弱，没想到老人第一次见面时就已经看透了他。

老人道："如若你还未满二十岁，你的一身修为在大陆二十岁以下的修炼者中足以位列前二十名，如若你已接近二十五岁了，在大陆二十五岁以下的修炼者中可以位列前二百名。无论属于哪一种情况，你都可以算得上一名杰出的青年高手。"辰南不语，静观其变。

老人道："年轻人你掩饰得很好，我相信没有多少人能够看透你身怀绝技，但我却不在此列。"辰南点头道："老人家果然目光如炬，晚辈在前辈面前无所遁形。"老人点了点头道："你在寻找什么？"辰南不答，反问道："前辈在寻找什么？又得到了什么？"

老人笑了起来，满脸的皱纹堆积在一起轻轻颤抖，样子有些吓人，他笑着道："嘿嘿，年轻人，我让你翻译古籍，却打乱句子的排列，你心里一定对我很不满吧？"辰南道："没有，您多想了。"

老人道："我这也是没有办法啊，那本书乃旁门左道之物，其中涉及许多禁忌，为常人所不容。我怕你得知后，鄙弃老夫，不为老夫翻译，所以才出此下策。"辰南道："旁门左道之物？"

老人道："是啊，我也是迫不得已，如今我已经一百七十多岁，身体衰老得不成样子了，我修道不成，习武也没有天赋，不能令身体再次返老还童……""一百七十多岁！再次返老还童？！"辰南惊叫了起来。

老人道："是啊，七十余年前，我武道小成，于百岁高龄返老还童，但这几十年来始终无法迈进更高层的境界，身体逐渐衰老，时不我待啊！仙武之境离我越来越远了。"辰南惊讶地张大了嘴巴，没想到眼前这个风烛残年的老人竟然是一个绝世高手，老人所说的"小有成就"，决非"小有"，一定是功力大成。

老人接着道："为了延续生命，我不得不研习邪书，另辟他法，以期有朝一日悟透生死。其实这个世界上本无正邪之分，'正'只不过符合绝大多数人的认知，而'邪'则为绝大多数人所不容。到了我这样的年纪，什么事情都看透了，早已没有了正邪之分，也就不在意要修炼的是什么书了。只要能够延续我的生命，就是'正'。"

辰南虽然觉得这些话有一丝道理，但还是觉得后背凉飕飕的，心中暗道："人说佛老成魔，这个老家伙不会是功力达到一定境界后，堕入魔道了吧？"他现在已经肯定，这个老人的修为最少已经达到了第五阶境界。

老人道："年轻人你在寻找什么？"辰南答道："如前辈所言，我确实在查找一些东西。我说过，我对上古的神话传说非常感兴趣，尤其是神魔陵园的来历，让我如痴如迷，我想借助皇家的浩瀚典籍揭开其神秘面纱。"

老人双眼中绿光一闪而逝，道："神魔陵园乃千古之谜，不知困扰了多少代人，你若能够找到其中的蛛丝马迹，定然会轰动整个大陆，你可有发现？"辰南泄气道："没有，我几乎将整个古书库都翻遍了，但任何一本书都没有神魔陵园来历的记载。"老人道："唉，真相早已湮灭在历史当中了，若想明白万年前到底发生了什么，恐怕只有踏入仙境才能有所了解。"

辰南点头同意，楚国乃东方大陆最强大的帝国之一，其皇家典籍可谓包罗万象，但其中却无神魔陵园来历的丝毫记载，可见真的不能够从史籍中探知其真相了。这时，他突然感觉到一股异样的波动在古书库内轻轻荡漾，和初次踏进这里时一模一样。上次他没有在意，这次他闭上双眼用心去感应那丝波动，慢慢地，他的脸上露出了震惊的神色，那丝波动竟然是从地下传上来的。

老人看到他脸色大变后，点了点头道："年轻人果然不简单啊，连这丝微妙的波动都能感觉到，可见你身具灵根。"辰南道："前辈，那是什么？"

老人道："也罢，为了报答你为我翻译出古经书，我就领你去看一看吧。"老人领着辰南来到了一面书架前，用力将书架挪向了一旁，而后在地上一阵摸索，一个黑洞洞的穴口出现在辰南眼前，波动正是从那里向外传出。辰南简直不敢相信自己的眼睛，堂堂皇家古书库竟然会有这样的所在。老人道："七十年前，我武道小成，身上灵根开启，无意中感应到了这丝异样的波动。没想到你天生具有灵根，唉，人和人不能比啊！"

辰南有些疑惑，道："皇家古书库怎么会有这样一个秘密洞口呢？"老人笑了起来，道："这个洞口是我秘密开掘出来的。我就是在皇帝的龙椅下明目张胆开个洞穴，他也不敢说什么，因为我是他玄祖。"晕，狂晕，辰南真的有点无所适从了，没想到这个老人来头这么大。

洞穴成螺旋形蜿蜒向地下，辰南深一脚、浅一脚地跟在老人身后，心中多少有些忐忑。沿着黑洞洞的地道向下走了有三十几米，下方传来一片光亮，大概又下降了十几米，两人来到了光亮的所在处，老人开掘出来的地道和一条隧道成"丁"字形相交在了一起。隧道古迹斑驳，四壁为坚硬如铁的金刚岩，可以想象当年开凿这样一条道路是多么地艰难，隧道上方，每隔三丈距离便镶嵌一颗夜明珠，光亮正是这些明珠所出。

辰南惊叹："好大的手笔啊，一颗明珠就已价值连城，想不到在这里，这么多的明珠被用来当作普通的照明之物。"说完，他双眼一眨不眨地盯着那些明珠。老人道："小子出息点，你不会想盗墓吧？""啊，这、这是一座坟墓？"辰南觉得后背有些发凉，感觉那些明珠发出的光芒都有些妖异了。

老人领着辰南沿着古隧道向较为明亮的一端走去，空旷的隧道内只有"嗒嗒"的脚步声，格外幽森而又冷寂。沿着蜿蜒曲折的古隧道，二人来到了一座明亮的大殿，大殿虽在地下，免去了雨雪风霜的侵蚀，但也雕刻上了岁月的痕迹，古迹斑斑。大殿的四壁是一幅幅精致的浮雕，多是神话传说中的神、魔、妖、怪……浮雕间嵌着明珠，令整座大殿亮如白昼。栩栩如生的浮雕在明珠的照耀下，仿若有灵魂一般，似欲破壁而出。

古殿的正中是一座白玉台，玉台晶莹剔透，一个高大魁伟的中年男子站在玉台的正中央。中年人一头漆黑的长发随意飘散在肩头，古铜色的脸膛，长眉入鬓，鼻直口方，一双黑亮的眼睛摄人心魄，望之令人胆寒。不过最让人心神震撼的是中年人的气势，绝代的霸气，睥睨天下的雄姿，令他看起来如俯视众生的魔神一般。

辰南眼中一热，眼泪差一点滚落下来，中年人的神态和他父亲太像了，眼神同样睿智、犀利，气势同样霸绝天下，那种唯我独尊的盖世丰姿深深震撼了他。老人道："看到了吧，那丝异样的波动就是从眼前已逝之人发放而出的，这位前辈真乃人杰也！"辰南听到"已逝"二字，心神剧震，简直不敢相信自己的耳朵，他再次仔细打量眼前之人，最后在其长发之中发现了一点光亮，赫然是一把剑柄。"飞剑"二字在他心中一闪而过，绝代霸气的中年人被飞剑贯顶而毙。

"死了，这样一位绝代高手竟然死在了飞剑下？"辰南有些不相信，眼前这位中年人的气势决不弱于他的父亲辰战，肯定早已超越了第五阶境界，当年辰战踏足武道巅峰之后，即使那些道法大乘的修道者也难撄其锋。曾听他母亲说过，修武到了那般天地，尘世已无刀兵可伤，再难逢抗手。他围着玉台转了一圈，在玉台的背后发现了一片骨粉，在另外不远处，还有一堆根根寸断的碎骨，想都不用想，两者是死于台上那位中年人的盖世功力之下。

老人道："我的那本书就是从这里得到的，从书上的那些字体判断，这里的一切距今都应有六七千年了。而这位前辈的身躯竟然不朽，依旧昂然不倒，简直太让人难以置信了。"辰南心生感叹："这位前辈功力通天，竟然将肉身凝练成了不灭之躯，强者永远是强者，死后气势依然如此迫人。"

老人道："走，上去观看，他的脚下还有字迹。""哦？"辰南精神一振，随老人一同跃上了玉台。晶莹的玉台上，寥寥几行字，以指力划刻而成，铁画银钩，苍劲有力，且有一股悲凉之气迎面扑来，令人心中无限感叹。"妖道成仙，天理难容，斩妖除孽，以儆天下。叹呼，妖有一弟，恰逢归来。重伤之躯，与之相抗，回天无力，同归于尽。昂藏之躯，寂灭妖洞，吾身蒙羞，自封于此！"

"原来如此，唉！"辰南叹了一口气，感叹道，"虽然妖道刚刚踏入仙道之境，但毕竟已是仙人，这位前辈豪气凌云，竟然灭掉了仙人，佩服啊，佩服！"老人也有些感慨："是啊，要不是他漏算了一人，恐怕这天地间又多了一位强大的武仙。"

辰南叹道："生前，神功盖世，顶天立地。死后，形体不朽，昂然而立。千载霸气，凝而不散，绝代豪雄，睥睨人间。"接着他忽然大笑了起来："哈哈……我现在对武道充满了信心，仙人何其强大，但还不是被一个武道巅峰者灭掉了。可以想象，若是习武之人踏入仙境，嘿嘿……"

老人道："我带你去妖道的修炼之地看一看吧。"辰南随着老人穿过古殿，沿着隧道来到了一个如人间炼狱的古洞。明珠泛着幽森的光芒，地上白茫茫一片，仔细看去，竟然是万千枯骨，有些白骨已经彻底粉碎，气流稍微涌动，便荡起阵阵粉末，一股阴气在古洞内弥漫。在万千枯骨的正中央是一方干涸的血池，四壁黑红而又妖异，泛着森森寒气，仿佛有幽魂在其上方飘荡。这是一个阴森而又恐怖的万人坑，极静之中，仿佛有万千生魂在嘶嚎，令人头皮发麻，心生寒意。

辰南看得心惊胆战，道："这就是妖道的修炼所在？真是残绝人寰啊，为了满足一己之私，竟然屠戮万千生灵，这样的人成仙，真的天理难容！"说完，他不由自主望向了老人，如若他没猜错的话，老人手中所谓的邪书，必是妖道曾经修炼过的邪法，他不禁泛起一股寒意，站在他面前的人有可能是第二个妖道。

老人笑了起来，满脸的皱纹一阵颤抖，道："年轻人不必害怕，我是一个习武之人，怎么可能再去修道呢，况且是凶险万分的血修之道。习武之人改去修道，非天资纵横之辈万难做到，两者的修炼方式在本质上是不同的。我只是借鉴一下那本邪书中某些独特的见解而已，就是需要生血，我想御膳房每天宰杀的那些牲畜也足够了。"

辰南身上的冷意稍减，随后二人离开了阴森恐怖的古洞。来到古殿之后，辰南走到玉台前，注视着那位绝代强者，对老人道："我在古书库时，前后曾经两次感应到这股异样的波动，为何期间我没有感应到呢？"

老人道："你这两次恰逢临近月圆之夜，只有这时波动才会变得强烈，想来和这里的布局有关，这里可能隐藏着一些聚集天地元气的古阵。可能是当年的妖道布下的，如果在这里修炼，定会事半功倍。不过风险也必然会增大。修炼如果太过顺利，缺乏对心境磨砺，定会滋长心魔，很容易走火入魔。"

辰南点头同意，道："所谓有得必有失吧，这个世界是平衡的，人要学会拥有，懂得放弃。妖道当年太过贪婪、凶残，布下聚集天地元气的大阵后，还大肆屠戮生灵，要不然也不会惹来杀身之祸。"

老人道："说是一回事，做是一回事，许多劣性扎根于人的灵魂深处，面对巨大的诱惑很难把持。比如说现在你有可能得到一位绝代高手的盖世功力，你能不动心吗？"辰南笑了起来，道："动心，当然动心，不过我没有这样的机会。"老人道："如果真的有这样的机会呢？"辰南道："我虽然动心，但我最后会放弃。得自外界的力量始终不如自己修炼得来的精纯，我怕它会桎梏着自身力量的发展。"

老人叹道："年轻人你很自负，不过你有自负的资格，我就不行了，死亡时刻威胁着我的生命，若有这样一股强大的力量，我决不会放弃。"对此辰南笑了笑，没有说什么。老人道："年轻人，你肯助我一臂之力吗？让我摆脱死亡的阴影。"听见此话，辰南露出迷惑不解的神色。

老人满是皱纹的脸颊一阵颤抖，道："年轻人，你知道吗？你第一次踏进古书库时，我就感应到了你体内的灵气，仔细观察之下，发现你天生身具灵根。如果能够得到你的帮助，我便有可能得到一股庞大的力量，从而不必修炼邪书，也能够延续几十年的生命。"

老人指着玉台上那个霸气凛然的绝代高手，道："你可知道他身上为何有丝丝异样的波动涌出？那是因为他体内蕴藏着一股强大的力量，那是他盖世的修为，若能够将那些力量接引而出……"听到这里，辰南心中一冷，他刚才还在奇怪，老人即使报恩，也不必将他引到这里来啊，原来这一切都是这个老人早有预谋的。

辰南道："前辈您多想了吧，都已经过去了数千年，那位绝代高手的英魂早已消逝，身体内怎么会隐藏着强大的力量呢？我想是他的不灭体和天地元气共鸣的结果。"老人道："不试试怎么知道呢，年轻人你肯帮我吗？"辰南道："我的修为和您相比差远了，如何帮您？"

老人道："这和修为没有关系，你身具灵根，非常容易吸引天地元气，如若你我合力，定能够将那位绝代高手体内的力量激发。"辰南心里非常不愿助这个心机深沉的老人，更不愿意亵渎那位绝代高手，但考虑到目前的处境，不得不答应老人的请求。老人非常高兴，道："你的灵根是天生的，我的灵根是后天修炼出来的，远远不如你。待会儿你双掌贴在他的背后，用心去感应他体内的力量，而后引导它出来，我在旁边协助你。"

登上玉台后，辰南暗道一声："得罪了。"他双手抵在那尊不灭体的背后，用心去感应那丝异样的波动。老人也伸手抵在了不灭体的背后，闭上眼睛仔细感应。一股复杂、莫名的情绪仿佛自亘古悠悠而来，传进了辰南的心间，他在瞬间仿佛经历了千年光阴，心中失落无比。他吓了一大跳，若不是不灭体触手冰凉，真以为这位绝代高手要复活了呢。他知道那复杂的情绪是绝代高手弥留之际的感受，有失落、有无奈……

辰南静心凝神，将一切杂念排除在外，仔细感应着不灭体内的异样波动。突然，异样的波动似乎和他产生了共鸣，一股磅礴的力量在不灭体内开始汹涌。辰南大吃一惊，绝代高手的遗体内竟然真的隐藏着一股庞大的力量。他震惊不已，这超出了他的想象，一个人都已经死去了数千年，体内居然还保留着那盖世的功力。辰南偷眼望去，见老人虽然双手也抵在不灭体的后背，但好像毫无所觉，他暗暗做了一个决定，决不能将这股庞大的力量引导给老人。辰南觉得这个老人心机太深沉了，始终让人看不透，如若让原本就已经异常强大的他吸收这股力量，不知道会引出什么可怕的后果。

过了好久之后，辰南放下了双手，长叹道："除了那丝异样的波动，我没有感应到任何力量在这尊不灭体内流动。"听他如此说，老人也放下了双手，脸上难掩失望之色。自古殿返回时，辰南忐忑不已，生怕这个心机深沉的老人在此灭口。自古书库的洞口钻出之后，他才长出了一口气。

老人将书架推回原来的位置，冲着辰南笑了笑，道："嘿嘿……年轻人不要害怕，我不会对你不利，你是我楚国的后辈英杰，我怎么会毁掉楚国未来的绝世高手呢？"老人拍了拍他的肩膀道，"好好努力，我老人家依靠那本邪书还能活个二三十年，这期间我还可以指点你一二。"辰南木然地点了点头，回到奇士府才感觉到身上那冰凉的冷汗。


自从仙幻大陆和魔幻大陆合并后，东方的武学、道术和西方的斗气、魔法发生了激烈的碰撞，真气对斗气，道法对魔法，剑气、斗气纵横激荡，道法、魔法绚烂威扬。

在早期中西方修炼者的大对抗中，道术和魔法的威力是毋庸置疑的，每一个稍有成就的修道者和中阶以上的魔法师都具有超级恐怖的实力。他们能够直接操纵天地间的元气，一个修道者能够对付数十个西方武士，一个中阶以上的魔法师同样能够对付数十个东方武人。但修道者和魔法师数量稀少，修炼道术或者研习魔法，对人的体质要求极为苛刻，所以道术和魔法并不能够大范围普及。另外，修道者多远离尘世，很少出现在世人面前，所以修道者在人们眼中最为神秘。魔法师在修炼的过程中，需要大量昂贵的魔法材料，所以要想成为一名魔法师，离开钱是行不通的。

修炼东方的武学或西方的斗气，虽然对体质也有要求，但并不苛刻，一般人都能够修炼，但因体质不同，成就自然会有显著的高下之分。相比较而言，修炼体术的武者要比修道者和魔法师逊色一些，除非近身作战，要不然这些武者根本不是那些直接操纵天地元气的修炼者的对手。

　　当然任何事情都不是绝对的，东方武者当中，有一些人能够将其修为修炼到极高深的境界，任何修炼者见到这种强大的东方武者，都会头疼不已。而且，东方武者当中偶尔有人能够修得一身盖世的功力，其超级恐怖的实力几可谓天下无敌，是所有修炼者的噩梦。但众所周知，武学进展缓慢，那种能够将武学修炼到极至境界的盖世武者，数百年难得一见，所以武学逐渐没落。

　　同东方武者一样，修炼体术的西方武者虽然人数众多，但平均实力也远不如修道者和魔法师。但这些武者当中有一部分特殊修炼者，其超强的实力决不弱于修道者和魔法师，这些人就是世人眼中的龙骑士。要想成为一名龙骑士，首先要驯服一头属于自己的龙。当然龙也有强弱之分，西方的龙按弱强可分为地龙、飞龙、亚龙、巨龙、圣龙，也有五个等阶，恰好和大陆上的五阶修炼者相对应，从而也就有了地龙骑士、飞龙骑士、亚龙骑士、巨龙骑士、圣龙骑士这五阶龙骑士。

　　可见，要想成为龙骑士，必然要达到阶位境界，而且要驯服一头与之境界相匹配的龙。所以龙骑士皆是强者，从某种意义上说，龙骑士之所以要以龙为坐骑，就是要证明其具有强大的实力。在西大陆，巨龙骑士数量稀少，圣龙骑士更是凤毛麟角，但达到这种境界的龙骑士皆具有超绝、恐怖的实力，即便是修炼有成的魔法师和修道者也不敢轻易撄其锋。


　　回到奇士府后，辰南想起刚才的地下古墓之行，还有些后怕。"这个老人真是让人猜不透，居然没有杀我灭口，不过还是尽早离开这个是非之地吧……"通过这件事，他总算明白了"人外有人，天外有天"。那名老人外表看起来老迈不堪，衰弱无比，但却是一名修为恐怖的绝世高手，是他继诸葛乘风后见到的又一名第五阶修炼者，甚至有可能超越了第五阶。

　　"小子又在发花痴，真是没出息！"老毒怪双手扒在院墙上，向他这里张望着。"靠，变态老头子你又偷窥我！"辰南从屋里走了出来。

老毒怪笑道："今天奇士府来了一名龙骑士，好多人都去看他的龙了，你的若水本来想找你一起去看的，但你不在，所以她先去了。走吧，我们也去凑凑热闹。"龙骑士是强者的代名词，龙是强大而又神秘的生物，辰南一听也来了兴趣，随老毒怪向外走去。

今天奇士府不同于往日的平静，府内角斗场聚满了人，就连平日难得一见的老巫婆都舍弃了她"伟大的魔法研究事业"，来到了这里。

辰南还是第一次看到这么多奇士聚集在一起，其中绝大多数人都是强大的修炼者，当然有像老毒怪这样在某一领域有杰出才能的研究者。这些人年龄多在三十岁以上，像他这样二十岁左右的年轻人不过三五人而已。辰南很快就发现了纳兰若水。纳兰若水一身水蓝色的衣衫，宛若空谷幽兰，飘逸空灵，淡然出尘。她看到辰南和老毒怪走进角斗场后，恬静的面容上露出一丝淡淡的微笑。辰南抛下老毒怪，和纳兰若水一起观看。

角斗场的正中央伏着一只巨大而又凶悍的生物，一身墨绿色的鳞甲闪闪生光，狰狞可怖。不用问，这就是龙骑士的那头龙。龙身长约七丈，头生双角，腹部是一双巨大的肉翼，样子看起来颇为凶猛。在那头龙的旁边站着一个高大的青年，外貌俊朗，身体魁梧，结实的体魄充满了爆炸性的力量，有一股阳刚之美。

纳兰若水脸上浮现出一丝异样之色，道："看到了吗，这个人就是那名龙骑士，是大将军司马长风的儿子，名叫司马凌空，十年来一直在西大陆和高人修炼，如今学成归来。现在已经被皇帝册封为奇士，今天正式入住奇士府。"

辰南点头道："哦，来头这么大啊，奇士还用册封吗？"

"当然，每一个奇士都享受国士待遇，怎么能够不册封呢。"说着，纳兰若水看了他一眼，道，"当然你属于例外，你是一名隐奇士，不过……唉，你……要是功力尽复多好啊！即使没有令人羡慕的国士荣耀，但最起码也有一身强大的实力……"说到最后，她多少有些伤感。辰南没有注意到纳兰若水的异样，但心中也有些失落，他就要离开这里了，可能永远也见不到这位美女名医了。

纳兰若水道："看，这头龙还真是威猛，我还从来没见过这么庞大、强悍的生物。"辰南道:"上次我在西部边境山脉中,看到的一条绿龙足有三十丈长,和那头绿龙比起来,这头龙简直就是一个龙孙孙、龙宝宝。""是吗,真的有那么大?"纳兰若水脸上露出疑惑的神色。

"嘎嘎,这个小子说的没错,他看到的是巨龙,巨龙的身长都在三十丈以上。这只不过是一头普通飞龙而已,比不会飞的地龙稍微高级一点点。"老巫婆不知道什么时候来到了辰南两人的身后。辰南回过头来,向恐怖邻居打了个招呼。

老巫婆点了一下头,接着道:"西方的龙共分五个等阶,依次是地龙、飞龙、亚龙、巨龙、圣龙。除了地龙不会飞外,剩下的四阶龙都会飞。地龙身长五丈左右,飞龙身长七丈左右,亚龙身长在十五丈到二十丈之间,巨龙的身长则最少在三十丈以上。至于圣龙我也没有见过,不过听人说圣龙皆是一些罕见特异的龙,其强大的力量并不一定和身体大小成正比。"

纳兰若水笑道:"魔法婆婆见识果然广博。"老巫婆笑道:"嘎嘎,怎么说我也在西大陆待过一段时间,要是连这都不知道,岂不被人笑话。不过,你这个丫头嘴巴还真甜,真讨人喜欢,比楚钰那小丫头强多了,那个小丫头见到我就想逃。"

场中的龙骑士司马凌空正在向围观的众人解说着什么,众人听得津津有味。这时,小公主楚钰突然贼头贼脑地出现了,不断地向场中央张望着,似乎在找人。辰南和纳兰若水相互看了一眼,都忍不住露出了笑意。老巫婆气哼哼地道:"这个死丫头!我真的有那么可怕吗?每次来奇士府都偷偷摸摸的,哼,真是气死我了!"

侦察完"敌情",小公主长出了一口气,如一个活泼的精灵般跑到了场中央。她挑眉道:"司马凌空,回来之后竟敢不去本公主那里报到!"众人见到小公主后,脸上都露出了笑意,但原本神采奕奕的司马凌空,却如泄了气的皮球一般,顿时蔫了,慢吞吞道:"公主殿下好。"

小公主的刁蛮本性尽显无遗,道:"去西大陆修炼的几个人,回来之后,都到我那里报到了,唯独你没去,说,是不是没有为我准备好礼物啊?"说着,她围绕着那头飞龙转了一圈,道:"这头龙不错啊,是送给我的礼物吗?不过太丑了点,算了,我就勉为其难地收下吧。"

一听这话，司马凌空当时脸就绿了，苦着脸赔笑道："钰公主，这是我的坐骑，我为你准备的礼物还在家中，一会儿就会送去。"辰南总算明白小公主在帝都"声名在外"这四字的含义了，谁见到她都是一副头痛的样子。可以想象，当初帝都这些贵族子弟的悲惨童年是怎样度过的。

小公主娇蛮道："这样说来，你不想把这条龙送给我？"司马凌空结结巴巴道："不是……这个……"小公主哼了一声，道："小气鬼，放心吧，我才不要这么又小又丑的怪物呢，我在西境山脉看到的龙，比你这个大多了。"司马凌空擦了一把头上的冷汗，道："这只不过是一头飞龙而已，当然没有那些巨龙大。"

小公主道："这头龙听话吗，我可以骑着它飞上天去吗？"司马凌空道："当然可以。""太好了！"小公主脸上立时露出了兴奋的神色。司马凌空拍了拍飞龙，道："待会儿飞起的时候，安稳一些，知道了吗？"飞龙竟然颇通人性地点了点头。众人大奇，小公主也有些吃惊，道："它能够听得懂人语。"司马凌空道："当然，龙是有智慧的生物，虽然它只是一头二阶飞龙，但也能够听懂一些简单的人语。"小公主兴奋地爬上了龙背。

这时老巫婆在人群中叫了起来："钰儿，想飞可以和我学魔法啊，你看这样多轻松，何必骑人家的龙呢？"说完，老巫婆飘浮了起来，来到了场中央。小公主看到老巫婆的瞬间脸色大变，但很快脸上又堆起了甜甜的笑容，她迅速地道："婆婆您好啊，我有事要回皇宫了。"说完，她快速地从龙背上滑了下来，如泥鳅一般钻出了人群。围观的众位奇士面面相觑，最后爆发出一阵大笑。

老巫婆大叫道："小丫头见到我就想跑，回来！"她念了一句咒语，利用风系中的风翔术快速追去。远远地传来小公主的叫声："不要啊，我真的要回皇宫了……"小公主到底还是被捉了回来，嘟着小嘴，但却不敢发作。辰南看到她那副受窘的样子，再也忍不住，笑了起来。纳兰若水拉了拉他衣角，道："不要笑了，你没看别人都在忍吗，要是被小丫头看见，到时你可惨了。"辰南当然了解小公主的恶魔本性，当小公主看到这里时，他立刻止住了笑意。

老巫婆笑道:"嘎嘎,不要不高兴,好多人想求我教他,我都不教,你不是想飞上天空吗,我可以教你啊!"老巫婆念动了一个咒语,一团水蓝色的光幕将小公主包围了,令她浮到了半空中。她问道:"好玩吗?只要你和我学,你也可以做到。"

小公主脸上虽然露出了兴奋的神色,但听到老巫婆的话后,还是坚决地摇了摇头。老巫婆气得立刻停止了魔法能量的输送,小公主尖叫着从空中掉了下来,直到快落到地上时,才被一团柔和的光芒托住,不过,小脸已经吓得煞白了。辰南总算明白小公主为何这样害怕老巫婆,为何不愿拜老巫婆为师。

这时,司马凌空上前施礼,道:"见过魔法婆婆。"老巫婆道:"嗯,免礼。小伙子不错啊,小小年纪就有自己的龙了。"司马凌空道:"前辈过誉了,晚辈和前辈相比差远了。当年前辈在西大陆修炼之时,威名远播,至今还有人提起您。"老巫婆嘎嘎笑道:"你已经很不错了,估计在年轻一辈中,你已经算得上强悍人物了,只要你肯努力,日后定会成为四阶巨龙骑士。"

老毒怪不知道什么时候跑到了辰南和纳兰若水的背后,他小声嘀咕道:"这个死老太婆真是太无耻了,瞧她那副得意的样子,真不知道她那个大魔法师凭证,是走了什么狗屎运混上的。不过这个浑身是肌肉的小子真的很强,能够成为一名飞龙骑士,在他这个年龄来说,已经非常不简单了。"辰南点头同意,他早已感到了司马凌空身上的强大力量,第二阶的飞龙骑士果然名不虚传。小公主趁老巫婆说话的工夫,偷偷地溜出了人群。过了一会儿,老巫婆忽然发现小公主不见了,一气之下,继续进行"伟大的魔法研究事业"去了。

这时,司马凌空突然发现了纳兰若水,眼中顿时一亮,穿过了围看飞龙的人群,走了过来,他殷勤地道:"若水也来了,你若想看飞龙的话,我直接带它到你们家去就可以。"这时,辰南忽然觉得右手一紧,被纳兰若水那温软的小手攥住了,只听纳兰若水道:"不用,我只是陪辰南来看看而已。"

司马凌空双眼射出两道冷电,看了看两人拉着的手,又看了看辰南,道:"他是谁?"纳兰若水平静地道:"他是我可以托付终身的人。"

辰南神情一呆，而后心中有些不舒服。纳兰若水显然早就认识这个肌肉男，很明显在拿他当挡箭牌，他有一种被人利用的感觉。司马凌空的双眼快喷出火来了，他恶狠狠地盯着辰南，道："小子你一边去，这是我和若水的事，希望你不要搀和在其中。"

站在辰南身后的老毒怪道："年轻人说话不要这么冲，有什么话好好说。"这时围观飞龙的那些奇士发现了这边的异常，转头向这里望来。纳兰若水道："我们走。"她拉着辰南的手，向角斗场外走去。

司马凌空怒不可遏，一下子冲到了两人的身前，怒道："若水，我希望你注意一下，你现在是我的未婚妻，不要和别人拉拉扯扯，这样有辱你我家族名声。"

纳兰若水怒道："胡说八道，谁是你的未婚妻？请你自重，不要信口开河，让开！"她一手推开司马凌空，一手拉着辰南向外跑去。辰南心中非常不快，想甩开纳兰若水的手，但犹豫了一下，没有付诸行动。角斗场内的奇士们议论纷纷。司马凌空在原地站了一会儿，嘴角泛起一丝冷笑，追了下去。

纳兰若水两人跑出角斗场后，直奔辰南的院落。在辰南的院门前，司马凌空追了上来，道："若水，这是为什么？你知道，我是喜欢你的。过不了多久，我爹就提亲了，现在你怎么能跟一个不相干的人在一起呢？"

纳兰若水道："你死了这条心吧，我不会嫁给你的。"司马凌空眼中闪过一丝厉芒，道："好，你真是好本事，哼，到时候你爹同意了，我看你嫁还是不嫁。"他双眼凶光闪烁，对辰南道："小子你将我刚才说的话当作耳旁风了吗，我让你离远点，你听见了没有？滚一边去！"辰南心中本已非常不快，闻听此言顿时火冒三丈，被他强行压制的家传玄功不由自主汹涌澎湃起来，一股强大的气势自他身上爆发而出。

纳兰若水怕司马凌空对辰南动手，挡在了他的身前。与此同时，大公主派来守护后羿弓的武士们感应到了一股强大的力量波动，七条身影刹那间出现在了三人面前。辰南暗叫一声惭愧，怪自己太过冲动，快速内敛功力，强大的气息一闪而逝。场中几人一阵狐疑，纳兰若水和几个武士最终认为那股迫人的杀意是司马凌空爆发而出的。而司马凌空却认为那股强大的气势来自眼前的这几个武士，因为此刻辰南身上没有半丝力量波动，无论怎样试探，都感觉不到他体内有修炼者的气息。

司马凌空讥讽道："小子你是男人吗？躲在女人的身后，算什么本事？"辰南冷冷地看了他一眼，道："你犬吠什么？人家根本就不喜欢你，还要死缠烂打，真是没脸没皮。"司马凌空怒极反笑道："嘿嘿，你这个吃软饭的家伙，我若不将你碎尸万段，我就……""够了！司马凌空你有完没完，你再在这里无礼取闹，我要到陛下那里去告你。"纳兰若水脸色铁青，此时失去了往日的从容。

司马凌空道："这个小子有什么好，他有什么本事，连小白脸都算不上，若水你……""你无耻！"纳兰若水气得咬牙切齿，转身拉着辰南走进了院子里。司马凌空刚要跟进去，旁边的几个武士伸手拦住了他，一人道："司马公子请留步，大公主有令，非经她批准，任何人不得走进此院半步。"

此时，司马凌空都快气疯了，心中怒火汹涌，吼道："为什么？那对狗男女怎么进去了？"侍卫道："因为这本来就是辰公子的院落，纳兰小姐奉命在为他医治身体。""什么，那个废物也是奇士？"司马凌空头脑逐渐冷静了下来，狠狠地向院里望了一眼，转身离去。

到了院中，纳兰若水快速放开了辰南的手，将脸扭向了一旁，道："对不起。"辰南心中的不快已渐消，道："没什么。"纳兰若水道："你不问问我为什么这样做吗？"辰南淡淡道："我在等你说。"

纳兰若水将身子转了过来，道："我的父亲是朝中左相纳兰文成，司马凌空的父亲是朝中虎威大将军司马长风，二人都是楚国重臣，但一直不和。近年来朝中一些大臣从中周旋，两人关系才有所缓和，后来有人建议两家结为儿女亲家，从而改善将相关系。将相不和，于国不利，父亲答应了那些从中周旋的人，当时虎威将军也欣然同意。别人也许不知司马凌空的为人，但我却深知，近几年他曾经回过帝都几次，每次回来都会闹出一些风流粮事，简直就是一个风流恶少。"

"我理解父亲的难处，知道他一心为国。我讨厌司马凌空那样的风流恶少，但我却无力改变这个事实。几天之后司马长风就要派人上门提亲了，我没有办法，只能够刺激司马凌空，让他厌恶我，从而毁去这桩婚姻，所以……"纳兰若水道。

"唉，你真不懂男子的心理，这样做只会适得其反。"辰南真的有些同情纳兰若水了，这个平日无比恬静的女子，心中竟然这样无奈，身为贵女，却不能主宰自己的幸福，只能作为政治的筹码。他长叹了一口气，道："我怎样才能够帮助你呢？"纳兰若水眼中呈现出一片水雾，语音有些颤抖，道："我不知道……我都不知道自己该怎么做了……"

"要不然……"辰南很想说"要不然我带你一起走吧"，但话到嘴边，他又咽了回去，他现在虽然对纳兰若水有一丝好感，但喜欢并不等于爱。不过他已经决定，必要时加以援手。"要不然怎样？"纳兰若水脸上露出希冀的神色。辰南道："你可以逃婚，等到事情过去以后再回来。"

纳兰若水有些失望，道："我一个女子，能够上哪里去，我从来没有出过远门，更没有什么江湖经验，我一个人到底该怎么办……呜呜……"说到最后，她再也忍不住，失声哭了起来。辰南尴尬地挠了挠头，他没有手帕，把宽大的衣袖举到了纳兰若水的面前。纳兰若水拽过他的衣袖，轻轻地擦着泪水，最后忽然扑到他的怀里，放声大哭起来。辰南手足无措。纳兰若水哭了一会儿，声音渐小，最后幽幽地道："你若身世显赫，你若有一身盖世功力……我……我走了。"

看着纳兰若水的身影消失在院门外，辰南的脑袋轰的一声。"我若身世显赫？我若有一身盖世功力？是啊，无论哪种情况都能够改变你的命运。""真是一根木头！平时不呆不傻，事到临头却……"老毒怪在墙上露出了白花花的头颅。"靠，死老头子，你这是第 N+1 次偷窥我了。"说着，辰南从地上抄起一根竹竿，对着刚刚爬上墙的老头就捅了过去。

"天杀的！小子你竟然早就准备好了竹竿……"老人惊叫道，接着扑通一声，老人被捅了下去。老人的声音自墙的另一边传来："哎哟……天啊，我可怜的小绿，又被砸晕了……""又在心疼那只蛤蟆！"辰南转身进了屋中。

他心中久久不能平静，一拳轰在了茶几上，点点金光将茶几击了个粉碎。他霍地站了起来，自语道："不能看着若水羊入虎口，逼我出手啊！"

　　然而，自此之后的几天，辰南再也没有见到纳兰若水，她再也没有来过奇士府。辰南暗暗焦急，坐卧不安。老毒怪坐在墙头上，摆出一副深沉的样子，叹道："木头啊，那天你根本就不应该让她一个人离去。幸福是需要自己争取的，当它飘远时，你想抓也抓不住了，但愿你还有机会，不要遗憾终身啊！唉，人为什么总在失去时，才会去尝试补救呢？"

　　辰南不理他的胡言乱语，离开奇士府，再次走进了皇家典籍室，他想碰碰运气，希望在那里能够遇见纳兰若水，但是仍然扑了个空。烦闷之下，他随手从书架上抽出了一本书，无聊地翻看了起来。突然一声苍老的叹息在他身后响起："唉！"辰南吓得差一点跳起来，扭头一看，是那个将他领进地下古墓的老人。老人佝偻着身子，颤颤巍巍走到了他的面前。辰南胆战心惊，倒不是担心老人摔倒，他深知在这副衰老的躯体内掩藏着多么强大的力量，他只是担心自己而已。一直以来，辰南都看不透这个可怕的老人，不知道他会不会突然将他灭口。

　　"呵呵，年轻人不要担心，我说过，我对你没有恶意，你不要想太多。我真的很欣赏你，小小年纪身具灵根，还能够拉开封印的后羿弓，前途不可限量啊！"

　　辰南惊道："您知道我的身份？"

　　"我人虽老了，但还没有老糊涂，帝都的事我多少还知道一些，只不过我懒得理那些俗事而已。人这一生，唉，有些人注定只是生命中的匆匆过客而已……"

　　辰南现在真的被镇住了，老人话锋藏机，似乎在影射纳兰若水的事，他感觉内心世界仿佛赤裸裸地暴露在了老人的面前。他心中暗道："这个老头真是一个老妖怪，高深莫测。"辰南道："是的，有些人注定是过客而已，不过我不会看着和我有交集的朋友发生不幸！"

　　老人笑道："呵呵，不要激动，我们只是随便聊聊而已。年轻人告诉我，你是不是要离开楚国了？我说过，我很欣赏你，我非常想看看一个潜力无穷的后辈，日后的修为究竟能够攀升到何等境界。所以你不要怕，我不会害你的。"辰南直到现在才确信，这个老妖怪目前确实不会加害于他。

老人道："到了我这般年纪，虽然还没有完全放下红尘中事，但也差不多了，我心中只有修炼，只求超脱生死。不过，在你离去之时，希望你不要做出太过出格的事。帝都藏龙卧虎，高手众多，年轻人千万不要冲动啊！"辰南听得冷汗直流。最后他起身告辞时，老人的声音自他背后传来："不久后，我也许会到大陆上走动走动，说不定我们还会有相见之日。"

路过御花园时，辰南停了下来，绿树掩映间，他依稀看见两道熟悉的身影。他向左右看了看，见无人经过，施展无上轻功，身化一道淡影飘进了御花园。竹影掩映间，现出一座玲珑别致的亭台，两道美丽的身影立于亭中，一人风华绝代，美艳无双，另一人雅洁出尘，清秀绝伦。辰南心中一跳，他已看清了两人的面容，前者是大公主楚月，后者赫然是几日不见的纳兰若水。他见识过大公主的不凡修为，不敢靠得太近，只得在远处凝神静听。

楚月拉着纳兰若水的手，道："其实司马凌空已经很优秀了，帝都有几个青年能够比得上他啊！"纳兰若水有些不悦，道："你居然替那个好色之徒说话？"楚月道："若水你误会我了，我只是就事论事而已。男人都是那副样子，哪个男人不贪恋美色？"纳兰若水道："可是我真的对他没有半点感情。"

楚月苦笑道："在世人眼中，我们是金枝玉叶，一生荣华富贵，无忧无虑，但事实确实如此吗？我想你我心中都有答案，我们的身份令我们失去了很多，比如我们不可能在婚前和人谈感情，这是身为贵女的悲哀。"纳兰若水幽幽叹道："若我对一个人已经有了一点感情呢？"

楚月正视纳兰若水，道："那天发生在奇士府的事，我已经听人说了，我当时猜想你只是在利用辰南来拒绝司马凌空，你不会真的对他产生了一丝感情吧？"听到这里，辰南心中一阵乱跳。纳兰若水看着楚月，道："若是真的呢？"

楚月有些吃惊，道："你跟他怎么可能呢，这不是真的吧？若论相貌，他远不如司马凌空，若论本领，就更不用说了，他功力尽失，连你这个国手都不能够妙手回春，他已经没有希望了。而且他还不能够重新修炼，说句难听的话，他现在已经是一个废人，我对他已经不抱希望了。"这些话丝毫不漏地传进了辰南的耳中，虽然从另一种角度考虑，这些都是事实，但辰南还是觉得分外刺耳。

纳兰若水将脸扭向了一旁，道："你不明白的……"但她没有继续说下去。大公主道："若水你跟他是不可能的。看来，当初让你去奇士府为他治疗，真的是一个错误。好在你没有深陷进去，时间能够淡化一切，要不了多久，你就不会记得这个人了。"

纳兰若水猛地回过头来，道："你不是要杀了他吧？"楚月凤目中寒光一闪，而后笑道："怎么会呢？若杀了他，能够让你忘了这段经历，我会毫不留情地杀死他。但我知道，这样只会令你恨我一辈子。放心吧，我不会动他，再过三天就是我父皇的六十岁寿辰了，等寿辰过后，我会给辰南一个官职，让他远离都城。这样对你、对司马凌空、对辰南都好。"

辰南看见了大公主眼中的那两道寒光，他知道楚月对他动了杀心，她决不会按照她说的做。如今他已经是一个没有任何价值的"废人"，单单为了小公主的清誉，她也不会让他继续活在世上，况且又涉及朝中两位重臣的子女。辰南心中一阵发寒，没想到风华绝代的大公主心机竟然这样深沉，他一直没有看透这个美艳无双的女子，直到今天偷听了她和纳兰若水的对话才发觉她的可怕。大公主和纳兰若水二人，谈了很长时间。辰南在一旁看得清清楚楚，楚月一直在极力劝说纳兰若水嫁给司马凌空。将相不和，于国不利，为了国家，她抛弃了友情。

最后，楚月道："走吧，到我的房间去，不要站在这里了。"纳兰若水道："不，我想一个人静一静，你先回去吧。"楚月无奈，转身离去。纳兰若水一个人站在亭中，喃喃道："你若身世显赫，你若有一身盖世功力……"她双眼中泪光闪现，黯然离去。

辰南将这一切看在眼里，他攥了攥拳头，转身离去。来到皇宫之外，上了轿子，两列武士护在两侧，向奇士府行去。直到今日发现楚月的可怕心机，他才明白这两列武士的实际作用，保护他是一方面，最主要的还是防止他逃走。他又想到了守卫在他院落周围的那些强大武士，楚月可谓百密无疏啊。

回到奇士府后，辰南隐约间听到了小公主的声音。过了一会儿，老毒怪出现在了院墙上，道："刚才万恶的小魔女来传圣旨，三日之后，皇上六十岁寿辰，邀请奇士府内的所有奇士参加。据说将会很热闹，一个小国派来了三个年轻的龙骑士，小道消息传说他们在宴会上将大显身手，大会楚国青年豪杰。"

辰南道："什么？"老毒怪道："那个小国原本是楚国的附属国，但近年来实力渐长，暗中又得到了一股不明势力的支持，想要摆脱楚国的控制。这次他们派遣了三名年轻的龙骑士，想向楚国示威，如若这三人技压楚国年轻一代，等于狠狠地抽了楚国这个霸主一记响亮的耳光。"辰南一副无所谓的样子，道："好啊，为了国家的自由而战斗，支持三个民族英雄。"

老毒怪紧张地朝四外望了望，道："小子你不想活了，这种话都说得出口？据秘密而又可靠的消息，这三人在西大陆修炼时就已经赫赫有名，后来突然销声匿迹三年，估计这三年他们一直在秘密苦修，想必现在已经功力大成，这才打上门来。据猜测，这三人最低也达到了二阶修炼者的水平，这样恐怖的实力在青年一代人中少有啊，奇士府年轻的奇士中，恐怕也只有那个肌肉男司马凌空能够敌住一人。"

"刚才万恶的小魔女说，若有人能够力抗那三名龙奇士，皇帝将会有大大的赏赐。你的功力若是恢复了，这可是一次难得的机会啊！试想，你若手持后羿弓，弯弓射天龙，这将是多么光彩、壮烈的一幕啊！光想想就让人激动，到那时，你不仅立下了汗马功劳，而且将名动大陆。对于这样一个奇才，皇上能不拉拢吗？你若想……嘿嘿。"

老毒怪翻下了院墙，去研究毒术了。辰南站在院中，心中久久不能平静，他攥紧拳头做出决定，不再隐藏强大的实力。他已经知晓纳兰若水的心，不过他现在还无法忘怀雨馨，还不能够开始一段新的感情。但他对纳兰若水也很有好感，想起她每日仔细帮他治疗身体并耐心教他读书识字，心中便有一分感动，他决不能眼睁睁地看着若水发生不幸。

他打开院门，对那几个守护在院外的武士道："请你们立刻禀报大公主殿下，说我有急事见她。"几个武士相互看了一眼，一人快速离去。过了大约半个时辰，他听到了大公主和府中奇士打招呼的声音，他知道表现的时候到了。辰南走进屋中取出后羿弓，用手轻轻摩挲黝黑的弓背，感受着神弓传来的丝丝波动，他开始运转家传玄功。瞬间，强大的力量自他体内汹涌澎湃而出，院中的那片竹林颤动不已，摇下一地落叶。

点点金光，淡淡金芒自他体表透发而出，辰南充满了强大的自信，整个人和先前判若两人。他将一支白羽箭搭在了弓弦上，左脚弓步上前，右脚后撤，左手持弓向天，右手用力拉紧弓弦。金光万道，瑞彩千条，后羿弓发出万丈光芒，令天上的太阳都黯然失色，辰南和后羿弓宛若血肉相连一般，同样金光璀璨。

后羿弓周围光雾氤氲，金光如流水一般向白羽箭涌去，风雷阵阵，天地失色。强大的力量波动以辰南为中心向整个奇士府蔓延开去，奇士府内所有的奇士都感应到了这股超强的力量波动，每个人都震惊不已。辰南借助后羿弓之威，散发出的强大力量达到了五阶绝世高手的水平。大公主也感应到了，脸上露出不可思议的神色，自语道："难道是他？这怎么可能，他真的恢复了？"

力量达到最强后，辰南轻轻松开了手指，白羽箭如惊天长虹一般，闪烁着耀眼的光芒破空而去，奇士府上空雷声大震。金光箭升到白云之上，突然爆碎开来，帝都的上空爆发出一片耀眼的强光，金光箭所留下的残影，似一道闪电自高空的那片光芒连接到了奇士府。帝都内所有人都看到了天空中的异象，发出阵阵惊呼声。奇士府内所有的奇士都被震撼了，露出不可思议的神色。老毒怪院内的各种蛇虫到处游动，一片混乱，司马凌空院中的飞龙被吓得颤抖不已，匍匐在地。

辰南仰天长啸，声震长空，将第二支白羽箭搭在了弓弦上，风雷再起，强大的力量波动再次浩荡在整个奇士府。这一次，金光箭飞向了地面，光芒四射的光箭似一条金龙一般剖开了地表，直没地下。一条条半米宽的巨大裂痕以箭孔为中心向四外蔓延而去，整个奇士府剧烈晃动起来，府内的房屋成片成片地倒塌，轰响之声不绝于耳。在这一刻，方圆数里都有震动之感，每个人都震惊不已。

许久之后，待到一切归于平静，奇士府内房屋坍塌过半，立于废墟之上的众人被惊得目瞪口呆，所有人的目光都集中到了辰南身上。这个昔日平凡的青年如脱胎换骨一般，此时散发着令人心悸的强大气势，让人心生敬畏。老毒怪最先清醒过来，忍不住惨嚎了起来："天啊！我的宝贝，呜……我招谁惹谁了……挨着一个整日拆房的死老太婆已经够倒霉了，没想到另一个看起来老实本分的家伙更可恶，居然拆府！呜……宝贝……"

司马凌空的脸色铁青无比，他的飞龙被砸伤了，右翼血肉模糊一片。看到罪魁祸首竟然是辰南，他心中怒火上涌，同时更震惊嫉妒辰南的恐怖力量。楚月双眼光芒闪现，先是沉思，后是欢喜，她今天亲眼看见了后羿弓的威力，强大的力量比一名五阶高手有过之而无不及，楚国无疑又多了一名绝世高手。在老毒怪的哭骂声中，老巫婆头顶着一片瓦砾从废墟中爬了出来，她骂骂咧咧地道："哪个混蛋弄塌了我的房子？竟敢这样暗算我，真是岂有此理，有本事和我正面决战一场。"说着老巫婆飘浮到了空中，看清眼前的景象时，她一下子又从空中坠了下来，不由得感叹道："天啊！比得上五阶的魔导师了，太可怕了。"

楚月立刻命令军队封锁了这里的消息，而后为众奇士换了一座府宅，派人重新安排了每一位奇士的住处。处理完眼前的这些问题，楚月将辰南带进了皇宫，在密室中向他详细询问了事情的整个过程。得知辰南功力恢复，她非常满意。

"你为什么用后羿弓连发两箭，不仅惹得帝都人人惊异，还毁去了奇士府？"说到这里，楚月的脸上现出不快之色。辰南心中冷笑不已，他早就想好了谎言，道："我功力恢复后，体内真气不断壮大，最后失去了控制，只想发泄出去，所以我拉开了后羿弓。第一箭射向了高空，结果天上异相纷呈，我怕引起不必要的麻烦，第二箭便射向了地下，没想到金光箭的威力竟然如此之大，居然毁掉了半个奇士府，请公主责罚。"

楚月不快之色消失，露出了微笑，道："一座府宅算得了什么，只要你功力能够恢复，就是再毁去一座也没有问题。"了解经过后，楚月又和他说了三个龙骑士的事情，要他早做准备，三日之后将要派他持后羿弓上场。

辰南听后，道："这样做，我这名隐奇士岂不要转暗为明，人人皆知？"楚月道："以前，之所以要你做一名隐奇士，为的是隐藏你的实力，让人无法防范，这次你是时候转暗为明了，一定要大振我楚国之威。"楚月和辰南谈了很长时间，态度比以前热情了许多。

辰南心中暗暗冷笑不已，最后他起身向楚月施了一礼，道："有一件事，想请公主成全。我想娶纳兰小姐为妻。"辰南现在没有更好的办法，只能把自己推上前台和司马凌空竞争。只要现阶段能够阻止司马家求亲，以后的事情就好办多了。

楚月紧皱秀眉，心中一阵为难，若是以前辰南提出这种要求，她想都不会想，立刻严词拒绝。但现在辰南已今非昔比，他手持后羿弓就相当于一个五阶绝世高手，而且可以预想，三天之后，他可能会名动天下。对于这样一名奇才，她只能拉拢、安抚，可是如果将纳兰若水嫁给辰南的话，无疑得罪了司马家族这个大势力，她左右为难，"司马大将军正在为他的长子提这门亲事，现已奏请我父皇赐婚，不过还没有定下来，我把你的事情向我父皇禀报，请他定夺吧。"

辰南虽然没有得到明确的答复，但事情已经发生了根本性的转机，现在他的"价值"已经和司马家族不相上下了，皇帝只能拉拢他，不会轻易得罪他。从皇宫走出后，他心情舒畅了许多。来到新的奇士府后，他一眼就看到了双眼血红的老毒怪，老头像狼一样恶狠狠地盯着他。辰南一阵发寒，转身就逃。

老毒怪怒道："天杀的小子，你给我站住，你拆了奇士府，把我所有的宝贝都惊散了……我要毒你一万遍！看招！腐尸毒、鹤顶红、断肠草……化骨丹、七步断魂散……"老毒怪抖手向辰南扔出一大堆毒药，一包包药粉在他附近散开，他全身笼罩在一大片毒雾中。

辰南大叫："变态老头子你玩真的？快扔解药，我不行了……"他刚一开口，毒雾便飘进了他的口鼻之中，他感到一阵晕眩。老毒怪道："我说过，我要毒你一万遍，死了，我救活你，活了，我再毒死你……"辰南不敢再开口说话，全力运转家传玄功，点点金光，淡淡金芒透体而出，一层薄薄的金色光晕出现在他的体表，将毒雾阻挡在外。同时他体内真气急速流转，在百脉内循环往复，开始被吸入的一点毒雾被他生生迫出了体外。

老毒怪见很长时间过去了，辰南还没有倒下，加重了毒剂的分量，二十几包毒药同时出手，奇士府大门处烟雾缭绕，站岗的武士们吓得远远躲开了。此处的动静引来了众多奇士围观，当场就有两人被远远飘过来的毒气放倒了，老毒怪随手扔了几包解药，才使那两人脱离了生命危险。这些奇士大多数是修为高深的修炼者，他们一眼就看出辰南将毒气阻挡在外，深深震撼于他精湛的功力。

辰南一步一步穿出毒雾区，向老毒怪走去，淡定地道："变态老头子，你还有完没完，还想继续玩下去吗？"说着攥紧了双拳，故意让骨节发出一阵脆响。老毒怪神色大变，最后哭丧着脸道："没天理啊，前几天还一副若不禁风的样子，现在居然强得这么变态，连毒都不怕了，我毒，我继续毒……我毒你一万遍！"一包包药粉再次在辰南附近散开，围观的奇士一齐向远处退去。

辰南也没有想到，随着家传玄功迈入第三重天后，他竟然能够抗毒了，这一意外的发现令他惊喜不已。他再次穿过了毒雾区，冲着老毒怪露齿一笑，右手朝老头的脚下指去，一道剑气透指而出，将老毒怪脚下的大理石击穿了。老毒怪吓了一大跳，快速向后退去。

远处围观的奇士中好多都是修为高深的武者，他们看到那道璀璨的剑气后，纷纷露出了震惊的神色。他们无法想象，这样一个年轻的后辈竟然是三阶武者，达到了剑气出体的境界，一点也不比他们这些修炼几十年的人差。司马凌空双眼射出嫉恨的光芒，用力握了握拳头，恨不得立刻冲上去打爆那个原本平凡无比的家伙。

"天杀的小子，别过来！"老毒怪不断向后退去。辰南上前，一把拉住了他的胳膊，道："变态老头子你还要玩吗？"看着辰南体外那淡淡的金色光晕，老头连忙摇头道："不玩了，我怎么这么倒霉啊，遇上的邻居一个比一个变态，一个比一个疯狂！"辰南小声道："不要抱怨了，我送你一样东西，你肯定会高兴的。"老毒怪一副无精打采的样子，道："什么破东西啊？武功我不感兴趣，有点防身的本领就足够了。"

辰南道："毒经。""什么？！"老毒怪惊呼出声，"真的？"辰南道："当然是真的，我本想离开奇士府时送给你的，但看你现在这副恨不得要吃了我的样子，我还是趁早给你吧。"老毒怪一把拉住辰南，向他的的院中跑去，关紧院门后，他急切地道："毒经在哪里？"辰南从怀中掏出一卷皱皱巴巴的粗劣纸张，道："喏，给你。"老毒怪一下子跳了起来，道："你这个天杀的混账小子，到现在了还要我开心，拿一卷草纸来糊弄我……"

辰南将那卷纸塞在老头手里，道："信不信由你。"老毒怪带着狐疑的神色，打开了那卷纸，慢慢看了起来，他越看越激动，最后忍不住大叫道："真的是毒经！太好了！"他快速地翻动着纸张，到最后一页时，老头叫道："怎么好像差了几页啊？"辰南搔了搔头，道："上次去厕所，好像用了三张。"

老毒怪简直快气吐血了，用手指着辰南，道："你……居然拿毒经当手纸用？天啊，毒祖显圣吧，毒死这个小子一万遍吧！"辰南道："变态老头子你有没有搞错啊，是我将毒经送给你的，你居然如此诅咒我……"老头苦着脸道："谁让你'亵渎'了最后三张毒经啊，你还记得上面的内容吗？"

辰南道："嗯，好像有点印象，估计什么时候再上厕所，就都想起来了。"老毒怪被气得没脾气了。辰南笑道："变态老头子瞧你那张苦瓜脸，最后三张的内容其实很少，听好了……"老毒怪大喜过望，用心记了下来。

老毒怪瞪眼道："你这个混账小子到底是怎么得到这本书的？难道是前些日子在皇家典籍室发现的？"辰南道："答对了。"老毒怪道："我不知道该怎么感谢你，这本书对我真的太重要了，嗯，就把你惊散我所有宝贝那笔账销掉吧。刚才我听你说，本来你打算走的时候再送我这本毒经的，难道你要走了吗？"

辰南道："在奇士府中我只和你熟，也只信得过你，所以我不想隐瞒你，早晚我会走的，不过请你保密。"老毒怪点了点头，道："我就知道你会离开的，是不是等婆到若水以后就走啊？走了以后不要忘了我老人家。""放心吧，以后我每次上厕所都会想起你的……"辰南笑着大步离去。

　　三日后，楚国皇帝楚瀚六十岁大寿在皇宫隆重举行，文武百官俱前来朝贺，作为寿礼的稀世珍品堆积如山。当然最耀眼的还是小公主送的那瓣晶莹璀璨的烈火仙莲，缕缕清香沁人心脾。

　　金碧辉煌的皇宫大殿歌舞升平、丝竹悦耳，百官对皇帝歌功颂德，赞美之词不绝于耳。楚瀚接受完臣子贺拜之后，吩咐排摆酒宴，不一会儿大殿便觥筹交错，酒香阵阵扑鼻。奇士府众人送来的寿礼虽非稀世珍品，但他们却被列为上宾，桌位离皇帝不远，和那些重臣平起平坐，众人推杯换盏，酒意甚浓。大殿内充满了喜庆之色，歌舞漫漫，乐曲袅袅，君臣把酒言欢。

　　酒过三巡，菜过五味，意料中的事来了，酒席宴中站起一人，乃天阳国使臣，对楚瀚施礼道："楚皇陛下，您不觉得这些歌舞过于柔弱吗，堂堂大楚，幅员千万里，开国皇帝以武立国，难道后辈子孙坐守万里江山之后，就只懂得欣赏靡靡之音了吗？"这些话语可谓无理之极，众位大臣无不变色，纷纷出言怒斥。天阳国使臣不慌不忙，道："小臣实在没有冒犯龙颜之意，只是想请皇上欣赏一下武者的剽悍。"

　　楚国皇帝笑道："好啊，早听说天阳国奇人辈出，国土虽小，但绝世高手的人数不下于任何一个大国，今天就让朕开一开眼界吧。"楚瀚一摆手，歌女、舞女、乐者全部退下。不多时大殿外走进三个人，三人皆二十几岁的样子，每个人的身材都高大无比，身上的肌肉如虬龙一般，充满了爆炸性的力量。

　　三人向楚瀚行礼后，其中一人道："我等自行演武，根本没有什么意思，想请楚国年轻的英杰下场切磋。"

　　楚国中的一个大臣道："你们是在公然挑战吗，想和我大楚豪杰一决高下吗？"三人中的一人道："如果阁下这样认为的话，也未尝不可。"那名大臣怒道："你……你们好大的胆子！"对方反问道："楚国大地英杰辈出，我想不会惧怕我们三人的挑战吧？"

　　这时，大公主楚月开口道："如果你们想见识一下我楚国青年修炼者的身手，我代他们答复，接受挑战！"三人大喜，又道："我们乃龙骑士，有自己的龙，不可能在皇宫大殿内比试。"

这时楚瀚开口道："那就去皇宫的演武场吧，没想到朕的寿辰这样精彩，居然可以看到龙骑士和人对决，呵呵……"楚瀚脸上带着一丝笑容，仿佛已经看到了三名龙骑士惨败的下场。的确，有能够拉开后羿弓的辰南在场，他一点也不担心。

不过场中最开心的莫过于小公主，她第一个跳了起来，道："太好了，终于可以看到大笨龙在空中飞着打斗了，呵呵……"众位大臣听得面面相觑。皇后一把拉住了小公主，点了一下她的额头，道："你这个小调皮真是唯恐天下不乱，你呀！"小公主嘻嘻笑了起来。

文武百官陪同皇帝一起来到演武场，楚瀚高坐正中央看台之上，皇后伴在旁边，两旁是几位皇子和两位公主，众位大臣则陪坐在下级看台之上。

三位龙骑士中的一人走到场中央，仰天长啸，声音似滚滚闷雷一般，远远传了开去。不多时远空出现一个黑点，黑点越来越大，一头六七丈长的飞龙飞到了演武场的上空，在空中盘旋不已。那名龙骑士向空中招了招手，飞龙直冲而下，落在了他的身旁，在场中荡起一股狂风，令那些文官惊叫连连。

龙骑士飞身跃上龙背，对着围观众人道："在出手之前有些话必须先说明，我们三人不可能连续大战，故此楚国只能选出一些代表，最好九人，我们以一敌三。"这名龙骑士很自负，惹来不少怒斥声。

奇士府众人坐在一起，老毒怪小声道："够狂，不过有狂的本钱。"他转过头来对辰南道："知道吗，天阳国虽小，但修炼者众多，高深修炼者一点也不比楚国少，所以这个国家出来的高手绝对不可小觑。"辰南点了点头，他早已感觉出这三人都已达到二阶修炼者的水平。其中有一人一直没有说话，感觉他即将步入三阶，是一个强大的对手。

楚月道："不必九人，三人足够了。"她转过头，对着围观的众人道："谁愿意领教这三位龙骑士的高招？"

军中那些年轻的高手纷纷站起，愿意与龙骑士一战。奇士报名的人数就少多了，主要是年龄小的没几人。最后人选定了下来，皆为奇士府中人，第一个被选上的是一个年轻的中阶魔法师，实力已经达到了二阶修炼者的水平。第二人是司马凌空，他那头受伤的飞龙早已被老巫婆用圣光魔法治好了。第三人是辰南，他还没来得及报名，就被大公主选中了。

魔法师最先下场迎战，他从看台上轻轻飘浮到了场中央。龙骑士手握一杆屠龙枪，拍了拍龙头，飞龙冲上了天空，他大喊道："柔弱的法师，动手吧。"

魔法师手握魔杖，轻轻念了一串咒语，魔杖一挥，一道道闪电自空中劈向了龙骑士，强烈的电流在空中噼里啪啦响个不停。飞龙不待主人命令就快速向旁闪去，击空的闪电全都劈落在了地面，将地面击出一个巨大的深坑。飞龙带起一股狂风向魔法师冲去，魔法师在空中快速漂移，魔杖再次轻轻挥动，数十根冰枪发出阵阵刺耳的破空之声，闪烁着森森寒芒，向龙骑士冲刺而去。

龙骑士再想躲已经来不及，他手挥屠龙枪，一道道赤色的斗气自枪尖激发而出，将那片冰枪击得根根碎裂，掉落地面。接着，他催动飞龙再次向魔法师撞去，同时屠龙枪连连抖动，一道道斗气似剑刃一般发出"哧哧"之声。魔法师连忙躲闪，同时念动咒语，撑起一片水蓝色的魔法屏蔽将自己保护在里面。但龙骑士的斗气异常强大，似乎有无坚不摧之势，魔法屏蔽出现一道道裂痕，惹来魔法师一阵惊叫。

龙骑士哈哈大笑，飞龙在空中不断地追击着魔法师。魔法师嘴角泛起一丝冷笑，在魔法屏蔽碎裂的一刹那，魔杖轻轻挥动，一大片风刃寒光闪闪，向龙骑士飞射而去，同时一道巨大的闪电随后而至，空中传来阵阵强烈的魔法波动。龙骑士脸色大变，匆忙之中，身体爆发出一团耀眼的强光，赤红的斗气将冰刃和闪电阻挡在外，但仅只支持了片刻工夫，斗气光芒便渐渐暗淡。

楚国朝臣纷纷露出喜色，而修为高深的奇士却没有丝毫表情。辰南还是头一次看到龙骑士和魔法师的战斗，对这种空中作战，感觉很新奇。他暗暗思量：武者究竟达到何等境界，才能够凭借自己的力量御空飞行呢？

突然，空中的形势发生了逆转，龙骑士身上的衣衫爆碎，长发根根倒竖，赤红色的斗气如烈焰一般在他体外熊熊燃烧，他怒吼道："去死吧，柔弱的法师！"赤红的斗气护着龙骑士和飞龙向前冲去，风刃纷纷滑落向两旁，此时闪电的能量也渐弱，发出一阵噼里啪啦的响声后就消失了。

魔法师惊恐无比，再想躲已经来不及，匆匆撑起魔法屏蔽，但在强大的冲击下却无丝毫作用，眨眼碎裂。魔法师被飞龙庞大的身躯一下子撞在了身上，惨叫着向地面栽落下去，在空中留下一串血花。众人传出一片惊呼之声，抢救人员急忙向场中跑去，发现魔法师胸骨尽碎，已气绝身亡。龙骑士仰天长啸，飞龙也跟着发出一阵啸声，在空中上下翻腾，好不威武。

谁也没有想到强大的魔法师转瞬间就落败了，龙骑士在空中耀武扬威，楚国君臣脸色均难看无比。

此时恐怕也只有小公主笑得出来，她望着空中的飞龙，嘀咕道："想不到这么丑的家伙居然这样厉害，要是我也有一头就好了，可以到处飞。唉，不过这头龙恐怕要倒霉了，轮到那个败类辰南出场，保准一箭射下来。"想到辰南恢复了功力，小公主心情异常复杂，她对辰南可谓没有半点好感，后来将他整得功力尽失，心中才稍微有了一点愧疚之情，但一想到被辰南擒住的经过，就羞愤得无地自容。

此刻，司马凌空已经骑着他的飞龙从皇宫之外飞来，围观的众人一阵欢呼，司马凌空心中舒畅至极，感觉自己化身力挽狂澜的绝世英雄。他在人群中仔细搜索，终于发现了纳兰若水，不过纳兰若水根本没有注视他，这令他异常恼火。他转头向辰南望去，辰南正在似笑非笑地看着他，他心中怒火汹涌，恨不得立刻冲过去击碎那个令他无比厌恶的家伙。

两名龙骑士在空中遥遥相对，两头飞龙恶狠狠地盯着对方。突然一声长啸自地面响起，直入云霄，又一头飞龙闻声自远方飞来，飞龙在演武场上方盘旋了一圈，向地面落去，天阳国另一名龙骑士跃上飞龙腾空而起，他喊道："师弟你下去休息，这个人由我来对付。"第一位龙骑士道："二师兄我不累，让我把这个家伙收拾了再休息吧。"第二位道："不行，你马上下去休息，这个人是我的。"

司马凌空鼻子都快气歪了，这两人竟然视他如无物，居然毫不把他放在眼里，他大喝道："你们两人啰嗦完了没有，哪一个人先来送死？"早先和魔法师大战的那名龙骑士扭头瞪了他一眼，转头对刚来的龙骑士道："二师兄，这个人就交给你了，连他的龙一起干掉。"说完他骑着飞龙向地面落去。司马凌空快要气炸肺了，冷笑道："看谁把谁干掉！"

空中两名龙骑士的兵器都是西方那种长而宽的巨剑，森森寒光摄人心魄。"杀！"两人同时驱动飞龙向前冲去，飞龙在空中荡起两股狂风，斗气自两名龙骑士的巨剑激发而出，光华璀璨的斗气如两道闪电一般，在空中隐隐传来隆隆之声。观战的楚国朝臣神驰意动，仿佛已置身于大战之中一般。

空中的斗气相撞在一起后，爆发出一团耀眼的光芒，传出一阵阵剧烈的能量波动。两头飞龙受能量波及，都晃了几晃，而后各自朝一旁飞去。司马凌空和龙骑士胸腹一阵起伏。第一击两人半斤八两，实力可谓不相上下。两人再次驱动飞龙向对方冲去，空中斗气纵横激荡，两人大战在一起。

奇士府中许多高深的修炼者纷纷议论，有人叹道："龙骑士果然强大无比，借助飞龙之威，如虎添翼，强大的冲撞之力和飞空的能力，令龙骑士的实力比同阶修炼者强横了许多。"众人点头赞同。此时空中的战斗已经进入了白热化，飞龙怒吼，斗气惊空，演武场上方光华闪动，一道道斗气在空中四处激射。司马凌空的墨绿色斗气和天阳国龙骑士的蓝色斗气相互冲击，不断传出"哧哧"的破空之声。

楚国皇帝赞叹道："好一场大战，朕已经好久没有看到龙骑士之间的对决了，果然精彩，龙骑士不愧为修炼者中的战斗者！"皇后点头同意道："是啊，龙骑士果然强横无比，比其他修炼者更适合战斗。"在场的几位皇子和两位公主也看得神驰意动，尤其是小公主，手舞足蹈，若不是楚月拉着她，她非跑下看台不可。

在强大的斗气冲击之下，两位龙骑士上身的衣衫纷纷爆碎，露出了强健的体魄。他们手中巨剑劈出的斗气更盛，隐隐传出阵阵风雷之声，空中似有一道道闪电在狂舞。司马凌空突然狂吼了一声，人龙化作一道绿箭向天阳国的龙骑士冲去，天阳国龙骑士也不甘示弱，仰天长啸，驱动飞龙向前迎去。所有观战的人都跟着热血沸腾，纷纷起立，众人知道，最后的对决来临了。

两名龙骑士全身爆发出明亮的光华，如汹汹燃烧的两团烈焰一般，两把巨剑劈出两道璀璨的斗气，锋芒在空中交锋。"轰隆隆！"伴随着雷鸣之声，一团宛若太阳般的耀眼光芒在空中爆发而出，强大的能量波动，令观战的众人心悸。两头飞龙发出阵阵哀鸣，身上充满了大大小小的伤口，血水不断滴落，自空中摇摇晃晃坠了下来。飞龙身上的两名龙骑士也早已变成了血人，两把巨剑均已折断，只余半截断剑握在他们手中，重伤之躯，均无力再战，昏倒在了龙背上，随飞龙一起向地面坠去。

"轰！""轰！"两头飞龙坠落在地。这一场大战惨烈无比，两名龙骑士和两头飞龙均重伤不起，最后被判为平手。一负一平，对于楚国来说，形势不容乐观。天阳国还剩下两名龙骑士，而楚国如今只剩下了辰南一人。辰南将后羿弓背在身后，向场内走去。他发现了看台上的纳兰若水，她的脸上充满了担忧的神色，辰南心中一暖。老毒怪在他背后喊道："小心一些。"老巫婆也喊道："小伙子早出绝招！"奇士府众人纷纷在后为他打气。

辰南一身东方武者打扮，外表看起来平凡无比，既没有强壮的体魄，也没有高大的身材，这令文武百官非常失望。他们认为，若辰南也是一名强大的龙骑士，或者是神秘的修道者，这场对决也许有胜利的希望。此时楚国朝臣对他已失去了信心，非常不看好这场即将开始的大战。辰南大步走到了场中央。一直没有上场的那名龙骑士看到他后，双眼射出两道寒光，心中一阵疑惑，因为他无法看透辰南的深浅。

第一位龙骑士道："大师兄，还是让我上场吧，这个人根本不值得你出手。"被称作大师兄的龙骑士再次打量了辰南一番，最后点头。龙骑士驱动飞龙腾空而起，张狂道："哈哈……楚国难道没人了吗，竟然派你上场，你能够凭东方武技来战胜我吗？哈哈……"龙骑士一阵狂笑。

辰南静静地道："不错，东方武学近年来逐渐没落，但你也不应该如此亵渎祖辈留下的这门瑰宝。东方武学博大精深，之所以没落，是因为后人没有领悟其精髓，如若修炼出这门瑰宝的种种神通，斗气、魔法万难与其争锋。今天我要让你见识一下东方武学的真谛，替武祖教训一下你这个数典忘祖的不肖子孙。"

龙骑士气得脸色通红，怒声道："小子，还轮不到你来教训我，十招之内若不让你丧命于我的屠龙枪下，这场对决就算我输！"辰南道："好，那我也用枪来陪你。"他走到不远处的兵器架，从上面取下了一杆精钢打造的长枪，在手中轻轻一颤，抖出十几朵枪花。

看台上的楚瀚问身边的楚月道："他在干什么，为什么将后羿弓背了起来，难道他想用长枪和龙骑士决斗吗？"楚月皱了皱秀眉，道："我也搞不懂他要干什么？"旁边的小公主道："这个家伙的武功烂到家了，他不会想去送死吧？"

这时，龙骑士叫道："小子，你准备好了吗？"辰南手握长枪大步向场中央走去，在这一瞬间，他体内强大的力量汹涌澎湃而出，身体泛出淡淡的金光，每走一步，演武场都跟着轻微颤动一下。

龙骑士大惊失色，在这一刻他终于感觉到了辰南强大的力量。围观的众人也发现了辰南前后的变化。小公主最先惊叫起来："天啊，这个败类怎么像变了一个人似的，他什么时候变得这么厉害了？哎呀，以后不好收拾他了。"楚月眼中光芒一闪，笑了起来，道："看来今天将有惊喜发生啊！"

辰南如同一座沉重的大山一般，每走一步，大地都一阵轻颤，强大的气势令身处高空的飞龙都感到阵阵不安，不住地咆哮。辰南来到场中央以后，长枪直指高龙骑士，道："来吧，我要让你看看东方武学的真谛！"

龙骑士大怒，手舞屠龙枪，驱动飞龙直冲而下，猛烈的狂风令地面沙尘飞扬。辰南单手提枪，斜指高空，在狂风中静立。"去死吧小子！"龙骑士的屠龙枪一连刺出十几道锋芒，璀璨的光刃向辰南直袭而去。

辰南无丝毫慌乱，手中长枪轻颤，枪身泛出了耀眼的金光，如熊熊燃烧的烈焰一般。枪尖处则激发出有若实质般的锋芒，光华璀璨，吞吐不定，寒意袭人。看着空中光华夺目的斗气和咆哮冲撞而来的飞龙，他大喝道："霸王神枪！"长枪在空中幻化出十几朵枪花，每一朵都化作一道锋芒直冲而上，"哧哧"破空之声不绝于耳。在这一刻，辰南真如盖世霸王一般，霸气凛然，长枪击天，空中的斗气被金色的锋芒一举击散，正中的锋芒则直冲而上袭向飞龙。

龙骑士大惊失色，急忙止住了飞龙的下冲之势，快速向旁闪去。金色的锋芒与飞龙擦身而过，划破了坚硬如钢的龙甲，在飞龙身上留下一道淡淡的血痕。飞龙一声悲鸣，不待龙骑士命令，自行飞向了高空。

场外欢声雷动，众人激动不已，从开始的魔法师上场到现在，楚国一方还是首次取得上风。看着下方沸腾的人群，还有那个只身站在场中持枪而立的身影，龙骑士暴怒。他借助飞龙之威竟然被人一枪击退，觉得自己受到了莫大的侮辱，再次驱动飞龙俯冲而下。龙骑士怒发狂舞，赤红色的斗气笼罩在他的全身各处，如火苗一般跳动，他双手持屠龙枪向辰南直冲而去。

辰南双手握枪，将全身功力贯注于枪身，这是冒险之举，但他想速战速决，一枪败敌。长枪似乎有了生命，整个枪体笼罩在一片金光之中，轻轻颤动，枪尖处激发出足有半丈长的锋芒，令人心生寒意。

龙骑士和飞龙眨眼即到，辰南高举长枪当作棍棒使用，口中大喝道："朝天一棍！"这强势一击，发出阵阵风雷之声，长枪荡起一片耀眼的光华，向俯冲下来的飞龙和龙骑士砸去。龙骑士也早已集全身功力于屠龙枪，璀璨的斗气同样明亮耀眼，他借助飞龙之力，狠狠地向辰南冲击。

"师弟快躲开！"一直观战，没有动过手的那名龙骑士，忍不住大声呼喊。俯冲而下的龙骑士也感应到了长枪的强大能量波动，想躲已经来不及，他硬着头皮接下了这一击。

"朝天一棍"击散了龙骑士的斗气，砸断了他的屠龙枪，向他的胸部直压而下。龙骑士吓得亡魂皆冒，从飞龙身上快速向旁滚落下去，他虽然躲过了这致命一击，但长枪枪尖处激发出的锋芒，如利刃一般在他的腹部开了一个血淋淋的大洞，前后透亮，鲜血狂喷而出，龙骑士惨叫着落在了地上。这"朝天一棍"虽然没有击中龙骑士，但却结结实实砸在了飞龙的身上，这个庞然大物居然被长枪击得横飞出去十几丈距离，最后摔落在地，发出"轰"的一声巨响。

整个演武场鸦雀无声，过了足有半分钟才爆发出震天的欢呼声。辰南仅仅两击就枪挑龙骑士，棍砸飞龙，令楚国众人看得热血沸腾，忍不住狂呼呐喊。军中的那些高手道："居然是三阶东方武者，强啊，真是太强了，想不让人佩服都不行。"奇士府众人也议论纷纷。看台正中央，楚月露出思索的神色，道："他的修为竟然如此高深，但先前却被钰儿擒住了，真是怪事！"小公主开始时看得手舞足蹈，此时也直犯嘀咕："这个家伙怎么突然变得这么强了，还有他为什么能够拉开后羿弓呢，真是个古怪的混蛋！"

辰南和龙骑士若正常对决，也许要到数十招之外才能够分出胜负，但两人皆以一身功力硬撼，强势两击便分出了胜负。辰南转头向纳兰若水的方向看去，但遗憾的是只看到了一个背影，不知为何，她正向场外走去。演武场四周，围观众人的欢呼声久久才平息下来。

最后一名龙骑士缓缓向场中央走去，一股强者的气息自他身上弥漫开来，在场的每个人都感觉到一股沉重的压迫感。场内突然变得静悄悄，即使不懂修炼之法的那些文官，都感觉到了这名龙骑士的可怕。龙骑士脱掉了上衣，露出了古铜色的结实肌肉，将上衣随手一扔，衣服便在空中化为了碎片，纷纷扬扬飘落在地。

辰南静静地望着对面的龙骑士，道："你很强，但还不是我的对手。"对方道："我知道，但我还是要赢。"辰南不解，不知道他为何出此言。

龙骑士仰天长啸，声震长空。一个巨大的黑影从远方飞来，一头身长三十余丈的巨龙出现在演武场的上方，如一片乌云一般遮住了天上的太阳，在地上投下一大片阴影。这是一头黑色的巨龙，漆黑发亮的鳞甲，吓人的巨尾，巨大的双翼，狰狞的龙头，摄人心魄，令人胆寒。

在场所有人都大惊失色，万万没有想到最后出场的这名龙骑士，竟然拥有一头四阶巨龙，这简直是不可战胜的！一直信心满怀的楚国皇帝楚瀚，不禁眉头紧锁，不知道辰南能否对付四阶黑龙。楚月虽然知道辰南手握后羿弓时的强大实力，但心中还是有些不安。小公主楚钰一点也不担心眼前的事，她喃喃道："哎呀，败类要出名了，他若是射下这头巨龙，岂不名动大陆，到那时……真是糟糕透顶！"

奇士府众人也议论纷纷。老毒怪道："没道理啊，这个年轻人只是一个二阶飞龙骑士，怎么会有一头四阶巨龙呢？"老巫婆眼睛一眨不眨地盯着空中那头黑色巨龙，道："这是四阶巨龙骑士杰森那个老鬼的黑龙，我曾经见过它，这个年轻人一定是杰森的徒弟，没想到他竟然把那个老鬼的龙借来了。"

辰南在人群中仔细寻找，终于发现了纳兰若水，心中涌起一股暖流。他收回心神，仰望空中的巨龙，没有一丝惧意，单手举枪，斜指蓝天，心中涌起了滔天的战意。

龙骑士看到辰南的表情，脸上现出惊疑的神色，他冲空中挥了挥手，巨龙盘旋而下，演武场内，狂风大作，沙尘蔽天。龙骑士快速爬上了黑龙的脊背，黑龙一飞冲天，在空中不断咆哮，如滚滚闷雷一般。听着那震耳欲聋的咆哮声，所有人都感到一阵恐惧，面对一头巨无霸一样的黑龙，即便是观战都感到阵阵胆寒，何况是和它战斗呢。

大战再次爆发，龙骑士手中没有拿任何兵器，只是一心一意地驾驭巨龙。"噗！"俯冲而下的黑龙张开巨口，喷出一大片云雾状的龙息，向辰南席卷而去。龙息具有强烈的毒性和腐蚀性，通常只有四阶巨龙以上的高等龙才能够炼出，寻常人若是沾到点滴龙息都会毒发死于非命，同时伤处会被化掉。

辰南身形如闪电一般，快速横移了十几丈距离，他原来立身之处，被龙息腐蚀得一片焦黑。巨龙一阵怒吼，又连续喷了三口龙息，逼得辰南在场内连续奔腾移动。观战的众人看得心惊胆战。龙骑士在高空喊道："认输吧，我饶你性命，你根本无法战胜这头巨龙。"

辰南躲过最后一次龙息后，停身站住，道："我未必会输。"他已决定动用后羿弓，若只凭自己的修为绝对无法战胜这头巨龙。正在这时，黑色的巨龙如闪电一般俯冲而下，它喷吐出龙息后，竟然一甩巨尾，横空劈下。辰南大骇，将家传玄功运转至极限，身上冒出腾腾金色烈焰，如一道金箭一般，快速退到了演武场的边缘。

"轰！"巨大的龙尾重重地击在了场地上，大地一阵剧烈颤动，尘沙弥漫。待到烟雾散尽，一条深一丈、宽两丈、长近十丈的巨大沟壑出现在场中。场外所有人都倒吸了一口凉气，巨龙的实力太恐怖了。巨龙在高空盘旋、咆哮，震荡的音波如隆隆雷鸣一般。

辰南无丝毫惧色地来到场中央，取下背后的后羿弓，将手中的长枪搭在了弓弦上。点点金光，淡淡金芒，自黝黑的神弓透发而出。围观的文武百官多半都没有见过后羿弓，见他竟然将近丈长的长枪当作箭羽使用，惊愕不已。

来自四面八方的天地元气，疯狂向场中央涌去，一股股巨大的能量波动如海浪一般在场内浩荡。这时即使不懂修炼之法的文官，都感觉到了那汹涌翻腾的能量波动，所有人都震撼无比。天地元气汹涌，强大的能量不断在辰南和后羿弓之间流转，令他和后羿弓散发出耀眼的光芒，他一脸坚毅之色，冷冷地注视着空中的巨龙。

看台之上，楚瀚点了点头，道："这个年轻人当真了得啊，如此年龄就已具备一代高手风范。"纳兰若水心情复杂无比，她几乎不敢相信自己的眼睛，场中的辰南和她所熟知的那个青年截然不同，看不出一丝昔日的影子，仿佛是两个不同的人，她觉得她和辰南之间的距离变得很遥远……

此时浩瀚的能量在场中剧烈波动，辰南和后羿弓散发出万丈光芒，自他身上涌现出一股强横无匹的气势。所有人都感觉到了一股巨大的压力，场中那个手持神弓的青年，似乎在刹那间变成了一个顶天立地的巨人，让人忍不住有一股顶礼膜拜的冲动。辰南已经积聚了足够的力量，后羿弓上金色的光华如水一般向长枪涌去，精钢打造的长枪通体变成了金黄色。

天上的巨龙似乎感应到了危险的气息，身体一阵战栗，它发出一声不甘的怒吼，直冲而起，快速向高空逃去。但为时已晚，辰南轻轻地松开了弓弦，一道金色闪电冲天而起，演武场狂风大作，雷声隆隆。这天地异象惊得众人心胆俱颤，许多胆小之人已经瘫软在地。

金色的电芒眨眼间就追上了巨龙，高空之中传来一声凄厉的吼叫，大片的血雨自高空洒落，巨龙如断线的风筝般一头栽下，摔落在地，大地一阵摇晃，地面被砸出一个巨大的深坑。长枪自巨龙左眼贯入，额头贯出。当场暴毙。龙骑士随巨龙一起坠落在地，有巨龙垫底，虽然没有生命危险，但也被摔成重伤，当场昏迷过去。

场外观战的人几乎不敢相信自己的眼睛，眼前发生的事仿若神话一般，一个青年竟然弯弓射下了一头巨龙！辰南这盖世一箭，震撼了所有人。围观众人发出了震天的欢呼声。在皇宫深处，皇帝的玄祖仰天叹道："果然如我所料……真的让人难以置信！"

经皇宫一战，辰南名动楚国，不久消息传遍大陆，大部分修炼者都知道楚国有一个弯弓射天龙的青年，辰南一战成名。几日来，奇士府进出之人络绎不绝，朝中的武官，军中的高手，皆来拜会辰南，甚至有不少上门提亲之人。辰南大败龙骑士后，奇士府的地位再次提升，每一位奇士都倍加受人尊敬，这令楚国修炼之风大盛。

楚国皇宫内，皇帝楚瀚和大公主楚月正在密议。

楚瀚道："那三个龙骑士处理好了吗？"楚月笑道："我已经飞鸽传书，当他们返回天阳国边境时，就是他们命丧之日。"楚瀚点了点头，道："他们都是重伤之躯，这件事好办。不过辰南的事比较麻烦啊！"

楚月秀眉微皱，道："父皇，我们在寿宴前夕就将纳兰若水赐婚给司马凌空，是否有些草率了？辰南若得知这件事后，定然会心存怨愤。"楚瀚道："我以为他只能够拉开后羿弓，谁会想到他还是一个达到了剑气出体境界的三级武者呢？"

楚月道："我昨天曾经问过奇士府那些修为高深的奇士，他们说辰南很有潜质，假以时日，未必不能够超越诸葛乘风前辈。"楚瀚叹道："再过几日便是司马凌空大婚之日，到时辰南若经受不住打击，当真不妙啊！说不定他会反出我大楚，另投他国。如若这样，我楚国不仅损失了一名奇才，还会招来他国的讥笑。"

楚月道："要不然现在赶紧将后羿弓收回来吧，如若他真的反我楚国，被他将后羿弓带走，那就坏了。"楚瀚叹道："如若那样，等于在逼他反楚。等这段风波过去再说吧，料想不会有什么变故发生。"楚月想了想，道："父皇做出这样的决定，其实没有丝毫不妥。他虽然潜质绝佳，但终究只是一个修炼者，怎么也无法和一个实力雄厚的大家族相比。"

不久，楚国皇帝派人到奇士府赏赐辰南，赐金币五万，丝绸百匹，另赐他封号为护国奇士。这可以说是天大的荣耀，奇士本已尊贵，再加"护国"封号，地位更加尊荣。所有奇士都向辰南道贺，老毒怪开玩笑道："小子你可真行，一枪、一棍、一箭，便换来'护国'封号，当真了得啊！"

老巫婆挤过人群，对辰南道："小伙子，我要提醒你一下，以后你若去西大陆，一定要小心。你射杀的那头黑龙乃是西方巨龙骑士杰森老鬼的坐骑，杰森性格孤僻，不喜与人交往，唯独对那头黑龙珍若性命，他早晚会找上你的。"辰南点了点头，他早已猜出那头黑龙不是那名龙骑士的坐骑。

几日以来辰南风光无限，令重伤的司马凌空嫉恨交加，虽然他也得到了重赏，但比辰南还是差了一些。最后他一气之下，搬出了奇士府，回家养伤去了。


皇宫大战后的第五日，一则震撼的消息回响在辰南的耳边："皇帝为司马凌空和纳兰若水赐婚，婚期定为五日之后。"

当辰南从老毒怪的口中听到这条消息时，他神色大变，若水到底还是要落进火坑。他原以为，皇帝即使不赐婚纳兰若水下嫁于他，也不会在短期内赐婚给司马凌空，而是拖延一段时间再做决定。然而事实并非如此，他为皇家立下如此大功，皇家却未顾及他半分感受地做出了决定，他无论如何也没有想到会是这样一个结果。

"啊！"辰南大叫了一声，音波如滚滚雷声一般在奇士府上空激荡，方圆十里内的人都听到了这愤怒的声音。辰南怒发冲冠、面目狰狞，身体金光大盛，体外涌动的金芒如熊熊烈焰一般在燃烧。

"哧！""哧！""哧！"……无数道剑气自屋中透壁而出，纵横激荡，似闪电一般在空中闪烁，在隆隆声中，整座房屋倒塌了下去。辰南立于瓦砾之上，久久未语。

老毒怪小心翼翼地走来，道："辰南……你没事吧？"辰南平息了心中的怒火，脸色逐渐恢复了过来。他叹气道："唉，若说没事那是骗人，没想到皇上竟然如此对我，真是让人心寒啊。"

老毒怪道："五天前皇上赐你封号为护国奇士，却只字未提纳兰若水的事，用意就已很明显。"正在这时，奇士们纷纷来到了辰南的院中，看到眼前一地的瓦砾，并不感到奇怪。他们早已得知辰南、纳兰若水、司马凌空三人之间的事，如今听闻皇帝为司马凌空和纳兰若水赐婚，纷纷感到不平，出言劝慰辰南。

转眼间，司马凌空和纳兰若水的大婚之日临近了，司马凌空伤势已经痊愈，虽然没有辰南风光，但抱得美人归。他以为辰南也喜欢纳兰若水，猜想对方此时一定悲愤无比，想到这里，他嘴角露出一丝笑意，决定到奇士府去看看。

司马凌空春风得意，看到谁都打招呼，左拐右转来到了辰南的院外，恰好此时辰南出门，和他打了个对脸。他抬着下巴挑衅道："这不是护国奇士嘛，要到哪里去？小弟正要拜望护国奇士大人。"司马凌空每次都将"护国"两字咬得重重的，脸上尽是揶揄之色。

辰南怒火汹涌，眼中寒光闪烁。虽然他对纳兰若水没有爱意，但终究是产生了好感，且对方心中有了他的影子，他不能容忍对他有恩的这个奇女子遭遇不幸。他反骂道："司马凌空你少要得意，皇帝虽然为你赐婚，但看重的并不是你，而是你的父亲，是你的家族，你不过是个二世祖而已！"

司马凌空冷笑道："无论你说什么，有一件事改变不了，两日后若水将和我成亲，新郎不是你，嘿嘿。"辰南骂道："司马凌空你给我滚，我不想看见你。"司马凌空道："好吧，护国奇士大人既然已经发话，那我就告辞了，不过两日后你一定要来参加我的婚礼啊，嗯，到时候可以来闹洞房，嘿嘿。"辰南脸色铁青，看着司马凌空渐渐走远，他一掌击碎了身后的大门。

夜色如水，万籁俱寂，这注定是一个无眠夜。

辰南辗转反侧，反复思虑："我该怎么办？难道眼睁睁地看着若水嫁给那个混蛋？"最后他双眼射出两道神光，自语道："若水于我有大恩，且心中有了一丝我的影子，我不能给她什么承诺，但绝不能看着她跳进火坑，一定要阻止这场婚礼，不能留下任何遗憾！"虽然他做出了决定，但心中仍有些不安，他暗暗想："短短不到三个月的时间，发生了这么多意想不到的事情，解决这件事后我一定要尽快离开这里。"

一大清早，辰南跑到了老毒怪的院中。看着他满脸的笑意，老毒怪一阵狐疑，道："小子，脸色难看了好几天，怎么突然阴转晴了？"辰南道："我们屋里谈。"进入屋中后，他飞快点了老毒怪身上十几处大穴，老毒怪虽然功夫也不错，但无法和阶位高手相比。

老毒怪道："小子你这是干什么？你想和我谈，也不用点我穴道吧？"辰南道："因为我要和你谈的事太过惊人，我怕你不愿和我谈，所以才出此下策。我知道你毒术冠绝楚国，想和你讨一方药剂。不会伤害到人的性命，服用后只会令一身修为暂时化为乌有。"

老毒怪一听，立刻惊叫起来："小子你到底要干什么，难道你真要大闹一场？"辰南道："不错，你到底有没有那种药？"老毒怪听闻此言出了一身冷汗，道："辰南你不要胡闹了，帝都有那么多高手，你不可能成功的。"辰南看着老毒怪的双眼，道："高手虽多，但我有后羿弓，没有人能够拦得住我。"

老毒怪颤声道："你若在帝都大闹，即使能够逃掉，也会惹来楚国永无休止的追杀。"辰南道："天下如此之大，我又有一身不弱的武功，想躲避楚国的追杀，还是可以轻易办到的。变态老头你到底有没有那种药？"老毒怪结结巴巴道："没、没有。"

辰南道："撒谎，一看你的表情就知道你没说实话，我想凭咱们俩的交情，你不至于舍不得吧？"老毒怪道："不是我舍不得，我实在不忍心看你往火坑里跳。"辰南道："我都说了不用你管，我绝对没有危险，你只要给我那种药就行。"

老毒怪苦着一张脸道："你没有危险，我肯定有危险。到时候出事了，你一走了之，我怎么办，肯定会查到我头上？"辰南想了想，道：

"没关系，你给药后，我把你打晕，到时候你说是我强取的。""不行。"老毒怪连连瞪眼，道："这个办法太拙劣了，若是如此，被查出来后，我想跑都跑不了。"

辰南道："那怎么办？明天就是若水的婚期，我若不能够在婚礼上将她救出来，她的一生就毁了。""你非要行险不可吗？你就不能够……"老毒怪想说出"放弃"两字，但最后无论如何也说不出口了。他看着辰南一脸坚决的神色，最后叹了一口气，道："好吧，我豁出去了。你曾经给过我一本毒经，对于我来说，那是天大的恩惠，就是要我性命，我也会给你，今天我就以命相报吧。"

辰南似笑非笑地看着老毒怪，道："真的要以命相报？那好吧，待会儿你把药给我后，我就把你杀了，免得你被严刑拷问时受罪。"老毒怪叫道："臭小子你真是够狠毒，一点也没有同情心。唉，看来帝都待不下去了，我把药给你之后，立刻远离帝都，奔赴他国。"

老毒怪的穴道被解开后，问道："你到底打算如何行动？"辰南道："我打算在明日的婚礼上动手。"老毒怪惊道："你、你疯了，大将军司马长风和左相纳兰文成皆乃楚国重臣，两人结为儿女亲家，必会恭请皇上参加婚礼，到时司马府必定如铜墙铁壁一般坚固。你选在那个时候动手，简直……简直在自寻死路，还不如现在直接去左相府劫人呢。"

"嘿嘿……"辰南冷笑道，"既然要闹，就要大闹一场，我不仅要救走若水，还要当着皇帝和文武百官的面，搅闹一番。我要让楚国颜面尽失，天阳国三名龙骑士没有做到的事情，我来替他们完成，我要狠狠地扇楚国一记耳光！"

老毒怪听得目瞪口呆，喃喃道："疯子！疯子！这件事若传到他国去，定会令楚国颜面尽失，到时你将会遭到疯狂的报复，你简直是一个疯子！"辰南冷笑道："当日我在皇宫连战两位龙骑士，看似轻松，其实险到极点，我以命搏命，保住了楚国的尊严，但结果如何？"

老毒怪道："这件事皇上确实处理不当，在你立下赫赫大功之时，将纳兰若水赐婚给他人，的确令人心寒。"辰南冷哼了一声，道："帝都中的高手，最让我顾忌的是奇士府中那些达到阶位境界的修炼者，若能够令这些人暂时无法动手，我的压力就小多了。"

老毒怪道："刚进奇士府时，看你老老实实，没想到才几日工夫，你便像换了一个人一般，不仅突然有了一身恐怖的修为，还变得这样疯狂。真是倒霉，怎么让我遇上了你呢？"他叹了一口气，接着道："为了还你的人情，今天我在厨房中加点'作料'，令他们明日午时发作。"

辰南道："变态老头子，真是太感谢你了。"老毒怪道："唉，在帝都生活了好几年，真是舍不得走。小子，你有什么打算，在司马府大闹后，你打算带着纳兰若水逃到哪里去？"辰南道："我也不知道，只要逃出楚国就行。"

老毒怪道："你这个小子真是糊涂，若逃到楚国的附属国，一样难逃杀身之祸。我给你指点一条明路吧，听说过自由之城吗？"辰南思索一番后想了起来。近一个月以来，他在皇家典籍室看了无数的书籍，对于大陆地貌的掌握虽然不是很精确，但也知道了个大概。

仙幻大陆和魔幻大陆相连在一起时，其交界处隆起了连绵不绝的高大山脉，方圆数十万里杳无人烟，凶禽猛兽随处可见。这里不仅有西方的龙、远古遗留的巨人，还有许多闻所未闻的强大妖兽，甚至还有传说中的精怪。后来东西方的联系越来越紧密，人们穿过重重险阻，终于在大山之中开拓出一条连接东西方的道路。可惜此后不久，东西方便爆发了大规模的战争，这条道路成了一条战争之路，血流成河，枯骨万千，无数英魂葬送于此。

东西方战争结束后，这条道路荒废了好久后，才慢慢恢复通行。由于路途遥远而且艰险，沿途逐渐出现了一些客栈，供往来之人停宿、补充给养。后来随着东西方往来频繁，有些地方逐渐形成了村落，而后经过数千年的发展，这条道路上出现了一个繁华的大城市，它便是自由之城。

自由之城不属于任何国家，是一个独立的城池，由于它是连接东西方要道最重要的枢纽城市，所以其繁华程度不下于楚国帝都平阳城。自由之城又名罪恶之城，大陆上许多被通缉的要犯逃到这里，鱼龙混杂。不过凡是逃到这里的人都不敢再胡作非为，因为这里强者众多，震慑着那些不安分守己的人。所以虽然被称为罪恶之城，但很少有罪恶发生，居住在这里的人都要遵守城规。

罪恶之城虽为城池，却隐居着不少强大的修炼者，令自由之城修炼之风甚浓。此外，这里有一个名闻大陆的神风学院，和自由之城一样历史悠久，历史追溯到千年前，和它比肩的学院屈指可数，绝世高手辈出。因为以上种种原因，自由之城名闻大陆，成为大陆名城中一颗耀眼的明珠。

瞬间回思，辰南已然明白自由之城是一个什么样的所在。他答道："罪恶之城的确是一个好地方。"老毒怪道："何止啊，简直是天堂，你不知道那里有多么地繁华，赌场、风月场所……真是让人怀念啊，我已经十年没踏入那里了。"

辰南道："你个老不正经，胡子都白了，脑子里还有那些七七八八的想法。""因为我有一颗年轻的心，嘿嘿……"老毒怪得意地笑道，"知道吗？自由之城遍地是黄金，只要本领高强，来钱非常快，可以到附近的山脉猎杀那些强大的魔兽，再用魔晶核换取巨额财富；也可以做一名自由猎手抓捕要犯，来换取高额奖赏……不过你若逃到那里，还是低调一些比较好，毕竟你是逃犯。"

辰南知道魔兽是原魔幻大陆的生物，生来具有施展魔法的能力，低等的魔兽只会施展简单的魔法，如雪兔只会喷吐冰箭，火狐只能够喷吐火焰。只有高等的魔兽才能够施展强大的魔法，如雷兽放雷电等。魔兽体内皆结有一颗魔晶核，魔兽等级越高则魔晶核越珍贵，魔晶核是魔法师研究魔法时离不开的珍贵材料，所以价格非常昂贵。

老毒怪一脸猪哥相，滔滔不绝地道："自由之城美女如云，尤其是神风学院的女生，简直是极品中的极品。能够进入神风学院的正规学生很少，因为它的要求很苛刻，只有达到阶位境界的年轻强者才可进入。但非正规学员却很多，因为神风学院名闻大陆，许多国家的王公贵族皆依靠关系，将自己的儿女送入了神风学院。若在那里碰到一名皇子或一名公主很正常，想一想，多么让人激动啊，那么多的公主、郡主、侯门贵女，若能够进去，简直幸福死了。"

辰南狠狠地在老毒怪的头上敲了一记，道："你这个老花痴，赶紧想想眼前的事吧。"老毒怪如泄了气的皮球一般，立刻蔫了，愁眉苦脸道："好吧，待会儿我在厨房加'作料'后就逃出帝都，就不和你打招呼了，希望能够在自由之城看到你。"

"变态老头，谢谢你！"辰南转身走了出去。在夜幕落下之际，老毒怪逃离了帝都。一轮明月高挂天边，在如水的月光下，辰南感觉心灵一片宁静，他已经做好了大战的准备。

清晨，当第一缕阳光照进屋中时辰南睁开了双眼，在屋中打坐调息。奇士府众人都已接到了司马府送来的请柬，纷纷向司马府赶去。待到奇士府空荡荡，辰南才一跃而起，他已经调整到了最佳状态。他身背后羿弓，腰挎长刀，大步向府外走去。

司马府院落高大，气派非凡，朱红的大门张贴着大大的"喜"字。府前车水马龙，络绎不绝。

辰南在司马府外不远处静静地观望，直到皇帝驾临时才动身拐进了旁边的小巷。参加婚礼的文武百官皆出府恭迎帝国之尊楚瀚，排场之大令人咋舌，"万岁"之声不绝于耳，好久才平静下来。

过了约有半个时辰，大街之上鼓乐喧天，迎亲的队伍归来，司马凌空坐在一匹高头大马之上，身披大红喜衣，满脸喜色，志得意满。迎亲的队伍壮观无比，光鼓乐手就不下百人，随从不下千人，声势浩大。新娘纳兰若水的花轿前后围着近百位功力高深的武士，保卫严密至极。

临近司马府时，府中突然冲出一头墨绿色的飞龙，在司马凌空上方盘旋长啸，而后一条红色幅条突然从飞龙身上垂下，上书四个大字：百年好合。街道上的人群一下子沸腾了。"看啊，龙……""百年好合。""祝龙骑士司马公子和才女纳兰小姐百年好合。"……

迎亲队伍进入司马府后，门前便不再像刚才那样喧嚣。辰南从小巷转了出来，听着司马府内的鼓乐和阵阵欢呼之声，他在心中一阵冷笑。司马凌空两日前的那些话不断在他耳边回响："两日后若水将和我成亲，新郎不是你，嘿嘿……你一定要来参加我的婚礼啊，嗯，到时候可以来闹洞房，嘿嘿。"

"既然已经决定大闹一场，还犹豫什么？"想到这里，辰南从背后摘下后羿弓。这时，司马府门外的侍卫已经注意到了他，喝道："你是什么人，为何带着兵器出现在此处？"辰南不理他们，从箭筒中抽出一支雕翎箭搭在了弓弦上。那些侍卫刚想上前，但黝黑的后羿弓突然爆发出一团耀眼的金光，辰南身上涌现出一股摄人心魄的气势，侍卫们心惊胆战，不由自主向后退了十几步。

此时，司马凌空和纳兰若水在厅堂之上正准备拜堂。"一拜天地……"主持婚礼之人声音刚落，"轰隆！"天地间突然响起了阵阵风雷之声，众人大愕。

辰南轻轻地松开了弓弦，被后羿弓射出的雕翎箭化作一道金光向前飞去。司马府高大的门楼被金光箭一穿而过，在轰隆隆声中倒塌了下来。金光箭离地五六米高，伤不到人，但建筑物无不惨受其摧残。它如一条穿府而过的金龙一般，拖着长长的金色残影，穿过一道道建筑物，金光肆虐，所过之处，被生生开凿出一道道"龙门"。当金光箭穿过司马府大厅之时，所有人都惊呆了，金光箭自皇帝的头顶上方穿壁而过，在墙壁之上留下一道恐怖的"龙门"。

"保护皇上！"厅中一阵大乱。楚瀚着实吓得不轻，脸色一阵发白，皇后抓住他的手，也一阵发慌。大公主楚月喝道："大家不要惊慌！"她护在了皇帝的身前。小公主楚钰道："是辰南，一定是败类辰南！"这时，所有观看过皇宫大战的人都醒悟过来，这的确是后羿弓发出的神箭，定是辰南无疑。

"哈哈……"一声长笑自司马府外响起，"司马凌空何在？我辰南闹洞房来了。"滚滚音波在司马府上空隆隆激荡。楚瀚和楚月脸色顿变，他们担心的事终于发生了，辰南真的要反楚了，这令他们又悔又恨。在场参加婚礼之人皆是帝都名流，对其中隐情早有耳闻，此时已明白辰南多半是为大闹婚礼而来，而且有可能反出楚国。

婚礼已经无法继续下去，此时，辰南已经由司马府大门之处，一路打进厅堂之外。他手中持一口长刀，刀身散发着璀璨的光芒，金色锋芒所过之处，枪断戟折，断刃飞射。刀气纵横激荡，强大的力量波动以他为中心在院内汹涌澎湃，司马府内的武士如怒浪中的浮萍一般摇摇摆摆，成排成排的人被掀翻在地，府内竟然无一人能够撄其锋。

司马凌空气得咬牙切齿，恨不得将辰南生吞活剥，扯下胸前的大红礼花，大步向外走去。厅堂中的宾客，包括楚国皇帝在内，也一齐来到了院中。纳兰若水娇躯一阵颤抖，犹豫了一下，扯下头上的红巾也来到了院中。此时楚月已经命人封锁了司马府，奇士府众人被调到皇帝的左右护驾，小公主楚钰被皇后拉在身边，一齐站在楚瀚身边。

司马凌空用手指着辰南道："你为何搅扰我的婚礼？"辰南道："不要给我假惺惺地摆道理，你应该知道为什么！"司马凌空脸色铁青，道："你要如何？"这时，一个身材颀长的中年人排众走出，道："辰南，你这是为何？我女儿既然已经嫁人，你就不应该再来打扰她。"

辰南得知眼前之人便是纳兰若水的父亲楚国左相纳兰文成，抱了抱拳道："若水根本不喜欢司马凌空，若真嫁给他，只会痛苦一生，您忍心令她陷入火坑吗？"辰南话未说完，一个气宇轩昂的中年人大步走出人群，道："护国奇士，你要明白你在做什么，我儿的婚姻乃是皇上所赐，难道你对陛下不满吗？"

"原来是司马大将军，好一顶大帽子，嘿嘿，你为何不直接说我在皇帝面前动武，已经惊驾了呢？"说完，辰南转头面对楚瀚，高声道，"当日演武场，若无我辰南大战龙骑士，恐怕楚国早已大败，成为各诸侯国的笑柄。我辰南舍生忘死换来了什么？陛下为何将纳兰小姐赐婚给司马凌空，为何如此对我？"

旁边有的大臣斥道："大胆，辰南你竟敢责问陛下，你已经犯了欺君之罪。""欺君？嘿嘿，人敬我一尺，我敬人一丈。人若犯我，忍无可忍则无需再忍，就是天王老子，我也要拉他下来！"说到这里，他长刀向天，一道璀璨的刀芒直冲而起，耀眼的光芒如闪电一般照亮了整座院落，森森寒气摄人心魄。在场的每个人都感到了一股迫人的压力，无不变色。

楚瀚道："辰南，朕知道你心中非常不满，但司马家提婚在前……"辰南打断了他的话，冷笑道："嘿嘿，难道婚姻也需要排队吗？"大公主楚月见辰南对皇帝毫不恭敬，怒声道："辰南，你太过分了，不要忘记你是楚国的臣子，臣子能够和国君这样说话吗？"

当初第一次见楚月时，辰南心中是惊艳的感觉，后来在路上楚月对他嘘寒问暖，让他如沐春风，更多了几分好感。但近来发生的一系列事，楚月在他心中的地位直落而下，这是一个为了帝王家的利益而不择手段的权谋女子，心机深沉得有些可怕。

辰南气道："这楚国之臣不当也罢！"楚月道："你、你生为楚国人，难道要反出自己的国家吗？今后你心里能够坦然吗？"

"我不属于任何一个国家，我只不过是楚国的一个过客而已，楚国在我心中还没有上升到祖国的高度，所以我心安理得。"说这些话时，辰南将自己当成了万年前的人，令在场之人听得莫名其妙，"只是不知道有些人能不能够心安，为了政治利益，将自己的好朋友打入婚姻的噩梦中。"楚月神色一变，斥道："你纵有千般理由，也不应该叛出楚国！"

辰南一直在人群中搜索，终于发现了一身大红喜衣的纳兰若水，原本清丽的容颜此刻有些苍白，憔悴无比。他将长刀交到左手，右手挥动，荡起阵阵猛烈的罡风，光芒涌动，他的身前出现了一只巨大的金色手掌，向纳兰若水卷去，包裹着她带起一股狂风席卷而回，将场中那些不懂得修炼之法的文臣吹得摇摇欲倒。

一些修为高深者忍不住惊呼出声："擒龙手……竟然是失传的擒龙手！"他们无不变色，失传的绝学竟然在辰南手中重现。纳兰若水落在了辰南面前，她忽然生出一股陌生感，过去的辰南和现在的辰南相差越来越遥远了。

辰南看着纳兰若水的双眼，道："若水，我带你走。""不，我不能跟你走。"纳兰若水摇了摇头。辰南低声道："我是特意救你而来，只要你躲过一段时间，所谓的婚约必然无效了。"纳兰若水惊呼："小心！"

司马凌空虽然暗暗心惊辰南刚才施展出的神通，但他怒火中烧，眼前那个家伙不仅搅扰了他的婚礼，而且居然对他视若无物，当众要带走新娘，让他直欲发狂。他从侍卫手里夺过一把长剑，对着辰南就劈了过去，墨绿色的斗气发出"哧哧"破空之声。

辰南将纳兰若水拉到背后，左手长刀反手劈出，一道炽烈的刀芒向前冲去，璀璨的光华激荡出巨大的能量波动，挟带着一股猛烈的狂风，发出阵阵异啸。辰南笑道："哈哈，要打便打，今日我辰南定要大闹帝都！"

刀气和斗气相撞在一起，在空中发出阵阵裂帛之声，辰南原地未动，司马凌空一连向后退了五步，体内气血翻涌，脸上一片潮红。但他不肯就此退缩，双眼寒光闪烁，提剑再次冲了上去。空中刀气、斗气纵横激荡，辰南斩出一片夺目的刀芒之后，飞身冲天而起，跃身到虚空。他周身金光大盛，宛若披上了一身精金战甲，当空向司马凌空踏去。巨大的压力向司马凌空笼罩而去，无匹的威压沉重得令他喘不过气来，但当着帝都名流的面，司马凌空不想退缩丢面子，硬着头皮举剑相迎，璀璨的斗气直冲而上。

当墨绿色的斗气遇到辰南脚下的出体剑气时，被冲击得七零八落，光芒瞬间淡去，金色的出体剑气直冲而下。司马凌空大骇，一边后退一边举剑劈斩。一组幻影出现在众人眼前，辰南在瞬间踢下十三脚，攻破了墨绿色的斗气防御，重重地在司马凌空的长剑上踏了几脚。司马凌空双手握剑阻挡，但巨大的压力还是令他难以承受，他的双脚踏碎了大理石地面，没入了地下。

当辰南第十一脚踏下时，长剑彻底碎裂，化作铁屑自空中落下，司马凌空口吐鲜血，膝盖以下全部没入地下。这时，辰南第十二脚、第十三脚已至，司马凌空悔恨不已，暗恨自己不该死要面子，迫不得已，他举双掌迎向辰南的双脚。"轰！轰！"两声巨响中，光华闪现，气浪翻滚，司马凌空被踢得倒飞出去。在场修为高深之人都听到了两声脆响，细看可以发现，被踢得翻腾出去的司马凌空双掌折断，无力地下垂着。

与此同时，辰南当空劈出了威力无匹的一刀，璀璨耀眼的锋芒如经天长虹，似划空闪电，浩大的能量波动随之汹涌。那璀璨的刀芒若是劈中司马凌空，定会令他瞬间粉碎。此时，保护皇帝的几个高阶武者迅速冲了上来，接下了这威力巨大的一刀。

"轰！"冲上来的六名高手，手握断剑呆呆立在场中，这一刀之威竟然令他们六人险些受伤。这时，辰南长刀向天，身体金光涌动，战意高昂。司马凌空脸色苍白，口吐鲜血不止，一脸羞愤之色。

刚才的对决太快了，皆发生在一瞬间，若不是最后关头几个高阶武者快速反应过来，司马凌空早已尸横当场。场中不少人都见过辰南出手，此时还是露出了震惊的神色。司马长风摇了摇头，叹道："这个孩子太不冷静了，怎么能够和他硬拼力量呢？"众人议论纷纷："达到剑气出体境界的三阶东方武者，果然可怕！""能够劈出刀芒，而且会失传的擒龙手！"……

小公主看得兴奋不已，小声道："英雄拯救美女的故事发生在了我的身边，哇，太帅了！要是在我的婚礼上，也有一个人功力盖世，败尽各路高手，威风凛凛地出现在我面前，那该多好啊！"皇后敲了一下她的头，斥道："你在胡说什么？"小公主万分委屈道："干吗敲我？"皇后向左右看了看，小声道："你再不分场合地捣乱，我罚你一个月不准出宫。""嘻嘻。"小公主笑了起来，道，"没想到这个败类越来越厉害了。"

这时，楚月对着奇士府众人道："辰南嚣张若此，竟然当着国君之面反楚，现请各位奇士联手将他拿下。"奇士们传出一片惊呼之声："天啊，我怎么无法聚集魔法元素？""我的一身修为怎么突然消失了？"……

楚月似乎想到了什么，脸色大变，对辰南怒声道："你竟然唆使老毒怪前辈对众位奇士下毒！你……好狠毒，你难道要牺牲这么多人吗？"楚月真的有些急了，若是所有奇士都中毒身亡，对于楚国来说将是不可估量的损失。

辰南冷哼道："你休要以小人之心度君子之腹，他们只是暂时失去了功力而已。"说到底，辰南对人性的种种，认知还不够，此刻的他还很稚嫩，不能够狠下心，毒死楚国的一干奇士，他没有因为即将敌对，而不择手段。

瞬间，楚月脸色铁青无比，喝道："所有皇宫高阶武士听令，不惜一切代价将此逆贼诛杀！"数十个修为高深的皇宫武士步入场中，一股迫人的压力自这些人身上散发而出。

辰南大喝道："谁敢动？我立刻毙他性命！"他将后羿弓摘了下来，一支雕翎箭已经搭在了弓弦上。众武士中一个似乎是头领的人大声道："不要怕，我们齐上，他这一箭只能够射倒一个人……"

"轰隆隆！"风云变幻，天地失色！伴随着隆隆雷鸣，后羿神弓弓弦轻颤，一支金光箭似闪电一般射出。如今辰南修为今非昔比，光箭之威比在楚国西境时不知强大了多少倍。那璀璨夺目、令所有人心神俱颤的一箭似霸龙出海，威荡八方，莫大的威压令方圆数里的人都喘不过气来。光箭眨眼没入了头领的胸膛，瞬间化为一片血雾，刺鼻的血腥令人作呕。

　　这一箭的余威声势浩大，巨大的力量波动似怒海狂涛，在整座司马府内浩荡，司马府众多武士栽倒在地，许多人被自己的兵器所伤，鲜血长流不止。文武百官更是不堪，滚倒一地。楚瀚若不是被大公主楚月及时扶住，定然要跌个四仰八叉。小公主扶住了皇后，自己却跌倒在地，气得骂道："死败类，哎哟……"

　　奇士府众人因为功力暂失，也都滚倒在地。只有部分高手不受影响，依然立在场中，愤怒地盯着辰南。司马府今日宴请的都是帝都的名流，金光箭之威令这些人狼狈不堪，那些豪门千金、侯门贵妇的惊叫声此起彼伏，场面混乱无比。这一消息若是传到他国，楚国可谓大失颜面，定会被他国取笑。

　　辰南第二箭又搭在了弓弦上，神弓所向，人人变色，最终，他将后羿弓对着皇帝的方向。纳兰若水在他身后焦急地叫道："辰南你要干什么？"辰南顾不上回答，对楚瀚道："放我和若水一起走。"楚瀚点了点头道："没想到事情会这样，好吧，我放你们离去，所有人都闪开。"

　　司马凌空怒火汹涌，双目赤红，刚才他已经受了严重的内伤，此时惊怒交集，"哇"的一声，一连吐出三大口鲜血，被人扶着退到了场外。辰南架着后羿弓，示意纳兰若水向场外退去。当退出司马府大门时，纳兰若水道："辰南，我真的不能和你离去。我走后，我父亲怎么办？我的家人怎么办？他们会颜面尽失。"

　　辰南道："他们只是牺牲一些面子而已，难道你要牺牲自己一生的幸福吗？"纳兰若水摇了摇头，道："这场婚礼已经无法继续了，你不用为我担心。"辰南道："你到底为何不肯和我离去？"纳兰若水有些失神望着他，道："你和曾经那个平凡的辰南相去甚远，我有些害怕，我看不到未来……此外我不能只为自己考虑，我有父母，我有家人……辰南小心！"

一道光华璀璨的剑光如匹练一般向辰南斩来，瞬间劈断了弓弦上的雕翎箭。辰南瞳孔一阵收缩，他已经看出这是修道者的飞剑，飞剑的主人正是大公主楚月。他在原地留下一道残影，如闪电一般横移出去一丈距离，而后快速拔出长刀，向飞剑劈斩而去。

众人一阵惊呼："飞剑！""修炼者中最为神秘的修道者！""是大公主殿下！"……

飞剑寒光灿然，冷森迫人。辰南挥刀直劈，但金色的锋芒竟然不能够阻挡飞剑的去势，他挥舞长刀直接和飞剑交击在了一起。"叮叮当当"一阵金属交鸣之后，长刀竟然被斩成了数段，只留下一个光秃秃的刀柄在他手里。辰南暗暗心惊，暗叹修道者果然非同凡响。他丢下刀柄，赤手迎击飞剑，一层金色的光华密布在他的手掌表层，掌掌拍在剑脊之上，血肉之掌和飞剑相碰之后，竟然发出阵阵铿锵之声。

这一系列动作可谓快若闪电，众人只能看到一道锋芒与一片掌影交织在一起，璀璨光华伴随着铿锵之声，巨大的能量波动疯狂涌动。当众多高阶武士反应过来，想要冲上去时，大公主已经有些力不从心，她脸色一阵发白，不甘心地收回了飞剑。辰南刚想追击，一群高阶武士挡在了他的身前，他快速止住脚步，再次弯弓搭箭，雕翎箭直指楚国皇帝。众人骇然，被迫停了下来。

辰南道："若水跟我走。""不，我……"纳兰若水摇了摇头，道，"辰南，我真心感谢你今日为我所做的一切，你无需为我担心，也许以后我们还会有相见之日……"纳兰若水没有说下去，快速跑进了人群，眨眼消失不见。辰南一阵发呆，拉开后羿弓对准楚月，道："你竟敢偷袭我，今日我要……"

突然，他的耳边响起了一声苍老的叹息："唉，年轻人不要太激动，她可是我的玄孙之女啊。"辰南一惊，这个声音他太熟悉了，竟然是皇帝的玄祖、那个一百七十多岁的老妖怪，他知道老妖怪正在利用高深的武学对他传音。

老妖怪叹道："人生一世，总会遇到诸多不尽如人意的事情，其实世上没有永远的幸福，也没有永远的遗憾。永远也不过刹那瞬间，当浮华落尽，容颜老去，才会发现人生最需要的是平和的心情。"声音渐杳，辰南四顾，怎么也无法发现老妖怪的踪影。他虽然有后羿弓在手，但也深深忌讳这个高深莫测的老人，若是老人在暗中偷袭他，他绝对无法应付。

这时辰南早已将后羿弓拉开，但出于对老妖怪的顾忌，只得将后羿弓对准地面。一道金色的光箭伴随着风雷之声没入了地下，大地剧烈颤动，司马府宅在"隆隆"声中倒塌过半，尘烟弥漫，沙土飞扬。

没有人知道，这支射向地下的金光箭在地底渐渐改变了轨迹，向离此地不远的皇宫冲去，冲进了皇家古籍室地下的那个古墓之中。蕴含着天地元气的金光箭如受招引一般，径直飞向古墓中那个已逝的绝代高手，最后在那尊不灭体前三尺处突然爆碎，化作点点金光，冲进了不灭体体内。古墓又恢复了平静，似乎什么也没有发生一般。


在众人大乱之际，辰南再出擒龙手，金色的手掌带起一股猛烈的狂风，将皇后身边的小公主楚钰卷了过来。他飞快点了小公主的穴道，右手提后羿弓，左手扣住小公主的咽喉。司马父子二人快气疯了，不仅婚礼被辰南破坏，而且整个司马府都被他毁了。

小公主尖叫道："败类、臭贼放开我……"皇帝、皇后等人神色惨变，楚月道："辰南你放开我妹妹，我保证让你平安离去。"辰南一动不动，没有任何表示。其实他在试探老妖怪，看他是否会出手。等了很久，老妖怪也没有任何动静，他悬着的一颗心放下了一点点。

小公主叫道："臭贼快把你的手拿开，简直臭不可闻。"楚月道："辰南你听到我的话了吗？放开我妹妹，我任你离去。"辰南冷笑道："哼，我不想多说废话，让所有人都闪开，不要派一个人跟着我。"楚月气得脸色变了又变，最后道："好，我答应你的要求。"

皇后在旁边焦急不已，刚要开口说话，楚瀚拦住了她，道："相信月儿，让她去处理吧。"文武百官此时呆若木鸡，今日发生之事超乎了他们的想象。辰南对出城的路早已探清，他挟持着小公主出离了帝都。

小公主气鼓鼓道："败类，你已经逃了出来，还不快放开我？"辰南道："人生真是奇妙啊，当初是你把我捉进了帝都，如今又是你把我送出了帝都。我想你不会忘记这期间发生的一系列事情吧？你就留在我的身边，乖乖地给我做侍女吧！"小公主叫道："什么？让我这个公主给你这个败类做侍女，你做梦！"

辰南做了一件一直以来很想做，但却一直没机会做的事情，他用力捏住了小公主滑嫩的脸颊，狠狠地掐了又掐。小公主痛叫道："哎哟……败类你这个混蛋快放手，你竟然敢如此对我？你这个混蛋要带我去哪里？"

辰南道："罪恶之城。真没想到，小恶魔你会再次落在我的手里。"辰南心中有些许失落，他挟持着小公主楚钰离开了楚国都城。

# 第三章

## 罪恶之城

辰南虽然在帝都闯下了弥天大祸，却没有丝毫惧意，有小公主这个天之骄女在手，不用担心跟在后面的那些人是否会发难。他唯一顾忌的人是皇帝的玄祖，那个一百七十多岁又修为莫测的老妖怪。

小公主被辰南夹在肋下，心中恼怒不已，但穴道被封，她只能不停地咒骂。辰南用力夹了夹小公主的细腰，道："你这个小恶魔太恶毒了，这样怎么做我的侍女呢，路上我一定要好好地调教调教你。"小公主被辰南的手臂夹得痛叫道："败类你这个该死的，快松手，痛死我了！"

天气酷热无比，火辣辣的太阳炙烤着大地，树上的叶子无精打采地垂着。小公主一身不俗的修为被辰南封住后，再难抵挡夏日的炎热，汗水顺着脸颊一滴一滴向下滚落，她恼怒道："死败类，我热死了，赶快到树荫里去。"

此时，辰南二人已经远离帝都五十里，他将小公主放下道："小恶魔你要明白，现在我为刀俎，你为鱼肉。今后你不再是公主殿下，而是我的贴身侍女，知道吗？以后要学乖。"

小公主闻听此言气极，恶狠狠地向他肩膀咬去。辰南赶忙捏住了她的下巴，道："真凶啊，这样怎么行呢，再不老实，我可不再怜香惜玉了。"小公主又恨又气，同时有些害怕，她从来没想过会再次落在辰南手里，上次被辰南擒住，被她视为奇耻大辱，这次居然又落在他的手里，令她直欲发狂。她气鼓鼓地将脸扭向一旁，不再看那张可恶的脸，同时不断暗暗诅咒他。

郁郁葱葱的枝叶遮去了炽热的阳光，林内微风轻拂，夹杂着一丝花草的芳香，传来阵阵清爽的气息。辰南躺在柔软的草地上，惬意地眯上了眼睛，刚才那一战耗去了他不少功力，他需要调息一下。

小公主此刻虽然能够自由活动，但功力被封，想逃也逃不掉，她背对辰南坐着，拔下一株不知名的野花，用力地撕扯着，把对辰南的满腹怨恨都发泄在了它的身上。这样过了约有半个时辰，辰南一动不动，仿若睡着了一般。小公主仔细观察着地上那个可恶的家伙，又过了半刻钟，见他还没有动，她小心翼翼地站了起来，偷偷向林外潜去。

正在这时，那可恶的声音再次响起："若是有人不愿待在林中，我一定满足她的愿望，让她进行日光浴。"小公主狠狠地冲着辰南晃了晃拳头，非常不情愿地坐在了地上。突然，辰南翻身坐起，一把将小公主带入了怀中，扣住她的咽喉，冲着林外喝道："林外之人赶快现身，若再鬼鬼祟祟躲在暗中，别怪我对你们的公主不客气。"

小公主一边低声咒骂辰南，一边咕哝道："这么笨，竟然让这个家伙发现了，怎么不派一些高手来营救本公主。"七名武者从树身之后现出身形，并非这些人修为不够深厚，而是辰南今非昔比，故能够在他们靠近的第一时间感应到他们的气息。

"还有人，若再不出来的话，我真的不客气了。"说着，他用力捏了一下小公主滑嫩的脸颊，惹来小公主一阵尖叫："臭贼、败类你……"

空中传来一阵魔法元素的波动，一名魔法师展开飘浮术自一棵树上飘落下来。辰南皱了皱眉，原本以为将奇士府那些奇士搞定后帝都就已没有高手，看来并非如此，这几人都是阶位高手，甚至有一个老人的修为不弱于他。

辰南道："你们还要不要这个小恶魔的性命？若再鬼鬼祟祟地跟在我后面，别怪我不客气。"那名魔法师道："陛下已经封你为护国奇士，你却如此大逆不道……"辰南打断了他的话，道："少说废话，你们到底离不离开？"几人之中修为最为高深的年老武者道："辰南不要激动，我们马上离开这里。"

正在这时，地面忽然颤动起来，林外的大路上烟尘弥漫，无数铁骑向这里赶来。人喊马嘶，数千铁骑将整片树林包围了。大道之上，一匹白龙马上端坐着一位风华绝代的双十女子，烟尘难掩其倾城容颜。来人正是大公主楚月，她甩镫下马，径直来到了林中，脸上微微带着怒意。"辰南，你既已逃出了帝都，为何还不放开我妹妹？"她望向小公主的目光充满了怜爱。

小公主脸上泛出喜色，叫道："姐姐……"辰南伸手封住了她的哑穴，对楚月道："我若放她离去，恐怕此时我早已横尸在地。"楚月道："你手中有后羿弓，谁敢拦你？你尽可从容离去。"

辰南冷笑道："一张后羿弓如何面对千军万马？我若用后羿弓射杀一名皇亲贵戚或封疆大吏，可能会令楚国朝政摇三摇、晃三晃，但如果射杀的是普通士兵又有何用处？在帝都之时，我可以用后羿神弓威慑皇帝和文武百官，出了帝都后我优势尽去，若没有一个重要人质，岂不眨眼之间就被随后赶来的大军踏成肉酱？现在我决不能够放你妹妹离去。"

楚月有些焦急，道："你到底要怎样才肯放过钰儿？"辰南道："最起码要我安然离开楚国边境，在此过程中你不得再派人跟踪我，不然你一定会追悔莫及。"楚月咬了咬牙，怜爱地看了看小公主，对辰南道："好，就依你所言，不过你一定要保证钰儿在路上不能受半分委屈，不然我定会传下必杀令，倾我大楚全国之力追杀你！"

辰南道："既然这样，就请你率领人马赶快离去吧。""当你离开我楚国边境之时，你若不放钰儿回来，你应该明白后果。"楚月最后深深看了一眼小公主，率领众人向林外走去。尘沙飞扬，数千铁骑绝尘而去。

辰南放开了小公主，伸手解开了她的哑穴。小公主刚能开口说话，就开始大骂："败类、臭贼，你个猪头竟然点了我的穴道，我连一句话都没和姐姐说，我诅咒你这个混蛋下十八，不，十九层地狱……"

辰南一把将她拎了过来，一只手托着她的下颏，道："现在你是我的俘虏，再敢顶撞我，别怪我不客气。"小公主一阵尖叫："死败类、臭流氓，你在干吗？"她快速挣出了辰南的手掌，向外跑出去四五米才停下来，她脸色通红，怒声道："我早晚要杀了你……"

辰南恶声道："你若再不老实，今天晚上让你侍寝。"小公主被吓得不敢再大声吵闹。辰南笑道："早该如此，一个女孩子又吵又闹成何体统。"小公主狠狠地瞪了他一眼，将脸扭向了一旁。

辰南虽然挟持小公主逃了出来，但一想起皇帝的玄祖，就有一丝隐忧。在林中又休息片刻后，辰南押着小公主再次上路，这一次没有将她夹在肋下，而是让她自己行走，他则紧紧跟在其后。直到天黑时，小公主连连喊累，辰南才在离帝都百里之外的一座小镇停下。他只订了一间客房，吃过晚饭后他把小公主带进房中，小公主吓得花容惨淡，一脸惊慌之色。

她语音颤抖："死败类，你……不许乱来，不然我姐姐……我父皇不会放过你的……"辰南一脸揶揄之色，他心中虽然没有什么龌龊的想法，但却没有放过戏弄小公主的机会，一边喝茶一边道："乖乖小侍女，去把床给我铺好。""你……我早晚要杀了你！"小公主气得脸色铁青。

辰南道："若想要我不乱来，赶紧按我说的去做。"小公主恶狠狠地瞪了他一眼，非常不情愿地走到了床边，胡乱将一张凉席铺在了床上，道："好了，现在你满意了吧。"说完，她气呼呼地坐在了一旁。

辰南道："看你容颜倾城，玉手纤纤，不想铺张凉席却这样粗手粗脚，真是……"小公主怒道："够了，死败类我受够你了，从来没有人敢这样指使我，你这个家伙太无理、太放肆了，竟然让本公主为你铺床，你不要忘记我姐姐说的那些话，我若是受了半分委屈，你将死无葬身之地！"

"呵呵……"辰南笑了起来，道，"我就是要让你受尽委屈，看你姐姐能把我怎么样。""死败类，我早晚把你抓进宫中做太监。"小公主怒气冲冲，简直要抓狂了。辰南道："你这个小恶魔果然狠辣无比，哼，恐怕你永远也没有那个机会了，这辈子你就给我乖乖地做侍女吧。好了，不要吵了，你睡另一张床，明早我们还要赶路呢。"小公主气得咬牙切齿，恨声道："不行，你必须给我单开一个房间，我是楚国的公主，怎么能够随便和一个男子同处一室呢？"

辰南道："小恶魔，你不要得寸进尺，你若不老老实实地睡在另一张床上，干脆过来侍寝吧。"小公主闻听此言，吓得脸色一阵发白。忽然，辰南心中涌起一股强烈不安的感觉，觉得暗中正有一个修为恐怖的高手在盯着他，但当他仔细去感应时，那种感觉刹那间又消失得无影无踪了。他暗自揣测道："难道老妖怪真的跟下来了？但他为何一直没有出手？"他心中一阵狐疑，咬了咬牙，暗暗做了一个决定。

辰南来到正在生闷气的小公主身边，快速点了她几处大穴，令她身不能动，口不能言。小公主一阵惊慌，眼中露出了恐惧之意。辰南一脸凝重之色，体内真气汹涌澎湃，身体散发出淡淡的金光。他运功于手指，点点金芒、淡淡毫光在指间乍现，十根手指刹那间晶莹生辉、光芒璀璨。

他的耳边回响着他父亲当年的话语："困神指能够封人功力、锁人精血，施术者若不及时为受术者化解，受术者半月之内会血脉枯竭而亡，一定要慎用！这门指法威力无边，练至最高境界可困神封仙，但功力不足时千万不可贸然施展，不然会大伤元气。"辰南没有一丝把握，他不知道以他目前的修为能否顺利施展困神指，但老妖怪给他带来的压力太大了，令他不得不冒险一试。

他功行九转，最后双手齐动，一道道金色的真气透指而出，钻入了小公主的体内，噼啪之声不绝于耳，金光令整个房间光芒闪闪。辰南几近脱力，脸色一阵苍白，汗水一滴一滴自他耳鬓滚下，直到最后一道金色真气被打入小公主体内，他彻底虚脱，软倒在地。过了好长时间，辰南才恢复些许功力，勉强能够从地上站起。他感觉身体虚弱无比，连忙打坐调息，直至一个时辰后才睁开了双眼。他暗道："总算成功了，恐怕这几天不能够和人动手了，但愿老妖怪没有那么大的神通解开困神指力。"

出了帝都以后，小公主是他唯一的护身符，只有将小公主牢牢地掌握在手中，他才能够逃离楚国。小公主将这一切看在眼里，虽然不知道辰南到底对她做了些什么，但知道肯定不是好事，她心中满是怒意，看到辰南虚弱的样子，她不禁露出幸灾乐祸的神情。

辰南走过去解开了她的哑穴，道："小恶魔，你不要幸灾乐祸，我要是有个三长两短，你死定了。我已对你施展了困神指，这个世上除我之外没有人能够为你化解，半月之内我若不为你活络精血，你将血脉枯竭而亡。”小公主闻言神色惨变，怒道：“败类，你太狠毒了，我和你无冤无仇，你竟然对我施展了什么破指法，卑鄙无耻、下流无德、恶心透顶、无耻之极！”

“小丫头，真不知道你是怎么在皇宫中长大的，嘴巴居然这么恶毒，若再敢骂我就是这个结果。”说着，他一掌切掉了半张桌角，而后用力掐了一下小公主的玉脸。小公主痛得尖叫道：“啊……臭流氓！”

辰南将小公主丢在床上后，自己也躺在了另一张床上，他不担心有人潜进，自从灵觉复归后，他的六识变得敏锐无比，在危险来临前一刻他总能够先一步察觉。今日帝都一战，他已成为楚国公敌，心中一阵感慨：唉，居然得罪了一个国家！纳兰若水没有和他一起离开帝都，他心中并没有伤感之情，想起这几个月的经历他有些恍惚。烛光一闪而灭，如水的月光照进了屋中，辰南进入了梦乡。小公主也已睡着，但熟睡中还噘着小嘴，似乎不满辰南白天的种种无礼举动。

万籁俱寂，夜格外宁静，此时所有人都进入了梦乡。

一道绿光风驰电掣般来到了辰南所在的小镇，绿光中是一道枯瘦的身影，几次闪灭后，那个身影飘进了客栈，径直来到了辰南的房门之外。房门被无声无息地推开了，枯瘦的身影闪进了房中。睡梦中的辰南似乎有所感应，身体泛出点点金光。来人一惊，身上绿光一闪而逝，他立身之处仿佛出现了一片虚空，月光在那里也消失得无影无踪，绝对的黑暗，所有光线俱杳。辰南身上的金光慢慢消失，似乎失去了应有的感应。

来人仿佛消失在了黑暗中，只有一片虚影在房中慢慢移动。后羿弓飘浮了起来，而后熟睡的小公主也飘浮了起来，如受招引一般，迅速向那片虚空飞去，眨眼间消失在那片黑暗的领域中。房门无声开合之后，如水的月光再次照进了屋中，然而辰南床上的后羿弓和另一张床上的小公主却已消失不见。

绿光如闪电一般离开小镇，在镇外荒野之处停了下来。绿光中的枯瘦身影点了小公主几处穴道后，伸开双手不停地在她身上拍打，噼啪之声不绝于耳，绿光如水一般向小公主涌去。如此过了约有半个时辰，身影停止动作，背起小公主重返小镇，如幽魂一般出现在辰南的屋中，令小公主飘浮到床上，便消失不见了。

第二天清晨，辰南醒来后大吃一惊，后羿弓不翼而飞。他与生俱来的灵觉竟然失去了作用，对夜里发生的事毫无所知，来人若想取他性命简直易如反掌，他惊出了一身冷汗。他急忙向小公主的床上望去，只见小公主还在香甜地睡着，稍稍安心。洗漱之后，他拍开了小公主的穴道，将她摇醒。

"讨厌，谁敢打搅本公主休息！"小公主明显还迷迷糊糊，待到她清醒过来后一把推开了辰南，紧张地道，"败类你干吗？""叫你起床。"辰南边说边探寻小公主体内的气息，一下子就探察出有人曾经试图化解他的困神指力，但没有成功，"小恶魔赶紧洗漱。"说罢，他向院中走去。

"来人竟然能够无声无息来到我的屋中，躲避过我的灵觉，他的修为恐怕已超越了五阶境界，不然我不可能一无所知，十有八九是老妖怪，可是他何须如此偷偷摸摸呢？"辰南回想起老妖怪以往的种种，发觉他始终扑朔迷离，让人猜不透、看不清。

"从开始到现在他好像一直对我有所图谋，不然他决不会任我反楚，可是他到底想在我身上得到什么呢？"辰南百思不得其解，不过有一点他可以肯定，老妖怪暂时不会和他翻脸，这让他心中宽慰了一把。

楚国皇宫内，皇帝楚瀚和大公主楚月看着御书房内的后羿弓震惊无比，他们怎么也没有想到后羿弓会被人无声无息地送了回来。楚月道："父皇，你看后羿弓下有一封信。"楚瀚将信纸展开，看完信之后，他紧皱的双眉渐渐松开了。

楚月将信接过来看了一遍，喜道："原来是老祖宗静极思动，想去大陆转一转，有他老人家出面，钰儿一定没事。"楚瀚道："恐怕钰儿要很久以后才能够回来，不知道她能不能够适应外面的生活。"楚月道："妹妹调皮得很，平时总央我带她出去，如今出离帝都，她可谓如鱼得水，父皇不必为她担心。"

楚瀚有些感慨，道："有老人家出面，我当然不为她担心，只是……你二哥文风这几年一直在外，如今小调皮也离开了，我最喜欢的三个子女如今只有你还在我身边。"楚月道："哥哥和妹妹早晚会回到父皇的身边，您不必伤感。"

楚瀚道："嗯，其实这样对小调皮也有好处，她太顽劣了。经过这一番磨砺，定会成熟不少。"他沉思了一会儿又道："尽一切可能封锁辰南大闹帝都的消息，万万不可透露出去。"

在路上，小公主发现辰南身上的后羿弓不见了，忍不住不停追问，辰南对此一概不答，最后她认定辰南将后羿弓藏在了那家客栈附近。对于昨晚发生的事，她浑然不知，看到辰南一副心不在焉的样子，她讥讽道："败类，看你一副心事重重、魂不守舍的样子，心中定是害怕了吧？"

辰南毫不客气地在小公主光洁的额头上敲了一下，道："怕你个头。"小公主痛得泪眼汪汪，恨声道："死败类，你早晚有一天会再次落在我的手里……"辰南拍了拍小公主的香肩，"语重心长"地道："愿望是美好的，过程是曲折的，但结果是不可能的。唉，幻想的季节，少女心中总是充满了憧憬，可怜的孩子醒一醒吧，那一天是不可能来临的。"

小公主又恨又气，怒道："臭贼你少得意，总有一天我要让你后悔今日的所作所为。"辰南笑道："小恶魔你不要痴心妄想了，永远不会有那一天。"一路上，小公主和辰南不停地斗嘴，同时利用各种机会开溜，但从未成功。开始时辰南挟持着小公主纵马赶路，但她太过美貌，不断招来路人的注目。

为避免麻烦，两人改坐马车，同时辰南将小公主的玉颜抹得脏乎乎，惹来小公主一阵叫骂，在他威胁恐吓之下，总算将这件事搞定。几日之后，辰南因为施展困神指而虚弱的身体终于恢复过来，他长出了一口气，暗暗地想：一路上居然真的没有人跟踪，定是老妖怪将后羿弓送回后知会过楚月等人。帝都的高手没有跟下来，十有八九老怪自己跟来了。想到老妖怪的可怕之处，他心中一阵发寒，那个老人若是真的对他有所图谋，他不敢想象了……

辰南挟持着小公主，一路西行畅通无阻，皇帝没有派任何人追击阻拦，甚至关于他大闹帝都的事都未闻到只字片语。"小恶魔，你那个皇帝老子和公主姐姐抛弃你了，不仅没有派人来营救你，还封锁了帝都的消息，看来他们打算将你送给我了。"小公主背靠着车厢，斜了他一眼，道："你这个臭贼不学无术，连这样简单的事情都看不出来，还好意思在这里胡说八道，哼！"

辰南道："在他们眼里，楚国的名声比你这个公主重要多了，不然怎么会只顾着封锁帝都的消息，对你却不理不睬呢？"小公主道："哼，本公主决不会为你这个卑鄙的坏蛋解释。"辰南道："你想不想要自由，只要你肯乖乖听我的话，我就给你自由。"小公主横了他一眼，不再理他。一路上辰南虽然不断实行"奴化教育"，但倔强的小公主每次都没给他好脸色看，致使他想把小公主变成乖乖侍女的愿望一次次落空。

十日之后，两人来到了澹台城，这里有两条大路，一条一直向西通往楚国西境，另一条路笔直向南数百里之遥，而后拐向西，通过大陆中部地带群山中的罪恶之城，前往西大陆。望着澹台城广场中那尊栩栩如生的白玉雕像，辰南感慨万千，昔日女神竟然害他修为不进反退。他道："澹台璇，我武破虚空之日，定会让你谪落人间！"

小公主在一旁适时地打击道："白日做梦，居然敢如此亵渎澹台仙子，仙子显灵吧，赶快降下乌雷惩罚他。"看到辰南举起手，小公主快速捂住了额头，因为这几日她光洁的额头已经被敲了多次。辰南没有敲她，反倒捏住了她秀挺的琼鼻，道："再胡乱说话，我把拉它拉成猪鼻子。"

小公主痛叫道："哎哟，臭贼快放手！"辰南笑道："手感还不错。""疼，嗷，死败类我饶不了你。"小公主又抓又踢，引来广场上众人一阵侧目，辰南赶忙松手。

住在澹台城的这一晚，小公主身中困神指力的症状终于发作了，她每一寸肌肤都鲜红欲滴，充满了血丝，体内血液以平时百倍的速度流转，几乎要沸腾了。"啊……好难受，死败类你快给我解开你那个破指法，我受不了了！"汗水浸透了小公主的衣服，她躺在床上不断翻滚。辰南点了她几处穴道，令她定住身形后才在她身上不断拍打，一道道金光被注入她的体内，如此持续了半个时辰。过了许久，困神指造成的可怕症状才渐渐消失，小公主的体温慢慢恢复了正常。

"败类我和你拼了！"小公主能动后，便咬牙切齿扑向了辰南，"我咬，我抓，我踢，我撞……"咬不到，抓不住，踢不着，最后她用头撞向了辰南。辰南不敢运功，怕一不小心伤到发飙的小公主，他费了很大一番功夫才将她制服。小公主大口喘着气，道："臭贼我恨死你了，你竟然在我身上施展那么恶毒的指法，快给我彻底化解掉！"

辰南道："困神指力在这个世上只有我一人能够化解，它每隔十天半个月就会发作一回，我若不提前帮你活络精血，每次发作时你就会像今天这样痛苦，所以你要乖乖地听话，不然你知道后果。""去死吧，鬼才会听你这个臭贼的话。"小公主用力将一个枕头砸向了他，而后气呼呼地跑去洗漱了。

"侍女养成计划又告破产。"辰南心道。

翌日一早，二人踏上了通往罪恶之城的大路，澹台古城渐渐消失在他们身后。这条大路贯穿东西方，是大陆上最为重要的商贸之路，每日客商流量都很大，致使这条边陲之路并不寂静。一路风餐露宿，两人终于来到了楚国西部的门户——望风城，这座城池高大而又坚固，是东西方道路上的咽喉要塞之地。

望风城这个名字具有悠久的历史，据说第一座望风城始建于当初东西方大战之际，近万年的岁月中，城池几经变迁。眼前之望风城修建于千年前，直至今日未曾变换过地址，只是在原来的基础上扩建了数倍。虽然数千年来东西方少有战争爆发，但无论在哪一个朝代，都将这座城池视为军事要塞，皆有重兵把守。如今是和平年代，城中的军兵主要盘查往来的客商，检查他们的货物。

在进望风城之前，辰南已经对小公主进行了一番"进城教育"，威胁她若遇到盘查时要好好配合。小公主开始时还出言讥笑，声称决不会为恶人做戏，但辰南对她进行了恐吓，扬言她如果不"老实"一点，事发之时将被毁容，而且让困神指力提前发作，小公主恨恨地妥协了。

进城之时，两人果然遭到了严格的盘查，好在辰南事先有准备，编了一套谎言蒙混过去了。整个过程中也有一段小插曲，尽管小公主的脸已经被辰南抹得脏兮兮的，但其天生丽质还是难以尽掩，结果惹来一个士兵动手动脚，气得小公主差一点发飙，辰南赶紧扔下几枚金币，拉着怒火汹涌的小公主匆匆离去。

望风城虽然地处边塞之地，但城内繁华无比，有一种行业特别兴盛，那便是佣兵。出了望风城便是茫茫群山，在通往西大陆的道路上不仅有各种各样的凶禽猛兽，还有一些强悍的盗匪，所以往返在这条道路上的人一般都会结伴而行，还会花钱请一些佣兵，以保证生命和财产的安全。

辰南带着小公主来到了城内的佣兵工会，里面又吵又乱，墙上贴满了各种告示，都是一些大大小小的任务，等着佣兵前去认领，小到给人做保镖，大到去探究一些恐怖绝地。价格最昂贵的任务是捉到落风山脉中的麒麟神兽，已经有人出价到五十万金币。接这个任务的人虽多，但至今没有一个佣兵或佣兵组织得手，大多数人都一去不复返。如今已经很少有人再接这个任务了。来这里的雇主一般都是要前往罪恶之城或西大陆的人，若想对付路上的盗匪，几个佣兵是不够的，往往是一群目的地相同的人集体雇佣一个佣兵团。

辰南在佣兵工会里观望着，他虽然不惧路上的盗匪，但带上小公主后就没那么自信了。稳妥起见，他找了一个护送商队的佣兵团，这个佣兵团会途经罪恶之城。经过一番沟通，团长嘱咐他们第二天清晨到佣兵工会。

回到客栈时，小公主满脸不高兴之色，冷声道："臭贼，你马上就要出离楚国边境了，现在可以帮我把困神指力化解掉了吧？"辰南道："急什么，还没到罪恶之城呢。"小公主急道："什么？你忘了我姐姐说的话了，出离楚国边境时你若不放了我，她会传下必杀令，调动所有力量追杀你，你将死无葬身之地。"辰南道："哼，放不放你都是一个结果，与其如此还不如把你留在身边做侍女呢。"

这下小公主真的吓坏了，颤声道："你说的不会是真的吧，我和你无冤无仇，虽然以前我们发生了一些不愉快的事，但那都是误会，况且已经过去了那么长时间，你现在不会要报复我吧？"

"啪！"辰南伸手点了她的昏穴，而后将她放在了床上。他心中虽然有些惧怕一直未露面的老妖怪，但还是觉得将小公主留在身边更安全些。辰南已确定老妖怪不能解开困神指，他暗暗庆幸家传玄功之精妙。

第二日，辰南带着小公主准时来到了佣兵工会。小公主满脸怒色，恨恨地盯着辰南，同时心中有些恐惧，马上就要离开楚国了，她真担心从此会失去自由身。

负责保护商队的这个佣兵团总共有一百零三人，除副团长是一名达到一阶水准的老魔法师外，其余皆是武者。团长是一个四十岁左右的中年人，看起来精明而又干练，他的身后跟着一个庞然大物，赫然是一头地龙。这个大家伙长约五丈，一身漆黑的鳞甲闪闪生光，样子看起来颇为凶猛。

经过一番议价，佣兵团长收取辰南一百金币，并且承诺将小公主放在女眷车厢里不声不响地弄出城。这批客商男女老少总共有四十几人，拉货的马车有二十多辆，再加上一百多个佣兵，队伍也颇为壮观。小公主被点了穴道，和客商中的几个女眷同乘一辆马车，她口不能言，身不能动，只能直挺挺地躺在车厢里。几个女眷边观察她边赞赏她的容貌，甚至抚摸起她的玉脸，小公主肺都快气炸了。

这队人马很快便到了城门处，客商们捐献出几十个金币后，盘查的士兵便没有打扰女眷。直到远离城门后，小公主才被辰南解开穴道，刚一能动，她便逃也似的跳出了车厢，而后对着路旁的树林大声尖叫了一阵。

"哈哈！"辰南忍不住大笑起来。

小公主尖叫道："死败类，快给我解开那个破指法放我回去！"辰南道："做梦！"小公主恨声道："你这个该千刀万剐的臭贼、败类，早晚有一天会下地狱！"辰南笑道："佛曰：'我不入地狱，谁入地狱？'"小公主道："那你现在就去入地狱吧。"辰南道："我还没成佛呢。"小公主骂道："无耻的败类、臭贼……"

客商和佣兵团的人纷纷侧目，诧异地看着两人。在接下来的几天里，听两人斗嘴成了众人的一个习惯，若有半天没听到两人吵架，他们就会觉得惊奇不已。

连接东西大陆、横穿群山的道路蜿蜒曲折，有时要穿过山洞，有时要盘上半山腰，佣兵团和客商们在茫茫群山中艰难跋涉。

小公主每天依然吵吵闹闹，但已经不像前几天那样情绪低落。绵延不绝的群山一年四季都郁郁葱葱，山中各种奇花异草、珍禽异兽吸引了她大部分的注意力。在途中，她采了不少鲜艳的野花，摘了不少爽口的野果，偶尔还会因为突然从林中跳到路上的奇异动物惊叫不已。美丽的风景，多彩的旅途，令小公主渐渐忘记了自己是一个"俘虏"，她越来越觉得这样的生活是一种享受，当然也只有她这个很少离开皇宫的皇家天女才会有这种感觉。

途中没有出现过龙或远古巨人，只出现过一些会魔法的西方魔兽和几股盗匪，但在强大的一阶魔法师和恐怖的地龙骑士的攻击下，那些乌合之众很快便被消灭了。这让一心想看好戏的小公主非常不满，连连骂那些强盗没用。那些商人和佣兵听得面面相觑，直挖自己的耳朵，怀疑自己的听觉出了问题。最后在辰南一记弹指，小公主一声痛哼之下，那些人才回过神来，暗叹这个女孩果真"非同寻常"。

五日后，众人走进了群山中的一片谷地，正在埋头做饭之际，林中忽然涌出一股腥风，大地一阵轻颤，一群群野兽从林中出现，向前方跑去，大到野象、狮、虎，小到野狐、雪兔。好在百兽没有袭击众人。团长大叫了一声"不好"，急忙召集人准备战斗："兄弟们拿起你们的武器，我们遇到麻烦了，前方可能出现了一个强大的魔兽。"

一个佣兵小声为辰南解释道："照现在这种状态看，可能有一个二阶魔兽成功进阶到了三阶，强大的气息令附近的百兽不由自主前去朝拜。"辰南惊异不已，道："居然有这种事？"

佣兵点头道："是啊，平常这条道路很安全，极少有人会碰上这种事，没想到我们这么倒霉，刚进阶成功的强大魔兽必定会拿外敌立威，到时免不了一场惨战。"小公主一听，露出了兴奋的神色，就差拍手叫好了。辰南敲了她一下，道："你这个唯恐天下不乱的小恶魔，待会魔兽若真的杀来，所有人都自顾不暇，看你怎么办。"

小公主道："哼，你敢让我损伤一根毫毛，我姐姐饶不了你，你会死得很惨。"辰南一下子被逗乐了："哈哈，你这个小恶魔还真是天真得可以，到现在了还敢威胁我，我若是怕你姐姐，会把你掳到这里来吗？嗯，我知道你这个小丫头诡计多端，不要在我面前装成一副不谙世事的样子，少给我耍心机。"

这时，远方突然传来一声震天的咆哮声，拉车的马匹不断长嘶，不安地挣动起来。客商们一阵恐慌，不仅害怕那个不明的强大魔兽，还担心马匹受惊后慌不择路，失去所有货物。佣兵团团长大喝道："快，将所有马匹都打晕！"佣兵们纷纷行动，将马匹敲晕，顿时二十几匹马倒卧在地。

团长骑上地龙，喝道："准备战斗！"说完率先向前冲去，佣兵们手握武器紧随其后，副团长施展飘浮术飞到了空中，跟在队伍的最后面。辰南和小公主都跟了过去。

在大路的前方是一片开阔地，没有高大的树木，只有一些低矮的灌木，那里黑压压一大片，匍匐了一地野兽，场面颇为壮观。在百兽匍匐的前方，有一头通体雪白、皮毛光亮的巨兽，形似猛虎，但比猛虎高大威猛许多，长足有三丈，快赶上团长那头地龙了。这个巨型魔兽，给人一股强烈不安的感觉，因为它实在太高大了。

眼前的场面颇似诸侯臣子参见国君一般，让人惊异不已。

众人议论纷纷道："白虎，但也太高大了吧，不会成精了吧？""即使是白虎也有斑纹，这根本不可能是一头虎。""这是什么怪物？"……小公主叹道："好威猛，好漂亮啊，真是太可爱了！"

一个佣兵道："在这茫茫群山中，怪兽层出不穷，这应该是一头有白虎和魔虎血统的虎王。"团长点头同意，道："越是这种变异的魔兽越是可怕，力量可以成长，它已由二阶魔兽成功进阶到三阶，正是需要立威之时，偏逢我们赶上，一场恶战在所难免。"虎王不愧为附近百兽之王，对众人的到来毫不在意，只是冷冷地瞥了一眼。

副团长从空中落了下来，道："虎王周围的魔法元素波动很强烈，说明它的魔法攻击很可怕，大家务必小心。"他看到众人有些紧张，又道："我们若是能够将它击杀，它体内的魔晶核必能卖个天价。"

团长用微不可闻的声音叹道："难啊，这是一头三阶魔兽，我们这里虽然有三个一阶修炼者，但不同阶位之间的实力差距不是简简单单的累加啊。就是佣兵团所有人齐上，鹿死谁手还不一定呢。"

副团长突然叫道："不好，它已经准备进攻了，我已经感应到它正在聚集魔法元素！"佣兵们一阵骚乱，毕竟要对付的是强大的三阶虎王，那是比他们团长的地龙还有高两阶的恐怖魔兽。

团长命令道："大家不要慌乱，赶快散开，不要集中在一起。"这些佣兵久经生死考验，很快便镇定了下来，快速向有利地形分散而去。副团长虽然已经五十多岁了，但反应很敏捷，率先发动攻击，一道寒光闪闪的风刃发出阵阵异啸向虎王飞斩而去。

虎王发出一声震天大吼，似乎在恼怒众人敢主动攻击它，它仅仅摆了下头，就躲过了那个散发着强大魔法能量的风刃，而后高高扬起了头，现出不屑的表情。

"这头虎成精了，居然能够表现出人类的感情。"众人一阵嘀咕。小公主兴奋道："真是太可爱了。"辰南一把拎住她的衣领向后退去，远离了危险之地。她叫道："败类放开我，快放开我……"

虎王又是一声大吼，匍匐在地的百兽一阵颤抖，均战战兢兢站了起来，为虎王闪开了一条道路。辰南看得惊奇不已，忍不住道："真是怪事……居然如此人性化。"此时，虎王和团长、副团长两人已经成对立之势，其他的佣兵分散在周围，将他们围在了里面，百兽慑于虎王威势，在不远处颤抖不已，不敢过来。

虎王吼叫一声之后，张嘴喷出一道闪电，强大的电弧在空中噼里啪啦作响，向魔法师直袭而去。魔法师连忙念动咒语，地面隆起一面土盾，同时他又撑起了一面水盾。闪电击穿了土盾，将其瓦解成一堆土石，而后击在了水盾之上，噼里啪啦一阵电火花闪现之后，水盾也瓦解成了一片水雾。魔法师慌忙滚到了一旁，但电弧还是触到了他的身体，他惨叫一声，头发根根倒竖，浑身上下被电得一片焦黑。若不是土盾和水盾挡去了大部分电弧，魔法师就有生命危险了，过了很长时间才颤颤巍巍爬了起来。

　　这时，佣兵团的所有成员都已动手，弩箭如飞蝗一般射向虎王。虎王身体虽然庞大，但动作却灵活无比，几个纵身便跳出了众人的包围圈，巨尾以横扫千军之势向外围的佣兵们抽去。五名佣兵被虎王钢鞭一样的巨尾抽在身上，当场骨断筋折，死于非命。其他人吓得心胆欲裂，快速向远处跑去。团长急忙催动地龙向前冲去，佣兵们紧跟在他的身后。

　　虎王的皮毛在阳光的照射下闪闪发光，通体雪白的强壮虎躯显得格外威猛。面对气势汹汹而来的两人一龙，它眼中凶光闪烁，一副作势欲扑的样子。团长驾御着地龙眨眼冲了过来，他手擎屠龙枪对着虎王的咽喉刺了出去。与此同时，一个佣兵也已经赶到，挥动大剑劈向虎王的腰腹。

　　一声虎吼，虎王跃身而起，躲过了这两击，扑向了地龙身上的团长。地龙其实比虎王还要高大，但面对它时却畏畏缩缩。团长见催动地龙躲闪已经来不及，连忙飞身跃了下去，快速向远处跑去。巨虎一下子将地龙扑倒在地，张开巨口向它的颈项咬去。地龙急忙挣动，但还是没有逃脱虎口，颈项被虎王一口咬住，鲜血狂喷而出。

　　团长看得目眦欲裂，大叫一声冲了上去，锋锐的屠龙枪狠狠地刺进了虎腹，一道血箭激射而出。佣兵们也挥动大剑冲了上去，狠狠地劈在了虎背上，血水顺着虎王光亮雪白的皮毛滴滴答答流淌了下来。虎王吃痛，放开了地龙。地龙得到这个喘息的工夫，翻身爬了起来，可能是吃尽苦头后，暂时忘记了恐惧，它恶狠狠地向虎王撞去。

　　"砰！"虎王被它撞得一下子翻滚了出去，四周的佣兵刀枪棍棒一齐向它身上招呼，眨眼间它身上便已血淋淋。一声大吼，虎王摇摇晃晃站了起来，张嘴喷吐出一大片烈焰，佣兵们被烧得惨叫不已，快速向后退去。但仍有六人被随后追来的虎王生生撕裂，鲜血染红了大路，其余之人吓得亡魂皆冒。

　　正在众人身陷险境之际，副团长已经恢复了过来。他念了一串长长的咒语，魔法元素在身前疯狂聚集，最后他将手中魔杖轻轻一挥，天地间突然飘起了细小的雪花，在这炎炎的夏日众人感到一阵寒冷。

张牙舞爪的虎王身前突然出现大量魔法元素，一层厚厚的坚冰出现在它的身体之外，坚冰越来越厚，最后彻底将它冰封在了里面。

虎王被冻在了一个巨大的冰块里，众人的欢呼声还没有停息时，冰块便传来了碎裂的声音。一道道裂纹自冰块顶部开始向下蔓延，最后彻底碎裂，虎王再次出现在众人的眼前，但明显已萎靡不振。副团长和团长趁这个机会再次发动攻击，副团长念动完咒语后，一杆冰枪闪电一般飞向虎王，准确无误地刺进了它的前胸。团长和另一佣兵也分别将屠龙枪和大剑刺进了它的腹中，随后二人飞身跃上虎背，狠狠地击打巨大的虎头。

虎王身体一阵摇晃，鲜血狂涌而出，雪白光亮的皮毛彻底被血水染红了。这时，团长的地龙不再惧怕虎王，疯狂向它冲撞而去，庞大的龙身一下子将它撞飞出去。团长则飘身落向了一旁，当地龙再次向它冲击时，虎王突然摇摇晃晃站了起来，发出了一声震天虎吼，地龙被吓得生生止住了脚步。异变发生，虎王的腹部突然凭空出现一对洁白的羽翼，和血淋淋的虎身成了鲜明的对比，而后额头竟然长出了长约半尺、洁白如玉的独角。

这惊人的变化令每一个人都目瞪口呆。辰南暗暗心惊，知道这才是虎王真正的战斗状态，它若早一步展现出真正实力，众人不一定能够伤得了它。小公主脸上露出喜色，道："这头虎王真是太威猛，太漂亮了，它若是能够成为我的坐骑该多好啊！"

团长大叫道："大家不要怕，此刻它已重伤在身，根本撑不了多久，我们一齐上！"说着他率先向前冲去，众人紧随其后，但地龙却畏畏缩缩，再也不敢上前。

虎王一飞冲天，瞬间飞到高空，在空中不断咆哮，一道道闪电自空中劈下，而后是大片大片的火焰席卷而下。闪电、烈焰在空中狂舞，地上传来阵阵哀号之声，转眼间便有十几人被电弧击中，倒在了烈火当中，一股焦臭的气味在空中弥漫。

由于有林木遮挡，远处的客商看不清这里战斗的惨状，只看到火光冲天，闪电狂舞，以及空中那只咆哮连连的巨大魔兽，他们心惊胆战，身体不住颤抖。巨虎之前已经受了重伤，一番狂轰之后，它更加虚弱了，等到它停止攻击时，地面上也有十几人失去了生命。团长从地上捡起一把长枪，用力掷了出去，"噗"的一声，刺进了虎王右翼，它在空中一阵晃动，差一点失去平衡坠下来。虎王再次爆怒，开始疯狂凝聚附近的魔法元素，空中传来一阵阵剧烈的能量波动。

副团长叫道："不好，这次的魔法力量太强烈了，虎王要拼命了，大家快逃，不然最后我们只能和它同归于尽！"辰南本不想多事，但看到佣兵团的人已经抵挡不住，他不得不出手。看到他向前走去，小公主叫道："败类，你去送死之前先把我身上的禁制解开啊。""闭上你的小乌鸦嘴。"说完，他敲了一下小公主的额头。小公主痛叫道："死败类，我诅咒你一去不复还。"辰南道："那你就等着困神指力发作时的美妙滋味吧。"

辰南来到副团长的身旁，道："你有没有办法快速将我送到虎王的背上？"副团长一阵惊愕，道："你怎么到这里来了，快快离去，在这里我保护不了你。"辰南抬手发出一道金色剑气，道："只要你能够把我送上去，我就能够干掉它。"副团长立刻醒悟，眼前这个青年是一个高手，他一阵犹豫，道："你一个人能行吗？"

辰南道："肯定能行，不要犹豫了，不然等它凝聚到足够的魔法能量，会有更多的人死去。"副团长不再犹豫，道："好，多谢了。"他念了一串咒语，无尽的风元素快速在辰南周围凝聚，他轻轻挥了挥魔杖，辰南被一股狂风席卷而起，向空中的虎王直冲而去。

虎王正在凝聚空中的魔法元素，当它注意到由地面快速上升而来的不速之客时，辰南已然离它不足三丈。它刚要张嘴喷吐烈焰，辰南先一步行动起来，迅速将事先准备好的长枪掷了出去，长枪发着淡淡的金光瞬间刺入了虎王的颈项。虎王发出一声凄厉的长嚎，在空中一阵翻腾，鲜血狂喷，空中出现一大片血雨。

副团长耗尽最后一丝魔法能量后，终于将辰南送到了虎王背上。此时虎王在空中已经渐渐失去了平衡，不住地晃动，辰南急忙抓住它的皮毛，稳住了身形。渐渐地，虎王重新掌握了平衡，但此时它的伤势已经威胁到了生命，它无心再在百兽之前立威，快速向远方飞去。

辰南大急，快速爬到了虎颈处，稳住身形后，挥动拳头用力砸它的巨头，发出"砰砰"巨响。虎王的身躯再次晃动起来，快速向地面坠去。辰南不敢再用力，此时虎王虚弱无比，他若催动剑气可以轻易杀死它，但他自己也会摔个粉身碎骨。他耳畔呼呼生风，令他一阵紧张。直到距地面不足十丈距离时，虎王才再次稳住身形，止住了下坠之势。此时它的耳鼻已经溢出了丝丝鲜血，身体肌肉在轻微痉挛，虚弱无比。

虎王刚刚稳定下来，辰南再次挥拳猛击它的头部，虎王咆哮震天，突然狂性大发，不顾下坠之势，在空中摇头摆尾，疯狂翻腾，一心要将辰南甩下身去。

远处的客商看着空中激烈的搏斗，俱惶恐无比，吓得体若筛糠。地面上的佣兵们个个心惊胆战，每个人都屏住了呼吸，紧张地望着空中，暗暗为辰南捏了一把冷汗。此时只有小公主一个人还在出声："用力……用力，只差一点就把那个臭贼甩下去了，不过要轻一点啊，把他摔个半死就好，他还要给我解那个破指法呢。"离她不远处的几个佣兵古怪地望了她一眼，结果招来小公主一个大大的白眼，以及一声冷哼。

辰南骑在虎王的颈项上，双腿牢牢地夹着它的脖子，双手使劲攥着它的皮毛。听着耳边呼呼的风声，看着地面越来越大的人影，他心中一阵紧张，暗怪自己太过急于求成而把虎王激怒了。离地面还有六七丈距离时，虎王突然停止了翻腾，展开双翼阻止了下坠之势。辰南长长地出了一口气，才发觉自己已经出了一身冷汗。虎王本就是重伤之身，一番剧烈动作后它已精疲力竭，摇摇晃晃向地面落去。

当虎王晃晃悠悠降落到距地面不足三丈时，辰南悬着的一颗心总算放下了，他狠狠地在虎王头部击了一拳，而后用力在虎背上一蹬，自上面跃了下来。虎王发出一声不甘心的怒吼，自空中直坠而下，"轰"的一声撞在了地上，压倒一大片灌木。

地面上的佣兵们齐声呐喊，各举兵刃疯狂地向虎王攻去。远处的客商看到辰南击落了强大的魔兽，均长出了一口气，紧张过后，每个人都无力地软倒在地。

刚才虎王在空中大发凶威，一番闪电、烈焰过后，令佣兵团损失惨重，死的死，伤的伤。此时幸存者怀着复仇的心理疯狂向虎王攻击，它的身上被插满了各式各样的兵刃，眨眼间，虎王便已奄奄一息，鲜血染红了草地，血雾在它身体上方飘动。

百兽见虎王濒临死境，吼叫、长嘶……一阵大乱，最后向四面八方飞快逃散而去，腥风涌动，地面一阵震颤。小公主突然跑到了佣兵们的身后，焦急地大叫道："住手，你们快停手，它快死了……"所有佣兵都愣住了，回过头来看着她，一个佣兵脸上泛着怒色，道："小丫头你在说什么，你居然要我们停手，这个畜生夺去了二十多条人命，那可都是我们朝夕相处的兄弟啊！"

辰南赶忙走了过来，道："这个小丫头脑子有毛病，典型的小迷糊，不要理她，你们继续。"说着拉起她就走。小公主一边挣动，一边叫道："你这个混蛋才有毛病呢，放开我……你们不要杀虎王，我可以赔偿你们的损失。"

一个佣兵怒道："你怎么赔？你拿什么去赔那些兄弟的生命？"小公主嗫嚅道："人死不能复生，但我可以给那些死难者的家属一些补偿……"佣兵们疯狂地对虎王攻击，任小公主怎么喊叫也没有人停手，直到虎王彻底不动了，众人才停下来。此时，虎王全身上下一片血肉模糊，鲜血自那些触目惊心的伤口向外汩汩涌动，有的地方甚至已露出了森森白骨。小公主又气又急，但没有丝毫办法。

辰南道："当初你这个万恶的小魔女对我百般折磨，现在居然对一个凶兽乱发同情心，简直是个不可理喻的小恶魔。"小公主气呼呼地道："要你管，虎王比你好多了，你是这个世界上最无耻、最卑鄙的混蛋，总有一天我要将你千刀万剐！"

这时，有人要拿刀剖开虎王的胸腹去取魔晶核，小公主一看就急了，叫道："你们不许动手，虎王又不是你们击落的，你们凭什么取它的魔晶核？"团长走了过来，道："这位兄弟怎么称呼？"辰南道："我姓辰。"

团长道："没想到辰兄弟本领如此高超，竟然能够力伏凶残的虎王，使许多兄弟免遭它的毒手，它体内的魔晶核理应归你。"副团长也道："魔晶核确实该归辰兄弟所有，大家休息一下，把遇难兄弟的尸首埋掉吧。"这一次佣兵团损失惨重，十二人重伤，二十三人死于非命。清理完现场，佣兵团众人向辰南表示了一番谢意，而后向客商那里走去，现场只剩下辰南和小公主。

小公主转过头，对辰南道："你可以让我和虎王单独待一会儿吗？"辰南一边走一边嘀咕道："不可理喻……果然和恶魔亲如一家，居然对这样一头凶兽产生了感情。"

看着辰南消失在树林处，小公主才放下心来，她自语道："没道理啊，我师傅那个臭老头说过，成长型的魔兽生命力都很顽强，极不容易死去，这个家伙怎么这么快就挂了呢？"她围着虎王转了一圈，轻叹道："看来真的死了。"正要转身离去时，她忽然听见了一丝沉闷的喘息，小公主吓了一大跳，赶紧回头。只见虎王的眼皮一阵跳动，竟然张开了，随后虎身一阵颤动。

"啊，活过来了，果真没死。"但此时她却有些害怕了，刚才她亲眼见到虎王大发凶威，心中忐忑不已。小公主声音有些颤抖："小……小老虎，你……不要害怕，我没有恶意。"

"是叫它不要害怕，还是安慰你自己不要害怕啊？哈哈……真是笑死人了。"辰南本已离去，但想到群山之中野兽出没无常，他有些不放心小公主，又折了回来，正好听到小公主那些话，顿时忍不住笑了起来。

"本公主怎么会害怕一头小老虎呢，你这个败类怎么又突然回来了？"看到辰南突然出现，她心中不再害怕。辰南道："拜托，这样一头超级巨兽，你不要给它冠一个'小'字好不好，我怎么看你都不够给它塞牙缝。"小公主哼道："哼，要你管。"

辰南围绕着虎王转了一圈，道："真没想到啊，这个家伙居然如此顽强，都已经伤成这副样子了，还舍不得离开这个世界。"

小公主有些紧张，不安道："败类你不会想再次出手吧？"辰南道："是啊，这种凶兽留在世上，还不知道有多少人要遭殃呢。"小公主一下子挡在了他的身前，道："不行，我不让你碰它。"虎王忽然摇摇晃晃站了起来，此时它伏卧之处血水已有半尺深，它望向辰南时双眼凶光闪烁，但多少有些畏惧之色，看向小公主的眼神却比较柔和。

小公主惊道："咦，它对我没有敌意，小老虎你不会咬我吧？"虎王听到小公主的话后，竟然颇通人性地摇了摇头。小公主立刻欢呼起来，道："天啊，它竟然听得懂我在说什么，太让人难以置信了。"看到虎王站起来后，辰南已经将长刀拔了出来，刀锋寒光闪闪，杀气凛然。

小公主看到他的动作后，急声道："不要动手。"辰南道："它若再伤人怎么办？"小公主道："不会了，它肯定不会再伤人了。"辰南道："你又不是它，你能保证什么。""你……哼，它听我的话。"小公主回头冲着虎王，道："听我的话，不要再伤人了，要不然眼前这个臭家伙会杀你的。"虎王看了看小公主，又看了看辰南，最后点了点头。这令小公主高兴不已，赞道："真是太有灵性了，比那些臭龙骑士的龙还要强，小老虎以后你就跟着我吧，我保证会好好待你。"

辰南嗤道："省省力气吧，这样一个大家伙会乖乖地跟你走，你做梦吧。再说，它此时伤势如此严重，走路都是问题，那些佣兵绝对不会放过它。""我不管，我一定不会让任何人再伤它。"小公主不再理他，有些苦恼地道："小老虎身受重伤，行动不便，体积又如此之大，怎么把它弄走啊？"

这时，一件令辰南和小公主目瞪口呆的事发生了，虎王的双翼和独角突然消失不见，庞大的虎躯开始快速变小，虎身从三丈长缩小到了不足一丈，插在它身上的那些兵器都掉落在地，伤口在快速愈合，仅一会儿工夫就已完好如初。虎王用力抖了抖身体，身上的血水立刻被甩落了个干干净净，又现出一身雪白光亮的皮毛。

辰南惊道："居然是一头妖虎，它已懂得了一些变化之法。"小公主也吃惊不已，叫道："太不可思议了，它真的懂得一些变化之法耶！"辰南沉思，他虽然没有见过妖怪，但却听他父亲讲过，东方的许多灵兽能够餐天地元气，吸日月精华，随着时间的累积，这些灵兽渐渐通灵，慢慢摸索出了适合自己的修炼方法。许多灵兽都变得强大无比，在世人眼中这些灵兽便成了妖兽，更强大的那些则被称为妖怪。

妖兽和妖怪皆具有不凡的神通，妖兽一般体形巨大，而且能够喷云吐雾，妖怪则明显要强大许多，传说中的妖怪都能够幻化成人形，俱懂得法术，非人间顶尖高手不能够与之匹敌。

当年，他父亲辰战就曾遇到过一个强大的妖怪，一番大战过后，将妖怪打回了原形。战后，辰战曾经仔细思索过，渐渐明白了一些关于妖兽和妖怪的谜团。妖兽在修炼过程中，慢慢改变了体质，使自己的身体能够更好地容纳天地间的灵气，所以妖兽一般皆巨大无比，在那巨大的身体里充满了强大的能量。一旦妖兽被击成重伤，或濒临死境之时，体内的能量便会慢慢散去，现出原形，变得和普通野兽一般大小。

妖怪比妖兽要强大许多，他们已不再追求身体的量变，而是力求质变，妖怪之所以幻化成人形，也是在努力改变体质，为了更好地修炼。传说中，人和一些神兽的体魄最适合修炼，所以妖怪要么努力幻化成人，要么努力化成神兽。

辰南凝视着眼前的虎王，脸上充满了惊异之色，先前他以为这只是一头强大的魔兽，没想到它还懂得妖兽的修炼之法。他感叹道："真不简单啊，不愧有东方白虎和西方魔虎的血统，既懂得妖兽的修炼之法，又有魔兽与生俱来的施展魔法的能力。这个家伙恐怕已经修炼上千年了，杀了它确实有点可惜。"

小公主叫道："绝对不能杀，小老虎既可爱，又漂亮，还这么神奇，我一定要把它留在身边，不过它要是再小一点就好了。"听完小公主的话后，虎王摇摆了一下身子，身体居然真的开始慢慢变小。"太好了！"小公主兴奋无比。

虎王由一丈长变到了一尺长，看起来就像一只可爱的小瓷猫。小公主高兴地叫道："哎呀，真的变成了名副其实的小老虎，快过来。"她冲虎王招了招手。虎王扭了扭身体，腹下生出了一对洁白的羽翼，额头出现了一只玉角，而后轻轻拍打着翅膀飞了起来，向小公主的怀中扑去。辰南看得目瞪口呆，喃喃道："这怎么可能，妖兽重伤失去力量时，会被打回原形，怎么可能会继续变小呢？这头虎有古怪！"

小公主抱着通体雪白的虎王，"咯咯"笑了起来。虎王收起了双翼和独角，此时真跟一个柔顺的小猫一般，在小公主怀中舒服地眯上了眼睛。辰南叹道："色虎，你还真会找地方啊！"

小公主怒道："败类你在胡说什么，小老虎才不会像你那么龌龊。"

虎王张开眼看了看辰南，开始时还有些畏惧之色，而后似乎感觉到小公主能够保护它，突然张嘴喷出了一道细小的电弧。事出突然，"噼啪"一声轻响，电弧击在了辰南的头上，他被电得面部漆黑，头发根根直立。

辰南气道："死虎、色虎，我要杀了你，竟敢太岁头上动土。"小公主一把推开了他，道："活该，是你挑衅在先，小老虎这是正当防卫。"辰南费了很大一番功夫才将直立的头发抚顺，而后狠狠地盯着虎王，道："别以为你变成一只猫就安全了，只要我一声大喊，那些佣兵就会立刻冲上来将你千刀万剐。"

小公主道："你敢，现在小老虎跟我了，我不会让任何人伤害它。嗯，我该给它起个名字了，叫什么好呢？通体雪白光亮如玉，我就叫你小玉好了。"虎王高兴地在小公主高耸的胸脯上蹭了蹭，看得辰南直欲喷鼻血，他开始暗暗羡慕起那个家伙来。

小公主"咯咯"笑道："它很喜欢这个名字耶！小玉，从现在开始我就是你的主人了，以后你一定要听我的话，千万不要学眼前这个坏蛋一般可恶。"小玉冲小公主点了点毛茸茸的虎头，而后又冲辰南晃了晃。

接下来，小公主开始对辰南软磨硬泡，要求他配合挽救虎王小玉。辰南不胜其烦，最后点头答应。这一路上小公主可以说顽劣无比，似乎丝毫没有意识到自己是一个俘虏，每每有惊人言行。有时候辰南很想惩罚她一顿，但一想到楚国皇室那个一百七十多岁的老妖怪，他就打消了这种念头。

那个老人是他所遇到的最为恐怖的修炼者，若是把小公主伤害了，天知道那个老妖怪会怎样收拾他。最主要的是，他一路上下来，那个老人似乎就在暗中，这是他不敢对小公主做出过分举动的原因。一路上小公主虽然令辰南感觉可恶无比，不过当他仔细回想时，这一切似乎都是小丫头有意为之。他觉得小公主心机不浅。细心观察，不难发现，一路上她故意装成一副不谙世事、任性胡为的样子，让人放松警惕之心。

事实上小公主决非心思单纯之辈，她在楚国西境的表现，足以说明她城府不浅，同时也有几分刁蛮本性流露。小公主之所以不怎么在乎目前的处境，还有另外一个原因，她早已认真分析过眼前的形势，知道辰南一时还不敢轻举妄动，毕竟他一个人无法斗得过一个国家，现在他还需要她这个"护身符"。

小公主对虎王小玉小声叮咛了一番："小玉，你到前方的大路上去等我，现在一定不能够让那些佣兵发现，知道吗？"说完，她将小玉放在了地上，目送它消失在树林深处，而后做出一副气急败坏的样子，大声叫道："不好了，虎王复活了……"

佣兵团大惊，团长骑上带伤的地龙第一个冲了过来，副团长也使用风翔术快速飞来，其他成员紧紧跟随在他们的身后。当众人冲过来时，虎王已经踪迹皆无。团长急切地叫道："辰兄弟怎么回事？"

辰南道："方才我刚想剖开虎王的腹部，它突然跳了起来，展开双翼飞进了那片深山。"说着他用手指了指离这片谷地不远处的一片山脉。众人听得垂头丧气，均没有想到虎王会装死。只有小公主一个人暗暗高兴不已。


虎王风波就这样过去了，被击昏的马匹陆续苏醒后，众人又开始上路。一路上众人寡言少语，佣兵团每个成员的脸上都有一丝悲伤之色，气氛有些沉闷。出行十几里后，小公主不禁小声嘀咕起来："小玉这个家伙不会迷路了吧？"

辰南嗤笑道："你这个小恶魔，平时狡猾得像个小狐狸，今天居然让一个色虎迷得晕晕乎乎，真是好笑啊！"他话音刚落，虎王小玉"嗖"的一声，从林中蹿了出来。

小公主惊叫道："多可爱的小猫啊！"说着她跑了过去，将小玉抱在怀中。众人都很惊异，不仅因为那只"山猫"任小公主抱在怀中，还因为"山猫"和虎王惊人地相似。

辰南叹道："这个色虎还真是好色，居然对你恋恋不舍。"小公主小声骂道："你才是这个世界上最无耻的混蛋呢！"小玉在她怀中连连点头。辰南看得火起，骂道："靠，你个色虎居然真的能够听懂我们在说什么，你个马屁精，早晚有一天我扒了你的虎皮做鞋垫。"

虎王小玉经常在夜里出去觅食，初时小公主发觉后还很焦急，但慢慢就不在意了。一路上再也没有发生任何意外，一行人即将到达罪恶之城。

　　众人在茫茫群山中艰辛跋涉，途中虽然路过几个专门为行人补充给养的客栈，但众人没有多做停息，一路上风餐露宿，终于在第十日来到了名闻大陆的自由之城，也叫罪恶之城。

　　罪恶之城地处茫茫群山中最大的一块平原上，虽然被称为城，但这里却没有城墙，只有一条河流呈"田"字型环绕、穿插于罪恶之城，是城内最主要的运输要道。这里人口有四十万左右，和其他大城市相比少了许多，但繁荣的景象却不下于任何一个国家的都城，城内车水马龙，店铺林立，风月场所、钱庄、赌场……应有尽有，繁华的罪恶之城是大陆名城中一颗耀眼的明珠。

　　罪恶之城日常所需的物资，一半是自己供给，另一半则由东、西大陆源源不断地运输过来，由于路途遥远，所以物资运输不是很方便，这也是罪恶之城人口不能过分膨胀的主要原因。或许可以将罪恶之城称为一个小国，因为这里是一片自由之地，不归属于任何一个国家。城内也有军队，但不是很多，日常的事务由五位城主共同协商处理。远远望去，自由之城被青山环抱，被绿水缭绕，如同世外桃源一般，风光怡人，景色秀丽。

　　佣兵团在这里没有做片刻停息，护送着那些客商向西大陆行去。

　　离开大部队后，虎王立刻变回原形。小公主将目光瞄准了辰南，不怀好意地笑了起来，道："嘿嘿，臭败类，我恨死你了，今天我要好好地教训教训你。"虎王一声咆哮，腹部伸出了一对洁白的羽翼，额头长出了一只玉角，而后一冲而起，载着小公主飞到了空中。

　　辰南连忙道："你不要忘记，你已经中了我的困神指，我若不高兴，你将痛苦万分，马上就要到发作期了。""你……败类、臭贼、恶棍、混蛋……"小公主恼怒不已，若不是顾忌身上的困神指力，她早已骑着虎王小玉返回楚国都城了，"不行，不管怎样我也要教训你一顿，小玉电他。"一道强大的电弧自空中快速向辰南劈去，他急忙拔出长刀向空中抛去，闪电和长刀在空中相遇，爆发出一团耀眼的光芒，最后长刀落地，闪电消失。小公主气愤不已，叫道："小玉放火烧他。"

虎王当日之所以落败，皆因辰南之故，此时面对大仇人，它吼叫连连，喷吐出一大片火焰，自空中席卷而下。辰南没有躲避，挥拳向空中猛击，金色的劲气带起一股狂风，将火焰阻挡了回去。"可恶，这个家伙居然变得这么厉害了，小玉不要灰心，再来！"小公主指挥虎王不断对辰南发动攻击，在空中上下翻飞，回旋冲击。

罪恶之城，神风学院，一个紫衣老人和一个蓝衣老人，注视着远处的天空，不断惊叹。

紫衣老人道："神手传闻竟然引来这么多的修炼者，最近罪恶之城真是热闹非凡。"蓝衣老人点头同意，道："没想到古神断落的左手竟然惹出这么大的风波，不知神手中是否真的攥着一个发光的物件，若是有，真的让人期待一见啊。"

紫衣老人道："不如我们和其他老家伙商量一下，把'寻找神之左手'作为这学期所有学生的考核题吧。"蓝衣老人笑道："你这个家伙……不过真是一个好主意。"紫衣老人道："空中那头虎王的主人年纪似乎不大，和你那个孙女差不多大小，你孙女若是骑上她那头神雕冲过去，一定会很精彩，嘿嘿……"蓝衣老人笑骂道："你这个老东西，真是唯恐天下不乱，竟然想看两个小辈争斗……"

紫衣老人道："但愿你孙女没有看到有一头和她那头神雕不相上下的异兽，不然依她的脾气一定会上去和人家比斗一番。"这时一声雕鸣在神风学院响起，一道金光冲天而起，破空飞去。两个老人面面相觑，蓝衣老人道："你这个乌鸦嘴，真让你说中了。"

罪恶之城东方的上空，小公主骑在虎王身上，在天空中飞来飞去，不断地咒骂着辰南，仿佛要把这些日子所受的委屈一齐骂出去。小公主一边咒骂，一边指挥虎王喷吐闪电、火焰，攻击辰南。

辰南虽然不惧这些攻击，但也被闹了个手忙脚乱，这时他非常羡慕那些会飞的魔法师，若是他能够飞行，早已将小公主捉了下来。

难怪龙骑士和魔法师能够威震大陆，一个人若是能够天上地下来去自由，战斗力将会倍增。东方武者到底要修炼到何种境界，才能够御空飞行呢？难道非要修炼到父亲那般深不可测的境界才行？他一边抵挡闪电、烈焰，一边暗暗思量。

突然，一声雕鸣自空中传来，一道金光如闪电一般眨眼而至。小公主一惊，连忙止住了骂声。虎王小玉也现出警惕之色，眼睛一眨不眨地注视着前方。一头巨大的金雕载着一个黄衣少女由远而近，瞬间来到了眼前，在空中荡起一股猛烈的罡风。

小公主在虎王身上一阵晃动，吓得尖叫了起来："啊……小玉快稳住。"其实虎王根本没有丝毫晃动，是她自己被巨雕带来的狂风吹得摇摆了起来，不过虎王特别善解人意，顺着她的动作晃了几下，就令她稳定了下来。小公主大怒，道："哪来的臭雕和臭丫头，竟敢如此冲撞我？"

金黄色的巨雕头尾长有两丈，两翼展开后足有五丈，羽翼金光闪闪，看起来比眼前的虎王还要威猛。雕背上坐着一个蒙面的黄衣女子，身材修长，曲线曼妙，闻言讥讽道："哪来的小要饭花子，自己坐不稳，还要怪别人。"

小公主的脸被辰南抹得脏兮兮的，身上穿的也是辰南找来的破旧衣衫，闻听黄衣女子的话语，她一下子尖叫了起来："臭丫头竟敢顶撞本公……本小姐，小玉给我狠狠地教训她！"虎王小玉咆哮了一声，张嘴就是一道闪电，强大的电流在空中噼里啪啦直响。

金色巨雕也张开了铁嘴，一排风刃激射而出，风刃和闪电在空中相遇，爆发出一团耀眼的光芒，一起消失不见。黄衣蒙面女子道："你的虎王和我的大鹏都是成长型魔兽，但我的大鹏已经达到了二阶，而你的虎王才一阶，若是让它们较量，实在是欺负人。我满怀希望而来，没想到却要败兴而归，真是扫兴。"小公主冷哼道："呸，吹大气，骑头大肥鸭就神气十足，若是让你骑头大笨鹅，你还不满世界呱呱叫。"

"小丫头你竟敢对我无礼，当心我教训你。"

"老女人，我才不怕你。"

"本姑娘风华正茂，你竟敢说我老，我饶不了你这个小要饭。"

"我偏要说，老女人，老女人，你太老了……"

"大鹏冲，我们一起去教训那个小要饭。"

"小玉上，快吐火，我要吃烤肥鸭。"

"邋遢的小要饭，连脸都不洗，我都为你害羞，我施展魔法帮你洗面吧，水龙波！"蒙面女子施展了一个水系魔法，不仅将虎王喷出的烈焰熄灭，部分水花还向小公主淋去。小公主猝不及防，被淋了一身，尖声叫道："老女人你竟敢偷袭我……小玉闪电！"

……

辰南以前听人戏言，两个女人吵架就像五百只鸭子在吵闹，他现在感觉空中有三千只鸭子在飞。

虎王以前虽然是强大的三阶魔兽，但当日受创过重，已经跌到了一阶，面对眼前的二阶神雕，它咆哮连连，却无可奈何。小公主一身功力都被辰南封住了，此时根本无力对抗蒙面黄衣女子的魔法攻击，她指挥着小玉在空中东躲西藏，惊叫连连："老女人，我不玩了，快停下来。"

"你还敢叫我老女人，火焰、风刃……"黄衣蒙面女子对小公主的魔法攻击一波接着一波，连续不断。小公主告饶道："老女人你停下来，我就不叫了……"女子道："邋遢的小要饭，我看你嘴硬到何时？"小公主空有本领不能施展，暗恨起辰南来，在空中不禁骂道："死败类、臭混蛋、无耻的臭贼，我被你害死了，早晚有一天我要杀了你！"

黄衣蒙面女子气得叫道："邋遢的小要饭你竟敢如此辱骂我，今天我和你没完！"辰南在地面上哈哈大笑，他知道小公主这下惹来了天大的误会。"老女人，我在骂那个无耻的臭贼，没有骂你。"小公主面对身后那铺天盖地的魔法攻击，一边尖叫着，一边解释。

"真是气死我了，我看你这个小丫头能嘴硬到什么时候。"

"老女人快停下！"

"闪电、风刃、冰刀……"

"救命啊……"

辰南对着空中大喊道："小恶魔还不快下来，若不想去地狱和你的那些姐妹认亲，叫一声主人，我来保护你。"小公主道："呸，死败类，我恨死你了，决不会让你保护。啊……老女人不要攻击了，我们和好吧。"

"冰冻术……"

"啊，救命啊，老女人，我投降……"

空中雕鸣虎啸，电闪雷鸣。蒙面黄衣女子并没有对小公主下杀手，闪电、风刃等具有强大杀伤力的魔法只是不断自她的耳边呼啸而过，只有水系魔法会击中她，令她浑身上下湿淋淋的。尽管如此，小公主已被吓得惊叫连连，被逼得无路可逃，无奈向辰南求救："败类快救我，赶走这个老女人。"辰南大声道："快下来，要不然我无法帮你。"小公主指挥着小玉快速向地面落去，金色巨雕紧追其后。

"邋遢的小要饭送你个冰棒吃。"蒙面黄衣女子说完，念了一串咒语，周围的温度迅速下降，小公主湿漉漉的衣衫瞬间结了一层冰。"冷啊，老女人快停手……"当小公主落到地面时，身上已覆盖了一层薄薄的冰甲，眉毛、头发上满是霜花，她被冻得脸色发青，瑟瑟颤抖。

"老女人……你下来……我和你没完。"小公主被冻得声音发颤。女子道："哈哈，邋遢的小要饭，不陪你玩了，我要走了。"小公主嘴硬道："没胆鬼……有本事……我们再来！""呵呵，小邋遢你如果想报仇，可以来神风学院找我。"蒙面黄衣女子说完，骑着金色巨雕冲天而起，眨眼消失在了罪恶之城的方向。

小公主气得连连跺脚，叫道："老女人你不要跑！"虽是炎炎夏日，但她此刻却被冻得瑟瑟发抖，她咒骂完黄衣蒙面女子后，气呼呼地对辰南道："败类快给我解去那个破指法，要不是你封住了我的功力，我怎么会被那个老女人欺负呢？"

辰南感觉有趣无比，女人打架果然有特色，不光体现在行动上，还要在嘴上争锋一番。他道："是你先出言不逊的，要不然人家怎么会无缘无故找你麻烦呢。要想让我解开困神指力也可以，写张卖身契吧，证明你是我的侍女。"

"做你的千秋大梦去吧！"小公主气呼呼地道，"对了，我想起来了，你这个家伙倒是有一张卖身契捏在我的手里，我记得好像放在皇……放在我书房里了，有机会一定要把它公之于众，让你这个无耻的败类身败名裂，让所有人都知道你是我的奴隶。"

辰南道："你这个小恶魔还敢提楚国西境的事，今晚侍寝！""呸！死败类无耻之极，等我师傅的伤势好了以后，他一定会找到这里来的，到那时你将死无葬身之地。"小公主突然提起她的师傅，着实令辰南吓了一大跳。诸葛乘风的绝世修为即使不如老妖怪，也差不到哪里去。想到有两个绝世高手随时会找上门来，他心中一阵忐忑，不过即使强如老妖怪也不能解开他的困神指力，他稍稍安心，暗暗嘀咕着："这个老妖怪为何一直没有露面，他到底跟没跟下来呢？"

小公主道："臭贼你在嘀咕什么呢？是不是害怕了，要是害怕的话，赶紧放我走，我或许还可以饶你一条性命。"辰南道："放你个头，再不老实，现在就把你就地正法。"小公主虽然气愤无比，但更多的是害怕，她气哼哼爬到了虎王小玉的背上，道："小玉，我们走，离这个坏家伙远一点。"

辰南道："不许骑着那头色虎到处乱飞，刚才就招来一个莫名其妙的女子，你不想再引来什么恐怖的人物吧？困神指力就快到发作期了，你若是到处乱跑，到时受苦可别找我。"

小公主虽然恨得要命，但却没有丝毫办法，狠狠地瞪了辰南一眼，抱起已经变小的虎王向前走去，她道："败类，我要去神风学院。"自从收服小玉后，她就不止一次想逃走，但又怕在途中困神指力突然发作。她想到了神风学院，传闻里面高手如云，一些绝世高手更是隐匿其中，她想让其中的高手为她解开禁制。"不去，我可不想找麻烦。"辰南立刻拒绝。

走进罪恶之城，繁华的景象，很难让人想象这是一座处在深山中的城市，街上行人摩肩接踵，买卖之声不绝于耳。一眼望去，可以看见各种肤色样貌的人。

进城之后，小公主一阵雀跃，从一个小商贩的手里抢过来一串冰糖葫芦，扭头就走。急得那个人直喊："小姑娘还没给钱呢。"小公主回头道："向我那个跟班要。"说着一指辰南。辰南直接给了她一个爆栗，痛得小公主眼泪差一点掉下来，她恨恨地扭头向前跑去。辰南只好乖乖地付钱。

在城中走了一里多地，小公主已经惹来无数人追账。辰南好不容易捉住了她，道："拜托，不要像个小孩子一样见什么拿什么，你不觉得脸红，我还觉得惭愧呢。"小公主为楚国皇帝最小的女儿，平日真可谓天之娇女，几乎没有人拂逆她。但这几日连连吃瘪，她感觉委屈无比，用疯狂购物的方法，发泄着心中的恶气。

最后，两人住进了一家客栈。晚上小公主所受的困神指力发作，在她痛苦的叫骂声中，辰南帮她活络了血脉，化解了她的痛苦。刚恢复体力，小公主就抱着小玉到了院子里，道："小玉快变身，我们赶紧走。"一声虎啸，震得客栈所有人都大惊失色。

辰南跑出来时，小公主和虎王已经冲到了高空，他大喊道："喂，小恶魔你要去哪里？你不怕困神指力发作吗？""你这个混蛋、臭贼、恶棍……"小公主先是一阵痛骂，最后道，"到时候我会找你的，死败类我诅咒你在这里的每一天都倒霉，再见。"眨眼间，一道白光消失在客栈上方。

客栈中虽然有不少人出来询问，但辰南一律视而不见，听而不闻。"这个小丫头警惕心还真强啊，这个小恶魔……"辰南倒不怕小公主逃走，他相信小公主在困神指力发作前一定会乖乖地回来的。

翌日清晨，辰南吃过早饭后，开始在罪恶之城闲逛。罪恶之城很大，半天的时间他也仅仅转了半个东城而已。他想："老毒怪也来这里了，我怎么才能够找到他呢？算了，这个老不正经的指不定躲在哪里逍遥快活呢，不去刻意找他了，什么时候碰到再说吧。"

中午时，他走进一家酒楼，在二楼临窗的桌位坐下，要了几个菜和一壶酒，一边喝酒，他一边看着街上来来往往的人流。烈酒下肚，辰南微微有了醉意，自嘲道："人生如梦啊，谁会想到我是万年前的人呢，万载岁月悠悠而过，我却又活了过来！"他心中感慨不已，自己本是万年前的人，竟然从远古神墓中复活而出，这令他自己都有些难以相信。

神魔陵园除了埋葬着人类中的至强者、异类中的顶级修炼者外，其余每一座坟墓都埋葬着一位远古的神或魔。辰南死前修为平平，能够被埋葬在那里，其中定然有隐情，从他那座没有墓碑的低矮小坟也可以看出，自己似乎和别的坟主不一样。其间迷雾重重，他看不透，想不通！

在楚国西境那个小镇生活了一年，他不断调整心态，迷茫的他渐渐摆脱了过去的阴影，渐渐地将自己当成了一个现代人。不过在他的内心最深处却掩藏着一丝沧桑，但为了更好地活下去，他只能将一切深深掩藏在心底。

"人啊，简单的外相，复杂的内里，每个人的形与心都不一样。但为了生活，每个人不得不演戏，将真实掩藏，用虚伪包装。"辰南渐渐醉了，往事一幕幕浮上他的心头，雨馨、澹台璇等人的身影一一从他眼前掠过。"这一世我将何去何从？或许，我首先要做的事便是探寻神魔陵园的秘密吧，如果连自己的复活之谜都搞不清，我如何能够安心。神魔陵园……神魔……这一世我注定要不断追寻神魔的遗迹……"酒气上涌，辰南渐渐不支，趴在了桌上。醉意朦胧中，他感觉几个年轻的男女上楼后走了过来。

"这个醉汉怎么占了临窗这个好位置，老板可不可以将这个家伙挪走，我们要坐在这里。"这是一个年轻男子的声音，虽然是商量，但却带着命令的语气。

一个女子道："算了，不要费事了，我们还是坐在旁边那个空桌吧。"其他几个年轻男女点头同意，走向了另一张空桌。他们点完酒菜后，一边吃喝，一边议论。

"这学期的考核题太难了，居然要我们去寻找失落的神之左手。"

"我觉得学院中的那些老古董在成心为难我们。"

"就是啊，那只是传说中的东西，有没有还是一回事呢。"

"传说真是惊人啊，数千年前两个神曾在附近的群山中大战，你们说那是真的吗？"

"有可能，那片山脉确实像经历过一场惊天动地的大战。"

"太夸张了吧，那里高山坍塌，河流改道，湖泊干涸，简直不可想象是一场大战的结果。"

"怎么不可想象，他们是神，不是人，况且是一场两神爆体、同归于尽的神战。"

"你们说那截断落的神手中究竟攥着什么东西啊，竟然引起两个神舍生忘死的争夺？"

"必是非凡之物，能够被神如此重视的东西，我们是很难想象的。"

"我们若真的找到那截神手，得到神手中攥着的东西，说不定我们会有一番难以想象的奇遇。"

"做梦吧，那么多的高手都在寻找，哪能轮到我们啊，我只期盼能够找到一丝线索，从那些老古董手里得到几个学分。"

"那些老学究偏偏在这个时候，翻译出了那段羊皮古卷上的文字，要是晚些时日，我们也不会错选这样一道考核题了。"

"几千年前那个留下文字记述的人，居然有幸看到了两个神的大战，看到了一个神斩断了另一个神的左掌，真是让人难以想象！"

"那个家伙也够倒霉，在那片山脉找了一辈子，也没有发现神之左手。"

"你们觉得那张羊皮古卷上的记载是真的吗？我怎么觉得像神话一般啊。"

"神的故事当然是神话了！"

"罪恶之城的土著居民都说这里发生过神战，当然年代太过久远，流传下来的都是一些不着边际的传说，没有丝毫有价值的线索。不过想来，那张羊皮古卷上的记载应该是真的。"

"听闻大陆好多修炼者都已向这里赶来，不久的将来，罪恶之城一定会很热闹。"

"是啊，不过也给我们的考核带来了麻烦。"

"没想到神之间的一场战斗，都已经过去数千年了，还引出这么大的风波。"

"看着那片战场，光想想就让人惊心动魄。我若是有那般神通，这天上地下，谁能阻我？"

几个年轻的男女下楼后，辰南从桌上抬起了头，虽然他已经昏昏沉沉，但还是听到了刚才那些对话。辰南叫过小二，随手丢出一枚金币，问道："刚才那几个人是神风学院的学生吗？"

小二道："您目光如炬，那几人确实是神风学院的天之骄子。"辰南道："天之骄子？不就是几个学生嘛。"小二笑道："您不是本地人，也不是修炼者吧？"辰南"嗯"了一声。小二道："难怪，我跟您说，能够进入神风学院的年轻人都不简单，不是皇亲贵戚，就是真正的阶位强者，里面卧虎藏龙……大陆上许多风云人物都毕业于神风学院，就拿刚才那几个年轻人来说吧，有一个小国的皇子，还有一个大国的郡主……"

辰南摇摇晃晃返回了客栈，进屋之后他便一头倒在了床上。客栈房间的隔音效果不是很好，相临房间里两个人的高声对话，清晰地传入了他的耳中。

"今天我居然看到一只老虎在天上飞。"

"白日做梦。"

"什么白日做梦，你忘了昨天晚上的那声虎吼，十有八九就是那头会飞的老虎发出的，要不然城里怎么会有老虎出没呢。"

"你……你真的看到了一头会飞的老虎？"

"千真万确，在城东那个方向，每隔一段时间它就会出现一次。"

"这个小恶魔居然如此招摇……"辰南洗了一把脸，出了客栈，向城东走去。路过环城河时，他看见有五六人正跌跌撞撞跑上桥来。他拦住一人问道："怎么了？"那个人道："城东出现一头会飞的妖虎，一个女孩骑在它身上正在抢劫。"

"什么？！"辰南惊讶得张大了嘴巴，他没想到小公主竟然做起了抢劫犯。那个人一副惊吓过度的样子，说完之后便快速跑进了城中。在路上，辰南又遇见了几个遭遇"劫匪"的人，这些人有的比较惨，身上一片焦黑，一看就是被小玉电的。他叹息道："这个小丫头真是太胡闹了。"

远远地，他看见小公主穿着宽大的衣衫，蒙着面纱，骑在虎王身上飞来飞去。她道："打劫，把你们的钱都交出来。"地面上几个人吓得瑟瑟发抖，把身上的金币放在地上后，如见鬼了一般逃之夭夭。

辰南感觉又好气又好笑，堂堂楚国小公主，金枝玉叶，竟然干起了这种勾当。他喊道："小恶魔你在干吗？""啊，死败类来了，小玉快飞高一些。"小公主顾不得去捡地上的财物，命令小玉快速飞到了高空。

辰南道："小恶魔你……居然在抢劫？你不怕传到你那个皇帝老子的耳朵里吗？""臭贼、败类、恶棍、混蛋……"小公主照例先是一阵痛骂，"我要穿衣，我要吃饭，我要住客栈，可是钱都在你这个混蛋手中，我没钱，当然要自己赚钱了。"

辰南惊道："什么！你、你这是在赚钱？你这是在抢劫，在犯罪！你没钱可以来和我要啊？"小公主道："呸，我才不会求你这个臭贼，我要自力更生，自食其力。"辰南道："拜托，你不要玷污'自力更生''自食其力'这两个词好不好，你现在的行径和强盗、匪徒没什么区别。"小公主道："胡说，我劫富济贫，没有总是赚钱。"

辰南道："什么'赚钱'，直接说抢劫多干脆，我问你，你救济几个穷人了？"小公主道："还没看到穷人，走在这条路上的人都是富翁。"辰南真快无语了，好半天才道："你够狠，居然没放过一个人。"小公主道："臭贼你快走，别耽误我赚钱。"辰南道："你、你抢劫了那么多人，那些钱还不够花吗？"小公主道："不够，我的花销很大，嗯，我现在决定要打劫你，把你身上所有的钱都交出来。"

辰南一下子气乐了，笑道："你这个小恶魔想钱想疯了，居然想打劫我，有本事你自己来拿吧。"小公主道："哼，我没和你开玩笑，你若是不乖乖地把你身上的钱都掏出来，我再赚钱的时候会和人说我叫辰南。怕了吧，把钱统统给我掏出来。""怕你才怪。"说着，辰南弯下腰开始捡小公主的那些"战利品"。

小公主在空中尖叫道："败类你无耻，你在干吗？那是我赚的钱，不许动，快放下！"辰南笑道："我最近手头也比较紧，你就支援我一点吧。"小公主气愤无比，骑着小玉在空中冲上冲下，对辰南又是斥骂，又是威胁："死败类你是强盗，你是小偷，你居然抢我的钱，我再赚钱的时候一定要先告诉人家我叫辰南。"

辰南道："你要是敢那样说，到时候困神指力发作时别来找我。""无耻、下流、卑鄙……我诅咒你进城之后就被小偷摸身！"小公主一番恶狠狠的诅咒后，骑着小玉如闪电一般向远方飞去，眨眼之间消失在了空中。

辰南叹道："真是个令人头痛的小麻烦，居然干起了这种勾当，不知道她还会做出什么出格的事。不过真是奇怪啊，她为什么需要那么多的钱呢，难道小恶魔也想加入神风学院？莫非这个学院真如外界传言那样卧虎藏龙？嗯，今天晚上我去看一看。"

繁星点点，夜色如水。微弱的星光下，一条身影如一缕轻烟般飘出了客栈，几个闪纵，就消失在了街道的尽头。此人正是辰南，白天他已经打听到了神风学院的大概方位，夜深之际，他向学院方向飞身而去。

罪恶之城的深夜并不宁静，许多场所都彻夜通明，赌场喧嚣不堪，烟花之地莺声燕语。穿过一条条街道，神风学院出现在辰南的眼前，学院超乎想象地大，大概占了整个东城的五分之一。古朴的大门，青色的石阶，雕刻着岁月的沧桑，且有一股庄严、神圣的气息弥漫于整座学院，这是古学院千载岁月的沉淀。无数强者从这里崛起，而后光芒照耀大地，当他们忆起往昔峥嵘岁月时，没有人会忘记强者的摇篮——神风学院。

辰南静静地站在学院的大门之外，感受到一丝异样的气息，心中涌起一股复杂莫名的情绪，仰慕、敬重，他感慨道："钟天地之灵气，聚历代绝世强者之气息，果然是修炼的圣地。神风学院名不虚传，我仅仅在这里站了一会儿，便已情绪大动。"

辰南纵身攀上了高大的院墙，仔细观察了一会儿，没有发现异常，才飞身飘了进去。此时神风学院静悄悄的，在层层院落中，只有几个房间还亮着灯，他如午夜幽灵一般在学院各处游荡。路过巨大的演武场时，他发现里面还有人在修炼，魔法元素的波动强烈无比，可以想象那个魔法师的修为定然不凡。他远远地观望了一阵，似乎有两个魔法师在对战。

"嗯，我若是天天和人实战，修为是否会进步得更快呢？"辰南突然有一股加入神风学院的冲动，但冷静后他又摇头笑了，他暗暗道，

"找人实战直接到这里来找麻烦就行了，干吗非要成为这里的学生呢？嘿嘿……"这样一个决定，注定神风学院在接下来的一段时间内将不得安宁。辰南四处游荡，发现巨大的演武场竟然多达七八处，而且每处都有人在修炼，不由得感叹道："这里的学生真勤奋啊！"

转来转去，他来到了学院的深处，一个美丽的湖泊出现在他眼前，湖水如镜，映照出天上点点繁星，一缕悠悠笛音在湖面轻轻飘扬，一股淡淡的哀伤藏蕴笛音之中。辰南仔细搜索了半天，也没有发现吹笛之人，他有些心惊："难道此人的修为要远远高于我？"他悄悄地绕过了小湖，继续向前走去。花圃旁一对石椅上坐着一男一女，正在轻轻私语，状态亲密之极。"原来是一对'鸳鸯'。"他刚想绕过去，但男女的对话引起了他的注意。

只听女子道："这笛音好伤感啊，凄婉而又哀伤。"男子道："这笛音在学院初建时就已存在，一种传说，湖底有一名女子幽魂不散，每当星光璀璨时，她就会吹响袅袅笛音。还有一种传说，湖面之下是一座古仙人留下的古阵，那笛音不过是古阵运转时发出的天地妙音。"女子道："我更相信第一种说法。"男子道："真实情况如何，恐怕连我们的院长都不清楚。"

辰南听得一阵心惊，暗道："没想到这个学院竟然有这等古怪之地，有机会我一定要探个仔细。"再往里走，一片山地出现在他的眼前，两座矮山并排而立，连在一起能有三里之遥，辰南暗暗惊叹，神风学院不愧是名闻大陆的千年古学院，竟然将湖泊、山脉圈在了学院内，果然大手笔。

当他走近后，发现矮山处有许多巨大的山洞，一些庞然大物或匐在洞穴之中，或卧在洞穴之外，仔细观察后赫然发现是龙，有地龙，有飞龙，还有亚龙，从那高达数十丈的巨大的洞穴可以想象一定也有巨龙，这里竟然是龙的栖息之地。

辰南着实吃了一惊，叹道："居然有这么多的龙，如此看来，神风学院至少有几十名龙骑士，果真高手如云啊！"他在这里观察了一阵，而后继续向前探索，小心翼翼地翻过那片山地，来到了学院的最深处。一片密林出现在矮山的背后，远远望去那里是一大片阴影，给人一种沉重、压抑的感觉。树林内阴气森森，而且面积很大，过了好久他才穿过去，当走出树林时，他心中一阵发毛，眼前竟然是一片墓地，磷火幽幽，鬼气森森，让人毛骨悚然。他硬着头皮转了一圈，发现这里竟然是神风学院历代强者的墓地。此处已经到了神风学院的尽头，一道高墙围在墓地的外围，在这里已经能够听见环城河水流动的声音。"丧气，居然跑到了这个鬼地方。"他沿原路返回。

辰南在神风学院大致转了一遭，准备就此离去。在穿过一片院落时，一个房门突然打开，一个长发女子似醒非醒地走了出来，突然看到辰南，立刻尖叫了起来："流氓，来人啊，这里有一个淫贼，抓淫贼啊！"夜深人静，如此尖叫，格外刺耳，附近的房屋立时亮起了烛光。辰南大呼衰运，居然闯到了女生宿舍区，急忙跃上房顶。

"色狼你给我站住，不要跑，姐妹们都快出来啊，抓色狼啊……"一瞬间，女生宿舍所有的房间都亮起了灯火。许多女生从屋中冲了出来，香风拂动，好不热闹。

辰南气道："这个内急女，早不出来，晚不出来，非要这个时候出来，我逃逃逃……学院中那些老家伙千万不要追来啊，若是被抓住，我跳进黄河也洗不清。"

"抓淫贼，不要让他跑掉。""贼人在哪里？""在那片房屋的顶上，快追！"……

幸好是半夜时分，几乎所有人都睡了，演武场也早已没有了动静。辰南一路心惊肉跳在神风学院内奔逃，他身后的学生宿舍区一片混乱。更多的女生涌了出来，许多男生听到动静后也奔了出来，成为抓淫贼大军中的一员。辰南将吃奶的劲都使出来了，速度提升到了极限。提心吊胆的他终于翻出了学院的大墙，几个起落后消失在街道的尽头。

在他刚刚离去不久，十几条人影出现在学院的大门之外，这些人望着他逃去的方向，并没有追下去。一个苍老的声音道："嗯，这个年轻人有点意思，他一进学院时我就注意到了，潜质还不错。"另一个苍老的声音道："这个小子更有做色狼的潜质，那可真是脚下生风，无影无踪，不着丝毫痕迹啊。"十几个老人低声交谈了几句，一齐返回了神风学院，当他们消失时，学院中的那些学生才冲出来。

男生组成了志愿者大军在街上搜寻，女生倒是没有出来几人。此时辰南早已跑回了客栈，待神风学院的男生结束搜索时，他已进入梦乡。若是让他知道，神风学院的高手自他踏进神风学院时就已经注意到了他，不知还能不能够安稳睡着。

　　第二天，辰南夜探神风学院的事倒没有闹出太大的传闻，但另一则震撼性的消息却在罪恶之城传得沸沸扬扬。罪恶之城附近惊现飞虎大盗，一头会飞的老虎载着一名大盗在自由之城附近疯狂作案，抢劫了无数人的财物。

　　听到这则消息，辰南惊得目瞪口呆，才短短一天工夫，小公主就成了自由之城的"名人"。"这个小恶魔简直就是一个麻烦制造者，居然这么疯狂，若是让楚国皇帝得知这件事，还不立刻派杀手来刺杀我。这个小丫头，一点也不像一个公主，不行，我一定要快一点找到她，不然她惹出无法收拾的麻烦就坏了。"

　　客栈中也有不少人在议论飞虎大盗的事。"罪恶之城已经好久没有人敢这样嚣张了，神风学院的那些修炼者这次又有事要做了。你们听说了吗，这个家伙在抢劫之前，居然先报出自己的名字。"听到这里，辰南的心一颤。"对，好像是叫辰北。"辰南听后，恨得牙根都痒痒，小公主明显在警告、威胁他。他走访了好多客栈，也没有发现小公主的踪迹，倒是发现好多从大陆各地赶来的修炼者，多数人都是为古神的断手而来。"小恶魔听到风声紧，一定躲了起来，这个小丫头警觉性真高啊，还真不好找到她。"

　　一连几天，也没有小公主的任何消息。辰南嘀咕道："小恶魔不会被人捉住了吧？这个小丫头若是有个三长两短，楚国皇帝老儿定会不择手段地派人疯狂追杀我。"不过他一想到小公主狡猾多智，便不再担心。"也许她已经抢劫到了足够的钱，去神风学院报名了吧。"辰南越想越觉得有这可能，他决定去看一看。这一次他光明正大地来到了神风学院，千年古学院在朝阳下焕发着神圣的光彩，门前进出之人很多，多数为年轻的学生。学院内高手如云，从不担心有人来挑战，大门之处根本无人看守，辰南径直走了进去。

　　他上次虽然在里面大致转了一圈，但也只知道个大概布局，学院的内在，他无从得知。走进三重院落后，他拉住一个青年男子道："这位兄台你好，请问一下，我若想加入神风学院在哪里报名？"

那名青年道："在里面那层院落里，不过现在还没到报名时间，每月的月初可以到这里来报名，你还要等七八天。""哦，多谢了。"辰南已经确定小公主还没有进入神风学院。

青年说了声"不用谢"，刚要转身离去，突然又停住了，脸上满是痴迷之色，道："太美了，难道是魔法系传闻中的那个绝色美女？"辰南看去，心中顿时涌起一股惊艳的感觉。一个身材修长，曲线曼妙的双十女子，正莲步款款向这里走来。女子乌黑的长发略卷，垂落在胸前，如玉的脸颊泛着动人的光泽，秋水般的眸子，秀挺的琼鼻，红润的双唇，组合在一起，构成了一副绝美的容颜。

绝色美女袅袅娜娜，摇曳生姿，整个人散发着一股圣洁端庄的气质。当她看到辰南时，脸上出现一丝迷惑的神色，而后神色大变，右手魔杖指着辰南，惊道："是你……"辰南大惊，觉得这女子的声音极为耳熟，联想到那晚在女生宿舍撞见的女子，在心中惨呼："难道是她？不会吧，我怎么这么倒霉啊！"他欲哭无泪，急忙辩道："你认错人了，我不认识你。"

"哼，我从来没认错过人，第一眼看见你时，我就认出来了。没想到你胆子这么大，竟然跑到这里来了。"辰南心中暗暗焦急，若是被当作色狼抓住，可以想象那悲惨的结局。"拜托，美女，我真不认识你。"说着他就要向外走。但绝色美女立刻施展了一个风翔术，飞到了他的身前，拦住了他的去路，道："想走，没那么容易，我们学院的人正在四处抓捕你们两个呢。"

"嗯？"辰南一下子愣住了，他感觉似乎真的发生了一个误会。他脸上露出了笑意，道："呵呵，原来是一个误会啊，我们可以好好谈一谈，你一定会发现，我决不是你们要抓捕的那个人。"

绝色美女斥道："到现在还要狡辩，我又不是没有见过你，那次我和那个小邋遢在空中对战时，你就在下面观战，别以为我没注意到你。"辰南恍然，她竟然是当日骑金色巨雕的蒙面女子。"你……你是那个老女人？"辰南话一出口就后悔不已，再想改口已经来不及。

绝色女子闻言，脸色大变，怒道："你比那个小邋遢还要可恶！"她气得攥紧了魔杖，细小的电弧在她指间噼里啪啦响个不停。

辰南一愣，但瞬间醒悟，这名女子将他看成小公主的同伙了，以为他是飞虎大盗。"误会，美丽的小姐请听我解释。"

"你还有什么好解释的，你和那个小邋遢在罪恶之城四处抢劫，闹得人心惶惶，现在提起飞虎大盗，无人不知。而且你比那个小邋遢更可恶，你从不出面，在背后遥控小邋遢到处作恶，其实主谋真正是你，我猜想小邋遢本是一个纯真善良的好女孩，结果被你教唆坏了，你不仅是一个罪恶多端的大盗，还是一个无耻可恶的教唆犯。"

辰南真有股撞南墙的冲动，他不仅成了大盗，还成了教唆犯，狡诈可恶的小公主反而成了纯真善良的小女孩，小公主所犯的一切罪行都被移到了他的身上，他急道："美丽的小姐你要明辨是非啊！你我只是匆匆见了一面，在没有丝毫证据的情况下，你怎么能够武断地判定所有的事都是我做的呢？"

绝色女子道："你和她是同伙，你若不是主谋，谁是主谋？""我……我和她一进城时就分开了，她所做的那些事，一概与我无关。"辰南明显底气不足，虽说与他无关，但在外人看来，他的嫌疑的确很大。

"好一个一概与你无关，简简单单的一句话，就想把所有的罪责都洗脱吗？"绝色女子想了想，接着道，"要想证明你是无辜的，就把那个小邋遢找出来吧，只有找到她才能够知道事情的真相。"

辰南道："我已经找了她几天，但没有发现她的踪影。"绝色女子道："我现在还有事，明天你来这里，同我详细说一下她的喜好和生活习惯，然后我和你一起去找。"辰南暗想：你以为你是神捕啊，知道这些就能够抓到那个小恶魔？

绝色女子道："明日你若敢不来，我把你的画像贴遍自由之城，神风学院所有高手都会把你当成飞虎大盗追杀。哼，那个小邋遢若是干净一些，我早就把她的样貌画出来了，也不至于这样费事。"辰南暗暗叫苦，看着绝色女子远去，忍不住骂了几句，他快速向神风学院外走去，刚才已经险些成为"飞虎大盗"，若是再待下去，说不定会被人认出是"淫贼"。

辰南回到客栈后仔细思索，渐渐推断出了小公主的去向，依据小公主的秉性，她绝对耐不住寂寞，哪里有热闹哪里离不开她，她十有八九跑去寻找古神的断手了。他气道："这个可恶的小恶魔，真是没有片刻安宁的时候，千万不要再惹出什么麻烦啊！"

第二天，他硬着头皮来到了神风学院，远远看见一个绝色佳人站在大门之外，她的身旁站立着一只金色巨雕。"算你识相，没有失约，若不然你死定了。"绝色美女一身紫衣，尽现一身高贵之气。

辰南道："我哪敢啊，为了证明我的清白，就是刀山火海我也要来，嗯，请问怎么称呼？"女子道："我复姓东方，名凤凰。"辰南一愣，这真是一个有个性的名字，若是用在别人身上，他早已大笑出声，但眼前的绝色美女的确配得上凤凰之名，"好名字，凤凰……"东方凤凰道："闭嘴，我和你这个大盗嫌疑犯根本不熟，你可以叫我东方凤凰，也可以叫我东方小姐，但绝对不许那样叫我。"

辰南笑道："明白，我叫辰北，我不介意你叫我北。"他报了个假名。"噼噼啪啪……"强大的电弧在东方凤凰身前闪现。辰南尴尬道："开个玩笑而已，不要当真。"东方凤凰道："最好不要和我胡乱开玩笑，赶紧把那个小邋遢的秉性、习惯对我说一下吧。"

辰南道："我对这个小丫头也不太了解，最近才在路上认识她，不过倒是猜想到了她可能的去向。"东方凤凰道："你猜测她在哪里？"辰南道："她应该去寻找古神的断掌了。"

东方凤凰笑了起来，道："没想到这个小邋遢这么胆大妄为，疯狂作案后，还敢去凑这个热闹。"古神大战的遗迹在城北五十里的地方，动身之时，东方凤凰一阵犹豫，最后皱了皱眉对辰南道："你和我一起坐在大鹏背上吧，否则不知何时才能够赶到那里。"辰南和东方凤凰跃上巨雕的背部后，金色巨雕在地面荡起一股猛烈的狂风，冲天而起，风声在两人耳畔呼呼直响。

神风学院内，一个紫衣老人和一个蓝衣老人正在仰天观望。紫衣老人道："老头，你看，你孙女给你找了个孙女婿。"蓝衣人笑骂："你这个老东西真是没正经……"

金色巨雕速度如风似电，飞掠过高山河流。路上，在辰南"恳切""殷勤"的追问之下，东方凤凰无奈，向他大概说了一下神之断手传闻。

三个月前，罪恶之城一个大户人家动工时，从地下挖出一个铁盒，里面有一张羊皮古卷，但却无人识得上面古老的文字。后来羊皮古卷被送到了城主府，几位城主派人到大陆请来了几个精通古文字的老学究，在一个月前终于将上面的文字翻译了出来，上面记载的内容和辰南在酒楼吃饭时听到的大致相仿。这件事在罪恶之城被传得沸沸扬扬，而后信鸽将消息传到了大陆各个地方，无数修炼者向这里赶来，都想寻找古神断落的手掌，从而得到神手中攥着的东西。

辰南叹道："天元大陆中部地带的茫茫群山果真神秘无比，上次靠近楚国西境的落风山脉惊现麒麟，这次在罪恶之城附近居然闹出了神之断手风波。"东方凤凰道："这十万大山藏珍纳奇，许多事都令你无法想象。"辰南问道："上次那只麒麟为何突然销声匿迹了，不会被你们神风学院捉去了吧？"东方凤凰道："麒麟乃是超越了五阶的通灵神兽，岂能那样容易被人捉住，估计它还在这十万大山中。"

辰南看向下方，青山翠谷，景色秀美，很难想象那里曾经经历过一场神之大战。不过仔细观察就会发现，在那些青翠之中，有许多外力轰击造成的沟壑。有几座矮山顶部平整无比，似乎被利器切割过，矮山底部散落着大堆的山石。之前辰南还在怀疑古神大战的传闻，但此刻他深信不疑了，望着那些残迹，可以想象当年那场惊天动地的大战是何等惨烈，耳边似乎传来天崩地裂、鬼哭神嚎的声音。在葱郁的山脉中，影影绰绰，有不少人影在晃动。

东方凤凰道："方圆三十里都曾经是两个古神的战场，你下去看看，我在空中搜索。""方圆三十里！"辰南倒吸了一口凉气。金色巨雕盘旋而下，他从雕背向下跳时，用力吸了一口气，道："好香啊！"

东方凤凰闻言脸色骤变，快速念了一串咒语，一道闪电尾随辰南而去。辰南急忙在空中横移了数尺，闪电"轰"的一声击在了地面上，当他落到地面时，一个焦黑的深坑出现在他的眼前。此时金色巨雕已经冲到了高空，东方凤凰在上面冷声道："竟敢轻薄我，算你走运！"

　　山地之中人影频频晃动，本来荒寂的山林因古神断落的手掌引来了大批访客，林中鸟兽皆惊，不时逃窜而去。辰南翻过三座矮山，来到了一片谷地，细心打量之下他发现，这里以前竟然是个湖泊，不过此时早已干涸，向这里蓄水的那条河流已经改道，从旁绕了过去，河流之所以改道完全是因为被一块巨石生生截断。望着不远处那座失去峰顶的矮山，辰南似乎看到了两个古神当年的惊世大战，他相信修武至极尽境界后，也能够劈山断流，因为他父亲当年的种种神通至今令他记忆犹新。

　　这时，两个修炼者的对话传到了辰南耳中，只听一人道："那个女孩太可恶了，昨天她大声呼喊，找到了古神的左手，当众人跑过去时，她却逃之夭夭，说是看错了。今天她又在大声呼喊，居然又戏耍了所有修炼者，真是可恶透顶。"另一人道："若不是她骑的那头白虎在林中迅如闪电，恐怕众人早就捉住了她。我怎么感觉她和飞虎大盗很像啊？"

　　辰南真想立刻找到小公主，狠狠地捏一顿她的小脸，甚至有一股想掐死她的冲动。这个小丫头简直就是一个惹祸精，在罪恶之城大肆抢劫后，居然又跑到这里胡搅蛮缠，惹出的麻烦一件接着一件，没有片刻安宁。他暗道："这个小恶魔真是让人受不了，她真应该一辈子被关在皇宫中！"辰南走到那两个修炼者面前，道："请问两位大哥，你们所说的那个女孩今天在哪里出现过？"

　　两人狐疑地看了看他，道："你认识她？"辰南笑道："我怎么认识她啊，昨天我也被那个可恶的小丫头骗了，正准备找她麻烦呢。"两人道："哦，就在前方那片山林中。"辰南告别两人向前走去，在山林中转了大半天，陆续碰见了一些修炼者，但却没有发现小公主的丝毫踪迹。

　　突然，一声雕鸣在他头顶上方响起，东方凤凰的金色神雕盘旋而下。"喂，辰北，你确信那个小邋遢真的来到了这里？方圆三十里我已经找遍了，根本没有发现她的踪迹。"辰南道："她确实来过这里，刚才还有人在谈论她，我想她应该还在附近，只是山林太过浓密，你没发现她而已。"

这时，前方突然传来一阵喊骂声："快来人，那个可恶的女孩在这里……"山林深处一片吵闹，许多修炼者向那里赶去。东方凤凰看了辰南一眼，道："快，到大鹏上来。"辰南快速跃了上去，金色巨雕贴着山林如电光一般向前飞去，惹得林中众人一片惊呼。

远远地，一头通体雪白的老虎在林内飞快奔逃，虎背上坐着一个身材修长、衣衫宽大的女孩，女孩的脸上蒙着面纱，轻纱偶尔被风吹起，恍惚间可以看到一张绝美的容颜。东方凤凰道："真是那个小邋遢和她的虎王。"小公主虽然在逃，但一点也不慌张，不断冲身后喊："快点啊，你们太慢了，我的小玉都停下好几回了……"

辰南看得又气又笑，小恶魔似乎将这件事当成了一种游戏，真是小孩子心性，让人哭笑不得。他在空中大声喊道："小恶魔，你这个惹祸精，知道自己干了些什么吗？"小公主抬头观看，发现了那只熟悉的金色巨雕，而且认出了东方凤凰就是蒙面女子，她似乎一下子明白了什么，叫道："小玉快逃，两个混蛋来了。"

东方凤凰气得叫道："小邋遢你又对我出言不逊，你忘了上次的教训了吗？"小公主道："老女人，早晚有一天我会报仇的。"东方凤凰气道："小邋遢，这一次我一定要狠狠地惩罚你。"

虎王小玉似一道银箭一般在林内快速穿行，小公主不断地冲空中叫骂："死败类，你居然和那个老女人一起来捉我，我早晚抽你的筋、剥你的皮、剔你的骨……"在她看来，辰南虽然可恶无比，但毕竟和她是"一路人"，此刻居然勾结"外人"来捉她，这令她异常恼怒。辰南气得牙根都痒痒，但也无可奈何，只能攥紧拳头再松开。

小公主叫道："你们想抓我，别以为我不知道，你们这两个家伙都是坏蛋。哼，一路货色、一丘之貉、沆瀣一气、蛇鼠一窝、一加一个大混蛋……"

辰南对小公主的"豪言壮语"早已习惯，东方凤凰却听得又惊又怒，气得银牙紧咬，双手之间电火花瓣里啪啦响个不停。一道悬崖出现在小公主的前方，她不得不命令小玉展开双翼飞到空中，一虎一雕，一前一后，在空中如闪电一般飞行。

山林中那些修炼者惊异地望着空中，议论纷纷："原来那个可恶的女孩就是前几天罪恶之城的飞虎大盗。""这个女孩太可恶了，闯下了那么大的麻烦，还敢到这里来戏耍我们。"……

小玉虽是天生异兽，但力量已经降到了一阶，已经没有金色巨雕飞行快，两者之间的距离越来越近，眼看就要进入东方凤凰的魔法攻击范围内了。小公主眼睛转了又转，大声冲后喊道："老女人姐姐，我不跑了，我们停下来好好谈一谈吧。"

东方凤凰恨声道："小邋遢，你这是在成心气我，看我捉住你后怎么收拾你。"说着，她开始发动魔法攻击，一条火龙在小玉身后步步紧逼，逐渐接近。小公主急声道："姐姐，我不知道怎么称呼你，所以才那样叫你，你快停止魔法攻击，我不逃了。"辰南暗暗纳闷，顽劣的小公主居然转性了，居然如此低声下气，这让他感觉有些奇怪。

东方凤凰闻言，心里舒服了许多，停止了火焰攻击，道："那你快停下来，不要再逃了。"这时三人、两兽已经远离古神的战场五六十里了，早已没有了修炼者的影迹。小公主让虎王向一片谷地落去，金色巨雕紧随其后落了下来。

辰南道："小恶魔你知不知道自己做了些什么，居然惹出了那么多的麻烦。"小公主眨着一双无辜的大眼，道："那不都是你让我做的吗？"东方凤凰闻听此言，快速远离了辰南，不管小邋遢说的是真是假，她都感觉有些后怕，一个不明身份的武者竟然和她同行了一路。魔法师最忌和武者近身作战，她暗怪自己太过大意，犯了魔法师的大忌，已惊出一身冷汗。

辰南一听就知道坏了，可恶的小公主居然陷害他，他朝小公主喊道："小恶魔你在胡说什么，我何时要你那样做了？"小公主无限委屈地道："是你要我去抢劫的，而后风声紧，你让我躲起来，我一切都听你的了。只是在这深山中，我实在无聊，所以就和那些修炼者开起了玩笑，我知道我错了，不该和他们开玩笑。刚才也是我不好，不该骂你，我以为你想让我当替罪羊，想让那位姐姐抓我，我觉得有些委屈，所以才忍不住骂你……"

东方凤凰闻听此言，又快速向后退出了几步，做好了战斗的准备。辰南气得快吐血了，这下跳进黄河也洗不清了，他急道："小恶魔你……明明都是你自己做的，为什么要诬陷我？你这个小丫头果真狡诈无比，哼，你以为东方小姐那么好骗吗？不要白费力气了。"

小公主扯下了头上的面纱，露出一张绝美的容颜，但此时她的娇颜上充满了伤心之色，幽幽叹道："辰南，你竟然如此对我，我真的很伤心……"东方凤凰气道："原来你叫辰南，先前你竟然骗我叫辰北，哼！"辰南叫苦不迭，这下恐怕再难辩解了。

小公主叹道："我们从小一起长大，亏我一直把你当兄长看待，没想到遇上事情时，你为了自保，竟然把我推出去当替罪羊……"她越说越气愤，越来越投入，把这些日子以来所受的委屈都发泄了出来，就差潸然泪下了。不是小公主不想，只是无论她怎样眨眼，也落不下眼泪。辰南听得目瞪口呆，小公主狡诈多智，实在太会作戏了，他真的再也解释不清了。

东方凤凰道："小邋遢，虽然你说了很多，但我还不能够完全相信你，为了证明你的清白，你必须和我回神风学院一趟，你敢吗？"小公主点了点头，道："我愿意和姐姐回去，证明我的清白。""好，我们走吧。"东方凤凰跃上了金色巨雕。

小公主道："今天我真是太伤心了，没想到他竟然会这样对我，姐姐，我还有几句话想对他说。"东方凤凰道："好吧，你和他说吧。"小公主走到辰南近前，压低声音道："死败类、臭恶棍，活该。"辰南有一股要抓狂的感觉，今天被小公主抢尽了先机，被她如此污蔑，他却无力辩解。

小公主说完，跑到虎王小玉的身边，翻身坐了上去。金色巨雕和虎王小玉冲天而起，辰南大叫："喂喂喂……小恶魔，东方小姐，我还没上去啊，你们怎么把我忘了？"

小公主在空中叹道："你如此对我，还好意思让我载你回去吗？"东方凤凰道："你在这里好好反省一下，你到底叫什么名字。"辰南道："喂，小恶魔、凤凰……你们不能丢下我。"

东方凤凰闻言，挥动魔杖降下一大片火焰，又劈了几道闪电。辰南在谷中左躲右闪，避过那一连串魔法攻击后，小公主和东方凤凰已经消失在了天际。辰南欲哭无泪，竟然被两人丢到了大山中，此地距罪恶之城不下百里，他若翻过一座座大山走回去，天知道要多长时间。"神啊，魔啊，帮我责罚一下那两个女人吧，太可恶了，尤其是那个小恶魔，简直……"

辰南艰难地在群山中行走，尽管路上美景无限，但他根本没有心情观看，只盼望能够在日落之前赶回罪恶之城，不然当夜色笼罩大地时，就更难行进了。他想："本来这件事情我就已非常被动，我没有在场的情况下，小恶魔岂不是可以随意编造谎言，那帮老古董若是先入为主，我岂不是百口莫辩，我……"

辰南仿佛已经看到了自己的下场：罪恶之城到处贴满了他的画像，神风学院无数高手在追捕他，他则四处逃窜。想到这里他打了一个冷颤，心中渐渐有了一丝逃离罪恶之城的想法，不过逃与不逃他都要先回去，因为在这茫茫群山中他找不到连接东西大陆的那条道路。

小公主和东方凤凰回到罪恶之城，令两头异兽径直向神风学院落去。小公主在空中俯瞰着地面上的神风学院，没有一丝紧张之色，似乎真的是去洗刷冤屈，根本看不出一丝破绽。"凤凰姐姐，我太伤心了，那个坏蛋竟然如此对我，我决定再也不理他了，我可不可以和你一起在神风学院修炼啊？"东方凤凰虽然没有完全相信小公主，但一路上对她好感大增，闻言笑道："当然可以，只不过你要经过一系列考核方可加入。""哦。"小公主此时看起来真像个纯真的少女一般。

两头异兽降落地面后，小公主从虎王小玉身上跳了下去，而后招了招手，小玉变成小猫大小后扑进了她的怀中。东方凤凰大吃一惊，万万没想到虎王竟然懂得变幻之道，她的金雕为神鸟大鹏的后裔，已经算得上灵禽珍兽，但和小玉比起来明显有些不如。当两人踏入神风学院时，引起一阵轰动，不仅因为小公主是传说中的飞虎大盗，还因为两人皆是倾城倾国之色。东方凤凰领着小公主穿过人群，径直来到了学院教师的处所，副院长已经得到禀报，派人将她们领进了他的书房。

"如此良材美质，竟然做起了强盗，小小年轻怎么能够学坏呢，幸好将你捉住了，不然罪恶之城岂不被你搅个天翻地覆？"小公主看着眼前那个笑眯眯的副院长，心中一惊，感觉这个老人似乎很不简单。"老伯伯，我知错了，可是一切都是那个叫辰北的家伙要我做的，他才是背后的主谋。"

副院长笑了起来，道："呵呵，小姑娘你不要再撒谎了，事情的真相我已经知道了。那天你到我们学院来报名，你忘记那个告诉你学费的老人了吗？"小公主大吃一惊，道："啊，是你……"

副院长道："是啊，没想到你才走出学院不到半个时辰，东城之外便传来了抢劫的传闻，我有一个学生赶到那里时，远远看到一个青年似乎在劝你收手，我想，那个青年就是你口中的辰北吧？"小公主狡辩道："你那个学生肯定看错了，是我在求辰北收手。"

副院长道："呵呵，小姑娘不要再狡辩了，若不是你有一头飞虎，行踪飘忽不定，早就被我那个学生捉住了，他将你的一切都看在了眼里。综合他给我的材料，再加上你所说的，我已经断定这件事和那个辰北无关。""死老头、臭老头、坏老头……还有那个可恶的学生……"小公主在心里暗暗将两人咒骂了一千遍。

东方凤凰在旁瞪了一眼小公主，道："小邋遢，你果真在撒谎，幸好我没有完全相信你。"小公主见"谎言大计"被揭穿，可怜兮兮地道："这也不能怪我啊，这个臭老头说每学期要交三千金币，我哪里有那么多钱啊，可是我又实在想加入神风学院，不得已……所以才……"

屋中两人听闻小公主称副院长为"臭老头"，一个偷笑，一个尴尬地摸了摸鼻子，看着小公主天真的模样，实在让人生不起气来。东方凤凰道："院长您看怎么办？"副院长道："按照城规，偷盗、抢劫者需关押五年，待会儿把她送到城主府去吧。"

"啊，不要啊，我要加入神风学院，不要去被关押，臭老头伯伯我知错了，您看我才十六岁，什么都不知道，什么都不懂，您放过我吧。"小公主大打"同情牌"，如果辰南在这里一定会长叹，为什么让这个小恶魔披上了天使的外衣？

"我想，几位城主念在你年幼的分上会法外开恩的。"副院长脸上漾起一抹笑意，道，"估计顶多就关你三年，平时也就让你刷刷盘子、洗洗碗，或者帮人缝缝补补，不会有什么重活。""不要啊！"这下小公主真的急了，若是让她这个皇家之女做这种事，真比杀了她还要难受。

副院长道："凤凰看住她，千万不要让她逃了，待会儿我派人去通知城主府。"小公主眨着一双大眼，楚楚可怜地望着副院长，虽然没有再出声央求，但那种神态却让人怜惜无比，若是普通人定不忍心再为难她，但副院长却像铁了心一样，挥了挥手，道："凤凰将她带出去吧。"小公主见无法打动副院长，一边向外走一边尖叫道："死老头、臭老头、坏老头，害我白白说了那么多好话，我诅咒你头发脱尽、牙齿掉光……"

"砰！"副院长赶紧关上了门，长出了一口气，道："真是个小麻烦！"

小公主从副院长的书房出来后，正打算要小玉变身逃走，东方凤凰像变戏法一样，弄出了一个小火球，围绕着小公主不停旋转。东方凤凰道："别看不起这个小火球，它顷刻间可以毁掉一间房屋，你若是不信可以逃走试一试。"

小公主闻言沮丧无比，无精打采地道："凤凰姐姐，你就那么不相信我？"

"相信你才怪，谎话连篇，到现在一句实话都没有。"

"可是我现在说的是实话啊，我真的不想再逃了。"

"鬼才相信你的话。"

"好吧，不相信就算了，你可以领我在学院内转一转吗？"

东方凤凰看了看她，确信她玩不出什么花样后才道："好，你跟我来。"

在学院转时，两个绝色美女吸引了无数人的眼球，最后东方凤凰不得不带着小公主来到了一个僻静的院落内。

"院长怎么还没将城主府的人请来？"

"凤凰姐姐，你真的忍心我被人关起来？"

东方凤凰还没有说话，从院门处进来一个女生，道："凤凰学姐，院长要你们过去。"

"城主府的人来了吗？"

"没有，院长那里刚才好像来了一个客人。"

来到副院长的书房，小公主再也不拿正眼看面前的老人了。副院长尴尬地笑了笑，道："小丫头你被无罪释放了。""什么？"小公主和东方凤凰同时露出不相信的神色。

副院长道："不过你要把抢劫来的那些财物都交出来。""没问题。"小公主稀里哗啦掏出一大堆金币，而后又问道："真的让我走了？"副院长道："真的，快走吧，不过不要骑着你那头白虎在天上招摇，不然会引起公愤的。"小公主奇道："臭老头我怎么觉得你巴不得我走似的，请问我可以加入神风学院吗？"

"不行。"副院长立刻回绝了，接着又道，"我们这里不收问题学生，小丫头你快走吧。"小公主道："可是我真的想加入神风学院，臭老头你不能歧视我，谁没有犯错的时候，况且你自己都不追究我了。"

副院长道："走吧，小丫头，神风学院是不会收你的。""我偏不走，你要不让我加入神风学院，我就不走了。"小公主要起了小脾气。东方凤凰看了看副院长，又看了看小公主，不明白两人为何像是互换了角色一般，本来该关押起来的小公主倒似掌握了主动。

副院长道："你若想加入神风学院也行，去把古神那截断落的手掌找回来吧，不然说什么也不行。""臭老头你等着，我一定要加入神风学院。"说完，小公主气呼呼地摔门走了出去。看到小公主走后，东方凤凰问道："院长到底怎么了，为何将她放了？"

副院长道："刚才我这里来了一个客人，向我保这个小丫头……这个小丫头身份非同一般啊，不得不放。"东方凤凰道："既然身份非同一般，为何还拒绝她加入学院呢？"副院长道："这样一个小麻烦若是加入学院，还不将这里搅得乌烟瘴气，现在只盼着她早点离开罪恶之城。"

辰南跋山涉水，翻山越岭，终于在晚间走出了大山。夜色之下，茫茫群山中，罪恶之城一片通明，如同仙境一般。辰南身形如电，几个起落就进入了城中，他在大街小巷仔细搜索一番后，长出了一口气，城中并没有贴出通缉他的画像，事情并没有他想象的那样糟糕。

当他返回客栈时，突然听到他的房间有很大的响动。他愉快地想：有贼，这个臭贼居然偷到我头上来了，今天我爬山过河，正不爽呢，一定要好好出出气。当辰南推门而入时，只见桌翻椅倒，被褥凌乱，他的包裹也被打开，几件换洗的衣服被丢在了地上。

"啊，败类你……居然赶回来了。"小公主满脸震惊之色。"哈哈……"辰南大笑，他万万没想到这个贼人竟然是小公主，是他迫切想一把掐死的人，他感觉这一刻真是太美妙了。他大笑着，欺身上前，一把抓住了小公主的手腕，道："小恶魔你对我污蔑陷害，害我走了数百里山路，居然还敢跑到我这里来偷东西，真是自投罗网啊！哈哈……"

"放手。"小公主使劲挣扎，神情慌乱无比。辰南伸出另一只手，掐住她滑嫩的脸颊，道："你说我该怎么惩罚你？"小公主骂道："死败类快放手，你弄疼我了。"

"到现在你还嘴硬，今天我一定要驯服你这个小丫头。"辰南的右手令小公主的脸颊不断地变换着形状。小公主又羞又气，暗暗后悔来到了这里，痛叫道："哎哟，疼，死败类我早晚要杀了你！"

辰南遭她陷害，走了一天的山路，此时闻听此言，顿时火气上涌，他扯着小公主来到床边，将她按趴在了床上。小公主一阵尖叫："败类你要干吗？快放开我……"辰南伸出手掌，对着她的丰臀就拍了下去，"啪啪"之声不绝于耳。

小公主道："啊，哎哟……死败类你敢如此羞辱……冒犯我，你死定了……哎哟……"一道闪电在房中亮起，虎王小玉见主人被欺负，从旁边一个角落里蹿了出来，对着辰南就是一道闪电。辰南猝不及防，被闪电劈了个正着，浑身上下顿时一片焦黑。他大怒，舍下小公主，身形如鬼魅一般到了小玉身前，可怜小玉还未来得及变身，便被辰南掐着脖子拎了起来。他不懂兽体的穴道，对虎王实施了全方位封穴，小玉的每一寸皮肉都被他点了个遍，最后小玉如小瓷猫一般，一动不动了。

"色虎竟敢偷袭我……"辰南对着小玉的脑门狂敲了几下，痛得小玉龇牙咧嘴，奈何它身不能动，口不能言，只能干瞪眼，"居然敢瞪我，我敲，我再敲！"辰南又连着敲了几下，这下痛得小玉虎泪都快流出来了，"虎假魔威的家伙，仗着小恶魔给你撑腰，就敢和我叫板了？待会儿再收拾你。"当辰南再次回到床前时，小公主吓得一阵惊慌，颤声道："败类……臭贼……白天我在和你开玩笑，现在不玩了。"

辰南道："你玩够了，我还没玩够呢。"他像拎布娃娃一样，把小公主拎了起来，道："你左一口败类，右一口臭贼，别忘了你现在是阶下囚。我本来已经放弃那个侍女计划了，现在你在逼我继续执行，看来真的有必要把你训练成一个合格的侍女。"闻听此言，小公主脸色大变，差一点就要发作，但又忍住了，委屈地道："以后我不叫你败类，也不叫你臭贼了还不行吗？"

辰南道："那是当然，以后要叫我主人，明白吗？"小公主强忍着怒火，道："我以后叫你辰南吧，决不再胡乱叫你什么了。"辰南道："晚了，以后乖乖给我做侍女吧。"

"死败类、臭贼、无耻之徒……"小公主再也忍不住，一边咒骂，一边又踢又抓。辰南再次将她按在了床上，"啪啪"之声再次从屋中响起。小公主羞愤欲绝，脸色鲜红欲滴，但却无丝毫办法。她叫道："败类……你现在在亵渎一国公主，若是传到我父皇耳朵里……哎哟，你就是有十条命也没了……哎哟，不要打了，我保证不会说出去的，快停手……哎哟……"

辰南停了下来，揶揄道："愿意做我的侍女吗？"小公主快速缩到了床角，泪眼汪汪地道："我是一国公主，你怎么能提出这种要求呢？况且我们之间都是误会，我又不是成心整你，下次我不开玩笑了还不行吗？"

辰南道："少来，小恶魔你不要再演戏了，我早就不吃你这一套了。"小公主道："好吧，我们尝试做朋友，不再互相敌视还不行吗？"辰南道："不行，你到底答不答应？"

看到辰南又扬起了手掌，小公主一阵害怕，道："你怎么能够这样逼人呢，我答应平时给你做些事情还不行吗？但我们决不是主仆关系。"辰南心中大笑，没想到今天这个大恶人做得这么成功，居然真把天不怕地不怕的小公主吓住了。他不想逼得过紧，以免弄巧成拙，沉声道："好，你先等一会，我去冲个凉，呆会儿有话对你说。该死的色虎居然敢偷袭我，弄得我一身焦黑。"

看着辰南走了出去，小公主快速跳下了床，抱起了一动不动的小玉："小玉你怎么不动了，哎呀，你快点动一动啊，好带我离开这里。"任凭她怎样摇晃，小玉也不能动弹。"死败类居然还会给动物点穴，这个该千刀万剐的可恶家伙……"小公主低声咒骂着，她虽然想抱着小玉逃走，但一想到那些美丽女子落入坏人手里的故事，心中就害怕不已。如今小玉不能够保护她，自己功力早已被封，天色已黑，若她这样逃出去，在罪恶之城这种鱼龙混杂的地方，真不知道会发生什么事。

辰南回到屋中时，小公主正抱着小玉生闷气。

"小恶魔去帮我打一盆热水进来。"

"你……你不是刚洗完澡吗，还要水干吗？"

"我要泡脚，走了几百里山路了，脚都快磨肿了。"

"你……居然要我打洗脚水，不要做梦了，我死也不会做那种事！"

这一次辰南妥协，他降低了要求，道："嗯，那就从端茶倒水做起吧，帮我端一杯茶水来。"

小公主在心中将辰南咒骂了一百遍，而后万分不乐意地走了出去。从前院伙计那里接过茶水后，她眼睛转了转，动起了坏脑筋。"死败类竟然敢如此侮辱本公主，还想喝我端的茶水，哼，今天我要你喝洗脚水。"小公主将小玉的小虎脚在茶水中搅了搅，最后忍不住笑道："臭贼，这是你自找的，哈哈。"

当辰南端起茶杯时，突然发现小公主嘴角露出了一丝诡异的笑容，他心头一颤，这杯茶绝对有问题。他把送到嘴边的茶杯又放了下来，仔细观察之下，竟然发现有一根白亮的毛发，再看看小公主怀中像小瓷猫一般的小玉，一下子明白了。辰南气得将茶杯放在桌上，道："小恶魔，没想到现在你还敢算计我，看来我对你太宽容了，我一定要惩罚你。"

小公主吓了一跳，没想到辰南识破了茶中的"玄机"，她语音颤抖，道："败……辰南怎么了，你……想怎样？""竟敢在茶中动手脚，以后稍不留神岂不被你害死？"说着他站了起来。小公主道："我没动手脚，啊……你不要过来。"

　　辰南一把将小公主扯了过去，将小玉丢在地上，又将她抛在了床上。小公主这时真的害怕、恐惧到了极点，颤声道："败类，不，辰南……你不要乱来，我知道错了……再也不敢了。"这时，辰南忽然感觉到一股强烈的不安，一股莫大的压力从窗外传了进来，让他感觉到一股发自灵魂的战栗，一股无能为力、无法抗拒的感觉在他心中升腾而起。但这种感觉瞬间又消失了，那股异常强大的压力如潮水一般转瞬退却。

　　辰南骇然，如今他已是三阶高手，但刚才那股压力却让他难以生出丝毫抵抗之心，可以想象来人的修为是多么地惊人。他刚刚挟持小公主逃离楚都时，在楚国都城百里之外那家客栈，也曾有过一次强烈不安的感觉，但这次好像比上次还要强烈许多。辰南联想到了楚国皇帝的玄祖。他看了看小公主，发现她毫无所觉，只是不安地看着他，他一下子肯定那个人无疑是老妖怪。他感觉脊背凉飕飕的，老妖怪真的跟了下来，这个修为恐怖的老人不光在保护着小公主，而且一定对他有着不可告人的图谋，不然决不会容忍他至此。

　　小公主看着辰南脸色不断变换，她的心跟着一颤一颤的，生怕他"兽血沸腾"。过了好一会儿，辰南才平静下来，出于对老妖怪的敬畏，他不敢再对小公主太过无礼："小恶魔不要赖在我床上，赶快下来。"

　　小公主一下子放松了下来，道："谁愿意待在你这张床上，臭死了。"

　　辰南不理她，从地上拎起小玉，在它身上一顿乱点，一道道金色劲气透进了它的身体。小玉刚一能动便立刻变身，庞大的虎躯占了半间屋子，刚要张嘴吼叫，辰南手疾眼快，将地上的鞋、袜都丢进了它的口中，又将刚刚换洗下来的脏衣服扔了进去。但这点东西怎么能够堵上虎王的血盆大口，他赶紧又将床上的被褥塞了进去，总算在小玉发出虎吼之前填满了它的大嘴。小玉的嘴虽然被堵住了，但仍向辰南扑去，辰南赶忙闪向了一旁，冲小公主喊道："赶快让这头色虎停下来，要不然我扒了它的虎皮。"

　　小公主叫道："小玉停下来吧，我们现在还打不过这个混蛋，以后再报仇。"小玉无限委屈地看了小公主一眼，最后停止了攻击，当它把辰南的臭鞋、臭袜子吐出来后，居然呕吐起来。小公主捂着鼻子，道："辰南你……太坏了，居然将这么恶心的东西丢进小玉的口中，你看它都难受成什么样子了。"小玉又变成了小猫般大小，呕吐不停，地上一大片水渍。

辰南骂道："色虎你居然这么娇气，我的鞋袜有那么恶心吗？"

小公主叫道："臭死了！"小玉居然颇通人性地点了点头，而后又开始狂吐。

辰南尴尬地摸了摸头，道："走了几百里山路，有点臭也是正常的。色虎活该，谁叫你用闪电偷袭我的。"小公主心疼地将小玉抱了出去，帮它不断洗漱，过了好长时间它才停止呕吐。

当小公主回到屋中时，辰南奇道："你居然没有让那头色虎带着你逃走？"小公主结结巴巴道："我……身上没钱了，你……可不可以……给我一点点。"辰南道："你抢的那些钱呢？"小公主没有办法，尴尬地将神风学院的事情说了一些，辰南听后大笑不止。

小公主气恼地道："败类，不，辰南，你不要笑，到底给不给？你上次抢了我'赚'的钱，把它还给我，我现在一分钱也没有了。"辰南笑得舒畅之极，没想到竟然是这样一个结果，他从怀中掏出一把金币，道："拿去。"小公主一把抢了过去，抱着小玉就向外跑。辰南没有拦她，自从知道老妖怪确实跟下来后，不敢对小公主太过分了。


几日之后，罪恶之城神手传闻的风波达到了一个新的高度，数千修炼者从大陆各地陆续赶至古神战场，终日人影绰绰，不停地搜索。这几日，辰南没有见到小公主，闲极无聊，再次进入了那片神战遗迹。看着山林中的人影，他叹道："这么多人都在寻找古神的断手，即使找到了，也难免一场争夺大战，欲望真是害人啊！"

一个亲和的声音在他背后响起："欲望有时是鞭策人前进不辍的动力，有时又像是甜蜜的毒药，它可以让一个人奋发向上，也可以让一个人如飞蛾扑火般走向毁灭。"辰南吓了一大跳，急忙回头，只见一个满头银发、仙风道骨的老人在他三丈之外。老人背负双手，远眺群山，淡淡地道："两个古神不也是为了争夺一件宝物，而大打出手、同归于尽吗？这个世界上没有人能够超脱物外，连神都不能够免俗！"

老人一派得道高人的样子，辰南一阵惊疑，忍不住问道："您是一位修道者？"老人道："呵呵，修道者很特别吗？"辰南知道今天遇见了一个高手，这个老人的修为最起码也达到了四阶以上，不然决不能够无声无息地出现在他身后。

辰南道："不是，我只是随便问问，因为修道者一般很少见，更何况像您这般修为高深之人。"老人道："修道者并非常人所想象的那样总是隐居深山，有些修道者其实一直在红尘中历练。"

辰南很惊奇，这和他以往所知截然不同，他问道："修道者不是不愿被世人打扰，总在那些人迹罕至的地方修炼吗？"老人道："有些人如你所说那样，但也有一些人一直混迹红尘，修炼法诀不同，所要经受的历练也不同。"

"哦，头一次听人这样说，您一定是属于后者了？"

老人笑了，道："不，我是一个武者，根本不是修道者。"

"啊！"辰南大惊失色，他一直以为眼前的老人是一名修道者。

"年轻人，你真的不认识我了？"

辰南惊道："啊，您是……"老人道："我不是对你说过嘛，近来我静极思动，想出来走动走动，没想到我们这么快就见面了。"辰南脑袋"轰"的一声，颤声道："你是……老妖怪？啊，不，您是楚国皇帝的玄祖？"老人微笑点了点头，道："不错，是我，看来我们真的很有缘，呵呵……"

在这炎炎夏日，辰南身上涌起一股寒意。当初老妖怪两眼浑浊无神，牙齿早已落光，褶皱的皮肤如同皱皱巴巴的纸团一般，头顶稀稀疏疏有几十根头发。如今老妖怪满嘴牙齿雪白如玉，鹤发童颜，精神矍铄，和在楚国皇宫时判若两人。辰南心中涌起一股强烈不安的感觉，可以说，自己一手造就了今日的老妖怪，若不是译出了那本邪书，也许站在他眼前的还是那个连走路都颤颤巍巍的老人。不管当初老妖怪的修为有多么高深，但他确实已经到了油尽灯枯的地步，即使有心为恶也没有多少时间了。然而他修炼邪书中的秘法后，再次获得了新生。眼前的老人已经称得上脱胎换骨，一切都不可预料了。辰南始终不能够看透这个老人，恐怕此时他的修为已远远超越了五阶，直达第六重境界。一个传说中的第六阶高手，光想想就感觉可怕！

老妖怪笑道："谢谢你，现在我又可以在这个世上多活二三十年了，活着才是最大的幸福啊！"辰南勉强笑道："前辈果真神功盖世，竟然第二次返老还童，可喜可贺啊！"老妖怪道："这次算不上返老还童，只是勉强延续了几十年生命而已。"

辰南调节了一下情绪，慢慢冷静了下来，道："您也是为古神断手中的那件不明宝物而来吗？"老妖怪轻轻摇了摇头，道："不是，我对它没有什么兴趣。你知道，我修炼那本邪书之后，需要大量的生血，皇宫御膳房每天屠宰的那些牲畜，虽然能够供上我用，但毕竟都是一些没有灵性的畜类，效果很不理想。"听到这里，辰南打了个冷颤，身体一阵发寒。

老妖怪看了看他，道："不要害怕，我决不会学那妖道大肆屠杀，取活人鲜血。大陆中部地带的十万大山中有的是灵禽异兽，我根本不必犯杀戒，每天在那些珍兽上取上一些血液就足够维持了。"

辰南稍稍心安，道："您……打算在罪恶之城长住？"

"暂时打算住上一年半载。"老妖怪笑了笑，道，"那个调皮捣蛋的小丫头是不是跟你一起跑到这里来了？"听闻此言，辰南心中一颤，不过老妖怪没有点明是他将小公主掳到这里，他也没有必要挑明。他硬着头皮，道："是的，她很活泼，现在不知道跑到哪里玩去了。"

老妖怪道："好好帮我看住那个小丫头，千万不要让她在这里闯出什么大祸。"辰南道："我会尽力的。""呵呵，前方景色不错，我到那里去看一看，有机会再聊吧。"老妖怪悠闲地向前走去，辰南大惊失色，老人只迈了四五步，便已在百丈之外，他似乎是凭空消失，而后从另一个地方出现，如此恐怖的修为，比之诸葛乘风在楚国西境施展出的"缩地成寸"还要惊人。

"老妖怪果然功力大进，看来他的修为真的已经达到了第六阶境界，恐怕他已经能够强行解开小公主身上的困神指力了。"辰南的这种感觉并非错觉，当初在逃离楚国的路上，他若有若无地感应到了一股异常强大而又恐怖的气息，毫无疑问是老妖怪散发的，明显比以前强盛了许多。这短短十数日，老妖怪的修为竟然有了突飞猛进的发展，想必是身体充满活力后修为再次跃上了一个新的台阶。

如此恐怖的修为令辰南既震惊又激动，仅仅迈出四步，便消失于百丈之外，技近乎术法。武者修炼到这般境地，恐怕已经可以纵横天下，其他修炼者难与争锋！辰南对老妖怪深深忌讳，不想在神战遗迹继续逗留，以免不小心再次和他相遇，便向罪恶之城赶去。

小公主之所以要加入神风学院，主要是想请里面的高手帮她解开身上的禁制，对神风学院本身并没有多大的兴趣。但后来副院长的话语激起了她的小脾气，她非要加入不可。

这两日，小公主骑着小玉经常在神战遗迹出没，她不仅想找到古神断落的左手，去奚落副院长一顿，还想得到神手中的宝物，对此她充满了极大的兴趣。不过在神战遗迹，她却没有丝毫收获，这天早上她赖在床上没有出去，摸着小玉毛茸茸的小虎头，道："那只破神手到底在哪呢，要是找不到我真不甘心。小玉，你在这片大山中生活一千多年了，难道从来没有来过这里，不知道这里有古怪吗？"

小公主没有注意，此时小玉的脸上出现了非常生动的表情，似乎是在犹豫，似乎是在抉择。最后它像是做出了某种决定一般，挣出了小公主的怀抱，伸出一双小虎爪比画了一番。小公主大奇，道："你知道在哪里？"小玉点了点头。

"太好了，快带我去。"小公主高兴地一把抱起了它，道，"你这个小东西竟然真的知道神手在哪里，早先为何不告诉我？"小玉委屈地冲她摇了摇头，再次挣出了她的怀抱。

小公主有些着急地道："怎么了，快带我去啊。"小玉还是摇头，而后开始变身，这次它没有变大，只是伸出了洁白的羽翼，长出了晶莹剔透的玉角，最后展开小翅膀，突然向窗外飞去。"死小玉你要去哪里？快回来。"小公主急忙穿衣下床。

一个端茶送水的伙计正好看到小玉从窗口飞向高空，惊得将茶托扔在了地上，颤声道："我……没看错吧？飞天神猫！"他仔细揉了揉眼睛，确定是一只长翅膀的小猫飞上了天空，"天啊，老虎飞上天也就算了，连猫都会飞了，这是什么世道啊！"

小公主从屋中冲了出来，看到小玉像一道光箭一样消失在远空，气得又跳又叫："死小玉你居然丢下我，自己跑了，快回来……"那个伙计如盯着妖魔一般看着小公主，小公主气道："看什么看？"伙计吓得一溜烟跑向了前院。小公主眉头一皱，怕引起麻烦，回到屋中快速收拾了一下，离开了客栈。走在大街上，无数人惊异于小公主的美丽，着实让她虚荣了一把。两个混混不怀好意地走来，她才有所警觉，一路狂奔，逃进了辰南所住的客栈。

辰南回到客栈时，发现小公主在他的房间，感觉很诧异，笑道："咦，难道你想通了，想做我的乖乖侍女？"

"胡说，鬼才会做你的侍女！"

"你不会这么快把钱花光了吧，又到我这里来偷东西？"

"胡说，我才不会做小偷。"

"上次是谁在我屋中翻箱倒柜啊？"

"上次……我只想把我自己赚的钱拿回去而已。"

辰南一下子气乐了，笑道："呵呵，'抢'是'赚'，'偷'是'拿'，你还真会为自己开脱啊。"

小公主懊恼地道："说得那么难听干吗，我这次真的不是来拿钱的。该死的小玉丢下我，逃回了大山，我现在没有一丝自保的能力，你赶快解开我身上的禁制吧。"小玉突然离去，的确令小公主沮丧无比，此刻她无精打采。

"什么，色虎居然逃了，哈哈……真是笑死我了。我就知道它假借你那泛滥的同情心而装可爱，在你那里修养。现在恢复得差不多了，拍拍屁股走人了。没想到这头色虎将你这个小恶魔摆弄了一道，真是好笑！"

"死败类到现在你还笑我，快把我身上的禁制解开。"

"谁知道你说的是真是假，该不会特意跑来骗取我的同情心，而帮你解开禁制吧？"

"是真的，死小玉真的跑了。刚才在街上，我遇见两个比你还坏的混蛋，他们想对我动手动脚，若不是我跑得快就危险了，你赶快把我身上的禁制解开吧。"

"你这个小丫头到底是在求我，还是在骂我？没有那个色虎在你身边更好，免得你们两个'狼狈为奸'，到处惹祸。"

"喂，死败类你怎么说话呢，什么'狼狈为奸'啊，快给我解开禁制！"

辰南并没有为她化解困神指力，反而赏了她两个爆栗，痛得小公主眼泪汪汪又恨得咬牙切齿，但也没有办法。她不想待在辰南的身边，想住进另一家客栈，但一想到街上的遭遇又有些害怕。虽然辰南在她眼里也不是好人，但总比那些混混强上一点，最终，她在这家客栈另开了一个房间。在接下来的两天里，小公主对辰南软磨硬泡，要求为她恢复功力，辰南被逼急了便恫吓她侍寝，才能够换得片刻安宁。

第三日，失踪了三天的小玉突然从天而降，闯进了辰南的屋中。再次见到虎王，小公主惊喜不已，她刚要上前，虎王突然退后了一步，张嘴吐出了一件闪闪发光的东西，而后快速变小扑入了她的怀中。

"死小玉、臭小玉，居然丢下我，一跑就是三天，你这个没良心的小东西，现在怎么又跑回来了？"小玉委屈地看着小公主，而后伸出一只小虎爪向地上指去。小公主向地面上望去，一下子惊叫起来："这是……"

辰南早已被地上那件发光的东西吸引住了，眼睛一眨不眨地盯着它。这是一只洁白如玉的手骨，并未给人森然恐怖的感觉，相反却透着一股圣洁的气息，让人吃惊的是，它竟然散发着淡淡的光芒，显得神圣无比。小公主高兴地叫道："这一定是古神断落的左手，小玉你真是太棒了！"她将小玉抛了起来，又接到了怀中，而后俯身捡起了那只手骨。"不对啊，这……是右手骨。"小公主吃了一惊。

辰南也惊异无比，道："这应该就是古神的手骨，神与人的体质果然不同，一块数千年的枯骨居然还在发着淡淡的光芒，果真奇特，但为何与传闻不符呢，怎么会是右手骨呢？"两人一同将目光望向了虎王小玉，小玉做出一副无辜的样子，摇了摇小虎头。辰南道："这头色虎真的成精了，居然还会伪装，它一定知道古神的秘密，要不然怎么能够将这只手骨找回来？"

小公主也道："小玉，你是不是知道某个地方隐藏着惊天的秘密，快带我去好不好？"小玉闻言，一双小虎爪不停地摆动，小虎头摇得像个拨浪鼓一般。它惶恐无比，满是恐惧之色。辰南上前，威胁道："色虎你若不带我们去，今天我吃虎肉，喝虎骨酒。"

小公主急忙挡在他的身前，道："不许吓唬小玉。"小玉似乎根本不怕辰南，张开小口发出了低低的吼声。"你个色虎居然不服气，看我怎么收拾你。"辰南转身从床上扯过来一件脏衣服，就要往虎王口中塞去。小玉先做了一个呕吐状，而后急忙闭口，小公主被逗得哈哈大笑。

辰南骂道："你个色虎真的成精了，表情居然这么丰富。不要给我搞怪，转移我的视线。你若不带我们去，别怪我不客气。"小玉求助地望着小公主，露出一副可怜兮兮的样子。小公主将它在怀中紧了紧，道："不要害怕，你不愿带我去，我不会逼你，只要你不再突然离开我就行，听到了没有？"小玉闻言，用力点了点毛茸茸的小虎头。

辰南现在已经肯定，小玉一定知道一个神秘的所在，他对小公主道："不要护着这头色虎，它一定知道一个天大的秘密。"小公主道："不，我决不会强迫小玉做任何事，不像某人整天恫吓别人。"

辰南想了想，觉得不应该逼得过紧，他决定以后找机会了解那个秘密所在。此刻他看小玉的目光变了，这头体内流淌着东方白虎与西方魔虎血液的虎王决非表面看起来那样简单，它不仅懂得些许变化之法，居然还知道一个无比奇异的所在。那究竟是怎样的一个地方呢？居然藏有神骨。

小玉衔一块神骨回来，令小公主异常高兴，她抚摩着小玉光亮、柔顺的皮毛，道："等下我一定要好好地奚落奚落那个自以为是的副院长，不，一定好好地教训教训那个坏老头。"说着她抱着小玉向外跑了出去。

辰南喊道："喂，小恶魔你要去哪里？""辰南你到神风学院等着看好戏吧，我一会儿就去那里。"小公主骑上变身后的小玉冲天而去。辰南看她径直向神战遗迹方向飞去，心中一跳，自语道："不会吧，小恶魔不会这么狠吧？！"

小玉在神战遗迹上空不断盘旋，小公主冲下喊道："这次我真的找到了古神断落的手掌，你们看……"她一边喊，一边挥舞发着淡淡光芒的古神手骨。下方的修炼者开始时还不断谩骂，以为她又跑到这里捣乱来了，但当他们看到那洁白如玉、光芒绽放的古神手骨时都呆住了，再没有一个人出声斥骂。片刻宁静过后，如潮的声音再次响起。

"喂，小丫头快下来。"

"小姑娘，我传你一套绝世武功，换你手中的神骨。"

"小妹妹，古神手中到底攥了什么东西？"

……

小公主装出一副天真的样子，道："这块破骨头一点也不好玩，你们谁要，我送给他。"下方伸出了无数手掌，不断冲着空中挥舞。"人太多了，我不知道给谁，这样好了，谁先来到罪恶之城，我就把神骨给谁，同时告诉他一个天大的秘密。"小玉载着小公主向罪恶之城的方向飞去，地面上无数修炼者疯狂地跟着跑去。

小公主得意地笑了，自语道："臭老头这次一定要你好看！"突然，几声龙啸在小公主背后响起，她回过头，不禁大吃一惊，数十个魔法师和十几个龙骑士驾御着飞龙向她追来。"小玉快逃……"小公主有些担心那十几个飞龙骑士，飞龙的速度恐怕比小玉慢不了多少，若是被他们追上，后果难以想象。

小玉回头看了看那些飞龙，露出了不屑的神色，仍旧不紧不慢地飞着，直到那些飞龙快赶上来时，它才猛地提速，将它们远远地甩在了后面。"哈哈，小玉你真是太棒了，不要立刻赶回去，在空中和它们转圈，我们等一等地面上那些人。"小公主不再发慌。小玉得到夸奖后更加卖力，不断在空中和身后的那些飞龙兜圈子，那些飞龙骑士气得干瞪眼，却无可奈何。

一个时辰之后，小公主将上千人引到了罪恶之城，城中的居民望着空中的魔法师、龙骑士，还有地面上浩浩荡荡的修炼者大军，俱惊慌无比。小公主喊道："又是这么多人同时到达，我还是不知道给谁……"

人群中开始有不满的声音传出："小丫头你又在戏弄我们！""可

恶的小丫头！"……

小公主急忙叫道："我没有骗你们，不就是一块破骨头嘛，我要它有何用？你们不要算了，我把它送给神风学院。"说着，她驾御小玉向神风学院方向飞去。好多人已经猜到小公主似乎在针对神风学院，但即便猜到，也再次跟了上去。人群之中不乏神风学院的学生，他们暗暗焦急，但也没有丝毫办法。很快，上千修炼者大军便已涌到了神风学院之外。学院中的教师和学生早已听到了城中的骚动，当他们得知上千人涌到学院之外时，还是惊得目瞪口呆。副院长领着几十个学生率先赶了出来，看到那么多的修炼者堵在学院之外，不禁皱起了眉头。

小公主驾御着小玉飞到了副院长的上方，道："臭老头，你说过只要我找到古神断落的手掌，就让我加入神风学院对不对？"副院长纳闷道："对。""你看这是什么？"小公主将古神手骨亮了出来，道："给你，拿去。"说着她将神骨扔向了副院长。

修炼者中不知道是谁喊了一声："冲啊！"飞龙骑士、魔法师和武者自空中和地面分别向副院长逼近。副院长惨叫道："天啊，原来这么多的人都是你引来的，你这个小麻烦害苦了神风学院，小丫头你真是个害人精！""活该，臭老头，谁叫你为难我的。"小公主一副气死人不偿命的表情。副院长气得快吐血了，眉毛和胡子跳个不停。

辰南站在神风学院一个高层建筑物上，冲小公主喊道："小恶魔快到这里来。"小公主看到辰南后犹豫了一下，但还是命令小玉飞了过去。辰南一脚踢开对他张牙舞爪的小玉，而后抓住了小公主，掐住她的粉脸，道："你这个小丫头果真是个惹祸精，居然搞出了这么大的声势！"此刻神风学院外人声鼎沸，一场动乱即将开始。地面上无数的修炼者在叫嚣，而空中也满是人影，许多魔法师飘浮在空中开始凝聚魔法力，几十名龙骑士驾御着飞龙、亚龙等飞来飞去……

小公主此时也有些害怕了，任凭辰南捏着她的脸颊，颤声道："他们……不会把神风学院拆了吧？"辰南道："现在才知道害怕？数千修炼者大混战，必将震惊整个修炼界，如果今日血流成河，你的名字注定要被载入修炼界史册当中，当然将是一个被所有人唾弃的恶名。"

小公主一阵心虚，自我安慰道："没那么严重，一定没事的！"辰南感觉有些可气，用力在她光洁的额头上敲了一下，痛得小公主眼泪差一点流出来。"哎哟，死败类……痛死我了……"

辰南不再理她，一把将已变成小猫般大小的小玉拎了起来，道："色虎，你和小恶魔'狼狈为奸'，浑身都是秘密。你一定知道一个极其神秘的所在，若不告诉我从哪里找来的神骨，我清炖了你。"小公主心疼地叫道："败类，把小玉还给我！"

突然，一声震天的巨龙之啸自神风学院深处响起，小玉趁这个机会挣脱了辰南的手掌，跳进了小公主的怀中。

龙啸如惊雷一般在神风学院上空滚滚激荡，围堵在学院大门之外的那些修炼者大惊失色。一道绿光自学院内冲天而起，而后快速在高空中稳定了下来。那是一头四阶巨龙，身长足有三十丈，绿色的鳞甲，狰狞的龙头，粗壮的巨尾，宽大的龙翼。巨龙荡起一股猛烈的狂风飞到了学院大门的上空，庞大的龙躯如一片绿云一般遮住了天上的太阳，巨大阴影笼罩地面，处在阴影中的那些修炼者心中涌起一股难言的恐惧。

# 第四章

## 神之遗骨

数十丈的巨龙横空而出，龙啸震荡天地，学院上空仿若笼罩着巨大的绿云。莫大的压力如泰山一般，压在每个人的心间，空中的魔法师纷纷向地面落去，飞龙骑士也分别驾御着飞龙逃到了远处，混乱的场面一下子安静了下来，原先冲到副院长身前的那些修炼者又退了回去。

巨龙背上，一个金发中年男子手持屠龙枪傲然而立，如同威武的战神一般。他冷冷地注视着下方，高声喝道："你们为何搅扰神风学院的安宁？"数千修炼者在瞬间一下子被镇住了，但短暂的宁静之后，人群再次沸腾，场面再次混乱起来。这数千人当中不乏真正的高手，并不是所有人都惧怕这名四阶巨龙骑士。

突然，一声震天的龙啸在神风学院内响起，一头狰狞的黑色巨龙腾空而起，飞到了上空。来人也是一个金发中年男子，而且样貌竟然和绿龙背上的男子一模一样，两人的神态也极其相似，皆冷峻无比。喧哗的人群再次静了下来，副院长趁这个机会急忙清了清嗓子，朗声道："大家不要急噪，听我把话说明。"副院长的声音不高，但铿锵之音却清晰地在每一个人的耳边回荡，很显然他是一个东方武者，在施展一种高明的音功，这一份功力足以让人震惊。

副院长飞身跃到了学院高大的门楼上，道："我想大家不是为这块神骨而来。"说着他晃了晃手中那块古神的手骨，接着道："古神虽然强大，但毕竟已经死去；他们的骨骼虽然奇特，但也没有什么太大的用处，我想大家皆为古神手中攥着的宝物而来。"众人没有言声，算是默认了。

"大家请看，这不是古神的左手骨，而是右手骨，羊皮古卷上记载：古神的左手攥着一件闪闪发光的不明物件掉落群山，但这不是那只神手！"副院长的话像一块巨石投进了平静的湖面，激起轩然大波，人群再次沸腾，不过立刻便静了下来，每个人都望着他，想听下文。副院长道："大家都已经看到了，这块神骨是被一个女孩找到的，若想明白其中的秘密，只有问她……"

小公主注视着空中的两头巨龙，不断和怀中的小玉做比较。"不就是个子大点嘛，还是我的小玉漂亮。"辰南看她惹出这么大的祸还满不在乎，现在还有心情拿巨龙和虎王比较，真想削她一顿，他忍着这股冲动，推了推她，道："小惹祸精，你有麻烦了，那个老头在谈论你。"

小公主仔细倾听后，愤愤地道："臭老头太坏了，简直就是一个老狐狸，居然又把包袱甩了回来。辰南你不是说他们将要大战吗，怎么还没开始？"辰南再也忍不住，用力敲了她一下，道："你搞出这么大的阵势，弄不好就是一场流血大战，居然满不在乎！"小公主用手拍了一下额头，叹道："天啊，我给自己找了这么大的麻烦，若是解释不清，岂不成天被人追杀。"说到这里她望向辰南，道："你陪我过去好吗？""不去。"辰南连忙摇头。

小公主道："我一个人害怕，你若不陪我过去，我害怕一紧张说错话。万一我不小心说那块神骨是你给我的，那……"辰南闻言真想狠狠地掐她一顿。一声雕鸣，东方凤凰和她的金色巨雕从天而降。小公主喜道："老女人姐姐……"东方凤凰道："小邋遢，你真是屡教不改。"

看到一个小火球被东方凤凰丢了过来，小公主连忙改口，道："凤凰姐姐我不是故意的，只是一时顺嘴而已。"东方凤凰收起了小火球，道："小邋遢，我真是小看你了，先是在罪恶之城附近大肆抢劫，而后又栽赃、陷害同伴，现在又将祸水引到神风学院。你可真快无恶不作了，这次看你如何去面对群雄。"

小公主无辜地道："凤凰姐姐，那些都是我一不小心犯的错误，又不是我故意的，这次你一定要帮我，要不然我可能一不小心说错话，告诉那些人神骨是从神风学院挖出来的。"东方凤凰气道："什么？你……你居然敢威胁我？真是可恶到极点！"

小公主委屈地道："我没有威胁你，我只想让你和辰北过去保护我，我一个人害怕，一害怕也许真会说错话。"辰南和东方凤凰恨得咬牙切齿，最后不得不同她一起向学院大门处赶去。数千修炼者看到小公主登上学院门楼时，一下子沸腾了，有些人就要冲上去。

副院长高声喝道："大家不要冲动，让这个女孩把她所知道的秘密说出来。"数千修炼者的目光齐刷刷望向了小公主，看得她浑身不自在。当然和她一起出现的辰南和东方凤凰也很不自在，小公主若是处理不好这件事，他们也可能跟着受牵连，若是遭到数千人的追杀，光想想就觉得可怕。

小公主稳定了一下心神，很快镇定了下来，软软地道："我哪里知道什么秘密，我只是恰巧在那片神战遗迹找到了这块神骨而已。若是真有秘密，我会将这块神骨拿出来炫耀，为自己惹来麻烦吗？我之所以去找古神断落的手掌，全是因为这个臭老头。"说着，小公主一指身旁的副院长。修炼者哄然大笑，堂堂神风学院副院长竟然被一个小姑娘在大庭广众之下称作臭老头，还真是让人感觉新鲜。副院长气得胡子一翘一翘的，最后尴尬地摸了摸鼻子。

"我想加入神风学院，可是这个可恶的坏老头却故意为难我，他非要让我将古神断落的手掌找回来，不然不让我加入。所以我只能拼命地找，结果真的被我找到了。臭老头这么可恶，我当然想教训教训他，就把你们引来了。我真的很失望，你们为什么不暴扁这个坏老头一顿？"小公主貌似天真的话语，引得在场众人一阵大笑，几乎所有人都认为这只是一个贪玩胡闹、无法无天的小姑娘，众人渐渐相信了她的话。

"另外我还有证人，就是她。"小公主转过身把东方凤凰让到了前边，同时她小声冲副院长道："臭老头你如果不配合我，我就大喊神风学院其实早已找到了古神的左手和那件神秘宝物。"当着数千修炼者的面，副院长刚才被小公主左一句"臭老头"右一句"坏老头"地叫个不停，心中郁闷无比。此时又听小公主威胁他，他真有股抓狂的冲动。

小公主大声冲众人喊道："她奉臭老头之命，一直在暗中跟随、保护我，可以证明我只捡到了古神的右手骨而已。"副院长郁闷无比，竟然被威胁要为小公主圆谎，硬着头皮道："唉，这个小姑娘是我一个老友的孙女，我只是和她开了一个玩笑而已，没想到她竟然当真，结果搞出了这么大的阵势。"接着他指了指东方凤凰，道："这是我们学院的学生，的确一直在暗中跟随、保护着这个小姑娘，请她说一下所见、所闻吧。"

东方凤凰硬着头皮，道："我驾御着神雕一直跟在她的后面，发现她确实只找到了古神的右手骨而已。"

神风学院门前一片喧哗，众人已相信小公主只是一个顽劣的女孩，这一切只不过是个这个女孩惹出的一场闹剧而已。当然这个女孩找到神骨后，也更加令他们确信那片神战遗迹真的遗落有古神的宝物。"事实"已经摆在眼前，围在学院门前的数千修炼者，没有人敢再冒犯神风学院。毕竟，神风学院内高手如云，仅片刻工夫就冲出两名巨龙骑士，谁知道里面还有几头巨龙。那些恐怖的魔法师、神秘的修道者还没有露面，这样超强恐怖的高手若是出来几十个，再加上学院内数千名学生，恐怕这些修炼者只有挨打的份。

最后副院长大声道："若是有人对这块神骨感兴趣，可以留下来来观看，若是无兴趣，就请快快散去吧。"大部分人渐渐散去，只有少部分人在学院门前排队观看古神的右手骨。

喧闹的场面持续了两个时辰才结束，在这个过程中，两名巨龙骑士冷冷地注视着下方，直到围在学院门前的修炼者全部散去，才返回神风学院。学院门前变得冷冷清清，副院长收起了脸上的笑容，身体在原地留下一抹残影，瞬间出现在小公主的身前。他一把将小公主举了起来，对着她吹胡子瞪眼，道："小麻烦你真是可恶透顶，居然惹来这么大的麻烦，你知不知道刚才差一点就酿成一场大祸？双方若真是交起手来，后果难以想象，我真想……哎哟，你竟敢揪我的胡子，快放手，哎哟……"

小公主一点也没有愧疚之色，使劲地扯着副院长的胡须，气道："死老头、臭老头，谁叫你那样为难我的，活该！现在还敢对我抱怨，我揪、我扯，拔光你所有的胡须。"小公主两只玉手使劲地拔着副院长的胡须。辰南、东方凤凰，还有学院门前的几十名学生看得目瞪口呆，而后忍不住爆发出一阵大笑。他们怎么也没有想到，修为深不可测、狡猾如老狐狸般的副院长会遭到这种待遇，都笑出了眼泪。

副院长一阵惨叫："放手，小麻烦快放手……"小公主道："你先放手，把我放下来。"副院长急忙将小公主放在了地上，小公主临松手时不忘记狠狠地扯上一把，痛得副院长一阵龇牙咧嘴。小公主气道："哼，本公……本小姐不是好欺负的，这只不过是给你的一个小小的教训而已。"

副院长真想拍小公主一巴掌，但想到她身份不同一般，而且刚刚接见过那个恐怖的老人，不好和小公主一般见识。他尴尬地朝附近望了望，还好学院中那些老古董没有在场，不然他一定会被奚落死。他冲着围观的学生瞪眼道："你们看到了什么？"几十个学生面面相觑，他们深知这个老头的手段，最后齐声道："我们什么也没有看见，院长大人如果没有什么事，我们先回学院了。"说完，他们跑进了学院，而后又是一阵大笑。

副院长气道："你们这帮家伙，我早晚收拾你们。"辰南走了过去，把小公主拉到了一旁，捏着她的脸道："你这个小恶魔真是可恶无比，这次一定要把你关起来，若再任你去胡为，说不定会把天给捅个窟窿。"

副院长一阵惊疑，他已经明白小公主的身份，看到辰南对她如此无礼，他不禁猜测起辰南的真正身份来。小公主用力打掉了辰南的手，道："谁跟你回去，我现在已经是神风学院的学生了，以后不跟你在一起了。"

副院长一阵头痛，小公主若是加入神风学院，可以想象她定会将这里闹个鸡飞狗跳。东方凤凰带趣地打量着小公主，道："小邋遢，加入神风学院每学期需要交纳三千金币，你抢来的那些钱都已经被没收了，难道你还要去抢吗？若是那样，神风学院再也不会接受你。"副院长像是抓到了救命稻草一般，道："对，没有足够的学费不能够加入神风学院。"

辰南现在不急着抓小公主回去了，想看看她怎么对付副院长这个老狐狸。小公主气得叫道："你们歧视穷人，难道没有钱就不能进入学院学习吗？"

副院长道："错，我们并没有歧视任何人，附近的山脉中魔兽众多，任何青年强者都可以靠猎杀魔兽获得魔晶核来支付学费，另外城中也有佣兵工会，可以到那里领取任务，获得高额报酬，真正有本事的人不会为自己的学费发愁。"

小公主愁眉苦脸起来，叹道："那样太耗费时间了。"但随后又笑了起来，道："要不然这样吧，我把那块神骨以一百万金币卖给你们如何？"

副院长听闻此言，差一点坐在地上，连连摆手道："你快拿走吧，简直比强盗还要凶猛。"

"你不要拉倒，我去卖给那些王公贵族，肯定会有好多人抢着要。"

副院长咳嗽了一声，道："这个……其实如果便宜一些，我们可以商量一下。若不是学院一直在搞研究，急需这块神的手骨，我根本不会考虑。"辰南听得清清楚楚，心中一惊，究竟是什么样的研究需要神的手骨呢？

小公主道："我管你们急不急需，一口价十万金币。"

副院长肉痛道："三万金币。"

"不行，八万。"

"三万五。"

小公主道："臭老头你太小气了，我再说最后一次，五万金币，要不然你就把神骨还给我。"副院长看小公主一副坚决的表情，咬了咬牙，道："好，就五万金币。"他从怀中掏出五张金票，道："这是五张一万的金票，你收好，从此这块神骨归身风学院所有。"说罢，小心翼翼地将神骨收了起来，看得出来这块古神的手骨对神风学院来说异常重要。

小公主高兴地接了过来，眉开眼笑道："臭老头，其实你给我两万金币，我也会卖给你。""天啊，小丫头为什么要说出来，呜……等我走远以后你再说也可以啊！"副院长后悔不迭。"不当你面说，怎么能够让你后悔呢？"小公主不再理会副院长，自语道："以前有钱的时候没觉出什么，这几天一直在为钱发愁，突然多了这么一大笔钱感觉真好啊！"副院长道："两天后你来学院报名吧。"而后他向神风学院走去，东方凤凰也跟着一起离去。

小公主正在美滋滋偷乐时，一只大手从旁快速伸了过来，一把抢走了五万金票，她急道："啊，败类、臭贼，你又抢我钱，快还给我！"辰南将金票揣进怀中，道："小孩子要那么多钱干吗，我帮你收着吧，什么时候用，我什么时候还给你。"

"不行，快还给我，这次是我光明正大赚来的，我费了那么大的劲，决不能让你不劳而获。"小公主急得眼睛都红了。小玉从一个角落里蹿了出来，扑到了小公主的怀中，对辰南虎视眈眈。

辰南道："我只是暂时替你保管一下而已，到时候不会少你一分钱，前提是你要听话，不许再到处乱跑闯祸。好了，现在和我回客栈吧。"小公主道："死败类，别以为抢了我的钱，就能够控制我。等着瞧，我一定会报复你的。"辰南不顾小公主的挣扎，拉着她向客栈走去。


神风学院名扬大陆，不仅因为它悠久的历史，还因为这里每一代都有绝世高手出世。学院共分四系：修道系、魔法系、东方武系、西方武系。每年来这里报名的年轻人都数以万计，学院为广纳有为青年，每月的月初都会大开院门，录取其中的佼佼者。

凡是通过神风学院入学测试的年轻人皆是阶位强者，他们一旦进入学院都将被一视同仁，只有入门先后之分，没有高年级与低年级之分。每个人平时跟自己选定的教师修炼，到期末进行考核，若考核成绩每次都糟糕透顶便有被扫地出门的可能。强者轻松过关自然无话说，稍微差一点的学生迫于压力不得不刻苦修炼，故而学院修炼之风甚盛。当然以上标准只适合于正常录取的学生，对于那些花天价进来的王孙贵女，学院会适当降低标准，毕竟这些人是学院的大财源，也起到了一定的"名人效应"。

这两日，小公主一直待在客栈，辰南威胁她"若是敢出去惹是生非，到时五万金票一分钱也不会给你"，她恨得咬牙切齿，若不是加入神风学院急需用钱，她肯定会将这些话当作耳旁风。期间辰南再次帮她化解了一次困神指力。

这次古神风波，参与者有一半是青年人，这些人不光是为神手中的宝物而来，绝大多数人还想报名加入神风学院。第三日清晨，神风学院门前人流涌动，称得上人山人海，学院的大门被围了个水泄不通。小公主亮丽无双，身穿浅黄色长裙，怀中抱着雪白如玉的小玉，看起来清纯无比。小公主绝色的容颜吸引了无数男子的眼球，同时招惹来无数女子的嫉妒。

来神风学院报名的年轻人当中，有不少人曾经去过神战遗迹寻找古神断落的左手，好多人认出了小公主，顿时议论纷纷。一传十，十传百，还没有正式报名，辰南和小公主便已成了"名人"，到最后几乎所有人都认识了这对"兄妹"。小公主越听脸色越差，挤出人群，辰南苦笑着跟了出去。片刻后，虎王小玉冲天而起，自众多年轻人头顶飞跃而过，冲进神风学院。众人看到这对兄妹如此张扬，不禁目瞪口呆。很快，这对"兄妹"便成了这届新生中的传奇人物，几乎无人不知。

神风学院的学生看到小玉从天而降时，先是惊愕，而后忍不住露出了笑意，绝大多数人都已经知晓前两天发生的事情，女孩扯过副院长的胡须，被副院长称作"小麻烦"。

到无人之处，小玉变成了小猫般大小，小公主抱起它向前走去。副院长正好走来，看到二人明显一愣，道："大门还没有开，你们怎么进来了？"小公主满不在乎地道："当然是飞进来的。"

副院长惊道："你……你敢强闯学院？"小公主娇蛮道："我来报名，辰南快把学费给臭老头。"副院长咳嗽了一声，尴尬地道："我是一院之长，以后不得这样称呼我。"小公主气声道："臭老头，你知道那些新生怎么议论我吗？他们都叫我'小麻烦'，都怪你这个臭老头，若不是你，他们怎么会这样议论呢，哼！"副院长尴尬地摸了摸长短不齐的胡须，道："谁叫你惹了那么多麻烦，好了，我领你去交学费吧。"

交学费处在第三层院落里，副院长和收费的老人低声交谈了几句，便匆匆离去。辰南把准备好的金票递了过去，小公主趁这个机会快速向他怀中掏去，被辰南攥住手。收费的老人诧异地看着他们两人，辰南尴尬地笑了笑，道："我这个妹妹从小就调皮捣蛋，总喜欢胡闹。"小公主刚要斥骂，忽然感觉自己被攥住的那只手传来一道古怪的力量，闭住了她的穴道，令她不能言、不能动。

收钱的老人笑了笑，冲辰南道："说一下你妹妹的姓名，我需要登记一下，安排宿舍。"辰南道："小麻烦。"老人道："看来又是一个身份显贵的学生，不愿意说出真名。"此时，小公主望着辰南的双眼都快喷出火来了，用"小麻烦"这个名字在这里登记，那么以后她在这里的身份就真的是小麻烦了。老人登记完后，道："过两天住宿管理中心还会单独收一笔住宿费。"而后他递给辰南一把带着竹片的钥匙，道："竹片上写着院落号和房间号，带你妹妹去看看宿舍吧。"

辰南输进小公主身体一股暗力，解开了她的穴道，拉着她向前走去。小公主发出一声尖叫："败类，我想杀了你！""走吧，不要胡闹了，让人家看了笑话。"辰南拖着她向前走去。路上小公主又吵又闹，收费的老人摇了摇头，叹道："真是一对古怪的兄妹。"

宿舍干净整洁，不过小公主看到屋中有四张床后，立刻尖叫了起来："什么！居然要我和人同住？不行，我要找副院长那个臭老头给我换房间。"辰南道："又不是没和我同住过，习惯就好了。"小公主像是被踩到了尾巴一般，气急败坏地叫道："不许提以前的事，我现在和你没有任何关系，不需要你管我。"辰南道："你放心，只要把你交给神风学院，你就是把罪恶之城拆掉，我也决不会再多管闲事。"自从见到老妖怪后，辰南巴不得早点甩掉小公主。

随后，二人回到学院大门处，此时大门已经大开，来报名的年轻男女已经涌了进来。副院长正站在院中一块高台上讲话："……你们都是人中之杰……其中的佼佼者将会被学院录取……现在和我去演武场参加测试。"来报名的年轻男女足有两千人，排着长长的队伍，跟在副院长身后向学院里面走去。辰南和小公主也跟了过去，想看看学院怎样录取新生。

两千人在巨大的演武场内一点也不显得拥挤，副院长大声道："测试很简单，你们需要过三关，受到一些高手的攻击。考官虽然很少，但能够保证每个人被攻击的次数一样，三关过后还能够站在这里的人，可以成为神风学院的新生。"

两声震天咆哮过后，一绿、一黑两头巨龙自学院深处升腾而起，正是当日群雄围困神风学院时出现的那两头巨龙，两名外貌一样、神色冷峻的中年龙骑士各自立在龙背之上，手握巨剑冷冷地俯视着下方。

"第一关，抵挡两个巨龙骑士的攻击，请参加者注意，若是没有达到阶位境界请尽早退出，以免造成不必要的伤害。"望着空中那两个庞然大物，许多人都感觉恐惧无比，不少人纷纷向后退去，结果场中仅留下一千人。

副院长再次喊道："若没有人退出，测试马上开始。"结果又走出了二百人，剩下的八百多人再无人退缩。"好，测试开始。"

两头巨龙俯冲而下，两名龙骑士挥舞巨剑向下劈出一道道斗气，蓝色和绿色的斗气像潮水一般向下涌去。演武场中那些参加测试的年轻人或用魔法、或用兵器，纷纷出全力抵挡。空中斗气纵横激荡，场内不时有兵器断折、魔法屏蔽破裂，许多人鲜血淋淋，重伤而退。

小公主没想到测试竟然这样残酷，不禁暗暗庆幸自己的幸运，由于过度紧张，不知不觉间用右手使劲掐住了辰南的胳膊。辰南道："喂，小恶魔你在干吗，为什么使劲掐我？哦，我知道了，原来你在害怕，哈哈，真是笑死我了。"

小公主尴尬地道："胡说，我才没有害怕，我只是看那两个臭龙骑士长得一样有些奇怪，一时看得出了神而已，不然谁愿意和你站在一起。"说着她远离了辰南十几米。一声轻笑在小公主背后响起，东方凤凰走了过来，道："小遢遢你可真有意思，居然报名叫小麻烦，真有性格。"

听到"小麻烦"三个字，小公主恨得咬牙切齿，恼声道："是那个败类替我报的名，我恨死他了，真想立刻杀掉他。对了，凤凰姐姐，学院为什么给我那样一间破宿舍，居然要四个人同住，我要找院长那个臭老头给我换房间。"

东方凤凰笑道："学院有规定，一间宿舍一学期一千二百金币，由宿舍中几个学生平分，你若想住单间，每学期就要独立支付一千二百金币。"小公主惊叫道："天啊，神风学院在抢钱吗？"东方凤凰道："修为达到阶位境界的学生，完全能够凭借自己的实力赚够所需费用，这也是学院对每位学生的一种变相考验吧。"小公主道："这是赤裸裸的抢劫。"

东方凤凰笑道："院长可是对你另眼相看呦，鉴于你找到神骨有功，院长决定免你一年住宿费，当然是两人的房间，到时候我们一起住。"小公主狐疑地道："他不会是不放心我，让你看着我吧？不然为什么不让我享受一个人一个房间的待遇？"

东方凤凰暗道："当然是让我看着你，免得你到处去惹麻烦。"面上笑道："入学的新生都要由人带一段时间，帮助他们熟悉学院的环境。院长对你已经破例了，我估计他之所以这样照顾你，就是早已料到你要去'麻烦'他，怕胡须再被抓下一大把。"

小公主笑道："我又不是故意的，只是不小心碰到了他的胡须而已，没想到竟然碰掉了那么多。"东方凤凰道："不小心？怎么你每次犯错都是不小心啊！"小公主道："凤凰姐姐，那两个臭龙骑士怎么长的一样啊，难道他们是孪生兄弟？"东方凤凰道："对，这两人确实是孪生兄弟，修为皆高深无比，是学院的新锐教师。"

四阶巨龙骑士可以说是高手中的高手，修为可用深不可测来形容，这次只不过对报名人员进行一下测试而已，所以两人都未全力出手，只不过攻击的频率非常快，斗气一波接着一波，远远望去，演武场上方一片彩芒。但即便如此，盏茶时间已有数百人退了出去，还有不少重伤之人倒了下去。这时，守候在一旁的神风学院学生便会快速冲进场中，将那些伤者抢救出来。当然倒在地上的美女会先一步被救出来，这是"色狼"们向美女示好的最佳时机。

一刻钟过后，第一关测试结束，两名龙骑士驾御着两头巨龙飞进了学院深处。场中能够站立之人减少了一半，只有四百余人顶住了三次斗气攻击。

"第二关，抵挡三位魔法师的攻击。"副院长话落，三名魔法师飘浮到了空中，三人没有多言，上来就开始念动咒语。空中的魔法元素剧烈波动起来，而后大片的火焰从空中降下。众人或躲闪，或发出魔法、斗气、真气等抵抗。火焰过后，无数寒光闪闪的风刃向地面射去，冰枪紧随其后，偶尔还会有闪电从天而降，演武场中魔法攻击疯狂肆虐。

许多人纷纷带伤退出，仅一会儿工夫，场中便不足二百人。一刻钟过后，第二关测试结束，场中仅余一百二十多人。

"第三关测试即将开始，若自觉实力不足请尽快退出，这一场将由一位修道者对你们发动攻击。"

演武场传出一片惊呼，一个衣衫宽大，长袖飘飘的老人脚踩飞剑，从远处破空而来，老人仙风道骨、鹤发童颜，仿若神仙中人。所有人都震惊无比，修道者平时很少见，像这样修道有成之人更是难得一见，这绝对是一个五阶绝世高手。场中接受测试的年轻人中仅有几名修道者，当他们看到这个如仙人一般的老者后，皆露出了惊喜的神色。辰南叹道："元婴期的五阶修道者果然了得，竟然能够御剑飞空，真是让人羡慕啊！"

老人落在了场内的高台之上，脚下的飞剑如闪电一般快速向场内众人斩去。场内魔法狂舞，真气、斗气澎湃激荡，众人无不奋力抵挡飞剑，毕竟这是最后一关了。飞剑在场内旋转了一遭，又飞向了老人，老人御剑而去。这一次没有一个人倒下，但许多人身上的衣服都已破裂。

副院长朗声道："衣衫完好者留下，其他人退出。"许多人失望地离去，最后场中只余二十九人。

小公主叫道："两千人中只有这二十九人合格，也太夸张了吧！"东方凤凰道："你以为什么人都可以进入神风学院吗？只有真正的阶位高手才可以凭借自己的本领进入。"小公主疑惑道："那为什么神风学院有数千人啊？"东方凤凰道："有大部分人都是王孙贵女，是交了天价学费才进来的。"

通过测试的这些人当中，有两人引起了辰南的注意，第一个人是辰南的一个熟人，拜月国三皇子仁剑。所有通过测试的人都露出了笑意，仁剑却荣辱不惊，依旧沉稳。在看到他的一瞬间，辰南明显一愣，虽然他和仁剑只相处了几天，却明显感觉他野心勃勃，是一个不甘屈尊于人下的野心家。他不在己国争权夺势，却跑到这里来修行，明显不正常，肯定有变故发生。辰南看了看不远处的小公主，她正在咬牙攥拳，他知道不久的将来仁剑有难了。

第二个人是一个金发女子，女子凹凸有致的身材惹火无比，饱满的双峰，盈盈一握的细腰，浑圆的臀部……让人遐思无限。她的容颜也许没有小公主和东方凤凰美丽，但性感、妩媚、妖娆却远远过之，这是一个令男人能够产生最原始欲望的尤物。绝大多数男人的目光都集中在她的身上，人群中甚至传出了"咕噜""咕噜"咽口水的声音，许多女子现出嫉妒的神色。

"咳……"副院长的咳嗽声打断了所有"色狼"的不良幻想。"这个月的报名者总共有二十九人顺利过关，欢迎你们加入神风学院……"小公主不满地叫道："唠唠叨叨，满嘴官腔。"辰南走了过来，道："小恶魔，今次你的大仇人来了，到时候就看你的表现了。"

小公主咬牙切齿地道："我决不会放过他，也不会放过你。"辰南"咚"的一声敲了下她的额头，道："敢威胁我？"小公主道："死败类又敲我，哎呦……凤凰姐姐帮我揍他。"东方凤凰将小公主拉到了身后，冷冷地道："这是神风学院，她已是学院的学生，你没有资格碰她。"

辰南面对东方凤凰冷冷的目光毫不退让，道："我教训我妹妹，你也要管吗？"小公主气道："无耻，谁是你这个败类的妹妹？"东方凤凰道："别以为我不知道你们两个的关系，你赶快离开这里，不然别怪我对你不客气。"

"你是一个魔法师，和我这个武者站这么近，还敢如此张扬，嘿嘿……"辰南不怀好意地笑了起来。东方凤凰一惊，拉着小公主急忙向后退去。辰南不慌不忙地跟了几步，令东方凤凰大惊失色，她怒道："你……敢在神风学院撒野？"辰南道："撒野？谈不上吧，你走你的路，我走我的路，我们谁也没有妨碍谁。"

东方凤凰面色一寒，没想到辰南竟敢在这里出言调侃她，不过她还真不敢轻举妄动。如此近距离，她若施展魔法，恐怕还未念完咒语，对方就已擒住了她。

小公主唯恐天下不乱，大声叫道："败类你竟敢调戏凤凰姐姐！"此言一出，无数人向这里望来，东方凤凰又羞又气，狠狠地捏了小公主一把。小公主夸张地叫道："哎呦，凤凰姐姐你干吗捏我，是败类调戏你，又不是我调戏你……"东方凤凰一把捂住了她的嘴巴，她真想找个地缝钻进去，堂堂魔法系的天才少女，竟然在这种场合发生了如此尴尬的事情，她感觉双颊火辣辣发热。附近所有青年男子都向辰南投去了杀人的目光，有些人已经开始向这里移动。

辰南小声道："小恶魔，别忘了你身上的困神指力只有我能够化解，你好自为之。"他看了看向这里围拢过来的学生和那些参加测试被刷下来的青年，做出一副彬彬有礼的样子道："凤凰小姐，改天我再陪你去散步吧，今天有事先行一步，麻烦你以后多照顾一下我妹妹，妹妹不要想我啊。"那些男子皆一阵发呆，辰南没有作片刻停留，快速穿出了人群，而后溜之大吉，身后远远传来两个女人气急败坏的叫骂声。

辰南快速逃离了神风学院，他不知道，在接下来的几天里，他的"败类"大名和小公主的"小麻烦"大名，名传神风学院，几乎每个学生都知道了他们这对"兄妹"。同时东方凤凰时时在诅咒他，准备找他算账。

辰南从神风学院返回客栈后，快速收拾东西，住进了另一家客栈。第二天，东方凤凰和小公主带着六七个美貌的少女闯进了那家客栈。这些人将辰南原先住的房间包围后，纷纷施展魔法，闪电、风刃、火焰……疯狂肆虐，房屋轰然倒塌。

客栈的老板和伙计吓得战战兢兢，不知道这些学生为何如此愤怒。众女在房内没有发现辰南，又惊讶又气愤，无奈地赔偿客栈老板一定数额的金币后撤离。当天下午，辰南回来"观测敌情"，被眼前的景象震惊，不禁擦了一把冷汗道："女人真是可怕，幸亏我有先见之明。"

皓月当空，清辉漫洒。如水的月光令整个罪恶之城朦朦胧胧，远远望去像是披了一层轻纱一般。夜深人静，辰南却无丝毫睡意，推门而出，轻轻跃上了房顶，将凉席铺在瓦片之上，躺在上面仰望月空。

在这个月圆之夜，他心中隐隐有一股不安的感觉，他对自己的灵觉一直深信不疑，开始时他以为将有凶险发生，但随后否定了那种猜测。与其说是不安的感觉，不如说是来自心灵的震颤。若有若无间，辰南感觉到有东西在呼唤他，是那种呼唤和他的心灵发生了共鸣，令他魂不守舍。

随着时间的推移，那种呼唤越来越强烈，他吃惊地发现，身上竟然发出了淡淡的光芒，散发着一股神圣的气息。这决不是家传玄功运转时透体而出的金色真气，反到类似古神手骨散发着的淡淡圣光，这股圣洁的光辉令辰南感觉浑身舒泰无比，却越来越难以平静。此时他已清晰地感应到了那股呼唤，赫然是来自城北神战遗迹的方向！

辰南心中很乱，隐隐觉得神圣光芒似乎和他从远古神魔墓地复活有关。经过一番激烈的思想斗争，辰南再难以忍耐，腾身而起，向城北的方向赶去。当他运起家传玄功时，他发现身上的"圣光"消失了，但那若有若无的呼唤依旧缭绕于他心间。

出城之后，辰南步入山林，此时山中很静，只有夜鸟偶尔啼鸣，夜风轻轻拂动，花草的香气在林中弥漫。他细心感应着那丝呼唤，在山中飞快穿行，林中栖息的鸟兽不时被他惊跑。半个时辰后，辰南来到了神战遗迹，放缓了脚步。本来这里人迹罕至，但近来由于神手传闻，方圆三十里时常会有修炼者出没，只有晚间才最为安宁。

辰南翻过一座座被古神击断的山峰，来到了那个干涸的湖谷，河流已经改道，原本的湖泊变成了低谷。呼唤正是源于这里，他站在谷中央一动不动，放开身心，融入天地，圣洁的光辉再次从他身体透发而出。

月光如水，万籁俱寂，一道发光的人影独自静立在谷中央。在这一刻，辰南心中空灵无比，他闭着双眼，却能够感觉到附近的一草一木。他看到两只鸟儿在一棵树上交颈而眠，他看到一只山鼠从洞中探出了头，他看到一只野狐正在暗中警惕地注视着他……

附近的景物真真切切传入了他的脑中，在极静中他融入了这片天地，附近的一切都为他所知。最后他赫然发现，呼唤竟是来自脚下。一丝微弱的波动从地下传来，恍惚间他似乎听到了一个女子的呼喊："我要重见天日……"他一下子惊醒了过来，再想捕捉那丝飘渺的声音时，却已无任何声响，只有若有若无的波动传入他的心中。

"地下……那丝波动竟然是来自地下！"辰南低头自语道，拔出背后的长刀，集全身功力于刀身。在月色朦胧中，长刀泛出耀眼的光芒，宛若一轮骄阳般璀璨夺目，他用力向地面劈了下去。"轰！"一声大响，沙石飞扬，一道巨大的裂痕出现在谷地正中央。突然，一道清泉从裂痕中冲出地表两米多高，清冽的水花自空中洒落地面。辰南一惊，急忙后退，然而更让他吃惊的还在后面。

被他用长刀劈出的巨大裂痕在慢慢扩大，附近的土层正在向下陷落，谷内所有事物都开始震动，辰南大吃一惊，飞快向谷外跑去。他立在山谷的边缘，吃惊地望着谷内的变化。整片谷地在慢慢破碎，一条条纵横交错的裂痕出现在谷中，土层不断向下塌陷，泉水自那些裂痕不断涌出地表。

辰南仔细观察，发现地表之下竟然是断岩层，断岩层五尺之下竟然是一个地下湖。他一刀之威，为地下湖破开了一个缺口，下面的水涌了上来，使附近的断岩层和泥土跟着塌陷，造成了连锁反应，地下湖上方的断岩层彻底碎裂塌陷下去。片刻工夫，干涸的湖谷变成了湖泊，且水位不断上涨，附近栖息的鸟兽惊慌逃窜。辰南看了看不远处那条改道的河流，地下湖一定是在河水改道后的数千年中形成的，河流必然有暗道和地下湖相通。

半个时辰之后，湖中水位不再上涨，慢慢平静了下来，一个美丽的小湖出现在原来的谷地。湖平如镜，月华如水，清风夹杂着丝丝野花的芬芳轻轻拂动，在这一刻，山林宁静而又幽美。辰南心中一阵激动，呼唤源自湖底！湖水最深处散发着一团圣洁的光辉，朦胧间可以看到那淡淡的光芒似乎是从一段白玉发出，他知道那是众多修炼者苦苦搜寻多日的古神左手，呼唤他至此的必是古神左手中的神秘宝物！

小湖到底有多深，辰南无法目测，他不知道自己能否安然潜入到湖底。古神手中的神秘物件的确吸引人，但暗黑无光的湖底让他感觉到了一丝危险的气息，不敢轻易跳入湖中。他将一块巨石投进了湖里，溅起大片水花，荡起层层涟漪，但湖水中没有任何动静。他还有些不放心，想抓一只山兽投进湖中，但刚才湖谷断石层下沉的巨大的响动早已惊跑了附近的鸟兽，他转了一圈没有丝毫收获。

望着漆黑的湖底，辰南犹豫了一下，脱掉了身上的外衣，将长刀也摘下来放在了地上，手握两把寒光闪闪的匕首跳进了湖中。湖水冰凉无比，湖中光线很暗，他只能依稀看到三四丈范围内的景物，好在湖底的神骨散发着淡淡的光芒，使他有一个明确的目标。

辰南努力下潜，很快便来到了原来湖谷和地下湖的交界处。到这里水深已有六丈，虽然他已感觉到了一些压力，但身体并无大碍。进入地下湖后，他依稀看到了附近的景物，这里竟然是一个地下溶洞，里面充满了钟乳石、石笋、石柱、石花、石幔、石瀑等岩溶堆积物，千姿百态，瑰丽神奇。辰南心神一跳，感觉危险正在接近，但水中漆黑朦胧一片，很难发现有什么异常。

古神断落的左手并没有沉在湖底，而是挂在一片离湖底一丈多高的石花之上，将他引来的波动正是从那里传出。辰南费力向下潜去，当他离古神手骨不足半丈距离时，感觉身体一阵发寒，借着神骨发出的光芒，他看清了湖底的景象。原先湖谷掉落的那些岩层、土石上方爬满了水蛇，还有更多的水蛇从那些土石中向外游动。无数条水蛇在湖底舞动，像乱草一般密密麻麻。

此情此景令辰南心惊胆战，尽管知道水蛇不会主动攻击人，但若是不小心游到水蛇群中去，后果难以想象。溶洞大概有五丈多深，他小心翼翼地游到那片石花处，就已经感觉到了莫大的压力。神骨散发着淡淡的光芒，在漆黑的湖底显得有些诡异。洁白如玉的手骨上缠绕着一根似蚕丝般透明的细线，细线上穿着一个拇指大小的玉如意，晶莹璀璨、光彩夺目，一望而知是极品宝玉，其上无丝毫雕琢痕迹，仿若浑然天成。

辰南轻轻将玉如意从神骨上取了下来，而后挂在了自己的脖子上，难以抑制心中的兴奋，两个古神舍生忘死争夺的神秘宝玉竟然落在了他的手上。他想将神骨一起取走，但想到若是被人发现，将面对永无止境的追杀，遂未动手。正在这时，一股强烈不安的感觉袭上了他的心间，他感觉到了一股巨大的危机感。

在这一瞬间，辰南发觉他头顶上方的湖水一阵波动，急忙抬头，只见一条似鱼非鱼、似蛇非蛇的水怪像箭一般快速朝他袭来。水怪长约一丈，头生独角，蛇身鱼尾，正张着血盆大口向他咬来。辰南急忙向旁闪去，水怪那锋利如剑的牙齿与他擦身而过，但它的躯体却一下子缠上了辰南的腰腹。这是辰南头一次在水中作战，不过这并不影响他发挥。他左手匕首向回转而来的水怪巨口猛刺而去，右手匕首则狠狠地斩向缠在他身上的蛇身。

血水涌动，辰南的两把匕首都给水怪造成了致命的伤害，左手匕首深深刺进了水怪的上颚，右手匕首则斩断了它的躯体，血水令他眼前一阵模糊。水怪一阵剧烈扭动，向湖底沉去，眨眼间便被水蛇淹没了。他不敢停留，急忙向上游去。可在这时，旁边一丛石钟乳背后再次出现一条水怪，这条水怪有水桶粗细，长足有三丈，看起来要比刚才那头凶猛许多，在黑暗的湖底，水怪的双眼如灯火一般明亮，透着森森的寒意。辰南不敢轻举妄动，手持双匕冷冷地注视着它。

这头水怪张开血盆巨口，喷吐出一道电光，他虽然避过了那道电光，但水中处处导电，强大的电流在刹那间令他浑身发麻，失去行动能力。水怪扭动蛇躯，长大的尾巴狠狠地抽在了辰南的身上，将他抽得横飞出三丈距离。鲜血自他的口中涌了出来，在他无法运功抵挡的情况下，这大力的甩抽令他受了严重的内伤。胸腹间剧烈的疼痛令他恢复了知觉，他刚要动，突然发现又有四五条三丈多长的水怪从远处飞快游来。

辰南头皮一阵发麻，一条水怪已经令他难于应付，这么多条简直没有任何战胜的希望。他口中向外溢着鲜血，身子一动不动，几条水怪嗅到了血腥味，均张着血盆巨口，露着森森白齿，吓人至极。辰南在几条水怪的血盆巨口即将触到他的身体时快速沉了下去，闪电般挥出了两把匕首，鲜血狂涌，两条水怪重伤。

同时，强大的电流再次让他失去了行动能力，一条巨尾狠狠地抽中了他。他的身子快速向湖底坠去，望着那如草丛般的水蛇，辰南吓得亡魂皆冒。剧烈的疼痛再次让他的身体恢复了知觉，十几条水蛇已经咬中了他，辰南感觉被咬中的地方一阵发麻，而且麻痹的感觉正在迅速蔓延向身体各处。他知道中了剧毒，一边吐血一边强行运转玄功，一层淡淡的金光自身上透出，震掉了咬在他身上的水蛇，但随后无数条水蛇蠕蠕而动，将他埋在了下面。

此时，无论他的怀中还是手脚之间都爬满了水蛇，身体不禁起了一层小疙瘩。虽然有护体真气阻挡，它们已经无法再伤害他，但他心中还是泛起阵阵寒气。透过密密麻麻的水蛇，辰南看见几条水怪正在嘶咬那两条受伤的水怪，鲜血狂涌，同时又有十几条水怪向那里游去，黑暗中十几双如灯火般明亮的怪眼令人心悸。短短一瞬间，那两条受伤流血的水怪便被同伴扯裂分食了，连一根骨头都没有剩下。辰南一阵发寒，这真是一个弱肉强食的世界，衰弱就意味着死亡。

水怪不断向湖底打量，但面对那密密麻麻，数万条蠕蠕而动的水蛇，它们也只得怏怏退去。过了好久，湖底又恢复了平静，辰南一直运转着家传玄功，已经将体内的毒素排了出去，只是严重的内伤却无法在短时间内痊愈。他慢慢曲膝蹲到了地上，双脚用力在地上一蹬，身体如一道金箭快速向上冲去。

十几条水怪感觉到了水中的强烈波动，快速向他追来。辰南暗暗焦急，他将两把匕首对准了自己的肩头，准备用疼痛恢复知觉。同时玄功运转到了极限，令护体真气充盈在体表。强大的电流再次袭来，辰南在感应到电流的一刹那，将匕首轻轻刺进了肩头，电流没有他想象的那样猛烈，他知道是护体真气起到了一定的作用。肩头的疼痛，加之护体真气的作用，让辰南没有失去行动能力，但水怪的速度远远快于他，几条水怪眨眼间便追了上来，张开血盆巨口向他咬去。

辰南没有办法，只能回头和几条水怪近距离搏斗，两道剑气自两把匕首激发而出，刺穿了两条水怪的身体，令它们鲜血狂涌。但他也被一条水怪的巨尾结结实实抽了一记，浑身筋骨欲断，强大的力量令他快速冲出了地下湖，负伤的水怪再次遭到了同伴的围攻，眨眼间骨肉不剩。

当辰南距离湖面只有一丈距离时，水怪又已尾随而至，他用力将两把匕首抛了出去，依稀间看见血花涌动。水怪似乎知道他即将逃离出湖水，这一次不再攻击受伤的同伴，一齐向他冲去。在这生死存亡之际，辰南激发了身体内的每一分力量，身体金光大盛，如熊熊燃烧的烈焰一般，连四周的湖水都沸腾了起来，他快速冲出了水面，向岸上落去。

在触到地面的一刹那，辰南虚脱了，再没有半分力量，他大口大口地喘着气，贪婪地呼吸着新鲜的空气。若是平时，他可以在水下待上半天不用换气，但今日生死险境中连番受伤，加之不断剧烈运动过早地耗光了精力，他差一点呛水。

过了好久，辰南才缓过气来，摇摇晃晃站了起来，惊异道："湖底竟然有这么变态的水怪，若不是我逃得快，恐怕这次就要成仙了！"湖水已经恢复了平静，神骨在漆黑的湖底散发着淡淡的光芒，那些水怪早已无影无踪。

"竟然害得我自残身体……"辰南一边咒骂，一边包扎双肩的伤口。他在湖边休息了一会儿，而后捡起地上的外衣和长刀向罪恶之城赶去。

半夜时分，辰南跌跌撞撞回到了客栈，水怪那几记强有力的攻击着实令他受伤不轻，进屋之后他便开始打坐调息，直到天光快放亮时他才收功而起。他的伤势虽然没有彻底痊愈，但已经好了大半，胸腹不再像起初那样疼痛，疲累之下，他倒在床上昏昏睡去。当辰南再次睁开眼时已经过了午时，他下地洗漱之后再次运功调息了一番，好久之后才长出了一口气。"没想湖底竟然这样险恶，居然有这等凶怪，参芝、仙草旁有灵兽守护也就罢了，神骨和宝玉这等死物旁边也有怪兽出没，真是没天理！"

他将颈上的玉如意摘了下来，托在掌心仔细打量，小巧玲珑的玉如意晶莹剔透，精致无比。在它的柄端有一个细微的小孔，透明丝线从那里穿过，使它成为一个挂件饰物，能够随身携带。"真是极品宝玉啊！没钱花的时候怎么也能够换上几万金币吧。"此话若是被玉器行的老人听见，非被气得背过气去不可，如此美玉在行家眼里绝对是无价之宝。

"这可是两个古神为之同归于尽的宝物啊，不过也没看出这个玉如意有什么奇特之处呢？"辰南翻过来调过去地看，除了肯定它是一件玉中珍品之外，并没有发现它有任何玄机。"能够被神看上的东西决非凡品，但它究竟有何奇特之处呢，这根透明丝线也有古怪，居然在水中泡了数千年而不烂，怪事！"他双手捏住那根丝线试着一点点加力，丝线无丝毫变化，到最后他运转玄功用力撕扯也未能将丝线扯断。"乖乖不得了，连这条丝线都是宝贝。"辰南将玉如意攥在手中稍稍用力握了一下，一股圣洁的光辉突然从他指缝间透出，着实让他吓了一大跳，他急忙松开手，玉如意掉落床上之后又恢复了原来的样子。

辰南试着将它再次握在手中，这次他一点一点加力，点点光芒自他指间乍现，同时，他感觉自己手上的力量正在被玉如意吸走。当他运转全身功力紧紧握住玉如意时，屋中光芒大盛，他掌间宛若有一轮小太阳。与此同时，他感觉全身的功力如潮水一般向玉如意涌去，他惊出一身冷汗，急忙停止了玄功的运转。"真是一块怪玉，居然能够吸人功力！"此时他已经确定，玲珑的玉如意决非凡物。随后他又研究了半天，但再也没有发现其他奇特之处。

"奇怪，昨天晚上即使相隔那么远，我都感应到了一股呼唤，如今近在咫尺我为何没有丝毫感觉呢？"辰南昨晚已经隐约猜出，可能是由于他自远古神魔墓地复活而出，身上多少沾染了一些神魔遗留的气息，故此才能够和古神遗留的玉如意相互产生感应。他一直怀疑、猜测他能够复活的原因，因此凡是关于古神的事、物，他都想弄清楚。但这时无论他怎样用心去感应，玉如意再无丝毫波动传出，再也无昨晚那时断时续的呼唤。回想起昨晚的种种经历，辰南有一丝迷惑，当时他放开心神之际，隐约间似乎听到了一个女子的呼喊，声音断断续续。他依稀记得好像是："我要重见天日。"辰南看着玉如意，脸上闪现出惊疑之色，他已经不能确定那是自己的幻觉，还是真的听到了一个女子的声音。

神战遗迹最中心地带，原先干涸的湖谷一夜之间碧水荡漾。这一消息迅速传回了罪恶之城，全城轰动，不仅城中所有修炼者向那里赶去，连许多平民百姓都忍不住好奇赶去观看"神迹"。神风学院也出动了大批高手，想在神战遗迹有所收获。

听到这个消息后，唯一能够保持冷静的家伙摸了摸衣服里的玉如意，嘿嘿笑了起来，他不慌不忙走进一家酒楼大吃大喝了一顿。吃过饭后，辰南来到一座茶楼开了个雅间，躺在藤椅上惬意地眯起了眼睛，他静静地听着雅间外那些茶客的谈话。南来北往、风吹草动，这种地方消息最灵通，罪恶之城大大小小的事情会在这里第一时间传播。

"你们知道吗，城北五十里那片古神战场发生了一件大事，干涸的湖谷一夜之间变成了水泽。湖里有水怪，还有古神断落的左手……"

"嘿，让你说，你倒吊我们的胃口来了，赶紧说。"

"我有个兄弟从那片神战遗迹回来，他说那边快开锅了，新出现的那个小湖的湖底光芒闪现，据猜测是古神的左手和未明的神秘宝物。许多人争先恐后跳了下去，但没有一个人能够再次浮出水面。那些人全都被水怪吃了，恐怖的水怪啊！蛇身鱼尾，头生独角，每一条都有三丈长，有水桶那么组细，张开血盆大口后连猪、羊都能吞下去，想想就可怕。"

"没人能够对付得了吗？"

"不好对付啊，那些修炼者在陆上也许是强者，但到了水中就束手束脚了，空有本领发挥不出来。再说那水怪也不是等闲之物，力大无穷，凶残如蛟蛇，而且还会放电，在水中令人避无可避，许多修炼者跳进湖中后都是先被电晕，而后被水怪吞食的。"

"好可怕的水怪啊！"

"是啊，到现在为止才不过杀死了六条水怪而已，但湖中的水怪仿佛杀不完一样，多不胜数。"

"怎么会有那么多的水怪呢，难道那个小湖真的是凭空出现的？"

"当然不是，据现场的高手讲，原先的那片谷地之下可能是一个地下湖，这次谷地塌陷将地下湖暴露了出来。地下湖与不远处的河流有暗道相通，那些水怪很有可能是这数千年来从河中潜进去的，把那里当成了巢穴。"

"可怕……"

……

这批人走后，时间不长又来了一批茶客，所有人都在议论那个一夜间现出的小湖。辰南从这些人的嘴里了解到了最新的消息，神战遗迹的丝毫变化他都知道得清楚清楚。从那些人的谈话中可以听出，并不是没有人能够潜入湖底取出神骨和神秘宝物，只是所有人都在观望，担心自己力搏水怪成功取出宝物后会被他人围攻而功败垂成。

后来几批茶客传来的消息和前几批人差不多，并无多大出入，直到太阳快下山之际，才又爆出一则惊人的消息：几位龙骑士联手诱杀了十几条水怪，而后七位强大的魔法师联手施展了一个威力绝大的魔法，将小湖彻底冰封了，湖里所有的生物都冰冻了。

这无疑是一则震撼性的消息，七位强大的魔法师合力击杀了所有水怪，令围在小湖旁的所有修炼者都兴奋不已，这等于破除了取得神之左手和神秘宝物的最大障碍。当然七位魔法师也为此付了惨痛的代价，他们耗光了所有的魔力，短时间不能再出手，使得湖面无法快速解封。人群中虽然还有不少强大的魔法师，但每个人都在观望，无人上前。事实上所有人都在积聚力量，等待湖水解冻，而后抢夺古神遗落的神秘物件。可以预想，一场混乱的大战已经无可避免！听闻消息后，辰南大吃一惊，暗叹魔法果然了得，确实有独到之处。

天黑之后，他离开了茶馆，回到了客栈，按照他的猜测，现在虽然是炎炎夏日，但被冻成冰块的小湖也不可能短时间融化。这晚辰南一直运转玄功疗伤，收功时已基本痊愈，他暗暗庆幸家传玄功的神妙。当年他曾不止一次询问辰战此功到底为何名，辰战虽然在武学上对他知无不言，言无不尽，但唯独对这套功法的名字不透露分毫，致使他至今不知所修为何法。

第二天，罪恶之城沸腾了，城中在传着一则更加震撼性的消息：众多修炼者从昨天白天一直守侯到深夜，终于等到坚冰溶化，无数人跳入湖中疯狂争夺古神遗落的神秘宝物，但众人只找到了古神断落的左手，并没有发现其他任何特殊的东西。而后众人互相猜疑，终于大打出手，鲜血染红了湖水，无数人死于非命，混乱争斗一直未停。辰南听闻后，慢悠悠向那里赶去。

远远望去，十几个飞龙骑士在小湖上方混战，还有几个亚龙骑士和巨龙骑士在一旁虎视眈眈。庞大的巨龙遮天蔽日，让人望而生畏。地上更是热闹非凡，刀光、剑影、闪电、火焰……有魔法师、有武者，所有人都在大打出手，场面混乱不堪……数十名伤者躺在地上不断哀号，小湖中飘着近百具尸体，湖水已经变成了猩红色，场面惨烈无比。千年前两个古神为了争夺神秘宝物而大打出手、同归于尽，千年后神秘宝物再次引起无数修炼者为之血战。

乱！罪恶来源于欲望，若每个人都能约束自己的恶念，这个世界上也就没有那么多的惨事发生。但不幸的是，场中每个人的心中都充满了贪念，都在怀疑对方得到了古神遗留的宝物，都想据为己有。

正在场面即将失控时，远处传来一声巨大的龙啸，声音如滚滚天雷一般，在神战遗迹上空激荡。正在空中混战的十几名二阶飞龙骑士闻声脸色骤变，他们的坐骑被吓得不受控制、惊慌逃窜。而在旁边观战的七名三阶亚龙骑士和五名四阶巨龙骑士也同时变色，他们坐下的龙也都现出了惶恐不安的神色。地面上混战的武者和魔法师也大惊失色，这巨大的龙啸令所有人都一阵胆寒，人们不约而同向传出龙啸的那个方向望去，混乱的场面暂时静了下来。

场中所有人都明白，那声龙啸决非发自四阶以下的龙。直到巨大的龙啸停止，所有的龙才恢复正常，"圣龙"这个称号在所有人心中一闪而过，只有五阶圣龙才能够令所有的龙产生惧意。毫无疑问，远方有一个圣龙骑士，一个绝世强者！从某种意义上说，龙骑士是修炼者中的战斗者，在同阶修炼者的对抗中占有莫大的优势。

龙骑士的坐骑与龙骑士阶位相同，等于两个强者组合到了一起。当然龙被驯服以后主要是充当坐骑，辅助龙骑士作战，不能够完全发挥它的实力。但即使这样的组合不能够达到两者实力的叠加，也要比同阶其他修炼者的战斗力高上一些。一般来说，在同阶修炼者的对抗中，三名龙骑士能够抵挡住四名其他类别的修炼者。当然，任何事情都不是绝对的，在同阶修炼者的对抗中，龙骑士大败的例子也不少见。

基于以上原因，当众人猜测出远方有一个圣龙骑士时怎不惊心，那绝对是超强恐怖的存在，是绝世强者中的佼佼者。众人在惊心的同时，也在暗暗期待，毕竟圣龙骑士如凤毛麟角一般稀少，几乎所有人都只闻其名不知其形，都想看看超越巨龙的圣龙。在这一刻，辰南心中也充满了渴望，迫切想见识一下西方的圣龙。然而远方传来一声震天的龙啸后，便再无任何动静。

正当场中将要再次骚乱时，远方的空中出现了三条人影，三名魔法师快速向这里飞来，速度之快令人咋舌。三名魔法师皆五十多岁的样子，都穿着正统的魔法袍，双袖上都绣着四道金色条纹，这标志着魔法公会承认他们已经达到了四阶大魔法师的境界。三个实力恐怖的四阶强者站在一起，无形之中给人一股压力，其中一人道："各位英雄，各位朋友，请容我介绍一下，我们三人是神风学院的教师，来此只想劝各位收手，不要再争斗了，以免造成更大的伤亡。"

人群中有人嗤道："你们说停手就停手？这是一个凭实力讲话的世界，你三人虽然已经是四阶高手，但这里四阶高手远远不止三人，光四阶巨龙骑士就有五人。"

一个魔法师道："我们三人的确不够分量，但我想刚才那名圣龙骑士若站出来说话，足够了吧？"人群大哗，谁也没有想到刚才那名圣龙骑士竟然是神风学院的人，千年古学院果然藏龙卧虎！正在众人感叹之际，远方一个衣衫宽大、长袖飘飘的老人脚踩飞剑，从远处破空而来。老人仙风道骨、鹤发童颜，仿若神仙中人一般。众人再次震惊，来人竟然是修炼者中最为神秘的修道者，而且是达到五阶元婴境界的修道者，一个绝世高手！片刻工夫，这片神战遗迹惊现两大绝世高手，每个人的心中都充满了震撼。辰南已经认出御剑飞空的老人，当日神风学院录取新生时，这名绝世高手在第三关测试中曾经惊鸿一现。

飞至近前，仿若神仙般的老人脚踏飞剑，当空而立，微微笑道："那头老龙让我赶回去了，他脾气太过暴躁，只会坏事，不会成事。"众人当然明白老人口中的老龙指的是谁，恐怕也只有他这等修为的绝世高手才敢如此戏称圣龙骑士。神风学院的三个四阶魔法师面现恭敬之色，飘浮在老人的身后。

"各位朋友，老朽来此没有恶意，只想请众位英雄收手，神风学院不希望自由之城附近出现重大流血事件。"同样的意思由一名绝世高手口中说出，效果完全不一样，这一次没有人再发出不满之声，即便是人群中的那些四阶强者也没有人言声。外界传言神风学院有不少名不见经传的高手，此时已然出现两名绝世强者，谁知道还有没有第三位、第四位？

老人道："古神遗落的神秘物件谁不动心，但你们谁看到了那件古神遗宝？"众人无言。

"所有人都在互相猜疑，都认为对方得到了神宝，但谁见到了？没有人！这样拼斗下去，能有什么结果？数千人只怕会死伤过半，幸运活下来的人到头来也会一场空，什么也得不到。"众人一阵沉默。

"曾经进湖寻找古神遗宝的人，恐怕都已做了糊涂鬼，且都享受过'搜身待遇'，既然没有任何发现，大家为何还要争斗呢？为什么还要互相猜疑呢？"场中一片沉寂。

"羊皮古卷记载，两个古神曾经在这片山脉惨战，一个古神的左手被斩断，断落的神手握着闪闪发光的不明物件掉落深山，最后两个古神爆体、同归于尽。已经过了数千年，谁能够保证古神的左手和那件遗宝始终在一起？毫无疑问，不远处的那条河流与地下湖有暗道相通，古神的左手必是通过暗道被冲进了地下湖，但谁能够保证那件神宝也被冲了进去？说不定早已被河水冲到了别处。"寂静过后，人群议论纷纷，而后有人开始离去……

达到五阶境界的绝世强者耐心劝说着，离开的人越来越多，现场的人越来越少。现实是残酷的，无论何时何地，实力代表一切。最后数千人渐渐散去，一场危机就这样化解了，老人御剑而去，三名魔法师紧随其后。

直到所有人都离去，辰南才慢慢向罪恶之城走去。今日所见所闻对他冲击不小，魔法师、龙骑士、修道者，天上地下来去自由，相比而言东方武者似乎弱了一些。他叹道："东方武者若是能够飞行，何惧其他几类修炼者！"

"年轻人，不要灰心。"一个亲和的声音在他背后响起。

辰南大惊，急忙转身观看，他心中一跳，来人赫然是老妖怪。获得新生的老妖怪似修道者一般，有一股飘然出尘的气质，他背负着双手道："东方武者决不差于其他几类修炼者，你还记得楚都皇宫地下古墓中的那个绝代高手吗？他肉体凡躯，却只手灭仙，世上能有几人做到？"

辰南道："我知道武者修炼到一定境界后，也能够御空飞行，无论从哪一方面来讲，都不会弱于其他几类修炼者，刚才只不过有些感慨而已。"老妖怪点了点头，道："你知道各类修炼者中的绝世高手最怕遇上什么人吗？他们最怕遇上东方武者当中的绝顶高手。"

辰南大吃一惊，道："为什么？"老妖怪道："这是过去各类修炼者从无数经典大战之中总结出来的，但凡有东方绝顶高手参与的大战，其他修炼者很少能够胜出。东方武者达到一定境界后，都能够修炼出一些特殊的神通，你若能够达到那个境界自然会明白。"

辰南当然知道武者修炼到至高境界后，会有一些大神通伴随着出现，不过他对于那些传说中的神通了解并不详，仅仅知道一些天眼通之类的秘闻。他开口问道："为什么许多人都觉得东方武学渐渐没落了？"

"东方武者当中的高手行事太过低调，自然会让人误会东方武学渐渐没落。其实一些古老的门派中不乏惊天动地的人物，这些人若跳出来，嘿嘿……"辰南对他的话深信不疑，因为老妖怪本身就是这样一个人，也许他年轻时曾经叱咤风云，但现在恐怕没有人记得他了。

对于老妖怪的行事风格，辰南百思不得其解，不明白这个老人为何会现身为他树立修武的信心。他一直认为老妖怪对他有所图谋，但如今看来这个老人似乎在帮助他，并没有恶意。老妖怪玄功通神，仅四步就凭空消失。辰南看得震撼不已，武人的修为若是到了这般境界，恐怕真的可以横行于世！


当辰南返回自由之城时，大街小巷所有人都在谈论古神遗宝的事，当然这些事情到了普通百姓的口中已经失去了原貌，变得神乎其神。辰南在一家酒楼吃饭时，无意中听到雅间两个人的对话。

"怎么处置这神骨呢，那么多的人都看到我们抢到了它，虽然绝大多数人志在古神遗宝，但不排除有人会打它的主意。"

"不如把它卖了吧，既得钱又消灾。"

"把它卖给谁？总不能大肆去张扬吧，知道的人越多，我们越危险。"屋中两人陷入了沉默。

辰南心中一动，他知道神骨的价值，前几天小公主曾经从神风学院副院长手里诈来五万金币，这块手骨绝对值那个价。昨天夜里虽然他有机会取走它，但没敢动，怕惹来杀身之祸。辰南盘算了一下，而后向雅间走去。当屋中两人听到敲门声时吓了一大跳，开门前都将腰中的剑拔了出来。辰南笑道："别紧张，我没有恶意。"

屋中两人金发碧眼，四十多岁的样子，一人身材高大魁梧，另一人身材偏矮，但看起来很结实，两人皆是西方武士打扮，手中都握着西式巨剑，对辰南充满了敌意，高个子武士道："你偷听了我们的谈话？"

辰南脸上带着笑意，道："放松一些，我真的没有恶意。我听到了你们的谈话，你们不是想卖掉那块神骨吗，我想买下来。"两个武士的神色渐渐缓和了下来，放下了手中的巨剑，将辰南让进了屋里。辰南恭维道："二位本领果然高强，竟然在数千人手中夺到了神骨，佩服！"

矮个子武士道："真正的高手都在寻找那件神秘的宝物，要不然凭我们的修为怎么能够得到它呢。"辰南已经看出这两人皆是一阶高手，但怕两人起戒心，所以他并没有道破。高个子武士道："你想出多少金币买我们手中的神骨？"

辰南道："一万金币。""不行，这个价格我们决不会卖，你走吧。"两个西方武士断然拒绝。辰南道："价格可以商量嘛，你们打算将它卖多少金币？"两个西方武士低声商量了一会儿，道："五万金币。"辰南道："天啊，你们抢钱啊，贵得太离谱了吧。"矮个子武士道："这已经是最低价格。"辰南道："三万金币，我买下它。""我们不想讨价还价，一口价五万金币。"两个西方武士一脸坚决之色。

辰南见两人没有商量的余地，最后以五万金币买下了神骨，决定到神风学院去漫天要价，痛宰那个副院长一顿。付完钱后他身无分文，不仅花掉了小公主的四万多金币，还将身上的钱全部"贡献"了出去。两个西方武士接过金票后，从包裹中取出神骨递给了辰南便匆匆离去。

辰南将神骨重新包了起来，向神风学院赶去。走进学院大门时，他心中一阵忐忑，生怕遇上东方凤凰和小公主，还好没有"冤家路窄"这种巧合。不过他却遇见了一个眼熟的人，是前几天录取新生中的那名性感火辣的金发美女。再次见到金发美女，他依旧涌起了一股惊艳的感觉。金发美女正从对面走来，身材袅袅娜娜，摇曳生姿。当她从辰南身边路过时疑惑地眨了眨眼，而后突然停下来，道："你是小麻烦的哥哥败类？"

辰南哭笑不得，金发美女居然这样称呼他，"喂，美女，我们认识吗？"金发美女笑了起来，道："当日所有新生都看见你调戏魔法系的天才美女东方凤凰，想不让人认识都不行。你胆子可真大，居然还敢跑到这里来，你不知道学院好多男生都在到处找你呢。"辰南一阵发寒，暗叹东方凤凰的魅力果然惊人，他向左右望了望，低声道："没那么夸张吧？"

金发美女道："你大喊一声'败类在此'试试看，保准会有一大批人立刻出现在你的眼前。不过好在见过你面的男生不是很多，要不然早有人找你麻烦了。"辰南面现尴尬之色，没想到他真的成了名副其实的败类，人人喊打。

金发美女笑道："你妹妹小麻烦更出名，不仅揪掉了副院长一大把胡须，还敲诈了五万金币，简直是神风学院所有学生的偶像。现在你们兄妹是这里的名人，几乎无人不知。"辰南恶寒，他这个"名人"简直是所有男生的公敌。他心虚地向附近望了望，还好没有人敌视他。

"请问美女，副院长在哪里办公？"

"你不是找你妹妹来的吗？她和东方凤凰就住在我隔壁，我帮你去叫她吧。"

辰南一听脸都绿了，要是把那两个女人惹来，他吃不完兜着走，急忙道："别，千万不要去叫她们，你告诉我副院长在哪里就可以了。"金发美女告诉他，而后笑着转身离去。

辰南走出去几步，又回头道："喂，美女你帮了我的忙，我还没来得及问你的名字？"女子道："露丝。"辰南忽然看到露丝转头时笑得异样，有些担心，大声喊道："露丝，千万不要告诉我妹妹我到了这里。"

按照露丝指点的路线，他很快来到了副院长办公的地方，刚要敲门，里面便传来了副院长的声音："进来吧。"辰南暗叹副院长果然功夫了得，他已经将自己的脚步放到了最轻的程度，没想到还是被里面的老人发觉了。他推门而入，副院长笑眯眯地道："小伙子功夫不错啊，你找我有事吗，难道想加入神风学院？"

辰南道："院长大人，我们不是第一次见面了，我和您已经算是熟人。实话和您讲吧，我这次来想和您做一笔生意。""哦，你要和我做生意，到底是什么样的生意呢？"副院长一副波澜不惊的样子，边说边端起茶杯小饮了一口。

　　辰南道："我想卖给您一块神骨。""噗——"闻听此言，副院长将刚喝进口中的茶水吐了出来，将他身前的办公桌弄得一片狼藉，他一下子站了起来，再无刚才的稳重之色，急声道："你……有一块神骨？"

　　辰南不慌不忙坐在了副院长的办公桌前，自己倒了一杯茶水，喝了一口，道："是的。"副院长焦急地问道："是哪一个部位的神骨？"辰南道："是一块左手骨。""什么？太好了！哈哈……"副院长高兴地大笑起来。

　　辰南喝了一口水，道："院长大人，这块神骨现在还是我的，您没有必要那么高兴吧？"副院长意识到自己失态，咳嗽了一声，又坐在了靠椅上。他闭目沉思了一会儿，脸上又现出了笑眯眯的神态。不过辰南怎么看都觉得这种笑容充满了奸诈的意味，心中一阵嘀咕。

　　副院长脸上泛起和蔼可亲的笑容，道："辰南最近过得还好吗？""噗——"辰南将口中的茶水一下子喷在了身前的办公桌上，令狼藉的办公桌更加脏乱。副院长道："年轻人怎么了，不要激动啊！"辰南怎么也没有想到，副院长竟然叫出了他的名字，他惊愕地望着眼前那个笑眯眯的老人，惊异道："你……认错人了，我不叫辰南。"

　　副院长道："呵呵，枪挑二阶飞龙骑士，箭射四阶巨龙，年轻人了不起啊！"辰南稳了一下心神，道："我是来和你做生意的，不想听你说些无聊的东西。"副院长笑道："好啊，先让我验验货。"辰南打开包裹，将散发着淡淡光芒的神骨取了出来。副院长接过去仔细看了看，露出惊喜的神色，道："不错，确实是古神的左手骨，难道你找到了古神的遗宝？"

　　辰南道："古神的遗宝至今下落不明，我怎么会得到它呢？"副院长道："感谢你为神风学院带来这块神骨，我代表全院所有师生谢谢你。"辰南怎么听怎么觉得不对劲，打断了副院长的话，道："谢我干吗？我又不白送给你们，一口价十万金币，我不想讨价还价。"他表现出一副坚决的神色。

副院长笑道："年轻人，我们得到了一些关于你的消息，我们若是散播出去，我想很多人会对你感兴趣的。听说不久前，有一个青年一怒为红颜，手持后羿弓大闹楚国帝都，不仅威逼楚国皇帝，还掳走了楚国的小公主……"

辰南道："够了，你们怎么知道得这么详细，楚国不是封锁消息了吗？"副院长道："呵呵，我们也是这两天得到的消息，楚国保密工作的确很严密，但神风学院门徒遍布天下，大陆上的任何风吹草动最终都会传到这里。"

辰南看着副院长脸上那不变的可恶笑容，真想捶他一顿，他不动声色道："你们想怎么样？"副院长笑道："放心，我们不会乱说话，你已经将神骨送给我们，我们感激还来不及呢，一定会为你保守秘密。"辰南叫道："你……谁将神骨送给你们了？你们这是赤裸裸的打劫！"

副院长笑眯眯地道："尽管楚国因为种种原因没有公布这件事，也没有对你下追杀令，但是有人将你抓住送给他们，他们一定会很高兴的。罪恶之城现在风起云涌，有那么多的修炼者聚集在这里，你的事若是被大肆宣扬出去，一定会有大批人对你疯狂追杀，用以换取楚国的高官厚禄。"辰南听后身上一阵恶寒，这种情景想想就可怕。

副院长道："感谢你为神风学院带来这块神骨，我代表全院所有师生谢谢你。"辰南气道："死老头子闭嘴，我几时说把神骨送给你们了？"副院长道："哦，难道你真的想一个人单挑数千人？佩服，佩服！"

辰南真想把副院长按倒在地狠狠地踹上几脚，他望着这个满脸可恶笑容的老人道："死老头子你们……我就是被人追杀，也不会把这块神骨给你们。"副院长笑道："年轻人不要激动，我们不会白白收下你的神骨。"

"你们打算出多少钱？"

"提钱多俗啊。"

辰南道："你……我不嫌俗，这块破骨头是我花了五万金币买下来的。"副院长道："感谢你为神风学院带来这块神骨，我代表全院所有师生谢谢你！"辰南气道："死老头子你换点有新意的话好不好，怎么总是这句啊！"副院长咳嗽了一声，道："咳，不会让你吃亏的，你把神骨交给神风学院后，我们保证不会让任何国家或组织在罪恶之城通缉捉拿你。"

辰南狐疑道："罪恶之城又不是你家的，你说话能算数吗？"副院长道："我现在在代表神风学院说话，学院在罪恶之城有举足轻重的地位，况且学院的正院长也是罪恶之城的城主之一，这样一个决定还是能够做主的，保你在罪恶之城平安无事。"辰南在心中大骂副院长奸诈、无耻，楚国到现在还没有通缉、追杀他，还有哪个国家或组织会对他不利呢？除非副院长故意将他的事情公之于众，不然他暂时还没有危险。

副院长脸上挂着笑意，道："你看怎么样？"辰南其实倒也不怎么在乎那些钱财，今天的一切只是一时兴起而已，但没想到却被这个奸诈、可恶的老头子讹诈，这令他异常郁闷。"死老头子你简直就是一个恶棍、土匪、强盗、混蛋……"

"感谢你为神风学院带来这块神骨，我代表全院所有师生谢谢你！"

"死老头闭嘴，不要再重复这句话了，我快有杀人的冲动了。五万金币啊，居然要为神风学院免费服务，我哭啊……"

副院长道："年轻人，看得出来你现在手头似乎有点紧，我私下先借你一千金币吧，记得要赶快还我啊！"说着他取出一张金票递给了辰南。辰南一把抢了过去，道："死老头请问你贵姓？"

副院长道："呵呵，不用客气，免贵姓李。"辰南用力拍了一下桌子，放开喉咙大声骂道："李老头子，我……姓李的我……"而后他甩门而出。当他踏入院中的一刹那，一下子愣住了，只见院中围了一大群女子，俱吃惊地望着他，为首两人正是小公主和东方凤凰，另外还有许多男生正在向这里赶来。

"哇，小麻烦你哥好帅啊，刚才他居然在大骂副院长，简直酷到了极点。"

"是啊，你揪下了副院长一大把胡须，你哥大骂了他一顿，你们兄妹简直是我们的偶像！"

小公主气愤不已，大声喊道："我说过那个败类不是我哥，我和他没有任何关系。"

"你把自己的五万金币都给他了，还说没有关系。"

"是那个败类从我这里抢去的！"

······

辰南一阵头痛，他已经听不清那些问题女生在说什么，看着小公主那可怕的眼神和东方凤凰那杀人的目光，还有不少男生眼里那野兽般的光芒，他泛起一股无力感。他收回了踏入院中的那只脚，快速退回了副院长的屋中。

"咦，年轻人你怎么又回来了，难道还我钱来了？"

"死老头不要装蒜，我被你们学院的学生困在这里了，你赶快想办法。"

副院长不慌不忙站了起来，脸上挂着一贯的笑容，道："我去看看。"来到院中看到小公主之后，副院长不自觉地摸了摸参差不齐的胡子，院中的学生忍着笑意看着他。

"你们干吗围在这里？"

别的学生都对副院长有一丝敬畏，唯独小公主一副毫不在乎的样子，她大声道："院长，你身后的那个败类抢走了我五万金币，还调戏……"她刚说到这里，被东方凤凰一把捂住了嘴巴。

副院长道："是嘛，我现在有些事情要处理，没有时间帮你们解决问题，等我回来再说吧。"说罢，副院长穿过人群扬长而去。辰南气得真要抓狂了，这个可恶的老头居然把他丢在这里不管了。"喂，死老头子快回来，我不就是骂了你几句嘛，死老头……"

这时东方凤凰将捂在小公主嘴上的手放了下来，冲着辰南喊道："败类，我看你这次往哪里逃？"满院子的人一齐向辰南逼来，女生脸上带着戏谑的神情，男生则都是一副恶狠狠的凶相。辰南顿时变色，这些人当中除去那些王孙贵女外，剩下的人都是阶位高手，若是齐向他出手，他的悲惨结果可想而知。"咳，东方小姐，我想我们有些误会，上次……"

小公主在旁叫道："上次你非礼凤凰姐姐，我在旁边看到了。"辰南此时真想狠狠地痛揍她一顿。东方凤凰再次捂住了小公主的嘴巴，旁边那些男生眼中简直要喷出火来了。辰南知道说什么也没用了，他转身跑进了副院长的房中，一脚踢开后窗跳了出去，而后快速向学院大门那个方向跑去。

一群人在后紧追不舍，辰南跑出很远一段距离后，偷眼向后看，立时吓了一大跳，只见东方凤凰和七八个女生施展风翔术快速向他飞了过来，眨眼间就追到了他的背后，闪电、风刃、火焰……各种魔法攻击铺天盖地向他袭去。

"魔法师真是麻烦啊！"辰南左躲右闪，但脚下速度不变，依旧向前飞跑。他知道后面那群狼一样的男生比这些女魔法师要可怕多了，若被他们围上非被撕烂不可，他拼着挨几下魔法攻击也不敢减速。东方凤凰咬牙切齿地施放着魔法，令辰南吃尽了苦头。这时，小公主驾御着小玉快速从后面赶了上来，一边指挥小玉对辰南进行魔法攻击，一边冲着前方的人喊道："抓住前边那个人，他就是上次调戏东方凤凰姐姐的败类。"辰南和东方凤凰两人皆有一股抓狂的感觉，对可恶的小公主简直恼火到了极点。

如此大的动静引来神风学院内不少学生侧目，后来许多学生纷纷加入痛打败类的队伍。这下辰南更惨了，大批的武者兜在他屁股后面，许多魔法师在他头顶上方狂轰滥炸。若不是这些魔法师怕损害建筑和伤及无辜，辰南早已被轰倒在地。即便这样他也感觉到了莫大的压力，因为现在多了许多男魔法师。这些人早已听闻前几日有个败类调戏东方凤凰，这次看到"元凶"，立时狠下重手，一副深仇大恨的样子。

辰南跑到神风学院大门口时，已经衣衫褴褛，面目漆黑，头上冒着缕缕青烟，狼狈到了极点。"我……"他在心中将奸诈的副院长、可恶的小公主和暴怒的东方凤凰大骂了一百遍。身后的追杀大军对他紧追不舍，数十个魔法师在空中狂轰滥炸，大批的武者在后狂呼呐喊，场面壮观极了。

幸好街上行人众多，令天上的魔法师放不开手脚，要不然辰南就是有十条命也丢了。街上的行人吃惊地望着这路追杀大军，在神风学院已经多年未曾出现过这样的情景，即便当年追剿一个著名的凶徒时，也不过出动了几十名学生而已。

辰南叫苦不迭，身后的武者还好说，转了一圈已经被他甩了一大半，但天上的魔法师实在令他头痛，这些人如影随形，怎么也无法摆脱。他从东城跑到了北城，而后又从北城折了回来，最后他向环城河跑去，一路上惹得鸡飞狗跳，街上一片大乱。临近环城河时，由于没有街上的行人做掩护，辰南简直成了活靶子，若不是那些魔法师不想闹出人命，他恐怕一命呜呼了。在跳进环城河前，辰南忍着身上的伤痛，冲空中大叫道："凤凰老婆等着瞧，为夫以后一定要好好教训你。"说完，他一个猛子扎进了河中。

东方凤凰咬牙切齿，气得脸色铁青，她忍不住尖叫道："啊……我一定要杀了这个混蛋！"东方凤凰率领数十个魔法师在环城河上方狂轰滥炸，大批的武者则沿着河流仔细搜索，希望能够发现辰南的踪迹。一个时辰后，这些人毫无所获，失望地返回了神风学院。

这件事在学院中传得沸沸扬扬，尤其是辰南最后那句令东方凤凰发狂的话，更是传到了每一个学生的耳朵里，这令东方凤凰羞愤欲绝，万分后悔开始时没有对辰南下杀手。抢妹妹的钱、大骂学院副院长、调戏魔法系天才美女东方凤凰，辰南风头之劲在神风学院内一时无两，所有人都知道了"败类"这个名号。"凤凰亲卫队"一个个摩拳擦掌，发誓要将"败类"千刀万剐。东方凤凰回来之后找到副院长，要求他全城通缉辰南，理由是"败类"搅扰神风学院，破坏了学院的名声，但提议未被通过。

直到天黑时，辰南才从环城河里爬上来，他吐了一口河水，大骂道："等着瞧，我一定要将神风学院搅个鸡犬不宁，哎哟，疼死我了，这帮鬼法师……"回想起被追杀的经过，他有一丝怀疑，觉得一定有人向东方凤凰告密，不然她们不可能那么快发现他进入神风学院。而可疑对象便是露丝，那个性感火辣的美女，他气道："这个妖娆女……"

直到天色完全黑下来，他才潜回客栈，换掉已经变成碎条条的衣衫，整理碎衣中的物品时，他才发现副院长给他的那张金票已经被魔法火焰烧去半角，又被河水浸得一片模糊。"昏迷！这是我仅有的财产啊，居然被这帮鬼法师给烧了，又被河水给泡了……"辰南突然想起了什么，快速打开了贴身锦囊，里面是一颗碧绿的珠子，散发着淡淡毫光，一看就是价值连城之物。这是他当初在楚国西境遭遇巨蛇时捡到的那颗龙珠，一直贴身带在身边，他庆幸地道："还好没有遗失在河水中。"

辰南现在对副院长恨得咬牙切齿，不断大骂他奸诈、无耻，害得他落魄至此。想想这半天的遭遇，他欲哭无泪，平白为神风学院做了一回贡献，还惨遭人追杀，弄得一身伤痕。洗浴前，他将古神遗宝玉如意摘下来和龙珠放在了一起，在他转身的刹那，玉如意和龙珠发生了惊人的变化。玉如意发出一片柔和的光芒，将龙珠覆盖住了，而后龙珠放出一道道金光，金光如水一般向玉如意涌去……

当辰南洗浴回来时，正好看见玉如意光芒一敛而逝，他快步走到床前，眼前的景象让他大惊失色。龙珠竟然碎了，而且是粉碎，碧绿的碎沙暗淡无光。"不会吧?！龙珠竟然碎了！"他震惊无比。回想起刚才匆匆一瞥，他好像看见玉如意吸走了龙珠的最后一道光芒。他一把抓起玉如意仔细观看，只见这件古神遗宝比以前更加晶莹剔透，在烛光的照射下璀璨夺目，其上充溢着一股灵气。辰南若有所思，最后将玉如意收起。

这一夜，他在梦中依稀听到一个飘渺的女音："我要重见天日……"

第二天，辰南也学小公主做了一回强盗，当然比起小公主差远了，最起码他不敢理直气壮大肆抢劫。他怀着万分愧疚之情，敲晕了一个倒霉蛋，拿了金币后便逃之夭夭。接下来的几天，神风学院的"凤凰亲卫队"在罪恶之城疯狂扫荡，寻找辰南的下落。城内的居民惊讶不已，以为城中又出现了什么恶徒。当辰南得知这个消息后只得大门不出、二门不迈，专心在客栈中养伤，吃喝全都由伙计送到屋中。三日之后，他的伤势彻底痊愈，此时，"凤凰亲卫队"的怒火似乎也小了一些，大街上搜捕他的人少了许多。

"若不是小恶魔大肆宣扬我调戏东方凤凰也不至于此，这个小丫头简直可恶到了极点。还有副院长，这个奸诈、无耻、卑鄙的老家伙，我……"想起副院长，辰南就有一股抓狂的感觉。他忽然想到小公主所受困神指力即将到发作期，需要马上为她活络血脉，不然她的生命就危险了。他虽然想让小公主吃些苦头，但却不敢拿困神指力开玩笑，不然稍有差池就可能会令小公主香消玉殒。如若那样，老妖怪恐怕不会和他善罢甘休。

这几日，东方凤凰心中像有一团火在燃烧，恨不得立刻抓到辰南，同时她非常不满自己的舍友，若不是小公主乱说话，她根本没有现在这样尴尬。开始两天，她还不断责问小公主，但后来发现小公主竟然闷闷不乐起来，也就不再怪她，以为她知错了。

东方凤凰哪里知道，小公主之所以闷闷不乐，是因为她所受困神指力即将到发作期，她在东方武系找了几个教师帮她破解禁制，都没有成功，她正在为这么早得罪辰南而后悔不已。

"小麻烦你知错就好，我不再怪你了，你不要自责了。"

小公主闻听此言，"噗"的一声将喝到口中的茶水吐了出去。

"小麻烦怎么了？"

"凤凰姐姐，我……真是太感动了！"

午夜过后，辰南离开了客栈，月光下一条淡淡的人影如风似电，眨眼间他便来到了神风学院。他轻飘飘地跳进学院，而后蹑足潜行，他上次曾经夜探过这里，依稀还记得学生的宿舍区。这一次他不敢大模大样走进那片区域了，怕重蹈覆辙，被人突然发现当色狼抓。

辰南观望着宿舍区，瞄准了一个起夜的倒霉蛋。点穴封去这人的修为后，辰南以武力逼问他，得知东方凤凰和小公主住在一片二层楼阁中的三号楼二层第一个房间。辰南又听闻倒霉蛋是魔法系学生，一想到这几日在街上扫荡的"凤凰亲卫队"以魔法系学生为主，就怒从心头起，将倒霉蛋封住哑穴后暴扁一顿，丢到花圃里去了。

按照魔法师指点的方向，辰南很快便找到了那片二层楼阁，由于已是深夜时刻，所有的房间都不再有灯火，整片院落静悄悄的。他隐身在三号楼前那座假山之后，细心观察了一阵，没有发现任何异常，才轻飘飘跃上二楼走廊。他无声无息打开房门向里走去，他不担心惊动里面两人，东方凤凰是一个魔法师，灵觉不可能如武者那般敏锐，小公主一身功力早已被他封住，功力尽失的情况下也不可能发觉他。

两个女孩的房间有一股淡淡的清香，如兰似麝，令人沉醉。如水的月光自窗棂洒落进来，令屋内景物清晰可见，东方凤凰和小公主的木床一左一右，相距不远，两人玉体横陈，玲珑的曲线极具诱惑之态。月光下，东方凤凰睡姿恬淡，绝美的容颜流露出一股端庄、圣洁的气质，只是裸露在毯外的一条如玉的手臂和一条雪白修长的大腿，令圣洁的美女多了一丝妖娆妩媚之色，透着一股别样的诱惑。小公主的睡姿更是让人喷血，玉体上的薄毯早已被踢掉在地，她只穿着一身小衣，身上大片雪白的肌肤都暴露在外，藕臂、玉腿交相辉映，在月光下泛着惑人的光泽。两个绝世美女的睡姿诱惑之极，辰南感觉心跳一阵加速。

突然，小公主的床头闪现出两道绿光，虎王小玉警惕地睁开了双眼。辰南手急眼快，擒龙手闪电而出，将它抓住。可怜的小玉还没明白怎么回事，就被辰南擒到了手里。辰南在它身上一阵狂点，直到小玉身体僵硬不动后才停下来，而后将它丢在了床上。

"噼噼啪啪"的点穴声惊醒了睡梦中的两名美女，她们几乎在同一时间睁开了双眼，当她们看到屋中站着一个男人时，本能地流露出惊恐之色。但她们还未来得及做出任何反应，就被辰南同时点住了穴道。当两女看清屋中之人是辰南时又惊又怕，尤其是东方凤凰，在她的意识中，辰南是一个曾经冒犯过她的好色之徒。此时看到他闯进屋中，她一下子联想到了最坏处，吓得几乎快晕过去了。小公主也害怕不已，最近以来她不仅栽赃、陷害过辰南，还煽风点火、鼓动神风学院的男生追杀他，令辰南狼狈到了极点。

"嘿嘿，小丫头身材真是棒到了极点啊！"辰南冲着小公主不怀好意地笑了起来。直到这时，小公主才发现不妥，她身上的薄毯早已被踢掉在地，致使她大片雪白的肌肤暴露在外，她又羞又气，心中大骂辰南无耻的同时，也暗怪自己睡觉太过不老实。看到辰南一屁股坐在了她的床上，小公主吓得呼吸都快停止了，她不断瞟向东方凤凰，示意辰南看向那里。辰南看得有趣之极，忍不住笑了起来。东方凤凰气得差点没过背过气去，小公主居然在出卖她，要把她供给辰南，她狠狠地瞪了小公主几眼。

看辰南还坐在她的床上，小公主急得都快哭出来了，随后她可怜兮兮地望着辰南，同时不断向东方凤凰努嘴。她哑穴被点，嘴巴活动不便，勉强能够做出示意的动作。东方凤凰真快抓狂了，她若能够动，一定会对小公主施展出最狂暴的魔法，她暗恨小公主不讲义气，对辰南的恐惧反倒消除了不少。

最终，辰南向小公主伸出了手掌，东方凤凰虽然此刻对小公主极度不满，但也不由得对她深深同情，同时为自己长出了一口气。小公主恶狠狠地望着辰南，眼睛都快喷出火来了，但出乎意料的是，事情并没有像她们想象的那样糟糕。辰南将小公主扶起后，运转玄功向她各大穴位注入一道道金色的真气，房间内金光闪动。

东方凤凰感觉奇怪无比，不知道辰南在做什么，一时胡思乱想起来。小公主当然知道他在干什么，见他不计前嫌来这里帮她化解困神指力，不由得对他敌意大减。不过一想到痛苦本来就是辰南施加给她的，而且现在也只是暂时为她化解一下而已，心中便又开始咒骂起辰南。

此时，楼外的那座假山上，一个紫衣老人和一个蓝衣老人正在注视着屋中的一举一动，他们用低不可闻的密语在交谈。紫衣老人道："这个小子胆子可真不小，上次偷偷摸摸溜进来一次，这次居然又来了，你看他到底在做什么？"蓝衣老人道："好像是一种活络血脉的秘法，看不出这个小子还有两下子。"紫衣老人道："嗯，我想起来了，那个小麻烦这几天好像找了几个教师帮她化解什么禁制，不过都没有成功，想来她身上的禁制和这个小子有关。"

……

半个时辰之后，屋中金光一闪而逝。辰南将小公主平放在床上，捏着她一侧的脸颊，道："小恶魔，你不断陷害我，我还费尽周折来救你，现在是不是考虑一下做我的侍女？"

小公主费力将嘴张开了一点点，向辰南恶狠狠地咬去，不过没咬上，反倒像是在亲吻辰南的手指，她气得脸色通红无比，剧烈地喘着粗气，最后恼恨地闭上了双眼。东方凤凰虽然比别人清楚一些，知道辰南和小公主不是真正的兄妹关系，但此时还是被他们之间的复杂关系搞晕了。

辰南转脸望向她，道："凤凰丫头，你发动那么多人追杀我，可是我真的调戏过你吗？你们将我追杀成重伤居然还不罢休，还在全城扫荡，可是我连你的手都没有碰过，我真是冤啊！"东方凤凰听辰南叫她为"凤凰丫头"，气得脸色铁青，对他怒目而视。

"现在你还敢瞪我？"辰南站起来走到她的床前。东方凤凰一阵发慌，心中恐惧到极点。辰南疑惑道："咦，这是什么，难道是你的魔杖？"东方凤凰枕旁放着一根精致的魔杖，杖身一尺多长，晶莹璀璨，赫然为紫玉雕琢而成。在紫玉魔杖顶端镶嵌着一颗红色的魔晶，魔晶灵气四溢，一看就是价值连城的宝物。

辰南叹道："真是一颗宝贝啊！"说着他用力将红色魔晶从紫玉魔杖上掰了下来。东方凤凰心疼不已，恨不得将辰南杀了，这个家伙居然将她的魔杖给拆了。

这时，站在假山上的蓝衣老人待不住了，若不是紫衣老人将他拉住，他就冲了出去。

"老家伙你干吗拉着我，你没看到那个混账小子把我孙女最爱的魔杖给拆了吗，那可是一件珍品啊，我费了九牛二虎的力气才从一个魔法狂人那里偷的。"

"偷的东西你也好意思说，不就是一根魔杖吗？他又吃不下去，先看看再说，看看这个小子的人品如何。"

"气死我了，这个混账小子！"

辰南仔细打量着红魔晶，道："听说普通一颗魔晶就已值很多钱，像这样的一颗极品魔晶一定能够卖一个好价钱。"说完，他将魔晶塞进了自己的口袋。东方凤凰肺都快气炸了，这个家伙居然将她的魔杖拆了去换钱，简直是暴殄天物。

当辰南将注意力从魔杖转移到东方凤凰身上时，他不怀好意地笑了起来，道："既然所有人都说我调戏过你，那今天我就让它名副其实吧。"东方凤凰吓得脸色惨白，身躯不由自主发出了轻微的颤抖。

站在假山上的蓝衣老人再也待不住了，急着要冲上楼去，但却被紫衣老人一把抱住，他劝说道："别冲动，那个小子不敢胡来，他在吓唬你孙女。"蓝衣老人低声怒道："这个死小子，我早晚要他好看！我一直对凤凰说魔法没用，很易被人偷袭、暗算，但她从来不听，这一次我一定强迫她学习一些武技。"

　　辰南看东方凤凰露出惊恐的神色，笑道："别害怕，我还不至于那么没品，不过你若是再找人全城搜捕我，我可不能保证下次还会这样君子。"他虽然嘴上说自己是君子，但手下却没闲着，将两女的衣服翻了个遍，最后找出几十枚金币，揣进了自己的怀里，"穷啊，我的钱都被那个该死的副院长掠夺去了，只好和你们借几个钱花。"

　　屋中两女惊愕地望着他，没想到这个让他们感到惊恐的大恶人竟然做起了小偷、强盗。辰南走到小公主的床前，对着她的额头用力敲了一下，道："小恶魔好好反省一下，什么时候愿意做我的侍女，我什么时候彻底为你解开禁制。"小公主痛得想大叫，眼泪止不住流了下来，她在心中将辰南大骂了一百遍。

　　辰南走到东方凤凰床前，本想也敲她一下，但忽然临时改变了主意。他隔着薄毯在她丰满、高耸的双峰上用力抓了一把，而后打开后窗如飞而去，只留下一句笑语在房间内飘荡："都说我调戏你，但我什么也没做，却被你和一群疯女人用魔法狂轰滥炸，现在收回一点利息吧。"东方凤凰羞愤欲绝，直欲抓狂。

　　此时，一直站立在假山上的蓝衣老人再也忍不住，一下子飞上了二楼。紧随他而来的紫衣老人，一把抓住他的肩头，低声道："那个小子已经走了，你难道要这个时候进去，这样岂不是更尴尬。"蓝衣老人一阵犹豫，而后跃上楼顶，朝辰南离去的那个方向追去，紫衣老人见状赶忙追了下去，"喂，老头不要激动啊，我们几个老家伙不是说好了吗，只要这个小子不做出什么出格的事，我们暂时不惊动他。"

　　蓝衣老人道："我呸，这个混账小子刚才调戏了我孙女，你没看到吗？这还不算出格？刚才就是因为你这个老家伙，我才一直没有出手，要不然他怎么能够占到我孙女的便宜？"紫衣老人道："谁知道那个小子开始假正经，最后却来了个'乌龙探爪'……你不要这样冲动好不好？"

蓝衣老人怒声道："他能够拉开后羿弓有很多种可能，决非你们想象的那样，没有必要再继续观察下去，今天我一定教训一下这个可恶的小子。"紫衣老人道："我说老头，你难道想将这件事闹大吗，这样对你孙女可没有半点好处啊。"蓝衣老人停下来想了想，道："今天我暂且饶过他，改天一定找个机会好好教训他一顿。"

辰南在跃出神风学院的高墙时打了个冷颤，自语道："怪事！"

天明后，东方凤凰和小公主的穴道自行解开，在身体能动的一刹那，东方凤凰忍不住发出了一声尖叫："啊，死败类我早晚要杀了你！"大片的风刃、火焰自她身前发出，屋内充满了魔法能量波动，小公主抱起小玉急忙趴在了地上。待到东方凤凰平静下来时，屋中已经惨不忍睹，门窗几乎都已经被毁去，四面墙壁也出现巨大的裂痕，屋顶传来"咯吱咯吱"的响声，随时可能会坍塌下来。

住在隔壁房间的几个女孩跑了进来，金发美女露丝道："凤凰学姐你们怎么了？"东方凤凰道："没事，做了个噩梦，你们出去吧。"几个女孩狐疑地走了出去。小公主抱着小玉站了起来，拍着胸口道："吓死我了，凤凰姐姐刚才你的样子好吓人。"

东方凤凰看到小公主笑嘻嘻的样子，又差一点发飙，她狠狠地瞪了小公主一眼，道："小麻烦我对你失望透顶，没想到你昨晚那么没义气，居然……哼！"小公主委屈地道："凤凰姐姐你冤枉我，我就知道我昨晚的表现会引起你的误会。"

东方凤凰气道："我怎么冤枉你了，我们之间有什么误会可言？关键时刻你居然想把我贡给那个败类，想想就有气，我真想痛打你一顿。"小公主道："你怎么能够那样想呢，我拿眼不断瞟你，是在向你求救。"

"我当时也被点住了穴道，怎么能够救你，你这个理由也太烂了吧？"

"你不是强大的魔法师嘛，我以为你可以用魔法能量自行解开穴道，所以才不断那样求你啊。"

"胡说，魔法师的身体很柔弱，怎么能够自己去解开穴道呢。"

"我不知道嘛，我对修炼上的事了解不是很多，我没学过什么修炼之法，要不然也不至于总是被那个败类欺负。"

"哼，鬼才会相信你的话。"

"凤凰姐姐我很伤心，没想到你居然不相信我。"

"小麻烦你少装可怜。"

"好吧，我们不说这些不开心的事，凤凰姐姐我们去吃早饭吧，我好饿啊，我想喝莲子粥，想吃鸡丝卷。"

"你还有心情吃早饭？哼，从今以后我不会再借钱给你了。"东方凤凰穿戴整齐后向房间外走去。

小公主也急忙穿衣，追了出去，"不要啊，凤凰姐姐，在这里我只和你熟，难道你忍心看着我挨饿吗？"在她们走后不久，她们那间屋子"轰"的一声坍塌了下去。

最近一段时间，学院内奇闻不断，先有小麻烦领来数千修炼者围困学院，后有"凤凰亲卫队"扫荡追杀败类，学生之间议论纷纷。就在风波渐止之际，一则秘闻在学院内不胫而走，魔法系一名学生夜间遭袭，被人打了个鼻青脸肿扔在了花圃中。当人们解开他的穴道将他救醒时，他迷迷糊糊说出了"败类"两个字，但事后不管人们怎么问他，他都支支吾吾不再回答。

不久又传出东方凤凰一早发飙，拆掉了所居的宿舍，许多人将两件事联想到一起，都认为皆和败类有关。一时间"凤凰风波"再起，魔法系的学生恨不得将辰南生吞活剥，经此一事，东方凤凰极为尴尬，因为无论她走到哪里都能够听到别人的议论声。好在这一次小公主"良心发现"，没有趁机添乱，她极力帮东方凤凰澄清了"事实"。在她的解说之下，人们大概了解了事情的"来龙去脉"，昨晚她们中了别人的调虎离山之计，出去抓贼之时反被贼人乘虚而入，结果她们丢失了很多贵重的东西，东方凤凰为此大发脾气。

很显然，贼人就是败类，"凤凰亲卫队"再次自发出动，于全城中搜捕辰南。由于前两日学院宣布取消"寻找神之左手"这道考核题，令那些误选此题的学生彻底解放，搜捕辰南的队伍无形之中壮大了许多。

早上起来，辰南把玩着那颗从东方凤凰魔杖上掰下来的红色魔晶，想象东方凤凰发狂的样子。他感慨道："总算出了一口气，改天一定要收拾一顿那卑鄙无耻的副院长，他才是最可恨的家伙。"辰南刚要将红色魔晶收起来，突然又止住了动作，他将颈上的玉如意摘了下来，将两者放在了一起。

　　玉如意散发出一片柔和的光芒，将魔晶笼罩在里面，一道道红光如流水一般自魔晶向玉如意涌去。辰南急忙将两者分开，细看之下，魔晶竟然出现了几道细小的裂纹，光泽也暗淡不少。"果真如此神异！"

　　辰南走出客栈时，发现了那些搜捕他的学生，暗叹东方凤凰魅力惊人，竟然有这么多忠实的拥护者。虽然他对自己的武技有信心，但也不敢面对那么多群情激愤的护花使者，他可不想再重复被众人追杀的悲惨经过。但若是继续躲在客栈中他非被憋疯不可，这几天他一直在客栈中养伤，早已待得厌烦。他决定出城去走动走动，他剪断自己几绺长发粘在了下巴上，扮装成一个大胡子的样子，又让伙计买来一顶宽沿的帽子戴在了头上。

　　就这样，辰南大摇大摆地走出了客栈，还好没有人注意，他顺利地出离了自由之城。自由之城青山环抱，绿水缭绕，出城不多远，便是郁郁葱葱的树林。"呼……"辰南长出了一口气，自言自语道："住在罪恶之城也不错，闲时出来看看风景，无聊时去神风学院找点麻烦……"

　　此时，林内一个身穿蓝袍的老人正在暗中观察他，闻听他口出此言，气得胡子直翘，老人从怀中取出一方纱布蒙在脸上悄悄向他掩去。辰南毫无所觉，他一边向林中走，一边惬意地伸展了一下双臂。突然一道劲风自头上响起，他吓得亡魂皆冒，已来不及躲闪，可想而知来人的修为有多么恐怖，事先他竟然毫无所觉。

　　他本能地偏了一下头，但仍没有躲过来人的袭击，眼前一黑，一个布袋套在了他的头上，同时一股暗劲自上而下透体而入，封闭了他的穴道。与此同时，一声大喊在他耳边响起："打劫！"但声音明显是假音，令人分不清其年龄大小，但可以肯定这是一个男人。

　　辰南心中叫道："我靠，不会吧，居然有人在打劫我，而且成功了。我怎么这么逊，居然被一个毛贼制住了？！"未容他再多想，他便挨了一顿劈头盖脸的拳头，痛得他龇牙咧嘴。他大叫道："停，快停下来，有话好说！"辰南从未想到会有这样一天，他居然被一个拦路抢劫者殴打，平日这对于他来说简直是一个天大的笑话。但今天发生的事不得不让他大叹倒霉，他暗暗发誓只要能够恢复行动，立刻将这个强盗狂殴、暴扁一顿，而后大卸八块。令他懊恼的是，强盗并没有因为他妥协而住手，反而更加变本加厉，对他拳打脚踢，他全身上下每一寸皮肉都被"照顾"到了。

强盗非常懂得殴打人的技巧，重点向那些痛神经敏感的部位下手，并没有伤及辰南的筋骨，但每次的出拳、踢脚都令他痛苦不堪，片刻工夫便已令他全身冷汗直流。"我干，死强盗我问候你亲爱的老母！"辰南真快被气疯了，居然被一个毛贼修理，今日丢人丢大了。

"小兔崽子竟敢对我口吐脏言，我打打打打打打！"蒙面人又是一番猛烈的拳打脚踢，痛得辰南想再次爆粗口，但考虑到这样做的后果，他不得不改换口气，低声道："强盗大哥快停下，我身上总共有一百一十枚金币，全都给你，不要再打了。"

"我打，我再打，揍的就是你这个混账小子！"一阵雨点般密集的拳头落在了他的头上。

辰南感觉他此刻一定已经鼻青脸肿，绝对和神风学院那个被他狂殴一顿的魔法师有的一拼，细想一下他们两人的遭遇还真是相似。

"我说错话了，大侠赶紧停手吧，我把身上的所有财物都给你。"他心中一阵咒骂，居然对一个强盗低声下气，这在平时来说简直不可想象。强盗拳脚依然不停，简直就将他当成了一个人肉沙包，怎么出气怎么打，直到他差点晕厥过去时才停下来。经过这一番折磨，辰南骨头都快散了。暴风雨平静之后，强盗在他身上摸索，最终将他怀中的东西全都掏了出去。

"天啊，红色魔晶居然出现了这么多裂纹！"这一次强盗发出的不再是假音，辰南一下子听出这是一个老人的怒声。

"你这个混账小子竟然把它给损坏了，你拿什么来赔？"

此刻辰南恍然大悟，这哪里是什么强盗，定是神风学院高手无疑，而且必定和东方凤凰认识。想必对方已经知道了他昨晚的所作所为，今日特来报复他。他欲哭无泪，居然惹出这样一个可恶又可怕的变态老头子。

"你怎么将红色魔晶给损坏了？快说！"辰南感觉自己被一双有力的大手给举了起来。

"喂喂……老人家息怒，我不小心拍了它一掌，所以……"

"什么，可恶透顶！"辰南感觉一阵天旋地转，"扑通"一声，他被摔在了地上，痛得他眼泪都快流出来了。

"你这个无耻的小子竟敢调戏我孙女，还强行拆了她的魔杖，简直混账透顶，我打……我狠狠地打……"

辰南再次惨遭踩踏，他怎么也没有想到，东方凤凰会有这样一个强到变态的爷爷，他只能惨呼，老人愤愤地踹了一脚后转身离去。过了好久，辰南才自行解开穴道，一把扯掉头上的布袋，狠狠地摔在了地上，今天他竟然被痛揍了一顿，却连对方的影子都没看到，他简直郁闷到了极点。"东方凤凰居然有这样一个修为恐怖的爷爷……"他欲哭无泪。当他将散落在地上的金币捡起正要转身离去之时，一声淡淡的轻笑在他身后响起，老妖怪仿若凭空出现一般来到了他的身前。

"啊，前辈……"辰南鼻青脸肿，见到老妖怪时有些不好意思，一时支吾了起来。

"呵呵，有意思，你居然敢去神风学院找麻烦，真是胆大包天啊！"

"我只是不小心招惹了一个难惹的女生，没想到那个丫头竟然胡乱告状，把她爷爷推了出来。这个老头真是可恶透顶，下次我夜探神风学院时一定要放一把大火，哎哟……"辰南说话时牵动了嘴角的伤口，痛得龇牙咧嘴。

老妖怪笑道："你将神风学院当成了什么地方，你以为你可以来去自如吗？"辰南道："我已经夜探过那里两次。"老妖怪问道："你都探过哪些地方？"辰南道："我在里面整整转了一大圈。"

老妖怪笑道："若我所料不差，里面许多人都已发现你，只是没有为难你罢了。里面奇人辈出，决非等闲之地。"接着他话锋一转，道："嗯，我听人说那个令人头痛的小麻烦已经加入神风学院，我正要去为她解开身上的禁制，让她在那里学一点东西，没想到在这里和你巧遇，看来不用我出面了。"

辰南听得冷汗直流，道："前辈不去见见她吗？""不了，有你帮我照看她就行了。"说完，老妖怪两步便自林中消失。

片刻工夫，东方凤凰和小公主的长辈纷纷找上门来，令辰南心中一阵郁闷，尤其是东方凤凰的爷爷，他现在简直想和那个可恶的老头大战一场。经此变故，他再无心观看风景，无精打采地向罪恶之城走去。进城之前他将头上的帽子向下压了又压，不愿被任何人见到如今他这副惨相。

自由之城，大街上行人熙熙攘攘，不时有神风学院的学生在人群中穿过。辰南在城外被痛揍了一顿，此时再看到三三两两搜捕他的人，分外起火，他真想上前去抓住一人痛打一顿。突然，前方传来一阵骚乱，有人喊道："前面有人要决斗，快去看啊。"街上众人好奇地向前涌去，辰南也不由自主跟了过去。此时他鼻青脸肿，不担心被人认出来，只是多少有些尴尬。

只见前方一片空旷之地站着十几个年轻人，细看之下不难发现这些人都是修炼者，其中以魔法师为多，一个年轻人的手里举着一杆大旗，上书四个大字：挑战败类。辰南鼻子差一点气歪了，紧握双拳，骨节间发出阵阵脆响，不过他又嘿嘿冷笑了起来，因为他觉得似乎找到了出气筒，想狠狠地修理一顿那个举大旗的家伙。

举大旗的年轻人大声喊道："败类来了吗？我知道你早晚会得到消息赶到这里，是男人的话就出来和我们一战。"围观的众人议论纷纷，有人询问道："败类是何许人也，值得神风学院的高手如此大动干戈？"

那个年轻人道："是一个胆大妄为的狂徒，是一个无耻的败类，但却不敢面对我们。败类你来了吗，你听到我的话了吗？有种出来和我一战，如果你能够战胜我，我和我这帮兄弟保证让你从容离去，而且以后绝对不会再追捕你，你如果害怕就继续龟缩吧！"辰南刚才吃了一个大亏，心中不爽到了极点，闻听此言火气上涌，他"哧"的一声撕下半截袖子蒙在脸上，纵身而起，自众人头顶上方飞跃而过，落在了场中。

众人一阵大哗，场中十几个年轻人露出了喜色，举大旗的年轻人将旗杆交给了别人，仔细打量着辰南，道："你就是败类？你终于露面了。"

"呸，你才是败类！"辰南打断了他的话语，道，"你刚才所说的话可算数？"年轻人道："当然，我当着这么多人的面说出口后还能够反悔吗？"辰南道："你能够代表神风学院所有学生吗？"

"这个……"年轻人一阵为难，道，"你放心，今天只要你能够战胜我，我保证让你从容离去，没有人会为难你，而且我们这帮兄弟以后也绝不会再继续追捕你。"

"好，要的就是你这句话。今天我一定要狠狠地出一口气，你们神风学院欠我太多了。奸诈的副院长、可恶的东方臭老头，让我先在你们这帮学生身上收点利息吧！"看着辰南情绪失控的样子，十几个学生脸上露出了诧异之色，不明白他为何会如此激动。得到消息向这里赶来的学生越来越多，不一会儿工夫，场中已经有数十人，围观众人也越来越多，将这里围了个水泄不通。

那个年轻人道："败类你准备好了吗？"

"你才是败类，我姓辰。"

"辰败类你若准备好了，我要动手了。"

"去死吧！你这个叽叽歪歪、找扁欠揍的家伙！"辰南一拳轰了过去，猛烈的拳劲威势吓人。年轻人急忙飘浮到了空中，道："辰败类你有没有武德，居然偷袭我，哼，现在开始吧。"

辰南看着他，道："原来你是个鬼法师，魔法系追捕我的人最多，今天我一定要把你打成个猪头妖，给他们做个榜样！"说着他高高跃起，向魔法师打出了一掌。魔法师快速飘移到了一旁，而后念动一串咒语，魔法元素聚集成一个鸡蛋大小的火球朝辰南快速袭去。

辰南不敢小觑，闪身躲向一旁，火球撞在地面发出"轰"的一声巨响，将地面击出一个焦黑的大坑。围观众人吓得变了脸色，急忙向后退去，场地顿时大了许多。接下来，魔法师不断发动魔法攻击，使场内烈焰腾腾，火焰一波接着一波向辰南涌去，偶尔还会有闪电劈下，强大的电弧噼里啪啦响个不停。辰南身形疾若闪电，快速闪避着，但还是不小心被烧着了一块衣角，他急忙挥手斩下。在魔法师得意之时，一道凌厉的剑气突然冲天而起，璀璨的锋芒险些将魔法师洞穿，吓得他再也不敢过分靠近。

观战的那些神风学院的学生看得大惊失色，他们当然明白那金色的剑气代表什么样的实力，他们怎么也没有想到，令人万分痛恨的败类竟然是一个步入三阶境界的东方武者。围观的百姓虽然不懂修炼之法，但看着火焰汹涌、闪电闪现，还有偶尔破空的金色锋芒，皆忍不住惊叹，叫好之声此起彼伏，一片喧嚣。魔法师不敢过分靠近辰南，在高空中施展魔法进行远距离攻击，但威力明显小了许多，根本不能给辰南造成有效的打击，只能快速在空中不断飘移，找准时机俯冲下来发动一番偷袭，而后再快速退去。

这些魔法攻击虽然不能够给辰南带来太大的威胁，但总是被动接招令他极度不爽。可是魔法师已经对他心存畏惧，怎么也不肯过分靠近，一时令他没有丝毫办法。唯一的办法似乎就是等待魔法师魔力耗尽，无法继续在空中飘浮时将他擒杀。听着场外喧嚣的声音，辰南偷眼向四周观看，只见神风学院的学生已经来了近百人。他心中大呼不妙，这样下去早晚会有人去给东方凤凰送信，若是把她惹来那可真的要吃不了兜着走。看着空中的魔法师，他咬了咬牙，暗道："这么远若是施展擒龙手恐怕要耗去我一半功力，若是不能够将他成功地擒过来我就真的危险了。不管了，必须速战速决。"

辰南一连发出十几道剑气，璀璨的锋芒在空中"咻咻"作响，惊得魔法师慌忙逃避。待金色剑气尽敛之后，魔法师快速冲了下来，一连发出七八个小火球，而后又降下数道闪电。面对这些疯狂肆虐的魔法能量，辰南身形如电，闪向了一旁，而后双手齐挥，荡起一阵猛烈的狂风，他大喝道："擒龙手！"两只巨大的金色手掌如电光一般向空中的魔法师罩去，魔法师根本来不及做出任何反应，就被那对光掌牢牢地握住了，罡风涌动，劲气逼人，地面尘沙飞扬，光掌握着魔法师席卷而回。

惊呼之声此起彼伏，那些百姓不懂武学，不断有人惊叫，场面一时混乱不堪。

"神手啊！"

"天啊，神掌啊！"……

神风学院的那些学生也一阵发呆，均没有想到辰南竟然会如此绝学，当他们回过神来时，场内早已惨叫连连。辰南将魔法师按倒在地，而后一顿狂捶，被东方老头修理的那顿恶气都撒在了魔法师的身上。

旁边那些学生急忙冲了上去，可是这些魔法师力气都很小，有几个人都被辰南抓住手臂丢了出去。后来那些学生恼怒之下便要施展魔法，辰南这时却停了下来，放开了那个惨遭殴打的魔法师。被打的魔法师摇摇晃晃站了起来，肿胀的脸颊、乌黑的眼圈绝对和蒙面的辰南有得一拼。

"啊，舒服。"辰南伸了一个懒腰，长出了一口气。旁边的那些魔法师几欲发狂，差一点就要集体对他发动魔法攻击。辰南连忙摆手，道："我们有约在先，我战胜他后你们不得为难我。"说完他便要扬长而去。那些学生看着他的背影双眼都快喷出火来了，一个魔法师大声喊道："站住！"

辰南转过身来冷冷地看着那些对他虎视眈眈的学生，道："你们想反悔吗？"喊话的魔法师道："败类，你想彻底摆脱我们对你的追杀吗？三日之后我们在学院设擂，你若能够打败我们推举出来的代表，从今以后我们不再追杀你。"

"难道还有人愿意给我当沙包？好，三日之后我去打擂。"

所有学生都向他投去了杀人的目光，看得辰南浑身凉飕飕，他怕愤怒的学生突然失控，对他追杀，急忙穿出场地消失在人群当中。辰南走后不久，东方凤凰和小公主率领十几个女生来到了比武场地。得知辰南已经离去时，东方凤凰气恼不已，但当她听说三日之后辰南将赴约神风学院打擂，她脸上闪现出一丝喜色，咬牙道："死败类……到时候我一定亲自会你！"

辰南回到客栈后，对镜看肿胀的脸颊后几欲发狂，东方凤凰的爷爷在他心中的地位疯狂飙升，已经和副院长齐平，当然是指憎恨的程度。他发誓找机会一定要报复一下这两个可恶又可恨的老头子。

　　三天转瞬即逝，辰南养好了脸上的淤伤，在这三天中他采购了大量的武器，一张硬弓、三十支狼牙箭、三十支袖箭、三十把飞刀、三十颗铁珠……浑身上下满是暗器，为了对付能够飞空的魔法师可谓是煞费苦心。当他来到神风学院时，吓了一大跳，只见数十个魔法师早已等候在大门处，每个人都对他怒目而视，他随这些人走进学院后引起无数人侧目，好多人都在轻声议论。

　　"你们知道吗，这次魔法系要和败类决斗。"

　　"是啊，听闻了，据说在三号演武场，那里已经聚集了上千人。"

　　"这个败类胆子可真大，居然敢调戏我们学院赫赫有名的大美女，这次他死定了。"

　　"走，我们也去瞧瞧。"

　　……

　　无数人向三号演武场涌去，当辰南随那些魔法师赶到那里时已经人山人海，现场一片喧嚣。一名魔法师对辰南道："我们选出的代表还未到，你先在这里等一会儿，但不要乱走，不然出了什么危险可别怪我们。"

　　辰南冷哼一声，不过他真不敢向人群走去，只是远远地站在外围，他怕那些狂热的护花使者激愤之下对他群起而攻之。一声轻笑在他背后响起，辰南转脸观看，只见一名潇洒飘逸、儒雅清秀的年轻人走了过来。来人可以说美到了极点，称得上绝世美男子，但细看之下，他大吃一惊，这个人竟然是一个身穿男装的女子。

　　这名女子身材挺秀，一头乌黑的短发仅仅盖过双耳，眼神清亮、干净、宛若秋水，挺直的琼鼻，红润的双唇，组合在一起构成至美。短发女子穿了一身时下流行的男服，看起来简洁、清爽、干练，透露出一股中性美，散发着异样的蛊惑气息，令人耳目一新，难以抗拒。辰南没想到女子竟然可以这样帅气，看着神采飞扬、风采自信的短发女子，他一阵失神。

　　"喂，呆瓜发什么愣？"短发女子的声音充满了磁性。"咳……"

辰南一阵尴尬，假装咳嗽掩饰，不过很快镇静了下来，笑道："兄弟有事吗？"短发女子秀眉挑了挑，但又舒展了，轻笑道："好大胆的败类，你已经得罪东方凤凰，还敢如此调侃我，你不怕惹来更多人的追杀吗？"辰南心中一跳，眼前的女子绝对和东方凤凰、小公主等人是一个级数的绝色美女，她这种特殊的中性美更具蛊惑魅力，其仰慕者恐怕比东方凤凰的还要多，她所说的话绝非危言耸听。

中性美女笑了起来，脸上泛着一丝惑人的光彩，道："害怕了？呵呵，其实好多人都说我像假小子，如果你也这样认为就叫我一声哥哥吧。"

"嘿嘿，请问弟弟芳名？"

"看来你这个败类确实够无赖，本小姐名叫龙舞，今天有事来找你。"

"小五，难道你还有四个姐姐吗？"

"呸，你这个败类还真是名副其实啊。"龙舞虽然穿着像男子，绝美的容颜也很中性化，但言谈举止却很幽雅，加之她自信的风采，举手投足间散发着一股惊人的魅力，"败类，我听说前几日你施展出一种绝学，颇似东方武学中失传的擒龙手，可是真的吗？"

"这……"辰南没想到她突然提起此事。龙舞笑吟吟地道："看来是真的，有机会我们讨论讨论如何？"辰南惊道："你也会擒龙手？"龙舞道："不会啊，若会的话还和你讨论吗？"辰南奇道："你不会还要和我讨论？"龙舞理所当然道："你告诉我怎样修炼，我不就会了嘛，然后再和你讨论。"

辰南："……"龙舞问道："怎么不说话了？"辰南没想到龙舞想偷师还说得这么冠冕堂皇，笑道："拜托，弟弟，想偷学我的擒龙手就直说嘛，何必假正经。"

"这么说你答应了？"

"这等绝学岂能随意传人。"

龙舞笑了起来，道："呵呵，恐怕你不想传也得传。"辰南道："笑话，我不想传谁能够强迫我？"龙舞的声音充满了磁性，她低声笑道："你还记得不久前的那个夜晚吗，你深夜跑到女生宿舍区欲图谋不轨，结果被一个女生发现……"辰南大惊，他第一次夜探神风学院时的确误入女生宿舍区，结果被一个推门而出的女生发觉。他狡辩道："胡说，没有的事。"

"还想狡辩，那个女生是我的室友，在她喊叫出声后我第一个冲了出去，正好看见你转身离去的背影。我只要见过一个人的身影，下次绝对能够认出他。呵呵，没想到大名鼎鼎的败类竟然是那晚的淫贼。你说我若是将这则消息散发出去，会造成何等轰动？"辰南听得冷汗直流，眼前的绝色美女真是难缠。龙舞满脸戏谑之色，道："要不要我把那名女生找出来，让她指认你啊？"

辰南顿时泛起一股无力感，望着眼前那绝美的容颜，道："弟弟，你不至于这么狠吧？"

"呸呸呸，你还叫上瘾了？找时间给哥哥把那套秘法写出来，如若不然，你能够想到后果。"龙舞清秀绝伦，且散发着一股难言的别样气质，想不引人注目都不行，不远处的人群已经注意到了这里。她轻笑道："我现在还不急学擒龙手，你以后有时间再写给我吧。好好去比试，争取打败魔法系选出来的代表，为我们东方武者争一口气，顺便挫一下那只好胜凤凰的锐气。"说罢龙舞转身离去。

这时十几个魔法师走了过来，道："败类你准备好了吗，决斗就要开始了。""好了，你们前头带路。"辰南跟着这些魔法师向前走去。

此时，演武场中的男生和女生已经不下千人，而且还有大量的学生正在不断向这里赶来。其中有一半的人来自魔法系，另一半是其他院系前来看热闹的学生。这些人看到辰南后议论纷纷，冲着他指指点点。辰南听着那些乱七八糟的议论声一阵头大，一大堆子虚乌有的罪名被加在了他的头上，他好不容易穿过人群来到了正中央的空旷之地。

突然一声雕鸣在空中响起，东方凤凰驾御着金色巨雕自远处飞来，小公主也坐在上面。巨雕荡起一股狂风降落在场中，雕背上的两女一跃而下。东方凤凰手持紫玉魔杖，身穿洁白色的魔法长袍，流露出一股端庄、圣洁的气息。但当她看到辰南后，绝美的容颜立刻布满了寒霜，她狠狠地瞪了辰南一眼，转头对还未上场的魔法学院的代表道："这件事我自己会处理，不用任何人插手。"东方凤凰天赋过人，在十七岁时就已经是一个二阶境界的魔法师，如今二十岁芳龄便已要步入三阶境界，有恃才傲物的权利。

小公主一身紫衣，怀中抱着如小瓷猫般的小玉，笑嘻嘻地走到辰南近前低声道："死败类，这次看你怎么逃离神风学院！"辰南隔空对着她做了一个弹指的动作，令小公主恼恨不已，她气道："败类你死定了，哼！"

　　辰南不想和她多做计较，他想起了老妖怪的"嘱托"，道："小恶魔明天到福升客栈，我帮你解开身上的禁制，不要迟到、不要领人算计我，否则一切后果自负。"小公主脸上露出惊疑之色，正在这时东方凤凰道："小麻烦你快躲开，今天我和这个败类没完。"

　　小公主离去之后，东方凤凰走了过来，她恨恨地望着辰南，冷冷地道："败类，今天我一定要将你大卸八块，一雪前耻。"此刻她的确恼恨不已，最近"凤凰事件"在神风学院闹得沸沸扬扬，如今又搞出这么大的阵仗，令她尴尬无比，简直恨死辰南了。

　　辰南脸上带着淡淡的笑意，道："之前我听闻魔法系将选出一名代表与我决战，现在你亲自出手，先前的约定还算不算数？我若赢了，我们之间的恩怨是否一笔勾销？"

　　东方凤凰恨声道："当然算数，我自己就是代表，你若能够赢了我，没有人再会追杀你。不过你死定了，这一次我决不会放过你。"辰南笑了起来，道："那天夜里……嘿嘿……"他有意激怒东方凤凰，令她失去一颗平常心，以便在接下来的战斗中有机可乘。

　　这句话令东方凤凰彻底狂暴，她双眼都快喷出火来了。"啊……死败类你这个下流、无耻、卑鄙、无德的家伙，今天我一定要杀了你。"她快速飞到空中，一道道闪电向辰南击去，另外威力巨大的小火球也不停地在辰南周围轰炸，场内魔法能量到处肆虐。场外一片喧嚣，众人纷纷为暴怒的东方凤凰打气，大片的唾骂声则留给了辰南。场内金蛇乱舞、烈焰腾腾，辰南身形如电，躲过了一波又一波狂暴的魔法攻击。他找准机会摘下了背上的硬弓，从箭筒中抽出一支狼牙箭搭在弓弦上，对准了空中的东方凤凰。场外传来一片惊呼之声，让东方凤凰当心。

　　东方凤凰虽然处于暴怒状态，但也一直注意着辰南，之前她曾听闻辰南施展出过擒龙手，所以自始至终都没有太靠近地面。她快速撑起一片魔法屏蔽，闪电而至的狼牙箭撞在上面后被阻挡在外，而后坠落向地面。"败类，你就这点本事吗？冰矛！"一大片寒光闪闪的冰矛自空中向辰南快速袭去，耀眼的寒光让人望而生寒。辰南双手急忙挥动，发出数十道金色的剑气，将呼啸而来的那片冰矛击得四分五裂。

但还未容辰南喘气，一大片风刃发着刺耳的破空声又已飞至，在风刃之后则是狂舞的闪电，他被逼得手忙脚乱。避过这轮魔法攻击，辰南甩手打出三把飞刀，刀体被他贯注了大量精纯的内力，刀锋光芒璀璨、寒光慑人，发着刺耳的啸声破空而去。

东方凤凰匆匆撑起来的魔法屏蔽眨眼间就要破裂，她急忙敛去淡蓝色的壁垒，迅速发出几道闪电迎了上去，强大的电弧将三把飞刀击得改变了方向掉落在地。经历此险境后，她立刻冷静了下来，变得谨慎无比。魔法狂涌、剑气纵横，强大的能量在两人之间不停地激荡。

东方凤凰实战技巧非常高明，她在空中快速移动，利用风翔术不断变换方位对辰南进行狂暴的魔法攻击，平整的地面被恐怖的小火球击出一个又一个深坑，猛烈的闪电将场地击得一片焦黑。辰南发出的恐怖剑气直欲撕裂虚空，璀璨的锋芒在空中纵横激荡，将一波又一波魔法攻击阻挡在外，同时他不停地将身上的暗器射向高空，不时令对方陷入险境。不过，他不敢轻易施展擒龙手，一是距离太远，擒龙手不一定能够触到东方凤凰；二是东方凤凰不断快速移动，他怕一击不中反被对方所乘。

场外观战的学生停止了吵嚷，每个人都聚精会神地望着场内的大战，两人精彩的战斗深深将众人吸引住了，就连站在场外的几名教师也不住点头。

东方凤凰在空中快速移动了几个方位之后，突然停身悬在了空中，她娇喝道："去死吧败类，狂电乱舞！"空中的魔法元素疯狂向她涌去，她手中紫玉魔杖连连挥动，数十道闪电自空中直落而下，狂乱舞动的闪电将整片场地都笼罩住了，每一寸空间都是电芒，交织在一起的闪电铺天盖地。辰南避无可避，急忙将身上那些飞刀、袖箭等铁器扔在了地上，而后又快速将长刀插在了地面。一道道闪电轰隆隆劈落而下，有一半电弧都被地上铁器吸引了过去，猛烈的电芒击得那些铁制武器爆发出一团团火花。

辰南仰躺在地面运转玄功，令金色的护体真气充盈在体表，同时不断催发出凌厉的剑气抵挡那些肆虐的能量。东方凤凰不断挥舞魔杖，闪电隆隆不断，令观战的那些学生神驰意动，不断有人惊呼："太震撼了！""天啊，东方小姐不会迈入三阶境界了吧？"……

其实，此时东方凤凰已经非常吃力，施展这样一个威力强大的魔法非常耗费魔力，她一身魔力已经耗掉了八九成，眼看就要坚持不住了。

辰南此刻非常狼狈，需要不断运功抵抗到处肆虐的强大电流，好在没有巨大的闪电直接劈中他。望着不断发动闪电攻击的东方凤凰，他扬起了右手，一只巨大的金色手掌直冲而起，穿越过在空中肆虐的闪电，扶摇而上。

场外响起一片惊呼："擒龙手！""天啊，这就是传闻中的擒龙手！"……

去而复返的龙舞美目闪动着光彩，低声道："终于看到你出手了，失传已久的擒龙手果然非凡！"

东方凤凰大惊失色，没想到擒龙手竟然穿过密集的闪电冲了上来，她连忙停止了闪电攻击，快速向一旁冲去，同时撑起一片淡蓝色的魔法屏蔽护在体外。这一记擒龙手实乃辰南超常发挥，远远超出了平时的攻击范围，巨大的金色手掌一下子印在了魔法屏蔽上，淡蓝色的魔法屏蔽瞬间龟裂。

东方凤凰一阵惊恐，急忙改变方向，迅速横移出去一丈距离。看着那巨大的金色手掌慢慢变淡，直至最后消失在空中，她长出了一口气，可是就在这时，地面却发生了惊变。辰南看那一击无功，就将左手向下一按，一只巨大的金色手掌拍在了地面，巨大的反作用力荡起一股狂猛的旋风，他双脚顺势在地上用力一蹬，顿时冲天而起。

场外一片惊叫："败类飞上去了！""小心……"……

当东方凤凰注意到辰南时已经晚了，辰南升腾到八丈高空，伸手攥住了她的左脚踝，东方凤凰失声尖叫："啊……死败类快放开我……"

东方凤凰此时几乎已经魔力尽失，根本施展不出具有杀伤力的魔法，勉强放了几个细小的电弧，但根本不足以威胁辰南。辰南用力一拉将她拽到了怀中，他可不想被她踩着落在地面，伴随着东方凤凰的尖叫、场外众人的惊呼，两人一起向下坠去，辰南腾出右手连发掌力拍向地面，阻挡下坠之势。终于，两人着地了，辰南抱着东方凤凰在地上一连滚出去七八米，才化解掉那巨大的冲力。

整个演武场鸦雀无声，所有人都呆住了，万万没想到会是这样一个结果，沉寂过后，众人爆发出一片怒喝之声："放开东方小姐！""败类快放手！"……

辰南怀中虽然抱着一个绝色大美女，心中却没有丝毫涟漪。他一跃而起，同时将东方凤凰拎了起来，对她毫无怜香惜玉之情，不顾东方凤凰的怒骂尖叫，将她双手反剪于背后。辰南转头冲场外众人喊道："我打败了你们推选出来的代表，从今以后我和你们井水不犯河水。"

东方凤凰此时又羞又气，心中恼恨到了极点，当辰南松手后她便要扑上去拼命，小公主和几个女生快速跑了过来，将她硬是架了出去。"死败类我和你没完……"东方凤凰临去时尖叫道。场外所有人都对辰南怒目而视。辰南挥了挥手，笑道："呵呵，我赢了，从今以后我们之间不再有任何仇怨。"众人一片谩骂，而后西红柿、鸡蛋等铺天盖地般向他投来。

"没这么夸张吧，事先竟然将这些东西都准备好了……"辰南急忙向后退去。这时，一个精神矍铄的蓝衣老人走进场中，他身上流露出一股强大的气势，一看便知是一个高手。老人冷冷地瞥了一眼辰南，大声冲场外喊道："既然决斗已经结束，大家快快散去吧。"

众人对老人有些敬畏，大多数人闻言之后便要散去，可是就在这时，辰南大叫了一声："原来是你，东方死老头子，我要和你决斗！"蓝衣老人刚一开口说话，辰南便听出了他的声音，正是当日在城外将他狠狠揍了一顿的东方老头。众人大哗，他们认为辰南调戏过老人的孙女，刚才又以非常暧昧的方式战胜了东方凤凰，此刻应该躲避老人才对，万万没想到他居然提出要和老人决斗。

东方老人低声道："臭小子居然又欺负我孙女，早晚我还会修理你一顿。"

东方老人在辰南心中简直和可恶的副院长划上了等号，听闻此言，他快速捡起地上那些暗器，一股脑向老人掷去。老人右手轻挥，一片蒙蒙青光出现在他身前，所有的暗器如泥牛入海一般消失在那片光芒之中，随后他双手一挥，稀里哗啦一片响声，那些飞刀、袖箭全部寸断，化作一堆废铁掉落在地。辰南大惊失色，老人竟然能够凭借护体真气粉碎精铁，如此修为他决非对手。

"臭小子，今日我不为难你，赶快离去吧，不过下次不要让我撞见你，不然见一次我痛揍你一次。"

辰南郁闷无比，大仇人就在眼前，却打不过，而且还受对方威胁。他突然笑了起来，道："东方老头子，那晚其实……哈哈……"他大笑着向场外走去。

东方老人气得额头青筋乱跳，雪白的胡须都跟着抖动了起来，"你这个无耻的混账小子给我记住，我早晚要打断你那只臭手。"他强忍着自己的怒火，眼看着辰南离去。在人群中穿行时，辰南心惊肉跳，生怕某个冒失鬼会突然向他发难，从而引来众人围攻，走出演武场后他才长出了一口气。

"败类，恭喜你大获全胜，擒龙手果然非同凡响。"龙舞神采飞扬，自不远处走了过来。

"弟弟，你怎么又来了，刚才就有人误会我在打你的主意，但他们哪里知道是你一直在打我的主意啊！"

"呸呸呸，少恶心人，赶紧给哥哥把擒龙手的秘诀写出来，给我送到神风学院，不然你知道后果。"

看着眼前这个优雅而不失帅气，高贵而不失奢艳的美丽女子，辰南无奈地点了点头，道："好吧。"龙舞灿烂一笑，道："你若敢敷衍我，到时候你可别后悔。"看着她渐渐远去，辰南自语道："你先等上一百年吧。"他向学院外大步走去。


辰南和东方凤凰的大战结束后，所有观战的学生都失望无比，尤其是魔法系的学生，更是沮丧到了极点，他们万万没有想到败类最终取得了胜利，这对他们来说是一个不小的打击。大战结束了，人人都得知大名鼎鼎的败类是一个高手，许多学生暗暗将他当成了一个潜在的对手。

然而风波并未止于此，神风学院名闻大陆，各方势力都非常看重学院的优秀学生，常常用金钱、美色去网罗那些对他们有用的人才，不少势力都在学院安插了"内线"，有些人已经注意到了辰南。

辰南虽然战胜了东方凤凰，暂时摆脱了众人的追杀，但他却没有大获全胜的欣喜。事情不会就此完结，东方凤凰肯定不会善罢甘休，东方老头也不会放过他。大战过后他很疲惫，直到下午才恢复过来。他躺在床上自语道："奸诈的副院长、可恶的东方老头子、不依不饶的东方凤凰、难缠的龙舞、麻烦透顶的小恶魔，这些人都是出自神风学院，难道我和这个学院犯冲，怎么惹了这么多令人头痛的家伙啊？"

每当想到副院长和东方老头，他心中就郁闷无比，从东方老人的修为可以联想到副院长的实力，目前的他绝非这两人的对手。"这两个老头子的修为竟然如此高深，偏偏又这么可恶！尤其是东方老头子，居然扬言还要修理我，简直可恨到了极点！"

副院长诈去他五万金币、东方老人在城外痛揍了他一顿，每当想到此处，辰南就有一股抓狂的感觉，最后他打定主意，晚间到神风学院大闹一番。他觉得当日老妖怪说过的话很有道理，神风学院内高手如云，前两次夜探学院时有可能已经被里面的高手发觉，这次他决定从学院最偏僻处那片墓地潜进去。仔细思量一番之后，他化装出去买了六十斤辣椒粉。


夜深人静，星光点点。辰南背着一大袋辣椒粉从客栈中跃墙而出，在大街上疾行，眨眼间便来到了神风学院的东北角，这里也是罪恶之城的东北角，可以清晰地听见环城河水流动的声音。辰南纵身飞上高墙，一跃而下。里面是一片墓地，磷火幽幽，鬼气森森，令人毛骨悚然，墓地的前方是一片密林，远远望去，那里是一大片阴影，同样给人一股阴森压抑的感觉。辰南走出墓地，穿过密林，虽说艺高人胆大，但还是感觉到了一丝寒意。

林地之外两座矮山连在一起，绵延三里之遥，他翻过矮山来到了目的地，山脚下有许多巨大的山洞，许多庞然大物或伏在洞穴之中，或卧在山洞之外。这些大家伙是神风学院内龙骑士的坐骑，有地龙、飞龙、亚龙，甚至还有巨龙，这些龙每隔几日会被主人带到附近的深山捕食一次，平日皆栖息于此。

辰南的目标便是这些龙，他自知不是副院长和东方老人的对手，就打起了这些大家伙的主意，想象着几十头龙一起发狂时的景象，他就笑了起来。他不敢靠近那些庞然大物，攀上了山洞上方的峭壁，小心翼翼地向下打量，借着淡淡的星光可以看到有三十多头龙匍匐在洞外，当中有三头如小山一般的巨龙格外醒目。他猜想巨龙数量不止于此，那些巨大的山洞中可能还会有一两头，由此可见神风学院的实力。

山洞的上方也不尽是陡峭的岩壁，他来到一处较为平整的地段，将身上那袋辣椒粉放在了地上。刚要有所行动，脚下的地面突然一阵晃动，辰南差一点栽下山去。他大惊失色，急忙提着袋子向旁跃去。他惊疑地望着原来所在之处，原来那里根本不是什么平地，而是一个不算太深的坑地，一头小龙卧在里面，刚好将坑填平。说它是小龙，是和其他龙比较而言。小龙生有双翼，长约两丈，身体成灰褐色，与附近的岩石颜色差不多。这时，小龙自坑中抬起了头，无辜地眨着大眼望向辰南，样子可爱之极，仿佛由于被踩而受了委屈。

"原来是一头龙宝宝，还真是可爱，算了，不教训你了。"辰南将袋中那些事先包好的辣椒粉掏了出来，双手齐动快速向下掷去，几乎每包辣椒粉都命中一头龙的头部。成包的辣椒粉爆开后粉面飞扬，一声声龙啸自下方响起，当几个特大的纸包撞在三头巨龙头上后，巨大的龙吼声震长空，下方彻底沸腾了。

小龙开始时一直好奇地望着辰南，后来眼中闪过一丝奇特的光彩，当辰南从它身边路过想要逃走时，突然一下子扑了上去，将辰南压倒在地。辰南刚想运功将它震开，但小龙的一只龙爪忽然挪动了一下，恰好按在了他背上的几处大穴，令他空有一身功力不能施展。对于其他龙来说小龙很小，但对于辰南来说它已经算得上一个庞然大物。辰南差一点被压得骨断筋折，若不是最后危机关头硬是集结到一些内力，他真的要被小龙生生压成肉饼了。辰南试图挣动了几下，但却不能令小龙动弹分毫，便不再费力。他在心中大叹晦气，怎么也没有想到这头可爱的小龙会突然发难。

辣椒粉令那些龙双眼难睁、龙涕长流，十几头龙飞到了高空，另一半则在地上翻腾。在这夜深人静之际，几十头龙一起吼叫，声势惊天动地。震天的龙啸，声声如雷，划破了长空，传遍了罪恶之城，城内大半人都被惊醒。神风学院内一片大乱，所有人都从睡梦中醒来，烛光纷纷亮起，一片通明，许多人影快速向这里冲来。学院内的龙骑士最先赶到，每个人都焦急无比，他们的坐骑皆栖息于此，深恐自己的龙遭遇不测。人越聚越多，眨眼间便聚集了数百人。辰南叫苦不迭，被小龙压在地上不能动弹分毫，若是被人发觉只能束手就擒。

龙的头上有着辣椒粉，匆匆前来的人担心辣椒粉会伤到龙的眼睛，快速向回跑去。有人去找木桶打水，有人去召集人手帮忙，一时间神风学院内一片喧嚣。

辰南此刻焦急无比，若是被那些暴怒的龙骑士捉住，下场可以想象。正在他暗暗心焦时，小龙突然动了，扭了扭胖胖的身躯，摇摇晃晃站了起来。辰南惊喜异常，"嗖"的一声从它的身下钻了出来。他对这头古怪的小龙又气又怒，想给它来几道剑气，但小龙忽然伸头在他身上蹭了蹭，样子亲昵之极。看着它那双扑闪扑闪的大眼，辰南实在下不去手："算了，小家伙，看你这么可爱，我就不收拾你了。"

他转身便要离去，但小龙却摇摇晃晃地追了上来，他道："你这小家伙还真黏人，我可没时间陪你玩。"此刻现场没有一个人，辰南想趁这个机会快速离去，但小龙却缠上了他，张嘴咬住了他一只衣袖，他轻声哄道："龙宝宝快松嘴，下次再来找你玩。"小龙松开嘴，突然伸出舌头在他脸上舔了一下，辰南气得差一点背过气去，小龙的舌头足有一米多长，上面带的口水将他从头到脚弄得湿淋淋的。

"可恶！"他快速跳开，头也不回地向山上攀去。辰南离去不久，陆陆续续有人提着水桶赶来，神风学院内一片混乱，注定是一个不眠之夜。客栈中许多人都被震天的龙啸惊醒，但不多时又都沉沉睡去，辰南回来之后将全身上下仔仔细细清洗了一遍，还好小龙的口水没有什么异味。

清晨，一阵急促的敲门声将辰南惊醒。小公主在外面一边敲门一边喊道："败类快开门……"

辰南打开房门，懒洋洋地道："有事吗？"

"你不是说今天为我化解困神指力吗？"

"原来是这件事啊，对我这样大呼小叫，你说我会为你解开禁制吗？"

小公主围着他转了一圈，上上下下将他仔细打量了一番，道："少来，别想让我求你，你有把柄捏在我的手里，哼！"

"什么把柄？"

"昨晚有人将一大袋辣椒粉撒在了神风学院的龙场，致使那些龙受刺激而发狂，令整个罪恶之城都不得安宁。副院长领人忙了一夜才让那些龙平静下来，龙骑士气得暴跳如雷，现正在全城之中搜捕可疑之人。"

辰南道："这和我有什么关系吗？"

"因为那个人就是你，没想到你这个家伙如此胆大妄为，不过这件事的确有趣，可惜被你抢先做了。"小公主满脸遗憾之色。

"喂，小恶魔你不要乱说话好不好，你以为我会像你那么恶劣，对这种事情感兴趣？"

"哼，从进屋时我就一直在观察你，你听到这件事后毫无吃惊之色，表明你早已知道。你这只懒虫才刚刚起来，你说不是你做的是谁做的？"

"莫名其妙，没有证据就妄加猜测，谁会相信！"

"那帮人真笨，一直在怀疑那些寻找古神遗宝的修炼者，却没有想到这件事的罪魁祸首是你。"小公主不怀好意地笑了起来，道，"我若是给他们提个醒，你猜他们会怎么做？"

辰南一阵发寒，几十个龙骑士若是一起向他冲杀，他还不如直接去自杀。他伸手在小公主光洁的额头上敲了一下，道："你这个小恶魔就会惹是生非，但我身正不怕影斜，你若去栽赃陷害我，从此别指望我为你解开禁制。"

"哎哟，好痛……"小公主用手捂着额头，一边呼痛一边道，"死败类你再敢对我不敬，我真的去告发你，大不了我和你来个鱼死网破。"
她怀中的小玉也发出一阵低吼，恶狠狠地盯着辰南。辰南气道："色
虎，再敢瞪我，当心我扒了你的猫皮。"小公主恨恨地盯着辰南，道：
"你把我身上的禁制解开，再帮我做一件事，我就替你保守秘密。"

"你有求于我，居然还跟我谈条件？"

"不是什么苛刻的条件，只是让你帮我痛打一个人而已。"

"谁？"

"拜月国三皇子仁剑。"

"原来是他。"

"对，就是那个可恶的家伙，去年他出使我国时真后悔没有折磨他
一顿。"

辰南道："虽然我很想教训他，但绝对不会受你威胁，因为昨天晚
上的事根本不是我做的。"小公主叫道："死败类，到现在你还装模作
样，我敢肯定那件事百分之百是你做的。哼，他也是你的仇人，你难
道忘了吗？你每次出入神风学院都惹得人人喊打，我想新生报名那次
他就已经注意到了你，你不怕他暗中派人对你先下手吗？"

辰南沉吟了一下，道："我还没将他和他手下那批人放在眼里。"
小公主道："当初被人家追着打，现在神气活现，哼！不过真的有些奇
怪，短短几个月你居然变得这么厉害。我再问你一次，你到底帮不帮
我痛打他一顿？"

辰南道："帮忙也可以，但我也要提出一个条件。"小公主道："什
么条件？"辰南盯着她怀中的小玉，道："这头色虎上次消失几天后便
叼回来古神的右手骨，它一定去了一个神秘的所在。你若是能够让它
把我带到那个地方，别说揍仁剑一顿，就是暴扁他十顿都行。"

自从那日虎王衔回神骨，辰南便无时无刻不在打它的主意，他从
远古神魔墓地复活而出，迫切想了解一切关于古代神魔的秘密。小玉
闻言警惕地望了望辰南，而后用力向小公主怀里缩了缩。

小公主叹气道："我曾不止一次要求它带我去，但它就是不肯。"
辰南道："这头色虎越是如此，越说明那个神秘的地方有古怪，让我来
想想怎么才能够让它乖乖听话。"小玉闻听此话，冲辰南低吼了一声，

而后将头埋在了小公主的怀中，不再看他。

辰南对小公主道："你把这头色虎交给我，我有办法让它听话。"

"不行，我不能让你折磨小玉。"

"放心，我不会伤害它。"

小公主闻言一阵犹豫，一直以来她都非常好奇，迫切想知道小玉到底从哪里找到的神骨，但又不忍心逼迫它。辰南看她如此表情，知道她已经意动，他冲小玉招手道："色虎来我这里，总是待在高山上不觉得腻烦吗？"

小公主气得脸色通红，斥道："死败类、臭贼、混蛋，你在胡说什么！"小玉看了看小公主，又看了辰南，"噌"的一声向辰南蹿了过去。辰南伸手便要接它，哪知它并不是扑向他的怀里，而是高高跃起落在了他的头上，四只小虎爪在他头上一阵乱挠，将他的头发抓得乱糟糟，如茅草一般。

"我……"辰南大怒，一把将它从头上揪了下来，气道，"死虎、烂虎、色虎，居然敢太岁头上动土！"小公主先是大笑，而后急道："不要伤害小玉……"

当初辰南将小玉重伤，致使它差一点被佣兵团的人杀死，后来虽侥幸逃生，但其力量却由三阶下跌到了一阶。在罪恶之城，它几次被辰南制住，还曾经被迫吞过臭袜子，所以一直以来它对辰南充满了敌意。"吼！"小玉一声低吼，身体在刹那间变大，张嘴喷吐出一道闪电。辰南本无伤它之心，只不过想吓唬一下，没想到它突然发难，再想躲已经来不及，庞大的虎躯立于他身前，强大的闪电一下子击中了他的胸口。小公主一声欢呼："小玉太棒了！"

强大的电弧令辰南胸前的衣服瞬间化为飞灰，但至强的电流并未给他造成任何伤害，一片柔和、圣洁的光辉自他胸前发出，闪电如受招引一般向那片光华涌去，最后所有光芒尽敛于他胸前的玉如意。辰南着实惊出一身冷汗，如此近距离若是被那道闪电劈中，他非去掉半条命不可，幸亏这件专门吸食能量的古神遗宝帮他躲过一劫。

小玉惊疑地看着玉如意，眼中突然闪现出一丝惊恐之色，而后一下子匍匐在地颤抖起来。小公主站在小玉身后视线受阻，并没有看到玉如意发出的光芒，此刻看到辰南毫发无损而虎王却如此害怕的样子，她大惊失色，百思不得其解。

"啊，败类你怎么没事？小玉你怎么了？"小玉看她上前，快速变小，而后"嗖"的一声钻进了她的怀里。辰南将这一切看在眼里，发觉小玉对玉如意似乎有一种与生而来的惧意。他决定用玉如意震慑它，让它乖乖听话，带他去探寻那个未知的神秘所在。

他从床上找到一件长衫穿在身上，走到小公主身前道："把色虎给我，我有办法让它乖乖听话。"小公主急道："不行，刚才你到底将小玉怎样了，它现在为什么这样害怕？"此时，小玉趴在小公主的怀中，身躯还在微微地颤抖，一副惊吓过度的样子。

辰南伸手点了小公主几个穴道，令她失去了知觉，将她放在床上，从她怀中将小玉揪了出来。小玉一阵挣扎，但再无一丝凶悍之色，发觉挣脱不掉，便伸出两只毛茸茸的小虎爪捂在了自己的眼上，样子娇憨可爱。辰南大乐，没想到它会有如此反应，伸手硬是将它的两只小虎爪挪开，道："色虎好好看着我，告诉我你是不是知道一个神秘的所在？"

小玉被迫和他对视，发觉玉如意已经消失不见，它的胆子又渐渐大了起来，不过却没敢对辰南发动攻击。它心中多少还有些害怕，眼中充满了愤怒和敌意，它不甘地发出一声低吼，摇了摇毛茸茸的小虎头。

"色虎竟敢不老实，到现在还敢骗我。"辰南从怀中将玉如意掏了出来，道，"再不老实，我将它挂在你的脖子上。"看到玉如意后，小玉眼中再次露出惊恐之色，身躯发出微微的颤抖，辰南见达到了威慑的效果，急忙问道："你是不是知道一个神秘的所在？"小玉一阵犹豫，但看到那晶莹剔透的玉如意在它眼前晃来晃去，它慌忙闭上眼睛点了点头。

辰南虽然早已猜测到有这样一个神秘所在，但经小玉证实，他心中还是一阵激动。"色虎，待会儿你带我去那里听见没有？"小玉闻言惊恐地睁开了双眼，毛茸茸的小虎头摇得跟个拨浪鼓一样。辰南气极，将玉如意一下子挂在了它的脖子上，惊得它一下子挣脱了辰南的双手，跳上床钻进被褥里颤抖不已。辰南把它揪了出来，将玉如意取下来，道："到底带不带我去？"小玉可怜兮兮地看着他，最后无奈点了点头。辰南大喜，但怕它逃掉，伸手在它身上一阵乱点，闭住了它多处穴道，随后将它丢在床上，解开了小公主的穴道。

小公主睁眼后先惶恐地检查了一遍自己的衣衫，确信没问题后，大怒道："死败类你干吗点我穴道，你到底把小玉怎样了？"她将一动不动的虎王抱在了怀中。辰南道："那家伙已经答应带我去探寻那个未知的神秘所在。"

小公主转怒为喜，道："太好了！我一定要看看那里究竟是一个什么样的所在。"辰南道："你还是老老实实待在自由之城吧，看色虎那惊恐的表情，可以猜测绝对是一处凶险之地，你若去我可不能保证你的安全。"

小公主哼道："哼，谁要你保护，自以为是，我偏要去。"辰南道："好了，我现在履行承诺，帮你化解困神指力。"小公主闻言大喜，从离开楚国都城到现在，她的一身功力一直被封着，这令活泼好动的她备感煎熬，今日终于要解开枷锁，怎不令她惊喜。

辰南双手连动，一道道金色真气如流水一般被打入小公主体内，一时间屋中光芒大盛，随之而来的是小公主痛苦的哼声。一个时辰之后，屋中光芒尽敛，两人皆通体大汗。小公主试着挥了挥掌，但发觉自己体内还是空空如也，没有一丝一毫真气，气得叫道："败类你骗我，根本没有解开禁制！"

辰南道："若是彻底为你解开困神指力，恐怕会耗尽我全身的功力，几天之内休想恢复过来。不过我已经化解了一半，改日再化解另一半。"小公主不满地哼了一声，道："好吧，明天我再找你来化解。难受死了，浑身都是汗水，我要回去洗澡了，快让小玉恢复过来。"

辰南道："我说过要它带我去那个神秘的地方，暂时向你借用它两天。"

"不行，我也要去。"

"那个地方太过凶险，不能带小孩子去。"

小公主气道："呸，你才是小孩子！快将小玉还给我。"辰南不再答言，一把将床上的小玉拎了起来，闪身出了屋子。小公主又急又气，慌忙追了出去，但辰南早已没有了踪影。

此刻，大街小巷所有人都在谈论昨晚那震天的龙啸，许多为古神遗宝而来的修炼者都没有去神战遗迹，均在城中观望着事态的发展。辰南走在大街上心惊肉跳，着实心虚无比，他决定探寻那片神秘之地以避风头。他带着小玉住进了另一家客栈，在屋中调息以恢复损耗的功力。那个神秘的所在绝非善地，必须要将自己调整到最佳状态，以便应付各种可能出现的情况。

第二日清晨，辰南早早醒来，洗漱一番之后，他在街上采购了一大包吃食，而后揪着小玉离开了罪恶之城。

"色虎，你到底带不带我去，昨天不是说好了吗，今天居然敢变卦！"在东城之外的树林中，辰南手持玉如意，一遍又一遍地威胁着小玉，他已渐渐明白小玉所惧怕的是宝玉所散发出的圣洁光辉，向玉如意输入一丝真气，令它发出淡淡光芒，惊得小玉颤抖不已。此时小玉已经恢复一丈虎躯，肋下那对洁白的双翼伸展了出来，额头晶莹的玉角也伸了出来。辰南唯恐它逃走，一直揪着它一只耳朵。令他心安的是，小玉似乎异常恐惧，根本不敢动弹一下，只是匍匐在他脚下不停地抖动。最后迫于辰南淫威，小玉无奈地点了点头，辰南大喜，快速翻上了虎背。

一道白光冲天而起，虎王载着辰南飞到了高空。风声呼呼，白云飘逝。俯瞰大地，青山绿水仿若泥丸、细线。地面景物飞快向后倒退，小玉如闪电一般向东方飞去。

# 第五章

# 白骨魔殿

　　俯瞰着大地上一道道快速倒退的风景，辰南忆起了那遥远的过去，年幼时辰战曾经背着他御空飞行。至今他还能够感受到第一次飞上高空时的激动心情，往事已矣……

　　小玉飞行如电，越过逶迤的群山，穿过朵朵如絮的白云，半个时辰之后，它将辰南带到了距离罪恶之城约五六百里的山脉深处。这时它慢慢放缓了速度，由高空降了下来，贴着高大的林木向前飞行，有时还要钻进丛林中奔行。辰南开始时还很诧异，但慢慢明白它为何如此，每当小玉小心翼翼地潜行时，就意味着附近是一个危险地带。有几次当它刚刚扎进密林时，地面便出现一片巨大的阴影，恐怖的巨龙横空而过……

　　这里人迹罕至，一派原始风貌。如此行进了半个时辰，小玉彻底放弃飞行，降落地面，开始在山林中穿行。深山之中猿啼虎啸，既有凶残的恶兽，也有奇异的魔兽，各种怪兽层出不穷。随着时间的推移，小玉渐渐不安起来，若不是辰南不断晃着手中的玉如意，它早已停了下来，即便如此它也磨磨蹭蹭。翻过十几座大山，穿过百里山林之后，小玉终于将辰南带进了最为原始的地域，这里树木茂密，遮天蔽日，几乎从未有人到达过。

　　在这片原始地域，辰南渐渐感觉到了不安，这里异常安静，没有丝毫声响，根本不似先前所过之处那般鸟鸣兽啸。山脉死一般地沉寂，偌大的山林没有一只鸟兽，辰南有些发毛，但不想半途而废，逼着虎王继续前进。渐渐地，一股浓重的腥味飘进了他的鼻中，他一阵皱眉，猜想一定有什么恶兽盘踞在前方，它散发出的独特的气味令附近的鸟兽不敢靠近。

又行了一程之后，小玉彻底不走了，甚至要赖皮趴在了地上，任凭辰南怎样逼它，都不再动弹，直到辰南要将玉如意挂在它的颈项上时，它才"嗖"的一声跳起来，而后不情愿地向前走去。走出去几里之后，山地渐渐开阔起来，林木越来越少，地面上开始出现巨大恐怖的脚印，每一个脚印都有两丈多长。此时辰南才明白，前方竟然是传说中的远古巨人。

此处的山林一片死寂，所有鸟兽都避而远之，而远古巨人的脚印却如此密集，很有可能便是巨人的栖身之地。辰南一阵胆寒，当初在楚国西境时，和小公主曾经碰巧遇见一个巨人，当时若不是有后羿弓在手，恐怕早已死在了巨人的脚下。现在他虽然功力大进，但远远不能够对付一个巨人。

辰南是东方人，万年前根本未曾听闻过这种巨型人类，直至重生后才听人说起。成年的远古巨人身高一般都在十五丈左右，最矮也有十丈，每一个巨人的体魄皆异常强壮，且凶猛无比。三阶亚龙若是和他相斗，根本不是对手，传闻健壮的成年巨人甚至能够独斗三十丈的巨龙。辰南倒吸了一口凉气，一个成年远古巨人的实力已经接近于一头巨龙，若是有许多巨人，他不敢想象了……他犹豫了一会儿，最后咬牙决定继续前进，此时小玉再也不肯在前面带路，辰南硬是揪着它一只耳朵让它跟着前进。

腥臊之味越来越浓，闻之令人欲呕，一人一虎小心谨慎地潜行。山地越来越平坦，前方隐现出一片开阔的山谷，透过婆娑的树影可以看到山谷中有一个美丽的小湖，碧蓝的湖水平滑如镜。山谷约有八九平方公里，四周皆是大山，但并没有将山谷围死。谷中树木稀稀疏疏，甚至连草丛都很少，地面被巨人踩得坚硬如石。一条小河自山谷蜿蜒而过，途经如镜的小湖，而后从小湖的另一端流出，向谷外缓缓流去。

辰南揪着小玉的耳朵走进山谷，顿时毛骨悚然，山谷的中心位置竟然有一座高达百丈的白骨山，森森白骨摄人心魄，幽幽白光令人胆寒。在白骨山上有一座大殿，高足有十几丈，不知用何种材料所建，整体漆黑发亮。大殿正门赫然是一个恶魔的巨口，狰狞恐怖。细看之下，整座宫殿似乎就是依据一个凶魔的头像建成，给人一股阴森可怕的感觉。辰南感觉头皮发麻，浑身凉飕飕，脊背都在冒寒气，既震惊又恐惧，小玉不安又警惕地朝四周张望。

辰南道："白骨堆积成山，这究竟需要多少生灵的性命啊！这里简直就是一处人间地狱！色虎，带我到近前去看一看。"小玉有些害怕，朝四面八方仔仔细细看了一遍后，才不情愿地伸展出双翼，带着辰南向前飞去。

来到白骨山近前，辰南暗暗惊骇，那些白森森的枯骨皆巨大无比，小块的骨头甚至都要比他高大，骨山周围的地面白晃晃，竟然是高达数尺厚的骨粉，可以推测，骨山已经有数千年的历史，要不然一些白骨不会风化成骨粉。他让小玉围绕着骨山飞了一遭，发现骨山并非完全由枯骨堆积而成，在白骨之下是一座低矮的石山，大殿坐落其上，而森森白骨是后来堆积覆盖上去的。

辰南发现，有些白骨之上居然还连带着血淋淋的碎肉，说明这些是新堆积上去的，阵阵异臭令人欲呕。山谷内本来就充满了巨人的腥臊味，再加上如此异味，简直让人无法忍受，就连小玉都忍不住直皱虎鼻。辰南恶心无比，忍着呕吐的冲动，打量着白骨山上的大殿。漆黑森然的殿宇散发着妖异的乌光，狰狞的恶魔巨口黑洞洞的，恍惚间似有阵阵异啸传出，仿若九幽地府的鬼声魔音……

突然，大地传来微微颤动，两个高大的身影在远处山间隐现，辰南一惊，他知道巨人已经返回。不待他命令，小玉贴着地面快速向远处的山林飞去，逃进山林之后还要继续奔跑，但被辰南狠狠地揪住了双耳，不得已停了下来，眼中满是惊恐。

"色虎老实点，不要乱动。"辰南和小玉躲在山脚下远远观望，只见身高不同的两个巨人从西南方向的山林走进山谷，沉重的脚步落在地面发出阵阵闷响。他们全身上下布满了浓密的体毛，如兽毛一般密而长。较高的那个巨人身高足有十六丈，左手握着一根石棍，长足有七八丈。在常人眼里，那无疑是一根巨大的石柱，但在他手中不过是一把轻巧的武器而已。他的右肩上赫然扛着一头长达七八丈的飞龙，飞龙早已死去，双翼已展开，头尾无力地下垂着，随着巨人的脚步而晃动。另一个巨人身高约十三丈，他的手中也握着一根长石棍，肩上扛着一头地龙，就像普通人扛着一头死狐一般。

辰南异常震惊，飞龙和地龙皆强悍无比，但在巨人眼里不过是充饥的食物，着实让人惊恐。"天啊！"他发出一声惊叹，而后转头问小玉，道，"那头飞龙不是会飞吗，怎么会被巨人猎杀呢？"小玉望着山谷中的巨人，满是惊恐之色，两只前爪费力捧起地面上一个石块，而后用力向前推了出去。

"你是说巨人用石块将飞龙砸下来的？"

小玉用力点了点头。

"怪不得你这头色虎如此害怕这个地方，原来如此。"

两个巨人由远及近向骨山走去，在距离骨山十几丈处将肩上的猎物放下，堆在了一起，而后坐在了地上。过了大约有一个时辰，大地再次轻轻颤动起来，又有三个巨人返回，手中都提着长达三四丈的巨大怪兽。辰南和小玉隐藏在山林中，枯燥地观望着山谷内的情况，太阳落山之前，巨人陆陆续续回到了山谷。栖居在这里的巨人总共有十一人，其中最高者达十七丈，最矮者是一个未成年的巨人，只有八丈多高，余者皆在十到十六丈之间。

将猎物堆积在一起后，这些巨人一齐朝白骨山上的大殿跪了下去，口中传出一阵阵瓮声瓮气的声响，似乎是在祷告，随后这些巨人站起来向猎物走去。接下来的场面血腥无比，巨人开始分食打来的猎物，当真茹毛饮血。辰南急忙转头。小玉也将头调了过来，它面上的表情生动无比，似乎也不愿意看到血腥的画面。"色虎，你不是也这样生吃活吞吗，为何那副表情？"小玉冲他低吼了一声，似乎在反驳。

当巨人们享用完晚餐后，天色已暗淡了下来，猎物被吃了一半，谷内又多了一大堆白骨，巨人起身将那些白骨抛上了白骨山。辰南虽然已经明白骨山的由来，但却不知道巨人们为何要将白骨堆积成山，更不晓得骨山之上那座阴气森森的大殿到底是一个什么样的所在。由白骨山下的那些骨粉可以推测，巨人一代又一代地在这里生存，从未迁移，致使白骨堆积成山。他们之所以一直未曾迁移，一定和骨山上那座泛着妖异乌光的大殿有关。

"色虎，你上次衔回去的神骨是从哪里找到的，难道是骨山上的那座宫殿？"小玉点了点头。"嗯，原来这样啊，里面到底有什么古怪？"小玉伸出一对毛茸茸的虎爪一阵比画，同时眼中闪现出惊恐。虽然它已经通灵，但毕竟不会讲话，辰南看得云里雾里，不知道它想表达什么，只知道那里绝非善地。

天色越来越暗淡，谷内的巨人们收起地上的猎物，向正西方向的那片山林走去，隐约间可以看见，那里的山脚下有一片巨大的石窟，是巨人晚间休息的地方。辰南感觉有些饥饿，让小玉带路，远离了山谷，他从身后的包中将吃食取了出来，开始享用晚餐。小玉可怜兮兮地向辰南撒娇卖痴，因而分到了晚餐。

"你这头色虎如此贪嘴，神风学院的厨房早晚会被祸害。"

小玉闻听此言双眼一亮，高兴地冲辰南点了点头，好像在表示谢意。辰南看它如此神态，敲了它一下，道："没想到我无意一句话，倒是给你提了个醒。到时候被人抓到的时候，别告诉人家是我指点你的。"随后他笑了起来，"馋嘴色虎在神风学院厨房大肆偷吃偷喝……嘿嘿，真是让人期待啊！"一人一虎沉浸在不良幻想中，一个想象着神风学院大闹偷吃贼时的好笑情景，另一个开始在为自己的口腹编织美梦。

一个时辰之后，天色彻底黑了下来，辰南赶着小玉向巨人所栖居的山谷走去。夜空中只有点点星光，天地间一片黑暗，带状黑色云雾在骨山和大殿周围缭绕，仿若冥魔之气，令人心胆俱寒。此时，正西方向的那些石窟一片漆黑，辰南逼迫着小玉向那里飞去，但在临近石窟两百丈距离时，它死也不肯前进了。辰南仔细倾听，阵阵沉闷的呼吸声传入他的耳际，巨人似乎都进入了梦乡。

"这帮大家伙都睡了，这下好办了，色虎带我去白骨山上的宫殿。"小玉万分不情愿地向谷内的白骨山飞去，漆黑的夜色下，百丈白骨山磷火幽幽，鬼气森森。骨山上的宫殿在夜色中显得格外阴森恐怖，似一头巨大的恶魔从万千枯骨中探出一个狰狞的头颅。

小玉载着辰南从空中俯冲而下，向着形同恶魔巨嘴一般的正门飞去。大殿正门之下有九级台阶，每一级台阶都闪闪发光。辰南脸上满是震惊之色，每一级台阶之上竟然都铺满了神骨，淡淡光芒正是神骨放出！

"天啊，神骨铺地，简直让人难以置信！"

小玉落在台阶之上，警惕地注视着正门的方向。辰南仔细打量着地上的神骨，发现这些散骨都是一个神的，被人拆散后铺在了九级台阶之上。他细心观察，发现缺少一双手骨。"难道这便是曾经在神战遗迹大打出手的两个古神之一？他的遗骨怎么会被人拆散铺在这里呢？难道是要所有进出大殿之人践踏它吗？竟然和一个神有如此深仇大恨……"辰南感到一阵不安，和神有如此大恨的人决非凡人，立刻联想到了大战中的另一个古神。"难道是另一个古神？不对，两个古神爆体同归于尽，不可能是另一个神做的。"

狰狞恐怖的大殿正门内黑洞洞的，没有一丝光亮，丝丝寒气向外散发而出，且传出一股若隐若无的异啸。辰南心中涌起一股寒意，不知道眼前的大殿中到底是一个什么样的所在，到底要不要进去。一阵犹豫后，辰南登上了九级台阶，毅然向大殿正门走去。小玉被他揪着耳朵跟着向前走了几步，来到漆黑无光的恶魔巨口处时，它再也不肯前进，四只虎爪用力扒着地。

辰南小声道："色虎快走。"虎王小玉拼命地摇头，抬起一只虎爪一阵比画，露出惊恐之色。辰南见它不肯动弹，运转玄功提着它的颈项令它离地而起，向大殿内走去，小玉不断地挣动，但难以逃脱辰南有力的手掌。

当辰南迈进大殿中的瞬间，一股寒气迎面扑来，在这炎炎夏日，宫殿内却似冰窖一般寒冷。他将小玉放在地上，小玉一阵战栗，身体迅速缩小，而后"嗖"的一声蹿到了他的肩膀上，两只小虎爪使劲抓着一缕头发。"色虎放爪！"辰南低声叫道。小玉用力抓着，任他呵斥，怎么也不肯松开，一副惶恐不安的神色。辰南没有办法，任小玉待在肩头，慢慢向前走去。

"嗒""嗒""嗒"……空旷、漆黑的大殿内只有单调的脚步回响，在这伸手不见五指的黑暗中，辰南凭着敏锐的灵觉摸索前进。如此向前走了近十丈距离，几级台阶出现在他的脚下，石台之上一道石门挡住了去路。当他向石门推去时，小玉不安地发出一声低吼，掀起他的衣领"嗖"的一声钻进了他的怀里。"色虎你想吓死我？居然向我怀里钻……"辰南一把将它揪了出来，扔在了地上。小玉却又立刻蹿上了他的肩头，牢牢地抓着他的头发。辰南吐槽道："胆小如鼠，准是老鼠转世，一点也不像老虎。"

辰南用力推开石门，里面是一间非常开阔的大殿，四壁镶嵌着散发着淡淡绿光的明珠，幽幽绿光令大殿显得格外诡异，仿若阴森的地府一般。当他看清里面的景象后倒吸了一口凉气，惊得头皮发麻，大殿的两侧站立着两列干尸，风干的皮肉紧紧包在瘦骨之上，扭曲的五官异常狰狞，辰南的心扑通扑通乱跳，怀疑自己步入幽冥之地。

"咳……"苍老的咳嗽声突然在大殿内响起，辰南惊得一下子跳了起来，躲在他肩上的小玉一下子摔了下去，但它马上又蹿了回来。辰南一把抓住了它，双手不自觉用起了力，掐得小玉直翻白眼，直到小玉给了他一爪，才急忙松手。他快速向后退去，但发现石门早已关闭，怎么也无法推开。小玉在他肩头不安地发着低吼，双眼不停地扫视着四周。辰南稳定了一下心神，大声喝道："谁？躲在暗中的人快出来！"

苍老的声音在大殿内回响："年轻人说话不要这么冲，我一直待在这里，何曾躲过？倒是你无缘无故闯了进来，怎么反倒怪起我来了？"

辰南利用灵觉在大殿内一遍又一遍地搜索，却什么也没有发现，殿内除了他和小玉之外，根本没有任何生命迹象。过了好一会儿，那个苍老的声音再次响起："相逢即是缘，没想到居然有人踏足这里，年轻人我们聊聊吧。"

辰南道："你都不让我见你一面，未免太没有诚意了吧？"

"我真的没有躲藏，既然你非要见我，就一直向前走吧。"

辰南一步一步向前走去，小玉紧张地在他肩头上四处张望，当步入两列干尸之间时，它"嗖"的一声再次钻进了辰南的怀里，只留下一个小虎头露在外面警惕地观察着附近的动静。"你这个色虎快出来。"但这一次无论辰南怎样揪它，小玉的小虎爪都牢牢地抓着他的衣服，死也不肯出来。

"呵呵，小猫，百年前你不是来过这里吗，难道想我老人家，又回来看我了？"闻听此话，小玉再也待不住了，从辰南怀中"嗖"的一声钻了出来，踩着辰南的脸爬到了他的头上，使劲抓着他的头发朝四周张望。"色虎你竟敢蹬鼻子上脸，气死我了。"辰南一把将它揪了下来，向一个干尸扔去。"吼……"小玉吓得发出一声低吼，快速跑回了辰南脚边，一只小虎爪紧张地抓着他的裤脚。

"呵呵，小猫，你还像百年前那样胆小啊，我又不会吃掉你，有什么可怕的？"苍老的声音在整个大殿内回荡，分不清究竟来自何方。

辰南又向前走了几丈距离，旁边的一个干尸突然转过头对他龇牙一笑，白森森的牙齿闪着妖异的光芒。小玉一声大吼，快速跑出去几丈距离，浑身毛发倒立，在远处惊恐地注视着干尸。"啊！"辰南也惊得大叫了一声，一连退后了七八步，一股寒气自心底升腾而起，从头到脚一片冰凉。他拔出背后的长刀，喝道："你是人是鬼？"

"干尸"从尸列中走了出来，全身上下皮包骨，走起路来机械僵硬，真如僵尸一般。他笑道："现在还是活人，不过离死已经不远了。"而后冲远处的小玉招手道，"小猫，百年前你误闯魔殿，直到离去时也没有发现我，现在看清我老人家的庐山真面目，还像以前那样害怕吗？"

看着如僵尸、似厉鬼一般的活骷髅，小玉充满了惧意，它已经将身体变大，做好了战斗的准备。辰南满脸不相信地看着眼前的"干尸"，道："你……真的还活着？怎么会是这样子？"

"是啊，我的确还活着。不要怕，我们好好聊聊吧，我已经有多年未见到活人了。"

这一次，辰南运转玄功时终于感应到了"干尸"体内那微弱的生命脉动，不过时断时续，几乎已经没有生命迹象。他确信老人刚才一定施展了一种音功，让人辨不清他的方位。辰南将长刀背好，向前走了几步，和老人不足一丈距离，与他对面而立。小玉却是怎么也不肯过来，在远处惊恐地看着这里。

老人道："我想此刻你心中一定充满了疑惑吧？"辰南道："是的，简直难以想象在茫茫群山中会有这样一座恐怖的大殿，我可以问您一些问题吗？"老人道："可以，你大可提问。我命不久矣，心中的秘密此时若不说出去，恐怕以后再也没有机会了。"

"这里是一个什么样的所在？"

"魔殿。"

"魔殿，难道是一个魔创建的这座大殿？"

"是一个古神创建的。"

"既然是神创建的，为什么要叫作魔殿？"

"因为那个古神觉得自己堕落了，已经不配称为神。"

"他怎样堕落了？"

"他和另一个堕落的古神为了争夺一件神宝而大打出手，虽然侥幸战胜对方，但自己也重伤垂危，从此留在了人间界。"

辰南心中一动，这座魔殿的主人，极有可能是罪恶之城挖出的那张羊皮古卷记载的古神之一，不过羊皮古卷记载的内容和老人所说的话多少有些出入。老人道："年轻人，你以前是不是听说过两个古神的事，要不然怎么会没有一丝震惊之色呢？""是的。"辰南将罪恶之城的古神传闻说了一遍。

老人叹道："数千年前的那场神战，没想到被人记录了下来，不过却与事实有出入。这座大殿的主人技高一筹，将另外一个古神杀得重伤垂死。那个古神即将丧命之际，突然自爆神体，魔殿的主人身上虽然有宝甲护身，但还是重伤垂危。他的神力衰弱到了最低线，怎么也无法感到失落在群山中的神宝，匆匆将自爆神体的古神的骸骨收起，狼狈逃回这里休养。"

辰南追问道："后来怎样了？"老人道："魔殿的主人在这里休养了一段时间，惊恐地发现神力再难凝聚，只能维持在一个相当低的水准。他几次去大战的地方寻找遗落的神宝，都失望而归。"听到这里，辰南有些紧张，道："那个……古神后来到哪里去了？"

老人叹了一口气，道："他在这里休养了几百年，但神力始终无法恢复，有一次他出去之后就再也没有回来。""啊……"辰南大惊，道，"这么说古神一去未返……就此消失了？"老人道："是的，真不知道在神力有限的情况下他是凶是吉。"

辰南听完这些话后，好半天才回过神来，喃喃道："太让人难以置信了，一个神流浪在世间……"接下来问道："外面栖居的那些巨人和这座魔殿有什么关系，他们为什么要对这座大殿顶礼膜拜？"

"那些巨人的祖先曾被古神收服为神奴，当初建这座大殿时他们出了大力，大殿所需的黑刚石都是他们从远处的山脉中搬运过来的。古神是他们心中的神明，尽管已消失很久了，但他的神威在巨人中一代又一代地流传，他们世代居住在这里，守护着这座魔殿。"

"可是……他们为什么将那么多的白骨堆积在魔殿之下呢？"

"这是魔殿的秘密之一。"老人手指地面，道，"这座大殿之下镇着一头异常强大的蛮兽，巨人之所以将那些白骨堆积在石山之外，完全是在执行古神遗留的命令。古神在这里布下了一座九幽白骨大阵，凝天地之力，聚万灵之魂，震慑地下那头蛮兽，使它不能够现世作恶。"辰南听得目瞪口呆，心中惊骇无比，被神镇住的蛮兽定然恐怖到了极点，想想它就在脚下数十丈或数百丈的地方，便一阵发寒，他问道："这究竟是怎样的一头恶兽？"

"不知道，除了魔殿的主人外没有人见到过它，只是偶尔能够听到它的吼声。"正在这时，地下突然传来一声沉闷的怒吼，不过隔着大殿的地层，声音并不是很清晰，却令人闻之胆寒。小玉惊得快速缩小到小猫般大小，一下子蹿到了辰南的肩头，一边警惕地注视着对面如干尸一般的老人，一边抖动耳朵倾听那如魔音般的啸声。辰南白天就已听到了若有若无的异啸，此时一下明了，待到啸声停止，他问道："古神为何要将它困在这里，当初为何不直接将它消灭？"

老人道："古神当初从别处将它带到这里，原本想将它驯服作为坐骑，但蛮兽性情刚烈，怎么也不肯屈服，不得已将它困在大殿之下，想慢慢将它收服。但不承想，不久之后他在那场神战中身负重伤，已没有能力杀死那头恶兽了，遂布下九幽白骨大阵防止它脱逃。"

"原来如此，真没想到如此深山之中竟然有这样一个神秘的所在。"

老人道："这只是魔殿秘闻之一，除此之外还有一件更大的秘密。这座大殿之下不仅镇着一头恶兽，还封印着一件宝甲，名曰玄武甲。"

辰南惊道："啊，难道、难道是那件在远古时期就已存在的玄武甲？"在那遥远的过去，仙幻大陆有几件兵器一直被视为仙宝、神宝，传说绝顶高手若是手持一件这样的兵器，便可与神仙相抗。但遗憾的是这些兵器往往只在传说中出现，千百年才偶尔有一件现世。万年前辰南见过后羿弓，宝弓为他父亲辰战游历天下时无意所得。万载过后，他再次见到了神弓，但已物是人非，他不知道辰战究竟是留下后羿弓后武破虚空而去，还是……辰南虽然没有见过另几件传说中的至宝，但却知道有一件宝甲名为玄武，没想到今日在这里能够得知它的下落。传闻这件甲衣不仅能够护体，还能够借力反击，攻守兼备，端的是神妙无比。

老人点头道："不错，正是原仙幻大陆传说中的神甲，被封印在魔殿之下。当年魔殿的主人机缘巧合之下得到了它，珍若性命。若不是有这件宝甲护体，他在那场神战中恐怕已经和另一个古神同归于尽了。

辰南感叹道："在古老的传说中，和玄武甲齐名的后羿弓曾射下过天上的神，真不知道玄武甲有何神妙之处。"老人道："自远古时期流传到至今的宝物必有不凡之处。"辰南道："老人家您到底是什么人，为何待在这里？到现在我还不知道您的身份。"老人伸手指了指大殿内的两列干尸，道："我和他们一样，在魔殿为仆。"

"啊，他们也还活着？"辰南惊叫道。老人道："不，早已死去多年了。这些人是历代神仆，因为所修习的功法皆为枯木诀，所以死后都是这副样子。"

"神仆？"

"是的，魔殿的主人未曾消失之前，曾经收过一名仆人，也就是第一代神仆，也只有他见过魔殿的主人。第一代神仆对古神忠心耿耿，一直期盼古神回来，但空等百余年未果。他在晚年时请外面的巨人将他送出深山，在罪恶之城收了一名弟子，而后返回此处。此后代代如此，魔殿中的神仆都是这样来的。"

老人接着道："时光流逝，数千年已经过去了，这座魔殿虽然还有神仆，但神仆的心已不似往昔。后来的神仆从未见过古神，哪里还会有一丝敬畏之心，况且神仆早已无存在的意义可言。前几代就有人打算不再收徒，但始终没能做出决定。我已经看开，决定不再收徒。"

"您……打算离开这里吗？"

"我已经三百多岁，已是将死之人，离去还有何意义，这里是最好的葬身之所。"

"啊，三百多岁？！那您的一身修为岂不是……"辰南说不下去了，老人所说若属实，那么他的一身修为恐怕已经到了常人难以想象的地步。

老人道："每一代神仆最少都能够活到一百五十岁以上，古神传下的功法以养生为主，不是通常意义上的那种修炼。事实上，历代神仆的本领并不高强，在大陆上只能算是一名普通高手。就拿我来说吧，现在我虽然已经三百多岁，但根本不是你的对手，无法和你相抗。"

"哦。"辰南确实听闻过这类修炼者，这是道门的一个旁支，这类人不追求力量的增长，只为获得长生。老人道："我自知命不久矣，所以将心中的秘密告诉了你。玄武甲自古以来便是大陆传说中的至宝之一，我希望世人能够得知它的下落，不希望它长年深埋地下。"

辰南忽然想起了大殿之外的那些神骨，忍不住问道："魔殿之外的台阶之上铺散一些闪闪发光的白骨，难道是那个自爆神体的古神骸骨？"老人道："不错，正是他的骸骨。自魔殿的主人消失之后，第一代神仆既焦虑又担心，后来迁怒于已逝的那个古神，将他的骸骨铺于大殿之外的台阶之上，令它风吹日晒，雨淋雪侵。"

辰南和老人一番长谈之后，大致了解了这座大殿的来历以及这里的一些秘密。九幽白骨大阵凝天地之力，聚万灵之魂，令魔殿之下的地窟如铜墙铁壁一般，若强行进出，定会遭天地之力裂身、万灵之魂噬体而亡。这座大阵端的是奇诡莫测，威力无匹。辰南虽然从老人口中得知破解之法，但也明白若想将大阵完全破除非常不易。白骨山的八方藏有六十四块凝元石，魔殿内则藏有三百六十五块聚魂石，需将它们一一拆除，方可瘫痪大阵。

凝元石和聚魂石非常隐蔽，据老人讲，他在这里待了三百年也不过发现十之四五，可以说几乎不可能将大阵彻底破除。玄武甲是所有修炼者梦寐以求的神甲，辰南虽然非常渴望得到它，却还有自知之明，他不可能完全破除九幽白骨大阵，更不能强行闯进去。况且地窟之中尚有一头超强恐怖的恶兽，就算他真的无比幸运地进入了地窟，也不过是给恶兽当点心而已。

老人道："没想到在我有生之年还能够将心中的秘密说出去，真没想到有人能够闯到这里。"而后他冲小玉笑道："小猫，你可真没长进啊，还像百年前那样胆小。"小玉闻言低吼了一声，而后自辰南肩头"嗖"的一声跳了下去，躲在了他的背后，看样子它对老人着实有些害怕。

辰南问道："这头色虎百年前曾经来过这里？"老人道："是啊，当初它贼头贼脑地溜了进来，结果被我关了三天。在那三天中我不停地和它说话，谁知小猫胆小如鼠，惊得在整座大殿内到处乱跑，最后竟然吓得抱头趴在了地上。我怕吓坏它，便将它放了出去。"辰南大笑不已。小玉似乎非常恼恨老人提起了它的陈年糗事，不断地冲着老人张牙舞爪，但就是不敢过去。

这一夜，辰南留宿在魔殿，大殿内阴森寒冷，据老人讲，这不过是九幽白骨大阵外泄的一点阴气而已，可以想象地窟内有多么可怕。夜里辰南睡得并不安稳，回想老人所说的一切，他发觉有许多疑点值得推敲，事实似乎并不完全像老人所说的那样。他越是深想，越觉得可怕，原以为已经彻底了解了这座大殿，但细想之后发觉此地依然无比神秘。从小玉的反应来看，辰南对老人的身份产生了怀疑，一想到这个问题，他感觉身上出了一层冷汗，决定天亮之后尽快离开这里。小玉前半夜一直紧紧地贴在辰南身边，直到后半夜辰南翻身时不小心将它压得直翻白眼，才怒吼着远离了他半米距离。老人则归入了尸列中，大殿内显得有些阴森诡异……

第二天，辰南拜别老人，向大殿外走去。清晨的霞光洒满了山谷，巨人们正在享用早餐，血淋淋的场面让人不忍目睹。辰南和小玉躲在魔殿的出口处，静静地等待他们离去。

辰南看着九级台阶上的那些神骨，叹道："这么多的神骨若是收起来卖给神风学院……最起码也要百万金币。"但他知道，匹夫无罪，怀璧其罪，若是让人知晓这些骨头能够卖到天价，肯定要被人天天追杀。

另外那个卑鄙无耻的副院长不可能痛痛快快付钱买骨，如果再被敲诈，辰南非吐血不可。

半个时辰之后，白骨山传来一阵大响，一大堆带血的兽骨被巨人抛上了骨山，随后大地一阵轻颤，巨人三三两两向山谷外走去，又开始了忙碌的一天。看着巨人渐渐消失在远处的山林，辰南揪着小玉的耳朵，道："当初你死也不肯带我来，你看现在不是什么事也没有吗？你可真是胆小如鼠，没用的色虎！"

小玉发出一阵低吼，似在反驳。辰南看它伸出小虎爪要比画，道："别张牙舞爪给自己找理由了，快点变大，咱们回罪恶之城。"小玉从辰南的肩头跳下，快速恢复成一丈虎躯，待到辰南骑上去后，冲远处的山林飞去。一路上它小心翼翼，直到出离了巨人的活动范围和巨龙出没的地域，才冲天而起。

天空湛蓝，白云无瑕，辰南驾御小玉瞬息百里。"色虎你可真幸福，居然生了一对翅膀，可以在这天地间随心所欲地遨游，朝游东海，暮游西山，万里之遥对于你来说不过庭闱之路，真是让人羡慕啊！"小玉得意地晃了晃巨大的虎头，在空中发出一声大吼，震天的虎啸在长空激荡，滚滚音波惊得空中的一排大雁慌乱而逃。

辰南道："说你胖你还喘上了，老实点，万一招来一头巨龙，到时候哭都来不及了。"闻听此言，小玉果然安静了下来，它在这十万大山中长大，深知巨龙的可怕。辰南道："嗯，不对。色虎你衔回神骨那次消失了三天，但今次我们不过用了一天。你上次是不是还到过其他地方，是不是有什么事瞒着我？"小玉身子一颤，而后低吼了一声，一边疾飞一边摇了摇虎头。

"看来你这个家伙身上的秘密还真不少，上次你一定还去过别的地方，这片大山之中是不是还有许多神秘之地？"辰南不断逼问它，但小玉就像铁了心一般，一概摇头对之。最后被逼急后开始在空中上下翻腾，惊得辰南急忙死死地抓住了它的一双虎耳，好半天它才稳定下来。辰南道："色虎脾气还不小啊，有机会一定逼你带我去。"小玉穿云越山，一路西行，半个时辰之后，罪恶之城遥遥在望，为避免惊世骇俗，辰南命它降低了飞行高度。

辰南道："色虎，待会儿进城之后，小恶魔若是逼问我们到过哪里，你知道该怎么做吧？魔殿可不是一个善地，决不能让那个小丫头到那里去。"对这一点小玉非常赞同，不住点头。在东城外的一片树林中，它降落了下来，化作小猫般大小，随辰南一起进入了城中。小玉自行离开，向神风学院的方向跑去。辰南则回到了客栈，屋中明显有被"肆虐"的迹象，虽然被客栈中的伙计打扫过，但还是可以看出蛛丝马迹，不难想象小公主当日大发雷霆的景象。

　　回来之后他休息了半天，直到下午才推门而出，此时罪恶之城仍在盛传深夜震天的龙啸事件，龙骑士怒气未消，还在罪恶之城到处搜人。

　　来自由之城寻找古神遗宝的那些修炼者理所当然地成了被怀疑的对象，城内气氛一片紧张。辰南走在大街上，心中多少有些忐忑，若是让人知道罪魁祸首是他，他死定了，而且是惨死。数十个龙骑士若同时出手，莫说是他，就是一个绝世高手也难以撄锋。在城中他碰到了一些神风学院的学生，其中几个魔法师对他怒目而视，还好没有人上前找他的麻烦。

　　太阳快要落山之际，意料中的事情来了，小公主抱着小玉来到了客栈，一副兴师问罪的样子。"败类你终于回来了，快说你究竟胁迫小玉带你去了哪里？你这个混蛋竟然甩开我，那么好玩的事情居然让我白白错过，可恶透顶！"

　　辰南故作一脸气愤的样子，指着小玉，道："这头色虎着实可恶透顶，居然带着我在大山中胡乱冲撞，所见的景象除了山还是山，根本没有什么特别的地方。而且这个家伙居然想把我甩在山中自己溜走，实在让人可气！"

　　小公主狐疑地看了看他，又看了看怀中的小玉，她早已逼问过小玉了，只是小玉死也不肯带她飞出罪恶之城。辰南为了增加可信度，"恼恨"地从她怀中将小玉扯了出来，先是对着它的脑门用力敲了几下，而后拎着它一只耳朵将它丢进了院中。小公主焦急地大叫道："啊，败类你在干吗？你怎么能那样对小玉呢？"小玉彻底暴怒，身体在刹那间变大，闪电般冲进屋里，恶狠狠地望着辰南，双眼都快喷出火来了。

辰南道："色虎瞪什么，谁叫你不老老实实带我去那个神秘之地，却带着我在大山中胡乱兜圈……"听着他"胡言乱语"，小玉双眼中凶光闪烁，不过最后却渐渐收敛了凶焰，不甘心地退到了小公主的身边，眼中对辰南充满了深深的敌意。辰南暗赞，小玉果然聪明，简直成精了，居然止住了怒火，配合他说谎。

小公主拍拍小玉的头，道："干得好，若是成功地将那个混蛋丢在大山中就更好了。"接着她对辰南道："我就说嘛，小玉都不肯带我去，怎么反而会带你去呢，哼！"辰南道："下次我一定让它带我去。"小玉在旁边气得直哼哼，挨了一顿胖揍，还要为辰南圆谎，它心中简直委屈到了极点。

小公主道："我不管，现在你要旅行诺言，首先帮我把困神指力彻底化去，而后帮我去教训拜月国三皇子仁剑，不然我就将你在神风学院龙场中干的好事说出去。"辰南道："拜托你不要拿这件事威胁我好不好，那根本就不是我做的，你即便说出去也没用。"小公主道："是不是你做的你心里清楚。现在快帮我把禁制解开吧，你要说话算话。"辰南当然不会拒绝，他若再不帮小公主化去困神指力，老妖怪一定还会找上他。

一个时辰之后，小公主的禁制彻底解开，为了试验一下功力是否恢复，她用力在床上拍了一掌。"轰"的一声大响，木床化为粉碎，她欢呼道："太好了，功力真的恢复如初了。"近日来她早已憋闷坏了，空有一身不弱的功力而不能施展，无论做什么都感觉束手束脚，今日终于打破了枷锁，心中欢喜无比。小公主临去之前，道："败类，你不要忘记教训仁剑，否则我要你好看。"自辰南的屋中出来之后，她小声嘀咕道："臭败类等着瞧，我现在已经恢复了自由身。"

辰南疲惫不堪，化解困神指力太过耗费功力，内力如被掏空了一般。他暗暗想：以我现在的功力来说，无论施展还是化解困神指都太吃力了，下次一定要慎重而行。此时天色早已黑了下来，辰南刚刚点燃蜡烛，便听闻院中有脚步声传来，随后敲门声响起。他打开房门发现是客栈中的伙计，问道："有事吗？"

"公子，刚才有人要我将这封信送到您的房间。"

"什么人，看清相貌了吗？"辰南一边接信一边问道。

"是一个女子，不过天色太黑，没有看清她的长相。"

"哦，有劳了。"

待伙计离去之后，辰南展信观看，信纸上只有寥寥几句话："败类，赶快把擒龙手的修炼之法写出来，给哥哥送到神风学院东方武系。"辰南暗暗想：她怎么知道我住在这里？嗯，定然是跟在小恶魔的身后找到了这里。辰南一阵头痛，龙舞居然找上门来了，虽然他与这个绝色美女仅仅在神风学院交谈了片刻，但已经明显感觉到她的难缠。

龙舞之绝色容颜呈现的是一种异样的美，具有别样的诱惑，加之她特异的言行、洒脱的性格、自信的神采，令她与众不同。毫无疑问，她不光具有美丽的外表，更有一颗聪慧玲珑的心。辰南当然不介意和美女打交道，况且是龙舞这种倾城倾国的绝色佳人，但现在他却不想与这个美女有过多纠缠，一个东方凤凰已经令他大叹霉运了。

东方老人的话至今还在他耳边回响："臭小子……见一次我痛揍你一次……无耻的混账小子给我记住，我早晚要打断你那只臭手。"谁知道如果他不小心得罪了龙舞后会不会跳出来一个"龙老人"，一个东方老人已经让他心中惴惴不安了。"七八五十六计，计上计，我躲。"辰南只能这样安慰自己。当天晚上他就搬了出去，住进了另一家客栈。在接下来的两天里，辰南过着悠闲的生活，除了修炼武功之外，便蒙头大睡。

今天似乎是辰南的霉运日，居然又有人找上了他，来人是一个青年男子，奉神风学院副院长之命请他到学院去一趟。辰南心中一跳，奸诈的副院长居然要找他。他一下子想到了"龙啸"事件，对青年男子道："有劳了，待会儿我定会去拜访那个死老头子。"

青年男子曾听闻过辰南大骂副院长的事，此时听他出言不逊并无吃惊之色，认真地道："副院长要我告诉你，你若不去可能会有杀身之祸，若去的话他可帮你化解。"辰南气道："这个死老头子竟然威胁我。嗯，我知道了，你先回去吧。"

青年男子转身离去。开始时辰南确实是在敷衍他，本想等他离去之后就逃走，但此刻心中有些惴惴不安了。"奸诈、卑鄙、无耻的死老头子……"辰南痛快地大骂了一遍，向神风学院赶去。如今他已经是神风学院的名人，不过却是反面人物，刚一进入学院的大门就引起不少学生的注目。

"天啊，我没看错吧，这个家伙居然还敢来我们学院！"

"谁？"

"小麻烦的哥哥，大名鼎鼎的败类啊。"

"现在东方凤凰已经发誓，要和他不死不休。"

"何止东方凤凰一个人啊，虽然依据上次的赌约，魔法系的那些护花使者不应再找他的麻烦，但私下里每个人都在摩拳擦掌，准备公开公正地再次找他决斗。"

……

辰南听得冷汗直流，快步向副院长办公的地点赶去，同时祈祷千万不要撞见那个暴怒的凤凰女。未及他敲门，副院长便已面带笑容打开了房门，接下来的一句话差点让他发狂："辰南你手里有钱了吗，欠我那一千金币什么时候还啊？""死老头子我要和你决斗！"辰南双眼冒火，摆出一副要拼命的架势。

"年轻人不要冲动，无论遇上什么事都要沉着冷静，不然只会干傻事。咳，你现在还没有钱吗，我老人家现在也有点拮据啊。"

"死老头你有完没完，诈去了我五万金币，还敢说风凉话，再说我和你不死不休！"

"咳，看来你的确还没有钱，什么时候有什么时候还我吧。"

辰南走进屋中，毫不客气地坐在了一把靠椅上，道："无耻的老头子，你找我来到底有什么事？"副院长面现严肃之色，道："辰南，这次你惹大祸了，可能离死不远矣。"辰南道："你以为我是吓大的，你这个奸诈的老头子保准又想打我的主意，不要危言耸听，这一次我决不再吃你那一套。"副院长来到他的对面坐下，道："前几天你夜入神风学院，搅闹龙场的事已经被我们查出来了。"

辰南狡辩道："胡说，我何时干过那等事，死老头子你不要血口喷人。"副院长道："辰南，你真是不到黄河不死心，难道你还要向我要证据吗？实话告诉你吧，这件事目前知道的人还不多，被我强行压了下来，为的就是给你留条活路。不然几十个暴怒的龙骑士向你发难，任谁也救不了你。"

"卑鄙的老头子，你不要胡乱猜疑好不好，那件事根本就不是我做的，你若栽赃陷害，我和你没完。"辰南虽然嘴硬，心中却忐忑不已。他不知道副院长是否真的已经掌握了他搅闹龙场的证据。副院长道："年轻人我在救你啊，你怎么不知道好歹。我是学院的副院长，按理说不应该放过你这个罪魁祸首。但我爱惜你是个人才，不忍心你因一时糊涂而断送性命，所以才为你谋求生路。"

辰南根本不相信副院长会对他起了惜才之心，更不相信会为了他而徇私枉法。他嗤道："奸诈的老头子，你不要白费心机了，你不就是想让我承认那件事是我做的吗，确认后你定会将我送到那些龙骑士的面前。哼，可惜那件事真不是我做的，如果是我，一定会放一把火彻底将神风学院烧光。"

副院长吓了一大跳，道："混账小子你还真是狠啊，搅闹龙场还不够，居然还有这种邪恶的想法，看来真的有必要把你交给那些龙骑士，早些除去你这个祸害。"辰南道："我不过是说说而已，还没打算那样去做。你非要将那夜的龙啸事件归罪于我也可以，拿出证据来。"

副院长道："看来我若不拿出证据，你一定会不服气，既然如此，你随我来。"辰南随着副院长向神风学院的龙场走去，途中惹来不少学生侧目，众人纷纷猜测他此次来学院究竟为何，毕竟他现在是一个"非常人物"，敢于在这里出现需要莫大的勇气。

矮山脚下，一些庞然大物或伏在洞穴之中，或卧在洞穴之外。辰南看着那些曾经被他偷袭过的龙，多少有些不自然，若是让那些大家伙知道罪魁祸首来到了它们眼前，非将他撕裂不可。

辰南纳闷道："死老头子你把我带到这里干什么？"副院长飞身向矮山上纵去，快速攀到了峭壁之上，在上面对辰南招手，道："上来。"辰南迟疑了一下，随后也向上攀去。上来之后，他一眼便发现了那头将他压在身下的灰褐色小龙，小龙正趴在一个浅坑中大睡，隐隐有阵阵龙鼾传出。

副院长走过去轻轻拍了拍小龙的头，道："艾米醒一醒。"小龙鼾声依旧，但左翼闪电般挥出，荡起一股猛烈的狂风。副院长急忙倒退，差一点自峭壁上摔下去。辰南大吃一惊，小龙动作之快令他咋舌，若令他和副院长对调，他肯定被小龙的左翼击中了。他不由得对这个小家伙刮目相看。

副院长似乎被吓了一大跳，稳定了一下心神道："艾米，是我啊，你想要我老命啊。若被你击中，我还不骨断筋折？"辰南不解，一头贪睡的小龙能有多可怕，虽说它速度快得有些夸张，但怎么也不能够将修为恐怖的副院长击伤。他一边向小龙走去一边道："多么可爱的龙宝宝啊！"小龙闻言，一下子自坑中抬起了头，一双大眼扑扑闪闪地看着辰南，而后高兴地站了起了来，扭着肥胖的身躯摇摇摆摆向他走来。

副院长大叫："危险，快躲开。"他快速移到了辰南的身前，拉着他向后退去。辰南看他一副如临大敌的样子，更加迷惑不解，忍不住道："死老头子你搞什么玄虚，你到底在干吗？"

副院长没好气地道："混账小子，这是一头圣龙，你居然称呼它为龙宝宝，它若发起狂来，你就是有十条命也不够它撕。"辰南惊得下巴差一点掉在地上，实在难以想象眼前这头可爱的小龙是一头五阶圣龙，结巴道："死老头子……你……没开玩笑吧？"圣龙乃五阶圣兽，如凤毛麟角一般稀少，其体魄异常强横，具有超强恐怖的破坏力。此外圣龙还会施展强大的龙语魔法，这是普通等阶的龙没有的特殊能力，端的是强悍无比。

副院长道："我骗你干吗，艾米的确是一头圣龙，它若发起狂来，莫说是你，就是我也要跑路。"小龙闻言，露出了无辜的神色，大眼睛眨了眨，似乎对副院长的话表示满意。它向前挪了挪胖胖的龙躯，对辰南露出了微笑。

辰南有些不相信自己的眼睛，喃喃道："我没做梦吧，这个小家伙在对我笑，它……居然会笑。"小龙的确在笑，嘴已经咧开，一双大眼已经眯成了两条缝。副院长有些疑惑，他发现艾米似乎对辰南非常友好，一点也没有敌意。

副院长道："咳，怪事，艾米对我这个熟人都没这么热情过，怎么对你这个家伙这么亲热？""人品问题。"辰南自副院长的身后向前走去，道："龙宝宝你真可爱，居然会笑。"副院长道："什么龙宝宝，它是圣龙艾米。"小龙似乎对副院长的话不怎么领情，它亲昵地在辰南身上蹭了蹭，一副高兴、快乐的样子。

"小家伙，你真是圣龙？"小龙眨了眨大眼，而后点了点头。辰南曾听闻圣龙的力量并不一定和其龙躯大小成正比，但还是惊异于眼前小龙的神奇，如龙宝宝一般的龙躯内竟然蕴藏着惊人的力量。他惊叹道："天啊，太让人难以置信了！"

副院长道："艾米就是我所说的证人，哦，不，是'证龙'。我已经将你的画像给艾米看过了，它确认投放辣椒粉的人就是你，现在你还有何话说？""龙宝宝你可害苦我了，呜……"辰南欲哭无泪，圣龙通灵尽人皆知，被一头圣龙目睹了一切，他再无法抵赖。幸好那晚没有对小龙下手，不然悲惨下场可以想象。副院长眯着眼，脸上带着一丝奸诈的笑意，道："既然你已经承认，我们回去吧，这里不是讲话之地。"

辰南曾听过传闻，圣龙皆高傲无比，在自己的领地绝不允许有其它龙栖居。但艾米似乎是一个怪胎，不仅没有一点高傲的样子，还和神风学院内的数十头龙生活在一起。那晚它好奇地观看了整个过程，对辰南却不加阻止，一点也没有维护邻居的意思，反而像发现了玩伴一般，有些兴奋之色。此刻辰南无精打采，想想要面对几十个龙骑士，似乎看到地狱的大门已经向他敞开。他拍了拍小龙的头，道："小家伙再见。"小龙似乎对辰南特别依恋，看到他要走，张嘴叼住了的他的袖子，嘴里发出"呜呜"的声音。

看着不远处可恶的副院长，再看看眼前貌似龙宝宝一般的圣龙，辰南心中一动，对小龙道："小家伙，我不得不走啊，前面那个老家伙要抓我回去审讯。"小龙闻言放开了他，挥翅向副院长扫去，近两丈长的右翅似一把阔刀一般，在空中划过时发出阵阵破空之声。副院长急忙闪向一旁，小龙的右翅斩在了他身后的一块巨石之上。"咔"的一声，巨石竟然被平平整整地削去了上半截，掉落的半截巨石"轰隆隆"向峭壁下滚去。辰南惊骇无比，小龙的龙翼竟然如神兵宝刃一般，端的是恐怖到了极点。副院长惊出了一身冷汗，急忙摆手道："艾米，你怎么对我动手啊？"

小龙闻若未闻，再次向他冲去，副院长一看大事不妙，自峭壁之上飞快向下纵去，动作快到了极点。他的修为早已达到了四阶境界，但绝对无法抵挡五阶圣龙的攻击。小龙眨了眨大眼，一展龙翼向已经快要落到地面的副院长冲了下去。

"辰南，快让它停下！"副院长已经看出，圣龙艾米似乎对辰南有一种特殊的感情，对他极其维护。辰南笑道："死老头子，让你也尝尝被人追杀的滋味，不，是被龙追杀，哈哈。龙宝宝不要伤他的性命，追着打他。"

副院长落在地面上的瞬间，小龙也追了下来，甩尾狠狠地向他抽去，副院长身形如电，在原地留下一道残影，躲开了这凶猛的一击。小龙有力的甩抽，将山脚下的一块巨石抽得彻底粉碎。一击不中，它快速向前追去，恐怖的速度让人震惊，副院长本已快如疾风，但它却更加神速，身体如电光一般瞬间就超越了他，挡在了他的身前。

副院长脸色惨变，没想到圣龙今天竟然对他下手，轻声道："艾米，你今天是怎么了，为何帮助一个外人来对付我？虽然我们很少见面，但你毕竟认识我啊。"

辰南在峭壁之上喊道："这个老头子实在可恶透顶，他经常剥削压榨我，龙宝宝你若是狠狠地修理他一顿，我以后经常来找你玩。"小龙欢快地冲他点了点头，伸出一只龙爪向副院长抓去。副院长急忙倒飞出去三丈距离。地面上坚硬的岩石在小龙利爪之下如豆腐一般被抓下一大块，在龙爪中眨眼间化为粉碎，纷纷扬扬洒落地面。辰南目瞪口呆，圣龙的实力太过惊人，浑身上下皆坚逾金刚，断金裂石不费吹灰之力，如此强横的体魄着实让人惊骇。

副院长将功力发挥到了极至，闪转腾挪，身体如一道淡淡的光影，他一连躲开小龙八爪，但第九爪还是被小龙抓住了腰腹，被大力甩了出去，"砰"的一声撞在了不远处的峭壁上，震得山石掉落一地。好在小龙对他没有杀心，不然他早已被刚才那一爪断为两截。副院长歪歪斜斜从山壁上滑落下来，落到地面之后龇牙咧嘴，再无往日一丝从容之色。看着在峭壁之上幸灾乐祸的辰南，他吹胡子瞪眼但也无可奈何。

小龙等他站稳之后再次冲了上去，副院长叫苦不迭，他知道艾米古怪得很，一副小孩子心性，他不敢主动攻击，怕激怒圣龙，而遭到疯狂报复，只能被动躲闪。"艾米快停下吧，我这老胳膊老腿可禁不住你折腾，哎哟……"

"砰！"副院长又被丢了出去，辰南在峭壁之上哈哈大笑道："院长大人，滋味如何？当初我可比你还凄惨啊，数百人追杀我，差点让人大卸八块，如今你也体验一下这种被人当沙包的感觉。"

"混账小子，快点让它停下来，不然我让神风学院每一个学生都追杀你。"

"既然这样，死老头子你再好好享受一会儿吧。龙宝宝好好招呼一下这个无耻的老头子。"

"死小子我饶不了你，啊……艾米快停下来……"

小龙竟然张嘴喷出一道闪电，不似通常那种弯曲的电弧，这道闪电笔直光亮，如同光束一般。"轰！"闪电击在了副院长的脚下，地面出现一个巨大的深坑，副院长一下子被轰上了半空，小龙这次魔法袭击太快了，根本来不及躲闪。

"啊……死小子快让它停下来，我决不再为难你……"副院长一边在空中翻腾着，一边大声喊道。待到他落在地面上时，身上衣服已经破破烂烂，肆虐涌动的魔法能量令他看起来狼狈不堪。

辰南刚才真的吓了一大跳，他已感应到闪电蕴含的恐怖能量，副院长若是被击中，定会尸骨无存，好在小龙无杀意，没有直接将闪电对准副院长。同时他再一次感到震撼，小龙不仅动作迅如闪电，且力大无穷，身如坚钢，此外还会施放强大的魔法，着实强悍到了极点。"龙宝宝快停下来。"辰南怕这样下去，小龙真的把副院长给拆了。

小龙似乎很喜欢辰南称呼它为龙宝宝，高兴地飞到他身边，用硕大的龙头蹭了蹭他，示意他看刚刚从地上爬起来的副院长，嘴里发出一阵得意的"呜呜"声。

辰南道："小家伙好样的，总算为我出了一口恶气。你是不是很喜欢龙宝宝这个名字，以后我就这样称呼你好了，再也不叫那个什么'艾米'了，好不好？"小龙欢快地点了点头。

副院长对辰南招手道："臭小子还不快下来跟我回去……"当他看到小龙正眨着一双明亮大眼看着他时，立刻止住了话语。今天他可谓狼狈到了极点，堂堂神风学院副院长，竟然被一头龙欺负。

"龙宝宝再见了，有机会再找你玩。"辰南目前麻烦一大堆，处境极为不妙，非常想借助小龙的力量逃离这里，暂时摆脱身边的烂摊子。但一想到小龙的主人为一个圣龙骑士，就立刻打消了这个念头。他宁愿得罪一千个普通高手，也不愿意得罪一个绝世高手。小龙对辰南依依不舍，直到他和副院长走出去很远，才伏身继续呼呼大睡。

走出龙场很远，副院长才开口说话，此时他蓬头垢面，衣衫褴褛，原本奸诈的笑容看起来有些阴险，他指了指辰南的外衣，道："脱下来，咱们换着穿。"

"无耻的老头子，你居然有这种不良嗜好，我可不陪你玩这种游戏。"

"呸，混账小子你想到哪去了。我老人家只是不想穿着奇装异服出现在大庭广众之下而已，毕竟我年纪已经大了，没有年轻人那种爱好了。"没有龙宝宝在旁虎视眈眈，副院长再次恢复了往日的从容，理了理蓬乱的长发，脱下满是破洞的外衣向辰南递去，道："虽说我老人家的外衣很高贵，但你也不要激动到发傻啊，快点换过来吧。"看着他脸上那淡淡的笑意，辰南三次握拳三次松开，最后咬牙切齿地将外衣脱了下来。

穿上辰南那件外衣，副院长不怀好意地笑了起来，一步步向前逼去，道："混账小子竟敢教唆一头问题龙追杀我老人家，我还从来没被人这么作弄过呢，嘿嘿……"

"喂，死老头子你要干吗？"辰南不由自主向后退去。"让你也尝尝被人丢来丢去的滋味。"副院长身行如电，抓着他的双臂从己身肩头倒背了过去。"砰！"辰南结结实实摔在了地上，还未容他起来，副院长又将他提了起来，举过头顶摔了出去。辰南急忙在空中抱头收腹曲腿，护住了要害。

副院长跟步上前，刚要有所动作时，辰南双手连连挥动，一道道璀璨的剑气破空而至，金色的锋芒耀人双目。副院长挥舞双袖，一片蓝色光华出现在他的身前，所有剑气如泥牛如海一般消失得无影无踪。辰南大骇，再次被副院长提起恶狠狠地摔在了地上。如此这般十几下，他已被摔得七荤八素、晕头转向。

"卑鄙的老头子快停下，你说过不会为难我，你怎么能够说话不算话？"

副院长将辰南掼在地上之后终于收手了，拍了拍手道："混账小子还敢提刚才的事？记住不得对任何人说起龙场的经过，不然我扒了你的皮，天天让人追杀你。"辰南晃悠悠爬了起来，一边活动着浑身酸痛的筋骨，一边道："死老头子等着瞧，我一定会让龙宝宝找你算账。"

"嘿嘿，你真以为你可以命令那头问题龙，它只不过是一时对你比较好奇而已，等它对你感觉厌烦的时候，说不定会撕裂你。"

辰南将信将疑，他也一直感觉小龙有些古怪，忍不住问道："这头圣龙为何如此特异，难道它真的是一只还处于成长阶段的圣龙宝宝？"提起小龙，副院长就感觉不爽，气哼哼地道："这个家伙的实力比之成年的圣龙还要恐怖，但心性的确像是一头未成年的幼龙，谁知道这个怪胎是怎么回事。"

辰南的好奇心被引了上来，问道："难道它的主人对它也不了解吗？"

"小子你的问题还蛮多啊，回去再说，这里不是讲话之地。"

辰南身穿副院长那件千疮百孔的外衣，在回去的路上被人频频注目，他既尴尬又无奈，只能在心里不断问候身旁衣冠楚楚的副院长。来到副院长的办公处，副院长关紧房门，道："小子，坐下来我们好好聊聊吧，现在已经证实你就是那晚搅闹龙场的人，你还有什么话可说？"

提起这件事辰南就泄气，没想到事情会因小龙而败露，无力地坐在靠椅上，道："那头小龙是否就是上次在神战遗迹没有露面，只发出震天吼声的圣龙？"

"是它，这个家伙……一点也没有圣龙的样子。"

辰南一想到副院长被小龙蹂躏的过程就想笑，修为恐怖的老狐狸在五阶圣龙的攻击下竟然毫无还手之力，不住认输告饶，这则消息若是传出去定会令许多人忍俊不禁。

"死老头子，你不知道它究竟是幼龙还是成年龙，难道它的主人也不知道吗？"

副院长道："他的主人也不知道，那名前辈当初连哄带骗才将这头问题龙拐到这里，不过却自食苦果。请神容易送神难，想把它送回大山，它却赖在这里不走了。"

"啊，龙宝宝是被骗来的？怎么回事？"

"在这个世上，圣龙如凤毛麟角一般稀少，当一个龙骑士的实力达到五阶境界时，他担心的并不是能否打败一头圣龙，而是担心能否找到一头圣龙。学院中的那位前辈为了寻找圣龙，在十万大山中一个人生活了近十年，最后终于发现了那头问题龙。他初时以为这是一头幼龙，欣喜无比，将多年来在深山采摘的参芝仙草作为诱饵，将它一步一步引到了罪恶之城。"

副院长喝了一口水接着道："谁知这个家伙竟然强得变态，当那位实力已经达到五阶境界的前辈试着收服它时，尴尬地发现根本不是它的对手。圣龙艾米虽然没有被收服，但它却自愿住在这里不走了。原因无他，只因它吃那些仙草参芝吃上瘾了，若是有三天吃不到灵草，它便如小孩子一般闹脾气。可怜啊，仅仅半年，神风学院这千年来积攒的灵芝仙参有大半被它当糖丸吃掉了。"辰南听得目瞪口呆，小龙竟然这样古怪，真让人有一股喷饭的冲动，这简直就是一个混世小魔头。

副院长道："若是仅仅如此也就罢了，偏偏这个家伙对任何新鲜事物都如好奇宝宝一般，经常惹出一些乱子来。最可怜的莫过于那位前辈，要经常陪圣龙艾米活动，结果每次都要受些轻伤。但若想要求它做些什么却非常不易，上次为了去神战遗迹威慑那些互相厮杀的修炼者，那位前辈可谓好话说尽，才将它哄去那里。艾米是神风学院有史以来最为奇异的一头圣龙，没有一头龙像它这般强大，也没有一头龙像它这般顽劣。你已经成功引起了它的注意，祝你走运，嘿嘿……"

辰南到现在方知上次圣龙骑士为何没有露面，竟然是无法控制自己的龙。他暗暗叫苦，这头龙宝宝虽然现在对他极其亲热，但难保以后不会对他耍"小孩脾气"，后果可轻可重，难以想象。"哼，死老头子你少幸灾乐祸。龙宝宝赖在神风学院不走你不觉得奇怪吗？看来这是上天专门送给你们的'礼物'。"

闻听此言，副院长陷入沉思，过了好久才道："好了，我们不谈这头问题龙的事了，好好研究一下如何处置你吧。你愿意被几十个龙骑士一齐追杀，还是无条件地为神风学院做些事情呢？"

"卑鄙无耻的老头子，我就知道你在打我的主意。"辰南咬牙切齿地道，"狐狸尾巴终于露出来了，上次你敲诈了我五万金币，难道这次想让我当免费苦力？"看着面色不善的辰南，副院长漾起一丝笑意道："不要激动，事情没有你想象的那么糟糕，只是让你做几件事而已。"

"居然还要几件！"

"咳，别急，可以慢慢商量嘛，就两件事好了。"

"无耻的老头子，这次我一件事也不会答应。"

"呵呵，辰南，我可是在救你啊。这次你闯的祸实在太大了，你让数十个龙骑士动了真怒，即使绝世高手出面也难以保你。"

"哼，奸诈的老头子你少唬我，你不就是想让我屈服吗？"

副院长装作咳嗽掩饰道："咳，这个……众怒难平啊。说起来我对你已经仁至义尽，你自己决定吧，是为神风学院效力呢，还是一个人单挑数十个龙骑士？"辰南又是咬牙又是攥拳，但最后还是泄气了，无力地道："你们究竟想要我干什么，神风学院高手如云，难道还需要我这样一个小角色吗？"

"呵呵，不要妄自菲薄，即使一根废柴点燃后也能够发光发热，何况你比废柴要强上一些呢。"

看着辰南那杀人的目光，副院长忙连忙解释道："我是说你比废柴强上许多，咳……是强上一大截。小子不要瞪我啊，难道你自卑到比不上废柴吗？"辰南很想上去揪住副院长的胡子捶他一顿，但考虑到自身实力还远远比不上他，便忍住了这股冲动，他道："老废柴快说到底要我干什么？"

"事情是这样的……"

天元大陆修炼之风甚盛，西大陆的修炼者多以习练斗气和研习魔法为主，而东大陆则以修炼武学和修习道术为主。研习魔法或修炼道术，对人的体质要求极为苛刻，所以在修炼者当中，修道者和魔法师的数量比起武者来要少了很多。在西大陆，各种斗气学院多如星辰，魔法学院虽然不多，但都非常有名，这些学院肩负着斗气和魔法等修炼法门的传承。

战神学院和幻魔学院为西方最负盛名的两所学院，前者是一所武学院，后者是一所魔法学院，皆具有千年历史，威名丝毫不弱于罪恶之城的神风学院。东方明显不同于西方，在东大陆，各种修炼法门俱掌握在那些大大小小的门派手中，这些门派肩负着东方各种绝学的传承。随着东西方联系日益紧密，相互影响，东方也渐渐出现了一些学院。

仙武学院创建于七百年前，几个创始人中有武者、有修道者，他们本是隐修的绝世高手，经人游说相请后出山创建了这所学院。经过七百余年的发展，这所学院已经名震大陆，和神风学院、战神学院、幻魔学院并驾齐驱。在东方，这所学院的威名丝毫不弱于那些年代久远的古老门派，甚至一些名门大派的掌教都鼓励自己的弟子到仙武学院去进修。

四大学院名扬大陆，彼此之间经常交流，其实所谓的交流也就是比试，各学院派遣优秀学生进行较量。开始时经常是几名教师带着一队学生到另一个学院去"交流"，没有什么规律可言。最后四大学院"交流"多年后达成共识，每三年共同"交流"一次。当然在"交流"之前，各学院之间常有些活动，比如"友谊热身赛"，优秀学生之间点到即止的比试。但这些所谓的优秀学生，并不是各学院真正交流时出场的高手，只不过是各学院彼此之间的一次试探。

今年又是一个三年期，恰逢神风学院为主办方。三个月之后，四大学院的学生代表将在这里切磋，可以说是一场学生强者之间的大对抗。而现在，各学院的友谊热身赛又要开始了。这些热身赛虽未如真正的强者大赛那样受到重视，但各学院还是希望己方的学生能够获胜。

数日前，神风学院、战神学院、幻魔学院都接到了仙武学院的邀请，进行一次热身赛。副院长这几日一直在思考究竟要派哪些人去参加仙武学院的友谊热身赛，他不想在真正的大赛前将学生中的顶尖高手派上场，可是作为学院的负责人，他又不希望因此而导致己方败阵。他找辰南就是为这件事，凭着来自楚国都城的消息和近日来辰南在罪恶之城的表现，他发现辰南的实力已经达到了武者三阶境界的初级阶段，已经算得上是一名强者。

辰南搅闹龙场之事被查出来后，副院长慎重思虑，决定暂且放过他，要他作为神风学院的成员之一，去仙武学院参加那热身赛。副院长"委婉"地表达了自己的意思，其中暗示性的威胁与恐吓令辰南极其不爽。

"死老头子你也太虚伪了吧，我根本不是你们学院的学生，你完全是在弄虚作假。"

副院长笑眯眯地道："让你成为学院的学生，还不是我一句话的事，况且我又没有让你参加三个月后那场真正的学生强者大赛。我所做的一切都是为了神风学院，虽然让你去仙武学院参赛有些辱没这场赛事，但还不算太过分。"

辰南越听越不是味，气道："卑鄙无耻的老头子，你怎么说话呢，你觉得弄虚作假辱没了这场赛事，还是因为我参加而辱没了这场赛事？无论哪个原因，我看我还是不去为妙。"

"小子，不要忘记你已经没有选择的余地，向前一步是一片光明，退后一步是数十个龙骑士，你自己选择吧。"

辰南嘴角一阵抽搐，最后咬牙道："好吧，我妥协了。"副院长脸上充满了笑意，道："神风学院是四所学院中修炼法门最为精全的学院，从现在开始，你的身份是东方武系的一名学生，当然只是暂时而已，当你从仙武学院返回，我就会开除你。"

"哼，你当我乐意当这个学生，用不着你开除，我对神风学院没有半点兴趣，回来之后我们就再没有任何关系了。"

副院长道："怎么会没有任何关系了呢，我说过要你做两件事，这只是其中一件而已。至于第二件事我还没有想好，你还是努力做好这第一件事吧。"

"死老头子你……"

"现在你可以回去了，出发之时我会派人去通知你，在路上会有人详细地告诉你该怎样做。"

辰南离去不久，东方老人走进了副院长的屋中，他满脸笑意，道："哈哈，老家伙，今天你可真勇武，居然和圣龙动起手来了，佩服，佩服啊！"副院长闻听此话，额头青筋直跳，道："东方老小子，你居然一直在旁偷看，看着我被那头问题龙欺负，为何不上前帮忙……"

东方老人连忙摆手道："伟大的院长大人快快息怒，你自己应该明白艾米有多么可怕，即使我上前也帮不上忙。"副院长道："幸亏没有别人看见，不然我这张老脸……"

东方老人搓了搓手，道："这个……告诉你一个不幸的消息，院中有几个老家伙在暗中目睹了全过程。""什么！"副院长惊叫，"你们这帮没义气的老混蛋，那么多人在场，居然没有一个人上前帮我，我……"

"咳……大家不是都知道你足智多谋、奸如狡狐嘛，以为你能够……"

副院长气道："够了，这帮老小子，我早晚会找他们算账，还有你这个老家伙……"辰南若是在这里一定会拍手叫好，奸诈的副院长居然气得吹胡子瞪眼，实乃一件奇闻。看着副院长渐渐平静了下来，东方老人笑道："你这个家伙居然威胁恐吓一个后辈，嘿嘿……不过那个混账小子实在可恶透顶，一再招惹我孙女，我真想再痛揍他一顿。"

"嘿嘿，我们学院中那几个修为不错的学生，加上这个小子，应该能够在这场热身赛中胜出……五十万金币啊！"

"你们这几个老东西，身为各学院的院长，居然在学生的热身赛中下赌注，若是传出去，四大学院的脸定然被你们丢光。"

副院长笑道："没有彩头的比试有什么激情，况且我这也是为学院创造财富啊！"

"若是输了呢？"

"不可能，学生中的顶尖高手不会在热身赛中出现，那几个老家伙比我贪，都希望在三个月后的那场大赛中最终胜出，获得一百万金币。"

东方老人惊道："什么，三月后的那场大赛你们也下了赌注？"

"当然，所以我们只能胜，不能败。"

东方老人张口结舌道:"你们……为人师表……我呸!"副院长道:"东方老小子不要乱说话。"东方老人道:"对了,关于那个小子能够拉开后羿弓的事,你怎么看?""这个不好说,需要慢慢了解,现在还不能得出什么结论。"随后,副院长在屋中走了一圈,道:"今天那个小子无意间说的一句话点醒了我。"

"哦,什么话?"

"圣龙艾米不肯离开学院这件事,有些古怪。"

东方老人笑道:"你今天莫不是被艾米修理了一顿受刺激了,怎么胡思乱想起来了?"副院长道:"老家伙,我不知道你有没有认真地看过神风学院史,学院创始人中有一名女圣龙骑士,我觉得艾米和她的龙非常相似。"

"这怎么可能,你未免太过异想天开了吧?"

副院长认真地道:"历代圣龙骑士死后,他们的圣龙都会回归大山,艾米非常有可能就是千年前的那头回归深山的圣龙,而它恰巧被学院中那位前辈发现,引回了神风学院。"东方老人道:"我也详细地看过学院史,艾米的样子确实和千年前那头圣龙有些相像,不过性格方面却完全不符。依据史料记载,千年前的那头圣龙极具智慧,而艾米却是一副小孩子心性,两者相差甚远。"

副院长道:"可是艾米真的对学院有一种特殊的感情,看它平日的表现,似乎真的在这里生活过。"东方老人道:"若是千年前的那头圣龙,这千年来它身上一定发生了什么事情,它的实力似乎达到了圣龙的最高境界,但心性却……唉,真是让人琢磨不透。"

副院长叹道:"这个家伙实在让人头痛,再这样下去库中那些珍贵的参芝非被吃光不可。那位前辈为什么会遇上它,为什么要将这个混世小魔王带回来?真是神风学院一大不幸啊!"

辰南自副院长房间出来之后,这心中有些忐忑。东方凤凰恨极了他,若是得知他身在神风学院,不立刻找他来拼命才怪。离去的路上,许多学生看着他的眼神都很是异样,在他背后窃窃私语,辰南不用想也能猜出那些学生在议论什么。他现在已经是神风学院的"风云人物",名声狼藉,所有关于他的消息都是负面的。当他向一个美丽的女

315

生露出微笑时，立刻遭到白眼以及一声轻斥："色狼。"

"一个善意的微笑，居然也被误会成色狼，我……我还是板着脸走路吧。"在临近学院大门不远时，辰南忽然感觉有些不对劲，这里的学生似乎太过集中了一些，而且许多人都是一副看戏的表情。

"败类，你终于出来了，我等你好久了。"东方凤凰满脸寒霜，自不远处的一个月亮门中走了出来。小公主抱着小玉笑嘻嘻地跟在一旁，此外还有十几个女生跟在她们的后面。

"原来是美丽无双、聪慧绝伦的东方小姐，你找我有事吗？"

东方凤凰咬牙切齿，道："该死的败类，少给我嬉皮笑脸，你知道我为什么找你，今天我和你不死不休。""慢，凤凰姐姐我有话说。"小公主走到了前方，道，"败类你抢了我五万金币，现在快还给我。"

"这……"辰南一时语塞，这个时候小公主要他还钱，无疑是乱上加乱，明显是落井下石。他若能还上还好，可是现在他身上不过百余枚金币而已。

"妹妹，这么多钱放在你身上不安全，当初不是说好了吗，我帮你保管，你什么时候需要，我什么时候给你。"

"呸，谁是你妹妹。当初那些钱是你抢过去的，我可没让你保管。"小公主怒目圆睁，满脸愤恨之色，道，"快还给我，我现在身上没有一分钱，每天都是凤凰姐姐请我吃饭。"辰南在兜里摸了摸，掏出几枚金币，道："拿去先花吧。"

围观众人大笑，没想到哥哥手里掌握着妹妹几万金币，到头来却拿出这么一点点。他们真的搞不懂这对古怪的兄妹到底是怎么回事，每次都要吵吵闹闹，没有一点兄妹的样子。小公主气得脸色铁青，咬了咬下唇，道："败类，你是不是想抵赖，哼，你如果不还我钱，今天别想离开这里。"

看着气愤的小公主、虎视眈眈的东方凤凰、面露不善之色的围观众人，辰南道："好吧，我实话实说好了，你那五万金币被那个卑鄙无耻的副院长勒索去了。"

"我才不相信！"

东方凤凰上前，道："小麻烦你先退后，这个家伙摆明想抵赖，院长大人怎么会做那种事呢。对付这样一个可恶的无赖，只能用武力解决。"此时，这位魔法天才少女满脸怒容，绝色的容颜布满了寒霜。

辰南一看大事不妙，想要逃走，却发现已被那些围观的人封锁了去路，"东方小姐，我想我们之间的恩怨已经化解了吧。上次决斗前，你不是曾说过只要我赢了你便不再找我麻烦吗，今日为何拦住我的去路？"

多日以来，关于辰南和东方凤凰的传闻从未断过，这令东方凤凰狼狈不堪。上次她本以为是必胜的决斗，到最后却被辰南击败了，而且被他抱着自空中下来，令她羞愤欲绝。这些日子她多次要去找辰南报仇，但被她的爷爷东方老人拦了下来。今日她得知辰南来到神风学院后，立刻带领一班朋友，早早地等在了学院门口。她怒道："无耻的败类，就是将你千刀万剐也难解我心头之恨。"东方凤凰此时情绪异常激动，攥着紫玉魔杖的右手由于太过用力，青色的血管都已清晰可见。她稍微调节了一下情绪，道："不错，上次是你赢了，我今天不是找你麻烦，是要找你决斗。"

"这……也行？"辰南快无语了，这不就是来找麻烦吗。

"东方小姐，你还要和我决斗？可是……你好像不是我的对手啊，我们……还有必要继续吗？"辰南知道这场麻烦已不可避免，一副气死人不偿命的表情，故意对东方凤凰摆出轻视的姿态。

东方凤凰气急："啊……死败类，上次被你偷袭得逞，这次我决不会再给你机会，我一定要杀了你。"事到临头，辰南反而镇静了下来，不慌不忙地道："这只是你单方面提出的决斗，我还没答应啊。"

东方凤凰斥道："你没有选择的余地，不和我决斗，我不会放你离去。"辰南道："我可不愿平白无故和人打架，上次我是为了不再被人追杀才和你决斗。这次为了什么呢？要不然我们加点彩头吧，胜利者应当有利益可得，你看如何？"东方凤凰点头，道："好，我若输了，小麻烦那五万金币再也不会和你要了。"小公主立刻抗议道："不行，凤凰姐姐，虽然我和你亲如姐妹，但你不能拿我的财产当赌注。"

东方凤凰气道："你难道认为我不能够赢他吗，这一次我保证会杀掉他。"小公主小声嘀咕道："上次你就输给了他，这次……"东方凤凰道："小麻烦你在嘀咕什么，难道你不相信我吗？"小公主摇头道："我当然相信你，可是……我还是不同意。"

"为什么？"

"因为……因为……"

"因为什么，你到底同不同意啊？"

"凤凰姐姐，五万金币的赌注未免太大了吧，先看看他的赌注再做决定吧。"

看着狡黠的小公主推三阻四，辰南脸上漾起一抹笑意，道："我妹妹不希望你拿几万金币打水漂，虽说我们是兄妹，但关于财产上的事，向来是亲兄妹明算账。""败类你少要狂妄，这次你死定了。"接着东方凤凰又转头对小公主道："你真的认为我会输给他？"

小公主叫道："当然不是，你又不是不知道这个家伙根本不是我哥，他最无耻、最无赖了。"东方凤凰寒声道："死败类，你的赌注是什么？"辰南摸了摸，又将口袋中那几个金币掏了出来，道："我就这点钱……"围观众人再次大笑，人家要拿五万金币作赌注，他却只掏出这么几枚金币，实在不成比例。

东方凤凰气急道："你竟敢戏弄我……"

"误会，我决没有戏弄你之意，我身上真的就只有这几枚金币。"

东方凤凰冷冷地道："我看你还是赌命好了，要不然我战胜你之后也不会放过你，你就将你的性命当作赌注吧。"辰南道："这怎么行，我拿性命作赌注，你拿什么作赌注？"东方凤凰道："我也赌命，今日你我不死不休！"

场中的气氛立时紧张起来，闻讯而来的学生越来越多，已经将现场围了个水泄不通，人数还在不断递增中。人群中不乏东方凤凰的狂热追求者，这些人对辰南敌意甚浓，不少人都已经作好了战斗的准备，准备必要时出手。

辰南看着满脸杀气的东方凤凰，道："不用这么狠吧，我们没必要来个你死我活吧？"东方凤凰举起了手中的紫玉魔杖，道："你这个无耻的败类，今天有你没我，有我没你。"辰南摸了摸鼻子，道："那还是有我没你吧。"

东方凤凰对场外众人道："你们都听见了吧，这个败类已准备拿自己的性命作赌注，到时候我杀了他可不怪我。"辰南道："死对于我来说已是最大的惩罚，不过对于你却不是，所以你的赌注要换掉。如果你输给我，你要给我做一个月的侍女。"

此言一出，众人大哗，万万没有想到他会提出这样一个要求。东方凤凰乃是魔法系天才少女，被好事者评为学院六大绝色美女之一，对这样一个天之骄女，提出这样的要求确实比杀了她还要过分。场外传来一片骂声，无论男女都对辰南极度愤恨，不少魔法师飘到了空中，许多武者握紧了自己的武器，随时有围殴辰南的可能。

东方凤凰气得娇躯一阵颤抖，用魔杖指着他，道："我……一定要杀了你！"

"你要杀不了我呢，难道真的要给我做侍女吗？"

辰南的话不仅令东方凤凰快发狂了，连边上的小公主都不断握拳。小公主想起了不久前辰南不断推行的"侍女养成计划"，心中羞怒不已。东方凤凰恨声道："你做梦吧，去死！"她挥动魔杖，轻念咒语，一大片寒光闪闪的冰锥向辰南呼啸而去。

辰南丝毫不敢大意，右拳猛击，一片炽烈的金光出现在他前方，冰锥粉碎，最后化成腾腾白雾消散在空中。他退后一步，道："且慢，你的赌注到底是什么？"东方凤凰此时气极，怒声道："你只要有本事赢了我，什么样的赌注都可以。"

辰南哈哈大笑道："好。"他冲着围观的众人道："你们都听见了吧，我若赢了东方凤凰，她将给我做一个月的侍女。"场外一片喧嚣，怒骂之声不绝于耳。东方凤凰施展风翔术快速飞到了空中，此时她双眼都快喷出火来了，咬牙道："败类你去死吧！"念动咒语，空中的魔法元素不断向她聚集。


副院长和东方老人谈完圣龙，又谈到了三个月后四大学院的对抗大赛，正在这时，一阵急促的敲门声打断了他们的交谈。

"进来。"

一个女生慌张地推开了房门，道："院长不好了，东方凤凰学姐在学院门口要和败类进行生死大战。"东方老人腾的一下站了起来，急声道："怎么回事？"女生看到东方凤凰的爷爷在这里，连忙道："东方老师你快去吧，凤凰学姐若是输了的话，将给败类做一个月的侍女。"副院长道："这个丫头从小就争强好胜，且脾气也有些烈。东方老小子快去看看吧，不然你孙女说不定真的要给人家做侍女了。"

东方老人"嗖"的一声自屋中闪了出去，速度快到了极点，瞬间就消失了。当他来到学院大门处时，这里已经围了数百人，人声鼎沸，一片喧嚣。东方凤凰悬浮于空中，周围的魔法元素波动异常强烈。她已集结到了足够的魔法能量，即将对辰南发动魔法攻击。东方老人快速穿过人群挤进场中，冲着空中的东方凤凰大声喊道："凤凰快停下来。"东方凤凰刚要挥动魔杖，突然听见了东方老人的声音，她顺着声音望去，只见老人正在下方冲她招手。

"凤凰快下来。"

"不，爷爷，今天我一定要杀了这个败类。"

东方老人道："你难道不听爷爷的话了吗，快下来，爷爷有些话要对你讲。"

东方凤凰怒火汹涌，恨极了辰南。闻听东方老人的话后，她一阵犹豫，知道若是这样下去，爷爷一定会阻止她继续决斗，她道："爷爷你不要管我，这个败类太可恶了，我……"东方老人打断了她的话，道："快下来，不然爷爷真的生气了。"东方凤凰恶狠狠地瞪了一眼辰南，无奈地向地面落去。东方老人走过去，对着和东方凤凰一起来的十几个女生道："你们先送她回去。"

"不，爷爷，我不要回去。"

十几个女生都是东方凤凰的好友，她们看了看东方凤凰，又看了看东方老人，一阵犹豫。东方老人冲远处的两个女生招了招手，两个女生快步走了过来，这两人皆是武者，均腰悬长剑。

"你们两个把她给我架走。"

两个女生是东方老人的亲传弟子，对东方凤凰也很熟悉。两人快步走到她的近前，其中一人道："对不起了凤凰，你还是听东方老师的话先回去吧。"两人一左一右架着她向场外走去。

"你们放开我，我要杀了那个败类，爷爷你快让她们放开我……"东方凤凰不断挣扎，但作为一个魔法师，她的力气根本不可能和两个武者相比。

看着东方老人，辰南在心中给予了他一番最强烈的"问候"。同时，他知道老人肯定又给他加了一笔"孽账"，日后他可能要吃更多的苦头了。对于不断挣扎的东方凤凰，他嘴角不禁泛起一丝笑意，恰巧被转头的东方凤凰捕捉到了，这令她彻底狂暴了。

"啊……死败类……"她快速念了一串咒语。架着她的两个女武者突然发觉自己的身体变得沉重如山，寸步难移。这是东方凤凰近来新学的一种魔法，为重力术，可令中术者所受重力成倍增加，行动困难。东方凤凰快速摆脱了两女，立刻就要向辰南冲去，但被东方老人拦住了去路。

"凤凰，难道你不听我的话了吗？"

"爷爷，我……"

东方老人道："你现在真的还不是他的对手，我之所以拦着你是为你好，等你的实力足以战胜他的时候，我决不会拦着你。"东方凤凰脸上满是不甘和委屈之色，愤怒地自她身旁一个女武者腰间拔出长剑，挥舞着冲辰南喊道："死败类我早晚要杀了你！"围观众人目瞪口呆，一个魔法师竟然舞动一把长剑对着敌人怒斥，可想而知她心中有多么地愤怒！

东方凤凰不甘地离去，小公主抱着小玉走到辰南身前轻声道："败类，你彻底把她激怒了，以后你的麻烦大了，嘻嘻。"说完也离开了现场。围观众人中有不少东方凤凰的追求者，他们愤怒地注视着辰南，随时有一拥而上的可能。这时东方老人开口道："不要围看了，快快散去吧。"学生慑于东方老人之威，最终散去。东方老人来到辰南近前道："混账小子……"

"混账老头子打住！"辰南打断了他的话，道，"这次和我没有任何关系，你孙女纠集一帮人把我围了起来，她想找我麻烦，可以说我是受害者。"东方老人道："我呸，臭小子，我现在没时间和你理论，以后咱们慢慢算账。"

走出神风学院的大门，辰南愤愤地骂着副院长，竟然逼着他不得不去仙武学院参赛。从一定程度上讲，若不是龙宝宝认出辰南就是那晚投放辣椒粉的人，他现在根本不会受副院长威胁。他万万没想到这头可爱的小龙居然是一头五阶圣龙，按照副院长所说，龙宝宝性格古怪，对任何新鲜事物都存有好奇心。现在之所以对他很亲热，多半是把他当成了一个玩伴。

　　"嗯，应该趁这个机会让它再教训一顿那个无耻的老头子，还有那个可恶的东方老头子。"此时，辰南已经走进了一条小巷，正在胡思乱想之际，一道冷冽的寒光如闪电一般迎面向他袭来。辰南一惊，急忙侧身闪过，寒光与他擦身而过，不过马上又回旋而至。他已看清，那道寒光是一把圆月弯刀，回斩的弯刀寒气森森，闪动着妖异的光芒，似乎比刚才还要迅疾。他再次横移身形闪向了一旁，杀气森然的圆月弯刀破空而去。

　　在小巷的深处，一个神色冷峻的青年男子手握弯刀堵住了辰南的去路，这名青年剑眉、虎目，英俊不凡，身材虽然不是很高大，但却给人一股强有力的感觉。

　　"败类，我等你多时了。"青年冷冷地注视着辰南，整条小巷都弥漫着一股杀气。

　　"你为何偷袭我？"

　　"想看看你是否值得我出手，若是连这一刀都躲不过去，我没有必要和你交手。"

　　"你是谁？"

　　"冷锋，我要向你挑战。"

　　"我根本不认识你，你为何要向我挑战？"

　　"你调戏东方凤凰在先，大战魔法系获胜在后，现在你的大名在神风学院尽人皆知。虽然有些让人鄙弃，但不可否认你是一个高手，我要向你挑战。"

　　辰南道："这么说你是为武而向我挑战？"冷锋道："这只是其中一个原因，还有一个原因，我要代凤凰狠狠地教训你一顿。"辰南一阵头痛，听闻有些学生可能要找他决斗，没想到这么快就找上门来了。

"我们没有必要交手吧？嗯，我请客，咱们找个地方去喝两杯吧。"

冷锋面色依然冰冷，举起了手中的圆月弯刀，道："今日你我之战不可避免。你若是能够战胜我，我自然无话可说，只怪自己学艺不精。不过你若败了，别怪我手下无情。"一股迫人的压力向辰南涌去，圆月弯刀在冷锋手中发出一片清冷的光辉。辰南知道这一战不可避免了，他向冷锋摆了摆手道："这里随时有行人路过，我看我们还是换一个地方吧。"

"好，我们去东城之外的树林。"

冷锋在前，辰南在后，两人走出小巷，沿着大街向城外行去。已是夕阳西下之际，西方一片火烧云将天际映得通红，树林似乎披上了一层薄薄的红纱。树林旁一片开阔的空地，冷锋与辰南相隔三丈距离对面而立，两个人都是一脸凝重之色，均不敢小觑对方。冷锋手中的圆月弯刀斜指着辰南眉心，冷森的刀锋附近隐隐有雾气在流动，杀气惊得林中的鸟雀惊慌飞逃。辰南将背后的长刀拔了出来，他已感觉到了对手的精深功力，这绝对是一名劲敌。他手中的长刀在天际火烧云的映照之下，折射出淡淡的红光，似沾染上了鲜艳的血水。

"败类，你可准备好了？我要动手了。"

"吓，打住。先声明一下，我姓辰，如果你再胡乱叫，别怪我送你一个雅号。"

冷锋嘴角抽动了两下，尚未来得及涌现的笑意被一片冰寒所掩盖了。他冷声道："准备接招吧，希望你不会让我失望。""呜……"圆月弯刀发出阵阵异啸，向辰南飞旋而去，比起在小巷中时不知迅猛了多少倍。

"当！"辰南手中的长刀狠狠地劈在了圆月弯刀之上，火星四射，但弯刀并没被震落，以一个诡异的角度回旋而去。辰南闪电般进逼上前，在冷锋握住弯刀的一刹那，长刀以力劈华山之势当空劈下。两道光芒在空中乍现，一道是辰南劈出的璀璨刀芒，另一道则是冷锋的圆月弯刀激发出的冷森幽辉。两道无匹的刀气蕴含的巨大能量冲击在一起后发出一阵阵裂帛般的声响，空间仿佛要碎裂开来，附近沙尘飞扬。

漫天的杀气将隐藏在丛林深处的走兽惊得慌乱逃窜，辰南"噔噔噔"一连向后退了三大步，冷锋亦然，两人皆晃了几晃才稳住身形。辰南此时已经确信对方的修为在他之上，很显然，对方也是一个三阶东方武者。

　　冷锋冷声道："你果然达到了东方武者的剑气出体境界，总算没有让我失望。"能够达到阶位境界的人都是真正的高手，东方武者中，阶位高手的修炼境界可以划分为：炼精化气、先天之境、剑气出体、炼气化神、神凝气固。当然剑气是一个广义的概念，并非仅仅限于剑气，也包括刀气等。辰南刚刚从先天之境步入剑气出体之境，虽然初临三阶境界，但在同辈之中已经算得上超级高手。

　　辰南道："你很自负啊！"冷锋道："在同辈中能够被我视为对手的人不多，对手难求啊，今天真是一个令人高兴的日子。"他虽然没有笑容，声音冰冷，但眼中却露出了兴奋之色。辰南暗叫不好，这个冷得像冰块一样的家伙无疑是一个嗜武狂人，今天定然免不了一场恶战，想要适时收手恐怕不可能。

　　这一次冷锋主动攻击，圆月弯刀向辰南直劈而去，刀气如虹，在空中发出一片夺目的光芒。辰南长刀相迎，无匹的刀气似匹练一般凝实，光芒璀璨，耀人双目。"轰！"两道锋芒撞在一起的破坏力大得惊人，激起飞沙走石，四散的刀气将附近的地面冲击得坑坑洼洼。两人被震得倒飞了出去，但在落地的刹那又快速向对方冲去。场中刀气纵横激荡，璀璨的锋芒宛若雷电一般在空中交织。一时间光芒闪耀，震耳欲聋的"轰轰"之声不绝于耳。

　　辰南和冷锋身形如电，如两道光影般移动。无坚不摧的刀气疯狂肆虐，场内的地面出现无数巨大的深坑，乱石激射，尘沙飞扬。两人从空地一直打到了林间，树木成排倒下，在无匹的刀芒之下化为粉碎，随风飘扬。林间龙争虎斗，杀气冲天！短短一刻钟，大片的林木已被毁去，但绚烂的刀芒还在"哧哧"作响。两人可谓棋逢对手，将遇良才。辰南越战越心惊，他原以为自己在年轻一辈中已少有对手，但此刻看来，人外有人，天外有天。

　　半个时辰之后，一小片林地已经化成了平地，地上满是木屑和碎叶。两人的动作都慢了许多，林间的刀芒已经不像方才那样夺目。辰南渐渐力竭，汗水打湿了他的衣衫。冷锋的动作也不似刚才那般迅猛，长发已被汗水浸透，一绺一绺地粘在一起，冰冷的脸颊渐渐潮红起来。到最后，两人皆大口大口地喘着粗气，再也催发不出无坚不摧的刀气，长刀和圆月弯刀开始对撞起来，火星四射，"乒乒乒乒"之声不绝于耳。

数百招已经过去，辰南暗暗积攒了些许真气，准备给冷锋以强有力的一击。正在此时，冷锋却先行一步发难，双手用力一分，圆月弯刀一化为二，弯刀竟然由两把利刃合在一起构成。两把弯刀被他贯注了精纯的内力，快如闪电一般向辰南袭去，与此同时，他快速将背后的长条形皮囊解了下来，里面有数十把小巧的圆月弯刀，每一把均散发着森森寒光。

辰南刚刚避过那两把飞旋的弯刀，惊恐地发现数十把寒光闪闪的飞刃已经向他袭来，发出阵阵异啸，急忙倒飞出去三丈距离。冷锋跟步上前，双手快速地动作着，对那些击空后回旋而归的小型圆月刀连连拨打，弯刀经再次贯注真气后变得更加璀璨夺目，向辰南飞斩而去。冷锋经常习练这种攻击方式，其双手动作迅捷如电光一般。

空中大片的刀雨幽光森森，辰南避无可避，尝试用长刀拨打了几次后最终放弃了。弯刀被撞飞后，绝大多数都会再次回旋至冷锋处，经过不断贯注真气的弯刀，一次比一次迅猛，几十把圆月弯刀在空中交织成一片光华闪耀的刀网。

辰南在快速后退的过程中，不小心掉进了一个半丈深的坑中，长刀却脱手掉落在坑外，既惊又惧。他心中虽然有几种化解眼前险境的方法，但以目前的修为还施展不出来，似乎只能用擒龙手搏一搏了，体内损耗大半的真气开始聚集。数十把飞刃越来越近，离他不足半米之时，他举起了右手。一道金光升腾而起，一只巨大的光掌向着呼啸而来的刀雨席卷而去，寒光闪闪的利刃如泥牛入海一般消失在光掌中。

不过仅仅持续了片刻，光掌便渐渐暗淡了下来。绝大多数飞刃皆坠落在地，但仍有三把弯刀冲破光影向辰南旋斩而去。

此刻，辰南几乎已经耗尽了全部功力，看着三把杀气森森的飞刃，他靠在坑壁之上，艰难地挪了一下身体。"噗！噗！噗！"三把弯刀贴着他的脸颊刺进了他身后的坑壁，冰冷的刀锋与他的脸零距离接触，生死一线间，他最终避过了死神三"吻"。辰南已经虚脱了，不过仅仅喘了三口气，便强打精神开始积聚体内残留的真气。冷锋此刻也早已疲累不堪，方才不停地为数十把飞刃贯注真气，几乎已耗尽了他全身的内力。不过他比辰南稍微好上一些，在光掌消失的刹那，从几丈之外快速向前冲去。

辰南从坑中刚刚跃上来，冷锋便已经到了眼前，双掌猛地向他拍去。辰南被逼无奈举双掌相迎，"轰"的一声大响，他被击飞出去，自空中重重摔落在地。鲜血自口鼻间溢出，胸口异常憋闷，受了不轻的内伤。冷锋脸色惨白，向后一连退了七大步，摇摇晃晃摔倒在地。他看着不远处的辰南道："我赢了。"辰南五脏如焚，胸腹间疼痛无比，咬着牙点了点头。

冷锋露出了自见辰南以来的第一个微笑，道："你果然没让我失望，是一个不错的对手。擒龙手名不虚传，可惜我没见到它真正的威力。不过我既有心防着它，决不会给你大展手脚的机会。"被一个和自己年龄相仿的年轻人击败，辰南心中涌起一股挫败感，躺在地上一动也懒得动。冷锋挣扎着先爬了起来，道："不要失落，放眼整个神风学院，没有几个学生是我的对手。你还有很大的提升空间，我期待再次与你一战。"他摇摇晃晃向罪恶之城的方向走去，一边走一边冷声道："这一次我就不教训你了，记住不要再招惹凤凰，他是我妹妹。如果我再听到不好的传闻，一定不会这样轻易放过你。"

"妹妹？一个姓冷，另一个复姓东方……"辰南望着冷锋渐渐远去的背影嘀咕道，"东方老头子已经够变态了，居然又出现这样一个冰冷的家伙……"

这次大战令辰南产生了一股危机感，深深明白强中自有强中手。"十六岁前同辈中第一人，嘿嘿，这个梦该醒了！我被澹台璇害得荒废了四年光阴，和第一早已无缘。况且已过去了万载岁月，人世浮沉，世事变换……"世上永远不会缺少天才，但即便是天才也要勤学苦修，不然只会沦于平凡。这次败北让辰南警醒，天下奇才无数，以前太过高估了自己，修炼永无止境，即便是在同龄人中也有许多修为高深的强者。

　　他在原地调息了一会儿，胸腹间好受了一些后才站起来，此时冷锋早无踪影，林边静悄悄的。辰南刚要迈步离去，突然感觉到了一丝危险的气息，暗中似乎有人在靠近。他内力虽然损耗过巨，但敏锐的灵觉依如往昔，在来人靠近的瞬间便已感应到了一股异常的波动。他不动声色，不慌不忙将地上的长刀捡了起来，一边向前走一边快速运转玄功，恢复损耗的真气。危险似乎更近了一些，辰南有些焦急，此时他实在不宜再战。

　　他停身站住道："奇怪，冷锋那个家伙不是说让我在这等他，怎么还不出现。"一边"胡言乱语"，一边加紧恢复功力。暗中确实来了三个人，皆黑纱蒙面，在不远处的树林中观察着辰南。听闻他低语之后，刚要有所行动的三人立刻停了下来，眼中闪现出疑惑的光芒。辰南在一处最适合防守的空地停了下来，嘴中不停地嘟囔，迷惑三人。

　　过了一刻钟，三人由最开始的狐疑变成了愤怒。他们知道上当了，辰南不过是在拖延时间恢复功力而已。三人再也忍不住，快速冲了出来。一人在空中飘飞，另外两人在地上急速奔跑，眨眼间便来到了辰南的近前，分三个方向将他围在了中央。飘在空中之人，宽大的衣衫难掩其曼妙的娇躯，很显然这是一个身材不错的女魔法师，只不过黑纱遮面，难以看清容颜。地上两人一个身材高大魁梧，双手握着一杆长枪，另一人中等身材，右手握着一柄细刺剑。

　　辰南环顾三人，道："你们是什么人，为何要拦住我的去路？""来取你性命之人！"空中的女魔法师声音虽然清脆，但却寒冷无比。

　　手握长枪之人大声道："败类，有人买你性命，今天你死定了。"手握细剑之人回头瞪了握枪之人一眼，对辰南道："即便你刚才没有经历过一场大战，也不一定是我们三人的对手，现在你重伤在身，若不想在临死前受罪，不如扔下长刀，放弃抵抗，这样我们可以让你痛快地死去。"辰南心中着实一惊，已感觉到三人的不凡修为，每个人都步入了一阶境界。三个阶位高手若对他围攻，情况将非常不妙。

　　"我在你们眼中已经是死人，可否告诉我到底是谁派你们来的？"辰南从声音判断这三人都很年轻，似乎和他年龄相仿。

女魔法师道："在你死前我们会告诉你的。"她对地上另两人道："我们一起上，杀了他，不能再给他时间恢复功力了。"三人同时行动起来。女魔法师口中轻念咒语，魔法元素快速汇聚，她轻轻挥动魔杖，数道风刃自空中向辰南斩去。身材高大的男子手中长枪猛若蛟龙，恶狠狠向辰南软肋刺去，身材略矮一些的男子手中细刺剑快若闪电，如毒蛇一般袭向辰南咽喉。一绿、一蓝两道光芒分别自长枪和细刺剑发出，赫然是斗气，很显然两人修习的是西方武学。三方夹击，出手皆狠辣无比，意在快速结果辰南性命。

辰南使劲吸了一口气，快速移形换位，数道风刃皆击在他原来的立身之处，地面出现几道恐怖的深沟。两道斗气也分别落空，在空中留下两道残影。辰南此刻的功力难以持久大战，若相持下去，性命堪忧。他将体内不多的真气聚集了起来，准备速战速决。他持长刀腾空而起，对着空中的魔法师凶狠地劈了过去，璀璨的刀芒直冲而上，惊得空中的魔法师慌忙逃避。刀气所过，一缕秀发自空中飘落，女魔法师惊出一身冷汗，没有想到刚刚经历过生死大战的辰南竟然还如此强悍，刀芒以毫厘之差与她擦身而过。

辰南在空中一击未功，身形在下落之际，举刀横劈地上二人，炽烈的刀芒似火舌一般向两人席卷而去。强大的力量波动令两人大惊失色，他们急忙倒退三丈距离。辰南落下之后以刀拄地，大口大口地喘着气，冷汗自额头滑落而下。三个蒙面人小心翼翼地再次逼近，刚才那猛烈的两刀令他们心有余悸。若是辰南以此威势和他们对抗，他们可能要费上很大的一番手脚，甚至要付出一定的代价。

女魔法师道："败类，不要隐藏实力了，我知道你还有力气再战，休想令我们上当。"边说边快速施展了一个火系魔法，几道火舌从天而降，袭向辰南。在这三人当中，辰南最想干掉的便是女魔法师，她在空中不断攻击令他束手束脚，不过一时之间还没有办法。他快速移位躲过火焰，旋转身形朝持长枪的蒙面人冲去。长刀如冷电，斜斩而下，荡起一股猛烈的罡风。蒙面人发觉这次辰南长刀发出的刀气似乎微弱了许多，他举长枪相迎，枪尖处绿色斗气光芒璀璨。"轰"的一声大响，刀气与斗气相撞，两人皆被震得倒退了几步。与此同时，手握细剑的蒙面人已经攻至，蓝色斗气声势惊人，发着"哧哧"的破空之声。辰南侧步闪身，避过其锋芒，而后抽刀反斩。"铮"的一声大响，火星乱射，长刀狠狠地劈中了细刺剑，蒙面人身形大震，"腾腾"向后退了几步。

辰南暗叫可惜，若是他的刀气再强上稍许，细刺剑便已被他斩断。此时他根本没有时间多想，因为女魔法师发出的一排冰枪已经袭到了他头顶上方，他急忙向前腾跃而去。刚才这几式交击如电光石火一般，当真快到了极点。林内刀光剑影，四人战作一团，魔法、斗气、刀气交织在一起。辰南不仅要对付一枪、一剑激发出的猛烈斗气，还要时时兼顾来自空中的凌厉魔法袭击，可谓苦到极点。此时他除了感觉力竭外，体内五脏也剧痛如裂一般难受。他强咬牙关，没有令口中的鲜血喷出来。三个蒙面人已经看出他虚脱了，出招更加迅猛，力求尽快结束战斗。

"当！"女魔法师蓄势已久的强大风刃击中了辰南的长刀，精钢打造的利刃断为两截，只余刀柄握在辰南手中。与此同时，长枪与细剑也同时向辰南刺来，他左躲右闪，虽然避过了两道炽烈的斗气，但脚下却一个趔趄栽倒在地。此时他再也忍不住，鲜血自口中狂喷而出。三个蒙面人停止了攻击，冷冷地注视着辰南，手持细剑者道："早先我们曾给过你选择的机会，但你非要抵抗，到头来反倒要受辱而死，嘿嘿。"

辰南将口中血沫吐净，道："我已将死，现在可以说出是什么人要你们来杀我的了吧？"女魔法师冷声道："在将你的头颅割下的一刹那，我们会告诉你的。"

辰南惨笑，他摇摇晃晃地从地上站了起来，冷声道："这是你们逼我的，今日即使我死，也要拉你们垫背。"说完，丢掉断刀，仰天发出一声低吼，而后双手猛击全身各大穴道。"砰砰"之声不绝于耳，他口中不断向外喷血，血雾在他身前弥漫，全身上下都染上了一层淡淡的红。这是辰南家传玄功中一种霸道的功法，拍穴击脉，暂时催发出体内的潜能。但这种功法后果严重，虽然能够暂时提高功力，但轻则伤残、元气大伤，重则身亡。今日被逼入绝境，他已经没有选择的余地，只能以命搏命。

　　看着辰南诡异的动作，三个蒙面人都感觉到了不妙，再次发起了猛烈的攻击。辰南的动作快若鬼魅一般，比方才不知要迅疾了多少倍。面对持枪之人如虹的斗气，他不加闪避，举拳相迎，一片炽烈的光芒出现在拳影前方，斗气瞬间被击散。他的右拳重重地击在了枪身之上，长枪折断，蒙面人被震得大步后退，张嘴吐了一口鲜血，血水浸透了黑纱。辰南用霸道的功法强聚功力，比平日还要猛上几分。不过他的伤势经此一震又重了一分，他再次吐了两口鲜血。

　　手握细剑的蒙面人电闪而至，蓝色斗气直袭辰南后心，与此同时，女魔法师的猛烈魔法攻击也当空而至，强大的电弧发出阵阵恐怖的声响。辰南快速向旁腾挪，避过两人的攻击，俯身自地上捡起了冷锋丢落的一把圆月弯刀，对着魔法师闪电般掷出。弯刀散发着凄冷的光辉，如死神的镰刀一般妖异而又恐怖。女魔法师避之不及，弯刀一下子刺进左肩，血花飞溅。她惨叫一声，自空中直落而下，当场便摔晕了。

　　辰南突然爆发出的实力太过惊人，另外两个蒙面人互相对视，皆露出骇然之色。他们犹豫了一下，再次上前，两人虽有惧意，但不想错过今天这个机会。辰南知道这次即使能够活下来，修为恐怕也将受损。他看着两个蒙面人，脸上露出了残忍的笑容，徒手向前冲去。三人再次纠缠在了一起，场内光华夺目，两个蒙面人将己身功力提升到了极至境界，对抗着辰南劈出的一道又一道锋芒。

　　在这个过程中，辰南虽然时不时吐出一口鲜血，但功力似乎越来越强盛，很快便将蒙面人手中的断枪与细刺剑击碎了。他浑身血污，披头散发，仿若来自地狱的恶鬼一般。两个蒙面人心中泛起阵阵寒意，知道这次刺杀行动失败了，若再战下去，或许能够将辰南磨死，但他们恐怕也要搭上性命。

　　两人相互看了一眼，一起快速倒退至女魔法师处，拖起她飞快向远方跑去。辰南在后紧追不舍，心中只有一个念头：杀！但奔出去十几米后，被他用伤残己身的方法催发出来的力量开始消退，他感觉一阵晕眩，扑通一声栽倒在地。三个蒙面人急于逃命，根本没有注意到辰南已经倒地不起，错过了杀他的最好机会。

凄艳的火烧云，令林边似乎镀上了一层淡淡的红。辰南身体虚弱到了极点，躺在地上一动不动，失去了知觉。这时，一个鹤发童颜、仙风道骨的老人自林中走了出来，赫然是老妖怪。他走至辰南近前，将他扶了起来，右掌贴在了他的背后。

淡淡的绿光自老妖怪身体散发而出，绿光如水流一般自他的右掌向辰南涌去。他轻皱眉头，道："五脏皆伤，修为受损，若无绝世高手相救，性命堪忧。"林边光芒大作，如水的绿光彻底将辰南和老妖怪包围了。过了好久，老妖怪才停下来，紧接着又将辰南提起，抛到了空中，伸双掌不停地在他全身击打，一道又一道绿光顺着各大穴道涌进他的身体。如此过了一刻钟，老妖怪将辰南放在了地上。

天色渐渐暗淡，辰南迷迷糊糊睁开了双眼，瞬间清醒过来，急忙跃身而起。三个蒙面人早无踪影，老妖怪正站在不远处静静地注视着他。辰南一惊，不由自主退后了两步，突然发觉重伤的身体竟然已无大碍，拍穴击脉并未留下丝毫后遗症。他惊喜无比。

"前辈，是您施法救了我吗？"

老妖怪点了点头，道："今日我自大山深处归来，恰逢你追敌倒地不起。"辰南对着老妖怪深深鞠了一躬，道："多谢前辈相救，不然晚辈性命堪忧。"此刻，辰南对老妖怪真的感激无比，倚仗老妖怪功参造化，不然即使他性命得保，一身功力恐怕也要毁去小半。

"呵呵，不必多礼。"老妖怪淡淡一笑，道，"我看你伤势实在过重才出手救你，不然若是你自己能够依仗本身的修为慢慢疗伤、恢复受损的功力，可能会大有收获。"

辰南苦笑道："谈何容易，若没有前辈，我的修为可能会跌落很多。要想恢复过来，恐怕最少也要一年半载。"

老妖怪道："武人修炼的道路本来就充满了坎坷，我们是在逆天修身，修炼的过程中难免会遇到各种磨难。若能靠自身的实力一关一关闯下去，金石将越磨越亮。有些事情应该看得长远一些，莫要为眼前的虚幻蒙蔽了心智。在修炼的路途中有高峰，便有低谷，总要有起伏。"

辰南知道老妖怪在给他灌输一些武学观念，眼前的老人已经将武学与人生联系了起来，由武学功法上升到了武理。以前他的父亲辰战也常和他说一些武理，他虽然对那种境界的武意似懂非懂，但深知潜研武理之人的修为都已经到了常人难以想象的地步。依照辰战的说法，当一个武人不再醉心于武学功法的变化，开始潜心揣摩武理时，才算迈进了武的神圣殿堂，初解武的真谛。这个境界便是真武之境，只有达到这个境界后身心同修，才能够进军无上武境。毫无疑问，老妖怪已经达到真武之境。按照对修炼者境界的划分，东方武人的第六境界无疑便是真武之境。一直以来，辰南对老妖怪都有一股高深莫测的感觉，始终存有戒心。这次老妖怪出手相救，令辰南对他好感大增。

"前辈，我想向您请教一些武学上的问题。几个月前我步入东方武者的剑气出体境界，初临三阶境界，可是这几个月来不管我怎样修炼，为何修为没有丝毫进展呢？"

老妖怪道："东方武者在修炼过程中会遇到几道艰难的关卡，在这里我只想和你说说已经遇到过的关卡。第一道关卡是由普通高手向阶位高手过渡时所遇到的重重险阻。这道关卡你已经历过，个中滋味，我想你肯定深有体会。"辰南点了点头，当初他向阶位高手境界进军时的确遇到了不少险阻。

老妖怪接着道："第二道关卡有一个很有意思的名字：困龙。顾名思义，三阶境界是一道很大的关卡，有人很早便步入了这个境界，但终其一生也未能再做出突破，永远停留在了这里。其实武者、修道者、魔法师，在修炼到三阶境界时都会遇到困龙这道关卡。修炼者从一阶境界到三阶境界，本身实力发生量变，不同阶位修炼者的实力虽然有差距，但相差不会太过悬殊。可是一旦突破三阶境界，破除困龙这道关卡，修炼者的实力会有质的飞跃，第四阶的修炼者与前三境界的修炼者相比，虽然没有天地之差，但却明显强上一大截。

"武者、修道者、魔法师修炼方法不同，但都是在追求力量的运用。人的生理结构一样，能够运用、承受力量的大小也应大致相同，所以不同的修炼者才会有同样的困龙关卡。你现在的修为停滞不前，不是个别现象，每一个修炼到此境界的人都会遇到同样的问题。在三阶境界若想再做突破，不仅需要勤修苦练，还需要各种契机。最有效的办法便是不断进行生死大战，在死境中悟武、悟道、悟法，以求做出突破。这也是为何有些人异常疯狂，不断找人决战的原因。"

辰南沉思，若有所悟。

老妖怪接着道："无论哪一种修炼者，都要以身体为载体，承受力量。在各类修炼者中，魔法师的身体最为柔弱，他们着重于精神领域的修炼，以调用外界力量为主，身体承受力量时只是一瞬间。相比较而言，武者的体魄最为强悍，虽然武人修炼到高深境界也能够操控天地之力，但他们的本源力量还是源于本身，所以必须要有一副强健的体魄。修道者历来都很神秘，他们除了修炼己身的力量之外，还会类似于魔法的道术，修炼有成之人着实可怕无比。"辰南不断点头，心有所感。

老妖怪道："修炼不仅要修身，还要修心。武者早期着重于修身，一旦迈入高深领域便要开始修心，不然再难做出突破。其实修炼的过程也可以说成是一个进化的过程，就是不断改变体质，冲破人体各种桎梏，使人进化到一种完美的境界。你可知道，万年前许多强大的神魔都已死去，但为何万年后还有神、仙、魔？不仅因为有些神、仙、魔躲过了那场未知的灾难，还因为许多凡人修炼成了神、仙、魔。当一个修炼者的修为达到极至境界后，他便离神、仙、魔不远了。"

和老妖怪的一番长谈，令辰南收获颇丰。告别老妖怪后，他回到了罪恶之城中的客栈。回想起今日种种经历，他有些后怕，若不是最后关头老妖怪出手相救，恐怕他已经丧命于城外树林。

洗漱完毕后，他在床上打坐，真气在体内经脉中不停地运转。今日大战的过程在脑中不断闪现，冷锋和三个蒙面人的动作慢慢放缓重现。辰南闭目凝思，身上泛出阵阵光华，如水波一般的光晕不断向外扩散，整间屋子都充盈着淡淡的光辉。好久之后他才睁开双眼，大战过后的疲累感一扫而光。他来到院中，躺在一把藤椅之上，仰望着夜空中的繁星。今日的两场大战，看似受了不小的挫折，也给他敲响了警钟。刚才运功时他已经思索过，今后若想提高修为，不能再按部就班地修炼了。方才运转玄功时，他发觉体内的真气似乎凝实了许多。

也许真如老妖怪所说，到了困龙这道关卡，最有效的修炼方法便是找人进行生死大战。

辰南右手轻扬，一道金色剑气破空而去，将不远处的花丛击散。他心中一惊，体内真气似乎真的壮大了一些，而且运转更加如意。他再次扬手，目标对准了几米外的一棵梧桐树，剑气透指而出。在夜空下，金色的剑气连在梧桐树干和他的手指之间，仿若神光一般。他的手臂不断晃动，木屑纷飞，树干之上出现两个字：悟武。铁画银钩，苍劲有力。辰南欣喜异常，今日经历两场生死大战，收获的确不小。往日若以剑气在树干上刻字，恐怕早已将树干击穿，而如今他却能够收发由心，出体剑气宛如自己的臂膀一般，意至力到。

星光点点，月色如水。辰南躺在藤椅上，心中一片宁静，思忖着修炼的本质。以身体为载体，积聚、承受、操控自身或外界的力量，突破身体桎梏，实现自我升华……他忽地坐起，道："修炼就是改变人的体质，使身心达到一个完美的境界，如果这样理解，修炼便可难可易。找同级别的高手决战，在死境中使身体潜能得到充分发挥，的确容易做出突破，这确实是一条捷径，但并非唯一。"

辰南从藤椅上起身，在院中慢慢踱了几步，停身站住自语道："自己将自己逼入绝境，在险境中打破壁垒，使修为提升。"一个疯狂的想法在辰南脑中形成，他决定冒险一试。他转身走进屋中，盘腿坐在床上打坐。他将家传玄功运转起来，令体内真气游走于各条经脉。直到感觉全身放松，澎湃的力量布满全身时，他才小心翼翼地分离出一道微弱的真气探索身体未知的经脉领域。

人体经脉遍布全身各处，主要有十二大经脉，包括手三阳经、手三阴经、足三阳经、足三阴经，这些都称为人体的"正经"。而此外，人体还有督脉、任脉、冲脉、带脉、阴维脉、阳维脉、阴跷脉、阳跷脉等奇经八脉。一般的东方武者都能够贯通连接身体各大穴道的主要经脉，即十二正经，只有达到阶位境界的武者才能够打通奇经八脉。

任、督、带三脉在奇经八脉中最为主要，三脉如通，其他五大奇脉也将随之而通，经络畅通，气血充盈，真气运转生生不息，内劲浑厚，绵绵不绝。除去十二正经和奇经八脉之外，还有许多未知的经脉不为人知。即便是已知的各大经脉之间，也有许多细微的经脉相连。十二正经和奇经八脉以外的脉络一般都是闭塞的，非修为高深的武者不敢轻易尝试打通。因为变数太大，危险性非常高。通常来说修为越高，打通的经脉越多，这个过程是循序渐进的，没有人敢强行闯关。

辰南今日想做一个大胆的尝试，他想分离出小部分真气强行冲击未知的经脉领域，以强横的真气冲关，打通一些不了解、但却真实存在的经脉。人体的胸部是脉网的集中区，十二正经中的手三阴经和足三阴经，还有奇经八脉皆密布于此处。辰南胆大包天，他将一丝真气聚集于胸部，向这里各大经脉的末梢推进，探向未知的领域。点点光华自他胸前透体而出，屋中一片朦胧的光辉。如果有人知道辰南敢如此胆大妄为，一定会惊讶得张大嘴巴，在经脉交错、穴道密集的胸部强行冲关，无疑是在敲死神的大门。

开始时辰南还感觉不出异常，但随着时间的推移，他的胸部传来阵阵剧痛，经脉仿佛被撕裂了一般难受。他几次想退却，但又强忍了下来。虽然他知道这样做极其危险，但始终没能够战胜心中那疯狂的想法。修炼的路途充满了艰辛，不少绝世高手为突破自身极限，铤而走险，不幸身亡。辰南强行冲关已经取得了一点成果，感应到一些微弱的经脉似乎被冲击得畅通了。然而就在这时，他敏锐的灵觉捕捉到了一丝危险的气息。他未来得及做出任何反应，身体大震，胸部如遭雷击，剧烈的疼痛令他五官扭曲。血箭自他口中喷射而出，强劲的血水将靠窗的墙壁都击穿了。

辰南感觉无数的金星在他眼前晃动，眼皮沉重如泰山。他很想闭上眼睛，但怕就此一睡不醒。他强打精神，收回了强行闯关、探索未知领域的那道真气。而后一遍又一遍运转家传玄功，令真气在熟知的大脉中流转。胸部的疼痛渐渐消失，昏昏沉沉的感觉也渐渐消失，取而代之的是一片酥麻，胸腹以下渐渐失去了知觉。

辰南大惊，这是走火入魔的征兆，许多前辈高人在练功时都发生过类似的情况。虽然焦急，但他并没有慌乱，慢慢地又静了下来。家传玄功运转不辍，他渐渐入定，心中一片宁静。在物我两忘之际，天地元气如水波一般向他涌来，自他身体的毛孔缓慢渗透进去。在吸纳不少天地元气后，辰南的身体慢慢恢复了知觉，麻痹的感觉渐渐消失。他急忙下床，在屋中舒展筋骨。

"好险啊，差一点就走火入魔。看来修炼之路真的没有捷径可言。"他深吸了一口气，胸腹间已经无大碍。虽然强行闯关，冲开了一些微弱、细小的经脉，但辰南并没有感觉身体有丝毫变化，修为没有丝毫进展的迹象。他展颜笑了起来，自语道："我真是太急于求成了，冲开些许微不足道的经脉，对于整个人体脉络来说微乎其微，肯定不会有明显的转变。若是每天冲开一些，或许不久之后，我身上会发生一些意想不到的变化。但仅仅这一次就险些丢掉性命，若是天天如此，肯定是有死无生。"

辰南不敢再拿自己的性命做赌注，但又有些不甘心，仔细思量一番，决定转移阵地，拿自己的一根手指做试验。虽说连通手指的经脉手三阳经和手三阴经早已畅通，但他坚信人体最为奥妙，即便是一根手指肯定也会有许多微细、不为人知的奇异细小脉网。他有一个想法，假想右手整根中指到处都是细小的脉网，每天凝聚真气冲击这根中指，定会将那些神秘的、没有被发现的微细经脉冲开。这样做虽然有可能令他的右手中指严重受损，但决不会有性命危险。辰南迫切想知道将整根中指的脉络彻底贯通后会发生怎样的变化。

可以肯定地说，绝大多数人不会这样做，也不会有这样的想法。武者在修炼过程中讲究均衡发展，决不希望自己出现一根怪异的手指。因为单独冲击一根手指的脉络，极有可能会令这根手指和其他手指不协调。不过辰南却越想越兴奋，修炼的过程就是一个进化的过程，若是对这根手指"改造"成功，极有可能会蜕变成一根"神指"或"魔指"。或许到最后可以借助这根手指的"神气"或"魔气"，改变自己的体质。当然任何事情都有变数，况且这只是一相情愿的猜想而已，但他已经下定决心，定要将这根手指"改造"成功。

第二天，日上三竿，辰南懒洋洋从床上爬起来，神风学院一位稀客到访。他已经换了一家客栈，还是照样被神风学院的人找到，只能对这些人的神通广大表示叹服。来人是与他有过数面之缘的美女露丝，当初神风学院录取新生时，这个性感、火辣的美女给他留下了深刻的印象。不过，辰南对她心有成见，前不久被东方凤凰和小公主率人追杀，极有可能是露丝泄露了他的行踪。他心中虽然懊恼，但并没有证据，便笑脸相迎，道："美女，找我有事吗？"

露丝妩媚的容颜似玫瑰一般艳丽，娇笑道："呵呵，你好像不高兴我来找你啊？"听着那嗲声嗲气的娇音，辰南身上起了一层小疙瘩，道："大美女到访，我当然欢迎，屋外不是讲话之所，请进。"辰南将她让进了屋中。露丝走进屋中，深深看了一眼地上那件血红的衣衫之后，坐在了一把椅子上。辰南暗呼糊涂，昨日的血衣还没有处理掉。

"美女你找我肯定有事，说吧，到底所为何事？"

露丝笑了起来，道："不要对我充满戒心好不好，我知道上次不小心和你妹妹说起了你，给你惹去了不少麻烦。但我真不是故意的，没想到你们兄妹的关系那样复杂。"露丝先一步承认是她泄露了辰南的行踪，反倒令辰南不好意思再跟她计较了。她又道："你们真是兄妹吗？我怎么感觉你们不太像啊，每次你们两个见面，小麻烦都是一副咬牙切齿的样子。"

"千真万确的亲兄妹。"辰南看她不说出来意，便以不变应万变，等她自己说。露丝又和他聊了一些小公主在神风学院的趣闻，才止住闲谈，道："辰南你有一身高深的武学修为，却整日无所事事，难道你不觉得这样很可惜吗？"

"没有啊，我一点也不觉得可惜，这样很好。坐在高山看虎斗，站在桥头看水流。整日自由自在，随心所欲地做自己喜欢的事，这样不是很好吗？"

露丝直视辰南双目，似乎要看清他内心的真实想法，最后嫣然一笑，道："男人都有英雄梦，难道你不曾想过做一个手握权柄、威慑一方的强势人物？"辰南笑道："强势人物……嘿嘿，我这人胸无大志，从未有过那样的想法。人生一世，各有各的活法，我觉得只要自己开心就好，不然即使霸居天下，为人至尊，也无快乐可言。"

"呵呵，你还真是超脱啊，不过好像言不由衷吧。君临天下的帝王手掌千万人性命，无人敢拂其志，整个天下都在掌握之中，怎能说他不快乐呢？"露丝紧紧地盯着他的双眼道，"而你自认为闲云野鹤一只，可以逍遥自在，但确实如此吗？据我所知，昨日你遭人追杀，你屋中的血衣已经说明你经过一场恶战才逃回来，这就是你所说的快乐生活？"

辰南冷声道："你和昨日那三个人什么关系？"

"不要怀疑我，我只是从特殊渠道知道了昨日的事而已。把它说出来只是想让你明白一些事，人只要活在这个世上，就必然要和别的人发生一些关系。若想在这个世上活得好些，没有权势是不行的。我想请你加入某一阵营，给你提供一个广阔的舞台，你若有出色的表现，日后少不了荣华富贵。"

辰南早已察觉出露丝的目的，是想游说他加入某一势力，他道："让你失望了，我真的没有什么本事。你可能觉得我功夫还不错，但除此之外我没有任何特长，况且我这个人过惯了无拘无束的生活，不想被任何势力束缚。"

露丝道："事实上我们所需要的就是修为高深的修炼者，而且对这些身怀绝技的人，我们不会有任何限制。任务不是很多，平时每个人都是自由身，享有特权。比如说可以调动财力、物力、人力为你所用，当然享受特权的大小与你的潜力大小成正比。我非常看好你，能够击败东方凤凰，说明你的潜力非常可观。你若加入我们的组织，特权将很大。"

辰南已经明了，露丝极有可能在为某一国家效力，她来神风学院绝非为修炼，根本目的是为了网罗可用的人才。他不想为她身后的势力效命，但也不想得罪对方，笑道："如此看重我，真是让我惭愧。不过我真的不想加入任何势力，也不怎么在意权势、地位等。呵呵，你可以说我没出息，胸无大志，我就是这样一个人。"

露丝扭了一下腰肢，娇躯斜躺在藤条编制的躺椅上。窈窕动人的娇躯山峦起伏，高耸的玉乳和纤细的蛮腰以及浑圆肥美的玉臀刻划出完美的弧度，让人挑不出一丝瑕疵。露丝慵懒地道："你若为我们效力，不仅有想不到的权势地位，还有花不完的金钱，而且美女……我们尽量满足你的要求。"说到美女，她舔了舔红艳的双唇，一脸妩媚之色，水汪汪的大眼仿若勾魂一般，不断瞟向辰南。如此香艳的诱惑令辰南感到一阵燥热，但很快又恢复了平静，这样的罂粟花他无福消受。露丝背后的势力绝不简单，极有可能和楚国的奇士府类似，这样的势力他招惹不起，他不想为任何一股势力卖命。

看他不为所动，露丝似有意似无意地踢掉了一只鞋子，光洁如玉的小脚丫宛如玉雕一般呈现在辰南眼前。她看似有些慌乱，将那只脚蜷缩进裙里，透过白纱的罗裙，玉腿弧线朦胧多姿，引人遐思，白皙的小脚丫若隐若现，令人心火荡漾。如此性感妖娆的女子，令辰南心跳有些加速，却未有丝毫表示。露丝见色诱失败，毫不在意地从躺椅上坐起，若无其事地穿上了那只鞋子，"辰南你应该好好考虑一下，我真的希望你能够为我们效力。"看到辰南要开口说话，露丝道："不要坚决否定我的要求，我给你考虑的时间，若是有别人找上你，我希望你能够选择我们。"说着她站了起来。

辰南微微思索，道："我不会加入任何势力。"他将"任何"两字咬得重重的，道："虽然辜负了你的美意，但我们还是朋友，绝不会成为敌人。"辰南不希望露丝背后的势力将他视为潜在的威胁，所以再次说明不会加入别的组织与她们为敌。

"呵呵，一个人的力量毕竟有限，什么时候需要我帮助时，尽管来找我。"露丝走到门口时突然站住，回头笑道，"这几日我好像看到拜月国的一位皇子和两男一女走得很近。呵呵，你若加入我们，会得到更多的消息。"露丝眼波流转，向他眨了眨眼，转身离去。

辰南思索着露丝刚才的话，依照她所暗示的话语，昨日刺杀他那两男一女无疑为拜月国三皇子派来的。早先他曾猜想过这种可能，他和仁剑在楚国西境结下深仇，近日自己在神风学院恶名盛传，定然已经被仁剑发觉，仁剑派人来刺杀他，一点也不奇怪。"仁剑，我不去找你麻烦，你倒找上门来了，还想置我于死地，哼，走着瞧。"

吃过午饭后，辰南离开了客栈，来到了罪恶之城的佣兵工会。自由之城地理位置特殊，位于东、西大陆之间，是大陆上最为重要的枢纽城市之一。往返东、西大陆的人必经于此。罪恶之城日常所需的物资一半是自己供给，另一半则由东、西大陆源源不断地运输过来，由于路途遥远，少不了保驾护航的人，这也是佣兵行业兴盛的原因。

城内的佣兵工会每天都会接受大量的任务，等着佣兵或佣兵团前来认领。虽值正午吃饭的时间，仍是人流涌动。看着拥挤的人流，辰南没有走进工会的大厅，而是在门口停了下来。他想找人调查三皇子仁剑最近的动态，但不好直接委托佣兵工会，看看是否有主动前来搭讪的佣兵。

果然不负期望，大厅外有十几个佣兵已经注意到了他，其中一人向他走来。这个佣兵估计有五十多岁，头发已有些花白。"小兄弟需要帮忙吗？"老佣兵中等身材，和辰南高矮差不多，岁月在其脸上留下了明显的痕迹，微黑的脸膛上已经爬上了一些皱纹。不过人却很精神，双眼炯炯有神，只是双眼眨动之间偶尔透着一丝狡猾之色。

辰南欣喜，这似乎是一根老油条，干佣兵这一行，难免会遇到危险，到了他这般年岁还没有退出，不仅仅依靠本身实力，还需要心计与手段，才能够躲过无数风浪。他问道："老人家，您干佣兵这一行有多少年了？"

"从年轻时开始到现在大概有三十年了吧。"

"哦，这样说来您可是一个经验丰富的老佣兵了。"

"对，事实上确实如此。不过现在年纪越来越大，我不再接受出离罪恶之城的任务了，那些任务都交给我的徒弟们去做。"

辰南眼睛一亮，道："您还有徒弟，这样说来您最起码也是一个团长级的人物了。"老佣兵笑了笑，道："差不多吧。其实我很少主动向人寻要任务，只是习惯于每日到这里转上一圈。不过今日看到你这个年轻人似乎有些特别，我发觉你好像具有不凡的修为，很好奇你究竟要委托什么样的任务。"

"这个……"辰南一阵沉吟，对于调查三皇子的事，他还真有些不好开口。老佣兵久经世故，怎能看不出他心有顾虑，笑道："呵呵，小兄弟不用担心，做我们这一行的必须嘴严，不会将顾主的任务乱说出口。"

辰南道："我想委托你调查一个人，但这个人的身份不一般，你敢接下这个任务吗？"老佣兵眯起了眼睛，笑道："没问题，只要不是去刺杀就行。"

辰南凭着一种本能的直觉，感觉眼前这个精明的老人可信，可以将调查仁剑这件事委托给他。"我想请你帮我探察一下神风学院一名学生，他名为仁剑，拜月国三皇子。我想知道他最近的动态，他都和哪些人接触过，越详细越好。""小事一桩，我还以为什么大不了的事呢。"老佣兵笑道。

辰南道："他是一个修道者，估计应该是修道系的学生。"老佣兵笑道："仅仅是调查一个人而已，不管他是皇子还是王子，这件事对于我来说都很好办。"

"有劳了，请问需要多少金币？"辰南多少有些心虚，身上不过百枚金币。

"呵呵，调查一个人花费不了多少钱，我的手下有一天的时间就能查到你想得到的信息。这样吧，就当交个朋友吧，我免费为你调查。"

"这怎么好意思呢，你还是开个价吧。"辰南推辞道。

"相由心生不是空谈，我观察你绝非一个恶徒，而且如此年纪能够有这样一身修为，着实不易。如不嫌弃，我们交个朋友吧。"辰南外放出几道微弱的真气，几次探察老佣兵的修为，都未能得到一个明朗的结论，他有些吃惊，眼前的老人似乎修为不凡，有可能是一个超级高手。

"呵呵，老哥一番美意岂能拂悖。白头如新，倾盖如故，相交深浅原不在于岁月。我和老哥一见如故，小弟姓辰，哦……"辰南刚想说出自己的名字，突然意识到万万不能透露真名。老佣兵老于世故，看出他似乎有难言之隐，遂急忙插言道："呵呵，我姓李，你可以叫我李老哥，我就叫你辰兄弟吧。"

"李老哥，承蒙你看得起和我相交，但我确实有难言之隐，不能透露真名。"既然已经知道眼前的老人是一个超级高手，而且愿意和他相交，辰南坦然说出实情，"我之所以请人调查仁剑，因为我怀疑他曾经派人刺杀过我，为了我的生命安全，我不得不这样做，以便采取必要的措施。"由于大闹楚国帝都，虽说消息被楚国封锁了，但他现在还是不愿透露姓名，以免惹来不必要的麻烦。至于和仁剑的事，他不怕消息走漏出去。

老佣兵笑道："每个人都有些隐私，辰兄弟能够如此坦诚，已经非常看得起老哥了。明日中午你到这里来，我告诉你调查的结果。"辰南谢过老佣兵，向外走时发现两旁的佣兵有不少人都在看着他，那些话语传入了他的耳际：

"李前辈认识那个年轻人？"

"老人家一般不会和人主动打招呼啊。"

······

细听之下，他发觉刚认识的这位李老哥似乎在佣兵这一行业大有身份，是一个重量级人物。返回客栈之后，辰南在屋中静静调息，他决定待了解仁剑的动态后采取一些必要的措施。当然在为可能展开的大战做准备的同时，他没有忘记运转玄功冲击右手中指脉网。

小公主自从身上禁制解开后，比以前更加活泼了，在神风学院简直如鱼得水。在她十六年的生命岁月里，她感觉现在的时光最为快乐。以前在楚国皇城之内，由于地位尊贵，同龄人见到她无不毕恭毕敬，除了她的姐姐楚月外，几乎找不到一个敢和她玩闹的人。即使是那些贵族子弟见到她也诚惶诚恐，当然主要一部分原因是她太过刁蛮，令所有人都头痛不已。

近日以来，她上蹿下跳，常常惹是生非，闹得鸡犬不宁。开始时仅仅捉弄那些大献殷勤的男生，到最后她终于忍不住将魔爪伸向了女生。女生宿舍晾晒的衣服常常被人印上一个小巧的黑手印，当收衣服的女生羞怒气愤之时，小公主正躲在不远处偷笑呢。

东方凤凰和她同处一室，很快发现了她的异常，现在的小公主身轻体灵，有一次下楼时竟然直接从二楼跳了下去。东方凤凰吓坏了，在她的印象中，小公主是一个身体柔弱的刁蛮女，若是这样"摔"下去不死也要重伤。当时已经来不及救助，谁知小公主轻飘飘地落在了地上，不但毫发无损，还笑嘻嘻地做了个鬼脸。

从那日起，东方凤凰才发觉小公主竟然有着一身不俗的武学修为，回想起小公主以前的种种谎话，东方凤凰气愤不已，立时掐住了她的小脸。小公主不小心露了马脚，急忙笑嘻嘻地向东方凤凰解释。当然又是一番谎话，不过这一次东方凤凰怎么也不肯相信了。考虑到东方凤凰对她真的不错，外加是她的长期饭票，小公主吐露了以前身中困神指，近日才被辰南解开禁制的实情。

小公主身轻如燕，飞檐走壁，到处胡闹。东方凤凰很快便猜到"黑手印事件"系她所为，气得脸色铁青，差一点发飙。因为她晾在外边的一件胸衣不久前也被那个来无影去无踪的讨厌鬼给"亵渎"了。她曾经想到过种种可能，甚至联想到了辰南，但万万没想到"贼人"竟在自己的身边。东方凤凰怒气冲冲地询问小公主时，小恶魔吓得吐了吐舌头，连呼那次是"误杀"。最后在东方凤凰的约束下，小公主被迫收敛，终于还女生宿舍一片安宁。

这些日子以来，小公主不止一次想乘着小玉返回楚国都城，但一想到牢笼一般的皇宫，便打消了那些念头。越是和同龄人无拘无束地玩闹，小公主越觉得过去单调枯燥的生活像坐牢。最后她决定写信给楚皇、楚后，告诉他们现在她平安无事，并在信中提出她要留在神风学院学习的请求。楚国在自由之城设有办事处，当小公主持着楚国皇帝亲赐的玉佩出现时，办事处的官员吓得立刻跪了下去，以最快的速度将小公主书信传送回楚国。

楚帝接到消息后非常高兴，楚后则由于思念小公主而泪眼婆娑，在大公主楚月不停的劝慰下才停止哭泣。虽说早已知道宫中那位老祖宗一路跟随，小公主绝不会有事，但接到平安信楚后才真正安心。此后的几天里，他们几乎每日都要收到小公主的信，详尽地了解了这些日子以来发生的事。小公主之所以一天一封信，最主要的目的是游说楚帝和楚后让她能够继续待在罪恶之城。

楚后心情大好，一边看信一边笑骂道："这个小丫头真是越来越野了，居然提出要求留在那里，还想继续在外边胡耍。"楚国皇帝楚瀚思忖良久，最后提笔给小公主回了一封信，而后将楚月叫到近前，道："月儿，你知会一下我们派遣在自由之城的人，注意保护钰儿。至于那个辰南，他虽然做出了大逆不道的事情，但老祖以前知会过不要动他。"

楚月道："父皇放心，我明白该怎样做。"

小公主接到父皇的信后，立刻欢呼了起来："太好了，真的许可我留在这里，总算没有白费力气天天写信。"不过，当她看到后面的内容时，又不高兴了："居然不惩罚那个败类，还继续承认他是楚国的奇士……就算为了封锁当日发生在都城的消息也不用这样啊。"她哪里知道，这是老妖怪早就交代好的事情。

"钰儿千万不要惹出大麻烦啊。"小公主看到信中的最后一句话时一下子乐了，撇了撇小嘴道："我真的很爱惹麻烦吗？哼！"东方凤凰走进屋中，正好听到她这句话，道："小麻烦，难道你不觉得你真的很能惹麻烦吗？"小公主装迷糊道："有吗，我怎么不觉得？"

第二日，辰南如约来到了佣兵工会，一名年纪和他相仿的年轻人走过来，道："辰兄弟你好，今天我师傅有事不能前来，他让我把这个交给你。"他递给辰南一个纸袋。辰南客气地道："有劳了。"年轻人笑了笑转身离去。

辰南返回客栈，从纸袋中将那些调查资料抽了出来，仔细观看。上面详细记述了仁剑最近以来的动态。按照神风学院的规定，每一位学生都应住在学院内，但仁剑几乎从未踏足过宿舍。他秘密在学院外买下一座院落，和五名随从一起住在那里。自从进入神风学院，仁剑先后走访过学院内许多高手，结识了不少人，目前有近十名学生和他走得很近。更有两男一女唯他马首是瞻，这三人和他同住在神风学院外的那座院落，与他同出同入，俨然成了他的贴身保镖。

辰南将那些资料放在桌上，冷冷一笑："哼，果然是你。"在楚国西境短暂的接触，辰南发觉仁剑有枭雄的潜质，绝对是一个不甘屈尊人下的野心家。他不在己国争权夺势，却跑到这里来修行，明显不正常，肯定有变故发生。

"难道这个家伙在国内受到排挤，到这里隐忍、暂避风头？如果是这样，你千不该万不该主动来招惹我。曾答应过小恶魔教训你一顿，看来即使不为小恶魔，为我自己也要给你点颜色。"看完资料后，辰南不得不感叹老佣兵神通广大，竟然在这么短的时间内便摸清了仁剑的底细。看来这位老人的身份真的不一般，在佣兵中一定有着显赫的

344

地位。

漆黑的夜色下，一条身影自客栈飞快跃出了院墙，如一阵风般消失在大街上。夜行人正是辰南，他穿过一条条街道，按照老佣兵给他的资料，很快便找到了仁剑的住处。仁剑买下的这座院落位于城边，紧挨着环城河，相对于闹市区，称得上是一个幽静的所在。此刻已经到了子时，但院中还隐隐约约有光亮透出。辰南小心谨慎行至大门处，右手用力扒住墙头，身子悬空挂在了墙上，探头仔细观察着里面的动静。

院落很大，此时只有正房的一个屋中亮着微弱的灯光，其他房间皆漆黑一片。辰南观察了一阵，确认没有问题后轻飘飘跃进院中。他幽灵一般来到了亮有灯火的那间屋外，屋中传出一阵阵奇怪的声响，辰南凝神看，发现是仁剑和一位女子在灯下进行盘肠大战，好在此时已结束。

女子娇媚的声音自屋中传出："殿下睡吧，明天一定有好消息传来，那个败类必死无疑。"声音和当日刺杀辰南的女魔法师一模一样，她左肩缠着白纱，那是辰南前天给她留下的创伤。屋中烛光一闪，陷入黑暗。

辰南暗暗咬牙，心中冷笑，今日他若不先下手为强，明日定然会再次遭到刺杀，肯定要比上次凶险许多。他站在院中一动不动，直到屋中传出均匀的呼吸声才轻轻移动脚步。屋中两人刚刚缠绵完进入梦乡，这是一个千载难逢的暗杀机会。经过一番思想斗争，辰南放弃了这次机会。杀死一国皇子必定会引出一片风浪，给他惹来无尽的麻烦。仁剑这几日对他展开了一系列行动，现在若是被刺杀，拜月国肯定会找到他的头上来。

他不能亲自下杀手，若想除去仁剑，必须借助他人之手，毕竟仁剑的身份不一般。死可以暂时免去，但辰南今晚并没有打算放过他，一定要给他留下难忘的教训。在此之前，他要先将院中其他人拿下。院落有二十几间屋子，辰南通过敏锐的灵觉，可以确定有七间屋子有人居住。仁剑有五名随从，将他们刨除在外，另外两人极有可能便是前天刺杀他的那两人。

辰南轻飘飘来到一间屋子的房门外，运转玄功，将自身气息内敛，仿佛融入了夜色中。这是他家传玄功的神妙之处，能够躲过超级高手的感应。房门被他无声无息地推开了，宽大的木床上躺卧着一个魁梧的身躯，传出阵阵鼾声。辰南仿若鬼魅一般移到床前，双手在他身上快速点了几下，闭住了他的穴道。

　　当发觉这是一个东方武人时，辰南右手毫不迟疑地按在了他的气海之上，击散了他体内的真气，废去了他一身武学修为，而后无声地离开了房间。在第二个房间，辰南在黑暗中认出了床上之人，和前天袭击他的持枪蒙面人极为相似。辰南微皱眉头，据他所知，修炼西方斗气的人，其体内斗气的运转和东方的真气运行路线截然不同，无经脉这一说法。略微思索，辰南催动全身功力，强横的真气将那人体内静止不动的斗气摧残得七零八落。最后，辰南又用巧妙的内劲拍了他十几掌，彻底将他体内的斗气震散了。

　　辰南又向第三间屋子走去，这一晚他无疑是一个恶魔……盏茶时间，辰南将仁剑的五个随从和前天袭击他的两人从高手领域打落到凡尘，令他们武学修为尽毁，变成了常人。他在心中叹道：不要怪我。我不出手，你们早晚会上门来杀我。令你们变为常人，我已经手下留情了。

　　在漆黑的夜色之下，辰南嘴角泛着一丝冷笑，无声无息地推开了仁剑的房门。屋中充斥着欢好过的特殊气味，两具雪白的躯体交缠在床上，微微发出均匀的呼吸声。辰南轻轻移动到床前，然而就在这时，他突然听到了夜行人飞跃时的破空声。他向窗外望去，四条身影先后自院墙外跳了进来，口中轻轻地嘟囔着："妈的，败类这个小子真是命大，居然不在屋中。这个家伙还真是机敏，晚间居然没睡在客栈。"

　　辰南打了个冷颤，忽然想起刚才女魔法师所说的"殿下睡吧，明天一定有好消息传来，那个败类必死无疑"，竟然是指今晚对他展开的刺杀。

　　正在这时，仁剑的身体忽然颤动了一下。辰南急忙抬掌向他拍去，在空中划过一道光影。仁剑多年来的修炼在这一刻表现了出来，虽然还处于迷迷糊糊当中，但敏锐地捕捉到了一丝危险的气息，本能地将身边的床伴拉到胸前。"砰！"辰南右掌结结实实拍在了女魔法师的右背之上，他虽然没有下死手，但这一掌已经将她的肋骨击断了七八根。女魔法师未来得及喊出声，又昏死了过去，口中的鲜血尽喷在了仁剑脸上。

屋中的异动惊动了院中四人，其中一人道："我好像听到了一丝掌风。"这时，仁剑大声叫道："来人……"四人大惊失色，飞快冲来。

然而此刻，辰南的双掌已经印在仁剑的双肩之上。"喀嚓""喀嚓"两声脆响，仁剑两条臂膀无力地垂了下去，双臂折断。在四人冲进来的一刹那，辰南双掌再次拍了下去，伴随着骨折的声响，仁剑断了十根肋骨。女魔法师的血水令仁剑双眼模糊一片，黑暗中他自始至终没有看清袭击者的容貌，剧痛让他几欲昏迷。

在四声怒斥中，辰南双手上扬，璀璨的剑气贯穿了屋顶，冲天而起，冲出了这间屋子。四人中有一人留下来照看仁剑，其余三人冲了出去。辰南将宽大的袖子撕下来，蒙在脸上。那三人也已经蹿上了房顶，其中一人道："你是什么什么人？好大的胆子，竟敢来此行刺，难道你是那个败类？"辰南并不答话，一拳向他轰去，炽烈的光芒照亮了夜空，一道光芒向那人直冲而去。

"拿下他，不管他是谁，留下一口气就行。"旁边一人叫道。三人各举刀剑向辰南冲去，房顶之上光芒璀璨，四人战作一团。

辰南暗暗心惊，这三人当中竟然有一个二阶东方武者，那流动在长剑之上的淡淡光芒以及诡异的身法令辰南不敢小觑。另外两人也都达到了一阶境界，修炼的是西方武学，斗气一重一重攻向辰南。有一个二阶高手坐镇，这三人的实力显然要强于前天那三人。

剑气纵横，斗气冲天。正在激烈厮杀难分胜负之际，一道斗气自院中直冲而上，照看仁剑的那人这时冲上了房顶。辰南顿时感觉压力大增，一个二阶高手和三个一阶高手牢牢地将他困在中央，压力越来越大，渐渐不敌。

突然，他双脚用力下踩，身子猛地向下沉去。围攻他的四人大叫不好，以为他要再次进入屋中对仁剑不利，四人快速踏碎屋顶向下坠去。辰南的身子只陷下去了半截，待到即将落下去时，他双手抓住一根木橼，再次飞空而上。进入屋中的四人知道上当受骗，又快速蹿上了屋顶，看到辰南已向外跑去，四人急忙追赶。

辰南来到大街之上，突然感觉不远处的阴影中似乎有人，恰好阻住了他的去路。他不得不放缓了脚步，那四人又已追至。四人将他围在大街之上，发起猛烈攻击，斗气肆虐，一大片光芒将辰南笼罩在中央。异变突起，一片寒光闪闪的风刃从旁边向围攻辰南的那四人袭去。事情太过突然，四人毫无防备，虽然在最后关头避过了大部分魔法攻击，但仍有几道风刃击中了四人，血花飞溅，踉跄倒退。

从暗中闪出三人，皆一身黑衣打扮，头上蒙着黑纱。其中一人婀娜多姿，身材曼妙，曲线诱人，可以看出是一个女子。她哑着嗓子冲辰南喊道："还不快杀。"

辰南不再迟疑，这三人似乎对他没有恶意，像是来帮助他的。他再次向那四人攻去。与此同时，三名魔法师皆飘到空中，对四人发起了猛烈的魔法攻击。遭此变故，四人大惊失色，一边要应付辰南的猛烈攻击，一边要躲避空中狂烈的魔法。闪电、火焰、冰枪、风刃，令四人浑身血污，摇摇欲坠。辰南找准机会，飞快向那个二阶东方武者冲去，一道金黄色的剑气透指而出，璀璨的锋芒刹那间洞穿了他的肩头。另外三人想要援救，但被三个魔法师死死地缠住了，不得不停下来对抗空中的魔法。

辰南迅若魅影，剑气一道接着一道催发而出，在他的第八道剑气攻击下，那人手中的长刀彻底碎裂了。这名二阶高手本已在魔法攻击当中受创，又被辰南的炽烈剑气击穿左肩，鲜血汩汩而出，虚弱到了极点，再也难以支撑。辰南如电光一般来到了他眼前，一掌拍在了他气海穴上，彻底震散了他的真气。二阶高手发出一声不甘的怒吼，昏倒在地。另外三人一阵惊慌，在魔法师的辅助下，他们也被辰南废去了一身功力，昏死在街道之上。

辰南觉得那名女魔法师眼熟，那惹火的身材令他突然醒悟，她是露丝。略微思索，辰南将倒在地上的四人一一送进了仁剑的宅院中，而后回到街上。

露丝哑声问道："为什么不杀掉他们？""惹不起啊，我所做的一切只为了自保而已，不想赶尽杀绝。"辰南嘴上说惹不起，但口气却很轻松。

"好一个只为自保，难道需要到别人的宅院来自保吗？"

"嘿嘿，露丝你又为何来这里呢？"辰南笑问。

露丝娇躯一震，嗓音恢复了正常，笑道："这里不是讲话之所，我们换个地方。"她向身旁的两人摆了摆手，两人向远方飞去，眨眼之间消失在夜色中。辰南扯下蒙在脸上的那半截袖子，故意做出一副色狼的样子道："半夜三更，孤男寡女，嘿嘿……"露丝也将面纱扯了下来，露出了性感妖媚的容颜，娇笑道："好啊，若是共处一室就更有意思了。"撩人的娇躯曼妙多姿，随着笑声而颤动，凹凸有致的身材惹火无比。

看着眼前这个妖娆、艳丽的女子，辰南真的有些吃不消，没想到她居然这样胆大，说话毫无顾忌。两人一起沿着大街向前走去，左拐右转，穿过一条条街道，露丝将他带进了一座院落之中。毫无疑问，露丝的这座宅院和仁剑的一样，皆是花钱买下的秘密据点。

辰南随着露丝走进正房一间屋子，里面传出一股淡淡的馨香，如兰似麝，令人沉醉。待到露丝将蜡烛点燃，辰南看清了屋里的景象，心跳一阵加快。红粉纱帐，玉枕软床，暗香浮动，毫无疑问是露丝的香闺。虽然西方女子远较东方女子开放，但辰南没想到她竟然这样大胆，半夜三更将他领进了她的闺房。

"如你所愿，半夜三更，孤男寡女，呵呵。"露丝风情万种，大胆地挑逗着，"共处一室……是不是很……期待啊？"辰南开始还觉得不自然，后来感觉若是让一个女子"调戏"，还不如一头撞在豆腐上死去。渐渐地，他放开了，轻笑道："先说声谢谢，今晚若不是你们帮忙，我只能落荒而逃了。"

"是不是可以考虑一下加入我们的组织，若是加入进来，好处多多，人力、财力、物力供你支配。你也看到了，一个人的力量毕竟有限，今晚若不是我们突然出现，你能够击败他们吗？"露丝露出一脸醉人的笑意，劝诱着辰南。

"感激归感激，但我还是那句话，我不会加入任何组织。"

露丝似真似假地嗔怨道："你个没良心的，今晚我得知道仁剑派人去客栈刺杀你，急忙率人去救援。虽然得知你不在客栈躲过一劫，但我还是不放心，一路跟踪仁剑请来的那些人，想探听一下他们接下来对你有什么不利的阴谋。谁知你这个混蛋一点也不领情，我这样帮你，你却……"

"怎么会不领情，感激不尽，有机会我一定会报答你。"辰南笑道。其实他心中并没有多少感激之情，露丝既然连仁剑要对他不利这样的隐秘事情都能调查到，那么他离开客栈去找仁剑晦气的事也一定被她察知。她肯定派人在监视他，想寻找机会拉拢他。

"一点也没有诚意，心里不定在想些什么。"露丝巧笑嫣然，起身道，"刚才费了那么大的力气，我去准备点吃的东西，我们边吃边聊。"露丝从正房走出，向院中一间偏房走去。屋中一片漆黑，先她一步回来的那两个魔法师坐在黑暗中。

其中一人道："我看他绝不会加入我们的组织，何必费力拉拢他呢。"露丝皱眉道："没想到这个家伙又臭又硬，软硬不吃，不过不能这样轻易放过他，今天一定要逼他签约。"

另一个人道："算了吧，他看似散漫，但却有原则。若是将他逼急，说不定会惹出什么乱子来。"露丝道："我在酒中加几滴春风露。"

"什么！"一人惊呼道，"你要色诱他？"

"呸呸呸，不要乱说话，你们赶紧去风月场所找来一个女子，待会儿我要逼他就范，签下合约。"

"露丝，这样不妥吧，他若清醒过来后走极端怎么办？"

"没关系，先看看再说。到时候就看谁先退一步，若实在不行，我当他的面将合约撕毁，那时他不可能再翻脸了吧。"

时间不长，露丝端上来几碟精致的小菜：腐乳杏鲍菇、凉拌椒麻鸡、冬菇清笋、凉拌墨鱼、双椒皮蛋。辰南夹了一个冬菇，赞道："滑嫩入味，香气盈口，果然不错。"随后露丝又笑盈盈地取来一壶酒和两个酒杯，为辰南满上一杯酒，道："你将仁剑怎样了？"

"没怎样，只是让他安心在家休养几日而已。"

"这样说来，你将他击成重伤了。那座宅院中不是还有几个高手吗，你将他们怎样了？"

"修炼的道路太过凶险，我让他们重新去过正常人的生活了。"

"你可真狠啊，居然将他们的修为全都废掉了。"

辰南故作无奈状，道："唉，这个世界充满了无奈，我为了好好地活下去，不得不将想要伤害我的人变成无害的良人啊。"

"呵呵，不要假慈悲，摆出一副人畜无害的样子。今天我才算看到你的另一面，废人修为时毫不犹豫，与你平日的败类作风大相径庭，想不到你竟然有如此冷酷的一面。"

"拜托，搞清楚好不好。他们想杀我，我却只废去他们的修为，难道我还不够善良吗？"

"对于修炼者来说，失去一身修为比杀了他们还要难受。"露丝笑道，"你如今已经和仁剑势不两立，你肯定不敢杀掉一国皇子，这样对你非常不利。你若加入我们，我保证他再也不敢找你麻烦。"

"挨着大树好乘凉，看来你身后的势力大有来头啊。"辰南微微一笑道，"今晚我的所作所为并未落入仁剑眼中，他或许怀疑是我做的，但并没有真凭实据。况且最后关头你率人前来袭杀他的手下，使这件事变得扑朔迷离。他知道我没有帮手，你们的行动会扰乱他的判断，这样一来他更加不能肯定今晚是我做的。"辰南一笑接着道，"即便他知道又如何，难道我还怕他不成？罪恶之城不是拜月国，他不可能调来军队围剿我，不同的地方有不同的规矩，在这里不是他说了算。"

露丝露出一个迷人的微笑，道："你再三拒绝我，不怕我和仁剑联合起来整你吗？"

"一个三阶东方武者若是走投无路，在极端的情况下可能真会做出一些疯狂举动，我相信我和露丝小姐永远是朋友。"

"呵呵，开个玩笑而已。来，干杯。"露丝举杯向辰南示意。辰南仰头喝了下去。露丝却将酒杯放下，从不远处的书桌上取过一张写满文字的纸张，道："既然你不愿意加入我们的组织，我也不勉强，不过你可以看一看我们对你许诺的权限。你什么时候想加入，什么时候在下方空白处按下你的手印即可。不要拒绝我，请先收下，说不定以后你会改变主意呢。"辰南不好拒绝，伸手接了过来，笑道："这也是所谓的合约，或者说卖身契吧？"

"呵呵，你真是身在福中不知福，不知道有多少人想签下这纸合约
呢。不过以后你想签时可要想好哦，一旦按下手印将它交给我，就不
能更改了。若要违约，便触犯了大陆为数不多的通用法规之一，向任
何国家逃亡都会遭到追杀。"辰南不由得想起小公主逼他签下的不平等
条约，还好小恶魔身在这里，契约在万里之外。辰南看也不看便将那
张纸揣进了怀中，又自斟自饮了一杯。

露丝起身道："失陪一下。"

露丝出去后不久，辰南感觉浑身发热，血液仿佛沸腾了一般。他
暗叫不妙，猜测酒菜之中有毒。他急忙运转玄功，对于家传玄功的奥
妙之处，他还是颇为自信的。可是越加速玄功的运转，他身体越热，
无往不利的神功竟然无法将体内的"毒素"排出去。渐渐地，他感觉
欲念丛生，仁剑和女魔法师缠绵的景象不断在他脑中浮现，呻吟、喘
息之声如在耳旁回响。

在这一刻，辰南明白了，所谓的"毒"竟然是催情的药物。"春风
露"三字在他脑中闪现而过，他在楚国皇宫书库阅读古籍无数，曾经
翻阅过这种药物的特性。此药乃是古往今来最为著名的催情药物之一，
无色无味，药性强烈。服用后，若是运功会加速药效的发挥，端的是
淫贼对付修为高深女子的"灵丹妙药"。他从未想过有朝一日自己这个
大男人会被一个女人下这种春药，不知道是该哭还是该笑。体内熊熊
燃烧的欲火令辰南双眼赤红，他的呼吸声越来越粗重。就在这时房门
被推开了，露丝笑吟吟地站在门外望着他，不过她不敢迈进屋中一步。

"很难受吗？"

"你……快给我解药！"

"想要解药也可以，不过……"露丝狡猾地笑道，"呵呵，你明白
我的意思吗？"

"你……"辰南愤恨地将怀中的那张合约掏出来扔在地上，怒道，
"你竟然威胁我，我决不会妥协。"其实辰南很想冲过去捉住露丝，逼
她交出解药，但看她小心谨慎地戒备着，恐怕他稍微有所动作，都会
打草惊蛇。此外他不敢轻举妄动还有一个原因，毕竟这里是露丝的秘

密据点，极有可能藏有几个高手。

"呵呵，不知道你听没听说过，饮下'春风露'若不及时解决，可能会令某人有成为公公的可能哦。""春风露"的确霸道不已，男人服用后若长时间得不到解决，可能会丧失某些功能。

"该死的……"辰南面对眼前性感、妖娆的女子欲念横生，同时气愤不已。考虑到自己的"终身幸福"，辰南咬牙切齿道："我签。"说罢，他捡起扔在地上的合约，向书桌旁走去。虽然欲火焚身，但辰南理智尚存，他可不想以后被一纸合约束缚住。他背对着露丝，挡住了她的视线，右手光华一闪，将桌上的水彩吸上来少许，包裹在五指之间，而后向下按去。在距离合约毫厘之处，水彩离指而去落在了纸张上，形成了五个指印。不过若是细看，根本没有指纹。辰南将合约向露丝递去，此时他双眼充满了欲望的光芒，吓得露丝急忙飞向空中。"给你合约，快给我解药。"

露丝施展风系魔法将合约卷到了空中，道："等一下，马上帮你解决。"这时，外出寻找风月女郎的两个魔法师终于回来了，在这夜半三更能够找来一个烟花女子真的很不容易。露丝巧笑嫣然，自空中落下，将那名女子向屋中推去，道："好生服侍他。"女子轻移莲步走进了屋中。辰南怒极，喘着粗气道："你……为何说话不算话，快给我解药。"

"她就是你的解药，现在时间差不多了，你若不想抱憾终身，就快点行动吧。"露丝语音娇柔，但听在辰南耳中却滋味难明，他又气又怒，感觉这种声音如火上浇油一般令他欲念大盛。他用力关上房门，挡住了院中三人的视线。虽说这种催情药物较为特别，会随着功力的运转而加速发挥药效，但辰南家传玄功毕竟奥妙难测，多少已经逼出了一些药素。

他实在不想和一个青楼妓女发生关系，强忍着冲动，对那名姿色还算可以的风月女子道："我不用你伺候，但是你必须发出那种声音，越大声越好，听见没有？"看着辰南眼中可怕的光芒，那名女子慌忙点头，在辰南的授意下"惊天动地"地大叫了起来。院中三人脸上皆露出一丝古怪的笑容。露丝将手中的合约递给身旁的两个魔法师，道："你们带着它回学院，一定要藏好。"

"你不和我们一起离开吗？万一那个家伙报复你怎么办？"

"他的小辫子捏在我们手中，只要他找不到合约，他不敢轻举妄动。"

"我觉得你在这里很危险。"

露丝道："我要留在这里，明天早上和他谈判，若实在不行，我去向你们要合约，在那个败类面前撕毁。毕竟他若太过固执，我们也没有办法，不能因为强行拉拢而将他逼上绝路，以免他做出一些疯狂举动。"两个魔法师飞到空中，眨眼间便消失了。

屋中女子的呻吟声持续了半刻钟后停了下来，露丝撇嘴道："真是个无用的男人。"过了一会儿，房门被推开了，那名女子满脸红潮，衣衫不整地走了出来，轻声对露丝道："公子请您进去，请问我可以走了吗？"

露丝随手给了她几枚金币，挥了挥手让她离去。女子激动地接过丰厚的"酬劳"，转身走出院门。当露丝踏进房门时，一股浓重的男子气息迎面向她扑来，她感觉不妙，急忙向外飞去，但一道光掌刹那间将她捉了回去。露丝吓得刚要大叫，被辰南快速点住了穴道。辰南将她丢在床上，快速向屋外闪去。他找遍了所有房间也没有发现那两个魔法师，这才明白两人竟然已经离去。

辰南回到屋中，将露丝从床上提起，此刻他双眼血红，呼吸粗重，一手抱着露丝，一手将桌上的酒杯端起，向露丝红润的小嘴灌去，酒水毫滴未漏，流入她的口中。辰南强迫她喝了下去，而后拍开她的穴道，左手抓着她，右手掌贴在她滑嫩的后背，强行帮她运功，加快药效的发挥。

"你……败类你竟然……"片刻间，露丝双颊驼红，呼吸急促，粉艳的肌肤仿佛要滴出水来一般。辰南所中"春风露"虽然先一步发挥了药效，但已经被他用家传玄功排出部分药素，故坚持到了现在。

"快点将解药拿出来。"

露丝简直快哭了："你这个混蛋，我现在根本没有什么解药。"辰南放开了她，但却关紧了门窗，防止她逃走。露丝挣扎着想要逃离房间，但每次被辰南挡了回去。虽说露丝曾经勾引过辰南，但毕竟演戏的成分多一些，事到如今感受着辰南那火热的目光，她感觉有些发慌。

"我都已经签约了，你为何还不把解药拿出来？你现在也已经喝下酒水，听说女人在这种催情药物长时间的作用下也会受到伤害，我看你能够坚持到几时！""春风露"的刺激令露丝感觉燥热难当，浑身乏力。此刻她秀发散乱，桃腮嫣红，眼角眉梢含春带羞，真个艳若桃李，娇若春花。

"你……混蛋！我真的没有解药，快让我离去！"她无力地斥道，娇躯微微颤抖。辰南虽然运转玄功排出了一些药素，但体内春风露的药效却也被激发得差不多了，他浑身发热，仿佛有一团烈火在他身上燃烧。他咬牙道："好，你不说，我们就这样耗着，看到最后谁先坚持不住，先伤了身体。"

露丝骂道："你这个混蛋比我先喝下'春风露'，你若不想变成太监，赶快放我离去，我回学院找解药。"辰南道："哼，你以为我还会相信你吗？实话告诉你，即使到最后你不给我解药，我自己也能慢慢将这种催情药逼出体外。"两人在屋中对峙着，互相恶狠狠地看着对方。

盏茶时间过去后，露丝不由自主发出了轻微的呻吟声，她双臂抱在胸前，一双大眼睛水汪汪的。辰南此刻也气喘如牛，满头大汗，样子狼狈不堪。一刻钟后，两人体内的催情药发挥出了最大药效，互相敌视的目光渐渐发生了变化，都感觉到了对方的异样。最后不知道是谁先扑向谁，两人纠缠到了一起，衣衫一件一件飘落在地。

两人都已经意乱情迷，丧失了理智，一同倒在了床上。红纱帐里，暗香浮动，婉转呻吟，这注定是一个不眠的夜晚。


清晨，一缕阳光自窗外照进屋中，辰南睁开了双眼，他的心扑通扑通直跳。露丝躺在他的怀中，娇躯柔弱无骨，凹凸玲珑而又弹性惊人，肌肤细腻如同凝脂美玉一般，在晨光的照射下散发着晶莹的光泽。天生媚骨，绝世尤物！辰南怎么也没有想到最后还是以这种方法化去了"春风露"的药力，他小心翼翼地爬了起来，穿上衣服后飞快逃离了这里。

半个时辰之后，露丝悠悠醒来，当她明白发生了什么后，发出一声刺耳的尖叫："啊……败类你这个王八蛋！"一阵强烈的魔法波动，房间的门窗顷刻间被风刃击碎了，一道道闪电自屋中狂涌而出。过了好久之后院内才恢复平静，露丝脸色铁青站在院中。一刻钟后，昨天晚上离去的两个魔法师来到了这里，气急败坏地道："露丝，我们上当了，你看这份合约根本没有留下那个家伙的指纹。"

露丝快速将那张纸夺了过去，仔细观看后银牙咬得咯吱咯吱直响，彻底抓狂了："啊……败类你这个王八蛋，我要撕碎了你！"

# 第六章
## 古仙遗地

来自天元大陆各地的修炼者在罪恶之城附近寻找古神失落的宝物已经一月有余，但还是一无所获，一些人开始动摇，不久之后便陆续离去。几日工夫，留在这里的修炼者已经不足原来的半数。

神风学院近日来发生了一件怪事，学院内数十个厨房接连失窃，丢失的当然不是黄白之物，而是鸡、鸭、猪、牛等各种肉食。开始时厨房的管理者还未在意，以为是几个厨师在揩油，偷偷贴补家里，便睁一只眼闭一只眼没有深究。但此后每晚，必有一个厨房失窃，管理者渐渐觉察出事情不同寻常，怀疑此事并非厨师所为，其中定有隐情。可是令人诧异的是，那个贼竟然来无影去无踪，一连几天厨房内的熟肉照少不误，却没有发现贼人一丝踪影。

这件事在学院内被传得神乎其神，说什么的都有。在旁人议论纷纷的时候，小公主狐疑地将目光瞄向了怀里的小玉。这几日小玉的嘴巴总是油汪汪的，身体似乎胖了不少，快成一个圆滚滚的小皮球了。小公主由怀疑变成了惊讶，盯着怀中如小瓷猫一般的小玉道："小玉，那个小偷不会是你吧？"小玉懒洋洋地睁开了双眼，表情似乎有些害羞，先朝四外望了望，而后点了点小虎头。

"天啊，小玉你……"小公主一声惊叹，而后嘻嘻笑了起来，道，"太好玩了，小玉你可真逗，居然做起了飞贼，嘻嘻。"前几天辰南在魔殿附近对小玉说的那些话，果真令这个贪嘴的家伙顿悟，每天夜里它都要偷偷溜到厨房干偷鸡摸狗的勾当。它再也不肯吃生肉，嘴巴越来越刁，由猪、牛、羊肉过渡到熊掌等高级食品，简直快成一个美食家了，令厨房的管理者越来越气闷。

肇事者露出不好意思的神态，但其主人不加以责备，反而露出兴奋之色。这令小玉有些惊异，心中立时高兴起来，以后似乎不必偷偷摸摸溜出去了，可以"理直气壮"出去"进餐"。世上没有永远的秘密，一天夜里，小玉终于被人发现了踪迹，它伸展出小翅膀从容离去时，惊得几个追捕者张口结舌。过了好半天，其中一人才惊醒道："天啊，飞天神猫！"

"飞天神猫"大名在学院内不胫而走，许多人都知道了这个"大胃王"，非常惊奇于它小小的身体为何能够装下那么多的食物。学院内并不是所有人都不知道"飞天神猫"的来历，东方凤凰听说厨房闹窃贼时就将目光瞄准了小玉。之前她曾经看见过小玉变身，知道它的神奇之处。小玉一阵心虚，使劲儿将小虎头埋进了小公主怀中。

东方凤凰对小公主道："小麻烦，你怀中的那个家伙就是那个所谓的'飞天神猫'吧？"

小公主道："哦，是它？我觉得不像啊，每天它都和我在一起，从未离开过我啊。"

东方凤凰眼睛一眨不眨地盯着小玉，道："最近几天夜里这个家伙行踪诡秘，而且明显胖了许多，它的奇特之处我又不是不知道，除了它还能有谁呢？"小公主眼睛转了转，笑嘻嘻道："凤凰姐姐你可千万要保密啊，小玉每天只是偷吃一点点，又吃不穷学院。"

"你这当主人的不训斥它，居然还纵容、包庇它，真是不像话。"

小公主八面玲珑，和东方凤凰相处多日，深知她的性情，见她如此，便知道她不会深究。

"嘻嘻，我就知道凤凰姐姐心地最好，看小玉如此可怜，你肯定不会泄密。"

"它整天去胡吃海喝，这样逍遥自在，你还说它可怜？"

"是啊，它以前吃不到东西，整个身体都瘦瘦的，直到最近才胖了一点点。你若是去告密，小玉又要挨饿了，你说它不可怜吗？"小玉非常配合，将小虎头抬了起来，露出一副可怜兮兮的样子。东方凤凰丢了小公主一个白眼，脸上写满了"和你没有道理可讲"的表情，而后瞪了一眼小玉，道："胖得快成皮球了，还装可怜，这几天收敛一点，不要再那么猖獗了。"

小玉用力点了点头，讨好地露出一个"虎式微笑"。对于这个家伙能够表现出人类的表情，东方凤凰早已见怪不怪。小公主上前挽住她一只手臂，道："凤凰姐姐你真是太好了，我们一起去看魔法对抗赛吧。"

三个月之后，四大学院学生中的顶尖人物将在神风学院大战，四大学院都在做准备，神风学院也不例外。神风学院将选派十六名代表参加三个月后的强者大对抗，除了内定的八位顶尖高手之外，其余八名代表将在各学院比武选拔。魔法系、修道系、东方武系、西方武系正在紧锣密鼓地进行淘汰赛，这几日每天都有精彩纷呈的对决。

在四系学生举行淘汰赛时，副院长正在考虑着即将开始的热身赛，思忖良久之后，他将去仙武学院参赛的名额定了下来。这时，一个学生敲门后走了进来，道："院长大人，已经找到了那个家伙，他搬到了另一家客栈。"

"哦，只要他没有逃离罪恶之城就好，你先出去吧。"

待学生出去之后，副院长自语道："你这个家伙总是换客栈，若不是我老人家手眼通天，还真找不到你。"副院长所说的人当然是指辰南。辰南自露丝那里出来之后立即换了一家客栈。他能够猜想到露丝醒来后发怒的样子，这一次她可谓赔了夫人又折兵，到头来一无所获。

辰南回想着昨晚发生的事情，感觉有些不真实，想起昨晚露丝那性感、妖娆的胴体，感觉脸颊有些发热。"呼……"他长出了一口气，躺在床上自语道，"嗯，以后要防着她点，虽说西方女子比较开放，但这次她一无所获，一定不会善罢甘休。"随后他又想到了仁剑，"这个家伙最起码也要休养一两个月吧，他拉拢的那些人都已经被我废去了修为，这对他来说是个不小的打击吧！但愿他以后能够收敛，和我井水不犯河水……"

在辰南胡思乱想之际，露丝正在疯狂施展魔法发泄心中的怒火，她所居住的小院狂风肆虐，电闪雷鸣，惊得附近的居民都不敢出门。

露丝现在真想狠狠地咬辰南几口，已经派人去寻找他的下落，但几个时辰过去了还一无所获，这令她气恼不已。她咒骂道："该死的，不要让我发现你……"旁边两个魔法师直到她渐渐恢复了平静才敢上前，其中一人道："露丝你怎么了，为何如此失态？"

"没什么，只是心情有点不好而已。嗯，我们不能这么放过那个败类，他竟然戏弄我们，弄个假手印蒙混过关，一定要给他一点颜色。"

"算了吧，依照那个家伙的性格，他不会加入任何组织，虽然不能为我们所用，但也不会成为我们的敌人，我们没有必要去招惹他。"

露丝渐渐平息了怒火，虽然恨不得一脚将辰南踩到地下去，但想到各个势力间的状况，不得不抛下个人恩怨冷静处理这件事。虽说现在不宜对付辰南，但她心中暗暗记下了这笔账。

辰南在客栈中平静地过了两日，第三天，副院长派人找上门来，请他去神风学院。来人告诉他，将客栈中的东西收拾好，他和学院内一些高手将直接出发前往仙武学院。辰南来到副院长的办公处时，已经有九名青年男女等在那里，这些人都是去仙武学院参加热身赛的高手。

在场的每一个人都有些意外，没想到迟迟未到的最后一人竟然是恶名远播的败类。副院长旁边是一个金发美男子，一脸阳光般的灿烂微笑，身穿蓝色魔法长袍，袖口上锈着三道金色条纹，标志着他是一个达到三阶境界的魔法师。

九人之中最引人注目的是一个一脸慧黠之色的短发女子，无双的容颜并非寻常的那种柔美，而是潇洒飘逸、儒雅清秀，透发着一股中性美，流露着别样的风情。有些人无论在何种场合，都是受人瞩目的宠儿，龙舞无疑就是这种人，绝美的容颜、不凡的气质令她显得与众不同。辰南一阵头痛，威胁他写出擒龙手秘诀的龙舞竟然也在其中。其他人辰南皆不认识。

"败类，你怎么一副愁眉苦脸的样子，什么时候成了我们学院的学生了？"龙舞笑盈盈地走了过来。

"弟弟，今天你怎么穿裙子了，哥哥我今天都差一点没认出来。"辰南打趣道。龙舞不同于上次，今天没有穿男装，穿了一身洁白的衣裙，似清丽脱俗的白莲一般流露出一股淡然出尘的气息。其他人也走了过来，其中一个漂亮的女生道："龙大小姐要去会情郎，当然要穿得漂漂亮亮……"

"小妹妹竟敢笑话哥哥，难得我今天心情好换了一件衣服，你竟然如此诽谤我。"龙舞显然和那名女子很熟，边说边伸手抬起了她的下颌，如恶少调戏良家妇女一般，道，"小娘子是不是你自己春心大动啊？"

那名女子虽然和她很熟，但当众被如此"调戏"还是有些吃不消，连连后退道："一反常态，穿得这样漂亮，还不承认？早就听说你有个青梅竹马的哥哥在仙武学院。"场中几个男子皆神情一动，像龙舞这样气质绝佳的绝色女子，任谁也有几分动心。突然听人说她似乎已经有了意中人，都觉得有些不自然。

龙舞身材修长，比一般女子要高上多半头。她一只手抓住那名女子的手臂，另一只手再次托起了对方的下颌，真如一个花花公子在调戏女孩一般，道："竟敢给哥哥造谣，看我怎么收拾你。"

那名女子挣扎道："别以为我们不知道，这已经不是什么秘密了。"就在龙舞要展开下一步调戏手段时，副院长走进院门，他咳嗽了一声，两人方才分开。

副院长将十人领进屋中，开始进行战前动员。当然，无非是一些鼓励的话。最后又说了一些需要注意的事情，让他们多加小心。其间顺便也提了一下辰南，说他是神风学院正在考核的学生，若能够通过这此考验就成为正式学生。这些学生心知肚明，肯定是奸诈的副院长和这个声名狼藉的家伙达成了某种协议。副院长说到注意事项时，辰南才知道，原来那个三阶高手只是带队去参加热身赛，并不一定下场比试，因为他将参加三个月后的真正强者大赛，这一次只不过去压阵，己方若无惨败之象，决不会出手。

龙舞也非热身赛的参战选手，她这次主要充当向导。仙武学院并不在东方三个大国任何一国的境内，它位于楚、拜月、安平三国之间的一个小国境内。小国名为晋，龙舞正是晋国人，对于那里的一切她都比较熟悉，充当向导最合适不过。她为何舍近求远，弃仙武学院来神风学院东方武系修炼，一直令人费解。直到最后辰南才明白，在真正的热身赛开始时，每个学院真正上场的人只有八名选手，很显然他将是神风学院的主力队员，等待他的将是一场苦战。

"姓辰的小子留下，其他人去龙场等候，一会儿你们从那里出发。"现在不少人都知道辰南的姓，只有有限的几人知道他的名字，副院长在众人面前只能这样称呼他。辰南有些奇怪，不知道这个奸诈的可恶老头为何单独将他留下。

副院长从书桌底下拉出一个大箱子，对辰南道："我送你几件武器，打开它。"辰南将箱子打开，里面有一张硬弓、三十支狼牙箭、一把长刀、几十把飞刀。这些武器皆为精钢打造，但不是什么神兵利器。不过他有一种奇怪的感觉，这些武器似乎蕴含着绝大的威力。

他狐疑地望了望副院长，道："死老头你也太小气了吧，这些锈刀烂铁也送得出手，别忘了我可是为你去拼命啊。"副院长收起笑容道："这可不是普通的刀、弓，这些都是价格昂贵的的魔法武器，每一件武器都经过修为高深的魔法师加持过，上面蕴藏着极强的魔法能量。用魔法加持过的箭和飞刀对付龙骑士和魔法师，你会省去很多力气。但这些武器不要轻易使用，因为每用一次，威力就会减小一些。"辰南大喜过望，将这些武器一一收了起来。

副院长笑眯眯地对辰南道："臭小子，我对你不薄吧，你若不给我完胜归来就对不起我。"

"我呸，死老头子，我这是替你去卖命，你以为给我一堆废铁，我就会对你感恩戴德，不要做梦了。"

"不要激动，你若能够胜利归来，我可以为你化解在楚国帝都惹下的麻烦，保证他们不再追究你。"

"哼，你会如此好心？他们即使对我既往不咎，也决不会是你出的力，你这个奸诈的老头子从不会做赔本的买卖，我早就看透你了。"

副院长尴尬地笑了起来，道："你回来之后就知道我说的是真是假了。"

随后，辰南和副院长一起来到龙场，那九人早已等候多时。十人中有三名龙骑士，这是副院长特意安排的，三头飞龙足以乘坐十人。但意外发生了，当三名龙骑士将自己的飞龙从龙场中召唤过来时，一头长约两丈，灰褐色的小龙从龙洞上方的峭壁上站了起来，喝醉了酒一般摇摇晃晃朝辰南他们飞来。

副院长脸色骤变，辰南露出了微笑，其他人则有些担心，生怕这头没有长大的小龙自空中跌落下去。小龙落在众人身前，摇摇摆摆朝辰南走去，众人忍不住露出了笑意。小龙蹒跚的样子犹如刚学会走路的宝宝一般稚嫩，亮晶晶的大眼如同孩童的眼睛一般纯真无邪，样子可爱到了极点。众人纷纷夸赞小龙可爱，尤其是那几个女生更是赞不绝口，就连龙舞都忍不住上前摸了摸小龙的鳞甲。

副院长脸色大变，想要阻止但又忍了下来，知道这个小魔头知道轻重，不会无缘无故攻击对他心存善意的人。辰南摸了摸小龙坚硬的龙角，笑道："龙宝宝几天不见，你还好吗？"众人大奇，不明白他为何如此说，更令他们惊奇的还在后面，小龙竟然咿咿呀呀如同幼儿学语般对着辰南"倾诉"起来，众人惊讶地张大了嘴巴。

龙舞手抚额头，叹道："天啊，好聪明的小龙，竟然会谈论自己的感受，太可爱了。院长大人能够把这头小龙送给我吗，无论多少钱，我都愿意买下它。"龙舞自从小龙一出现，就已看出它绝非凡龙，极有可能和稀有的强大圣龙有着血缘关系。但她还是低估了小龙，她无论如何也不会猜想到这本就是一头货真价实的五阶圣龙。

副院长干咳了一声，道："这头龙有些特殊，不能够卖掉。""为什么？"龙舞有些不解，道，"我说过无论花多少钱，我都愿意买。"

正在这时，旁边的人惊呼道："你们看，这三头飞龙怎么了？"三头飞龙都垂下了高傲的头颅，龙躯微微颤抖，像是恐惧到了极点。众人发现了端倪，这三头龙望向小龙的眼神充满了敬畏之色。又有人惊呼道："难道它们惧怕这头小龙？太不可思议了！"龙舞若有所思，转头对副院长道："院长大人，这头小龙到底有何特异之处？"

三阶魔法师已经围绕着小龙转了一圈，惊讶道："我感觉这头小龙体内似乎蕴藏着极为恐怖的魔法能量，有一股让人战栗的感觉。"他是修为高深的魔法师，对魔法力的波动自然比一般人敏感许多。

副院长轻叹道："没想到圣龙艾米这个时候突然跑了出来，你们今天见到了传说中的圣龙！"

"什么！"十人中除了辰南，都齐声惊呼，他们怎么无法想象这头可爱的龙宝宝竟然是五阶圣龙。众人呼啦一下围了上来，认认真真、仔仔细细地打量着这传说中的圣龙。他们知道学院中有一名老圣龙骑士，但从未见到过其人以及那头强大的圣龙，直到今日才有幸目睹。九人开始时对圣龙宝宝还很敬畏，但看到辰南毫不在意地抚摩着小龙的龙角，他们的胆子也渐渐大了起来，开始轻轻抚摩它的鳞甲。

辰南轻声对小龙道："龙宝宝，你把那三头飞龙吓坏了，赶紧安抚它们一下吧。"小龙闻言，扭头对着那三头飞龙"呜呜"叫了几声，那三头飞龙如蒙大赦一般，渐渐平静了下来，不再发抖。而后小龙如讨好、似自得般冲着辰南咿咿呀呀说起了龙语，众人纷纷称奇。

"咳……"副院长咳嗽了一声，道，"你们不要轻易对人提起今日的所见所闻。"众人表示理解，一齐点头。副院长道："我们学院有一名教师不久前已经先行去了仙武学院，你们到那里后，他会主动联络你们。路上虽然没有神风学院的教师跟着你们，但我很放心，以你们的实力可以应付任何突发事件。"

众人道："请院长大人放心，我们定会得胜而归。"龙舞笑道："院长，我们可不可以多在晋国徘徊几日？"副院长道："哦，可以。难得有这样的机会，我批准你们可以多逗留些时日，但不要耽误太长时间。"众人齐声欢呼，最高兴的当然莫过于龙舞，那是她的家乡，想必她会跑回家里和家人团聚一番。

当众人准备乘飞龙前往仙武学院时，龙宝宝却叼住了辰南的衣袖，怎么也不肯松开，最后硬是将他扯到了它的背上。众人忍俊不禁，副院长则神色大变，他可不希望问题龙闹出什么乱子来。辰南知道小龙对他有好感，但没想到它竟然对他这样依赖，任他怎么思索也不明白其中的关键所在。"龙宝宝别闹了，以后再陪你玩，我今天要去远方。"

小龙摇头，"呜呜"叫了几声。辰南感觉有些奇怪，问道："难道你也要跟着我一起去？"小龙高兴地点了点头，一双大眼扑闪扑闪，满是兴奋之色。副院长一听，脸就绿了。他可不愿意这个小魔头去仙武学院，万一在那里闯下大祸，这笔账必定会算在神风学院头上。辰南看到副院长的样子，怎么会不知道他在想什么，他拍了拍小龙的头，道："我说了不算，这件事需要那个混账老头同意才行。"小龙向副院长眨了眨眼，而后咿呀叫了一声。副院长毛骨悚然，上次被小龙追着狂虐的悲惨经历，令他终身难忘。他可不想当着这些学生的面被小龙狂轰滥炸，若是那样他还真不如先一头撞死。

"好吧，辰小子，在路上你可不要惹艾米生气啊。"副院长话有所指，意在提醒辰南路上约束小龙，不要让它闯下大祸。辰南道："放心，决不会发生什么意外。嗯，我听说龙宝宝每三天都要吃些仙芝、灵参，是否要为它带上一些？"

小龙泛起龙式微笑，冲辰南点了点头，又冲副院长咿咿呀呀叫了起来。副院长暗骂辰南，临走之前居然为小龙剥削学院内的药材。他深知以小龙的禀性，这件事推脱不过，只好无奈地向龙场外走去，边走边道："你们等一会儿。"另外九人又是好奇又是吃惊，小龙似乎和辰南有着极其不一般的关系，这令他们又是羡慕又是嫉妒。尤其是龙舞，简直羡慕得不得了，忍不住开口问道："败类，你到底给小圣龙灌了什么迷魂汤，它怎么会对你这样依赖啊？"

辰南嘿嘿笑道："这就是所谓的人格魅力，人品好，连龙都喜欢。"龙舞笑道："呸呸呸，说你胖你还喘上了。快说说到底是怎么回事，要不然你好好劝一劝小龙，让它以后跟着我吧，我保准不会亏待它。"辰南嬉皮笑脸道："咱俩还分什么彼此啊，我的不就是你的吗？喜欢小龙，尽管坐到我这里来，嘿嘿……"

"呸，败类你再敢和哥哥胡言乱语，到了晋国我找人收拾你，让你命丧他乡。"龙舞笑道。旁边一个女生道："对啊，到了晋国，青梅竹马的护花使者就要出现了，哈哈……"

正在这时，副院长手中拎着一个包裹回来了。辰南小声对小龙道："龙宝宝，临走之前给那个老家伙一点颜色，不过要适可而止，不要过火。"小龙兴奋地点了点头。

副院长将包裹扔给了辰南，道："东西都在里面，足够艾米享用一段时间。"小龙闻言，向副院长友好地眨了眨眼睛，摇摇摆摆走到了他的近前，非常亲热地伸出一只龙翼拍了拍他的肩头。

"砰！""砰！""砰！"……众人目瞪口呆，小龙每拍一下，副院长就矮下一截，仅仅三下，他大腿以下就已没入了地下。辰南急忙制止了小龙的动作，不然副院长极有可能会被"种"到地下。副院长对着辰南咬牙切齿，在场的每一个人都强忍着笑意。三头飞龙冲天而起，小龙也晃晃悠悠飞了起来，向三头飞龙追去。副院长费力地从泥土中将双腿拔了出来，轻声咒骂道："这头问题龙，这个混账小子……等着瞧！"

在三头飞龙和小龙飞起之际，露丝正好在不远处看到，她咬牙切齿："这个混账家伙居然去仙武学院了，该死的家伙……"

蓝天之下白云朵朵，十人乘坐四龙在长空中急速飞行，空中留下一串串惊叫声。三名龙骑士早已习惯这种瞬息百里的速度，但其他人多半都是初次来到千米高空，心中难免有些紧张。半个时辰之后，众人慢慢适应了这种速度，且渐渐喜欢上了这种刺激的感觉。每个人都兴奋不已，俯瞰大地山川，心怀舒畅，整个世界仿佛都在自己掌握之中。

三头飞龙飞行极快，众人原以为摇摇晃晃的小龙可能追不上成年的飞龙，毕竟它看起来如此幼小。谁知小龙速度如电光一般，瞬间就超越了开始时遥遥领先的飞龙，它真正展开双翼飞行时四平八稳，再无一丝可笑的笨拙感觉。若不是辰南急忙命令它慢下来，它可能眨眼间就将三头飞龙甩得无影无踪了。众人看着小龙的眼神再次发生了变化，这个小家伙简直就是个宝啊，龙舞非常想将辰南一脚踹下去，令小龙"弃暗投明"。飞过高山、越过平原，众人很快出离了天元大陆中部地带的十万大山，进入了楚国境内。红日西沉，众人决定明日再继续进发，先找一家客栈住下来。

楚国虽然和天元大陆中部地带的群山紧紧相邻，但节气完全不一样。罪恶之城所处群山气候极其异常，大山内一年四季常青不败，没有冷暖变化，四季如春。如今楚国正值初秋，绿叶虽未凋零，但已经明显染上了一层秋意。

为避免惊世骇俗，众人在一座并不算繁华的小镇外降落，龙骑士令三头飞龙飞进山林自行觅食，众人将目光一齐望向小龙，龙宝宝眨了眨明亮的大眼睛，露出无辜的神色，怎么也不肯离去，非要和众人一起进入小镇不可。可爱的小龙如此黏人，众人始料不及，看着它委屈的样子，每个人都不忍将它留在荒郊野外，只好带着它一起进入了小镇。

小龙高高兴兴地跟在众人身后，路上行人纷纷驻足观望，一般人哪里见过龙这等强悍的生物，小龙在小镇立刻引起了轰动，引来许多人观看。面对街上众人的频频注目，小龙开始时浑不在意，后来渐渐流露出不满之色，经常将硕大的龙头探过去，吓得那些百姓狼狈而逃，惊得孩童哇哇大哭。看着惊慌的人群，它露出兴奋之色，差一点闯进人群胡闹一番，幸好被辰南拉住了龙角。看着如同小孩子一般的龙宝宝，众人不禁莞尔。

当客栈中的伙计看到众人身后的庞然大物时，差一点吓晕过去，急忙后退，口中结结巴巴道："客官你……你们……"

辰南急忙上前道："不要害怕，这是一头小龙，不会伤害任何人。"伙计看到这群年轻人男的英俊、魁伟，女的娇艳、美丽，一点也不像坏人，遂放下心来。他躲避着小龙，为众人登记一番，将他们向后院领去。十人开了五个房间，两人一间。

小龙栖息在屋外的草地上，虽然它想和辰南在一起，但庞大的龙躯若是强行挤进房中，恐怕整间屋子都要倒塌。在吃晚饭的时候，辰南从包裹中取出一只成形的人参塞进了小龙嘴里，小龙高兴地三两口就吞了下去，而后便闭上眼睛趴在草地上一动不动了。众人大奇，龙舞若有所思，道："小龙好像正在炼化那株百年人参的药力，难怪这个小家伙实力难测，若是天天吃这种东西，它早晚会突破圣龙之境。"

圣龙之境再作突破，当然是传说中的神龙之境，神龙历来只在神话传说中出现，极少现世。辰南深知小龙的实力，据副院长讲，它是千年来神风学院最强大的圣龙，如果它能够突破圣龙之境，他一点也不觉得奇怪。普通的人也许不能够完全炼化灵药的药力，但强大的圣龙一定可以做到。小龙赖在神风学院不走，毫无疑问是看上了学院的药库，有灵药相辅，它修炼时将事半功倍。众人嫌前院大厅吵闹，让伙计在后院的花圃旁摆放了一张大桌，享用晚餐。

众人免不了喝酒，几个男生相互看了一眼，不约而同开始向女生劝酒，结果招来龙舞几人一阵笑骂，骂他们没安好心。酒香在院中飘散开，小龙睁开了大眼，一步三摇向饭桌走来。龙舞着实对它喜爱无比，将半只烧鸡递给了它，小龙张口就吞了下去。小龙初次吃熟食，感觉滋味美妙无比，双眼放光，"呜呜"叫了起来。

辰南嘿嘿笑了起来，道："龙宝宝别急，我帮你要东西吃。"他招手将不远处的伙计叫过来，道："整猪、整羊、整鹅给我上，直到这个小家伙吃饱为止。"伙计暗暗咋舌，这真是有钱人，那个小家伙若是吃饱了，客栈肯定能够狠发一笔。其他人看辰南的眼神怪怪的，暗暗猜测他肯定和副院长有仇，如此供小龙胡吃海喝，回去向副院长报告财务时，老头子非哭不可。小龙对着辰南咿咿呀呀说个不停，龙式微笑令它那一双大眼睛快眯成一条缝儿了。

众人在花圃旁推杯换盏，小龙则在一旁风卷残云，吃得不亦乐乎。直到消灭掉三头猪、五头烤全羊、十几只烤鹅时，它才恋恋不舍地结束了扫荡。但它又将目光瞄向了众人手中的酒杯，龙舞一看就知道要坏事，她对小龙道："小家伙，那可不是好东西，千万不要喝……"

辰南打断了她的话，对小龙道："龙宝宝想尝尝吗？"小龙希冀地点了点头，眼中泛着兴奋的光彩。辰南让它张嘴，小心地向它嘴中倒了一点点，他不敢猛倒，怕小龙受不了而狂性大发，惹出什么乱子来。出乎众人意料，小龙咂了咂嘴，而后连连点头，伸出两只前爪抱起了桌上那坛酒，而后"咕咚咕咚"喝了起来。众人目瞪口呆，这是什么龙啊，居然能够如此豪饮。辰南再次向伙计招手，道："拿酒来，直到这个小家伙喝到满意为止。"旁边的伙计快傻掉了，过了好半天才回过神来朝前院跑去。龙舞等人看辰南的眼神彻底变了，这个家伙明显在教小龙变坏。

龙舞忍不住道："败类你怎么能够这样啊？小龙多可爱，你……居然教它喝酒！不能再让它跟着你了，你那些流氓习性若是传给它，它早晚会变成一头问题龙，不能让你再继续毒害它了。"她冲小龙招了招手，道："小龙到哥哥这里来，不要再跟着那个坏人了。"小龙眨了眨大眼，没有任何表示。

辰南嘿嘿笑道："竟敢挑拨我和龙宝宝的关系，一个女人家还想当它哥哥，它只能是我的小弟。你若想套近乎也可以，做它小妹吧。嘿嘿，小龙你觉得这个提议如何？"令众人忍俊不禁的是，小龙竟然认真地点了点头。

龙舞气极，差一点发飙，骂道："败类你看看，你把小龙教成什么样子了，本来是一头非常可爱的小龙，现在都快变成小无赖了。"正在这时，几个伙计将十几坛美酒送了过来，小龙高兴得"呜呜"叫了几声，迫不及待地抱起一坛酒仰头就喝。在众人好奇兼吃惊的目光中，小龙鲸吸牛饮，一会儿工夫就将十几坛酒一扫而光，最后摇摇摆摆走到草地处，扑通一声醉倒在地。众人吃完晚饭，各自回到自己的屋中。这一晚，辰南做梦都在发笑，可以想见，当小龙回到神风学院后，不仅会继续向副院长讨要灵药，恐怕每天都还需要酒肉伺候，定会令副院长头痛不已。

第二日，当众人上路时，问题出现了。小龙昨日饮酒过度，直到清晨还没有清醒，走起路来左摇右晃，不同于往日那种摇摇摆摆、步履蹒跚的滑稽模样。它摇摆幅度之大，令人心惊，仿佛随时都有可能栽倒在地。出了小镇，三名龙骑士仰天长啸，召唤出自己的飞龙。众人跨上飞龙，辰南暗暗叫苦，以小龙这种状态若是飞起来，天知道它会不会"跳舞""翻跟头"。他紧张地翻到小龙背上，轻语道："龙宝宝你现在这副样子能飞吗？"小龙一嘴酒气，回头冲他点了点头，冲天而起。辰南的心都提到嗓子眼，紧张地爬到它颈项处，牢牢抓着它的双角，其他人见状大笑。

开始时小龙还飞得四平八稳，后来渐渐失去了平衡，在空中忽上忽下，左右摇摆。辰南脸色惨白，若是从几千米高空跌落下去，就算他功力通天也要摔成烂泥。他冲前方大叫："喂，你们等等，我不能再待在小龙身上了，给我让出一个地方，我换乘飞龙。"众人脸上泛着笑意，齐声道："不行。"

"拜托，各位大哥、大姐，你们还有没有人性，现在不是开玩笑的时候，再这样下去会闹出人命的。"

龙舞轻笑道："叫你总是跟哥哥作对，慢慢陪小龙玩吧。"辰南把龙小弟、龙大哥、龙小妹、龙大姐叫了个遍，但这对总是以"哥哥"

自居的龙舞毫无用处。她气愤地撇了撇嘴道："少来，把你那些恶心称呼收起来，除非你让小龙以后跟着我，不然你就乖乖地跟在后面吧。"

正在这时，小龙突然如睡着了般，双翼并拢在一起，停止了拍打，自由落体一般自高空向下坠去。"啊……"辰南惊得在空中大叫。其他几人脸色大变，三头飞龙在主人的命令下快速向下方追去，但哪里还追得上。辰南耳边呼呼生风，猛烈的罡风令他双眼难睁，他双手使劲握着小龙的龙角，双腿用力夹着它的颈项。

"龙宝宝快醒醒……"辰南大声呼喊着，但随着猛烈的劲风吹进他口中，他再难开口说话。他不得不大力摇动着小龙的双角，在快速下降数百米之后总算将昏昏沉沉的小龙摇醒了。小龙茫然地朝四外望了望，回头冲辰南眯眼笑了笑，慢腾腾地伸展开双翼，阻止了下降之势。辰南长出一口气，已惊出了一身冷汗。

高空中的三头飞龙已经追了下来，看小龙清醒过来，众人也松了一口气。他们再也不敢在空中开玩笑，决定尽快降落到地面，让辰南重新换乘飞龙。另一个难题出现了，小龙现在一副醉醺醺的样子，如果继续让它飞行，天知道它会不会再次做自由落体运动，它极有可能成为史上第一个被摔死的圣龙。若是等它彻底清醒过来，恐怕至少要等上半天。

为了不耽误赶路时间，众人想了一个极其荒唐的办法，十人乘坐两头飞龙，另一头飞龙承载小龙。辰南耐心地和小龙交流，原本以为它会排斥这个决定，但没想到它立刻爬上了一头飞龙的脊背，动作之快令人咋舌。

辰南真的有些怀疑，这个看起来稚嫩、可笑的家伙，是不是一早就在打这个主意，不然为什么刚对它说了一半，它自己就爬到飞龙背上去了呢？当小龙爬到飞龙背上的一刹那，那头飞龙一下子瘫倒在地，浑身都在发抖，这令众人深刻体会到圣龙之威。在小龙"呜呜"叫了几声之后，那头飞龙才勉强不再颤抖，战战兢兢爬了起来，平稳地向空中飞去。七丈长的飞龙小心翼翼地驮着小龙，就像母龙在小心地呵护幼龙一般，外人很难看出它是被强迫的。十人乘坐两头飞龙一点也不拥挤，他们好笑地看着醉醺醺的小龙，此刻它竟然已经发出了阵阵龙鼾。

待稳定下来，辰南对身旁九人抱怨道："你们这帮家伙真是可恶到了极点，若不是我福大命大，刚才可能和小龙一起成仙了！"龙舞将连带着剑鞘的宝剑摘了下来，托起辰南的下颏戏谑道："就这副样子，还得道成仙？要是这样的话，仙界岂不成了流氓、败类的聚集地？"

辰南一把拨开长剑，道："小五，你难道想调戏哥哥不成？其实不用这样，为了你，无论在哪里、无论在何时，我都可以'鞠躬尽瘁''死而后已'！"龙舞的脸腾的一下子红了，骂道："呸，你这个下流无耻的家伙，果真是流氓中的流氓、败类中的败类，而且脸皮巨厚，一头巨龙撞在上面都要骨断筋折。"她急忙将自己的宝剑扯了回去。"哈哈……"辰南大笑。

旁边几人暗叹辰南"败类"之名果然名不虚传，居然令龙舞露出了些许女儿家的羞态，这在平时难以想象。他们本来对辰南印象不佳，毕竟他在神风学院恶名远扬，但路上发现他并没有想象的那般恶劣，渐渐对他改变了看法。一路闲聊，众人彼此之间都多了一些了解，魔法师和辰南实力最强，都已经达到三阶之境。有一人实力最弱，修为仅仅达到一阶境界。其他人除了龙舞比较神秘不好揣测外，修为都已达到二阶境界。众人并不知道辰南的名字，只知道他姓辰，神风学院有许多身份特殊的学生，对于隐瞒自己身份的学生，他们早已见怪不怪了，所以一路上并没有追问。


天元大陆，三个大国占了整个东方版图的四分之三，分别为西部的楚国、北部的拜月国、东南部的安平国。三个大国之间并不接壤，被无数个小国隔开了，绝大多数的小国皆为三个大国的附属国。经过这一日的飞行，众人越过楚国上空，来到了楚、拜月、安平三国之间的晋国。晋国虽然疆土有限，不能和大国相比拟，但它在东方也有一定的名气。

在这个小国内，有许多古老的修炼门派，在近千年的岁月中曾经出现过不少惊天动地的人物。传言，曾有人独闯西方神秘魔法圣地全身而退；曾有人驾御东方神龙畅游四海而去；曾有人功达仙境，却驻留人间……无形之中，晋国已经成为东方的修炼圣地，而仙武学院就是在这样的国度创建，其实力可想而知。俯瞰下方那片土地，辰南震惊无比，心中涌起滔天骇浪。

一座座高山，一块块平原，一条条大河……悠悠万载岁月流逝而过，世界已经大变样，但辰南俯视着晋国大地时，还是感觉到了一股熟悉的气息。那连绵不绝的太行山脉，那开阔无垠的九州平原，那碧波万顷的西子湖水……一切一切都在说明这是他的故国——当年的华夏古国。

"当真……当真是华夏吗？！"辰南自语，双眼渐渐模糊。他当初在楚国皇宫翻阅各种古籍之时，曾经想查找万年前的华夏国到底位于现今的哪一片地域。但在浩瀚如海的古籍中他并未找到丝毫线索，甚至连"华夏"两字都未找到。依照记忆，他知道华夏古国位于仙幻大陆中部地带，但万载岁月过去，他不知道地貌是否发生了翻天覆地的变化，更不知道还能否找到过去那片熟悉的所在。似乎冥冥中早有注定，这次晋国之旅，他竟然发现了昔日的华夏大地，地貌确实变化颇大，但他还是认出来了。辰南并不多么怀念故国，他之所以追寻华夏的遗迹，是因为他的心中始终存在着一丝遗憾，他想去一个地方查知一个真相，寻找一丝慰藉。

遥想万年前，他与雨馨的最后一别，永生难忘。灰暗的天空下，小雨随风斜洒，五彩缤纷的百花在刹那间凋零，落花分飞……百脉寸断的雨馨经绝世高手辰战逆天改命之后，一步一回头向百花谷深处走去，那憔悴的容颜，那凄美的背影，那黯然神伤的最后一瞥……在那一刻，辰南心中有千言万语，他张了张嘴，却一句话也未喊出口。他伸手向前用力抓了抓，似乎想将那远去的身影留下，但除了空气他还能够抓到什么？指甲刺破了他的手掌，鲜血一滴一滴洒落在地。

痛，他的确很痛，但不是他的手，而是他的心，在那一刻他的心在滴血！伤心之最莫过于生离与死别，在那一刻，辰南经历了生离与死别的双重感受。纵然辰战神功通天，逆天留住了雨馨的性命，也不过是短暂的停留，能否恢复生机，还要靠她自己。雨馨在最后一刻走进了古仙遗地百花谷，那凄婉的低语似乎还在辰南耳边萦绕："不要伤心，不要难过，百花谷灵气氤氲，我定然能够复活而出……再见，再相见！"一声惊天霹雳在百花谷上方响起，一道雷电自灰暗的天空直冲而下。辰战御空飞行，围绕百花谷一连拍下一百零八掌，全面激发了古仙遗留的禁制，彻底封闭了百花谷。

　　……

　　沧海桑田，岁月流逝，但辰南的心似乎还停留在万年间的那一刻。忘不了，还是忘不了！泪水模糊了他的双眼。飞龙极速飞行，辰南突然一声大喝："我忘不了！"声音似惊雷一般在长空滚滚激荡，三头飞龙一阵惊慌，俱不由自主颤动了一下，众人身体皆晃了几晃。

　　众人惊叫过后，皆怒视辰南，却发现此刻他已满脸泪水，呆呆地看着那苍茫大地。一人小声道："辰兄弟你怎么了？"过了好久，辰南才回过神来，擦了擦泪水，故作震惊状，道："好险啊，刚才我运转玄功之际，差一点走火入魔，真是太凶险了！"龙舞白了他一眼，道："神经！"众人当然不会相信他"走火入魔"的解释，但也不好意思深问。

　　小龙醉醺醺地睁开了双眼，好奇地望着辰南，而后咿咿呀呀说了一大堆龙语，见辰南不理它，便又埋头大睡了。此后，辰南一直俯视大地，仔细辨认着下方的山川谷地，和万年前的地貌一一对比，他在心中呐喊："百花谷——古仙遗地，我一定要找到你，无论如何我要到那里看个究竟！"


　　仙武学院坐落在晋国都城南二十里之处，学院外不远处有一个美丽的小湖，风景极佳。碧波荡漾，轻舟点点，一些年轻人在划船游湖，一派宁静、和谐之象。学院和小湖的四周林木环绕，很是幽静，这里充盈着浓浓的灵气，的确是一个修炼佳地。辰南等人在太阳落山前来到了仙武学院，三头飞龙盘旋而下，立刻引起了仙武学院内众人的注意。很快便有几人迎了出来，也是学生，有男有女。当他们看到飞龙背上的小龙时，惊讶得张大了嘴巴，怎么也不明白众人为何要将一头不会飞的小龙带在身边。

　　仙武学院的几名学生很客气，问明辰南等人的身份后，一人快速向里通报而去。余下几人对辰南他们表示了歉意，仙武学院因为没有龙骑士，也就没有龙的栖息之地。辰南等人当然不会为难他们，三头飞龙在主人的命令下向远处的山脉飞去，小龙依然腻在辰南身边不肯离去。看着憨态可掬、酒气熏人的小龙，仙武学院的学生不禁失笑。几名女生好奇地凑上前摸了摸它的鳞甲，惹得小龙一阵不满，但幸好它没有发小脾气，只是无辜地躲闪了几下。在那几名爱心泛滥的女生同意之下，小龙被带进了仙武学院。仙武学院气势恢弘，自建院以来已经有七百多年的历史，威名能够和神风学院相提并论，自然有其过人之处。

这里的建筑风格古朴而又大方，秉承了东方的一贯传统，平凡中隐显峥嵘。走进一重又一重院落，步履蹒跚的小龙引来无数人观望，小醉鬼很快成了小明星。很快，众人发现了一个有趣的现象，当仙武学院的男生来抚摩小龙时，它总会不满地发出哼哼声。但当女生凑上前时，它开始时还有些不满，但不一会儿便接受了她们的触摸，还显出一副很享受的样子。众人忍俊不禁，龙舞拍了拍小龙的头道："听人说圣龙有收集宝物的习性，如今你又学会了喝酒，还开始贪恋美色，酒色财气都快被你占全了。就知道你跟着那个败类学不到好，他那些流氓习性都快被你学全了。"

小龙眨了眨大眼，"呜呜"叫了几声，似乎是在抗议。众人望着它感觉有些好笑，小龙太人性化了，简直就像一个可爱的小宝宝。当辰南、龙舞等人走进第六重院落时，一个须发皆白的老人哈哈大笑着迎了出来，龙舞等人连忙上前见礼，纷纷向老人问好。来人中等身材，一身紫衣，约六十多岁的样子，面带笑容，看起来慈祥、可亲。他笑道："因为一些事情，我先来到了这里，所以没和你们同行，路上你们没遇到什么麻烦吧？"

龙舞道："小龙……""啊……"紫衣老人一声惊呼，他这时才注意到被仙武学院众学生围着的小龙，惊道："艾米怎么来了？"众人忍不住露出了笑意，将事情大致说了一遍，又说了一下小龙在路上的表现。

紫衣老人笑着点了点头，他对小龙的恐怖实力知之甚深。他看了看辰南，又看了看小龙，辰南不认识他，但紫衣老人却早已认识辰南。紫衣老人是神风学院东方武系的教师，和东方凤凰的爷爷关系要好。

他平日爱穿紫衣，而东方老人则爱穿蓝衣，被神风学院的学生打趣为"好色双人组"。

当日辰南夜探神风学院，闯进小公主和东方凤凰的屋中时，紫衣老人和东方凤凰的爷爷就在窗外，当时若不是他拦着，东方老人早就冲上去教训辰南了。他冲辰南笑了笑，道："你是姓辰的那名少年吧，我听副院长提起过你，呵呵……"

龙舞介绍道："这是东方武系的杨林前辈。"辰南恭声道："见过杨前辈。"杨林道："不必多礼，听副院长说你将是这次热身赛中的主力，好好在几天后的大赛上表现。"众人一边相谈，一边向仙武学院里面走去。小龙扭动着肥胖的身子，摇摇摆摆跟在后面。

仙武学院占地极广，似乎比神风学院还要大一些。再过几日热身赛便要开始了，四大学院的人马现在几乎都已经到齐。为避免赛前出现意外，参赛者很少露面，皆在自己的屋中养精蓄锐，力求能够以巅峰状态参战。神风学院众人所居之处亭台楼阁、小桥流水，景色怡人，一派园林设计。

龙舞第二天便向杨林请假，几个女生嬉笑道："龙大美人春心大动，要去会情郎喽，哈哈……"龙舞笑骂道："你们几个小丫头休要胡说。"

"还不承认，现在谁不知道啊？"

"现在随便你们胡说，等哥哥回来后再收拾你们。"

辰南不在场，其他几个男生神色皆变了变，虽然明知龙舞对他们无意，还是有些许失落，这或许就是所谓的男人通病吧。

自从发现晋国就是万年前的华夏大地的一部分，辰南心中再也难以平静。来到仙武学院后，他闭门不出，仔细回想当年的古仙遗地到底在何方。在龙舞走后不久，辰南也向杨林请假，说要出去转一转。他做出保证，热身赛开始前一定回来，杨林批准了。辰南坐上小龙冲天而起，向着晋国南方飞去。今日为了远行，他特意限制这个小酒鬼的酒量，只给它喝了两三坛而已。

路经连绵不绝的太行山脉，辰南想起了父亲辰战。当年辰战大会天下绝世强者时，在太行山脉中遭遇三个功力通天之人围攻。迫不得已，他三开后羿弓，一日之内连毙三大绝代高手，威震天下，使所有人记住了这个年轻的盖世强者。当然，那一战不过仅仅是一个开始，在随后的岁月中，辰战创下一个又一个传说。传说，他曾经登上飘渺峰大战仙人，而后从容离去；传说，他曾经遨游东海之上，剔除龙之逆鳞；传说，他曾经武破虚空，但却转身而退……

在一个个传说中，辰战的光芒如惊天长虹般照耀大地，令天上的日月都黯然失色。修炼界中的绝顶强者、仙幻大陆第一强国华夏国的逍遥王……辰战惊才绝艳，显赫的身世、傲世的修为，当时的辰家隐隐有天下第一世家之势。他创下的神话，仅仅数语难以道尽，在那个时代他是最为传奇的人物……正因为辰家具有无上荣耀，被无尽光环缭绕，所以辰南自小便感受到了一股沉重的压力。少年时他虽然初露峥嵘，但在世人眼中却理所应当。如果他不能够做到同辈中最强，才不正常。在他十六岁到二十岁的四年中，发生了意外，他从天才沦落为平庸，巨大的压力令他痛苦难当。

劲风扑面，一股寒流向辰南涌来，他从往日的思绪中醒转。不知不觉间，小龙已经飞到了太行山脉中最高峰的上空，此刻峰顶之上已经有了一层薄薄的积雪。小龙一路南飞，大地上，山川景物飞快而退。万年过去，山峰移位，河流改道，地面景物虽非面目全非，但也已经大变样。辰南仔细辨认，寻找着万年前的遗迹。近了，终于近了。终于来到了巍巍昆仑山脉，辰南所要寻找的古仙遗地便在前方那仙山之乡。

昆仑山脉平均海拔在数千米之上。高峰与低谷海拔相差过巨，造成了同一地域具有不同气候的奇异景观。海拔三千米以下的山峰和谷地林深古幽，景色秀丽，山上碧树吐翠，谷中鲜花争奇斗艳，许多地方都四季如春。而海拔在五六千米以上的高峰，则常年白雪皑皑，连绵起伏的群山中，雪峰突兀林立。终年不化的雪山上，长有极为珍贵的雪莲花，那是雪山一宝。莽莽昆仑，气势磅礴，银装与青翠共体。远远望去，昆仑山脉，山腰以下青葱翠绿，春意盎然。而山腰以上则积雪漫山，白茫茫一片。如此瑰丽神奇的景象吸引了众多修炼者来此隐居，东大陆几个古老的门派便位于这群山之中。传说，在遥远的过去，这里是神仙之乡，许多仙人在如梦似幻的昆仑山中隐修。传说并不是没有根据，因为辰南所要寻找的那个地方，正是一处古仙遗地。

来到昆仑山之后，辰南命小龙放缓速度，贴着山林飞行。山中奇花异草，清香扑鼻，各种珍禽异兽在山间跳跃腾挪，随处可见，不愧为洞天福地。越过一座座高峰，穿过一道道山谷，一座海拔在七千米以上的高峰出现在辰南的眼前。他一阵激动，喃喃道："插天峰……到了……就在前面。"

"哈哈，我终于找到了……"辰南状若疯狂，坐在小龙背上使劲摇着它的龙头。小龙委屈地回头看着他，口中发出不满的"呜呜"声，似在抗议。"龙宝宝快飞过这座高峰，我们的目的地终于要到了。"插天峰如一把利剑一般直上云霄，山上银装素裹，一片冰雪的世界。云雾在山峰上缭绕、涌动，宛若仙气一般，真如登上了极乐仙境。

小龙挥动双翼，冲向高空，迎着凛冽的寒流飞到了高峰绝顶，空气稀薄无比，冰冷的气流令辰南感觉血液似乎凝结了，幸亏他功力深厚，不然早已冻成了冰棍。小龙自绝顶之上俯冲而下，随着海拔越来越低，气温渐渐升高，一人一龙都有一股如沐春风的感觉。暖流令小龙渐渐陶醉起来，它眯上了眼睛展着双翼自由下滑。

下方是片低矮的山脉，当一人一龙降至地面后，立刻感应到了浓郁的天地灵气，这里枝翠叶绿，花香鸟语，一派怡人风景，美丽的画面如同仙境一般。辰南自小龙身上翻了下来，一步一步向前走去，他心情异常激动，前方的山丘之后便是他复活以来念念不忘的古仙遗地——百花谷！曾经无数次在心中期盼，有朝一日能够来到这里看个究竟，虽然心中已经不抱幻想，但那份难舍的感情还是令他祈盼有奇迹发生。小龙好奇地跟在辰南背后，它也感觉到了古仙遗地的浓郁灵气，一边摇摇摆摆地扭着肥胖的龙躯，一边咿咿呀呀嘟囔不停。

翻过小山丘，一个美丽绝伦的小山谷出现在辰南眼前，浓郁芬芳的香气迎面扑来，远远望去，谷内姹紫嫣红，百花争艳。一条小溪自谷内缓缓流淌而出，溪水清澈，水下布满了五颜六色的鹅卵石，鱼儿欢快地游来游去，一派和谐生动的景象。"百花谷……雨馨……我来了……"辰南声音有些哽咽。小龙看着他忧伤的表情感觉奇怪无比，将硕大的龙头探过来，一双大眼不断眨动，观察着辰南。辰南轻轻地推开了它，一步一步向前走去。来到谷口后，芬芳的香气更加浓郁。

可以看到美丽的百花谷内除了姹紫嫣红的奇花之外，还有许多不知名的奇异小树。小树的品种各不相同，但都不超过两米高，皆晶莹璀璨，像绿玉雕琢出来的一般，闪耀着淡淡宝光。充满灵气的各类小树点缀在百花丛中，使小谷看起来更加美丽。碧玉般的小树上挂着五颜六色的果子，即使相隔很远，也能够闻到阵阵清香。小龙用力翕动了几下鼻子，眯上大大的眼睛，露出一副陶醉之色。凭着圣龙天生的敏锐感觉，它已察觉出，小树上的果子都非凡品，珍贵异常。它露出欢愉之色，高兴地"呜呜"叫了起来，摇摇晃晃向前冲去。辰南刚要拦它，小龙突然加快了速度，直冲而去。

"龙宝宝快回来，不要硬闯！"但小龙满眼都是那些五颜六色的奇果，哪里还听得见他的话，径直闯了过去。惊变发生，就在小龙踏进山谷半步之后，一股巨大的力道将它撞了出来，扑通一声摔在了地上。谷中那股暗劲似乎只是阻挡入侵者，并没有伤人之意，小龙快速爬了起来。它眼中闪现着奇怪的光芒，再次向前冲去，结果还如刚才一样，又被那股大力冲击得倒飞了回来。

接连受阻，小龙似乎有些恼怒，张嘴吐出一道能量波动异常强烈的闪电。"轰"的一声大响，闪电击在谷口发出一道耀眼的光芒后消失无踪。小龙有些气恼，更加卖力，吐出一大片寒光闪闪的风刃，但璀璨的风刃击在谷口后也无半分作用，俱消失无踪。辰南看小龙不会受伤，就没有再拦它，他想看看万载岁月过去之后，古仙遗阵的威力是否依然无损。小龙似乎非常生气，狂乱的魔法攻击一重接着一重向谷内轰去，但那巨大的魔法能量在进入谷内的一刹那皆被无声地化解了，起不到半点作用。

辰南虽然早已知道古仙遗阵具有莫大的威力，但此刻还是震惊了。五阶圣龙的狂暴魔法攻击岂容小觑，但在古阵面前竟然起不到半点作用。小龙已经停止了攻击，面现不甘之色，它委屈地看着辰南，咿咿呀呀叫个不停，似乎在发泄着心中的不满。辰南现在真的有些喜欢小龙了，它实力虽然恐怖无比，但对他却充满了依赖，似乎并不仅仅因为一时对他感兴趣而追随他。辰南溺爱地拍了拍小龙的头，道："别生气，这个地方可不是你想象的那样简单，并不是普通的山谷。这里是古仙遗地，有古仙遗留的仙阵，即便是五阶高手也难以撼动分毫。"

小龙在听到"古仙"两字时，眼中一亮，似乎明白了什么，对着辰南点了点头，不再有懊恼之色。"你也知道古仙？"小龙点了点头，摇头晃尾地比画了一通。辰南看了好半天才明白它的意思，原来它在形容仙人的强大与可怕。

"没想到你这个家伙竟然知道仙人这种超然的存在。"小龙露出一副"当然"的表情，而后又开始对着谷中的那些奇果咽口水。辰南看着它可笑的样子，想笑却笑不出来。自来到百花谷后，他心中便七上八下，没有一丝着落。看着谷内那片花的海洋，他似乎看到了雨馨那如花一般的凄美容颜，他心中有些痛、有些酸、有些涩……渐渐地，他陷入了往昔的回忆……


有的人可能很普通，一辈子平庸而过，有的人可能会很不凡，伴随不凡人生而终。这两类人不管平庸还是不凡，对于他们来说，生活总是没有太大的波澜，平庸的人早已麻木于平庸，不凡的人早已习惯于不凡，生活始终沿着不变的轨道前进。如果生来平庸，就这样庸庸碌碌生活一辈子，未尝不是一种幸福。但人世间的事情总是那样复杂，许多事当事人根本无法做主，许许多多"莫名""阴差阳错"的事情发生在人们身上，发生在每一个人的身边。

如果上苍赐予了一个人极佳的天赋，令他年少时便初露峥嵘，那么这个人未来的道路似乎也预示着一片光明。但世事总是难以预料，一个人的命运往往在一瞬间会发生转变。当一个高高在上的人，突然间从五彩缤纷的云端跌落而下，他心中的失落感可想而知。对于上苍来说，这也许只是一个小小的操作失误，但对于一个少年得志、意气风发的少年来说，这可能是最为悲惨的事情。辰南十六岁那年，修为莫名其妙停滞不前，随后开始大幅度下降，这对于他来说无异于晴天霹雳。

一个人若开始时就很平庸，那么即使一辈子平庸下去，也不会感到任何不妥，更不会因此而感到痛苦。但对于一个曾经被人夸赞为天才的人来说，突然沦落为平庸，这种痛苦大于死亡。辰南遭逢巨变，几乎疯了，拼命苦修玄功，但事实证明他真的已经成为了一个废材。辰南习惯于光环缭绕、美词于前，巨大的落差令他几乎有了轻生的想法。在此后的一年当中，他整日浑浑噩噩，生活一下子失去了色彩。

不甘于平庸，却只能平庸。冷嘲热讽已经令他麻木，苦涩、寂寞的煎熬成为他生活的一部分。原本五彩缤纷的世界变得灰暗无光，巨变使他的人生道路发生了转折，离原来的轨道越来越远。在他意志消沉之际，他的父亲曾轻轻叹道："人生需要磨砺，苦难也是一笔宝贵的财富。"但他那时早已失去了昔日的雄心，在功力倒退的同时，他的信心似乎也已磨灭。他母亲劝导他去游历天下，慢慢放下心中的包袱。辰南听取了母亲的劝导，从此遍游名山大川，足迹遍布仙幻大陆的许多地方。

相逢是一种缘分，离别后不断相逢，便是奇缘。雁荡山素有"海上名山""寰中绝胜"之美誉，被称为华夏国东南第一山。雁荡山因"岗顶有湖，芦苇丛生，结草为荡，秋雁宿之"而得名。辰南走访名山古迹，本无游玩之情，不过是为排解心中郁闷。半年之后，他来到了雁荡山，这里的美景令他心旷神怡，使他不由自主多徘徊了十几日。这里景色优美，风景无数，众多诡形殊状的峰嶂洞瀑，错落分布于群山之内，曾有人叹道："欲穷雁荡之胜，非飞仙不能！"

辰南流连于各个风景绝佳之地，在这期间他总是不经意间看到一个女孩美丽之极的背影。在这风景秀绝的名山，看到游览之人不足为奇，但巧的是那个女孩观赏风景的路线似乎与辰南相同，只不过一前一后而已。

辰南有几次忍不住想上前和女孩打招呼，但又忍了下来。萍水相逢，贸然上前似乎有些唐突。再者，以他彼时心境，不愿和人多作交谈，完全是鸵鸟心态。在第七次看到女孩的背影时，前方的女孩停了下来，展现在辰南眼前的是一副绝美的容颜，不沾染丝毫尘世气息，宛若谪落的仙子一般。白衣飘飘，秀发轻扬，女孩一双灵动的美目正在一眨不眨地看着他，无双的容颜上带着一丝不快之色。

"坏人，你为什么总是跟着我。"少女生气的样子很可爱，竟然如孩童一般嘟起了小嘴。无一丝做作之态，从那清亮的眼神可以看出，这完全出于自然。女孩的双眼如清泉一样清澈，如星辰一样明亮，面对纯真的少女，辰南感到震撼。

"为什么不说是你无缘无故总在我眼前晃？"

"坏人，不要为自己找借口。我不要你跟着我，这里有两条道路，通向相反的方向，我们一人走一条。"前方是一个岔道口，女孩当先向一条道路走去。辰南笑了笑，走向了另一条道路。两人相背而去。辰南回头看了一眼，而后大步向前走去。那绝对是一个涉世未深的女孩，还保留着年幼时的纯真，不然也不会把一个"跟踪"她七八天的人仅仅称为"坏人"。这样清丽脱俗的少女似乎不属于尘世，纯纯的话语，天真的行为，似乎根本不谙世事。

辰南甩了甩头，继续游览雁荡山奇景。他本以为就此和女孩错过，相逢的事将成为一段还算不错的回忆。但有时人真的要相信缘分，五天之后两人竟然再次相遇。彼此都有些惊讶，女孩好奇地问道："为何这么巧，我怎么又碰到了你？"

"是啊，真的很巧。"

女孩认真地想了想，道："坏人，你是不是在故意跟踪我？"

"当日我们走的道路不相同，现在我们又是从相反的方向而来，是相逢，而不是跟踪。"

女孩偏头想了想，道："还真是这样哦，不过师傅说在这个世上不能相信任何人，谁知道你是不是故意绕到前边去的。"女孩肌肤似雪，在这景色秀佳之处，真如瑶池仙子一般。但她此时一脸认真的模样，以及天真的话语一下子将辰南逗乐了。

"呵呵，你师傅说不要相信任何人，那你相信你师傅的话吗？"

"当然相信，我只相信师傅的话，不过师傅不在了……"女孩绝美的容颜现出淡淡的忧伤，声音也越来越低。辰南心中已经猜出了大概，轻声道："除了你师傅外，你没有别的亲人吗？"

"没有……我为什么要告诉你？"

"其实世上并不是所有人都是坏人。"

女孩似乎很快摆脱了刚才那淡淡的忧伤，她认真地看着辰南，道：

"我也觉得你不像坏人，不过和我没关系，我要走了。"

"等一等，我可以知道你的名字吗？"在尔虞我诈的现实社会，能够碰到这样一个保持稚子之心的纯真少女，辰南真的感觉很意外，忍不住问起她的名字。

少女眨了眨一双灵动的大眼，认真地道："我不想告诉陌生人。"

"那好，在路上小心一些，你师傅说的话有一定的道理，真的不要轻易相信任何人。"辰南有些担心，这样一个纯真的女孩很容易受骗，受到伤害。

"谢谢你，不过我不会走进城镇，我师傅说得对，那里的人都很坏，我只去有山有水的地方。"这些话证实了辰南的猜想，女孩常年生活在大山中，根本没有接触过外界的社会，因而保持着那份纯真。看着女孩轻盈地向前走去，辰南挥了挥手，道："路上小心，希望我们还能够相见。"

女孩回眸道："天下很大，我们肯定不会再相见了。"接着她又像个孩子一般俏皮地笑了起来，道："如果我们还能够相见，我就告诉你我的名字。"看着那淡然出尘的背影，辰南笑了笑，女孩那些毫无心机的话语似乎令他烦闷的心情开朗了许多。

第二天，辰南也离开了雁荡山，他一路南下，欣赏到了大草原的民俗风情、看到了南衡山脉中的古怪部落，最后在如仙境一般的昆仑流连数日。近一年，他走访了无数名山大川，似乎渐渐放下了心中的包袱，不再像先前那般消沉。离家一年，他决定回去看一看。

在路经雁荡山时，辰南忍不住停了下来。一年来他攀登过不少名山，雁荡山无疑是比较出众的一座，奇峰怪石、古洞石室、飞瀑流泉，景色秀佳。第二次走进雁荡山，他再次被这里的奇景深深吸引了。悬崖叠嶂，耸峙嵯峨；茂林幽谷，曲折迂回；飞瀑流泉，碧潭清涧。他在一道瀑布前站立良久，沿着河岸向下走去。下游，湍急的河水渐渐平缓下来，两岸不知名的野花散发着阵阵清香，这种自然的芬芳令辰南深深陶醉。就在他心旷神怡之际，蓦然发现了一个熟悉的身影。

一个如精灵、似仙子的女孩正赤着脚在河边蹚水，光洁如玉的小脚丫泛着惑人的光泽。正是三个月前在雁荡山与辰南数次相逢的女孩。

女孩似乎刚刚自河水中出浴，略湿的头发上带有点点水滴，清丽脱俗的容颜，灼若芙蕖出渌波。看到有人自上游走来，女孩急忙逃出河水，快速穿上了鞋子。细看之下，她认出辰南，惊讶地张大了嘴巴："是你……"

"呵呵，是我。现在可以告诉我你的名字了吧？"

女孩有些不好意思，脸色微红，道："你怎么又来了？"

"路过雁荡山，忍不住再次进来游览一番。"

"啊，原来是这个样子，和我一样哦。"

"你还没有告诉我你的名字。"

女孩灿烂地笑了起来，道："我叫雨馨，在一个雨夜，被师傅在花丛中捡到的。"女孩那甜甜的笑容、轻柔的话语令辰南有一股心痛的感觉。一个弃儿，自小在深山中长大，没有玩伴，没有朋友，只有一个相依为命的师傅，然而师傅又已经离去了……

"我叫辰南，希望能够和你成为朋友。"

"朋友？"女孩的笑容不见了，声音低低地道，"我从来没有过朋友，师傅不在了，只剩下我自己了……"

"如果你愿意，我们以后就是朋友。"他有一股保护女孩一生一世的冲动，女孩的身世太可怜了，辰南对她充满了怜惜。

"呵呵，好啊，我终于有朋友了。"雨馨很快摆脱了悲伤的情绪。

但她越是这样，辰南越觉得有一股心酸的感觉。他走过去，轻轻将她拥入怀中，怜爱地拍了拍她的后背，道："以后我会把你当作亲妹妹一般来照顾，不会让你受到任何伤害。"雨馨有些慌乱，轻轻一挣，一股大力立刻向辰南涌去，将他推出去足有半丈距离。辰南暗暗惊骇，这个女孩的体内竟然隐藏着一股超强恐怖的内力。

雨馨认真地道："对不起，师傅说过，不能让男人碰我。"

辰南笑道："傻瓜，你没有明白你师傅的话，有些男人的确很坏，但并不是所有的男人都那样。跟我一起离开大山吧，我带你去外面的世界看一看，让你看看人与人之间是怎样相处的。"

"我不去，你也别去好吗？我们刚成为朋友，我不想立刻失去你。"

"为什么？去外面的世界看一看，你会明白很多事情的。"

"我有些怕，师傅说外面的人很坏，要我只待在山中，远离城镇。"辰南明白，女孩的师傅知道她心性单纯，怕她吃亏，才这样告诫她。虽然这种保护非常不可取，但还是能够看出师傅对她的关爱。

"有我保护你，没有人能够伤害你。"

"可是……我还是有些害怕，师傅说外面的人吃人不吐骨头。"

"人与人之间虽然经常发生一些丑恶的事情，但并不都如你师傅说的那样，到了外面你就知道了。"

"真的吗？可是……我觉得待在大山中很好啊，干吗非要出去？"

"山中虽然风景优美，少了尘世的喧嚣，但外面的世界也很精彩，一个人若是游离于整个人类社会之外，他的人生是不完美的，少了很多的乐趣。"

"真的吗？你没有骗我吧？"雨馨显然已经意动，她心中所想皆挂在脸上，不像常人那样隐藏在心里。

"真的，我带你去熟悉一下城镇生活，保你会喜欢，我保证不会让任何人伤害你。"

"好吧，让我想一想，我们先在雁荡山待上几天。"雨馨从没有走进过城镇，日常所需都是在一些偏僻的小山村换取的，突然要走进城镇，和许多人生活在一起，她着实有些恐慌。

"不要怕，我说过，我会保护你的。"

几天后，在辰南的劝说下，雨馨终于和他一起走出了大山。

雨馨感觉一切都是那样地新鲜，对于城镇生活，她是第一次接触，街边那琳琅满目的小饰物令她爱不释手，各种美食小吃更让她大饱口福。这对于她来说是一个全新的世界，一切都那么不可思议，渐渐地，她真的有些喜欢城镇生活了。不过由于缺少生活常识，一路上她经常闹出笑话，辰南不断给他讲解如何待人接物。和她在一起，辰南感觉很轻松。雨馨不沾染一丝尘世俗气，她天真的话语，每每令辰南忍俊不禁。

雨馨的聪明和接受新事物的能力令辰南有些吃惊，短短一个月的时间，她已经改变了很多，再不会闹出什么笑话了。她虽然变化很快，但那份纯真还是保留了下来。当辰南带她回到辰府时，雨馨无双的容颜和纯真的性格，立刻赢得了辰南父母的极大好感。若不是辰南的母亲拦下来，辰战差一点在辰南的请求下收雨馨为义女。辰南的母亲对雨馨比亲生女儿还要好，她之所以这样做是有些私心的。

辰南自从修为不进反退，体质发生异变后，很久没有笑容了。然而这次回来后脸上时常挂着微笑，这令他的母亲高兴不已，把这一切都归功于雨馨，私下里把她认定成了准儿媳。当知道雨馨的弃儿身世后，辰母对其更加爱怜。辰战探察出雨馨体内有一股强横的内力，不禁动容，这股内力当然不能和他的通天功力相比，但对于一个十七八岁的少女来说，已经称得上不可思议了。通过雨馨的讲述得知，她体内的强大内力，是她师傅在临去世前强行灌入她体内的。她自己的本领也算得上出类拔萃，再加上这强大的内力，她已经在二十岁以下的年轻一代内少有敌手了，和修为没有退步前的辰南有得一拼。

日子一天天平淡而过，雨馨成了辰家的一员，她喜欢上了这种家庭的温暖。聪明的她渐渐熟悉了人与人之间的交往，了解了人性的简单与复杂，简单的表象，复杂的内里。师傅以前对她说的那些话，直到现在她才明白其中的真正含义。

看得多，听得多，了解得多，雨馨不再像过去那样给人稚嫩、天真、不谙世事的感觉了。但那份纯真还是保留了下来，她的聪慧和善良令辰家上上下下都对她喜爱无比。她对辰南有着一份特殊的感情，是他将她带进了一个全新的世界，让她接触到了以前为之恐惧的人类社会。事实上，她也非常愿意和辰南相处，毕竟他是她在这个世上的第一个朋友，也是她最值得信赖的朋友。

辰母看着两人相处愉快，越来越亲近，露出了欣慰的笑容。雨馨来到辰府已经一年有余，辰南的修为依然陷在低谷，不能恢复如初，但他的心境已经不似先前那般颓丧。雨馨纯真、乐观的性格深深感染了他，她能够放弃熟悉的大山生活，勇敢地来到先前所恐惧的陌生世界，他为什么不能放下心中的包袱，开始全新的生活呢？

他的确在慢慢改变，似乎渐渐忘记了被视作生命的武学。日子在平淡中悄然而过，又一年过去了。辰南和雨馨朝夕相处，彼此之间似乎产生了一种朦胧的感情。那是一种集合亲情、友情和淡淡爱情的复杂感情。如果没有意外发生，两人之间的感情也许会水到渠成，慢慢发展成爱情，也许会以这种复杂的感情状态继续相处下去。

一件事彻底改变了这种状态。

辰南在很小的时候，他的父母便为他订了一门亲事，未婚妻是另一个著名世家的千金小姐。那个世家不仅在修炼界赫赫有名，而且在华夏国也有着很大的权势，两家算得上门当户对。几年前，辰南在年轻一代中算得上翘楚人物，但意外发生后，他一下子失去了所有光芒，他功力倒退的事情被传得沸沸扬扬，各种讽刺之声接踵而来。

辰南的母亲敏锐察觉到，那个著名世家对这桩婚姻的态度暧昧了起来，他们从此不再提这件事，这场婚约可能就此作罢了。辰战是一个有大智慧的人，对这件事根本没有多作计较。辰南的母亲也很开明，觉得这桩婚姻既然对方已有些不情愿，就此作罢也就算了。可是对方却一直拖着，始终没有明确的表示。直到后来，世家的家主领着女儿前来拜访，这段婚约才算有了一个了结。辰战武功盖世，又是华夏国的逍遥王，那个家主多少有些忌讳。他虽然不愿意将女儿嫁给功力倒退的辰南，但见面后依旧没有明确表示。只是想通过他的女儿，婉转地向辰南表达。但这位千金小姐太过盛气凌人，习惯了以自我为中心，做出来的事情很欠考虑。对于他父亲的叮嘱并没怎么在意，她想通过自己的方式来解决这场不满意的婚约。

年轻人有年轻人的圈子，这位千金租下一座豪宅，组织了一场世家子弟间的聚会，其中有不少青年才俊都是她的仰慕者。在这个聚会上，她直接放出话来，他未来的夫君必须是一个顶天立地的英雄，她决不会下嫁给一个废物。其中矛头直指辰南，虽然没有挑明，但话语已经很显然。不少世家子弟纷纷起哄，声称以她如此美貌怎么能够嫁给一个废物呢，就是她肯委屈自己，他们也不答应。起哄的人都是千金小姐事先安排好的，目的就是要让辰南难堪，要他下不来台，使他自惭形秽，私下里提出解除婚约。有时，聪明人往往办糊涂事，这位千金小姐就是如此，她若私下和辰南委婉地表达出来，决不会有什么意外发生。辰家之所以一直没有主动提出解除这桩婚姻，完全是在顾及女方的面子，毕竟女方若是被男方先退婚，脸面很不好看。

千金小姐莽撞的行动，令辰南异常难堪，愤怒无比。如此侮辱放在任何一个男人身上，都会感觉难以忍受，况且是年轻一代中曾经的"第一人"。以前高高在上，如今却被人如此侮辱、践踏人格尊严，辰南三次握剑三次松手，最后他忍住了，为这种女人不值得。人与人之间是非常现实的，他和这个女人根本不可能走到一起。若因一时冲动而武力相向，徒增人笑柄。

　　蝼蚁因弱小卑微，行人对之无视，随意践踏。辰南武学半废，前途可谓毫无光明可言，他的沉默在那些世家子弟眼中无疑成了懦弱的表现，不少人出言暗讽，言语甚是不恭。千金小姐得意非凡，言辞更加放肆，由开始时的暗语过渡到了直白。她径直走到辰南近前，轻声但高傲地道："辰南，我不会嫁给你，我不希望自己的丈夫是个废物。"

　　"啪！""啪！"两声清脆的耳光几乎在大厅内同时响起，场面一下子静了下来，所有人的目光都聚集而来。

　　第一个耳光是辰南甩给那位千金小姐的，他声音不疾不缓："女人若是仅仅外表美丽，她不过是个花瓶。"他随手将旁边桌上的一个花瓶丢在了地上，道："看到了吧，破碎的花瓶并不好看，它的里面并不如表面那样光滑美丽，甚至很粗糙。花瓶不过是很脏的泥土烧制而成，说到底只是个摆设而已。"

　　第二个耳光是雨馨甩给千金小姐的，声音很响。她虽然纯真、善良，但看到辰南如此受辱，也气愤不已。看到辰南出手，她下意识地跟着挥出了手掌。她的话语却很轻很柔："做人要懂得自尊、自爱。"

　　辰母早已将辰南的这门婚约委婉地告诉了雨馨，也将其中的不明朗状态详细和她讲了，所以雨馨对于这件事了解得很清楚。她虽然纯真、善良，但已不是昔日那个不谙世事的少女，聪慧的她早已明白了辰母话中的含义。被两人同时甩了耳光，那位千金小姐简直不相信眼前的事实，好半天才缓过神来，她摸了摸肿胀的脸颊，尖声叫了起来："你敢打我？你这个废物竟敢打我……我要杀了你！"她状若疯狂，首先向辰南扑去。

　　雨馨此时的修为在年轻一代中早已罕逢敌手，她知道辰南的修为倒退不如从前，怕他有闪失，先一步上前，纤手轻挥，将那位千金小姐带向了一旁，千金小姐冲劲过猛一下子栽倒在地，大厅中传出一阵哄笑。雨馨自袖中悄悄伸出一指，发出一道劲气，闭住了她一处大穴，令她动弹不得。仰慕千金小姐的几个青年，见她趴在地上不能动弹，急忙上前将她扶了起来。千金小姐脸色铁青无比，出了这么大的丑，真比杀了她还要难受。

辰南看着雨馨笑了笑，没想到曾经那样纯真的她也会搞些小动作，当真环境影响人啊。不过他很高兴，以前总担心她吃别人的亏，现在看来她已经充分了解了人性的种种，不用再为她担心了。

"辰南，你竟敢如此对我？"千金小姐怒视辰南，又恶狠狠地瞪着雨馨，她咬牙切齿，直到这时她才发现雨馨的天仙之姿，内心嫉恨无比。

辰南冷声道："我们两家是世交，我只是为你父亲管教一下你而已。另外现在我宣布一件事，我和你之间的婚约就此解除，你我之间再没有任何关系。"

"你……"千金小姐真是快气疯了，她没想到辰南竟然这样干脆，在大庭广众之下当先解除了这门婚约。虽然她一直想毁约，但率先宣布这一消息的人应该是她，没想到却被对方先一步说了出来，这令她颜面尽失。

"你……你们给我杀了他！"千金小姐对她身旁的几个世家子弟喊道。几个人面面相觑，虽然他们修为不凡，家世不弱，但给他们天大的胆子也不敢对辰南动手，刚才帮着千金小姐给辰南难堪已经是他们的极限。天下谁不知辰家之主辰战盖世无双，关于他的传说数不胜数，他是这个时代最为传奇的人物，谁敢将他惹怒？看没有一个人上前，千金小姐又气又怒，对辰南道："你……你这个废物了不起啊，谁愿意嫁给你，你不说我也会毁约的。"

雨馨上前道："你如此'出色'的表现，大家都已看在眼里，辰南决不会娶你，因为他在不久的将来会娶我。"大厅中所有人都愣住了，在这次世家子弟的聚会上，最为耀眼、最为夺目的不是和辰南有婚约的那个千金小姐，不是威名远播的几个年轻侠少，而是雨馨这个如精灵、似仙子的绝代佳人。她的身上不沾染一丝尘世俗气，无双的容颜令所有人倾倒，飘逸若仙的气质让人陶醉，许多人的眼光从一开始就从未离开过她。听到她这句话，每一个人皆失落到了极点，对辰南又是嫉妒又是羡慕。

千金小姐开始时并未注意到雨馨，直到挨了一记耳光才发现她的存在，看着这个无论哪一方面都强过她许多的绝色女子，她发自内心地嫉妒。"你……你是什么人？为什么会出现在这里？我并没有邀请你！"雨馨没有回答，拉着辰南一起向大厅外走去。自幼被人娇宠，今日却屡屡吃瘪，此刻又被人无视，千金小姐急怒交加，竟然气得昏了过去。

走出大厅后，辰南轻声道："雨馨，谢谢你！""对我还用这样客气吗？"雨馨轻笑道，"你是不是觉得我变坏了，今日我做得是不是有些过分？"

辰南道："不，一点也不过分。以前我总觉得你太过单纯，太过善良，总怕你会吃亏。但今日我发觉你已经能够保护自己了，再不用为你担心了。"雨馨俏皮地笑了起来，道："你在变相说我变坏了，嘻嘻，我觉得那个女人真的很坏，所以忍不住教训了她。"

想到千金小姐刚才狼狈的样子，辰南忍不住笑了起来，道："呵呵，走，我们回家。"

辰南和那位千金小姐的婚约解除了，聚会上闹出的风波不了了之。辰南和雨馨相识两年有余，经过那次聚会，他们的关系彻底变得明朗起来，这是辰母非常乐见的。愉快相处的两个年轻人并没有什么轰轰烈烈的爱情誓言，感觉只要在一起开心就好，平平淡淡才是真。若无意外，也许再过一年半载，辰母就会抓住时机为两人完婚。

当初辰南武学半废时，心中颓废到极点，在寂寞中咀嚼煎熬，在绝望中品味苦涩……直到在山中遇见了雨馨，他阴霾的天空才有了一丝光彩，心境渐渐恢复如初。一切才刚刚开始，但又要匆匆结束……

辰战是这个时代最为传奇的人物，传说他曾经登上飘渺峰和仙人对抗过，而且从容而退，其威名远播到仙幻大陆各个角落，自然会引起其他一些绝顶高手的不服，最开始时，经常有修为高深的顶尖强者上门挑战。这些人当中既有成名多年的前辈高手，也有天纵奇才的奇人隐士，甚至一些传说中即将登临仙境的修道者也找上了门来。但随着一个又一个人败北，勇于前往辰府挑战的人越来越少。但这并不意味着没有人前来挑战了，一个传说中的盖世魔王派人送来了一份战书。

一百七十年前，邪道绝代高手东方啸天纵横天下，无敌于世。无论是武道巅峰者还是修道大成者，没有人能够奈何于他，被他击杀的顶尖高手数不胜数。那一个时代是东方啸天的时代，没有人能够与之相抗，"问天下英雄谁与争锋"是对他最真实的写照。横扫天下，无人能抗，东方啸天于一百五十年前走入仙幻大陆最北部的极寒之地，将自己冰封于玄冰谷，自此闭关不出。但半个月前，仙幻大陆修炼界忽然传出，一百五十年前的绝代高手自极寒之地出关南下，要为一脉单传的曾孙报杀身之仇。而这个仇人就是辰战。

辰战十年前曾经击毙邪道大魔头东方云飞，此人正是东方啸天的曾孙，邪道中人费尽千辛万苦，终于找到了魔王的闭关所在。盖世魔王复出的消息像旋风一般吹遍仙幻大陆的每一个角落，所有修炼者震惊。东方啸天已经有一百五十年未曾出世，几乎所有人都认为他不是已经武破虚空而去，就是衰老死去。不少人认为，魔王复出这一说法不过是谣传，但数天之后传言被证实是真的，因为这个时代最为传奇的人物辰战已经证实，他接到了魔王的战书，九月初九决战岳山之巅。

两个不同时代的最强者将要进行生死大战，修炼界沸腾了，这无疑将是数百年来最壮烈、最精彩的一战。辰战自接到战书以来，泰然处之，波澜不惊，似乎并没有将不久之后与东方啸天的生死大战放在心上。辰家其他人则担心不已，毕竟东方啸天一百五十年前就已经无敌天下，现在的修为理应登临仙境却还滞留人间，料想并不是他没有武破虚空的实力，而是他不想离去。


九月初九如期而至，岳山附近，仙幻大陆无数修炼者蜂拥而来，随处可见。辰南和雨馨也在人群中，他们的心情非常紧张，不断在心中祈祷。万众瞩目之下，一个紫发中年人自远方御空飞行而来，周围竟然环绕着滚滚乌云，如盖世魔王一般，整个人散发着一股至强至大的气息，冷冷俯视着下方众人。一股巨大的能量波动在天地间浩荡，其威惊人，其势慑天。地上有无数强者，但每个人都难以抗拒那莫大的威压，自心中涌起一股极大的挫败感，有一股倒地臣服的冲动。

"东方啸天来也，辰战何在？"此人正是二百余岁高龄的盖世魔王东方啸天。众人震惊，一百五十年前的无敌强者竟然青春不老，可见其修为是多么可怕，必然已破死境，踏入长生之列。这样的人没有道理还留在这个空间！

辰战的妻子是一个异常聪慧的女子，经的多，见的广，看到盖世魔王的无敌风范，立刻明白他的修为绝对不在辰战之下，不由得为丈夫担心起来。辰南和雨馨二人也异常担心，在心中默默祈祷。辰战展颜一笑，道："你们不必担心，在这世间没有人能够杀死我。"话语间透着强大的自信。辰战言罢，自地面直飞而上。地面上的人立刻感觉到了一股莫大的压力，几乎喘不过气来。如果东方啸天是一个盖世的魔王，那么辰战就是一尊无敌的战神！

"好，好，好！一百五十年未履人间，不想天下竟出了你这等人物！"东方啸天一连说了三个"好"，可见对于这个后辈绝代高手是多么地看重。

辰战道："久仰前辈大名，今日有幸一见，实乃荣幸。"

东方啸天双眼开合间射出两道紫芒，冷声道："不用恭维我，说到底我是一个俗人，听到我那一脉单传的曾孙死在你的手里，实在难以忍受，一百多年来的修心养性还是难以抑制心中的杀戮冲动。"

"前辈乃豪迈不羁之人，心中所恨皆流于言表，并不作态，着实让人佩服。"

东方啸天冷声道："哼，我是真俗人，决非假君子。今日你我一战在所难免，你准备好了吗？"

"好了，请前辈出手吧。"

"啊……"盖世魔王仰天大叫，紫色的长发无风自动，身上涌出一股滔天的魔焰。紫色的魔焰如熊熊燃烧的烈火一般环绕在他的周围，外放的强大气息令观战的人心惊胆战，不少功力低微之人已经吓得瘫软在地。受他气势激发，辰战的气质在刹那间变了，炽烈的金光自他体内涌出，环绕在他的周围，他如战神一般当空而立，数十道耀眼的金芒自他四周直冲而上，几十道护体剑气直插云霄。

辰战沉声道："所有人请离开这里，能退多远就退多远。"低缓的话语透着莫大的威严，让人不容质疑，人们如潮水一般向远方退去。一声惊天动地的大响过后，两大绝代高手之间的惊世大战爆发了。一紫、一金两团光芒自空中爆发而出，这是两人强势第一击，巨大的能量波动令整片天地仿佛都震荡了起来。

许多观望的人都被这股巨大的波动掀倒在地，众人急忙再次快速后退。空中剑气纵横激荡，横扫四方，一紫、一金两道人影不断冲撞。观战的修炼者如痴如醉，那是他们一生都难以仰望到的武学境界，无论是武人还是修道者，都对空中二人有顶礼膜拜的冲动，在他们眼中，两人所展现的修为已非"人力"。那肆虐四野的魔焰，那直上云霄的剑气，令每一个人心潮澎湃不已，修武到极至境界竟然有这般毁天灭地之势，这是他们以前想也不敢想的。

两个不同时代的盖世强者化作两道光芒缠斗在一起，伴随着到处肆虐的魔焰与剑气，二人下方的林木成片成片地倒下，巨石到处乱滚。不多时，整个地表大变样，地下潮湿的泥土翻涌了上来，覆盖在了地表，整片土地像波浪一般翻动。两个强者势均力敌，谁也难以奈何对方。但他们都没有收手的意思，向不远处的岳山飞去，空战变成了山巅对决。一时间，高大的岳山惨遭破坏，整座山峰都晃动了起来，巨大的山石到处激射。

东方啸天一记猛烈拳劲化作一道如房屋大小的紫色拳影，与辰战那长达十几丈的金色剑气相撞在了一起，这惊世一击令峰顶轰然碎裂，伴随着隆隆巨响，山石滚落而下，岳山峰顶被两人彻底毁去。这场惊世大战，令所有修炼者神驰意动。两个强者不断变换战场，从岳山之巅向群山深处转移而去。众人哪里跟得上这两人的速度，虽然苦苦追随，也只看到大战过后的恐怖痕迹。

整片山脉被两人肆虐得不成样子，林木尽毁，山峰削顶，谷地填平……这一战没有人知道输赢，当众人赶到时，两人早已离开了战场。

不久，辰战安然返回家中，不过他没有向外界透露那一战的结果。

谁输谁赢并不重要了，两人中的任何一人都有惊天动地之能，这一场大战令所有修炼者大开眼界。只有辰战的家人知道，那一战辰战赢了！对决时，辰战一掌拍在了魔王的头上。东方啸天魔功盖世，这足以断山裂石的一掌并未能夺去他的性命，但他变得狂乱起来。他双眼赤红，彻底发狂，在大山中胡乱冲撞。魔王竟然被那一掌打得神志错乱，陷入疯狂。

他双眼血红，疯狂大叫着："乖孙，曾孙儿，我一定要替你报仇……"辰战想将他制住，但他却御空向着北方的极寒之地逃去。战胜盖世魔王后，辰战并没有丝毫喜悦，反而忧心重重。他有一股不祥的预感，神志错乱的魔王不久之后会找上门来。陷入疯狂的魔王根本不会再有道理可讲，若是他出手对付他的家人，那将是一场可怕的灾难。东方啸天的修为和辰战相当，他若是发狂报复，那真是太可怕了。他自己虽然不怕，但他的家人呢？

经过这场惊世大战，辰战威名更盛，隐然间成了仙幻大陆第一人。自此之后，他极少出门，从不远行，担心东方啸天找上门来，威胁家人的安全。他没有将心中的忧虑告诉家人，以免他们整日担惊受怕。在一个月色朦胧的夜晚，辰战所担心的事情终于发生了，他突然感应到一股异常强大的波动，强大的气息令人心悸，但转瞬间又如潮水一般退却了。当辰战追出去时，只看到一道紫影向西方飞去，已经来不及追赶。当他返回辰府时，发觉他的家人并无异样之色。辰战心情有些沉重，盖世魔王到底还是找上门来了，他的家人真的有危险了。

第二天的夜晚，那股波动再次出现在辰府，辰战追出去时依然毫无所获。如此连续过了五天，在第六天的夜晚，月圆之夜，那异常强大的恐怖波动出现后，辰战快速冲了出去，这一次他决定无论如何也要留下盖世魔王，看着那即将消失的紫影，辰战双眼射出两道金光，腾空而起，似一道闪电一般追击而去。

在辰战离去后，一个散发着紫光的高大身影自暗中闪了出来，紫色的长发无风自动，一股强大而又恐怖的气息自他身体散发而出。邪道第一人东方啸天，双眼血红，脸色狰狞无比，大步向辰府走去。朱红色的高大铁门瞬间化为一堆残铁，在月色之下，他妖异的身影如魔鬼一般散发着阴森、恐怖的气息……

　　辰南的母亲在后花园散步，离前院比较远，虽然感觉有些异常，但并没有多想，试想辰战神功盖世，有谁敢来这里撒野呢？雨馨正在客厅和辰南聊天，在第一时间便感应到了那股异常强大而又恐怖的气息，她急忙站起身来护到了辰南身前。辰南由于武功半废，并没有感应到那股强大可怖的波动。

　　"雨馨你在干吗？"看着雨馨突然背对他，辰南感觉很诧异。雨馨压下心中的不安，道："哦，没什么。"说着，她在辰南的身旁坐了下来。看着雨馨魂不守舍的样子，辰南越来越觉得奇怪，道："雨馨你在想什么？"

　　"哦，我在想刚才辰伯伯为何会突然离去，怎么现在还没有回来。"雨馨的心性虽然已不似两年前那样单纯，但很多的事情她还是不会藏在心底，此刻她心中涌起了一股不祥的感觉，一切都写在了脸上。

　　"是啊，这几天父亲很奇怪，经常无缘无故突然离开。别怕，没什么，他肯定想到了一些武学上的问题，急着去验证。"

　　就在这时，雨馨心中那股不祥的感觉越来越强烈，异常可怕的气息在空中弥漫，巨大的危险似乎正在慢慢接近。她终于明白，那股恐怖的波动来自于东方啸天。盖世魔王上门寻仇来了！雨馨的脸色有些苍白，如今辰战不在，谁能够敌得过这个魔王？

　　"雨馨，你脸色不太好看，我去给你倒杯水。"

　　"不……不要！辰南别离开我，坐在我的身边。"

　　"雨馨你到底怎么了？"

　　"我……我有些冷，你坐在我身边好不好？"辰南感应不到东方啸天外放的强大气息，闻言坐在她的身边。

　　"辰南，要是有人想杀我，你……会救我吗？"

　　"傻丫头怎么竟说傻话啊，如果有人想伤害你，除非他踏着我的尸体过去。"

　　雨馨开心地笑了起来，脸上满是幸福之色，道："我就知道在这个世上你对我最好，如果你有危险，我拼去自己的性命也要让你活下去……"看着雨馨那纯真的笑容，辰南心中满是暖意，急忙打断她的话，道："不要说这些不吉利的话，我只要你天天开心就好。"

"天天开心……"雨馨一阵失神，道，"这两年我已经很开心了，天天和你在一起，我感觉真的很快乐。如果……如果有一天……我突然离开你，你……会想我吗？"

"会，我会很心痛地想你。所以我永远不会让你离开我，我要你永远和我在一起。"

"如果我离开你很久很久，过去好多年后，你……还会想起我吗？"

"傻瓜，就是下辈子我都不会忘记你，我说过决不会让你离开我的。"

听到这句话，雨馨眼角有些湿润，道："几十年过去后，当你老去的时候，如果你能够想起年轻的时候曾经认识一个女孩叫雨馨，我……会很高兴的。"辰南发现了雨馨的异常，轻抚着她如玉的脸颊，柔声道："不要胡思乱想，听了你这些话，我心里忽然很发慌。我们永远都在一起，我生生世世都会把你记在心里。"

"不，我只要你心里有我一点点位置就好，不要忘记我就好。如果有一天我离开了你，你不要总是想我，我要你好好地活下去……"

"不要说傻话……"雨馨用手指封住了他的嘴，有些伤感，道，"当你老去的时候，还能够想起一个叫雨馨的女孩……"正在这时，房门"轰"的一声碎裂了，东方啸天披头散发、双眼血红，一步踏进了客厅内。盖世魔王突然出现，辰南大惊失色，他一下子站到了雨馨的身前。但雨馨突然闭住了他的穴道，快速将他抛出了窗外。

她在心中叹道："辰伯伯，你一定要赶快回来啊，不然辰南还是难逃一死啊！"雨馨强行解开了身上的封印，一股强大而又神圣的气息弥漫在整个房间，在这一刻她如仙子一般圣洁。

窗外的辰南身不能动，他焦急地大喊道："雨馨不要啊！"

雨馨的师傅学究天人，功达化境，但最后还是差了一步没能步入仙境。岁月无情，这位无名武学大师临去世前，将一身功力灌入雨馨体内。由于他一生所修出的内力太过惊人，雨馨不能完全承受，便将自己的功力一点点封印到了她的体内，并告诉雨馨千万不能强行解开封印，随着她修为的提高，那些封印会慢慢自动解开，她会一点一点汲取到体内封印的强大力量。然而就在这一刻，雨馨强行解开了封印。

辰南了解她的一切，这一刻他肝胆欲裂。他终于明白了雨馨刚才为何神情异样，她早已得知魔王东方啸天来了，刚才竟然是在诀别！他悲愤道："不要啊！雨馨快停下来……东方啸天，我是辰战之子，有什么你对我来……"

东方啸天神志错乱，时而清醒，时而浑浑噩噩，此时他心中只有疯狂杀戮的念头。他双眼血红，如野兽一般盯着眼前如同仙子一般的白衣少女，一掌向雨馨拍去……雨馨体内的封印彻底被解除了，强横的力量在她体内猛烈冲撞，身体仿佛要碎裂一般，剧痛令她险些昏过去。看着魔王那无匹的拳风袭来，她急忙闪向一旁，而后运集体内狂乱冲撞的巨大力量抵挡来不及躲开的部分掌风。

"轰隆隆"一声大响，整面墙壁如同烈日下的雪花一般快速消融，化作一堆细沙。雨馨的身子横着飞了出去，鲜血自她口中不断向外涌出，她的脸色苍白无比，如同一朵花儿一般凋零，坠落……

"雨馨……"看到雨馨被击飞而出，辰南心中剧痛，恨不得能够移形换位，代替雨馨受那一掌。

"东方啸天，你这个懦弱的无耻之徒，打不赢我父亲，却来此偷袭我们，你这个狗熊过来杀我吧！"

东方啸天大步走出，双眼放出两道凶光，恶狠狠地向辰南望去。然而就在这时，雨馨摇摇晃晃站了起来，脸上已经毫无血色，洁白的衣衫沾满了血迹，似折翅的天使一般圣洁而又凄美。她无力地抬起右手，一道劲风透指而出，封闭了辰南的哑穴。东方啸天那一掌威力浩大无匹，雨馨虽然只接了一点点掌风，但也已受伤不轻。她体内虽然有师傅留下的浩瀚功力，但也难以和初临仙武境界的魔王相抗衡。

雨馨虚弱地道："东方啸天，你如果还当自己是一个绝代高手的话，请接受我的挑战。"魔王再次将注意力转移到了雨馨身上。

"我们不要在这里比试，我有一套威力绝大的神功，在这里施展不开，我们去后面的演武场大战。"

东方啸天处在神志不清的状态下，闻言竟然下意识地跟着雨馨向后院走去。辰南脑袋"嗡"的一声，险些昏厥过去，雨馨要用她的生命来拖延时间，等待辰战归来，这悲壮、残酷的一幕令他要疯了。看着那柔弱的身影消失在院中，辰南痛苦地闭上了双眼，热泪禁不住滚落而下……

辰战身化一道金龙，御空飞行十几里后，终于追上了前方那道散发着紫光的人影。

"是你……紫虚道人！"

"不错，正是贫道，不知辰王爷为何对我紧追不舍？"

辰战怒极，很显然他中了调虎离山之计。这位紫虚道人是一位修道大成之人，是当世有数的高手之一，但由于心性不是很端正，热衷于名利，有悖道家的"无为"心法，所以修为始终难以大圆满。五年前他来辰府挑战时，被辰战一掌震伤，狼狈遁走。联想到其中种种因果关系，辰战一下子明白了，肯定是紫虚道人找上了神志错乱的东方啸天一起报仇。

"你去死！"辰战彻底愤怒了，双掌毫不留情向前猛推而去，一片耀眼的金光以排山倒海之势向紫虚道人席卷而去。金光与紫虚道人匆忙中放出来的飞剑冲撞在了一起，晶莹剔透的飞剑在刹那间碎裂，紫虚道人身受重创，自空中跌落了下去。辰战有一个不成文的规定，非十恶不赦且亲手残害过人命者不杀，不会轻易对仇敌下杀手。但此时，紫虚道人感觉有些恐慌，明显感觉到了辰战的杀意。

龙有逆鳞，触之必怒！今日紫虚道人触犯了辰战的逆鳞，他必须要死，任何条条框框都不能够将辰战束缚。辰战集全身功力于右臂，一道长达三十丈的光剑自右臂延伸而出，当空劈下。璀璨的剑芒瞬间将紫虚道人劈为粉碎，空中爆发出一片血雾。辰战今天动了真怒，为了节省时间，他刚才斩杀紫虚道人时将功力提升到了极限，不然没有这么容易杀死他。他看也没有向下看一眼，掉转身躯如闪电一般向家中飞去。

当雨馨和东方啸天走进辰家演武场的刹那，辰南的母亲终于感应到了魔王的恐怖气息，她快速自后花园冲回房间，带着后羿神弓向着演武场飞奔而去。已经睡熟的下人听到不平常的动静后快速冲了出来，发现躺在地上的辰南后大惊失色，急忙解开他的穴道，将他扶了起来。辰南像疯了一般向演武场冲去，恰好看见雨馨那柔弱的娇躯似秋风中的蝶儿一般跌落而下。

盖世魔王成名绝学裂天十击，十道气浪一重高过一重向雨馨席卷而去，第一重就已经令她口吐鲜血不止；第二重将雨馨体内那股封印的巨大力量彻底打散了；第三重排山倒海般的气浪令雨馨五脏俱碎，百脉尽断。说到底，雨馨的师傅虽然修为惊人，但他传给雨馨的功力还是难以抵挡盖世魔王。第四重气浪将至，雨馨若是再被击中将尸骨无存，更何况这不过是裂天十击第四击，十重气浪一道强盛过一道，后面还有六重！

就在这时，辰南的母亲和父亲都赶到了。辰战怒发倒竖，擒龙手当空而下，一排排金色的光掌将余下的七重气浪彻底阻挡而回。与此同时，辰南的母亲将一支雕翎箭搭在了神弓之上，弓弦被她慢慢拉开，天地元气如潮水一般向后羿弓涌去。凡铁化金精，点点金光汇聚在雕翎箭之上，使它瞬间化作一支神光箭。一道金光破空而去，一时间风雷阵阵，天地失色。

东方啸天血红的双眼盯着发出阵阵惊雷之声的金光箭，蕴含着浩瀚天地元气的金光箭并没有让他感到畏惧，反而露出兴奋之色。他双目凶光大盛，伸右手向光箭抓去。这足以开山裂石的一箭竟然被他生生抓住了，光箭在他手中爆碎，化作点点金光消失在空中。传说中后羿弓曾经射下过天上的神，然而这一箭却未成功，一方面是辰南的母亲功力不够深厚，难以拉满后羿弓。另一方面也足以说明初临仙武境界的东方啸天有多么地可怕！此刻他面目狰狞，紫发乱舞，魔焰滔天，真如一个盖世魔王一般！

辰南看着如同花儿一般凋零落下的雨馨，目眦欲裂。洁白的衣裙满是鲜血，凄艳的红，触目惊心，但那苍白的绝美容颜，却带着欣慰的笑容。辰南的双眼在滴血，他接住了自空中落下的柔弱娇躯，一滴一滴血泪滚落而下。雨馨的瘦弱躯体仿佛重若泰山，压得他跪倒在地。

"雨馨……本来承受那一掌的人应该是我啊！"雨馨艰难地张了张

嘴，咳出一大口鲜血。辰南急忙将真气向她体内输送去，却发现她的经脉早已断裂，真气如脱缰的野马一般在她体内乱窜。

"雨馨……"辰南咬烂了双唇，他的心在滴血。

"辰南……不要难过，还记得刚才我们……在房间说的话吗？"

"记得……"

"你说过……如果有人想杀我，除非……他踏着你的尸体过去，我听了好……感动。从小到大……我只有师傅一个亲人……没有父母……没有玩伴……没有朋友，好孤单！自从遇见你……我好快乐，辰伯伯、辰伯母待我如……亲生女儿一般，我好幸福，因为我终于有了一个……家。你……是我最亲……最亲的人，我已经没有了师傅，我……不能再失去……你。我宁愿自己……死，也要你好好……活下去，咳……"雨馨又开始大口大口吐血。

"雨馨……不要说了，你不会死……"那断断续续的话语，令辰南心如刀绞，血泪模糊了他的双眼。

"辰南你……受伤了吗？你的眼睛……为何流血？"

"为什么……为什么你总是想着我，到现在……还担心我……雨馨我不要你死去！"辰南紧紧地将雨馨抱在胸前放声大哭起来。他已经十几年未曾落泪，此情此景令他忍不住失声痛哭。

"辰南……不要哭，男儿有泪……不轻弹。"

"雨馨……我只要你好好地活下去，我不要你替我去死……"辰南大声地哭道。

"这两年……我真的很快乐，是你将我带出了大山，让我认识了……一个全新的世界。我是不是……很傻？经常……闹出笑话，什么……也不懂，是你耐心地帮我讲解，和你在一起的每一天……我都感觉很快乐，其实我真的不想离开你……我只想每天和你一起……看日出，一起……看日落，平平淡淡……生活……"

"雨馨你不要说了……"辰南感觉胸中难受无比，忍不住张嘴吐了一口鲜血。雨馨目光渐渐涣散，已经看不清眼前的景象，只能感觉到一股温热的液体溅到她的身上。

"辰南……你怎么了？"

"我没事……"

"哦……"雨馨的意识渐渐模糊,她喃喃道,"当你……老去的时候,还能够想起……一个叫雨馨的女孩……"声音戛然而止。

"雨馨……我不要你死去……我要你永远快快乐乐地活着……"辰南像疯了一般大叫着。然而雨馨却已闭上了双眼,身体越来越冷。

这时,在空中和东方啸天激战的辰战大急,使出浑身解数,将功力提升到了极限,终于一掌将盖世魔王拍落下去。辰南的母亲去而复返,焦急地对辰南喊道:"快,快把这个给她服下去,这是你父亲当年游历天下时在一个古仙遗地得到的一颗仙丹。"辰南像抓住救命稻草一般,快速接过那颗芳香四溢、晶莹剔透的丹丸,将它嚼碎,仙丹混合着血水被辰南强行度进了雨馨口中。

古仙人遗留在世间的仙丹,虽然有夺天地造化之妙,还是未能挽回雨馨的性命。毕竟她是被东方啸天的盖世魔功所伤,那裂天十击威力无匹,若是没有她师傅封印在她体内的强横功力,恐怕此刻她早已尸骨无存。任辰南怎样呼唤,雨馨也没有再睁开眼睛,她静静地躺在辰南的怀中,神态安详无比,仿佛了却了心愿,没有留下遗憾。

"雨馨……"辰南悲呼。院中的秋菊被刚才的猛烈劲气冲击得满天飞舞,洁白的菊花纷纷扬扬在空中飘洒,花瓣如泪雨,落花在哭泣。想起雨馨种种的好,辰南悲痛欲绝,往昔那些温馨的画面一幕幕浮上他的心头。

"我叫雨馨,在一个雨夜,被师傅在花丛中捡到的。"

……

微弱的话语,似还在院中飘荡。

最后,在辰南耳边,雨馨弥留时未来得及说完的话语在不断回荡:"当你……老去的时候,还能够想起……一个叫雨馨的女孩……"

"雨馨……我不要你死去……我要你永远快快乐乐地活着……"辰南像疯了一般大叫着,"为什么?!贼老天你为何要这样残酷?!还我雨馨命来!命运?命运!为什么?为什么!我只想和心爱的人……平平淡淡地活下去,这一切……为什么?!"辰南声嘶力竭地悲呼。辰母看着雨馨苍白的面孔，不禁流出了泪水，再看看辰南状若疯狂的样子，心如刀绞。

辰南止住了悲痛，看着被父亲打落而下的东方啸天，他双眼赤红，滔天的恨意涌上心头。他将雨馨轻轻放在地上，像疯了一般怒吼着向前冲去："东方啸天，你还我雨馨命来！"辰母大急，虽然东方啸天重伤倒卧在地，但也决非辰南能够对付的。她大喊道："辰南回来！"

辰南哪里还听得进去，他一边跑一边凝聚功力，体内的真气仿佛沸腾了一般，一片炽烈的金光透体而出，比之平日不知要强盛多少倍。愤怒通常让一个人的潜能瞬间爆发，辰南此刻无疑就是这样，悲痛欲绝的负面情绪令他体内的力量狂暴无比。不过炽烈的金光中夹杂着丝丝黑气，宛若冥魔之焰在他体外缭绕，这是走火入魔的征兆。东方啸天虽然被辰战击落，但辰战却不敢有丝毫大意，看到辰南向前冲去，他自高空快速冲下，隔空将辰南抓了回来，道："他虽然身受重伤，但还远远不是你能够对付的。"

东方啸天慢慢爬了起来，眼中闪烁着如同野兽一般的凶狠光芒，森然大笑道："哈哈……死了一个……还不够，你们都要死！"神志错乱的他，早已失去了基本的思考能力，心中唯有杀戮。

辰南看着将雨馨生生击毙的刽子手，牙齿都快咬得碎裂了。"父亲，我求求你放开我吧，我若不能够亲手杀了他，还不如去死！"在这一刻，辰南双眼血红，体外炽烈的金芒在快速地变黑、变暗，这是魔化的象征。

辰战知道，此刻如若不让他将心中的滔天恨意宣泄出去，那么他这一生就毁了，极有可能走火入魔，功废身残。

"好，你去吧。"

辰南大吼道："东方啸天你给我去死！"乱发飞扬，怒焰滔天，他身上的金光彻底敛去，取而代之的是滚滚魔气。

辰南的母亲大急，冲着辰战喊道："这个孩子要走火入魔了，你快想办法！快拦住他啊，他怎么可能是那个魔王的对手啊！"

辰战道："不要急，我有办法。"说着，辰战双掌在空中连晃，一排排金色的掌影在空中闪现而出，最后化作一片炽烈的金光向辰南冲去，一股排山倒海的大力瞬间涌入了辰南体内。辰南感觉浑身暖洋洋的，汹涌澎湃的力量如万流入海一般聚集到了身体各处，这一刻他感觉自己仿佛变成了一个巨人，仿佛成了神魔的化身，有一种众生尽在我掌中的感觉。辰战隔空传功，将体内一半的力量注入到辰南体内，瞬间将辰南的修为提升到了武人梦寐以求的高深境地。

辰南体外的黑芒彻底消失了，炽烈的金光再次笼罩在体表，他如一头怒狮般扑向了东方啸天。辰府演武场剑气纵横激荡，璀璨的剑芒照亮了夜空，直上几十米高空。辰南如同疯了一般，狂烈地向魔王出手。狂风大作，杀气冲天，惨烈的气息弥漫在整座辰府。东方啸天虽然功力盖世，但毕竟已经被辰战重创，难以和失去理性、疯狂拼命的辰南相抗衡，片刻工夫就已经鲜血浴身。

辰南的母亲还是有些不放心，对辰战道："这个孩子不会有事吧。"辰战点了点头，又摇了摇头，道，"现在他不会有危险，我将一半功力注入到了他的体内，我和他之间建立了一种特殊的联系，气机相互感应，我可以随时借他之手重创东方啸天。不过，我担心他的未来，今日遭逢巨变，魔种在他心中深种，我怕有朝一日他的内心世界变得一片黑暗。"

辰南的母亲摇了摇头，道："不会的，这个孩子很善良，他不会变成那样的。况且他的修为已经停滞不前，不可能成为一代魔人。"

"或许吧。不过，他的修为只能靠他自己，也肯定能够恢复过来，不然不配姓辰。"

这是一场疯狂的大战，一代邪道高手被一个疯狂的后辈不断重创，鲜血喷射！辰南像着了魔一般，完全撇弃了招式的运用，竟然和东方啸天扭打在了一起，野蛮地撕扯起来。战斗已经失去了原本的意义，魔王新伤旧创一齐发作，再难抗衡。辰南扭住他的一只臂膀，竟然生生撕扯下来，血箭激射，鲜血飞洒。血浪将辰南从头到脚都染红了，他面目狰狞，真如嗜血恶魔一般，看起来比东方啸天还要像魔王。辰南挥舞着东方啸天的臂膀，失去理智地大叫着："你还我雨馨命来！你还我雨馨命来……"

辰母有些惊骇，颤声道："这个孩子……"辰战叹道："虽然这样很残忍，但却是唯一能够导出他心中魔火的方法。一百五十年前，东方啸天纵横天下时滥杀无辜，这或许就是他的报应吧。"

这时，辰南已经将东方啸天的另一只臂膀撕扯了下来，他双手挥舞着魔王的两只臂膀，仰天大吼："贼老天你还我雨馨命来……"凄厉的声音在夜空中滚滚激荡。接下来的场面只能用极度血腥、极度残忍来形容，一代魔王被辰南生生扯断了四肢，折磨得不成样子。这时，辰战隔空收回了注入到辰南体内的力量，随着那股功力的消失，辰南软倒在地。不过他还是难以平静，狠狠地盯着东方啸天，口中不断重复着那句话："还我雨馨命来……"

东方啸天已经清醒过来，不再浑浑噩噩，他惨笑道："嘿嘿，没想到我也有这样一天，世事难料啊！"辰战道："世事无常，一百五十年前你呼风唤雨，震慑一个时代，一百五十年后却惨淡收场。你不应该继续留在这个世界，早应破空仙去。"

"哈哈，这或许就是报应吧。败在你的手下，我没有什么遗憾，你的功力的确震古烁今。如果我没有猜错的话，你所修炼的功法便是那武……"

辰战打断了他的话语，道："你知道就好，没有必要说出来。"东方啸天残破的身体痉挛着，他忍着伤痛，深深看了一眼不远处倒在地上的辰南，道："你这个儿子魔种已经深种，若是以后平平淡淡还好，一旦……嘿嘿……"

辰战看了一眼被仇恨埋没理智的辰南，叹道："每个人要走的道路都不尽相同，未来谁也无法看清。"接着他话语转寒，道："东方啸天，我知道你是来杀我的。虽说你是在神智错乱的情况下误杀了那个可怜而又可爱的孩子，但仍要为你的所作所为负责。今日我要用你的命来为那个孩子逆天夺命！"

辰母听到这句话后，原本暗淡的容颜一下子光彩了起来。辰南听到这句话后，也渐渐恢复了神志，他激动地大叫道："父亲你说的是真的吗？雨馨她……还能够活过来？"

"我只有一成的把握，希望很渺茫。"

辰南状若疯狂，道："父亲你一定要救活雨馨啊，若是能够以命换命，我愿用我的命来换她的命。"东方啸天忍受着剧痛的折磨，惨笑道："你果然功力通天，连这种传说中的禁术都被你练成了。好，我甘愿充当这个命引，看一看你到底如何逆天夺命。"

辰战转头看了看自己的妻子，道："你将府内所有人都召集起来，一起远离府宅，没有接到我的消息，万万不可踏进方圆十里之内一步。""这……"辰母有些犹豫，她相信自己丈夫的能力，知道他神通广大，不过这一次似乎要有危险发生，她有些放心不下。

"带着辰南一起离去，半个时辰之后，这里的一切可能都将不复存在。"

辰母欲言又止，但终究没有说什么，她将府内所有人召集起来，命令他们撤退到十里之外，她拉着辰南也一起离去。辰南知道根本帮不上他父亲，离去时，只是喊了一句："父亲……"


半个时辰之后，辰府上空响起隆隆雷鸣，一道道闪电划空而现。原本平静的夜空，平地起惊雷，显得格外恐怖，巨大的电芒照亮了整座辰府上空，宛若雷公现世。这天地异象惊得辰府众人一时说不出话来，因为那电闪雷鸣并非自然现象，雷电竟然是被一个人接引而来。在那隆隆雷声、闪闪电光中，辰战在空中傲然而立。耀眼的雷电一齐向他劈去，远处观望的众人不由得发出一阵惊呼。然而，辰战并未遭到雷劫之苦，璀璨的电芒从四面八方汇聚到他的身前，将他映射得如同一尊金甲战神一般。他双掌齐挥，在空中幻化出一片金色的光浪，光浪不断涌动，形成一个金色的旋涡，所有雷电一齐向旋涡奔腾而去。

无尽的雷电通过旋涡，化作一片绚烂夺目的圣洁光辉涌入辰战体内，这浩瀚的天地之力竟然生生被辰战吸纳了。雷声震耳欲聋，空中电光交错。辰战左手虚空向下抓去，四肢尽断的东方啸天被他隔空抓了上来，一道道炽烈的神圣光辉打入魔王体内。

东方啸天大声叹道："辰战你果然功参造化，真是让人难以置信啊！没想到我有朝一日会成为他人制造命能的炉鼎，哈哈……"这时，原本躺在地上的雨馨慢慢飘浮了起来，升腾到了高空之中。炽烈的神圣光辉经过东方啸天的身体后不再刚猛，化成了柔和的白光向雨馨涌去。

辰战突然大喝道："魂归！""轰……"天地间响起一声惊雷，一道贯通天地的巨大闪电当空而现，震得众人双耳嗡嗡作响，暂时失聪。辰南的母亲大骇，惊道："天雷，这不是普通的雷电，这是天雷！逆天夺命要遭天谴啊！"

"轰！"又一道天雷当空劈下，辰战举掌抗衡，长达几十丈的实质化剑气将这道闪电引向了另一个方向。"轰！""轰！""轰！"……天雷一道接着一道，辰府眨眼间变成了废墟，九道巨大的闪电环绕在辰战的周围。炽烈的光芒，耀得人睁不开眼，雷声连成一片，浩荡在整个天地间。

"飘荡在世间的神魂、魔魄为我阻挡天罚吧，将那迷失的灵魂接引而回！"在那刺眼的电光中，没有人知道发生了什么，外人根本不能够看清，只知道九道天雷在不断狂轰滥炸，整座辰府皆被电芒所笼罩。如此持续了半个时辰，九道天雷才渐渐退去，夜空慢慢恢复了平静。地面被天雷轰击得下陷了七八丈，辰府彻底从地面消失了，仿佛那里根本就不曾有过一座府宅。

辰战虽然显现出疲惫之色，但并没有受伤，其盖世神威可见一二。东方啸天代替雨馨承受雷电之击，粉身碎骨，魂飞魄散，尸骨未存。众人来到近前时，雨馨被辰战自空中放了下来，已经睁开了双眼，显得很迷茫。她简直不敢相信眼前的一切，自己居然又活了过来！

辰南悲喜交加，泪水无声地滚落而下，曾以为将天人永隔，曾以为将长恨绵绵，曾以为将伤悲一生，然而短短半个时辰，命运再次出离轨道，所有的一切都随之而变。巨大的惊喜充斥在辰南心间，大悲大喜令他情绪失控，脚步一阵虚浮，跌跌撞撞冲了过去，轻轻扶住了雨馨那虚弱的娇躯。

"雨馨……"他哽咽着，一句话也说不出。"辰南……"雨馨已然清醒，确定自己不是在梦中，清泪顺着她的脸颊滑落而下。生死磨难，为了对方宁愿牺牲自己的生命……此时无声胜有声，一种叫作"幸福"的味道荡漾在两人之间。但仅仅片刻间，雨馨的脸色突然变得苍白无比，一口鲜血自她口中涌了出来。

"不知道还能不能够和你一起看日出……一起看日落……"

十日后，雨馨被送进了昆仑山脉中的一处古仙遗地。灰暗的天空下，小雨随风斜洒，五彩缤纷的百花在刹那间凋零，落花纷飞……雨馨百脉寸断，五脏皆碎。经辰战逆天改命，经脉暂时接续而上，五脏暂时重新愈合。但这一切都像泡影一样，早晚有一天会脉断脏碎。在没有任何办法的情况下，辰战想起了当年游历天下时发现的那处古仙遗迹，也许只有在灵气氤氲的仙地静养，雨馨才有可能避过死劫，彻底恢复过来。他将一篇疗伤圣经传给雨馨，护送她进入了古仙遗地——百花谷。

雨馨一步一回头，那憔悴的容颜，凄美的背影，黯然神伤的最后一瞥……最后消失在百花谷深处。在那一刻，辰南心中有千言万语，张了张嘴，但却一句话也未喊出口。他伸手向前用力抓了抓，似乎想将那远去的身影留下，但除了空气还能够抓到什么？指甲刺破了他的手掌，鲜血一滴一滴洒落在地。痛，他的确很痛，但不是他的手，痛的是他的心，在那一刻他的心在滴血！

"不要伤心，不要难过，百花谷灵气氤氲，我定然能够复活而出……再见，再相见！"

这句话不断在辰南耳畔回荡。一声惊天霹雳在百花谷上方响起，一道雷电自灰暗的天空直冲而下。辰战御空飞行，围绕百花谷一连拍下一百零八掌，全面激发了古仙遗留的禁制，彻底封闭了百花谷！

沧海桑田，岁月流逝，但辰南的心似乎还停留在万年间的那一刻。忘不了，还是忘不了！泪水模糊了他的双眼。辰南不知道，当年辰战在封闭百花谷的一刹那，也曾经对他的心灵进行了封闭。那是一种类似于催眠的功法，令雨馨的身影在他心中渐渐淡去，使过去的种种在他记忆中逐渐消退。可怜天下父母心，辰战知道雨馨复活而出的希望非常渺茫，不想辰南就此沉沦，才出此下策。然而，即便是辰战神功通天，也未能够彻底抹去辰南的那些记忆，被封闭的情感偶尔也会因外界刺激而显现出来。

如今面对百花谷，辰南思绪万千，万年前的往事闪现而过，心中那份刻骨铭心的真情如决堤的洪水一般汹涌而出。在他的一生当中，有一句话令他永远感觉心痛，永远无法忘怀。

　　"当你……老去的时候，还能够想起……一个叫雨馨的女孩……"辰南默默地念着这句话，泪如泉涌，他喃喃道，"我永远都不会忘记，我永远都忘不了……"落日的余晖将百花谷映衬得神圣而美丽，淡淡的红晕笼罩在每一寸空间。小龙满脸错愕之色，一双大眼睛一眨不眨地望着辰南。

　　"不知道为什么，你的身影在我心中时明时暗，有一股力量似乎要我生生忘记你。我自己也曾经试图忘记你，我曾经以为我做到了，但直到现在我才明白，我永远也做不到。忘得了一时，忘不了一世，我永远也忘不了你！"过了很长一段时间，辰南才摆脱悲伤的情绪，收拾起失落的情怀。

　　此时天色已经暗淡下来，晚风习习，四周充满了花草的芬芳。美丽的百花谷仙气氤氲，流光溢彩，圣洁的气息弥漫在整座山谷。光源不知出自哪里，只见光华涌动，百花更加鲜艳芬芳，扑鼻的花香沁人心脾。那一株株叫不上名字的奇异小树枝绿叶碧，晶莹璀璨，五言六色的果实香气馥郁，百花谷内真如仙境一般。龙宝宝看着那些奇珍异果，不断地咽着口水，恨不得一口全部吞到肚中。它早已通灵，刚才看到辰南悲伤无比，不好意思打扰他，此刻看他恢复过来，立刻挪到他的身边，胖胖的龙躯不断地摩擦他的手臂。

　　辰南失笑道："我暂时也没有办法进去，容我想一想如何破除山谷的禁制。"小龙听了很高兴，围绕着辰南又跳又叫。"咕噜……"小龙的肚子叫了起来。"好了，我们先去找些吃的东西，明日再仔细研究如何破除古仙禁制。"若是辰南自己，他可以直接自百花谷外的小溪中捉几条鱼烤来吃，但有小龙这个大胃王，那些鱼显然不够它塞牙缝。绕过百花谷，一人一龙开始在山脉中寻找猎物。但奇怪的是，附近居然没有任何野兽，一只猎物也没有打到。辰南有一种奇怪的感觉，暗中仿佛有几双眼睛在注视着他。

　　小龙似乎也感应到了什么，变得焦躁不安，不断向四外张望。突然，它冲天而起，向前方的一片树林飞去，疾若闪电，眨眼之间就来到了树林的上空。"轰！"一道巨大的闪电自小龙口中喷吐而出，树林中所有林木在瞬间被劈倒。接着，小龙又喷吐出一大片火焰，眨眼间就将一片树林化成了灰烬。辰南看得目瞪口呆，五阶圣龙的实力果然恐怖无比！

燃成灰烬的林地中，居然有几只动物完好无伤，一只雪白的小兔、一只肥壮的野猪、一只健硕的梅花鹿，还有一只在空中拍打着翅膀的乌鸦。

"这……"辰南简直不敢相信自己的眼睛，整片树林都化成了灰烬，这几只动物却毫发未损，超乎想象。几只动物也在打量着辰南，似乎一点也不怕他，它们仔细地将他从头到脚看了个遍，然后相互对视了一眼，惊得辰南目瞪口呆，似乎这几个家伙是人，辰南反倒成了一个被人品头论足的动物。先前他的那种感觉并不是错觉，没有想到是几只动物。

龙宝宝愤怒地注视着那几个奇怪的动物，咆哮了一声，闪电一般向它们俯冲而去，荡起一股猛烈的狂风。小兔、野猪、梅花鹿快速朝不同的方向奔跑而去，黑羽闪闪的乌鸦也拍打着翅膀飞了起来。小龙扑了个空，冲天而起，朝乌鸦追去。另外三只动物见状，又停了下来，聚到了一起，注视着高空，像是看戏一般时不时还相互看一眼，似乎在交换意见。

辰南头都快晕了，短暂的迷糊过后，他想，这几个家伙可能成精了，他遇上了传说中的妖怪。

"不会吧，难道真的是妖精？"

正在这时，空中传来一个女子的声音，清脆悦耳，似乎出自一个十五六岁的小姑娘之口，急切地叫着："没毛大怪鸟，你干吗追着我不放？我又没招你、惹你。"辰南大惊，抬头观看。只见小龙和那只乌鸦之间隔着很长一段距离，小龙用尽全力也难以追近，乌鸦也不能够拉开那段距离。

"你先是放闪电、吐火焰，现在又对我死追滥打，先说明我可不怕你，只是不想平白无故和人打架而已。"说话的竟然是那只乌鸦，辰南惊得都快傻掉了。"这只乌鸦居然……居然会说话，果然成精了！"

辰南再看地上那三个怪物，也不觉得奇怪了，这分明是三个货真价实的妖怪啊！乌鸦显然听到了辰南的话语，道："呸，什么眼神？本小姐哪一点像乌鸦，我是八哥公主，不知道的话不要乱说话，不然只能暴露你的粗浅与无知！"辰南头一次遇上修炼有成的妖怪，被八哥噎得不知道说什么好了，过了好久才道："我管你什么鸟，看你那副鸟样，就知道你不是什么好鸟！"

八哥在空中疾若闪电，一边躲避着小龙的追击，一边叫道："你这个人真是太粗俗了！太可恶了！太无耻了！竟敢如此亵渎本公主，哼，小兔、小猪、小鹿，你们觉得这样看戏很过瘾吗？还不去帮我教训地上那个混蛋！"地上的三个家伙彼此看了一眼，谁也没有动弹，那只肥壮的野猪"呼噜呼噜"叫了几声，似乎在跟八哥沟通。

八哥又叫道："小猪你们太不够意思了，虽然祖辈有遗训，但我又没让你们伤害他，我只是让你们教训他一下而已。亏我们还是一起长大的朋友，你们三个真是没义气，若是小猴儿他们在这里，一定会帮我。"辰南一阵头大，用力挖了挖耳朵。按照八哥所说，似乎这里充满了妖怪，有一个妖怪社会，令人难以置信。野猪再次"呼噜呼噜"叫了几声，似乎在解释，那只雪白的兔子和健硕的梅花鹿也跟着点头。很显然，地上的三个妖怪还不会讲人语。

小龙趁着八哥说话的机会，拉近了彼此的距离。"喀啦！"一道闪电喷吐而出，"轰……"闪电将八哥劈得身上冒起一股轻烟，它抖了抖翅膀，并未如想象的那般化为灰烬，反而速度更快，疾若光电。辰南惊骇无比，他深知小龙的可怕，那道闪电即便是修为达到四阶境界的副院长都无法抗衡，这样一只小小的怪鸟居然硬扛了下来，令他不禁目瞪口呆。

"没毛怪鸟，你太凶狠了。如果不是祖训，我非和你拼命不可，竟然弄脏了本小姐的羽翼，哼，要知道论实力我可一点也不比你弱。地上那个混蛋还不快让这头大笨鸟停下来，不然我和它拼了。"辰南看了看不远处三个正在看戏的妖怪，毫无疑问它们决不弱于这只八哥，每个家伙的实力都和小龙差不多，不过他已从八哥的口中得知，这些家伙似乎不能够随意伤人，心中的那点顾忌也就随之消失了。

"龙宝宝，狠狠地教训这个贫嘴的乌鸦一顿，真是太聒噪了。"

"啊，混蛋你竟敢再次说本公主是乌鸦，还辱骂我贫嘴，真是太可恨了！"

"闭上你的鸟嘴，小龙快狠狠地教训它。"

"啊，气死我了。"

这一次，辰南见识到了小龙的真实本领，闪电、冰刀、火龙、风刃……各种强大的魔法攻击层出不穷。但八哥的速度太快了，居然每每在关键时刻提速躲过小龙的攻击，龙宝宝龙颜大怒，更加卖力地追击。白兔、野猪、梅花鹿似乎很兴奋，眼中不断有光芒闪动，深深陶醉于空中的攻防战。

贫嘴八哥不断地叫骂："地上那个混蛋，快点让这头笨鸟停下来，本公主累了，不想再闹下去了。还有看热闹的三个家伙，你们太没义气了，我早晚要你们好看。"小龙虽然口不能言，但早已通灵，它听八哥不断将它这个五阶圣龙说成是一个大笨鸟，恼火不已，攻击不断。

"地上那个混蛋，你是不是为古仙遗地而来？若想破除古仙禁制进入百花谷，就赶紧听我的话，让这个大笨鸟停下来。"听到这些话，辰南心中大动，无论真假，都没有选择，只要有一线希望他都不会放弃。他大声道："龙宝宝，放过那只贫嘴的乌鸦吧，让它告诉我们如何进入百花谷，我带你进去吃那些果子。"小龙舔舔嘴，不情愿地落到了辰南的身边。

辰南安抚道："你是一头圣龙，跟那只小不点的乌鸦生什么气，不值得啊！"

"啊，你这个混蛋又侮辱我，本来就不想真的告诉你怎么破除古仙禁制，现在更不能告诉你了。小兔、小猪、小鹿，刚才你们看到了，我并不是因为怕他们而逃跑了，是因为最后停战了我才离去。回去之后，不许和人乱说，我先走了。"八哥说完，身化一道电光眨眼间没入了远处的山林中。

"嘿，你个贫嘴乌鸦居然真的是满嘴鸟语，一点信用也没有，竟敢耍我。"辰南将目光转向另外三个妖怪身上。这三个家伙相互看了一眼，

"嗖""嗖""嗖"，朝三个方向逃窜而去，迅如光电，眨眼间消失了。

"太不可思议了！这昆仑仙境真是无奇不有，今天居然被我碰到了四个妖怪……"过了好半天，辰南才回过神来。最后，辰南乘坐小龙飞出百里之外才打到一些猎物。他颇感惊奇，百里之内竟无普通鸟兽，仅有妖怪出没，由此可见，古仙遗地确实非同寻常。

眨眼间过去了三日，辰南依然没有找到破除古仙禁制的方法，一直在百花谷外徘徊。这几日间，四只奇怪的妖怪时时现身，或偷偷观察，或明目张胆观望。他百思不得其解，在龙宝宝锲而不舍的追击，以及辰南时不时的挤对下，八哥终于说出了一些有用的消息。雪白的小兔、肥壮的野猪、健硕的梅花鹿、羽翼黑亮的八哥是茫茫昆仑山新生一代精怪中的头领，另外还有几个头领，不过没有在此地。辰南又惊又喜，没想到几个家伙来头竟这样大。可想而知，它们必然已经在昆仑山中修炼了上千年，对于古仙遗地的了解一定很多。他想尽百般办法，好话说尽，想要从这几个妖怪口中了解一些秘密。但它们却像铁了心一般，对此事闭口不谈，只是每日都要来观察他一番。

又过了两日，辰南突然想起紫衣老人杨林要他在五日内赶回去，算算日子，今天正是五日之期，四大学院互探虚实的强者热身赛就在今天。"管不了那么多了，神风学院是否惨败与我无关，让副院长去哭吧。纵使万千重要之事，也比不上雨馨的点滴消息。"

五日以来，辰南想尽了办法，还是没有找到进入百花谷的方法。对于阵法，他虽有涉猎，但并不怎么精通，对于百花谷的禁制，束手无策。百花谷内仙气氤氲，为里面的景物披上了一层神秘的光纱。辰南望谷而叹，万年前的秘密尽在谷内，与他仅有数十步之遥，但他却无法进去寻找真相。

自古红颜薄命，善良、纯真的雨馨为了生还，无奈闭封于百花谷。万载岁月飘然而逝，百花谷依旧在，而红颜呢？其实辰南明白，即便当初雨馨能够活下来，两人也不能再相见了，试问天下谁能够抵挡万载无情岁月？追寻到此，或许只是为了一探究竟，寻找一丝慰藉吧。即便辰战神功通天，施加在他心灵上的封印也不能够阻挡他对雨馨的思念。每当他情绪波动时，都会想起过去的点点滴滴，万年前的一切就会在他心间不断浮现。雨馨在弥留之际，断断续续的凄婉话语，对于辰南来说印象太深刻了，似乎已根植于他灵魂的最深处，这是辰战加在他心灵的封印不能够起到太大作用的最主要原因。

"难道真的没有办法进去？"辰南沉思。当年辰战以盖世功力引导九天雷电，以天地之力封闭了百花谷，可以说百花谷是辰战利用逆天之力触发古仙禁制后强行封闭的。若想打开，只有两种办法：一、懂得破阵或进阵之法，从容进去；二、具有盖世功力，毁阵强行闯入。这两种方法，对于辰南来说都不现实。

"难道非要等到我武破虚空之日才能够进去吗？"辰南无奈地叹道。

小龙这几天不是去追那几只妖怪打架，就是望着谷内的奇果流口水。在辰南呆呆出神之际，它扭了扭肥胖的龙躯，摇摇摆摆地走到了他身前，对着他咿咿呀呀叫了起来。起初辰南没有在意，轻轻推开了小龙，继续思索破阵之法。后来小龙还是叫个不停，而且张嘴叼住了他的一只袖子，不停摆动，这才唤起他的注意。辰南无奈拍了拍小龙的头，像哄小孩一般，道："又怎么了，难道又打败了一个妖怪，呵呵，就知道你最厉害了。"

小龙用力挺了挺胸脯，一副当然的样子，神气无比，而后晃着硕大的龙头，朝百花谷的方向不停示意。辰南顺着它所指示的方向望去，不知何时，百花谷内已霞光万道，瑞彩千条，道道彩芒自谷内透发而出，仙气氤氲，圣洁的光辉充盈在谷内的每一寸空间。万花齐绽，绚烂夺目，五彩缤纷，如诗如画。在姹紫嫣红的万花丛中，一株株如碧玉雕琢成的奇异小树在轻轻摇曳，和万花共舞。花香、果香混合在一起，漫漫飘荡开来，沁人心脾，令人深深沉醉。五彩的光华在花与树之间缓缓流动，圣洁的光辉弥漫在整座百花谷内，仙气随风荡漾，如梦似幻。

这时，一股如兰似麝的清香自谷内随风飘散过来，不同于谷内的花香与果香，素淡、朦胧、和谐、宁静，营造出一种令人无法言表的诗境，让人不由自主放松，心中一片空灵。辰南深深陶醉了，似乎忘记了所有的忧愁，内心一片祥和，沉浸在一种奇妙的精神世界当中。小龙似乎也深深陶醉，眯上了一双大眼，沉浸在一片安宁的世界当中。

四个妖怪也不再躲在暗中，不由自主来到了百花谷外。它们相互看了一眼，似乎在交流，每个妖怪的脸上都是兴奋之色，似乎在欢庆某种惊喜。清香漫漫荡荡到它们的口鼻中，它们也深深沉醉了。百花谷外一片安宁，一人、五兽微眯双眼，静静地立在谷口。这股特异的清香越来越浓烈，谷内的光华也越来越璀璨，谷内如受天界圣光普照一般，一片祥和。

　　然而就在这一刻，一件匪夷所思的事情发生了。百花谷正中央，奇花与玉树包围的核心部分，爆发出一团璀璨夺目的光芒。炽烈的光芒如十日耀空，天地万物在此光芒下皆失去了色彩，香气随着光芒的出现更加浓郁，一人、五兽的眼睛一眨不眨地注视着那道神秘之光，耀眼的光芒渐渐淡去，慢慢趋于祥和，一股令人心宁神静的圣洁光辉笼罩在百花谷内。

　　圣洁光源的中心，奇花异树守护的中央，一朵晶莹剔透的花蕾轻轻摇曳，七彩光芒缓缓流动，璀璨的光华正是那朵含苞待放的奇葩所绽放。晶莹璀璨的花蕾直径半尺，其下生有九片晶莹剔透的玉叶，整株花如神玉雕琢而成一般，集美之大成，集天地灵秀于一身。馥郁芬芳的香气正是从它那里荡漾而出。七彩光华自花蕾透发而出，将百花谷映衬得如同仙境一般。

　　"这……这是怎么回事？"辰南喃喃自语道，眼前景象超出了他的想象。小龙扭着肥胖的龙躯，兴奋得又叫又跳。

　　旁边的八哥喃喃自语道："仙子要出世了，又恰逢百花谷门户大开，我们可以进去看看仙子的样子。"野猪也"呼噜呼噜"地叫了起来，显得异常高兴。兔子兴奋得连蹦带跳，竟然跳到了梅花鹿的背上。梅花鹿摆动了一下身体，将那只白兔甩了下去，而后直立而起，竟然变成一个鹿头人身的怪物。辰南吓了一大跳，他虽然明白这几个妖怪都有不凡的神通，但也没想到它们竟然能够初步化成人形。

　　八哥斥道："小鹿你太得意忘形了，你忘了祖辈的遗训吗，在不能够彻底化形成人前，不得在人类面前变身。"梅花鹿听到这句话，急忙伏卧了下去，变回了鹿身。辰南目瞪口呆，看着四个妖怪一阵失神。

　　八哥道："你不要害怕，妖亦有妖道，我们并非那些邪妖，决不会残害无辜。"

辰南摇了摇头，自语道："大千世界真是无奇不有，以前只是听说过妖怪的传闻，没想到今日竟然真的看到妖怪变身了。嗯，若是能够捉到一只妖怪训练成坐骑，真的很不错啊！"

八哥气得差一点从空中跌落下去，叫骂道："你这个混蛋太可恶了，我看你呆呆发愣，还以为你吓住了呢，没想到你的心里竟然在转动着那样龌龊的想法。哼，可恶透顶，不要做梦了！"妖怪们似乎对辰南的龌龊想法非常不满，皆神情异样地看着他。此时只有小龙置身于事外，它一边对着谷内的奇葩狂流口水，一边不停晃动着龙躯跳来跳去。

八哥叫道："大笨鸟不要动歪脑筋了，那朵仙葩内孕育着一个仙子，根本不是你想象的那样，不是什么能吃的果实。你出息一点好不好？不要净想着吃。"小龙停了下来，满脸错愕地望着那四个妖怪。几日来，它们没少交手，彼此间的实力似乎相差不多。通过几天的相处，它们建立起了高阶兽类之间的特殊交流方式。

"不要看我，我说的是真的。谷内的那些奇果可以吃，但那朵仙葩决不是你想象的那样简单，那不是简单的一朵花，那是天地灵气孕育而成的一个生命。"

辰南震撼无比，忍不住问道："你怎么知道？"

"因为我们的老祖宗们早已感应到了这个生命的存在，他们常来这里教仙葩中的生命说话，他们说那是一个迷失的仙子。"

"一个迷失的仙子……一个迷失的仙子……"这句话在辰南耳畔不断回荡，他心中涌起滔天巨浪。不知为何，他一下子将这个仙子联想成了雨馨，"这……怎么可能？这……是真的吗？"辰南心神大乱，直到四个妖怪离开后，他才清醒过来。

辰南默默回想了一遍，刚才八哥的话透露了很多有用的消息：百花谷似乎在这几日间将门户大开；妖怪们也有一定的行事准则，不能够无故伤人；茫茫昆仑山中似乎还有一些更加年代久远、更加厉害的老妖怪；那朵奇葩中孕育着一个生命，老妖怪们非常看重，常来这里教导那个即将临世的生命。

"再过几天我就能够进入百花谷了，不知……不知……"辰南心中很乱，其实他也知道，历经万载岁月后，过去的种种都早已成为定局，来这里不过是寻找一丝心理安慰罢了。但此刻他的心却很乱、很痛……

夜晚，如水的月光聚集成一道道光束，向百花谷汇聚而去，一片绚烂夺目的光华笼罩在百花谷上空，最后一齐向谷中那朵奇葩涌去。辰南惊异无比，这些天他虽然感应到百花谷能够凝天地元气，聚日月精华，但一直以为这是古仙禁制导致的结果。直至此刻他才发觉，一切皆因那朵晶莹剔透的花蕾，所有的灵气竟然都是被它凝聚而来的。以前它处于慢慢成长中，或许不需要太多的灵气。现在它即将绽放，似乎需要大量的天地元气与日月精华。

接下来的三天，百花谷外逐渐热闹起来，各种怪兽层出不穷，密切地注视着谷内那朵奇异的花蕾。辰南一阵头皮发麻，这里真的快成妖怪的聚集地了，那些怪兽的本领虽然远远不及八哥兔子它们，但每一个都是少见的特异品种，长角的大蛇、两个头的猴子、巨大无比的蚂蚁、会飞的蜈蚣……通过八哥的讲解，辰南才明白这些怪兽都是朝圣而来。百花谷内的仙葩已经孕育三千年，直到最近几年才逐渐有了意识形态。近千年来，昆仑山一直流传着一个古老的传言，仙葩内孕育着一个迷失的仙子，极有可能成为未来的昆仑山妖界之王。传言出自那些年代最为久远的老妖怪之口，所以非常具有信服力。这就是为什么古仙遗地被众多妖怪们视为圣地的原因，平日几个新生代的妖怪头领在此看护，一般的兽、怪不能够随意走近。

这一晚，皓月当空，皎洁的月光下，无数兽影在晃动，漫山遍野密密麻麻。辰南不知道到底有多少兽、怪在这里出没，但有一点可以肯定，能来的怪物们差不多都来了，这是八哥亲口说的。在这个月圆的夜晚，百花谷外虽然有万怪围绕，却异常地安静，所有的兽、怪都停止了走动，眼睛一眨不眨地注视着谷内。月华如光雨一般向谷内汇聚而去，柔和的月辉将那朵散发着七彩光芒的仙葩映衬得愈发璀璨夺目。

"轰隆隆……"伴随着一声惊天雷响，月辉汇聚成了一道光柱，与仙葩连接。百花谷外万妖乱，兽鸣、怪吼响彻天地。

辰南关注这朵奇葩更胜于万怪，一个生命就要降临了，但雨馨呢？他双眼有些模糊，喃喃道："雨馨……"

谷内的七彩仙蕾突然霞光万道，瑞彩千条，将百花谷映衬得如同白昼一般。"啵"一声轻响，一片花瓣轻轻绽放，霞光正是自花内散发而出。"啵""啵""啵""啵"，又有四片朵花瓣轻轻绽放，七彩光芒照耀天际，方圆百里皆可见到这天地异象。七彩仙蕾共有九片花瓣，其中五片已经绽放，余下四片霞光缭绕，再无任何动静。绽开的五片花瓣如手掌一般轻轻地呵护着仙蕾中那个生命。这一夜，百花谷内仙气涌动，七彩光芒如水一般涌到了谷外，万千兽、怪如痴如醉，虔诚祈祷，默默注视着那朵仙葩。

这一夜辰南也未合眼，他知道花内的生命就要降生了，百花谷就要门户大开了，他要在第一时间内冲进这座古仙遗地。黎明终于过去了，日出东方，霞光万道，一道巨大而又璀璨的光芒自初升的太阳处照耀到了百花谷内。

"啵""啵""啵""啵"四声轻响，仙葩最后的四片花瓣几乎在同一时间内绽放。浓烈的香气充溢在每一寸空间，七彩光芒直冲霄汉，令初升的太阳都黯然失色。

"轰！轰！轰！……"接连九声惊天雷响，古仙遗地百花谷的门户终于大开，古仙禁制在这一刻暂时失效了。天上霞光，地上彩芒，天地间充满了祥和的气息。好久之后，所有的光华才渐渐敛去，天地间复归宁静。

"呵呵……"稚嫩的孩童笑声在百花谷内响起，打破了这份安宁。一个三岁左右的女童在仙葩上快乐地笑着、跳着，纯真的笑颜是那样地——真！真！真！世间的一切笑容在此笑颜下都会显得虚伪、苍白，女童的微笑是那样自然，那样纯真，任何人见之都会忘记曾经的忧伤与不快，这样具有感染力的微笑似乎不属于尘世。

女童天真的笑颜令辰南心中充满了暖意，令万千兽、怪寂静无声。"呵呵……"快乐的孩童笑声飘荡在百花谷内。或许这真的是一个小仙子，她如粉雕玉琢一般，晶莹的皮肤隐隐有光华流动，一双扑闪扑闪的大眼似黑宝石一般璀璨，娇俏的琼鼻，红嫩的小嘴，看起来比小天使还要圣洁，比小精灵还要美丽。

她赤着一双小脚丫在仙葩上又蹦又跳，齐肩的乌黑长发随之拂动，突然冲辰南挥手道："哥哥……"稚嫩的童音立时将辰南惊醒，他没想到这个小女孩居然喊他哥哥，他一步一步向前走去，小龙和八九个妖怪头领也跟着前进，其他兽、怪静静地伏在原地，注视着谷内。

古仙遗地的禁制确实消失了，辰南没有受任何阻隔，便步入了百花谷。女童挥着如玉一般的小手，冲他甜甜地笑着，真如一个小精灵一般。突然，一股磅礴的大力向辰南涌来，他跌跌撞撞向后退出去十几步距离。他大惊失色，向四外望去，却什么也没有发现。小龙和妖怪头领却未有丝毫感觉，看着倒退出去的辰南，露出不解之色。

辰南一阵狐疑，将身后的长刀拔了出来，长刀被灌注内力后，金色的刀芒透发而出。他大步上前，那股无形的大力再次出现，举刀猛劈，一阵金属交鸣之声响彻谷内。

"伯伯们不要打哥哥……"稚嫩的童音在谷内响起，小女童使劲摇动着一双小手。辰南惊疑，想起了之前八哥说过的话，一些老妖常来这里教仙葩中的生命说话。由此猜想，暗中向他出手的"人"，定是那些老妖无疑。不过老妖们似乎不想取他性命，只是阻止他前进，若是真个下杀手，辰南早已横尸当场了。

"为什么阻止我？"辰南大声道。

"年轻人你走吧，她属于昆仑山妖界，不属于你。"一个苍老的声音在他耳边响起。

"不，我要和哥哥在一起，他是我的亲人，我感觉好熟悉。只是……我一时想不起来……"女童稚嫩的话语显露出迷茫。辰南心中大震，当他听到八哥说仙葩中孕育着一个生命时，就联想到了雨馨。他再一次向前冲去，老妖们似乎非常生气，出手明显重了许多，一声霹雳大响，一道雄厚的掌力向辰南拍去。辰南举刀相对，磅礴的大力瞬间击碎了长刀，将他再次推了出去。这时，小龙快速冲了过去，护在了辰南身前。

女童再次叫了起来，道："不要啊，不要伤害哥哥，我要和哥哥在一起……"暗中传来几声苍老的叹息，一个声音轻轻在谷内回荡着："果然非我妖界中人，罢！罢！罢！罢！罢！"谷外万千兽、怪听到这句话后一阵骚乱，随即又慢慢静下来。

辰南闻言，大步向前走去。仙葩上的小女童甜甜笑着，向他张开了一双小手，似乎等待着辰南过去抱她。

辰南穿过花树丛，一步一步向仙葩靠近。小龙紧紧相随，似乎忽略了旁边那些绿玉树上的奇果，一双大眼凝望着女童，脸上满是欢喜之色。当然，这不是发现"食物"的欣喜，而是饱含感情的喜悦，就像它对辰南的那种感情一般——非常友好。那八九个妖怪头领，也跟了过来，尽管昆仑山的老妖们在离去时已经说明这个女童不属于妖界，但它们还是忍不住好奇心，想看个究竟。

辰南走到近前，发现这株仙葩的根茎、叶片、花瓣竟然真的是玉状物质，飘散着阵阵清香，散发着七彩光芒。女童的小腿上还缠绕着一些玉质花丝，她不断在仙葩上跳动，是想挣断那些花丝。花丝非常坚韧，并未被她扯断分毫。仔细观察可以发现，光华不断自那些花丝涌进女童的体内，整株仙葩的彩芒正在渐渐暗淡。今日所见所闻皆似梦幻一般，辰南感觉有些不真实。

"哥哥……"清脆的童音惊醒了他，小女童伸出一双雪白的手臂，向他怀中扑来，脸上是甜甜的笑意，纯真可爱。辰南不由自主地张开了双臂，将她抱在了怀中。这时他不再考虑她到底是仙、是妖、是怪。在他眼中，女童只是一个让人无法拒绝的可爱小天使。

"呵呵……"小女童在辰南怀中快乐地笑着，深深感染了辰南，他的脸上也泛起笑容。然而，当他想起雨馨时，笑容便渐渐敛去了，心中充满了酸涩的感觉。他低下头，脸上的表情突然凝固了，仙葩竟然扎根于一块极品神玉之上，上面刻着几个古体字：爱你一万年。

字是万年前他那个时代的文字，是他所熟悉的一个人的字体。"爱你一万年"，这包含了多么深重的情意啊！辰南的双眼模糊了，他在这里发现了雨馨的笔迹。他似乎看到了一个孤单的身影，颤动着纤细的玉手，饱含深情地在玉石上刻下了这发自内心的呼喊。微风轻轻拂动，百花谷依旧在，红颜呢？红颜何在？！

温热的泪水自辰南眼中滚落而下，他抱着女童弯下腰，一遍又一遍地摩挲着那一行字：爱你一万年。微风轻轻吹起了几朵压在神玉之上的花朵，神玉上一处略显凌乱的划痕映入辰南眼帘。仔细辨认之下，竟然是四个字，只是仅占了两个字的位置："雨"和"辰"重叠在一起，"馨"和"南"重叠在一起。

"'雨馨'和'辰南'……重叠……重逢……"辰南喃喃自语，而后忍不住大声喊道，"雨馨……"他心痛无比，泪水如决堤的洪水般滚落而下。女童看到辰南如此，有些害怕。这时，那株仙葩的七彩光芒越来越淡，光华顺着缠绕在小女童腿上的花丝都涌进了她的体内。

"噗！"失去光芒的仙葩突然碎了，化作一片粉末自空中飘落而下。它所扎根的神玉在这一刻也突然发出了"喀吧喀吧"的声音，失去了光彩，慢慢碎裂了。

"不，还我雨馨来……"辰南仰天怒吼，悲怆的声音惊得百花谷外万千兽、怪一阵大乱，辰南泪如雨下。雨馨在百花谷留下的最后一点痕迹就这样消失了，似乎预示着万年前的一切就此终结了。

女童伸出雪白的小手，轻轻擦着他的泪水，稚嫩的声音响在他的耳畔："哥哥……不哭……"辰南低头看了看她，发现女童一双明亮的大眼中也已噙满了泪水，长长的睫毛一眨动就有泪珠滚落而下。

"哥哥不哭……哥哥哭的时候我也很心痛……"虽然神玉因精华全部转入到女童的体内而碎裂了，但这并不是她的错。辰南强忍着悲伤，挤出一个难看的笑容，道："哥哥不哭……"

"哥哥好熟悉，雨馨也好熟悉……"女童喃喃道，脸上满是迷茫之色。这些话语听在辰南耳中如惊雷一般，他呆呆地看着小女童，半晌说不出话来。女童对他熟悉，可能是小孩子出于对他的好感。她竟然对"雨馨"这个名字也有熟悉的感觉，这就有些蹊跷了。他猜测小女童是神玉通灵后凝聚天地精气孕育而成，可是此刻看来似乎……

辰南想到了一种极其荒谬的可能，雨馨借助神玉之灵重新来到了这个世上。他仔细端详着女童，想要找出和雨馨的相似之处。另一个想法又出现在辰南脑海，神玉既然早已通灵，必然对曾经发生在身边的事情有些印象。或许万年前，雨馨一个人坐在这里喃喃自语，回忆着他们两人之间的点点滴滴。他们的容貌，他们之间的故事，在那时被神玉模糊地记住了。辰南惊疑不定，他不知道这个女童到底是雨馨再世，还是神玉聚天地精气而生。

在这之前，他听八哥谈论仙葩中孕育着一个生命时就曾联想到了雨馨，那完全是一种直觉，一种出自本能的认知。可是，此刻他又不敢确信了，有些不相信那种感觉。按照从妖怪们那里得来的消息，仙葩在三千年前才出现，近几年才真正孕育出这个女童。即便是女童在三千年前就存在了，但这和万年前还差七千载的岁月啊！这七千年是一个空白，是一道无法逾越的鸿沟！本能的直觉与现实推理在辰南脑中不断纠缠，他迷茫了。辰南抱着小女童在谷内认认真真、仔仔细细寻了个遍，除了奇花异树，什么也没有发现。

"哥哥不要伤心，不然我很心痛……"小女童怯怯地道。辰南用力抱了抱她，这个神秘难测的女童，令他感觉到了一丝温馨。他在心中做出了一个决定，无论她是不是雨馨，他都要小心地呵护她长大成人，决不能让她受到任何伤害、任何委屈。

小龙看着小女童和辰南，似乎很高兴，它将注意力转移到了如碧玉雕琢而成的小树上，看着那些充溢着灵气的异果，它兴奋地吞了吞口水，蹒跚向前走去。这时，谷外绝大多数的兽、怪都已经散去，只剩下一些已经懂得了修炼的怪物。谷内的几个妖怪头领商量一番后，让山谷外的那些怪物排队进谷，开始分发谷内的奇果，最后它们"满载而去"。十几株不同品种的奇异小树上的果实被采摘一空。小龙收获最丰，它的身前是一大堆五颜六色的珍稀果子，这些奇果比之那些成形的参芝并不逊色，绝对是它的最爱。

日出日落，辰南守在碎裂的神玉旁，悲伤地凝望了三天三夜。女童在辰南的怀中乖巧无比，她默默地看着他，似乎也悲伤无比。第四日，一缕霞光照进百花谷，辰南发出了一声沉重的叹息："唉……"

小女童在他怀中醒了过来，怯怯地道："哥哥不要伤心……"

辰南狠狠地捶了自己一下，柔声道："哥哥不好，哥哥是混蛋，只顾想着一些事情，没有照顾你，哥哥去给你找些吃的……"

"我不饿，小龙龙给我送来了好多果子，哥哥……吃……"小女童将一个晶莹剔透，隐隐有光华流动，形似桃子一般的奇果递到了他的嘴边。看着女童善解人意的样子，辰南又怜又爱。他轻轻移开了她的小手，柔声道："哥哥给你起个名字好不好？"

"好啊，好啊！"小女童欢呼了起来，道，"我叫雨馨好吗？"辰南默默地看着她，心潮起伏。朝霞照在小女童柔嫩的小脸上，令她散发出一股圣洁的光辉。他不由自主道："你在晨光中出生，就叫晨曦吧。"

小女童高兴地揽住了他的脖子，又跳又笑，稚嫩的话语在百花谷内回荡："呵呵，我有名字了。我叫晨曦，在一个清晨被哥哥在花丛中捡到。"辰南心中大恸，万年前相似的一句话在他心中响起："我叫雨馨，在一个雨夜被师傅在花丛中捡到。"万年前的一切似乎结束了，又似乎刚刚开始，他真的不能确定小女童的身份了。

"哥哥不哭……"晨曦举起雪白的小手，小心翼翼地为他擦着泪水。"哥哥不哭，哥哥永远都不再哭！"辰南抱着晨曦自地上站了起来，大步离开了碎玉之地。

这一切是结束还是开始？

图书在版编目（CIP）数据

神墓1：精修典藏版/辰东著．－－北京：作家出版社
2021.6（2025.8重印）

（网络文学名作典藏丛书）

ISBN 978－7－5212－1431－4

Ⅰ.①神…　Ⅱ.①辰…　Ⅲ.①长篇小说－中国－当代
Ⅳ.①I247.5

中国版本图书馆CIP数据核字（2021）第090195号

**神墓1：精修典藏版**

总 策 划：何　弘　张亚丽
主　　编：肖惊鸿
作　　者：辰　东
责任编辑：袁艺方　王　烨
装帧设计：天行云翼·宋晓亮
出版发行：作家出版社有限公司
社　　址：北京农展馆南里10号　　邮　　编：100125
电话传真：86－10－65067186（发行中心及邮购部）
　　　　　86－10－65004079（总编室）
E－mail: zuojia@zuojia.net.cn
http://www.zuojiachubanshe.com
印　　刷：唐山嘉德印刷有限公司
成品尺寸：152×230
字　　数：350千
印　　张：26.75
版　　次：2021年7月第1版
印　　次：2025年8月第7次印刷
ISBN 978－7－5212－1431－4
定　　价：42.00元